Diogenes Taschenbuch 23791

de
te
be

W. SOMERSET MAUGHAM, geboren 1874, war früh von der Literatur angezogen. Er studierte zunächst Medizin, übte den Arztberuf aber nicht aus. Nach anfänglichen Mißerfolgen gelangte er als Bühnenautor bald zu großem Ruhm. Seine literarische Bekanntheit erreichte er jedoch als Romancier und Geschichtenerzähler. Zeitweise war er als britischer Geheimagent tätig. Er bereiste zahlreiche Länder, vor allem im Fernen Osten, dem Schauplatz vieler seiner Erzählungen, und starb 1965 in Cap Ferrat an der französischen Riviera.

W. Somerset Maugham

Honolulu

und andere Erzählungen

Diogenes

Die vorliegenden Erzählungen
sind eine Auswahl aus W. Somerset Maugham,
›Gesammelte Erzählungen in zwei Bänden‹ in Kassette,
Band 1: *Ost und West*, Diogenes Verlag, Zürich 2005
Titel der 1952 bei Doubleday, New York,
in zwei Bänden erschienenen Originalausgabe:
›The Complete Short Stories of W. Somerset Maugham‹
Diese vereinte erstmals die vom Autor selbst
zusammengestellten Bände *East and West* (1934)
und *The World Over* (1952)

Die Übersetzungen wurden für die
2005 erschienene Ausgabe überarbeitet
Covermotiv: ›s.s. Leviathan, United States Lines‹,
ca. 1914 (Ausschnitt)

Veröffentlicht als Diogenes Taschenbuch, 2008

www.diogenes.ch
10/17/36/3
ISBN 978 3 257 23791 7

Inhalt

Regen 7
›Rain‹, deutsch von Ilse Krämer
Edward Barnards Untergang 70
›The Fall of Edward Barnard‹, deutsch von Ilse Krämer
Mackintosh 121
›Mackintosh‹, deutsch von Ilse Krämer
Red 174
›Red‹, deutsch von Ilse Krämer
Honolulu 208
›Honolulu‹, deutsch von Ilse Krämer
Der Teich 246
›The Pool‹, deutsch von Ilse Krämer
Der Brief 304
›The Letter‹, deutsch von Kurt Wagenseil
Vor der Party 355
›Before the Party‹, deutsch von Kurt Wagenseil
Die Macht der Umstände 395
›The Force of Circumstance‹, deutsch von Kurt Wagenseil
Die Dschungelresidenz 434
›The Outstation‹, deutsch von Tina und Gerd Haffmans
Der Feigling 480
›The Yellow Streak‹, deutsch von Kurt Wagenseil
Glossar 521

Regen

Es war schon fast Zeit zum Schlafengehen, und beim nächsten Erwachen sollte Land in Sicht sein. Dr. Macphail zündete seine Pfeife an, beugte sich über die Reling und suchte am Himmel nach dem Kreuz des Südens. Nach zwei Jahren an der Front und einer Wunde, die länger zum Heilen brauchte, als sie sollte, war er froh, sich für mindestens zwölf Monate ruhig in Apia niederlassen zu können, und fühlte sich schon während der Reise bedeutend besser. Da einige Passagiere am nächsten Morgen in Pago-Pago das Schiff verlassen würden, war an Bord ein kleiner Tanzabend veranstaltet worden, und in seinen Ohren hämmerten immer noch die rauhen Töne des automatischen Klaviers. Aber auf Deck war es jetzt ganz ruhig. Ein Stückchen weiter hinten sah er seine Frau in einem Liegestuhl; sie sprach mit den Davidsons. Er ging hinüber. Als er sich unter das Licht setzte und den Hut abnahm, sah man, daß er, abgesehen von einer kahlen Stelle auf dem Schädel, sehr rote Haare hatte und jene rötliche, sommersprossige Haut, die für Rothaarige typisch ist. Er war ein Vierziger, sehr dünn, mit einem hageren Gesicht, ein umständlicher und recht pedantischer Mensch. Er sprach leise und ruhig und mit deutlich schottischem Akzent.

Zwischen den Macphails und den Davidsons, die Missionare waren, hatte sich an Bord eine gewisse Vertrautheit entwickelt, die mehr der täglichen Nähe als irgendeiner inneren Zusammengehörigkeit zuzuschreiben war. Was sie am meisten verband, war die gemeinsame Mißbilligung, die sie denen entgegenbrachten, die ihre Tage und Nächte im Rauchsalon bei Poker, Bridge und Alkohol verbrachten. Mrs. Macphail fühlte sich nicht wenig geschmeichelt, daß sie und ihr Gatte die einzigen an Bord waren, mit denen die Davidsons sich gerne unterhielten, und selbst der Doktor, der zwar schüchtern, aber kein Dummkopf war, sah das unbewußt als ein Kompliment an. Und nur weil er von polemischer Natur war, erlaubte er sich, nachts in der Kabine darüber zu spotten.

»Mrs. Davidson sagte heute, sie wisse nicht, wie sie diese Reise ohne uns überstanden hätte«, sagte Mrs. Macphail, während sie ihre Perücke sorgfältig ausbürstete. »Sie sagte, wir seien die einzigen Leute auf dem Schiff, deren Bekanntschaft ihnen etwas bedeute.«

»Ich hätte nicht gedacht, daß ein Missionar so ein großes Tier ist, sich solche Extralaunen zu leisten.«

»Das sind keine Launen. Ich verstehe sehr gut, was sie meint. Es wäre für die Davidsons nicht sehr angenehm gewesen, sich unter die recht gewöhnlichen Leute im Rauchsalon mischen zu müssen.«

»Der Gründer ihrer Religion war nicht so exklusiv«, bemerkte Mr. Macphail kichernd.

»Ich muß dich wieder einmal bitten, nicht über religiöse Dinge zu spotten«, antwortete seine Frau. »Ich bin froh, daß ich nicht deinen Charakter habe, Alec. Du suchst nie nach dem Guten im Menschen.«

Er warf ihr aus seinen blaßblauen Augen einen Seitenblick zu, erwiderte aber nichts. Nach so manchen Ehejahren hatte er gelernt, daß es dem Frieden zuträglicher war, seiner Frau das letzte Wort zu lassen. Er hatte sich bereits ausgezogen und kletterte in die obere Koje, um sich dort in den Schlaf zu lesen.

Am nächsten Morgen, als er auf Deck kam, befand man sich wirklich schon nahe an Land. Mit gierigen Augen schaute er hinüber. Ein dünner Streifen silbrigen Strandes ging rasch in Hügel über, die bis zum Kamm mit üppiger Vegetation bewachsen waren. Die dichten grünen Kokospalmen reichten fast bis zum Wasserrand; dazwischen sah man die Strohhäuser der Samoaner und hie und da weiß aufleuchtend eine kleine Kirche. Mrs. Davidson näherte sich und blieb neben ihm stehen. Sie war in Schwarz gekleidet und trug um den Hals eine goldene Kette, an der ein kleines Kreuz baumelte. Sie war eine kleine Frau mit braunem, mattem, kunstvoll frisiertem Haar und hervorstehenden blauen Augen hinter einem winzigen Kneifer, hatte ein langes Schafsgesicht, doch wirkte sie keineswegs dumm, sondern außerordentlich wach, und sie bewegte sich rasch wie ein Vogel. Das Bemerkenswerteste an ihr aber war ihre hohe, metallische Stimme ohne jede Modulation. Ihre harte Monotonie stach in die Ohren und reizte die Nerven wie das erbarmungslose Kreischen eines Preßluftbohrers.

»Dies muß Ihnen doch schon ganz heimatlich vorkommen«, sagte Dr. Macphail mit seinem schmalen, sonderbaren Lächeln.

»Unsere Inseln sind flacher, wissen Sie, nicht wie diese hier. Es sind Koralleninseln. Diese hier sind vulkanisch. Noch zehn Tage müssen wir fahren, ehe wir ankommen.«

»Hier bedeutet das soviel wie ein Sprung in die Nachbarstraße zu Hause«, meinte Dr. Macphail scherzend.

»Nun, das ist etwas übertrieben ausgedrückt, aber man denkt in der Südsee anders über Entfernungen. Insofern haben Sie recht.«

Dr. Macphail seufzte leicht.

»Ich bin froh, daß wir nicht hier stationiert sind«, fuhr sie fort. »Wir hörten, es sei sehr schwierig, hier zu arbeiten. Der Dampferverkehr macht die Leute unruhig; und dann ist hier auch eine Flottenbasis, das ist immer schlecht für die Eingeborenen. In unserem Distrikt haben wir nicht mit solchen Schwierigkeiten zu kämpfen. Natürlich gibt es ein oder zwei Händler, aber wir sorgen dafür, daß sie sich anständig benehmen, und wenn sie das nicht tun, machen wir ihnen den Boden so heiß, daß sie freiwillig wegziehen.«

Sie rückte den Kneifer auf der Nase zurecht und starrte mit unbarmherzigem Blick auf die grüne Insel.

»Es ist eine fast hoffnungslose Aufgabe für einen Missionar hier. Wir können gar nicht dankbar genug sein, daß uns wenigstens das erspart geblieben ist.«

Davidsons Distrikt bestand aus einer Gruppe von Inseln im Norden von Samoa; sie lagen so weit auseinander, daß er oft große Strecken im Kanu zurückzulegen hatte. Dann blieb seine Frau allein auf dem Hauptsitz und leitete die Mission. Dr. Macphails Herz sank, wenn er daran dachte, mit welcher Tüchtigkeit sie das gewiß tat. Sie sprach von der Gottlosigkeit der Eingeborenen mit einer Stimme, die sich durch nichts dämpfen ließ, aber von salbungsvollem Entsetzen troff. Ihr Taktgefühl war von besonderer Art. Am Anfang ihrer Bekanntschaft hatte sie zu ihm gesagt:

»Wissen Sie, als wir auf die Inseln kamen, waren die Heiratsbräuche dort derart abstoßend, daß ich sie Ihnen unmöglich beschreiben kann. Aber ich werde sie Mrs. Macphail erzählen, und sie kann sie Ihnen schildern.«

Dann hatte er seine Frau und Mrs. Davidson, auf nahe zusammengerückten Deckstühlen liegend, in ernster, über zwei Stunden dauernder Unterhaltung gesehen. Er war hinter ihnen, um sich Bewegung zu machen, auf und ab gegangen und hatte Mrs. Davidsons erregtes Geflüster wie das ferne Rauschen eines Wildbachs vernommen und beobachtet, wie seine Frau sich offenen Mundes und bleichen Gesichts an den erschreckenden Mitteilungen delektierte. Nachts in ihrer Kabine wiederholte sie ihm mit flatterndem Atem alles, was sie erfahren hatte.

»Nun, was habe ich Ihnen gesagt?« rief Mrs. Davidson am nächsten Morgen frohlockend. »Haben Sie jemals etwas so Schreckliches gehört? Jetzt wundern Sie sich nicht mehr, warum ich es Ihnen nicht selbst erzählen konnte, obgleich Sie Arzt sind.«

Mrs. Davidson schaute ihm prüfend und mit dramatischem Eifer ins Gesicht, um zu sehen, ob sie die erwünschte Wirkung erzielt habe.

»Kann es Sie wundern, daß uns anfangs fast der Mut verließ? Sie werden mir wohl kaum glauben, wenn ich Ihnen sage, daß es völlig unmöglich war, auch nur ein einziges gutes Mädchen in einem der Dörfer zu finden.«

Sie benutzte das Wort ›gut‹ als festen technischen Ausdruck.

»Mr. Davidson und ich haben uns lange darüber beraten und uns schließlich geeinigt, als erstes das Tanzen zu unterdrücken. Die Eingeborenen waren geradezu versessen aufs Tanzen.«

»Ich war selbst nicht dagegen, als ich noch zu den Jüngeren zählte«, sagte Dr. Macphail.

»Das habe ich mir gedacht, als ich Sie gestern Mrs. Macphail fragen hörte, ob sie nicht eine Runde drehen wolle. Ich finde im Grunde auch nicht viel dabei, wenn ein Mann mit seiner Frau tanzt, aber ich war doch erleichtert, als sie ablehnte. Unter diesen Umständen hier fand ich es doch besser, daß wir ganz für uns blieben.«

»Unter welchen Umständen?«

Mrs. Davidson warf ihm einen raschen Blick durch den Kneifer zu, beantwortete jedoch seine Frage nicht.

»Aber unter Weißen ist es nicht das gleiche«, fuhr sie fort. »Trotzdem stimme ich mit Mr. Davidson überein, der sagt, er begreife die Männer nicht, die dastehen und zusehen können, wie andere Männer ihre Frauen in den Arm nehmen. Was mich betrifft, ich habe nie mehr auch nur einen Schritt getanzt, seit ich verheiratet bin. Doch die Tänze der Eingeborenen sind etwas ganz anderes. Sie sind nicht nur selbst unmoralisch, sondern führen auch deutlich zur Unmoral. Nun, jedenfalls danken wir Gott, daß wir sie ausgerottet haben, und ich glaube mich nicht zu irren, wenn ich sage, daß in unserem Distrikt seit acht Jahren niemand mehr getanzt hat.«

Jetzt gelangte man zur Hafeneinfahrt, und Mrs. Macphail trat zu ihnen. Das Schiff drehte scharf bei und glitt langsam hinein. Es war ein großer, geschützter Hafen, breit genug, eine Flotte von Kriegsschiffen aufzunehmen. Und ringsum erhoben sich hoch und steil die grünen Bergе. Nahe der Einfahrt, dem vollen Wind der See ausgesetzt, stand das Haus des Gouverneurs, von einem Garten umgeben. Das Sternenbanner baumelte schlaff an der Fahnenstange. An drei, vier schmucken Bungalows fuhr man vorbei, an einem Tennisplatz, und dann kam man zum Kai mit seinen Lagerhäusern. Mrs. Davidson deutete auf den Schoner, der drei- oder vierhundert Meter vom Ufer entfernt verankert war und sie nach Apia bringen sollte. Eine Menge eifriger, lärmender und fröhlicher Eingeborener war von allen Teilen der Insel gekommen. Manche aus Neugier, manche, um mit den Reisenden, die nach Sydney fuhren, Tauschhandel zu treiben. Sie brachten Ananas und riesige Stauden von Bananen, Tapa-Tücher, Halsketten aus Muscheln oder Haifischzähnen, Kawa-Schalen und kleine Nachbildungen von Kriegskanus. Amerikanische Matrosen, schmuck und sauber, glatt rasiert und mit offenen Gesichtern, schlenderten unter ihnen umher, und an einer Seite stand eine kleine Gruppe von Beamten. Während ihr Gepäck ausgeladen wurde, beobachteten die Macphails und die Davidsons das Menschengewühl. Dr. Macphail sah die Himbeerpocken, an denen die meisten Kinder und Jünglinge zu leiden schienen und die sich in entstellenden Wunden wie schlaffe Geschwüre zeigten. Sein professioneller Blick leuchtete auf, als er zum erstenmal leibhaftig Fälle von Elephantiasis erblickte, Männer mit einem riesigen, schweren Arm oder einem unförmig angeschwollenen Bein. Männer und Frauen trugen den *Lava-Lava*.

»Ein sehr unanständiges Kleidungsstück«, sagte Mrs. Davidson. »Mr. Davidson findet, es sollte von Rechts wegen verboten werden. Wie kann man von Menschen Moral erwarten, die nichts anhaben als einen Streifen roter Baumwolle um die Lenden?«

»Es entspricht dem Klima«, entgegnete der Arzt und wischte sich den Schweiß von der Stirn.

Hier an Land empfanden sie die Hitze drückend, obgleich es noch früh am Morgen war. Eingeschlossen von Bergen, lag Pago-Pago ohne einen Lufthauch da.

»Auf unseren Inseln«, fuhr Mrs. Davidson mit ihrer schrillen Stimme fort, »haben wir den *Lava-Lava* so gut wie ausgerottet. Ein paar alte Männer sieht man noch damit, und das ist alles. Die Frauen tragen alle ein Wickelkleid und die Männer Hosen und Unterhemd. Am Anfang unseres Aufenthaltes dort schrieb Mr. Davidson in einem seiner Berichte: ›Die Einwohner dieser Inseln werden erst dann christianisiert sein, wenn jeder Knabe über zehn richtige Hosen trägt.‹«

Mrs. Davidson hatte zwei-, dreimal rasche Vogelblicke zu den schweren grauen Wolken geworfen, die auf den Hafen zugesegelt kamen. Ein paar Tropfen fielen bereits.

»Wir sollten uns unterstellen«, sagte sie.

Sie flüchteten sich mit den übrigen unter ein großes Wellblechdach, und nun fiel der Regen schon in Strömen. Dort standen sie eine Weile, und schließlich kam auch Mr. Davidson zu ihnen. Während der Fahrt hatte er sich hie und da sehr höflich mit den Macphails unterhalten; doch er war nicht so gesellig wie seine Frau und hatte fast die ganze Zeit lesend zugebracht. Er war ein stiller, eigentlich mürrischer Mensch, und man spürte, daß Liebenswürdigkeit eine Pflicht für ihn bedeutete, die er sich christlich selbst auferlegt hatte. Von Natur aus war er reserviert und sogar finster.

Er war eine auffallende Erscheinung: sehr groß und dünn, mit langen, schlaksigen Gliedern, eingefallenen Wangen und seltsam hohen Backenknochen. Er sah so ausgezehrt aus, daß man überrascht war, wenn man seine vollen, sinnlichen Lippen bemerkte. Er trug sein Haar sehr lang. Seine dunklen, tiefliegenden Augen waren groß und voller Trauer, und seine Hände mit den langen, knochigen, edlen Fingern sahen nach Charakterstärke aus. Aber das Auffallendste an ihm war, daß man bei seinem Anblick an unterdrücktes Feuer denken mußte, was eindrucksvoll und leicht beunruhigend wirkte. Das war kein Mensch, mit dem man Vertraulichkeit pflegen konnte.

Er brachte unwillkommene Nachrichten. Eine Masernepidemie war auf der Insel ausgebrochen, bei den Eingeborenen eine ernste und oft tödliche Krankheit; und auch die Mannschaft des Schoners, mit dem sie fahren sollten, hatte einen Fall gemeldet. Der Mann war bereits an Land und in die Quarantäneabteilung des Krankenhauses gebracht worden, aber Apia hatte telegraphisch Weisung gegeben, der Schoner dürfe dort nicht anlaufen, ehe nicht mit Sicherheit festgestellt werden könne, daß kein weiteres Mitglied angesteckt sei.

»Das heißt, daß wir hier für mindestens zehn Tage bleiben müssen.«

»Aber ich werde dringend in Apia gebraucht«, sagte Doktor Macphail.

»Da ist nichts zu machen. Wenn sich kein weiterer Fall mehr auf dem Schoner zeigt, darf er mit weißen Passagieren abfahren, Eingeborene können erst in drei Monaten wieder reisen.«

»Gibt es hier ein Hotel?« fragte Mrs. Macphail.

Davidson lachte leise auf.

»Ausgeschlossen.«

»Was sollen wir tun?«

»Ich habe mit dem Gouverneur gesprochen. Am Kai wohnt ein Kaufmann, der Zimmer vermietet. Ich schlage vor, sobald der Regen aufhört, dort hinzugehen und zu sehen, was zu machen ist. Aber erwarten Sie keinen Komfort! Wir können froh und dankbar sein, wenn wir ein Bett zum Schlafen und ein Dach über dem Kopf haben.«

Aber der Regen zeigte keine Neigung aufzuhören, und schließlich machten sie sich mit Schirmen und Regenmänteln auf den Weg. Es gab keine richtige Stadt hier, nur ein paar offizielle Gebäude, ein, zwei Läden und im Hintergrund zwischen Kokospalmen und Bananenstauden einige wenige Eingeborenenhütten. Das Haus, das sie suchten, lag etwa fünf Minuten vom Hafen entfernt, ein zweistöckiger Holzbau mit breiten Veranden auf beiden Etagen und einem Wellblechdach. Der Besitzer war ein Mischling namens Horn, der eine Eingeborene zur Frau hatte, die von kleinen braunen Kindern umringt wurde. Im unteren Stock führte er einen Laden, in dem er Konserven und Baumwolle verkaufte. Die Zimmer, die er ihnen zeigte, waren fast unmöbliert. In dem, das die Macphails nahmen, stand nichts als ein altes, abgenutztes Bett mit einem zerfetzten Moskitonetz, ein wackeliger Stuhl und ein Waschtisch. Sie blickten sich bestürzt um. Der Regen strömte pausenlos nieder.

»Ich werde nicht mehr auspacken, als wir unbedingt brauchen«, sagte Mrs. Macphail.

Als sie gerade einen Handkoffer aufschloß, kam Mrs. Davidson zu ihnen ins Zimmer. Sie war frisch und munter. Die freudlose Umgebung hatte keinerlei Wirkung auf sie.

»Wenn ich Ihnen einen Rat geben darf, so nehmen Sie schnell Nadel und Faden und fangen an, Ihr Moskitonetz zu reparieren«, sagte sie, »sonst werden Sie heute nacht kein Auge zutun.«

»Ist es so schlimm?« fragte Dr. Macphail.

»Es ist die Jahreszeit. Wenn man Sie in Apia ins Haus des Gouverneurs einlädt, werden Sie bemerken, daß alle Damen eine Art Kissenbezug erhalten, in den sie ihre … ihre unteren Extremitäten stecken.«

»Wenn nur der Regen für einen Augenblick aufhören wollte!« klagte Mrs. Macphail. »Ich könnte den Raum bei Sonnenschein viel behaglicher machen.«

»Oh, wenn Sie darauf warten, müssen Sie noch lange Geduld haben«, entgegnete Mrs. Davidson. »Pago-Pago ist wahrscheinlich der regenreichste Ort im ganzen Pazifischen Ozean. Sehen Sie, die Berge und die Bucht ziehen das Wasser an, und außerdem ist ohnehin gerade Regenzeit.«

Sie blickte von Macphail zu dessen Frau, die in verschiedenen Zimmerecken hilflos dastanden wie verlorene Seelen, und spitzte den Mund. Sie sah, daß sie sich ihrer annehmen mußte. Solche ratlosen Menschen machten sie ganz nervös, aber es kribbelte ihr in den Händen, alles in jene Ordnung zu bringen, die ihr so leichtfiel.

»Kommen Sie, geben Sie mir Nadel und Faden, dann will ich Ihr Netz reparieren, während Sie weiter auspacken. Um ein Uhr wird gegessen. Dr. Macphail, Sie würden gut daran tun, zum Hafen zu gehen und dafür zu sorgen, daß Ihr großes Gepäck an einen trockenen Ort kommt. Sie wissen, wie diese Eingeborenen sind. Sie bringen es fertig, Ihre Sachen irgendwo aufzustellen, wo es die ganze Zeit über hineinregnet.«

Der Arzt zog seinen Regenmantel wieder an und ging hinunter. An der Tür stand Mr. Horn und unterhielt sich mit dem Quartiermeister des Schiffes, auf dem sie soeben angekommen waren, und einer Reisenden der zweiten Klasse, die Dr. Macphail mehrmals an Bord gesehen hatte. Der Quartiermeister, ein kleiner, verrunzelter, ungewöhnlich schmutziger Mann, nickte ihm zu, als er vorbeiging.

»Dumme Sache mit den Masern, Doc«, sagte er. »Ich sehe, Sie haben sich hier bereits niedergelassen.«

Dr. Macphail fand ihn ziemlich vertraulich in seiner Art, war aber ein schüchterner Mensch und nicht sehr leicht gekränkt.

»Ja, wir haben ein Zimmer oben.«

»Miss Thompson fährt auch nach Apia, deshalb habe ich sie hierhergebracht.«

Der Quartiermeister zeigte mit dem Daumen auf die Frau, die neben ihm stand. Sie war etwa siebenundzwanzig, drall, auf grobe Art hübsch und trug ein weißes Kleid und einen großen weißen Hut. Ihre prallen Waden in weißen Baumwollstrümpfen wölbten sich über den Rand ihrer weißen Glacéléderstiefel. Sie schenkte Macphail ein einschmeichelndes Lächeln.

»Dieser Kerl versucht, mir anderthalb Dollar pro Tag für ein winziges Zimmer abzuknöpfen«, sagte sie mit heiserer Stimme.

»Ich sage dir, sie ist eine Freundin von mir, Jo«, drängte der Quartiermeister. »Sie kann nicht mehr als einen Dollar zahlen, und du mußt sie einfach dafür bei dir wohnen lassen.«

Der Kaufmann war dick und glatt und lächelte ruhig.

»Nun, wenn es so ist, Mr. Swan, dann will ich sehen, was zu machen ist. Auf jeden Fall werde ich mit Mrs. Horn sprechen, und wenn eine Ermäßigung möglich ist, soll sie sie bekommen.«

»Fangen Sie gar nicht erst mit solchen Tricks bei mir an«, sagte Miss Thompson. »Die Sache muß gleich geregelt werden. Sie bekommen einen Dollar pro Tag für das Zimmer und keinen Cent mehr.«

Dr. Macphail lächelte. Er bewunderte die Unverschämtheit, mit der sie verhandelte. Er gehörte zu den Leuten, die immer bezahlten, was man von ihnen verlangte. Lieber ließ er sich übervorteilen, als daß er gefeilscht hätte. Der Kaufmann seufzte.

»Nun, Mr. Swan zuliebe will ich mich zufriedengeben.«

»So ist's recht«, sagte Miss Thompson. »Kommen Sie gleich herein und trinken Sie bei mir einen Schluck Schnaps. Ich habe einen wirklich guten Korn in meiner Tasche, wenn Sie sie hereintragen wollen, Mr. Swan. Sie kommen auch mit, Doktor?«

»Oh, ich glaube nicht, vielen Dank!« antwortete er. »Ich will eben hinuntergehen und schauen, ob mit unserem Gepäck alles in Ordnung ist.«

Damit trat er hinaus in den Regen. Der fegte nur so daher von der Hafeneinfahrt, und der gegenüberliegende Strand war kaum zu sehen. Macphail begegnete einigen Eingeborenen, die nichts anhatten als den *Lava-Lava* und riesige Regenschirme über sich hielten. Sie hatten einen schönen

Gang, sehr aufrecht und mit gemächlichen Bewegungen; und sie lächelten und grüßten ihn in einer fremden Sprache, als sie an ihm vorüberkamen.

Es war fast Abendessenszeit, als er zurückkehrte. Im Wohnzimmer des Kaufmanns hatte man für sie gedeckt. Dieses Zimmer war nicht zum Wohnen eingerichtet, sondern nur für Prestigezwecke, und es herrschte eine dumpfe und melancholische Atmosphäre darin. Eine Garnitur aus gestanztem Plüsch stand an den Wänden, und von der Mitte der Decke hing, gegen die Fliegen durch gelbes Seidenpapier geschützt, ein vergoldeter Kronleuchter. Davidson war nicht gekommen.

»Er wollte dem Gouverneur einen Besuch abstatten«, sagte Mrs. Davidson, »und ich nehme an, er wurde zum Essen dabehalten.«

Ein kleines Eingeborenenmädchen brachte ihnen ein Gericht aus gehacktem Fleisch, und nach einer Weile kam der Kaufmann herein, um zu sehen, ob sie mit allem Nötigen versehen seien.

»Wir haben doch noch eine Mitbewohnerin, Mr. Horn«, sagte Dr. Macphail.

»Sie hat nur ein Zimmer genommen, das ist alles«, erwiderte der Kaufmann, »und bekommt ihr Essen dort.« Dabei schaute er die beiden Damen unterwürfig an.

»Ich habe sie im unteren Stockwerk einlogiert, damit sie Ihnen nicht im Wege ist. Sie wird Sie nicht belästigen.«

»Ist es jemand vom Schiff?« fragte Mrs. Macphail.

»Ja, Ma'am. Sie war in der zweiten Klasse. Sie reist nach Apia, wo sie als Kassiererin arbeiten wird.«

»Oh!«

Als der Kaufmann gegangen war, sagte Macphail: »Ich glaube, sie wird das nicht besonders lustig finden, allein auf ihrem Zimmer zu essen.«

»Wenn sie in der zweiten Klasse war, ist es besser so«, antwortete Mrs. Davidson. »Ich weiß nicht so recht, wer es sein kann.«

»Ich war zufällig dabei, als der Quartiermeister sie herbrachte. Sie heißt Thompson.«

»Es ist doch nicht etwa die Frau, die mit dem Quartiermeister gestern abend getanzt hat?« fragte Mrs. Davidson.

»Das muß sie wohl sein«, meinte Mrs. Macphail. »Ich fragte mich schon, was sie für eine ist. Sie schien mir ziemlich locker zu sein.«

»Kein guter Stil«, sagte Mrs. Davidson.

Dann sprachen sie über andere Dinge, und müde vom frühen Aufstehen, trennten sie sich nach dem Essen und gingen schlafen. Als sie aufwachten, regnete es nicht mehr, obwohl der Himmel immer noch grau war und die Wolken tief hingen. Sie machten einen Spaziergang auf der Landstraße, die längs der Bucht von den Amerikanern angelegt worden war.

Bei ihrer Rückkehr sahen sie, daß Davidson auch eben heimgekommen war.

»Vierzehn Tage lang werden wir hier sitzen müssen«, sagte er verärgert. »Ich habe mit dem Gouverneur hin und her verhandelt, aber er sagt, er könne nichts machen.«

»Mr. Davidson sehnt sich nur danach, zu seiner Arbeit zurückzukehren«, erklärte seine Frau mit einem unruhigen Blick auf ihn.

»Wir sind ein Jahr lang fortgewesen«, sagte er und ging auf

der Veranda hin und her. »Die Mission lag solange in den Händen eingeborener Missionare, und ich bin schrecklich nervös und fürchte, sie haben die Dinge schleifen lassen. Es sind gute Menschen, ich will nichts gegen sie sagen. Gottesfürchtig, ergeben und wahre Christen – ihre Christlichkeit könnte manchem sogenannten Christen zu Hause die Schamesröte ins Gesicht treiben –, aber sie haben jämmerlich wenig Energie. Sie können einmal hart bleiben, sie können es auch zweimal, aber sie können es nicht die ganze Zeit über. Wenn man einem eingeborenen Missionar, mag er noch so vertrauenswürdig scheinen, eine Mission überläßt, so werden sich immer wieder mit der Zeit Mißstände einschleichen.«

Mr. Davidson blieb stehen. Mit seiner hohen, dürren Gestalt und den großen Augen, die aus dem bleichen Gesicht blitzten, war er eine eindrucksvolle Erscheinung. In dem Feuer seiner Gebärden und der tiefen, klingenden Stimme lag absolute Aufrichtigkeit.

»Ich erwarte, daß ich mein ganzes Werk werde umformen müssen. Ich werde handeln müssen, und zwar sofort. Ist der Baum verfault, muß er gefällt und ins Feuer geworfen werden.«

Und am Abend nach dem Tee, der ihre letzte Mahlzeit war, sprach der Missionar, während die Damen mit Handarbeiten beschäftigt waren und Dr. Macphail eine Pfeife rauchte, von seiner Arbeit auf den Inseln.

»Als wir dort hinkamen, existierte für sie der Begriff der Sünde überhaupt noch nicht«, sagte er. »Sie verletzten die Gebote eines nach dem andern, ohne zu wissen, daß sie unrecht taten. Und ich glaube, das war der schwerste Teil meiner Arbeit, den Eingeborenen beizubringen, was Sünde ist.«

Die Macphails wußten bereits, daß Davidson fünf Jahre lang auf den Salomoninseln gearbeitet hatte, ehe er seine Frau kennenlernte. Sie hatte als Missionarin in China gewirkt, und sie waren sich in Boston begegnet, wo sie einen Teil ihres Urlaubs verbrachten, um einem Missionskongreß beizuwohnen. Nach ihrer Heirat wurden sie zu den Inseln geschickt, auf denen sie sich seitdem betätigten.

Im Laufe der vielen Unterhaltungen, die sie mit Mrs. Davidson gehabt hatten, war eines klar zutage getreten, und zwar der unwandelbare Mut ihres Gatten. Als medizinisch geschulter Missionar mußte er immer darauf gefaßt sein, zu der einen oder anderen Insel der Gruppe gerufen zu werden. Selbst ein Walfänger ist während der Regenzeit kein sehr sicheres Transportmittel im stürmischen Pazifik, doch oft wurde er in einem Kanu geholt, und dann war die Gefahr groß. Bei Krankheits- oder Unglücksfällen zögerte er nie. Mehr als ein dutzendmal schwebte er nächtelang in Todesgefahr, und oft hatte Mrs. Davidson ihn schon verloren geglaubt.

»Ich flehe ihn manchmal an, nicht zu gehen«, sagte sie, »oder mindestens zu warten, bis das Wetter sich aufklärt, aber er hört nicht auf mich. Er ist halsstarrig; wenn er sich einmal etwas in den Kopf gesetzt hat, kann nichts ihn davon abbringen.«

»Wie dürfte ich von den Eingeborenen fordern, auf den Herrn zu vertrauen, wenn ich selbst mich fürchtete, es zu tun?« rief Davidson. »Aber ich fürchte mich wahrhaftig nicht. Die Eingeborenen wissen, daß ich komme, sobald sie mich rufen, wenn es nur irgend menschenmöglich ist. Ja, glauben Sie denn, Gott würde mich verlassen, wenn ich in

Seinem Namen wirke? Der Wind weht, wenn Er es befiehlt, und die Wogen schäumen auf und wüten auf Sein Wort.«

Dr. Macphail war ein furchtsamer Mensch. Er hatte sich nie an das Heulen der Granaten über den Schützengräben gewöhnen können, und wenn er nahe der Front in einer Verbandsstation zu operieren hatte, brach ihm ständig bei der Bemühung, die zitternde Hand zu beherrschen, der Schweiß aus und trübte die Gläser seiner Brille. Ihn schauderte ein wenig beim Anblick des Missionars.

»Ich wünschte, ich könnte von mir sagen, ich hätte nie Angst gehabt«, murmelte er.

»Ich wünschte, Sie könnten sagen, daß Sie immer an Gott geglaubt haben«, entgegnete der andere.

Aber aus irgendeinem Grunde wandten sich an diesem Abend die Gedanken des Missionars immer wieder der ersten Zeit zu, die er und seine Frau auf den Inseln verbracht hatten.

»Manchmal schauten Mrs. Davidson und ich uns an, und die Tränen liefen uns über die Wangen. Wir arbeiteten ohne Unterlaß Tag und Nacht und schienen keinen Schritt weiterzukommen. Ich weiß nicht, was ich damals ohne sie gemacht hätte. Wenn mein Mut versagte, wenn ich der Verzweiflung nahe war, gab sie mir wieder Kraft und Hoffnung.«

Mrs. Davidson schaute auf ihre Handarbeit nieder, und eine leichte Röte stieg ihr in die Wangen. Ihre Hände zitterten ein wenig. Aus Angst, die Stimme werde ihr versagen, wagte sie nicht zu sprechen.

»Wir hatten keinen, der uns hätte helfen können. Wir waren allein, Tausende von Meilen fern von unseren eigenen Leuten und umgeben von Finsternis. Wenn ich entmutigt und erschöpft war, legte sie ihre Arbeit beiseite, nahm die Bibel und las mir daraus vor, bis der Friede kam und sich auf mich senkte wie der Schlaf auf die Lider eines Kindes, und wenn sie schließlich das Buch schloß, sagte sie: ›Wir werden sie retten, auch wenn sie nicht wollen.‹ Und ich fühlte mich wieder stark im Herrn und antwortete: ›Ja, mit Gottes Hilfe werde ich sie retten. Ich muß sie retten.‹«

Er trat an den Tisch und stand ihnen gegenüber, als wollte er eine Vorlesung halten.

»Verstehen Sie, diese Menschen waren so von Natur aus verdorben, daß sie nicht dazu gebracht werden konnten, ihre Schlechtigkeit zu begreifen. Wir mußten sie lehren, Sünde in Handlungen zu sehen, die sie für ganz natürlich hielten. Wir mußten ihnen klarmachen, daß es Sünde sei, nicht nur die Ehe zu brechen oder zu lügen und zu stehlen, sondern auch den Leib zur Schau zu stellen, zu tanzen oder der Kirche fernzubleiben. Ich ließ die Frauen eine Sünde darin sehen, den Busen zu zeigen, und die Männer, keine Hosen zu tragen.«

»Wie brachten Sie das fertig?« fragte Dr. Macphail nicht ohne Neugier.

»Ich führte Geldstrafen ein. Offenbar ist die Strafe das einzige Mittel, durch das die Menschen einsehen lernen, daß eine Tat sündig ist. Ich strafte sie, wenn sie nicht zur Kirche kamen; ich strafte sie, wenn sie tanzten; ich strafte sie, wenn sie unzüchtig gekleidet waren. Ich habe einen Tarif ausgearbeitet, und jede Sünde mußte entweder mit Geld oder mit Arbeit gebüßt werden. Und schließlich habe ich sie so weit gebracht, daß sie es verstanden.«

»Haben sie sich denn nie geweigert zu bezahlen?«

»Wie sollten sie?« fragte der Missionar.

»Es bedarf großer Tapferkeit, sich Mr. Davidson zu widersetzen«, sagte Mrs. Davidson mit ihren schmalen Lippen.

Dr. Macphail schaute Mr. Davidson erschrocken an. Was er hörte, empörte ihn, aber er wagte nicht, seine Mißbilligung laut zu äußern.

»Bedenken Sie, daß ich sie im schlimmsten Fall von der Kirchengemeinschaft ausschließen konnte.«

»Hätte ihnen das viel bedeutet?«

Davidson lächelte ein wenig und rieb sich die Hände.

»Dann hätten sie ihre Kopra nicht verkaufen können. Gingen die Männer fischen, bekamen sie ihren Anteil nicht. Es hieß soviel wie verhungern. O ja, es hätte ihnen schon etwas bedeutet.«

»Erzähle ihm von Fred Ohlson«, sagte Mrs. Davidson.

Der Missionar heftete seinen glühenden Blick auf Dr. Macphail.

»Fred Ohlson war ein dänischer Kaufmann, der seit vielen Jahren auf der Insel lebte. Er war ein ziemlich reicher Mann und nicht sehr erbaut von unserem Erscheinen. Sie verstehen, er hatte sich alles so eingerichtet, wie es ihm paßte, bezahlte den Eingeborenen für ihre Kopra, was er wollte, und zwar in Waren und Whisky. Er hatte eine Eingeborene zur Frau, die er aber dauernd betrog. Und er war ein Trinker. Ich gab ihm die Möglichkeit, sich zu bessern, aber er schlug sie in den Wind und lachte mich aus.«

Davidson sprach diese letzten Worte im tiefsten Baß und schwieg danach eine Zeitlang. Die Stille lastete schwer und drohend.

»In zwei Jahren war er ein ruinierter Mann. Er verlor alles, was er sich in einem Vierteljahrhundert aufgebaut hatte. Und ich war es, der ihn zugrunde richtete und schließlich dazu zwang, zu mir zu kommen und mich um das Geld zur Rückreise nach Sydney anzuflehen.«

»Ich wünschte, Sie hätten ihn gesehen, als er zu Mr. Davidson kam«, sagte die Frau des Missionars. »Früher ein stattlicher, kräftiger Mann, gut gepflegt und mit einer lauten Stimme, war er plötzlich nur mehr halb so groß und ein alter Mann, der an allen Gliedern schlotterte.«

Mit abwesendem Blick schaute Davidson hinaus in die Nacht. Es regnete wieder.

Plötzlich kam ein Laut von unten; Davidson drehte sich um und sah seine Frau fragend an. Es war der rauhe, lärmige Laut eines Grammophons, das eine moderne Tanzplatte spielte.

»Was ist das?«

Mrs. Davidson rückte ihren Kneifer auf der Nase zurecht.

»Ein Passagier der zweiten Klasse hat ein Zimmer in diesem Haus. Ich nehme an, das Geräusch kommt von dort.«

Sie lauschten schweigend und vernahmen nun auch den Laut tanzender Schritte. Dann hörte die Musik auf, Pfropfen knallten, und Stimmen erhoben sich in animierter Unterhaltung.

»Ich glaube, sie gibt eine Abschiedsparty für ihre Freunde an Bord«, sagte Dr. Macphail. »Das Schiff fährt um zwölf Uhr ab, nicht wahr?«

Davidson bemerkte nichts dazu, schaute aber auf seine Uhr.

»Bist du fertig?« fragte er seine Frau.

Sie stand auf und legte ihre Arbeit zusammen.

»Ja, gewiß«, antwortete sie.

»Ist es nicht zu früh, ins Bett zu gehen?« fragte der Arzt.

»Wir haben noch sehr viel zu lesen«, erklärte Mrs. Davidson. »Wo immer wir sind, lesen wir ein Kapitel aus der Bibel, ehe wir uns zur Nacht zurückziehen, und wir studieren es mit dem Kommentar, verstehen Sie, und sprechen es gründlich durch. Das ist eine wundervolle Geistesübung.«

Die beiden Paare sagten einander gute Nacht. Der Arzt und seine Frau blieben zurück. Drei oder vier Minuten lang sprach keiner von ihnen ein Wort.

»Ich gehe hinauf und hole die Karten«, sagte Dr. Macphail schließlich.

Mrs. Macphail schaute ihn zweifelnd an. Die Unterhaltung mit den Davidsons hatte sie ein wenig unsicher gemacht, aber sie wollte nicht gerne aussprechen, daß sie es für besser hielt, nicht Karten zu spielen, solange die Davidsons jeden Augenblick hereinkommen konnten.

Dr. Macphail brachte die Karten, und sie schaute zu, wenn auch mit einem leichten Schuldgefühl, während er seine Patience legte. Weiterhin hörte man, wie unten geräuschvoll gefeiert wurde.

Am nächsten Tag war das Wetter ganz gut, und die Macphails, zu zwei Wochen Nichtstun in Pago-Pago verurteilt, beschlossen, gute Miene zum bösen Spiel zu machen. Sie gingen hinunter zum Kai und holten aus ihren Kisten eine Anzahl Bücher. Der Doktor suchte den Chefarzt des Marinehospitals auf und machte mit ihm einen Rundgang durch die Krankenzimmer. Beim Gouverneur gaben sie ihre Karte ab. Auf dem Weg begegneten sie Miss Thompson. Dr. Macphail zog den Hut, und sie rief ihm mit lauter, fröhlicher Stimme »Guten Morgen, Doc!« zu. Sie trug wie am Tag zuvor ein weißes Kleid; ihre leuchtend weißen Stiefel mit den hohen Hacken und ihre sich wölbenden dicken Waden wirkten sonderbar in dieser exotischen Landschaft.

»Sie ist unpassend gekleidet, das muß ich sagen«, bemerkte Mrs. Macphail, »kommt mir überhaupt recht gewöhnlich vor.«

Als sie ins Haus zurückkamen, saß sie auf der Veranda und spielte mit einem der dunkelhäutigen Kinder des Kaufmanns.

»Rede ein paar Worte mit ihr«, flüsterte Dr. Macphail seiner Frau zu. »Sie ist allein hier, und es wäre ziemlich unhöflich, sie zu ignorieren.«

Mrs. Macphail war etwas scheu, hatte sich aber daran gewöhnt, zu tun, was ihr Mann von ihr verlangte.

»Ich glaube, wir sind Hausgenossen«, sagte sie ziemlich einfallslos.

»Schrecklich, nicht wahr, so zusammengepfercht zu werden?« antwortete Miss Thompson. »Und dabei sagt man mir, daß ich froh sein muß, überhaupt ein Zimmer zu haben. Ich möchte ja auch nicht bei den Eingeborenen wohnen, und manche wurden dort untergebracht. Ich verstehe nicht, warum es hier kein Hotel gibt.«

Sie wechselten noch ein paar Worte. Miss Thompson in ihrer lauten, geschwätzigen Art war sichtlich froh über eine kleine Plauderei, aber Mrs. Macphail hatte nur einen dürftigen Vorrat an fertigen Redewendungen und verabschiedete sich wieder.

»Nun, ich glaube, wir müssen jetzt hinaufgehen.«

Am Abend, als sie sich zum Tee hinsetzten, kam Davidson herein und sagte:

»Diese Frau da unten hat offensichtlich ein paar Matrosen zu Besuch. Ich frage mich, wie sie mit ihnen bekannt geworden ist.«

»Sie kann nicht sehr wählerisch sein«, bemerkte Mrs. Davidson.

Sie waren alle ziemlich müde nach dem müßig verbrachten Tag.

»Wenn das noch zwei Wochen lang so weitergehen soll, weiß ich wirklich nicht, wie das enden wird«, sagte Dr. Macphail.

»Dagegen gibt es nur eines: den Tag genau einteilen«, antwortete der Missionar. »Ich nehme mir ein paar Stunden zum geistigen Studium, einige zur körperlichen Übung, ob das Wetter nun gut oder schlecht ist – in der Regenzeit können wir es uns nicht leisten, allzusehr darauf Rücksicht zu nehmen –, und eine gewisse Zeit zur Erholung.«

Dr. Macphail schaute seinen Gefährten besorgt an. Davidsons Programm bedrückte ihn. Wieder aßen sie Hackfleisch. Es schien das einzige Gericht zu sein, das die Köchin herstellen konnte. Unter ihnen begann das Grammophon zu spielen. Davidson schrak nervös zusammen, als er es hörte, sagte aber nichts. Männerstimmen drangen herauf. Miss Thompsons Gäste sangen ein bekanntes Lied, und auch ihre heisere, laute Stimme war zu hören. Außerdem wurde viel gebrüllt und gelacht. Die vier Menschen im oberen Stock versuchten Konversation zu machen und horchten doch gegen ihren Willen auf das Klirren der Gläser und das Scharren der Stühle. Offensichtlich waren noch mehr

Leute hinzugekommen. Miss Thompson gab eine Gesellschaft.

»Ich frage mich, wie sie alle unterbringt«, sagte Mrs. Macphail und unterbrach damit eine medizinische Unterhaltung zwischen dem Missionar und ihrem Mann.

Dies zeigte, wohin ihre Gedanken gewandert waren. Das Zucken in Davidsons Gesicht bewies, daß auch seine Aufmerksamkeit, obwohl er sich über wissenschaftliche Dinge ausließ, von der gleichen Sache abgelenkt wurde. Plötzlich, gerade als der Arzt ihm ziemlich langatmig von einer Erfahrung aus seiner Praxis an der Front von Flandern erzählte, sprang er mit einem Schrei in die Höhe.

»Was ist, Alfred?« fragte Mrs. Davidson.

»Natürlich! Daß mir das auch nicht gleich eingefallen ist! Sie ist aus Iwelei.«

»Unmöglich.«

»In Honolulu kam sie an Bord. Es ist klar. Und hier treibt sie ihr Gewerbe weiter. Hier!«

Die letzten Worte stieß er mit leidenschaftlicher Empörung hervor.

»Was ist Iwelei?« fragte Mrs. Macphail.

Er heftete seine düsteren Augen auf sie, und seine Stimme bebte vor Abscheu.

»Das verpestete Viertel von Honolulu. Der Distrikt der roten Lampen. Ein Schandfleck unserer Zivilisation.«

Iwelei befand sich am Rande der Stadt. Man ging durch dunkle Seitenstraßen am Hafen über eine baufällige Brücke, kam in eine verödete, holperige Straße voller Spurrillen und trat plötzlich hinaus ins Licht. Auf beiden Seiten der Straße waren Parkplätze für Autos, es gab glitzernde, hell erleuchtete Restaurants, aus denen der Lärm mechanischer Klaviere drang, und es gab Friseurläden und Tabakgeschäfte.

Es lag Erregung in der Luft und eine Atmosphäre fröhlicher Erwartung. Man ging eine enge Gasse hinunter, entweder nach links oder nach rechts, denn die Straße teilte Iwelei in zwei Hälften, und man befand sich in jenem Distrikt. Kleine, schmucke, hübsch grün bemalte Bungalows standen dort in Reihen, und die Verbindungswege dazwischen waren breit und gerade. Das Ganze lag da wie eine Gartenstadt. Diese ehrbare Regelmäßigkeit, diese Ordnung und Sauberkeit jagten einem einen Schauer des Entsetzens über den Rükken. Wo hatte man je die Suche nach Liebe so systematisiert und geordnet? Auf den Verbindungswegen brannte hie und da eine Lampe, aber sie wären dunkel gewesen, hätten nicht die hellen Lichter aus den Bungalowfenstern sie zusätzlich erleuchtet. Männer wanderten herum und schauten die Frauen an, die lesend oder nähend an den Fenstern saßen und meistens keine Notiz von den Vorübergehenden nahmen. Wie die Frauen gehörten auch sie allen Nationen an. Da waren Amerikaner, Matrosen von den eingelaufenen Schiffen oder den Kanonenbooten, schwermütig betrunken, und Soldaten von den Regimentern, schwarze und weiße, die auf den Inseln einquartiert waren. Da waren Japaner, die zu zweit und zu dritt herumgingen, Hawaiianer, Chinesen in langen Kleidern und Filipinos mit verrückten Hüten. Schweigend und wie bedrückt schlenderten sie umher. Begierde ist etwas Trauriges.

»Es war die zum Himmel schreiende Schande des Pazifiks«, erklärte Davidson voller Heftigkeit. »Die Missionare haben sich schon seit Jahren dagegen gewandt, und schließlich hat sich die Presse damit befaßt. Die Polizei weigerte sich einzuschreiten. Man kennt ihr Argument, Laster sei etwas Unvermeidliches, deshalb sei es das beste, es zu lokalisieren und unter Kontrolle zu halten. In Wirklichkeit aber war sie gekauft. Gekauft! Gekauft von den Restaurantbesitzern, den Zuhältern und den Frauen selbst. Aber schließlich wurden sie gezwungen wegzuziehen.«

»Ich habe etwas darüber in der Zeitung gelesen, die in Honolulu an Bord kam«, sagte Dr. Macphail.

»Iwelei mit seiner Sünde und Schande hörte am selben Tage zu existieren auf, als wir ankamen. Die ganze Bevölkerung wurde vor den Richter gebracht. Ich begreife einfach nicht, wieso ich nicht sogleich erkannt habe, was das für eine Frau ist.«

»Da Sie jetzt davon sprechen«, sagte Mrs. Macphail, »erinnere ich mich, daß ich sie nur wenige Minuten vor Abfahrt des Schiffes hatte an Bord kommen sehen. Ich dachte noch, die hat aber Glück gehabt.«

»Wie kann sie es wagen, hierherzukommen!« rief Davidson aufgebracht. »Ich werde es nicht dulden.«

Er schritt zur Tür.

»Was wollen Sie tun?« fragte Macphail.

»Was erwarten Sie von mir? Ich werde dies unterbinden. Ich lasse es nicht zu, daß dieses Haus herabsinkt zu einem, zu einem …«

Er suchte nach einem Wort, das die Ohren der Damen nicht beleidigte. Seine Augen blitzten, und sein bleiches Gesicht war vor Erregung noch bleicher geworden.

»Es klingt so, als seien mindestens drei, vier Männer dort unten«, sagte der Arzt. »Finden Sie es nicht ziemlich gewagt, gerade jetzt hineinzugehen?«

Der Missionar warf ihm nur einen verachtungsvollen Blick zu und eilte wortlos aus dem Zimmer.

»Sie kennen Mr. Davidson schlecht, wenn Sie meinen, Angst vor persönlicher Gefahr könne ihn von der Ausübung seiner Pflicht abhalten«, sagte seine Frau.

Sie saß mit nervös gefalteten Händen da, zwei Flecken erschienen auf ihren hohen Backenknochen, und sie horchte angestrengt nach unten. Sie alle horchten, hörten ihn die Holztreppe hinuntersteigen und eine Tür aufstoßen. Das Singen verstummte plötzlich, aber das Grammophon fuhr fort, seine vulgäre Melodie hinauszuplärren. Sie vernahmen Mr. Davidsons Stimme und dann das Geräusch von etwas Schwerem, das niederfiel.

Die Musik hörte plötzlich auf. Er hatte anscheinend das Grammophon auf den Boden geschleudert. Abermals drang Davidsons Stimme, deren Worte sie aber nicht verstehen konnten, nach oben, dann die laute, schrille von Miss Thompson, danach ein wirrer Lärm, als brüllten mehrere Menschen gleichzeitig aus voller Kraft. Mrs. Davidson stieß einen kleinen Seufzer aus und schlang die Hände noch fester ineinander. Dr. Macphail blickte unsicher von ihr zu seiner Frau. Er hatte durchaus keine Lust, hinunterzugehen, fragte sich aber, ob sie es von ihm erwarteten. Dann kam etwas, was klang wie ein Handgemenge. Der Lärm wurde deutlicher. Wahrscheinlich waren sie dabei, Davidson hinauszuwerfen. Die Tür wurde zugeschlagen. Dann folgte eine Stille, und gleich darauf hörten sie Davidson die Treppe hinaufsteigen. Er ging weiter in sein Zimmer.

»Ich glaube, ich werde zu ihm gehen«, sagte Mrs. Davidson.

Sie stand auf und verschwand.

»Sollten Sie mich brauchen, so rufen Sie mich!« rief Mrs. Macphail ihr nach, und als die andere gegangen war, sagte sie: »Ich hoffe, er wurde nicht verletzt.«

»Warum mischt er sich in fremde Angelegenheiten?« murmelte Dr. Macphail.

Schweigend saßen sie eine Zeitlang da und schraken gleichzeitig zusammen, denn das Grammophon begann wieder herausfordernd zu spielen, und höhnische Stimmen brüllten heiser den Text eines zotigen Liedes.

Am nächsten Tag war Mrs. Davidson bleich und müde. Sie klagte über Kopfweh und sah alt und runzelig aus. Sie erzählte Mrs. Macphail, der Missionar habe überhaupt nicht geschlafen, sondern die Nacht in entsetzlicher Erregung verbracht. Um fünf Uhr sei er aufgestanden und fortgegangen. Ein Glas Bier habe man über ihn ausgegossen, und seine Kleider seien fleckig und stänken. Aber ein düsteres Feuer glomm in Mrs. Davidsons Augen, wenn sie von Miss Thompson sprach.

»Sie wird den Tag, an dem sie Mr. Davidson verhöhnt hat, noch bitter bereuen«, sagte sie. »Mr. Davidson hat das beste Herz der Welt, und niemand, der in Not war, ist je zu ihm gekommen, ohne Trost von ihm zu empfangen, aber gegen die Sünde geht er gnadenlos vor, und wenn sein gerechter Zorn entfacht wird, ist er fürchterlich.«

»Was wird er tun?« fragte Mrs. Macphail.

»Ich weiß es nicht, aber ich möchte nicht in der Haut dieser Person stecken, um nichts in der Welt.«

Mrs. Macphail erschauerte. Etwas ernstlich Beunruhigendes lag in der triumphierenden Sicherheit dieser kleinen

Frau. Sie gingen an diesem Morgen zusammen aus und stiegen nebeneinander die Treppe hinunter. Miss Thompsons Tür stand offen, und sie sahen sie in einem fleckigen Morgenrock, wie sie sich etwas auf einem kleinen Kocher zubereitete.

»Guten Morgen!« rief sie heraus. »Geht es Mr. Davidson heute besser?«

Sie gingen mit emporgereckter Nase schweigend vorbei, als existierte sie nicht. Doch erröteten sie, als sie in eine Kaskade höhnischen Gelächters ausbrach. Plötzlich wandte Mrs. Davidson sich um.

»Wagen Sie es nicht, mich anzusprechen!« schrie sie. »Wenn Sie mich beleidigen, werde ich Sie aus dem Haus werfen lassen.«

»He, habe ich vielleicht Mr. Davidson gebeten, mich zu besuchen?«

»Antworten Sie ihr nicht«, flüsterte Mrs. Macphail hastig.

Wortlos gingen sie weiter, bis sie außer Hörweite waren.

»Sie ist schamlos, einfach schamlos«, zischte Mrs. Davidson.

Sie erstickte fast vor Wut.

Auf dem Heimweg begegneten sie ihr wieder, wie sie am Kai entlangschlenderte. Sie hatte ihren ganzen Putz angelegt. Ihr großer weißer Hut mit den billigen, auffallenden Blumen war direkt eine Herausforderung. Sie rief ihnen fröhlich etwas zu, und ein paar amerikanische Matrosen, die dort standen, grinsten, als die Damen mit eisigen Gesichtern vorübergingen.

Kurz bevor es wieder zu regnen begann, traten sie ins Haus.

»Das wird ihr die feinen Kleider ruinieren«, bemerkte Mrs. Davidson mit bitterem Hohn.

Davidson kam erst herein, als sie das Essen schon zur Hälfte hinter sich hatten. Er war völlig durchnäßt, wollte sich aber nicht umkleiden. Er saß finster und schweigend da, aß nicht mehr als einige Bissen und starrte hinaus in den strömenden Regen. Als Mrs. Davidson ihm von ihren zwei Begegnungen erzählte, antwortete er nicht. Nur die tiefer werdenden Falten auf seiner Stirn zeigten an, daß er zugehört hatte.

»Glaubst du nicht, daß wir Mr. Horn veranlassen sollten, sie vor die Tür zu setzen?« fragte Mrs. Davidson. »Wir dürfen ihr nicht gestatten, uns zu beleidigen.«

»Es scheint aber kein anderes Haus zu geben, wohin sie gehen könnte«, bemerkte Dr. Macphail.

»Sie kann bei einem von den Eingeborenen wohnen.«

»Bei solchem Wetter müssen diese Hütten nicht sehr angenehm sein, um darin zu leben.«

»Ich habe jahrelang in einer gelebt«, sagte der Missionar.

Als das kleine Eingeborenenmädchen die gebackenen Bananen hereinbrachte, die ihr tägliches Dessert waren, wandte Davidson sich an sie.

»Frage Miss Thompson, wann es ihr passen würde, mich zu empfangen«, sagte er.

Das Mädchen nickte scheu und verschwand.

»Warum willst du sie besuchen, Alfred?« fragte Mrs. Davidson.

»Ich tue meine Pflicht. Ich will nicht gegen sie vorgehen, ehe ich ihr nicht jede Möglichkeit geboten habe.«

»Du weißt nicht, wie sie ist. Sie wird dich beleidigen.«

»Sie soll mich ruhig beleidigen, sie soll mich anspeien. Aber sie hat eine unsterbliche Seele, und ich muß alles tun, was in meiner Macht steht, um sie zu retten.«

In Mrs. Davidsons Ohren hallte noch das höhnische Dirnengelächter.

»Sie ist zu weit gegangen.«

»Zu weit für die Gnade Gottes?« Seine Augen blitzten plötzlich, und seine Stimme wurde weich und sanft. »Niemals! Der Sünder mag im tiefsten Höllenschlund der Sünde stecken, die Liebe unseres Herrn Jesu kann ihn immer noch erreichen.«

Das Mädchen kam mit der Antwort zurück.

»Viele Grüße von Miss Thompson, und wenn Reverend Davidson nicht gerade in den Geschäftsstunden kommt, freut sie sich jederzeit, ihn zu empfangen.«

Die vier Leute nahmen diese Botschaft schweigend entgegen, und Dr. Macphail ließ schnell das Lächeln von seinen Lippen verschwinden, das dort entstanden war. Er wußte, seine Frau würde es übelnehmen, wenn er Miss Thompsons Unverschämtheit komisch fände.

Sie beendeten das Mahl wortlos. Dann erhoben sich die beiden Frauen und griffen zu ihren Handarbeiten; Mrs. Macphail strickte an einem der unzähligen Schals, die sie seit Ausbruch des Krieges angefertigt hatte, und der Arzt zündete sich eine Pfeife an. Aber Davidson blieb sitzen und starrte mit abwesendem Blick auf die Tischplatte. Schließlich erhob er sich und ging schweigend aus dem Zimmer. Sie hörten ihn hinuntergehen, und sie hörten Miss Thompsons herausforderndes »Herein!«, nachdem er an ihre Tür geklopft hatte. Eine geschlagene Stunde blieb er bei ihr. Dr.

Macphail schaute hinaus in den Regen, der anfing, ihm auf die Nerven zu gehen. Dieser Regen war nicht wie der englische, der sanft zur Erde fällt, sondern gnadenlos und irgendwie furchtbar; man spürte in ihm die Bosheit der primitiven Naturkräfte. Er rieselte nicht, er stürzte hernieder. Er kam wie die Sintflut und prasselte auf das Wellblechdach mit einer stetigen Hartnäckigkeit, die einen verrückt machen konnte. Voller Wut schien er dahinzurauschen. Und manchmal hatte man das Gefühl, schreien zu müssen, wenn das so weitergehen sollte, und gleich darauf fühlte man sich so kraftlos, als wären einem sämtliche Knochen weich geworden. Jämmerlich war einem zumute, und alle Hoffnung schwand.

Macphail drehte sich um, als der Missionar zurückkam. Die beiden Frauen blickten auf.

»Ich habe alles versucht. Ich habe sie ermahnt, zu bereuen. Sie ist eine böse Frau.«

Er hielt inne, und Dr. Macphail sah, wie seine Augen sich verdunkelten und sein Gesicht hart und finster wurde.

»Und jetzt werde ich die Peitsche nehmen, mit der unser Herr Jesus die Händler und Wechsler aus dem Tempel des Allerhöchsten verjagt hat.«

Er ging im Zimmer auf und ab. Seine Lippen preßten sich aufeinander, und seine schwarzen Brauen zogen sich dicht zusammen. »Und wenn sie in den fernsten Winkel der Erde flüchtete, ich würde sie auch dorthin verfolgen.«

Mit einer plötzlichen Bewegung wandte er sich um und ging aus dem Zimmer. Sie hörten ihn wieder hinuntergehen.

»Was wird er tun?« fragte Mrs. Macphail.

»Ich weiß es nicht.« Mrs. Davidson nahm ihren Kneifer

ab und reinigte ihn. »Wenn er im Namen des Herrn arbeitet, stelle ich ihm nie Fragen.«

Sie seufzte.

»Machen Sie sich Sorgen?«

»Er reibt sich auf. Er weiß nicht, was es heißt, seine Kräfte zu sparen.«

Dr. Macphail erfuhr die ersten Resultate der Missionarstätigkeit von dem Kaufmann, in dessen Haus sie wohnten. Mr. Horn winkte dem Arzt zu, als dieser am Laden vorüberging, kam heraus und sprach mit ihm auf der Schwelle. Sein dickes Gesicht zeigte einen besorgten Ausdruck.

»Reverend Davidson hat mir Vorhaltungen gemacht, weil ich Miss Thompson ein Zimmer vermietet habe«, sagte er, »aber ich wußte ja nicht, wer sie ist. Wenn jemand kommt und ein Zimmer mieten will, interessiert es mich nur, ob er auch Geld genug hat zum Bezahlen. Und sie hat mir für das ihre auf eine Woche im voraus bezahlt.«

Dr. Macphail wollte sich keine Blöße geben.

»Nun, wenn man es recht bedenkt, so ist das schließlich Ihr eigenes Haus, und wir können dankbar sein, daß Sie uns aufgenommen haben.«

Mr. Horn schaute ihn zweifelnd an. Er war nicht ganz sicher, wieweit Macphail auf der Seite des Missionars stand.

»Die Missionare halten alle zusammen«, sagte er zögernd. »Wenn sie einmal etwas gegen einen Kaufmann haben, dann kann er gleich einpacken.«

»Hat er verlangt, daß Sie ihr kündigen?«

»Nein, er sagte, solange sie sich anständig verhalte, könne er das nicht von mir fordern. Er sagte, er wolle auch gegen mich gerecht sein. Ich habe ihm versprochen, dafür zu sorgen, daß sie keine Besucher mehr empfängt. Gerade habe ich es ihr gesagt.«

»Und wie hat sie es aufgenommen?«

»Sie hat mir die Hölle heiß gemacht.«

Der Kaufmann schrumpfte förmlich zusammen in seinem Leinenanzug. Miss Thompson war eine harte Nuß.

»Nun, ich glaube, sie wird von selbst ausziehen. Wahrscheinlich wird sie nicht in einem Haus bleiben wollen, wo sie keine Besuche empfangen darf«, sagte Dr. Macphail.

»Aber hier gibt es ja nichts, wohin sie gehen könnte, abgesehen von den Hütten der Eingeborenen. Doch jetzt, da sie sich die Missionare zu Feinden gemacht hat, wagt kein Eingeborener mehr, sie aufzunehmen.«

Dr. Macphail schaute in den fallenden Regen.

»Nun, ich glaube, es hat keinen Sinn, zu warten, bis es sich aufklärt.«

Als sie am Abend im Wohnzimmer saßen, erzählte Davidson ihnen von den vergangenen Tagen seiner Universitätszeit. Er war völlig mittellos gewesen und hatte sich durchkämpfen müssen, indem er merkwürdige Arbeiten während der Ferien übernahm. Unten war es mäuschenstill. Miss Thompson saß allein in ihrem kleinen Zimmer. Aber plötzlich begann das Grammophon zu spielen. Aus Trotz ließ sie es laufen, um sich über ihre Einsamkeit hinwegzutrösten, aber niemand war da, der hätte mitsingen können. Es klang recht traurig, ja es klang wie ein Hilfeschrei. Davidson nahm keine Notiz davon. Er war gerade mitten in einer langen Anekdote und fuhr fort, ohne den Ausdruck zu wechseln. Das Grammophon spielte weiter. Miss Thompson ließ eine Platte nach der anderen laufen, als ginge ihr die

Stille der Nacht auf die Nerven. Es war atemraubend und bedrückend. Als die Macphails zu Bett gegangen waren, konnten sie nicht schlafen. Sie lagen nebeneinander mit weitgeöffneten Augen und horchten auf das grausame Singen der Moskitos außerhalb des Netzes.

»Was ist das?« flüsterte Mrs. Macphail plötzlich.

Sie hörten eine Stimme durch die hölzerne Trennwand, Davidsons Stimme. Sie erklang mit monotoner, ernster Eindringlichkeit. Er betete laut. Er betete für Miss Thompsons Seele.

Zwei, drei Tage vergingen. Begegneten sie jetzt Miss Thompson auf der Straße, so grüßte sie nicht mehr mit ironischer Herzlichkeit und spöttischem Lächeln, sondern sie hob die Nase in die Luft, einen schmollenden Ausdruck im geschminkten Gesicht, und tat mit gerunzelter Stirn, als sähe sie sie nicht. Der Kaufmann erzählte Macphail, sie habe versucht, anderswo Unterkunft zu finden, was ihr aber mißlungen sei. Am Abend ließ sie wieder sämtliche Platten spielen, die sie besaß, doch jetzt war die geheuchelte Lustigkeit deutlich zu spüren. Der Ragtime hatte einen knarrenden, schwermütigen Rhythmus, als wäre er ein Verzweiflungstanz. Als sie auch am Sonntag zu spielen begann, schickte Davidson den Kaufmann zu ihr und ließ sie bitten, augenblicklich damit aufzuhören, denn es sei der Tag des Herrn. Die Platte wurde abgenommen, und kein Laut war im Haus zu vernehmen, abgesehen von dem ständigen Geprassel des Regens auf dem Wellblechdach.

»Ich glaube, sie wird langsam mürbe«, sagte der Kaufmann am nächsten Tag zu Macphail. »Sie weiß nicht, was Mr. Davidson vorhat, und das macht ihr angst.«

Macphail konnte an diesem Morgen einen raschen Blick auf sie werfen, und es entging ihm nicht, daß der arrogante Ausdruck auf ihrem Gesicht verschwunden war. Sie hatte nun ein gehetztes Aussehen. Der Mischling schaute ihn von der Seite an.

»Ich glaube, Sie wissen auch nicht, was Mr. Davidson mit ihr macht«, wagte er zu fragen.

»Keine Ahnung.«

Sonderbar, daß Horn ihm diese Frage stellte, denn auch er hatte das Gefühl, der Missionar gehe auf geheimnisvolle Art zu Werke. Es war, als webe er sorgfältig und systematisch ein Netz um diese Frau und werde es, wenn es soweit sei, plötzlich zuziehen.

»Er hat mich gebeten, ihr zu sagen«, fuhr der Kaufmann fort, »sie brauche, wann immer sie ihn sehen wolle, nur nach ihm zu senden, er werde jederzeit kommen.«

»Was hat sie gesagt, als Sie ihr das ausgerichtet haben?«

»Gar nichts. Ich habe mich nicht lange aufgehalten, habe nur wiederholt, was er mir aufgetragen hat, und mich dann schnell verdrückt. Ich glaube, sie hat angefangen zu weinen.«

»Sicher geht ihr die Einsamkeit auf die Nerven«, sagte der Arzt, »und der Regen. Das genügt, um einen verrückt zu machen. Hört denn das nie mehr auf an diesem vermaledeiten Ort?« fügte er gereizt hinzu.

»In der Regenzeit dauert es eine ganze Weile, bis sich das Wetter ändert. Wir haben sieben, acht Meter Niederschlag im Jahr. Wissen Sie, das kommt von der Form unserer Bucht. Sie scheint den Regen vom ganzen Pazifik her anzuziehen.«

»Der Teufel soll diese Bucht holen!« sagte der Arzt.

Er kratzte seine Moskitostiche und war schlechter Laune. Hörte der Regen auf und brach die Sonne hervor, so war es wie in einem Treibhaus, heiß, feucht, drückend, stickig, und man hatte das Gefühl, alles wachse mit wilder Heftigkeit. Die sonst so heiteren und unbekümmerten Eingeborenen schienen dann mit ihren Tätowierungen und dem gefärbten Haar etwas Finsteres an sich zu haben; und wenn sie dicht hinter einem hergingen mit ihren nackten Füßen, schaute man sich instinktiv um. Es war einem, als könnten sie sich jeden Augenblick heranschleichen und einem ein langes Messer zwischen die Rippen jagen. Man konnte nie wissen, was für schwarze Gedanken hinter ihrer Stirn lauerten. Sie sahen ein wenig so aus wie die alten, auf Tempelmauern abgebildeten Ägypter, und der Schauer des unermeßlich Alten umgab sie.

Der Missionar kam und ging. Er war äußerst beschäftigt, doch die Macphails wußten nicht, was er tat. Horn erzählte dem Arzt, Davidson besuche täglich den Gouverneur, und einmal sprach auch der Missionar selbst davon.

»Er sieht aus, als sei er voller Energie«, sagte er, »aber wenn es ernst wird, zeigt es sich, daß er kein Rückgrat hat.«

»Ich nehme an, das heißt, er will nicht so, wie Sie gern wollen«, warf der Arzt scherzhaft ein.

Der Missionar lächelte nicht.

»Ich verlange von ihm nur, daß er das Rechte tut. Es sollte nicht nötig sein, ihn davon überzeugen zu müssen.«

»Aber es kann ja auch Meinungsverschiedenheiten geben über das, was das Rechte ist.«

»Wenn ein Mann einen brandigen Fuß hat, wären Sie dann geduldig mit dem Arzt, der zögerte, ihn zu amputieren?«

»Brand ist eine Tatsache.«

»Und das Laster?«

Bald stellte sich heraus, was Davidson getan hatte. Die vier hatten gerade ihr Mittagsmahl beendet und sich noch nicht getrennt für die Siesta, die die Hitze den beiden Damen und dem Arzt aufzwang. Davidson hatte wenig Sinn für solche Trägheit. Plötzlich wurde die Tür aufgerissen, und Miss Thompson stürzte herein. Sie schaute sich im Zimmer um und trat dann vor Davidson.

»Sie hundsgemeiner Kerl, was haben Sie dem Gouverneur von mir erzählt?«

Sie sprühte vor Wut. Ein Augenblick der Stille trat ein. Dann zog der Missionar einen Stuhl heran.

»Wollen Sie sich nicht setzen, Miss Thompson? Ich habe längst auf eine weitere Unterhaltung mit Ihnen gehofft.«

»Sie niederträchtiger Schweinehund!«

Sie brach in eine Flut von wüsten und gemeinen Beschimpfungen aus. Davidson heftete seinen tiefernsten Blick auf sie.

»Mich berühren die Kränkungen nicht, die Sie meinen, auf mich ausschütten zu müssen, Miss Thompson«, sagte er, »aber ich muß Sie bitten, daran zu denken, daß zwei Damen zugegen sind.«

Jetzt kämpfte sie in ihrer Wut gegen Tränen an. Ihr Gesicht war rot und verschwollen, als sei sie am Ersticken.

»Was ist denn geschehen?« fragte Dr. Macphail.

»Ein Mann ist gerade gekommen und hat gesagt, ich soll mit dem nächsten Schiff von hier verschwinden.«

Flackerte es auf in den Augen des Missionars? Sein Gesicht blieb unbewegt.

»Sie konnten doch kaum erwarten, daß der Gouverneur Sie unter diesen Umständen hierließe.«

»Das haben Sie mir eingebrockt!« schrie sie. »Mir können Sie nichts vormachen. Sie haben es getan.«

»Ich will Ihnen gar nichts vormachen. Gewiß, ich habe den Gouverneur gedrängt, den einzig möglichen Schritt zu tun, der mit seinen Pflichten im Einklang steht.«

»Warum können Sie mich denn nicht in Frieden lassen? Ich habe Ihnen nichts getan.«

»Und wenn Sie mir etwas getan hätten, so können Sie sicher sein, ich wäre der letzte, der es Ihnen übelnähme.«

»Glauben Sie denn, ich will ewig hierbleiben in diesem jämmerlichen Nest? Sehe ich aus wie ein Buschweib?«

»In diesem Fall begreife ich nicht, wieso Sie Ursache haben, sich zu beklagen«, antwortete er.

Da stieß sie einen unartikulierten Wutschrei aus und stürzte aus dem Zimmer. Eine kurze Stille folgte.

»Wie gut, zu wissen, daß der Gouverneur endlich gehandelt hat!« sagte Davidson schließlich. »Er ist ein schwacher Mensch und konnte sich nicht entschließen, er sagte, sie sei ohnehin nur auf zwei Wochen hier, und wenn sie nach Apia wolle, so habe das nichts mit ihm zu tun, da dies unter britischem Rechtsschutz stehe!«

Der Missionar sprang auf und durchschritt den Raum. »Es ist schrecklich, wie die Männer an der Spitze sich der Verantwortung zu entziehen versuchen. Sie reden, als höre das Übel, das außer Sehweite geschieht, auf, Übel zu sein. Die pure Existenz dieser Frau ist eine Schande, und nichts ist damit getan, wenn man sie auf eine andere Insel abschiebt. Schließlich mußte ich mit ihm frei von der Leber weg sprechen.«

Davidsons Brauen senkten sich, und er schob sein festes Kinn vor.

Er sah grimmig und entschlossen drein.

»Was wollen Sie damit sagen?«

»Unsere Mission ist nicht ganz ohne Einfluß in Washington. Ich deutete dem Gouverneur an, daß es ihm bestimmt nicht bekäme, wenn dort eine Beschwerde über die Art einliefe, mit der er die Dinge hier leitet.«

»Und wann soll sie nun von hier fort?« fragte der Arzt nach einer Pause.

»Das Schiff nach San Francisco kommt am nächsten Dienstag von Sydney hier an. Damit muß sie fahren.«

Fünf Tage lagen noch dazwischen. Am nächsten Mittag war es, als Macphail aus dem Krankenhaus kam, wo er aus Mangel an anderer Betätigung beinahe jeden Morgen verbrachte, daß Mr. Horn ihn anhielt, als er eben die Treppe hinaufgehen wollte.

»Entschuldigen Sie, Dr. Macphail, Miss Thompson ist krank. Wollen Sie auf einen Augenblick zu ihr hineinschauen?«

»Gewiß.«

Horn führte ihn zu ihrem Zimmer. Sie saß untätig auf einem Stuhl, las nicht, nähte nicht, sondern starrte nur vor sich hin. Sie trug ihr weißes Kleid und den großen Hut mit den Blumen. Macphail bemerkte, wie gelb und fleckig ihre Haut unter dem Puder war und wie schwermütig sie dreinschaute.

»Tut mir sehr leid zu hören, daß Sie sich nicht wohl fühlen«, sagte er.

»Ach, ich bin doch nicht wirklich krank. Ich habe nur so

getan, weil ich Sie sehen wollte. Ich muß mit dem Schiff reisen, das nach Frisco fährt.«

Sie schaute ihn an, und er sah, daß Entsetzen in ihrem Blick lag. Krampfhaft öffnete und ballte sie die Hände. Der Kaufmann stand an der Tür und hörte zu.

»Das hat man mir gesagt«, erwiderte der Arzt.

Sie schluckte.

»Es paßt mir aber nicht, jetzt nach Frisco zu gehen. Gestern nachmittag bin ich zum Gouverneur gegangen, wurde aber nicht vorgelassen. Ich hab nur mit dem Sekretär gesprochen, und der hat mir gesagt, ich müßte das Schiff nehmen, da sei nichts zu machen. Ich müßte mit dem Gouverneur selbst sprechen, und so habe ich heute morgen vor seinem Haus gewartet, und als er herauskam, habe ich mit ihm gesprochen. Er wollte nicht mit mir reden, aber ich habe mich nicht abschütteln lassen. Und schließlich hat er gesagt, er hätte nichts dagegen, wenn ich bis zum nächsten Schiff nach Sydney hierbliebe, vorausgesetzt daß Reverend Davidson damit einverstanden wäre.«

Sie hielt inne und schaute Dr. Macphail ängstlich an.

»Ich weiß nicht recht, was ich für Sie tun kann«, sagte er.

»Nun, ich dachte, Sie würden vielleicht so freundlich sein und ihn fragen. Ich schwöre zu Gott, ich werde hier nichts anfangen, wenn er mich nur bleiben läßt. Ich werde keinen Schritt vor die Tür tun, wenn ihm damit gedient ist. Es handelt sich ja nur um vierzehn Tage.«

»Ich werde ihn fragen.«

»Er wird nicht einverstanden sein«, sagte Horn. »Er will Sie am Dienstag los sein, Sie werden sich schon damit abfinden müssen.«

»Sagen Sie ihm, daß ich in Sydney Arbeit bekommen kann, anständige Arbeit, meine ich. Ich verlange ja nicht viel.«

»Ich werde tun, was ich kann.«

»Und kommen Sie gleich danach zu mir, und sagen Sie mir, was Sie erreichen konnten, ja? Ich kann überhaupt nichts tun, ehe ich nicht weiß, was los ist.«

Das war kein Auftrag, der dem Arzt besonders gefiel, und er versuchte – vielleicht charakteristisch für ihn – ihn indirekt anzugehen. Er erzählte seiner Frau, was Miss Thompson zu ihm gesagt hatte, und bat sie, mit Mrs. Davidson darüber zu sprechen. Die Haltung des Missionars scheine doch reichlich despotisch, es könne niemandem schaden, wenn sie noch zwei Wochen in Pago-Pago bleibe. Auf das Resultat seiner Diplomatie war er aber nicht vorbereitet. Der Missionar wandte sich nämlich geradewegs an ihn.

»Mrs. Davidson sagt mir, Miss Thompson habe mit Ihnen gesprochen.«

Solcherart überrumpelt, reagierte Dr. Macphail wie jeder Furchtsame, der gezwungen wird, Farbe zu bekennen. Er wurde wütend und lief rot an.

»Ich sehe nicht ein, was das ausmacht, wenn sie nach Sydney statt nach San Francisco geht. Und wenn sie ihr Versprechen hält, sich, solange sie hier ist, anständig zu benehmen, ist es sehr hartherzig, sie weiter zu verfolgen.«

Der Missionar richtete seinen finsteren Blick auf ihn.

»Warum will sie denn nicht zurück nach San Francisco?«

»Ich habe sie nicht gefragt«, antwortete der Arzt mit einer gewissen Schärfe. »Ich denke, es ist besser, man kümmert sich um seine eigenen Angelegenheiten.«

Vielleicht war das keine sehr taktvolle Antwort.

»Der Gouverneur hat angeordnet, sie mit dem ersten Schiff, das die Insel verläßt, abzuschieben. Er tut nur seine Pflicht, und daran werde ich ihn nicht hindern. Diese Frau ist eine Gefahr. «

»Ich finde Sie sehr hart und tyrannisch.«

Die beiden Frauen schauten den Arzt beunruhigt an, aber sie hatten keinen Streit zu befürchten, denn der Missionar lächelte freundlich.

»Es tut mir sehr leid, daß Sie so von mir denken, Dr. Macphail. Glauben Sie mir, mein Herz blutet für diese unglückliche Frau, aber ich versuche, meine Pflicht zu tun.«

Der Arzt schwieg. Mürrisch sah er zum Fenster hinaus. Ausnahmsweise regnete es nicht, und auf der anderen Seite der Bucht sah man zwischen den Bäumen die Hütten der Eingeborenen.

»Ich glaube, ich werde die Regenpause ausnützen und ein wenig hinausgehen«, sagte er.

»Bitte, tragen Sie es mir nicht nach, daß ich Ihrem Wunsch nicht entsprechen kann«, bat Davidson mit einem melancholischen Lächeln. »Ich habe die größte Hochachtung vor Ihnen, Doktor, und es täte mir leid, wenn Sie schlecht von mir dächten.«

»Sie haben, daran zweifle ich nicht, eine so ausgezeichnete Meinung von sich selbst, daß Sie die meine mit Gleichmut ertragen werden«, erwiderte er.

Davidson lachte auf. »Jetzt hat er's mir gegeben.«

Als Dr. Macphail, mit sich selbst hadernd, weil er zwecklos unhöflich gewesen war, die Treppe hinunterging, erwartete Miss Thompson ihn bereits an ihrer angelehnten Zimmertür.

»Nun«, fragte sie, »haben Sie mit ihm gesprochen?«

»Ja. Es tut mir leid, aber er wird keinen Finger rühren«, antwortete er und wagte vor Verlegenheit nicht, sie anzuschauen.

Doch dann warf er ihr einen schnellen Blick zu, da sie heftig aufschluchzte. Er sah, daß ihr Gesicht weiß war vor Angst. Das machte ihn ganz bestürzt. Dann kam ihm ein Gedanke.

»Aber geben Sie die Hoffnung noch nicht auf. Ich finde es eine Schande, wie man Sie behandelt, und ich werde selbst zum Gouverneur gehen.«

»Jetzt?«

Er nickte. Ihr Gesicht hellte sich auf.

»Hören Sie, das ist wirklich gut von Ihnen. Ich bin sicher, er läßt mich bleiben, wenn Sie für mich sprechen. Ich werde auch nichts anstellen, habe gar nichts getan die ganze Zeit über, seit ich hier bin.«

Dr. Macphail hatte keine Ahnung, warum er sich plötzlich entschloß, den Gouverneur aufzusuchen. Miss Thompsons Angelegenheiten waren ihm völlig gleichgültig, aber der Missionar hatte ihn gereizt, und er spürte eine schwelende Wut. Der Gouverneur war zu Hause, ein großer, stattlicher Mensch, ein schnauzbärtiger Seemann in makelloser Uniform aus weißem Drillich.

»Ich komme dieser Frau wegen zu Ihnen, die im gleichen Haus wohnt wie wir«, sagte Macphail. »Sie heißt Thompson.«

»Ach, ich glaube, ich habe nun schon genug über sie gehört, Dr. Macphail«, erwiderte der Gouverneur lächelnd. »Ich habe ihr Order gegeben, am nächsten Dienstag abzufahren, das ist alles, was ich tun kann.«

»Ich möchte Sie nun bitten, einmal fünf gerade sein zu lassen und ihr zu erlauben, hierzubleiben, bis das Schiff von San Francisco kommt, so daß sie nach Sydney gehen kann. Ich verbürge mich für ihr gutes Verhalten.«

Noch lächelte der Gouverneur, aber seine Augen wurden klein und ernst.

»Ich würde mich sehr freuen, Ihnen diesen Gefallen zu tun, Dr. Macphail, aber ich habe bereits Order gegeben und muß dazu stehen.«

Der Arzt setzte den Fall so vernünftig auseinander, wie er nur konnte, aber jetzt verschwand das Lächeln des Gouverneurs vollends. Er hörte verdrossen zu und schaute weg. Macphail merkte, daß er keinen Eindruck machte.

»Ich bedauere jederzeit, einer Dame Schwierigkeiten bereiten zu müssen, aber sie muß am Dienstag abfahren, und daran ist nicht zu rütteln.«

»Aber was macht denn das aus, wenn sie länger bleibt?«

»Verzeihen Sie, Doktor, aber ich fühle mich nicht berufen, meine amtlichen Handlungen zu erklären, es sei denn meinen eigenen Vorgesetzten.«

Macphail schaute ihn scharf an. Er erinnerte sich an Davidsons Bemerkung, er habe Druck ausgeübt, und tatsächlich las er aus dem Verhalten des Gouverneurs eine gewisse Verwirrung.

»Davidson ist ein verdammter Wichtigtuer«, sagte er hitzig.

»Ganz unter uns, Dr. Macphail, ich sage nicht, daß ich mir eine sehr günstige Meinung über Mr. Davidson gebildet habe, aber ich muß gestehen, er war im Recht, mich auf die Gefahr hinzuweisen, die der Verbleib einer Frau von Miss

Thompsons Charakter für einen Ort wie diesen bedeutet, wo eine Anzahl staatlich angeworbener Matrosen stationiert ist.«

Er erhob sich, und Dr. Macphail sah sich verpflichtet, das gleiche zu tun.

»Ich muß Sie bitten, mich zu entschuldigen. Ich habe eine Verabredung. Meine besten Empfehlungen an Mrs. Macphail.«

Der Arzt verließ ihn völlig niedergeschlagen. Er wußte, daß Miss Thompson auf ihn wartete, und weil es ihm zuwider war, ihr selbst von seinem Mißerfolg zu erzählen, betrat er das Haus durch die Hintertür und schlich die Treppe hinauf, als habe er etwas zu verbergen.

Bei Tisch war er still und gedämpfter Stimmung, während der Missionar sich heiter und angeregt zeigte. Dr. Macphail glaubte Davidsons triumphierenden, gutgelaunten Blick auf sich zu spüren. Plötzlich durchfuhr ihn der Gedanke, Mr. Davidson wisse um seinen Besuch beim Gouverneur und auch um dessen erfolglosen Ausgang. Aber wie, um Gottes willen, konnte er davon gehört haben? Etwas Geheimnisvolles war um die Macht dieses Mannes.

Nach dem Essen sah er Horn auf der Veranda, und als wolle er nur ein paar beiläufige Worte mit ihm wechseln, ging er hinaus.

»Sie möchte wissen, ob Sie mit dem Gouverneur gesprochen haben«, flüsterte der Kaufmann.

»Ja. Er wird nichts für sie tun. Ich bedauere das sehr, aber mehr kann ich nicht machen.«

»Ich habe es gleich gewußt, daß er nichts tun wird. Gegen die Missionare wagt niemand etwas zu tun.«

»Worüber sprechen Sie?« fragte Davidson freundlich, der zu ihnen hinauskam.

»Ich sagte, es sei nicht möglich für Sie, früher nach Apia zu kommen als in einer Woche«, sagte der Kaufmann glattzüngig.

Er verließ sie, und die beiden Männer kehrten ins Wohnzimmer zurück. Mr. Davidson widmete eine Stunde nach jeder Mahlzeit der Erholung. Plötzlich ertönte ein schüchternes Klopfen an der Tür.

»Herein!« sagte Mrs. Davidson mit ihrer scharfen Stimme.

Die Tür tat sich nicht auf. Mrs. Davidson erhob sich und öffnete sie. Da sahen sie Miss Thompson auf der Schwelle stehen. Aber die Veränderung, die mit ihr vorgegangen war, war erschreckend. Das war nicht mehr jene aufgedonnerte, liederliche Person, die auf der Straße gehöhnt hatte, sondern eine gebrochene, verängstigte Frau. Ihr Haar, das sonst so aufwendig frisiert war, hing unordentlich in ihren Nacken. Sie trug Pantoffeln und Rock und Bluse, die zerknittert und beschmutzt waren. Die Tränen strömten ihr die Wangen herab, und sie stand an der Tür und wagte nicht einzutreten.

»Was wünschen Sie?« fragte Mrs. Davidson barsch.

»Kann ich Mr. Davidson sprechen?« sagte sie mit erstickter Stimme.

Der Missionar erhob sich und ging auf sie zu.

»Kommen Sie nur herein, Miss Thompson«, sagte er in herzlichem Ton. »Was kann ich für Sie tun?«

Sie trat ein.

»Hören Sie, es tut mir leid, was ich neulich zu Ihnen gesagt habe, und – auch alles andere. Ich glaube, ich war ein wenig frech. Ich bitte um Verzeihung.«

»Oh, das macht doch nichts. Mein Rücken ist breit genug, der kann schon etwas ertragen.«

Sie trat mit einer Bewegung näher, die furchtbar kriecherisch war.

»Sie haben mich geschlagen. Ich bin ganz klein. Aber, bitte, schicken Sie mich nicht nach Frisco.«

Seine milde Art war plötzlich wie weggewischt, und seine Stimme wurde hart und streng.

»Warum wollen Sie nicht dorthin zurück?«

Sie kauerte sich vor ihm nieder.

»Meine Verwandten leben dort. Ich will nicht, daß sie mich so sehen. Ich gehe, wohin Sie wollen, nur dorthin nicht.«

»Warum wollen Sie nicht nach San Francisco zurück?«

»Ich habe es Ihnen schon gesagt.«

Er beugte sich vor, starrte sie an, und seine großen, leuchtenden Augen schienen sich in ihre Seele zu bohren. Dann hielt er plötzlich den Atem an.

»Das Zuchthaus!«

Sie schrie auf, fiel ihm zu Füßen und umfaßte seine Beine.

»Schicken Sie mich nicht zurück. Ich schwöre Ihnen vor Gott, ich will eine gute Frau sein. Ich werde das alles aufgeben.«

Sie brach in einen Schwall wirrer Bitten aus, und die Tränen rannen ihr bächeweise über die geschminkten Wangen. Er beugte sich zu ihr hinunter, hob ihr Gesicht hoch und zwang sie, ihn anzuschauen.

»Ist es das: das Zuchthaus?«

»Ich bin ausgerissen, ehe sie mich erwischt haben«, keuchte sie. »Wenn sie mich kriegen, heißt das drei Jahre für mich.«

Er ließ sie los, und sie fiel bitterlich schluchzend auf den Boden zurück. Dr. Macphail erhob sich.

»Das ändert alles«, sagte er. »Jetzt, nachdem Sie das wissen, können Sie sie nicht mehr zurückschicken. Geben Sie ihr diese Chance. Sie wird ein neues Leben beginnen.«

»Ich werde ihr die beste Chance bieten, die sie jemals hatte. Wenn sie bereut, dann soll sie ihre Strafe annehmen.«

Sie deutete seine Worte falsch und schaute auf. Ein Hoffnungsschimmer lag in ihrem schweren Blick.

»Lassen Sie mich gehen?«

»Nein. Sie werden am Dienstag nach San Francisco fahren.«

Ein entsetztes Stöhnen entrang sich ihr, dann brach sie in tiefe, heisere Schreie aus, die nichts Menschliches mehr an sich hatten, und schlug die Stirn verzweifelt gegen den Boden. Dr. Macphail sprang auf sie zu und hob sie auf.

»Kommen Sie, tun Sie das nicht. Gehen Sie lieber auf Ihr Zimmer und legen Sie sich hin. Ich werde Ihnen etwas geben.«

Er stellte sie auf die Füße und brachte sie, indem er sie halb zog und halb trug, in ihr Zimmer hinunter. Auf Mrs. Davidson und seine eigene Frau war er ehrlich wütend, da sie keine Anstalten machten, ihm zu helfen. Mr. Horn stand unten im Gang, und mit seiner Unterstützung gelang es ihm, sie auf ihr Bett zu legen. Sie stöhnte und schrie und war fast bewußtlos. Er gab ihr eine Spritze. Als er wieder hinaufkam, war er rot und erschöpft.

»Ich habe sie dazu gebracht, sich hinzulegen.«

Die beiden Damen und Davidson nahmen noch immer die gleiche Haltung ein, in der er sie verlassen hatte. Sie konnten sich nicht bewegt, ja nicht einmal gesprochen haben, seit er fortgewesen war.

»Ich habe auf Sie gewartet«, sagte Mr. Davidson mit fremder, distanzierter Stimme. »Ich möchte, daß Sie alle mit mir für die Seele dieser irrenden Schwester beten.«

Er nahm die Bibel aus einem Regal und setzte sich an den Tisch, an dem sie soeben gespeist hatten. Da er noch nicht abgeräumt worden war, schob er die Teekanne beiseite. Mit mächtig dröhnender, tiefer Stimme las er ihnen das Kapitel vor, das die Begegnung Jesu Christi mit dem ehebrecherischen Weib erzählt.

»Nun kniet nieder mit mir, und laßt uns für die Seele unserer lieben Schwester Sadie Thompson beten!«

Er setzte zu einem langen, leidenschaftlichen Gebet an, in dem er Gott anflehte, mit dieser sündigen Frau gnädig zu verfahren. Mrs. Davidson und Mrs. Macphail knieten mit gesenkten Augen. Überrumpelt beugte auch Dr. Macphail linkisch und blöde ein Knie. Das Gebet des Missionars war von wilder Beredsamkeit. Er war ungewöhnlich bewegt, so daß ihm, während er sprach, die Tränen über die Wangen rannen. Und draußen fiel der mitleidlose Regen mit einer grimmigen Feindseligkeit, die schon fast menschlich war.

Schließlich hielt er inne. Nach einer Pause sagte er:

»Wir wollen nun das Vaterunser sprechen.«

Sie beteten es und standen dann, weil er sich erhob, ebenfalls auf. Mrs. Davidsons Gesicht war bleich und ruhig. Sie fühlte sich bestärkt und in Frieden, aber die Macphails schämten sich plötzlich. Sie wußten nicht, wohin schauen.

»Ich gehe rasch hinunter und sehe nach, wie es ihr geht«, sagte Dr. Macphail.

Als er an ihre Tür klopfte, wurde sie ihm von Horn geöffnet. Miss Thompson saß im Schaukelstuhl und schluchzte leise vor sich hin.

»Was machen Sie denn da?« rief Macphail aus. »Ich habe Ihnen doch geraten, sich hinzulegen.«

»Ich kann nicht liegenbleiben. Ich möchte Mr. Davidson sehen.«

»Mein armes Kind, glauben Sie wirklich, daß das etwas nützen kann? Sie werden ihn nicht erweichen.«

»Er hat gesagt, er kommt, wenn ich nach ihm schicke.«

Macphail wandte sich an den Kaufmann.

»Gehen Sie und holen Sie ihn.«

Er wartete schweigend bei ihr, während der Kaufmann hinaufging. Davidson kam sofort.

»Entschuldigen Sie, daß ich Sie bitte, zu mir zu kommen«, sagte sie und schaute ihn düster an.

»Ich habe erwartet, daß Sie mich rufen lassen. Ich wußte, der Herr werde mein Gebet erhören.«

Sie starrten einander einen Augenblick lang an, dann schaute sie weg.

Und mit abgewandtem Blick sagte sie:

»Ich bin eine schlechte Frau gewesen. Ich möchte Buße tun.«

»Gott sei Dank! Gott sei Dank! Er hat unser Gebet erhört.«

Er wandte sich an die beiden Männer.

»Lassen Sie mich allein mit ihr. Sagen Sie Mrs. Davidson, daß unser Beten nicht umsonst war.«

Sie gingen hinaus und schlossen die Tür hinter sich.

»Tschingbum!« sagte der Kaufmann.

In dieser Nacht konnte Dr. Macphail lange nicht einschlafen, und als er den Missionar heraufkommen hörte, schaute er auf die Uhr. Es war zwei Uhr. Doch selbst dann ging Davidson noch nicht zu Bett, denn der Arzt hörte ihn durch die Holzwand, die ihre Zimmer voneinander trennte, noch lange und laut beten, bis er selbst erschöpft einschlief.

Als er ihm am nächsten Morgen begegnete, war er überrascht von seinem Aussehen. Er war bleicher denn je und müde, aber in seinen Augen brannte ein Feuer, das nicht menschlich war. Er machte den Eindruck, als sei er von überwältigender Freude erfüllt.

»Ich bitte Sie, gleich hinunterzugehen und Sadie zu besuchen«, sagte er. »Ich kann nicht hoffen, daß es ihr körperlich bessergeht, aber ihre Seele – ihre Seele ist verwandelt.«

Der Arzt fühlte sich kraftlos und nervös.

»Sie waren gestern nacht noch sehr lange bei ihr«, sagte er.

»Ja. Sie konnte es ohne mich nicht aushalten.«

»Und Sie schauen höchst vergnügt drein«, bemerkte der Arzt gereizt.

Davidsons Augen leuchteten ekstatisch auf.

»Eine große Gnade ist mir zuteil geworden. Gestern hatte ich das unsagbare Glück, eine verlorene Seele in die liebenden Arme Jesu zurückzuführen.«

Miss Thompson saß wieder in ihrem Schaukelstuhl. Das Bett war noch nicht gemacht und das Zimmer in großer Unordnung. Sie hatte sich nicht die Mühe gemacht, sich anzuziehen, sondern trug ihren schmutzigen Morgenrock und hatte das Haar in einem wirren Knoten aufgesteckt. Mit einem feuchten Tuch hatte sie sich das Gesicht abgewischt, das noch ganz verschwollen vom Weinen war.

Als der Arzt eintrat, schaute sie auf. Sie sah eingeschüchtert und geknickt aus.

»Wo ist Mr. Davidson?« fragte sie.

»Er wird sofort kommen, wenn Sie ihn brauchen«, antwortete Macphail scharf. »Ich bin nur hier, um zu sehen, wie es Ihnen geht.«

»Ach, ich glaube, ich bin okay. Machen Sie sich keine Sorgen um mich.«

»Haben Sie etwas gegessen?«

»Horn hat mir Kaffee gebracht.«

Sie schaute unruhig zur Tür.

»Glauben Sie, er wird bald kommen? Ich habe das Gefühl, es ist nicht so schlimm, wenn er bei mir ist.«

»Müssen Sie immer noch am Dienstag fort?«

»Ja, er sagt, ich muß gehen. Bitte, sagen Sie ihm, er soll doch gleich kommen. Sie können mir nicht helfen. Er ist der einzige.«

»Gut«, antwortete Dr. Macphail.

Während der nächsten Tage verbrachte der Missionar fast seine ganze Zeit bei Sadie Thompson. Zu den anderen gesellte er sich nur während der Mahlzeiten. Dr. Macphail bemerkte, daß er fast nichts aß.

»Er reibt sich auf«, sagte Mrs. Davidson voller Teilnahme. »Wenn er nicht aufpaßt, wird er einen Zusammenbruch haben, aber er kann sich einfach nicht schonen.«

Sie selbst sah völlig weiß und bleich aus. Sie erzählte Mrs. Macphail, sie könne nicht schlafen. Wenn der Missionar von Miss Thompson heraufkomme, bete er bis zur Erschöpfung, aber selbst danach schlafe er noch lange nicht. Nach ein, zwei Stunden stehe er wieder auf, ziehe sich an und mache einen Marsch längs der Bucht. Er habe seltsame Träume.

»Heute morgen erzählte er mir, er habe von den Bergen in Nebraska geträumt«, sagte Mrs. Davidson.

»Das ist merkwürdig«, erwiderte Dr. Macphail.

Er erinnerte sich daran, sie vom Fenster des Zuges aus gesehen zu haben, als er Amerika durchquerte. Sie waren wie riesige Maulwurfshügel, so abgerundet und glatt, und stiegen jäh von der Ebene auf. Ihm fiel ein, daß er damals gedacht hatte, sie sähen eigentlich wie Frauenbrüste aus.

Davidsons Rastlosigkeit war sogar für ihn selbst unerträglich. Doch hielt ihn andererseits ein wunderbares Hochgefühl aufrecht. Er riß die letzten Überbleibsel der Sünde mitsamt Wurzeln aus den verborgensten Herzenswinkeln dieser armen Frau. Er las ihr vor und betete mit ihr.

»Es ist wundervoll«, sagte er eines Tages zu ihnen beim Abendessen. »Es ist eine wahre Wiedergeburt. Ihre Seele, die schwarz war wie die Nacht, ist nun rein und weiß wie frisch gefallener Schnee. Ich bin neben ihr kleinmütig und verzagt. Wie herrlich ist ihre Zerknirschung, wie bereut sie alle ihre Sünden! Ich bin nicht wert, auch nur den Saum ihres Kleides zu berühren.«

»Haben Sie trotzdem das Herz, sie nach San Francisco zurückzuschicken?« fragte der Arzt. »Drei Jahre in einem amerikanischen Gefängnis! Ich hätte gedacht, Sie könnten sie davor bewahren.«

»Ach, sehen Sie das denn nicht ein? Das ist notwendig. Glauben Sie vielleicht, mein Herz blute nicht ihretwegen? Ich liebe sie, wie ich meine Frau und meine Schwester liebe.

Während ihrer Gefängniszeit werde ich alle Qualen leiden, die sie zu erleiden hat.«

»Dummes Geschwätz!« schrie der Arzt ihn an.

»Sie können das nicht verstehen, weil Sie blind sind. Sie hat gesündigt und muß dafür büßen. Ich weiß, was ihr bevorsteht. Man wird sie hungern lassen, sie peinigen und demütigen. Ich wünsche, daß sie die Strafe der Menschen auf sich nimmt als ein Opfer vor Gott. Ich will, daß sie sie freudig auf sich nimmt. Sie hat eine Möglichkeit, die nur sehr wenigen von uns geboten wird. Gott ist sehr gut und sehr gnädig.«

Davidsons Stimme zitterte vor Erregung. Er konnte die Worte, die ihm von den Lippen stürzten, kaum formulieren.

»Den ganzen Tag lang bete ich mit ihr, und wenn ich sie verlasse, bete ich wieder. Ich bete mit meiner ganzen Gewalt und Macht dafür, daß Jesus ihr diese große Gnade erweise. Ich möchte in ihr Herz eine so leidenschaftliche Sehnsucht nach Strafe pflanzen, daß sie, wenn ich ihr anböte, nicht nach San Francisco zu fahren, es ablehnen würde. Ich will ihr klarmachen, daß die furchtbare Gefängnisstrafe ein Dankesopfer ist, das sie dem zu Füßen legt, der sein Leben für sie gelassen hat.«

Die Tage schlichen langsam dahin. Das gesamte Leben im Haus drehte sich um die unglückliche, gequälte Frau im unteren Stockwerk, und alles war in einem Zustand unnatürlicher Erregung. Wie ein Opfer war sie, das für den wilden Ritus eines blutigen Götzendienstes zubereitet wurde. Sie wollte Davidson nicht mehr aus den Augen lassen und konnte seine Abwesenheit kaum ertragen; nur wenn er bei ihr war, hatte sie Mut. Sie war sklavisch von ihm abhängig, weinte sehr viel, las in der Bibel und betete. Manchmal war sie erschöpft und apathisch. Dann sehnte sie die Strafe herbei, denn sie erschien ihr, direkt oder indirekt, als ein Entkommen aus dem jetzigen qualvollen Zustand. Die unbestimmten Schrecknisse, die sie jetzt überfielen, konnte sie nicht mehr aushalten. Mit ihren Sünden hatte sie alle persönliche Eitelkeit abgelegt. Ungewaschen, unfrisiert und in ihrem schmutzigen Morgenrock schlich sie in ihrem Zimmer umher. Seit vier Tagen hatte sie ihr Nachthemd nicht ausgezogen und keine Strümpfe getragen. Das Zimmer sah wüst aus. Und die ganze Zeit über lärmte der Regen mit grausamer Eindringlichkeit. Man hätte meinen können, der Himmel habe sich seines gesamten Wasservorrats entleert, aber immer noch goß es schnurgerade und schwer mit enervierender Eintönigkeit auf das Wellblechdach nieder. Alles war feucht und klebrig. Schimmel erschien an den Wänden und auf den Schuhen, die am Boden standen. Durch die Nächte surrte der wütende Gesang der Moskitos.

»Wenn es nur für einen einzigen Tag zu regnen aufhörte, wäre es nicht so schlimm«, sagte Dr. Macphail.

Sie alle sehnten den Dienstag herbei, an dem das Schiff von Sydney ankommen sollte. Die Spannung war unerträglich geworden. Dr. Macphails Mitleid und Wut traten durch den Wunsch, die unglückliche Frau loszuwerden, inzwischen fast gänzlich in den Hintergrund. Das Unvermeidliche mußte eben hingenommen werden. Er hatte das Gefühl, erst wieder frei atmen zu können, wenn dieses Schiff abgelegt hätte. Sadie Thompson sollte von einem Beamten des Gouverneurs an Bord gebracht werden. Dieser Mann erschien am Montag abend und forderte Miss Thompson auf, sich für den nächsten Vormittag um elf Uhr bereit zu halten. Davidson war bei ihr.

»Ich sorge dafür, daß alles fertig ist. Ich selbst werde sie an Bord bringen.«

Miss Thompson sagte kein Wort.

Als Dr. Macphail seine Kerze ausblies und vorsichtig unter das Moskitonetz kroch, stieß er einen Seufzer der Erleichterung aus.

»Nun, Gott sei Dank, das wäre vorbei! Morgen um diese Zeit ist sie längst weg.«

»Mrs. Davidson wird auch froh sein. Sie sagt, er arbeite sich zuschanden«, bemerkte Mrs. Macphail. »Sie ist völlig verwandelt.«

»Wer?«

»Sadie. Ich hätte das nie für möglich gehalten. Es macht einen ganz klein und demütig.«

Dr. Macphail erwiderte nichts darauf und döste sofort ein. Er war übermüdet und schlief tiefer als gewöhnlich.

Am Morgen erwachte er durch eine Hand, die sich auf seinen Arm gelegt hatte, und als er die Augen erschreckt aufriß, sah er Horn vor seinem Bett. Der Kaufmann legte einen Finger an den Mund, um jedem Ausruf Dr. Macphails zuvorzukommen, und bedeutete ihm, rasch aufzustehen. Gewöhnlich trug der Mischling schäbige Leinenhosen, jetzt aber war er barfuß und hatte nur den *Lava-Lava* der Eingeborenen an. Er machte plötzlich einen völlig wilden Eindruck. Als Dr. Macphail sich erhob, sah er, daß Horn über und über tätowiert war. Der Kaufmann winkte ihm zu, auf die Veranda zu kommen, und ging voraus; der Arzt folgte ihm.

»Machen Sie kein Geräusch«, flüsterte der Mischling. »Sie werden verlangt. Ziehen Sie Rock und Schuhe an. Schnell!«

Dr. Macphails erster Gedanke war, Miss Thompson sei etwas zugestoßen.

»Was ist los? Soll ich Instrumente mitnehmen?«

»Schnell, bitte, schnell!«

Dr. Macphail schlich ins Schlafzimmer zurück, zog den Regenmantel über den Pyjama und schlüpfte in Schuhe mit Gummisohlen. Dann ging er wieder hinaus zu dem Kaufmann, und beide stiegen auf Zehenspitzen die Treppe hinunter. Die Tür zur Straße war offen, und ein halbes Dutzend Eingeborener stand davor.

»Was ist los?« wiederholte der Arzt.

»Kommen Sie mit«, sagte Horn.

Er trat hinaus, und der Arzt folgte ihm. Die Eingeborenen kamen dichtgedrängt hinter ihnen her. Sie überquerten die Straße und erreichten den Strand. Der Arzt sah eine Gruppe von Eingeborenen, die sich um einen Gegenstand am Wasserrand versammelt hatten. Die letzten zwanzig, dreißig Meter liefen sie, und die Eingeborenen bildeten eine Gasse, als der Arzt kam. Der Kaufmann schob ihn vorwärts. Dann sah er etwas Schreckliches: Halb im Wasser, halb auf dem Sand lag der reglose Leib Davidsons. Dr. Macphail beugte sich über ihn – im Notfall verlor er den Kopf nicht – und drehte den Körper um. Die Kehle war von einem Ohr zum andern durchschnitten, und die rechte Hand hielt noch das Rasiermesser, mit dem die Tat ausgeführt worden war.

»Er ist bereits kalt«, sagte der Arzt, »er muß schon eine Zeitlang tot sein.«

»Einer von den Jungen, die zur Arbeit gingen, sah ihn hier

liegen und kam gleich und sagte es mir. Glauben Sie, er hat es selbst getan?«

»Ja. Irgend jemand muß zur Polizei gehen.«

Horn übersetzte seine Worte in die Eingeborenensprache, und zwei junge Männer machten sich auf den Weg.

»Wir müssen ihn so liegenlassen, bis jemand kommt«, sagte der Arzt.

»Sie sollen ihn aber nicht in mein Haus tragen. Ich will ihn dort nicht haben.«

»Sie werden das tun, was die Behörde sagt«, entgegnete der Arzt mit Schärfe. »In diesem Fall aber nehme ich an, man wird ihn in die Leichenhalle bringen.«

Sie standen da und warteten. Der Kaufmann holte zwei Zigaretten aus der Falte seines *Lava-Lava* und gab eine davon dem Arzt. Sie rauchten und starrten den Leichnam an. Dr. Macphail war fassungslos.

»Warum hat er es wohl getan?« fragte der Kaufmann.

Dr. Macphail zuckte die Schultern. Bald traf die eingeborene Polizei unter Aufsicht eines Marinesoldaten mit einer Bahre ein, und gleich darauf erschienen ein paar Seeoffiziere und ein Marinearzt. Sie behandelten die Angelegenheit völlig sachlich.

»Wo ist seine Frau?« fragte einer.

»Da Sie jetzt gekommen sind, kann ich zurückgehen, mich anziehen und es ihr mitteilen. Sie sollte ihn lieber nicht sehen, ehe er nicht ein bißchen in Ordnung gebracht ist.«

»Ganz recht«, erwiderte der Marinearzt.

Als Dr. Macphail zurückkam, war seine Frau bereits fast mit dem Ankleiden fertig.

»Mrs. Davidson ist in einem furchtbaren Zustand ihres

Mannes wegen«, sagte sie zu ihm, als er eintrat. »Er ist die ganze Nacht über nicht ins Bett gekommen. Sie hat gehört, wie er um zwei Uhr Miss Thompsons Zimmer verlassen hat, aber danach ging er fort. Wenn er seitdem herumläuft, muß er ja völlig tot sein.«

Dr. Macphail berichtete ihr, was sich ereignet hatte, und bat sie, Mrs. Davidson die Nachricht zu überbringen.

»Aber warum hat er das getan?« fragte sie voller Entsetzen.

»Ich weiß es nicht.«

»Ich kann nicht, ich kann es nicht.«

»Du mußt.«

Sie warf ihm einen erschrockenen Blick zu und ging hinaus. Er hörte sie bei Mrs. Davidson eintreten, verweilte eine Minute, um sich zu sammeln, und begann dann, sich zu rasieren und zu waschen. Als er angekleidet war, setzte er sich auf das Bett und erwartete seine Frau.

Endlich kam sie.

»Sie will ihn sehen«, sagte sie.

»Man hat ihn ins Leichenhaus gebracht. Wir müssen sie hinbegleiten. Wie hat sie es aufgenommen?«

»Ich glaube, sie ist völlig betäubt. Sie hat nicht geweint. Aber sie zittert wie Espenlaub.«

»Wir wollen gleich hingehen.«

Als sie an Mrs. Davidsons Tür klopften, kam sie heraus. Sie war bleich, hatte aber trockene Augen. Dem Arzt kam sie unnatürlich ruhig vor. Kein Wort wurde gewechselt, als sie die Straße entlanggingen. Vor dem Leichenhaus sagte Mrs. Davidson: »Lassen Sie mich allein hineingehen zu ihm.«

Sie traten zur Seite. Ein Eingeborener öffnete die Tür und

schloß sie hinter ihr. Sie setzten sich und warteten. Ein paar Weiße kamen und sprachen flüsternd mit ihnen. Dr. Macphail erzählte ihnen, was er von der Tragödie wußte. Schließlich wurde die Tür wieder leise geöffnet, und Mrs. Davidson trat heraus. Alle schwiegen.

»Wir können jetzt gehen«, sagte sie.

Ihre Stimme klang hart und gefaßt. Dr. Macphail konnte den Ausdruck ihrer Augen nicht deuten. Ihr bleiches Gesicht sah sehr ernst drein. Langsam schritten sie die Straße entlang, keiner sprach ein Wort, und schließlich kamen sie um die Biegung auf die Seite, wo das Haus des Kaufmanns stand. Mrs. Davidson zog die Luft ein, und einen Augenblick standen sie still. Ein unglaubliches Geräusch schwoll ihnen entgegen. Das Grammophon, das so lange geschwiegen hatte, spielte laut und kreischend einen Ragtime.

»Was ist das?« rief Mrs. Macphail entsetzt.

»Gehen wir weiter«, sagte Mrs. Davidson.

Sie stiegen die Eingangsstufen hinauf und betraten den Hausflur. Miss Thompson stand an ihrer Tür und plauderte mit einem Matrosen. Nichts war mehr zu sehen von dem verschüchterten Lasttier der letzten Tage. Sie trug ihren gesamten Staat: das weiße Kleid, die hohen, glänzenden Stiefel, über denen sich ihre dicken Waden in weißen Baumwollstrümpfen wölbten, und den riesigen Hut mit den bunten Blumen darauf. Die Haare hatte sie sorgfältig aufgesteckt. Ihr Gesicht war geschminkt, die Augenbrauen machten einen kühnen schwarzen Bogen, die Lippen leuchteten scharlachrot. Hoch aufgerichtet stand sie da. Sie war die herausgeputzte Schlampe, die sie vorher gekannt hatten. Als sie vorübergingen, brach sie in lautes, höhnisches Gelächter aus. Unwillkürlich hielt Mrs. Davidson an. Da sammelte sie ihren Speichel im Mund und spie aus. Mrs. Davidson fuhr zurück, und zwei rote Flecken erschienen auf ihren Wangen. Dann bedeckte sie das Gesicht mit den Händen, stürzte vor und rannte die Treppe hinauf. Dr. Macphail war außer sich. An Miss Thompson vorbei drang er in ihr Zimmer.

»Was zum Teufel machen Sie denn da?« schrie er. »Halten Sie diesen verdammten Apparat an!«

Er ging darauf zu und riß die Platte weg. Miss Thompson wandte sich ihm zu.

»He, Doc, Sie wissen doch, wer ich bin. Was wollen Sie in meinem Zimmer?«

»Was meinen Sie?« rief er. »Was meinen Sie?«

Sie straffte sich. Unbeschreiblich waren der Hohn ihres Gesichtsausdrucks und der verächtliche Haß, den sie in ihre Antwort legte.

»Ihr Männer! Ihr gemeinen, dreckigen Schweine! Alle seid ihr gleich, alle, alle! Schweine, nichts als Schweine!«

Dr. Macphail schnappte nach Luft. Er hatte verstanden.

Edward Barnards Untergang

Bateman Hunter schlief schlecht. Vierzehn Tage lang hatte er auf dem Schiff, das ihn von Tahiti nach San Francisco brachte, ausschließlich an die Geschichte gedacht, die er erzählen mußte, und drei Tage lang hatte er sich im Zug die Worte vorgesagt, in denen er sie zu berichten gedachte. Jetzt sollte er in wenigen Stunden in Chicago sein, und Zweifel überfielen ihn. Sein von jeher sensibles Gewissen meldete sich. Er fragte sich, ob er auch sein möglichstes getan habe, ja es war für ihn Ehrensache, mehr als das mögliche zu tun, und der Gedanke beunruhigte ihn, er habe vielleicht in einer Sache, die sein eigenes Interesse berührte, ebendieses eigene Interesse über seine hehren Ideale gesetzt. Selbstaufopferung spielte nach seiner Auffassung eine so große Rolle, daß seine Unfähigkeit dazu ihn irgendwie enttäuschte. Er kam sich vor wie der Philanthrop, der aus altruistischen Motiven vorbildliche Wohnungen für die Armen erbauen läßt und hinterher bemerkt, daß dies eine sehr einträgliche Geldanlage war. Er kann das Gefühl der Genugtuung über die zehn Prozent, die seine Freigebigkeit abwirft, nicht zurückdrängen, aber er hat die peinliche Empfindung, dieser Lohn schmälere den Genuß seiner Tugend. Bateman Hunter wußte, sein Herz war rein, aber er war nicht sicher, wie standhaft er beim Erzählen seiner Geschichte den forschenden Blick aus Isabel Longstaffes kühlen grauen Augen ertragen werde. Denn sie waren weitblickend und klug. Isabels Maßstab für den Wert anderer war ihre eigene peinlich unbestechliche Geradlinigkeit, und eine strengere Kritik ließ sich nicht denken als das kalte Schweigen, mit dem sie ihre Mißbilligung eines Verhaltens ausdrückte, das ihrem anspruchsvollen Kodex nicht entsprach. Gegen ihr Urteil half kein Appellieren, denn wenn sie einmal eine Meinung gefaßt hatte, änderte sie sie nicht mehr. Aber Bateman hätte Isabel nicht anders haben mögen. Er liebte nicht nur die Schönheit ihrer hohen, schlanken Gestalt mit der stolzen Kopfhaltung, sondern mehr noch die Schönheit ihrer Seele. Mit ihrer Aufrichtigkeit, ihrem scharf umrissenen Ehrbegriff, ihrem furchtlosen Blick vereinigte sie in sich alles, was er so sehr an seinen Landsfrauen bewunderte. Aber er sah in ihr noch mehr als nur die vollkommene Vertreterin des *American girl*, denn er fühlte, daß ihre Vortrefflichkeit in besonderem Zusammenhang mit ihrer Umgebung stand, und war überzeugt, keine andere Stadt der Welt könnte sie hervorgebracht haben als Chicago. Er verspürte einen plötzlichen Stich, als er daran dachte, daß er ihrem Stolz einen so harten Schlag versetzen mußte, und beim Gedanken an Edward Barnard flammte in seinem Herzen Zorn auf.

Aber schließlich fuhr der Zug in Chicago ein, und er frohlockte beim Anblick der langen grauen Straßenzüge. Wenn er an die State Street und die Wabash Street mit ihrem Menschengewimmel, dem drängenden Verkehr und dem Lärm dachte, konnte er seine Ungeduld kaum mehr zügeln. Hier war er zu Hause. Und er war froh, in der bedeutendsten Stadt der Vereinigten Staaten geboren zu sein. San Francisco war

Provinz, New York passé; die Zukunft Amerikas lag in der Entwicklung seiner ökonomischen Möglichkeiten, und Chicago mit seiner Lage und der Energie seiner Einwohner war dazu bestimmt, die wahre Hauptstadt des Landes zu werden.

›Ich glaube, ich werde es noch erleben, daß es die größte Stadt der Welt wird‹, sagte sich Bateman, als er den Bahnsteig betrat.

Sein Vater war ihn abholen gekommen, und nach einem herzlichen Händedruck verließen die beiden großen, schlanken gutgewachsenen Männer mit den gleichen feinen asketischen Zügen und den schmalen Lippen das Bahnhofsgebäude. Mr. Hunters Wagen wartete am Ausgang, und sie stiegen ein. Mr. Hunter erhaschte den stolzen und glücklichen Blick seines Sohnes, der die Straße betrachtete.

»Froh, wieder da zu sein, mein Junge?« fragte er.

»Das will ich meinen«, sagte Bateman.

Seine Augen verschlangen den Großstadtbetrieb.

»Ich nehme an, hier ist ein bißchen mehr Verkehr als auf deinen Südseeinseln«, bemerkte Mr. Hunter lachend. »Hat es dir dort gefallen?«

»Chicago ist mir lieber, Dad«, antwortete Bateman.

»Edward Barnard hast du nicht mitgebracht?«

»Nein.«

»Wie hast du ihn angetroffen?«

Bateman schwieg für einen Augenblick, und sein schönes, empfindsames Gesicht verdunkelte sich.

»Ich möchte lieber nicht über ihn sprechen, Dad«, sagte er.

»Schon gut, mein Junge. Ich glaube, deine Mutter wird heute eine glückliche Frau sein.«

Sie ließen die belebten Straßen im Chicago-Loop hinter sich und fuhren am See entlang, bis sie an ein imposantes Haus kamen, das getreue Abbild eines Schlosses an der Loire, das Mr. Hunter sich vor ein paar Jahren hatte bauen lassen. Kaum befand Bateman sich allein in seinem Zimmer, verlangte er auch schon eine Nummer am Telefon. Sein Herz hüpfte, als er die Stimme hörte, die antwortete.

»Guten Morgen, Isabel!« sagte er freudig.

»Guten Morgen, Bateman!«

»Wieso hast du meine Stimme erkannt?«

»Es ist nicht so lange her, seit ich sie das letzte Mal hörte. Abgesehen davon habe ich dich erwartet.«

»Wann kann ich dich sehen?«

»Willst du vielleicht, wenn du nichts Besseres vorhast, heute bei uns zu Abend essen?«

»Du weißt sehr wohl, daß ich unmöglich etwas Besseres vorhaben könnte.«

»Du hast, nehme ich an, viel Neues zu berichten.«

Er glaubte, in ihrer Stimme einen Ton von Furcht zu entdecken.

»Ja«, antwortete er.

»Nun, das mußt du mir heute abend erzählen. Auf Wiedersehen!«

Sie hängte ein. Es war typisch für sie, daß sie so viele unnötige Stunden lang auf etwas warten konnte, was sie so unmittelbar anging. Für Bateman war dies wieder ein bewundernswerter Beweis ihrer Selbstbeherrschung.

Während des Abendessens, bei dem außer ihm und Isabel nur noch ihre Eltern zugegen waren, beobachtete er sie, wie sie die Unterhaltung in die Kanäle höflicher Plauderei lenkte, und ihm fiel ein, daß eine Marquise sich in ebendieser Weise unter dem Schatten der Guillotine mit dem Kleinkram eines Tages befaßt hätte, dessen Abend sie nicht erleben sollte. Ihre feinen Züge, die aristokratische Kürze ihrer Oberlippe und ihr reiches, blondes Haar unterstützten noch den Gedanken an die Marquise, und jedermann mußte erkennen, auch wenn er es nicht wußte, daß in ihren Adern bestes Chicagoer Blut floß. Das Speisezimmer war der passende Rahmen für ihre zartgliedrige Schönheit; denn Isabel hatte die Anregung gegeben, das Haus, die Kopie eines Palastes am venezianischen Canal Grande, von einem englischen Experten im Louis-XV.-Stil einzurichten, und die elegante Dekoration, verknüpft mit dem Namen des amourösen Monarchen, erhöhte noch ihre Lieblichkeit und erhielt durch sie gleichzeitig einen tieferen Sinn. Denn Isabels Geist war wohlgerüstet, und ihre Konversation zwar leicht, aber nie geschwätzig. Sie sprach jetzt von dem Privatkonzert, das sie und ihre Mutter am Nachmittag besucht hatten, von der Vorlesung eines englischen Dichters im großen Auditorium, von der politischen Lage und von dem alten Meister, den ihr Vater vor kurzem für fünfzigtausend Dollar in New York erworben hatte. Es ermutigte Bateman, ihr zuzuhören. Er fühlte sich wieder in der zivilisierten Welt, im Zentrum von Kultur und Vornehmheit; und gewisse Stimmen, die ihn beunruhigt und sich gegen seinen Willen geweigert hatten zu schweigen, wurden schließlich still in seinem Herzen.

»Ach«, sagte er, »es tut gut, wieder in Chicago zu sein!«

Endlich war das Abendessen vorüber, und als sie das Speisezimmer verließen, sagte Isabel zu ihrer Mutter:

»Ich gehe mit Bateman hinauf. Wir haben uns viel zu erzählen.«

»Sehr gut, meine Liebe«, erwiderte Mrs. Longstaffe. »Ihr werdet Vater und mich im Madame-Dubarry-Zimmer finden, wenn ihr fertig seid.«

Isabel führte den jungen Mann hinauf und in das Zimmer, an das sich für ihn so viele bezaubernde Erinnerungen knüpften. Obwohl er es so gut kannte, vermochte er doch nicht den Ausruf des Entzückens zu unterdrücken, den es ihm jedesmal wieder entlockte. Mit einem Lächeln blickte sie umher.

»Ja, ich glaube, es ist gelungen«, sagte sie. »Die Hauptsache ist, daß nur echte Stücke darin sind. Du wirst keinen Aschenbecher finden, der nicht stilgerecht wäre.«

»Das ist es wohl, was es so wundervoll macht. Wie alles, was du tust, ist es im höchsten Grade echt.«

Sie setzten sich vor das Kaminfeuer, und Isabel schaute ihn mit ihren ruhigen, ernsten Augen an.

»Nun, was hast du mir zu sagen?« fragte sie.

»Ich weiß kaum, wie beginnen.«

»Kommt Edward Barnard zurück?«

»Nein.«

Ein langes Schweigen lag im Raum, ehe Bateman wieder sprach, und für beide war es angefüllt mit vielen Gedanken. Es fiel ihm schwer, seine Geschichte zu erzählen, denn es gab darin Dinge, die für ihre empfindsamen Ohren so beleidigend waren, daß er es nicht über sich brachte, sie mitzuteilen; aber um ihr und auch sich selbst gerecht zu werden, mußte er ihr die volle Wahrheit sagen.

Das Ganze hatte vor langer Zeit begonnen, als er und

Edward Barnard noch das College besuchten. Sie begegneten Isabel Longstaffe bei einer Teeparty, die gegeben wurde, um sie in die Gesellschaft einzuführen. Sie hatten sie schon gekannt, als Isabel noch ein Kind und sie selbst langbeinige Knaben gewesen waren; doch dann hatte sie zwei Jahre in Europa verbracht, um ihre Ausbildung zu beenden, und als sie wiederkam, erneuerten sie die Bekanntschaft mit dem zauberhaften Mädchen voller Überraschung und Entzücken. Beide verliebten sich Hals über Kopf in sie, doch bemerkte Bateman rasch, daß sie nur für Edward Augen hatte, und begnügte sich als ergebener Freund mit der Rolle des Vertrauten. Er machte schlimme Augenblicke durch, doch konnte er nicht leugnen, daß Edward seines Glückes würdig war, und besorgt, daß nichts die Freundschaft, die er so sehr schätzte, mindere, achtete er sorgfältig darauf, durch kein Anzeichen seine eigenen Gefühle zu verraten. Nach sechs Monaten war das schöne Paar verlobt. Da sie aber noch sehr jung waren, entschied Isabels Vater, daß sie erst nach Edwards Universitätsabschluß heiraten sollten. Sie mußten also noch ein Jahr warten. Bateman erinnerte sich an den Winter, der der beschlossenen Heirat von Isabel und Edward vorausging, einen Winter der Bälle, Theaterbesuche und Privateinladungen, bei denen er, der ständige Dritte, immer dabei war. Er liebte sie nicht weniger, nur weil sie bald die Frau seines Freundes werden sollte; ihr Lächeln, ein fröhliches Wort, das sie ihm zuwarf, die vertrauten Gespräche über ihre Liebe hörten nicht auf, ihn zu entzücken. Und er beglückwünschte sich ein wenig selbstzufrieden, weil er sie um ihr Glück nicht beneidete. Dann ereignete sich ein Unglücksfall: Eine große Bank ging bankrott, an der Börse entstand eine Panik, und Edward Barnards Vater mußte feststellen, daß er ruiniert war. Er kam eines Tages nach Hause, sagte seiner Frau, daß alles verloren sei, begab sich nach dem Abendessen in sein Arbeitszimmer und erschoß sich.

Eine Woche später erschien Edward Barnard mit müdem, bleichem Gesicht bei Isabel und bat sie, ihm sein Wort zurückzugeben. Ihre einzige Antwort bestand darin, ihn in die Arme zu schließen und in Tränen auszubrechen.

»Mach es mir nicht noch schwerer, Herz«, sagte er.

»Meinst du, ich könnte dich einfach gehen lassen? Ich liebe dich.«

»Wie kann ich dich bitten, meine Frau zu werden? Die ganze Sache ist hoffnungslos. Dein Vater würde das niemals zulassen. Ich habe keinen Cent.«

»Was kümmert mich das? Ich liebe dich.«

Er besprach mit ihr seine Pläne. Er mußte sofort Geld verdienen, und George Braunschmidt, ein alter Freund der Familie, hatte ihm angeboten, ihn in sein eigenes Geschäft zu nehmen. Er war ein Südseehändler und hatte Niederlassungen auf vielen Inseln im Stillen Ozean. Deshalb schlug er Edward vor, auf ein oder zwei Jahre nach Tahiti zu gehen, wo er unter einem seiner besten Geschäftsführer die Einzelheiten dieses vielseitigen Gewerbes erlernen sollte, und versprach dem jungen Mann nach Ablauf dieser Zeit eine Stellung in Chicago. Es war dies eine wundervolle Chance, und als er mit seinen Ausführungen zu Ende war, lächelte Isabel wieder wie die Sonne.

»Du böser Junge, warum hast du versucht, mich unglücklich zu machen?«

Sein Gesicht leuchtete auf, und seine Augen blitzten.

»Isabel, du willst doch damit nicht sagen, daß du auf mich warten wirst?«

»Glaubst du, du seist es nicht wert?« fragte sie lächelnd.

»Ach, mach dich nicht lustig über mich! Ich flehe dich an, sei ernst! Es kann sich um zwei Jahre handeln.«

»Habe keine Angst, Edward. Ich liebe dich. Wenn du zurückkommst, werde ich dich heiraten.«

Edwards Arbeitgeber war ein Mann, der keinen Aufschub duldete, und er hatte ihm erklärt, daß er, wollte er den angebotenen Posten übernehmen, sich in einer Woche in San Francisco einschiffen müsse. Edward verbrachte den letzten Abend bei Isabel. Nach dem Essen sagte Mr. Longstaffe, er wolle noch ein Wort mit Edward sprechen, und nahm ihn mit ins Rauchzimmer. Mr. Longstaffe hatte das Projekt, von dem er durch seine Tochter in Kenntnis gesetzt worden war, in seiner freundlichen Art gutgeheißen, und Edward konnte sich nicht vorstellen, was für geheimnisvolle Mitteilungen er ihm jetzt zu machen hatte. Er war nicht wenig bestürzt, als er sah, daß sein Gastgeber verlegen wurde und sogar stotterte. Erst sprach er von belanglosen Dingen, aber schließlich fiel er mit der Tür ins Haus.

»Ich nehme an, du hast von Arnold Jackson gehört«, sagte er und schaute Edward stirnrunzelnd an.

Edward zögerte. Doch seine angeborene Ehrlichkeit zwang ihn, ein Wissen zuzugeben, das er gerne verneint hätte.

»Ja. Aber das war vor langer Zeit. Ich erinnere mich nicht mehr genau.«

»Es gibt nicht viele Leute in Chicago, die nichts von Arnold Jackson gehört haben«, sagte Mr. Longstaffe bitter,

»und wenn, so werden sie ohne Schwierigkeiten jemanden finden, der ihnen gerne etwas von ihm erzählt. Weißt du eigentlich, daß er Mrs. Longstaffes Bruder ist?«

»Ja.«

»Natürlich haben wir seit Jahren keine Verbindung mehr mit ihm. Er verließ das Land, sobald er dazu imstande war, und vermutlich hat dies niemand hier bedauert. Man hat uns gesagt, er lebe auf Tahiti. Ich möchte dir raten, ihm weit aus dem Weg zu gehen, doch solltest du etwas von ihm hören, so wären Mrs. Longstaffe und ich sehr froh, du würdest es uns wissen lassen.«

»Natürlich. «

»Das war es, was ich dir sagen wollte. Nun denke ich, du möchtest sicher gerne wieder mit den Damen zusammen sein.«

Es gibt nur wenige Familien, die nicht eines ihrer Mitglieder am liebsten vergäßen, wenn es der liebe Nachbar nur gestattete, und sie können sich glücklich schätzen, wenn seine Streiche im Laufe von ein oder zwei Generationen einen gewissen romantischen Glanz annehmen. Ist jedoch dieses Mitglied ein Zeitgenosse und sind seine Eigentümlichkeiten nicht abgetan mit einer Phrase wie: »Er ist nur sein eigener Feind« – ein guter Satz, wenn der Schuldige sich nicht schlimmer vergangen hat, als dem Alkoholismus oder unsteten Liebesabenteuern zu frönen –, dann ist es besser, zu schweigen. Und ebendies taten die Longstaffes in bezug auf Arnold Jackson. Nie sprachen sie von ihm. Sie gingen nicht einmal durch die Straße, in der er gewohnt hatte. In ihrer Güte ließen sie natürlich weder seine Frau noch die Kinder unter seinen Missetaten leiden, sie unterstützten sie jahrelang, allerdings unter der Bedingung, daß sie nach Europa zogen. So taten sie alles, die Erinnerung an Arnold Jackson auszulöschen, und waren sich doch der Tatsache bewußt, daß die Geschichte so frisch im Gedächtnis der Leute lebte wie an dem Tag, da der Skandal vor der staunenden Welt offenbar geworden war. Arnold Jackson war ein so schwarzes Schaf, wie kaum eine Familie es ertragen konnte. Ein wohlhabender Bankier, ein vorbildliches Kirchenmitglied, Philanthrop, ein Mann, der von allen hochgeachtet wurde, nicht nur seiner Beziehungen (in seinen Adern rann Chicagos blauestes Blut), sondern auch seines aufrechten Charakters wegen, wurde er eines Tages wegen Betrugs verhaftet; und sein Verstoß gegen die Ehrlichkeit, den die Verhandlung ans Licht brachte, war nicht einer, der mit ›plötzlicher Versuchung‹ erklärt werden konnte. Arnold Jackson hatte die Tat vorsätzlich und systematisch begangen. Er war ein Verbrecher. Nach seiner Verurteilung zu sieben Jahren Zuchthaus gab es nur wenige, die nicht fanden, daß er glimpflich davongekommen sei.

Als sich die Liebenden am Ende dieses letzten Abends trennten, geschah dies unter vielen Beteuerungen ihrer Zuneigung. Isabel, in Tränen aufgelöst, tröstete sich mit dem Gedanken, daß ihr Edwards leidenschaftliche Liebe sicher war. Ein seltsames Gefühl beschlich sie. Es machte sie elend, sich von ihm zu trennen, und doch war sie gleichzeitig glücklich, weil er sie anbetete.

Dies alles war mehr als zwei Jahre her.

Er hatte ihr seitdem bei jeder Gelegenheit geschrieben, vierundzwanzig Briefe alles in allem, denn das Postschiff ging nur einmal im Monat, und seine Episteln waren genauso, wie Liebesbriefe zu sein hatten, intim und bezaubernd, manchmal humorvoll, besonders die späteren, und zärtlich. Zuerst ließen sie durchblicken, daß er Heimweh hatte, sie waren voll von seinem Verlangen, zurückzukommen nach Chicago und zu Isabel. Und sie schrieb ihm darauf etwas ängstlich und bat ihn durchzuhalten. Sie fürchtete, er könne seine große Chance einfach vertun und zu ihr zurückeilen. Sie wollte nicht, daß ihr Liebster mangelnde Ausdauer bewies, und in einem Brief zitierte sie diese Zeilen:

»Ich könnt' dich lieben nicht so sehr,
Liebte ich die Ehr' nicht mehr.«

Doch allmählich schien er sich einzugewöhnen, und es machte Isabel sehr glücklich, zu beobachten, wie er sich immer mehr dafür begeisterte, in diesem verlassenen Erdenwinkel amerikanische Methoden einzuführen. Aber sie kannte ihn, und nach einem Jahr, der kürzesten Lehrzeit auf Tahiti, erwartete sie, ihren gesamten Einfluß aufbieten zu müssen, um ihn vom Heimkommen abzuhalten. Es war viel besser für ihn, das Geschäft gründlich zu erlernen, und da sie imstande gewesen waren, ein Jahr lang zu warten, gab es keinen Grund, warum sie das nicht auch noch ein zweites aushalten sollten. Sie besprach sich darüber mit Bateman Hunter, dem stets großmütigsten aller Freunde (in den ersten Tagen nach Edwards Abreise hätte sie ohne ihn nicht gewußt, was sie tun sollte), und sie kamen zu dem Resultat, daß Edwards Zukunft allem anderen vorgehe. Und als er auch in seinen nächsten Briefen keinen Vorschlag zum Heimkommen machte, atmeten sie erleichtert auf.

»Er ist phantastisch, findest du nicht?« fragte sie Bateman begeistert.

»Makellos, durch und durch.«

»Wenn ich zwischen den Zeilen lese, weiß ich, daß er ungern drüben ist, aber er hält durch, weil ...«

Sie errötete ein wenig, und Bateman mit jenem ernsten Lächeln, das ihn so anziehend machte, beendete den Satz für sie:

»Weil er dich liebt.«

»Ich fühle mich so gering neben ihm«, sagte sie.

»Du bist wunderbar, Isabel, einfach wunderbar.«

Aber das zweite Jahr verging, allmonatlich erhielt Isabel ihren Brief von Edward, und langsam wirkte es ein wenig seltsam, daß er nie von seiner Rückkehr sprach. Er schrieb so, als habe er sich für immer auf Tahiti niedergelassen und, was schlimmer war, anscheinend sehr zu seinem Behagen. Sie war überrascht. Dann las sie seine Briefe durch, und zwar alle, und als sie nun wirklich zwischen den Zeilen las, war sie verblüfft, eine Wandlung zu bemerken, die ihr bisher entgangen war. Die letzten Briefe waren so zärtlich und reizend wie die ersten, aber der Ton war ein anderer. Der Humor darin kam ihr leicht verdächtig vor, sie beargwöhnte ihn mit dem instinktiven Mißtrauen ihres Geschlechts und gewahrte in ihm eine Geschwätzigkeit, die sie bestürzte. Sie war nun nicht ganz sicher, ob dieser Edward, der ihr schrieb, der gleiche war, den sie gekannt hatte. Eines Nachmittags, am Tag nachdem die Post aus Tahiti eingetroffen war, fragte Bateman sie, als sie mit ihm ausfuhr:

»Hat Edward dir schon mitgeteilt, wann er sich einschiffen wird?«

»Nein, er hat nichts davon erwähnt. Ich dachte, er habe vielleicht in seinem Brief an dich etwas darüber geäußert.«

»Nicht ein Wort.«

»Du weißt, wie Edward ist«, sagte sie lachend. »Er hat überhaupt keinen Zeitbegriff. Wenn du ihm wieder schreibst und daran denken solltest, dann frage ihn doch, wann er heimzukommen gedenkt.«

Sie sprach so unbekümmert, daß nur Batemans wache Empfindsamkeit aus ihrer Bitte einen drängenden Wunsch heraushören konnte. Er lachte leichthin.

»Ja, ich werde ihn fragen. Ich habe keine Ahnung, wie er darüber denkt.«

Als sie ihn ein paar Tage später wieder traf, bemerkte sie, daß ihn etwas beunruhigte. Sie waren sehr häufig zusammen gewesen, seit Edward Chicago verlassen hatte; er lag ihnen beiden am Herzen, und jeder fand in dem anderen einen bereitwilligen Partner für Gespräche über ihn. Die Folge war, daß Isabel jeden Ausdruck in Batemans Gesicht kannte und daß seine plötzliche Zurückhaltung nun vor ihrem sicheren Instinkt nicht standhielt. Sie gab nicht Ruhe, ehe er ihr nicht alles gebeichtet hatte.

»Nun, es ist so«, sagte er endlich, »ich habe durch Hinundherfragen erfahren, daß Edward nicht mehr bei Braunschmidt & Co. arbeitet, und gestern habe ich die Gelegenheit ergriffen und Mr. Braunschmidt selbst gefragt.«

»Und?«

»Edward hat seine Stellung schon vor fast einem Jahr aufgegeben.«

»Wie seltsam, daß er nie etwas davon gesagt hat!«

Bateman zögerte, aber da er nun schon so weit gegangen

war, fühlte er sich verpflichtet, auch noch das übrige zu berichten. Er war schrecklich verlegen.

»Er wurde entlassen.«

»Aber um Himmels willen, weshalb denn?«

»Es stellte sich heraus, daß man ihn ein- oder zweimal gewarnt hatte und schließlich gezwungen war, ihm den Laufpaß zu geben, wegen Faulheit und Unfähigkeit.«

»Edward?«

Sie schwiegen eine Zeitlang, dann sah er, daß Isabel weinte. Instinktiv ergriff er ihre Hand.

»Oh, meine Liebe, bitte nicht! Ich kann dich nicht weinen sehen.«

Sie war so niedergeschlagen, daß sie ihre Hand in der seinen ließ.

Er versuchte sie zu trösten.

»Es ist unbegreiflich, nicht wahr? Es klingt so gar nicht nach Edward. Ich kann mir nicht helfen, ich habe das Gefühl, daß da ein Irrtum vorliegen muß.«

»Ist dir irgend etwas Merkwürdiges in seinen letzten Briefen aufgefallen?« fragte sie und schaute, die Augen voller Tränen, zur Seite.

Er wußte nicht so recht, was er antworten sollte.

»Ich habe wohl eine Veränderung bemerkt«, gestand er schließlich. »Mir scheint, er hat etwas von dem hohen Ernst verloren, den ich immer so sehr an ihm bewundert habe. Man hat fast den Eindruck, daß die wesentlichen Dinge ihm – nun, ihm nicht mehr wesentlich sind.«

Isabel sagte nichts darauf. Sie fühlte sich ein wenig unsicher.

»Vielleicht wird er in seiner Antwort auf deinen Brief sagen, wann er zurückkommt. Wir können nichts anderes tun als darauf warten.«

Ein weiterer Brief von Edward für jeden von ihnen traf ein, und wieder sprach er mit keinem Wort von seiner Rückkehr; allerdings konnte er Batemans Anfrage noch nicht erhalten haben, als er ihn geschrieben hatte. Sicher würde die nächste Post Aufklärung bringen. Die nächste Post kam, und Bateman brachte Isabel den Brief, den er erhalten hatte, doch ein einziger Blick in sein Gesicht sagte ihr, daß er völlig außer Fassung war. Sie las das Schreiben sorgfältig einmal durch und dann mit leicht zusammengezogenen Lippen ein zweites Mal.

»Das ist ein höchst seltsamer Brief«, sagte sie. »Ich verstehe ihn nicht ganz.«

»Man könnte fast denken, er will mich zum besten halten«, entgegnete Bateman errötend.

»Es hört sich so an, aber das war sicher nicht seine Absicht. Es sieht Edward so gar nicht ähnlich.«

»Er sagt nichts vom Zurückkommen.«

»Wenn ich nicht seiner Liebe so voll vertraute, könnte ich denken… Ich weiß wirklich nicht, was ich denken sollte.«

Jetzt war der Augenblick, da Bateman offen von dem Plan sprach, der sich in seinem Kopf geformt hatte. Die Firma, die sein Vater gegründet hatte und in der er jetzt Teilhaber war, eine Firma, die alle Arten von Kraftfahrzeugen herstellte, trug sich mit dem Gedanken, Filialen in Honolulu, Sydney und Wellington zu eröffnen, und Bateman hatte die Idee, an Stelle des vorgesehenen Geschäftsführers hinzufahren. Er konnte über Tahiti zurückkommen, es war sogar, wenn er von Wellington abfuhr, unvermeidlich, und so sah er die Möglichkeit, Edward aufzusuchen.

»Es gibt da irgendein Geheimnis, und ich will es unbedingt lüften. Dies ist die einzige Möglichkeit dazu.«

»Oh, Bateman, das wäre so lieb und gut von dir!« rief Isabel aus.

»Du weißt, daß ich nichts auf der Welt dringender wünsche als dein Glück, Isabel.«

Sie schaute ihn an und reichte ihm beide Hände.

»Du bist ein herrlicher Freund, Bateman. Ich wußte nicht, daß es so etwas auf der Welt gibt. Wie kann ich dir jemals danken?«

»Ich will keinen Dank von dir, nur die Erlaubnis, dir zu helfen.«

Sie senkte die Augen und errötete ein wenig. Sie war so an ihn gewöhnt, daß sie ganz vergessen hatte, wie stattlich er war. Ebenso groß wie Edward und ebenso gut gewachsen, war er dunkelhaarig und hatte ein blasses Gesicht, während das von Edward rotwangig war. Natürlich wußte sie, daß er sie liebte. Es rührte sie, und sie empfand eine große Zärtlichkeit für ihn.

Und von dieser Reise war Bateman Hunter soeben zurückgekehrt.

Der geschäftliche Teil derselben hielt ihn länger auf, als er erwartet hatte, und er hatte viel Zeit, an seine beiden Freunde zu denken. Er war zu dem Schluß gekommen, daß es nichts Ernstliches sein konnte, was Edward von seiner Heimkehr abhielt, eine Art Stolz vielleicht, der ihn veranlaßte, erst etwas Besonderes zu leisten, ehe er sich würdig fühlte, seine Auserkorene zu heiraten, aber dies war ein Stolz, den man ihm ausreden mußte, denn Isabel war unglücklich. Edward sollte sofort mit ihm nach Chicago zurückkommen und Isabel möglichst bald heiraten. In der

Hunterschen Motoren- und Automobilgesellschaft konnte wohl eine Stellung für ihn gefunden werden. Bateman frohlockte mit blutendem Herzen über die Aussicht, den beiden Menschen, die er auf der Welt am meisten liebte, auf Kosten des eigenen Glücks zu dem ihren zu verhelfen. Er selbst wollte nicht heiraten, sondern Pate stehen bei den Kindern von Edward und Isabel und viele Jahre später nach dem Tod der beiden Isabels Tochter erzählen, daß er vor langer, langer Zeit ihre Mutter geliebt habe. Batemans Augen verschleierten sich, wenn er sich diese Szene ausmalte.

Da er Edward überraschen wollte, teilte er ihm seine Ankunft nicht telegraphisch mit, und als er auf Tahiti landete, ließ er sich von einem jungen Mann, der sagte, er sei der Sohn des Hauses, ins Hôtel de la Fleur führen. Er lachte heimlich beim Gedanken an das Staunen seines Freundes, wenn er, der unerwartetste aller Besucher, plötzlich zur Tür hereinkäme.

»Übrigens«, fragte er, als sie zum Hotel gingen, »können Sie mir sagen, wo ich Mr. Edward Barnard finden werde?«

»Barnard?« überlegte der junge Mann. »Der Name kommt mir bekannt vor.«

»Er ist Amerikaner, ein großer Mensch mit hellbraunem Haar und blauen Augen. Er ist schon über zwei Jahre lang hier.«

»Ach, natürlich, jetzt weiß ich, wen Sie meinen, Mr. Jacksons Neffen.«

»Der Neffe von wem?«

»Von Mr. Arnold Jackson.«

»Ich glaube nicht, daß wir von demselben Herrn sprechen«, sagte Bateman kühl.

Er war bestürzt. Es kam ihm seltsam vor, daß Arnold Jackson, der allen und jedem bekannt war, hier unter diesem unseligen, an sein Vergehen gebundenen Namen lebte. Wer aber das sein konnte, den er für seinen Neffen ausgab, war Bateman ein vollkommenes Rätsel. Mrs. Longstaffe war Arnold Jacksons einzige Schwester, und einen Bruder hatte er nie gehabt. Der junge Mann neben ihm sprach fließend Englisch, aber doch in einem fremden Tonfall, und Bateman erspähte mit einem Seitenblick, was er vorher gar nicht bemerkt hatte, daß er einen guten Schuß Eingeborenenblut in sich haben mußte. Unwillkürlich bekam Batemans Verhalten einen Anflug von Hochmut. Sie erreichten das Hotel. Als Bateman ein Zimmer genommen hatte, bat er um Angabe, wo das Haus von Braunschmidt & Co. zu finden sei. Es lag an der Lagune, wie er erfuhr, und froh, nach achttägiger Seefahrt wieder festen Boden unter den Füßen zu spüren, schlenderte er über den sonnigen Weg Richtung Ufer. Als er das gesuchte Haus gefunden hatte, ließ er dem Geschäftsführer seine Karte übergeben und wurde durch einen luftigen, scheunengleichen Raum, halb Laden, halb Lager, zu einem Büro geführt, in dem ein untersetzter, bebrillter, kahlköpfiger Mann saß.

»Können Sie mir sagen, wo ich Mr. Edward Barnard finden kann? Ich hörte, er habe einige Zeit in Ihrem Hause gearbeitet.«

»Das stimmt. Aber ich weiß nicht, wo er jetzt ist.«

»Ich dachte, er kam mit einer besonderen Empfehlung von Mr. Braunschmidt hierher. Ich kenne Mr. Braunschmidt sehr gut.«

Der feiste Mann schaute Bateman mit schlauen, mißtrauischen Augen an. Dann rief er einem Lehrjungen im Lager zu:

»Sag, Henry, weißt du, wo Barnard jetzt ist?«

»Er arbeitet bei Cameron, glaube ich«, kam von irgend jemandem die Antwort, der sich nicht einmal die Mühe machte, näher zu kommen.

Der Dicke nickte.

»Wenn Sie von hier aus nach links abbiegen, stoßen Sie nach drei Minuten auf Cameron.«

Bateman zögerte.

»Ich muß Ihnen noch sagen, daß Edward Barnard mein bester Freund ist. Ich war aufs höchste erstaunt, als ich hörte, daß er Braunschmidt & Co. verlassen hat.«

Die Augen des Dicken zogen sich zusammen, bis sie wie Stecknadelköpfe aussahen, und ihr forschender Blick machte Bateman so unsicher, daß er errötete.

»Ich glaube, Braunschmidt & Co. und Edward Barnard waren in bestimmten Angelegenheiten nicht gleicher Meinung«, entgegnete er.

Bateman gefiel das Benehmen dieses Mannes gar nicht, deshalb stand er nicht ohne Würde auf und verabschiedete sich höflich von ihm, mit der Bitte, die Störung zu verzeihen. Er verließ das Haus mit dem seltsamen Gefühl, der Mann, den er soeben gefragt hatte, könne ihm viel erzählen, habe aber nicht die Absicht, es zu tun. Er ging in die angegebene Richtung und befand sich bald vor Camerons Haus. Es war einer der Kaufläden, wie man sie hier zu Dutzenden vorfand, und der erste Mensch, den er sah, wie er hemdsärmelig dabei war, ein Stück groben Baumwollstoffs abzumessen, war Edward. Es gab ihm einen Stich, ihn mit so einer niederen Arbeit beschäftigt zu sehen. Aber er war kaum eingetreten, als Edward aufschaute, ihn erblickte und einen überraschten Freudenausruf von sich gab.

»Bateman! Wer hätte je gedacht, dich hier zu sehen!«

Er streckte ihm den Arm über den Ladentisch hinweg entgegen und drückte seine Hand. Keinerlei Befangenheit lag in seinem Betragen, und die Verlegenheit war ganz und gar auf Batemans Seite.

»Warte nur einen Augenblick, bis ich dieses Paket fertiggemacht habe.«

Mit völliger Sicherheit ließ er die Schere durch den Stoff gleiten, den er dann faltete, einpackte und einem dunkelhäutigen Kunden überreichte.

»An der Kasse zahlen, bitte!«

Dann wandte er sich lächelnd und mit strahlenden Augen Bateman zu.

»Wie bist du denn hierhergekommen? Mein Gott, wie ich mich freue, dich zu sehen! Setze dich, mein Alter, mach es dir bequem.«

»Hier können wir nicht sprechen. Komm mit mir in mein Hotel. Kannst du so einfach von hier weggehen?« fügte er etwas ängstlich hinzu.

»Natürlich kann ich weggehen. So geschäftsmäßig geht es hier auf Tahiti nicht zu.« Er rief dem Chinesen, der hinter dem gegenüberliegenden Ladentisch stand, zu: »Ah-Ling, wenn der Chef kommt, sage ihm, ein Freund von mir sei soeben aus Amerika hier angelangt, und ich sei mit ihm auf einen Schluck fortgegangen.«

»In Ordnung«, erwiderte der Chinese mit einem Grinsen.

Edward schlüpfte in eine Jacke und ging, indem er den Hut aufsetzte, mit Bateman zusammen aus dem Laden. Bateman versuchte, die Sache von der scherzhaften Seite her anzupacken.

»Ich habe nicht erwartet, dich dabei anzutreffen, wie du einem schmutzigen Nigger dreieinhalb Meter olle Baumwolle verkaufst«, sagte er lachend.

»Braunschmidt hat mich hinausgeworfen, weißt du, und ich dachte, dies ist so gut wie irgend etwas anderes.«

Edwards Aufrichtigkeit überraschte Bateman, doch er dachte, es sei indiskret, weiter auf das Thema einzugehen.

»Ich nehme an, daß du es dort, wo du jetzt bist, nicht zum Millionär bringen wirst«, sagte er ein wenig trocken.

»Das wohl nicht. Aber ich verdiene genug, um Seele und Leib zusammenzuhalten, und damit bin ich vollauf zufrieden.«

»Vor zwei Jahren wärest du es nicht gewesen.«

»Wir werden weiser, wenn wir älter werden«, erwiderte Edward vergnügt.

Bateman streifte ihn mit einem Blick. Edward trug einen schäbigen weißen, nicht allzu sauberen Leinenanzug und den breiten Strohhut der Einheimischen. Er war magerer als früher, tiefbraun gebrannt von der Sonne und sah bestimmt besser aus denn je. Aber es war etwas in seiner Erscheinung, das Bateman verwirrte. Wie er so dahinging, zeigte er eine neue Munterkeit, eine Sorglosigkeit war in seiner Haltung, eine Fröhlichkeit über nichts im besonderen, die Bateman nicht eigentlich tadeln konnte, die ihn aber aufs äußerste befremdete.

›Wenn ich verflixt noch mal herausbekommen könnte,

warum er so unheimlich vergnügt ist!‹ dachte Bateman für sich.

Sie kamen zum Hotel und setzten sich auf die Terrasse. Ein Chinese brachte ihnen Cocktails. Edward war höchst begierig, alles Neue aus Chicago zu erfahren, und bombardierte seinen Freund mit lebhaften Fragen. Sein Interesse war natürlich und aufrichtig. Doch das Seltsame war, daß es über eine Unzahl von Menschen und Dingen gleich verteilt zu sein schien. Er war ebenso begierig, zu erfahren, wie es Batemans Vater gehe, wie zu hören, was Isabel mache. Er sprach von ihr ohne die geringste Spur von Verlegenheit, aber sie hätte ebensogut seine Schwester und nicht seine Verlobte sein können. Und noch ehe Bateman den genauen Sinn von Edwards Bemerkungen hatte analysieren können, war das Gespräch bereits auf seine eigene Arbeit und die Baulichkeiten, die Mr. Hunter inzwischen hatte errichten lassen, übergegangen. Er war entschlossen, die Unterhaltung wieder auf Isabel zurückzuführen, und suchte soeben nach einer Gelegenheit dazu, als er sah, daß Edward jemandem freundschaftlich zuwinkte. Ein Mann kam zu ihnen auf die Terrasse, aber Bateman hatte ihm den Rücken zugewandt und konnte ihn nicht sehen.

»Komm her und setze dich zu uns!« rief Edward ihm heiter entgegen.

Der Ankömmling trat näher. Er war ein großer, schlanker Mensch in weißem Leinen mit gutgeschnittenem Gesicht und lockigem, weißem Haar. Sein Gesicht mit der großen gebogenen Nase und dem schönen, ausdrucksvollen Mund war ebenfalls lang und schmal.

»Das ist mein alter Freund Bateman Hunter. Ich habe dir

von ihm erzählt«, sagte Edward, ein ständiges Lächeln auf den Lippen.

»Ich freue mich, Sie zu sehen, Mr. Hunter. Ich habe Ihren Vater gut gekannt.«

Der Fremde streckte seine Hand aus und nahm die des jungen Mannes mit festem, freundlichem Griff. Erst dann erwähnte Edward den Namen des anderen.

»Mr. Arnold Jackson.«

Bateman erbleichte und fühlte, wie seine Hände kalt wurden. Dies also war der Betrüger, der Zuchthäusler, dies war Isabels Onkel. Er wußte nicht, was er sagen sollte, und versuchte, seine Unsicherheit zu verbergen.

Arnold Jackson schaute ihn mit blinkenden Augen an.

»Ich nehme an, mein Name ist Ihnen nicht unbekannt.«

Bateman wußte nicht, ob er es verneinen oder bejahen sollte, und was ihn noch unsicherer machte, war die Tatsache, daß die beiden, Jackson und Edward, sich darüber zu belustigen schienen. Es war schon schlimm genug, ihm die Bekanntschaft mit einem Mann aufzuzwingen, die er lieber vermieden hätte, aber noch schlimmer war die Entdeckung, daß man sich über ihn lustig machte. Doch war dies vielleicht ein voreiliger Schluß, denn Jackson fügte ohne Pause hinzu:

»Wie ich hörte, sind Sie sehr befreundet mit den Longstaffes. Mrs. Longstaffe ist meine Schwester.«

Nun fragte sich Bateman, ob Jackson vielleicht glaube, er wisse nichts von dem scheußlichsten Skandal, den Chicago je gekannt hatte. Jackson legte jetzt die Hand auf Edwards Schulter.

»Ich kann mich nicht zu euch setzen, Teddy«, sagte er.

»Ich habe zu tun. Aber kommt doch beide heute abend zu mir, wir essen zusammen.«

»Großartige Idee«, sagte Edward.

»Das ist sehr freundlich von Ihnen, Mr. Jackson«, erwiderte Bateman eisig, »aber ich bin nur sehr kurz hier. Mein Schiff geht morgen ab, Sie verstehen. Ich glaube, Sie werden mir verzeihen, wenn ich nicht komme.«

»Ach, Unsinn! Ich gebe euch ein Original-Tahiti-Essen. Meine Frau ist eine wunderbare Köchin. Teddy wird Ihnen den Weg zeigen. Kommt so, daß ihr den Sonnenuntergang seht. Ihr könnt auch bei mir übernachten, wenn ihr wollt.«

»Natürlich kommen wir«, antwortete Edward. »An Abenden, wenn ein Schiff gelandet ist, ist immer ein Höllenlärm im Hotel, und in seinem Bungalow können wir uns in Ruhe unterhalten.«

»Sie kommen mir nicht davon, Mr. Hunter«, fuhr Jackson mit der größten Herzlichkeit fort. »Ich will alles über Chicago und Mary hören.«

Er nickte ihnen zu und ging weg, noch ehe Bateman ein Wort erwidern konnte.

»Wir auf Tahiti nehmen keine Absage an«, sagte Edward. »Übrigens wirst du das beste Essen kennenlernen, das man auf dieser Insel bekommen kann.«

»Was meinte er damit, als er sagte, seine Frau sei eine gute Köchin? Ich weiß zufällig, daß seine Frau in Genf ist.«

»Das ist ziemlich weit weg für eine Frau, oder?« entgegnete Edward. »Und es ist auch schon lange her, seit er sie zuletzt gesehen hat. Es ist eben eine andere Frau, von der er gesprochen hat.«

Bateman schwieg eine Zeitlang. Sein Gesicht lag in ernsten Falten.

Doch als er aufschaute, erhaschte er Edwards belustigten Blick und errötete tief.

»Arnold Jackson ist ein übler Betrüger«, sagte er.

»Ich fürchte, das stimmt«, antwortete Edward lächelnd.

»Ich verstehe nicht, wie ein anständiger Mensch etwas mit ihm zu tun haben kann.«

»Vielleicht bin ich kein anständiger Mensch.«

»Bist du häufig mit ihm zusammen, Edward?«

»O ja, sehr oft. Er hat mich als Neffen adoptiert.«

Bateman beugte sich vor und schaute Edward mit forschendem Blick an.

»Gefällt er dir?«

»Sehr sogar.«

»Aber weißt du denn nicht, weiß denn nicht jedermann hier, daß er ein Hochstapler ist und im Gefängnis war? Er sollte aus jeder zivilisierten Gesellschaft verjagt werden.«

Edward schaute einem Rauchring nach, der von seiner Zigarette in die stille, duftende Luft entschwebte.

»Er ist sicher ein ausgemachter Halunke«, sagte er schließlich, »und ich kann nicht einmal behaupten, daß irgendwelche Reue über seine Missetaten einen veranlassen könnte, ihm zu verzeihen. Er war ein Schwindler und ein Heuchler. Das ist nicht zu leugnen. Aber ich habe niemals einen sympathischeren Menschen kennengelernt. Er hat mich alles gelehrt, was ich weiß.«

»Was hat er dich gelehrt?« rief Bateman voller Staunen.

»Zu leben.«

Bateman brach in ironisches Gelächter aus.

»Ein feiner Meister! Hat man es seinem Unterricht zu verdanken, daß du dir die Chance, ein Vermögen zu erwerben, verscherzt hast und durch Bedienen hinter dem Ladentisch in einem Zehncentgeschäft deinen Lebensunterhalt verdienst?«

»Er ist eine große Persönlichkeit«, sagte Edward mit einem gutmütigen Lächeln. »Vielleicht kannst du heute abend einsehen, was ich meine.«

»Ich werde nicht bei ihm zu Abend essen, falls du das meinst. Nichts kann mich dazu bringen, meinen Fuß über die Schwelle seines Hauses zu setzen.«

»Tu mir den Gefallen und komm mit, Bateman. Wir sind seit so vielen Jahren befreundet, und du wirst mir doch nicht eine Bitte abschlagen, die ich an dich richte.«

In Edwards Stimme lag etwas, was Bateman neu war. Ihre Sanftheit war von unwiderstehlicher Überzeugungskraft.

»Wenn du es so sagst, Edward, bin ich ja gezwungen zu kommen«, sagte er lächelnd.

Außerdem überlegte Bateman, daß es vielleicht nicht schlecht sei, soviel wie möglich über Arnold Jackson zu erfahren. Es war klar, daß er großen Einfluß auf Edward hatte, und wenn dieser Einfluß bekämpft werden sollte, mußte man herausfinden, worin er bestand. Je länger er mit Edward sprach, desto deutlicher wurde ihm die Wandlung, die in seinem Freund stattgefunden hatte. Sein Instinkt sagte ihm, daß er behutsam vorgehen müsse, und er faßte den Entschluß, den eigentlichen Anlaß seines Besuches erst anzusprechen, wenn er klarer sah. Deshalb fing er an, von tausenderlei Dingen zu sprechen, von seiner Reise und was er durch sie erreicht hatte, von der Politik in Chicago, von diesem und jenem gemeinsamen Freund und von den einstigen Tagen auf dem College.

Schließlich sagte Edward, er müsse wieder an die Arbeit gehen, und schlug vor, Bateman um fünf Uhr abzuholen, um mit ihm zu Arnold Jacksons Haus hinauszufahren.

»Übrigens dachte ich, du würdest vielleicht in diesem Hotel wohnen«, sagte Bateman, als er mit Edward die Terrasse verließ und durch den Garten schlenderte. »Ich hörte, es sei das einzig anständige hier.«

»Ich?« lachte Edward. »Das ist viel zu großartig für mich. Ich habe ein Zimmer außerhalb des Ortes gemietet, es ist sauber und billig.«

»Wenn ich mich recht entsinne, waren dies nicht die Punkte, die dir am wichtigsten erschienen, als du noch in Chicago lebtest.«

»Chicago!«

»Ich weiß nicht, was du damit sagen willst, Edward. Es ist die großartigste Stadt der Welt.«

»Ich weiß«, erwiderte Edward.

Bateman schaute ihn rasch an, aber sein Gesicht war unergründlich.

»Wann kommst du wieder dorthin zurück?«

»Das frage ich mich oft«, sagte Edward lächelnd.

Diese Antwort und die Art, wie sie gegeben wurde, machten Bateman stutzig, aber ehe er um eine Erklärung bitten konnte, hatte Edward bereits einem Mischling gewinkt, der gerade in einem Auto vorüberfuhr.

»Nimm mich ein Stück mit, Charlie«, sagte er.

Er nickte Bateman zu und rannte dem Wagen nach, der ein paar Meter weiter angehalten hatte. Bateman blieb zurück und hatte eine Menge widersprüchlicher Eindrücke zu verarbeiten.

In einem klapprigen Vehikel, das von einer alten Stute gezogen wurde, holte Edward seinen Freund ab, und dann fuhren sie zusammen eine Straße am Meer entlang. Zu beiden Seiten lagen Plantagen, Kokosnüsse und Vanille, und hier und da sahen sie einen großen Mangobaum, dessen Früchte gelb, rot und violett aus dem massigen Grün der Blätter hervorlugten. Ab und zu konnten sie einen Blick auf die Lagune werfen, die glatt und blau dalag, mit gelegentlich palmenbewachsenen, graziösen kleinen Inseln. Arnold Jacksons Haus stand auf einem Hügel, und da nur ein schmaler Pfad dort hinführte, schirrten sie die Stute aus, machten sie an einem Baum fest und ließen den Wagen am Straßenrand stehen. Für Bateman war das eine recht unbekümmerte Art, mit Dingen umzugehen. Als sie zum Haus hinaufkamen, wurden sie von einer großen, gutaussehenden, nicht mehr jungen Eingeborenen empfangen, der Edward herzlich die Hand drückte. Dann stellte er ihr Bateman vor.

»Dies ist mein Freund, Mr. Hunter. Wir kommen zum Abendessen, Lavina.«

»Sehr gut«, sagte sie mit einem raschen Lächeln. »Arnold ist noch nicht zurück.«

»Wir gehen solange hinunter und baden. Gib uns zwei Pareos.«

Die Frau nickte und verschwand im Haus.

»Wer ist das?« fragte Bateman.

»Oh, das ist Lavina, Arnolds Frau.«

Bateman preßte die Lippen zusammen und schwieg. Einen Augenblick später kehrte die Frau mit einem Bündel zurück, das sie Edward reichte. Die beiden Männer kletterten einen steilen Pfad hinunter zu einem Kokospalmenhain am Strand. Sie zogen sich aus, und Edward zeigte seinem Freund, wie man den Pareo genannten Streifen roten Baumwollstoffs zu einer ordentlichen Badehose verknoten konnte. Bald planschten sie in dem warmen, seichten Wasser. Edward war bester Laune. Er lachte und schrie und sang und benahm sich wie ein Fünfzehnjähriger. Bateman hatte ihn noch nie so fröhlich gesehen. Als sie später am Strand lagen und den Zigarettenrauch in die klare Luft bliesen, ging eine so unwiderstehliche Lebensfreude von ihm aus, daß Bateman ganz verwirrt war.

»Du scheinst das Leben sehr zu genießen«, sagte er.

»Das tue ich.«

Sie vernahmen ein kleines Geräusch, und als sie sich umschauten, sahen sie Arnold Jackson auf sie zukommen.

»Ich dachte mir schon, daß ich herunterkommen muß, um euch zu holen«, sagte er. »Haben Sie das Bad genossen, Mr. Hunter?«

»Sehr«, sagte Bateman.

Arnold Jackson trug nun nicht mehr den schmucken Leinenanzug, sondern nichts als einen Pareo um die Lenden und keine Schuhe. Sein Körper war tief gebräunt von der Sonne. Mit seinen langen, weißen, lockigen Haaren und seinem asketischen Gesicht wirkte er ziemlich grotesk in dem Kleid der Eingeborenen, doch war er sich dessen nicht bewußt und gab sich ganz ungezwungen und natürlich.

»Wenn ihr fertig seid, wollen wir hinaufgehen«, sagte er.

»Ich ziehe mich nur schnell an«, erwiderte Bateman.

»Ach, Teddy, hast du keinen Pareo für deinen Freund mitgenommen?«

»Ich glaube, er will lieber Kleider tragen«, antwortete Edward lächelnd.

»Ganz bestimmt«, bestätigte Bateman grimmig, als er sah, wie Edward sich mit einem trockenen Lendentuch schmückte und fertig und bereit dastand, noch ehe er selbst auch nur sein Hemd angelegt hatte.

»Tut es dir nicht weh, ohne Schuhe zu gehen?« fragte er. »Der Pfad ist doch ziemlich steinig.«

»Oh, ich bin daran gewöhnt.«

»Es ist so erholsam, den Pareo zu tragen, sobald man aus der Stadt kommt«, sagte Jackson. »Wenn Sie hierblieben, würde ich es Ihnen dringend anraten, diese Sitte aufzunehmen. Er gehört zu den vernünftigsten Kleidungsstücken, die mir je untergekommen sind, denn er ist kühl, angenehm und billig.«

Sie wanderten hinauf zum Haus, und Jackson führte sie in einen großen Raum mit weißgetünchten Wänden und offener Decke, in dem ein großer Tisch stand. Bateman bemerkte, daß er für fünf Personen gedeckt war.

»Eva, komm, zeige dich Teddys Freund und bereite uns einen Cocktail!« rief Jackson.

Dann zog er Bateman zu einem langen, niedrigen Fenster hin.

»Sehen Sie sich das an«, sagte er mit großer Geste, »sehen Sie es sich gut an!«

Unter ihnen fiel der Hang mit den Kokospalmen steil ab, und die Lagune hatte im abendlichen Licht die zarten Farbschattierungen einer Taubenbrust. Ein wenig weiter entfernt drängten sich in einer Bucht die Hütten eines Eingeborenendorfes, und draußen am Riff zeichnete sich ein Kanu scharf ab, in dem ein paar Eingeborene fischten. Dahinter sah man die stille Weite des Pazifischen Ozeans und, zwanzig Meilen entfernt, sublim und fein wie das Gebilde einer Dichterphantasie, die unvorstellbare Schönheit der Insel, die den Namen Murea trägt. Dies alles war von einer solchen Herrlichkeit, daß Bateman sprachlos dastand.

»Noch nie habe ich etwas Ähnliches gesehen«, sagte er schließlich.

Arnold Jackson stand vor ihm, schaute hinaus, und seine Augen waren von träumerischer Sanftheit. Tiefer Ernst lag auf seinem schmalen Denkergesicht. Bateman schaute ihn an, und wieder war er sich der intensiven Spiritualität seiner Züge bewußt.

»Schönheit«, murmelte Arnold Jackson, »nur selten wird man ihrer ansichtig. Prägen Sie sich dies alles gut ein, Mr. Hunter; was Sie jetzt sehen, werden Sie nie wieder sehen, denn der Augenblick ist flüchtig, aber er wird weiterleben im unzerstörbaren Gedächtnis Ihres Herzens. Hier rühren Sie an die Ewigkeit.«

Seine Stimme war tief und wohlklingend. Er schien von reinstem Idealismus beseelt, und Bateman hatte Mühe, sich vorzustellen, daß der Mann, der da sprach, ein Verbrecher und ein gerissener Betrüger war. Edward, als hätte er ein Geräusch gehört, drehte sich plötzlich um.

»Das hier ist meine Tochter, Mr. Hunter.«

Bateman reichte ihr die Hand. Sie hatte dunkle, prachtvolle Augen und einen roten, fröhlichen Mund; aber ihre Haut war braun, und das Lockenhaar, das ihr über die Schultern fiel, war rabenschwarz. Sie trug nur ein einziges Kleidungsstück, einen Kittel aus rosafarbener Baumwolle, keine

Schuhe und auf dem Kopf ein Gewinde aus weißen, duftenden Blumen. Ein herrliches Geschöpf, schön wie die Göttin des polynesischen Frühlings.

Sie war ein wenig scheu, aber nicht scheuer als Bateman, den diese ganze Situation aufs äußerste verwirrte; und es trug nicht zu seiner Ungezwungenheit bei, als er sah, daß dieses sylphengleiche Wesen den Shaker nahm und mit geübten Händen drei Cocktails mixte.

»Nun laß uns einmal kosten, Kind«, sagte Jackson.

Sie schenkte ein und reichte jedem der Männer mit einem hinreißenden Lächeln sein Glas. Bateman bildete sich nicht wenig auf seine Gabe ein, Cocktails zu mixen, und sein Erstaunen war groß, als er nach einem Schluck zugeben mußte, daß dieser ausgezeichnet schmeckte. Jackson lachte stolz, da er den unwillkürlichen Ausdruck der Billigung auf dem Gesicht seines Gastes bemerkt hatte.

»Nicht schlecht, oder? Ich selbst habe es dem Kind beigebracht. Früher in Chicago war ich überzeugt, daß es in der ganzen Stadt keinen Barmixer gäbe, der es mir gleichtun könnte. Wenn ich nichts Besseres zu tun hatte im Gefängnis, beschäftigte ich mich damit, mir neue Cocktails auszudenken, aber wenn man der Sache auf den Grund geht, so ist ein Dry Martini durch nichts zu schlagen.«

Bateman hatte das Gefühl, als habe ihm jemand einen heftigen Schlag gegen den Musikantenknochen versetzt, und er spürte, wie er erst rot und dann kalkweiß wurde. Doch ehe ihm eine Antwort einfiel, brachte ein junger Eingeborener eine große Suppenschüssel, und die ganze Gesellschaft setzte sich zum Abendessen nieder. Arnold Jacksons Bemerkung hatte anscheinend eine Reihe von Erinnerungen in ihm geweckt, denn er begann jetzt von den Tagen seiner Haft zu erzählen. Er sprach völlig natürlich und frei von Groll davon, als berichtete er von seinen Erlebnissen auf einer ausländischen Universität. Er wandte sich häufig an Bateman, und Bateman fühlte sich zuerst verwirrt und dann beschämt. Er sah, daß Edwards Augen auf ihm ruhten und ein belustigtes Flackern in ihnen lag. Er wurde dunkelrot, denn er glaubte zu verstehen, Jackson mache sich über ihn lustig, und dann, weil er sich albern vorkam – obwohl dazu nicht der geringste Grund vorlag, wie er wußte –, wurde er wütend. Arnold Jackson war einfach schamlos – es gab kein anderes Wort dafür –, und seine Taktlosigkeit, ob gespielt oder nicht, konnte einen rasend machen. Das Abendessen nahm seinen Verlauf. Bateman wurden vielerlei Speisen angeboten, roher Fisch und weiß Gott was nicht alles, das hinunterzuschlucken ihn nur Höflichkeit veranlaßte, das aber zu seinem eigenen Erstaunen ganz vorzüglich schmeckte. Dann ereignete sich etwas, was Bateman als das peinlichste Erlebnis dieses Abends empfand. Ein kleiner Blumenkranz lag vor ihm, und um Konversation zu machen, ließ er ein paar Worte darüber fallen.

»Es ist eine Girlande, die Eva für Sie gemacht hat«, sagte Jackson, »aber ich glaube, sie war zu schüchtern, sie Ihnen zu geben.«

Bateman nahm sie in die Hand und wandte sich mit ein paar höflichen Dankesworten an das Mädchen.

»Sie müssen sie aufsetzen«, erwiderte sie mit einem Lächeln und errötete.

»Ich? Ich denke, lieber nicht.«

»Das ist eine der liebenswürdigen Sitten des Landes«, erklärte Jackson.

Auch vor ihm lag solch ein Kranz, und er setzte ihn sich aufs Haar. Edward tat das gleiche.

»Ich fürchte, ich bin nicht im richtigen Kostüm, um so etwas zu tragen«, wehrte Bateman unsicher ab.

»Wollen Sie einen Pareo haben?« fragte Eva rasch. »Ich kann Ihnen sofort einen holen.«

»Nein, danke! Ich fühle mich ganz wohl in meinem Anzug.«

»Zeig ihm, wie man den Kranz aufsetzt, Eva«, sagte Edward.

In diesem Augenblick haßte Bateman seinen besten Freund. Eva erhob sich und drückte ihm unter viel Gelächter das Gewinde aufs schwarze Haar.

»Er steht ihm gut«, behauptete Mrs. Jackson, »nicht wahr, Arnold?«

»Natürlich.«

Bateman schwitzte aus allen Poren.

»Wie schade, daß es dunkel ist!« rief Eva. »Sonst könnten wir euch drei fotografieren.«

Bateman dankte den Sternen dafür. Er hatte das Gefühl, unwahrscheinlich albern auszusehen in seinem blauen Sergeanzug und dem steifen Kragen – sehr adrett und gentlemanlike – mit dieser lächerlichen Blumengirlande auf dem Kopf. Er kochte vor Gereiztheit und hatte noch niemals in seinem Leben so viel Selbstbeherrschung geübt wie jetzt, als er eine freundliche Miene zur Schau trug. Er war wütend auf diesen alten Mann, der da halb nackt am Ende der Tafel saß mit seinem Heiligengesicht und den Blumen auf den schönen weißen Locken. Die ganze Situation war einfach unmöglich.

Als das Abendessen zu Ende war, blieben Eva und ihre

Mutter da, um abzuräumen, während die drei Männer sich auf die Veranda setzten. Die sehr warme Luft war erfüllt vom Duft der weißen Nachtblumen. Der Vollmond schwebte an einem wolkenlosen Himmel und hinterließ einen Pfad auf der weiten Fläche des Meeres, der in die grenzenlosen Reiche der Ewigkeit führte. Arnold Jackson sprach. Seine Stimme war voll und melodiös. Er erzählte seltsame Geschichten aus der Vergangenheit, Geschichten von wagemutigen Expeditionen ins Unbekannte, von Liebe und Tod, von Haß und Rache. Er sprach von Abenteurern, die diese entlegenen Inseln entdeckt hatten, von Schiffern, die sich dort niederließen und die Töchter der großen Häuptlinge heirateten, und von Strandräubern, die ihr Leben an den silbrigen Küsten gelassen hatten. Bateman hörte erst verlegen, erbittert und mürrisch zu, doch dann erfaßte ihn irgendwie der Zauber, der in den Worten lag, und er saß völlig verzückt da. Das romantische Traumbild stellte das Licht des Alltags in den Schatten. Hatte er vergessen, daß Arnold Jackson eine glatte Zunge besaß, eine Zunge, mit der er Riesensummen aus einem gutgläubigen Publikum gelockt hatte, eine Zunge, mit der es ihm beinahe gelungen wäre, der Strafe für seine Verbrechen zu entgehen? Niemand verfügte über größere Beredsamkeit, niemand über mehr Sinn für den Höhepunkt des Augenblicks. Plötzlich erhob er sich.

»Nun, ihr beiden habt euch so lange nicht gesehen. Ich werde euch jetzt allein lassen, damit ihr euch in Ruhe unterhalten könnt. Teddy wird Ihnen Ihr Nachtlager zeigen, wenn Sie zu Bett gehen wollen.«

»Oh, aber ich hatte gar nicht die Absicht, die Nacht hier zu verbringen, Mr. Jackson«, sagte Bateman.

»Es ist aber viel bequemer für Sie. Wir werden dafür sorgen, daß man Sie morgen rechtzeitig weckt.«

Mit einem höflichen Händedruck, feierlich, als sei er ein Bischof im Ornat, nahm Arnold Jackson Abschied von seinen Gästen.

»Natürlich fahre ich dich zurück nach Papeete, wenn du möchtest«, sagte Edward, »aber ich würde dir raten hierzubleiben. Es ist wunderbar, frühmorgens zu fahren.«

Eine Zeitlang sprach keiner von ihnen. Bateman überlegte, wie er die Unterhaltung beginnen könnte, die durch die Ereignisse des Tages seiner Ansicht nach noch dringender geworden war.

»Wann kommst du nach Chicago zurück?« fragte er.

Einen Augenblick lang gab Edward keine Antwort. Dann wandte er sich lässig um, schaute seinen Freund an und erwiderte: »Ich weiß es nicht. Vielleicht nie mehr.«

»Was um Himmels willen willst du damit sagen?« rief Bateman.

»Ich bin sehr glücklich hier. Wäre es nicht Wahnsinn, etwas daran zu ändern?«

»Menschenskind, du kannst hier doch nicht dein Lebtag lang bleiben! Das ist kein Leben für einen Mann. Das ist der lebendige Tod. Oh, Edward, komm sofort mit mir, ehe es zu spät ist! Ich hatte schon lange das Gefühl, etwas stimme da nicht. Du hast dich betören lassen von diesem Ort, bist üblen Einflüssen erlegen, aber es bedarf nur eines Rucks, und wenn du dann frei bist von dieser Umgebung, wirst du sämtlichen Göttern auf den Knien danken. Wie ein Süchtiger wirst du sein, der sich von seinem Rauschgift befreien konnte, und du wirst einsehen, daß du zwei volle Jahre lang vergiftete Luft eingeatmet hast. Du kannst dir jetzt nicht vorstellen, was für eine Wonne es für dich sein wird, wieder einmal die reine, frische Luft deines Heimatlands zu atmen.«

Er sprach rasch, die Worte überstürzten sich durch seine Erregung, und in seiner Stimme schwang echte, liebevolle Besorgnis mit.

Edward war gerührt.

»Wie gut von dir, dich so für mein Wohl einzusetzen, alter Freund!«

»Reise morgen mit mir ab, Edward! Es war ein Fehler, daß du jemals hierhergekommen bist. Das ist kein Leben für dich.«

»Du sprichst von dieser Art zu leben und von jener. Wie gelangt deiner Ansicht nach der Mensch zur Erfüllung des Lebens?«

»Nun, ich hätte gedacht, darauf gibt es nur eine Antwort: durch Ausübung seiner Pflicht, durch ernste Arbeit, durch Erledigung aller Verbindlichkeiten, die Staat und Stand ihm auferlegen. «

»Und was ist sein Lohn?«

»Sein Lohn besteht in dem Bewußtsein, das erreicht zu haben, was er sich als Ziel gesetzt hat.«

»Das klingt ziemlich schauderhaft in meinen Ohren«, sagte Edward, und in der Helligkeit der Nacht konnte Bateman sehen, daß er lächelte. »Ich fürchte, du wirst mich für furchtbar heruntergekommen halten. Es gibt verschiedene Dinge, die ich jetzt bejahe und bestimmt vor drei Jahren noch für entsetzlich gehalten hätte.«

»Hast du sie von Arnold Jackson gelernt?« fragte Bateman verächtlich.

»Du magst ihn nicht. Das war vielleicht auch nicht anders zu erwarten. Mir ging es anfangs genauso. Ich hatte das gleiche Vorurteil gegen ihn wie du. Er ist ein außergewöhnlicher Mensch. Du hast selbst gesehen, daß er aus der Tatsache, daß er im Gefängnis gewesen ist, kein Hehl macht. Ich hörte ihn niemals darüber oder über seine Verbrechen, die ihn dorthin brachten, ein Wort der Klage oder der Reue äußern. Das einzige Wort des Bedauerns, das mir von ihm zu Ohren gekommen ist, galt seiner nach den Haftjahren beeinträchtigten Gesundheit. Ich glaube, er weiß nicht, was Gewissensbisse sind. Er ist völlig amoralisch. Er heißt alles gut, auch sich selbst. Dabei ist er großzügig und gütig.«

»Das war er immer«, warf Bateman ein, »auf Kosten anderer.«

»Ich habe in ihm einen sehr guten Freund gefunden. Ist es unnatürlich, einen Menschen so zu nehmen, wie er ist?«

»Das Ergebnis davon ist, daß du nicht mehr zwischen Recht und Unrecht unterscheiden kannst.«

»Nein, diese Unterscheidung ist mir genauso klar wie eh und je, aber eine andere hat sich mir ein wenig verwirrt, nämlich die zwischen einem guten und einem bösen Menschen. Ist Arnold Jackson ein böser Mensch, der gute Dinge tut, oder ein guter Mensch, der Böses getan hat? Eine Frage, die schwer zu beantworten ist. Vielleicht nehmen wir die Unterschiede zwischen Mensch und Mensch zu wichtig. Vielleicht sind die besten unter uns große Sünder und die schlimmsten große Heilige. Wer kann's wissen?«

»Du wirst mich niemals davon überzeugen, daß schwarz weiß und weiß schwarz sei«, sagte Bateman.

»Sicher nicht, Bateman.«

Bateman begriff nicht, warum gerade in dem Augenblick, als Edward mit ihm übereinstimmte, der Anflug eines Lächelns über seine Lippen flackerte. Edward schwieg eine Zeitlang.

»Als ich dich heute morgen sah, Bateman«, sagte er dann, »kam's mir vor, als sähe ich mich selbst, wie ich vor zwei Jahren war. Den gleichen Kragen, die gleichen Schuhe, den gleichen blauen Anzug, die gleiche Energie habe ich zur Schau getragen, die gleiche Entschlossenheit. Bei Gott, ich war geladen mit Tatkraft. Die schläfrige Art hierzulande brachte mein Blut in Wallung. Ich schaute mich um und sah überall Möglichkeiten zu Unternehmungen und Entwicklungen. Hier konnten Vermögen erworben werden. Es schien mir absurd, daß Kopra hier in Säcke verladen wird, damit man in Amerika Öl daraus preßt. Es wäre doch so viel ökonomischer, wenn dies alles am selben Orte geschähe, mit verbilligten Arbeitskräften und sicherer Verfrachtung, und ich sah schon riesige Fabriken hier aus dem Boden wachsen. Auch erschien mir die Methode, wie die Kokosnuß verarbeitet wird, ganz und gar unzeitgemäß, und ich erfand eine Maschine, die in einer Stunde zweihundertvierzig Kokosnüsse öffnete und schälte. Der Hafen war nicht groß genug. Ich machte Pläne zu seiner Erweiterung und wollte gleichzeitig ein Syndikat zum Landankauf gründen und zwei oder drei große Hotels errichten lassen und Bungalows für Touristen. Ich hatte auch schon ein Schema ausgearbeitet zur Verbesserung des Dampferverkehrs, um Besucher aus Kalifornien anzuziehen. An Stelle dieses halbfranzösischen, faulen kleinen Ortes Papeete sah ich in zwanzig Jahren eine große amerikanische Stadt mit zehnstöckigen Gebäuden und Autobussen, einem Theater, einem Opernhaus, einer Börse und einem Bürgermeisteramt.«

»Sprich weiter, Edward«, rief Bateman und sprang vor Erregung aus seinem Stuhl. »Du hast die Ideen und die Fähigkeiten zu alledem. Mein Gott, du wirst der reichste Mann zwischen Australien und den Staaten sein!«

Edward lachte leise.

»Aber das will ich doch gar nicht«, sagte er.

»Willst du vielleicht damit sagen, daß dir nichts am Geld liegt, an viel Geld; Geld, das in die Millionen geht? Weißt du, was du alles damit tun kannst? Kennst du die Macht, die damit zusammenhängt? Und wenn dir nicht für dich selber daran gelegen ist, bedenke, was du damit tun kannst, indem du dem menschlichen Unternehmungsgeist neue Kanäle öffnest, Tausenden Arbeit gibst. Mein Kopf dreht sich bei der Vision, die du heraufbeschworen hast.«

»Setze dich nur wieder hin, mein lieber Bateman«, sagte Edward lachend. »Meine Kokosnußschneidemaschine wird nie in Betrieb kommen, und sofern ich etwas damit zu tun habe, sollen niemals Autobusse durch die verschlafenen Straßen von Papeete rasen.«

Bateman sank schwer in seinen Stuhl zurück.

»Ich begreife dich nicht«, sagte er.

»Es kam ganz allmählich über mich. Ich fing an, Gefallen an dem Leben hier zu finden, mit seiner Bequemlichkeit, seiner Muße, den Menschen mit ihrer Gutartigkeit und ihren glücklichen, lächelnden Gesichtern. Ich begann nachzudenken. Dazu hatte ich vorher nie Zeit gehabt. Und ich begann zu lesen.«

»Du hast immer gelesen.«

»Für die Examina habe ich gelesen oder um in der Konversation mithalten zu können, oder um mich fortzubilden. Hier lernte ich, zu meinem Vergnügen zu lesen. Ich lernte, mich mit Menschen zu unterhalten. Weißt du, daß die Unterhaltung eines der größten Vergnügen im Leben ist? Ich war vorher viel zu beschäftigt dazu gewesen. Und allmählich erschien mir das ganze bisherige Leben, das mir so wichtig vorgekommen war, recht alltäglich und gewöhnlich. Was nützt das ganze Hasten und unaufhörliche Streben? Wenn ich jetzt an Chicago denke, sehe ich eine dunkle graue Stadt, einen Steinhaufen – es ist wie ein Gefängnis – und eine unausgesetzte Plackerei. Und wozu führt all diese Aktivität? Kommt man damit zum höchsten Genuß des Lebens? Sind wir wirklich dazu auf die Welt gekommen, um ins Büro zu hetzen, Stunden um Stunden bis in die Nacht hinein zu arbeiten, dann nach Hause zu rasen, zu Abend zu essen und ins Theater zu gehen? Muß ich so meine jungen Jahre zubringen? Jugend währt nur so kurz, Bateman. Und wenn ich alt sein werde, was habe ich dann zu erwarten? Muß ich weiter morgens ins Büro hasten, Stunden um Stunden bis in die Nacht hinein arbeiten, nach Hause rasen, zu Abend essen und ins Theater gehen? Vielleicht mag sich das lohnen, wenn man ein Vermögen dabei verdient, ich weiß es nicht, es hängt ganz von der jeweiligen Natur ab. Aber wenn nicht, lohnt es sich dann? Ich möchte mehr aus meinem Leben holen als das, Bateman.«

»Was sind dann für dich die Werte des Lebens?«

»Ich fürchte, du wirst mich auslachen. Schönheit, Wahrheit und Güte.«

»Glaubst du nicht, daß du diese auch in Chicago haben könntest?«

»Manche können es vielleicht, ich nicht.« Nun sprang Edward auf. »Ich sage dir, wenn ich an das Leben denke, das ich früher geführt habe, packt mich das wahre Grausen!« rief er heftig. »Ich zittere vor Angst, wenn ich an die Gefahr denke, der ich entronnen bin. Ich habe nie gewußt, daß ich eine Seele besitze, ehe ich sie hier gefunden habe. Wenn ich ein reicher Mann geblieben wäre, hätte ich sie vielleicht auf immer verloren.«

»Ich verstehe nicht, wie du das sagen kannst!« rief Bateman empört. »Wie oft haben wir Diskussionen darüber gehabt!«

»Ja, ich weiß, sie waren wie die Diskussionen der Taubstummen über Harmonik. Ich werde nie wieder nach Chicago zurückkehren, Bateman.«

»Und was ist mit Isabel?«

Edward ging zum Geländer der Veranda, beugte sich darüber und schaute lange hinaus in den blauen Zauber der Nacht. Ein feines Lächeln lag auf seinem Gesicht, als er sich wieder Bateman zuwandte.

»Isabel ist unendlich viel zu gut für mich. Ich bewundere sie mehr als irgendeine andere Frau, die ich je gekannt habe. Sie ist außerordentlich intelligent und ebenso gut wie schön. Ich achte ihre Energie und ihr Streben. Sie ist dazu geboren, Erfolg im Leben zu haben. Ich bin ihrer gänzlich unwürdig.«

»Sie denkt anders darüber.«

»Aber du mußt es ihr so sagen, Bateman.«

»Ich?« rief Bateman aus. »Ich bin der letzte, der das tun kann.«

Edward stand mit dem Rücken zu dem hellen Mondlicht,

so daß Bateman sein Gesicht nicht recht sehen konnte. War es möglich, daß er auch jetzt lächelte?

»Es wäre nicht gut, wenn du versuchtest, ihr irgend etwas zu verheimlichen, Bateman. Mit ihrer Intelligenz wird sie dich doch in den ersten fünf Minuten durchschauen. Besser, du machst von Anfang an reinen Tisch.«

»Ich weiß nicht, was du meinst. Selbstverständlich werde ich ihr erzählen, daß ich dich gesehen habe.« Bateman sprach mit einiger Erregung. »Aber ehrlich gesagt, ich weiß wirklich nicht, was ich ihr sagen soll.«

»Sage ihr, ich hätte nichts erreicht. Sage ihr, ich sei nicht nur arm, sondern durchaus zufrieden, arm zu sein. Sage ihr, daß man mich aus meiner Stellung verjagt hat, weil ich faul und uninteressiert war. Erzähle ihr alles, was du heute abend gesehen hast, und alles, was ich dir gesagt habe.«

Der Gedanke, der jetzt durch Batemans Kopf schoß, ließ ihn aufspringen und Edward völlig verstört anstarren.

»Menschenskind, ja, willst du sie denn nicht heiraten?«

Edward schaute ihn ernst an.

»Ich kann sie nicht bitten, mich freizugeben. Wenn sie mich durch mein gegebenes Wort halten will, werde ich mein Bestes tun, ihr ein guter, liebevoller Gatte zu sein.«

»Willst du, daß ich ihr dies ausrichte, Edward? Ach, das kann ich nicht, das ist zu schrecklich. Nicht einen Augenblick lang ist ihr je der Gedanke gekommen, du wolltest sie nicht heiraten. Sie liebt dich. Wie könnte ich ihr diesen Schmerz antun?«

Wieder lächelte Edward.

»Aber warum heiratest du sie denn nicht selbst, Bateman? Seit unendlichen Zeiten bist du doch schon in sie verliebt.

Ihr beide seid füreinander wie geschaffen, und du wirst sie sehr glücklich machen.«

»Sprich nicht so zu mir, ich halte das nicht aus.«

»Ich verzichte zu deinen Gunsten, Bateman. Du bist der Bessere.«

Etwas lag in Edwards Stimme, das Bateman rasch aufschauen ließ, aber Edwards Augen blickten ernst, und er lächelte nicht. Bateman wußte nicht, was er sagen sollte. Er war völlig verwirrt. Er fragte sich, ob Edward ahnte, daß er in besonderem Auftrag nach Tahiti gekommen war. Und obgleich er wußte, wie schrecklich es war, konnte er doch das Jubeln in seinem Herzen nicht zum Schweigen bringen.

»Was wirst du tun, wenn Isabel dir schreibt und die Verlobung löst?« fragte er langsam.

»Überleben«, antwortete Edward.

Bateman war so erregt, daß er die Antwort nicht hörte.

»Ach, wenn du nur wenigstens normal gekleidet wärest«, sagte er leicht gereizt. »Es ist eine so unheimlich schwerwiegende Entscheidung, die du da triffst. Dein absurder Aufzug ist dem Ernst der Situation nicht angemessen.«

»Ich versichere dir, ich kann in einem Pareo und mit einer Rosengirlande ebenso feierlich sein wie in einem Gehrock mit Zylinder.«

Dann kam Bateman noch ein anderer Gedanke.

»Edward, du tust das doch nicht meinetwegen? Ich weiß es noch nicht, aber vielleicht wird dies alles meine Zukunft von Grund auf ändern. Du opferst dich doch nicht auf für mich? Das könnte ich nicht annehmen, verstehst du?«

»Nein, Bateman, ich habe hier gelernt, nicht albern und sentimental zu sein. Ich wäre sehr froh, dich und Isabel glücklich zu wissen, aber ich habe nicht die geringste Absicht, deswegen selbst ein unglückliches Dasein zu führen.«

Diese Antwort kühlte Bateman ein wenig ab. Sie schien ihm leicht zynisch. Er wäre nicht traurig gewesen, die Rolle des Edlen zu spielen.

»Willst du damit sagen, daß du zufrieden bist, hier dein Leben zu vergeuden? Denn was du hier treibst, ist so gut wie Selbstmord. Wenn ich an die großen Hoffnungen denke, die du gehegt hast, als wir das College verließen, ist es mir entsetzlich, daß du dich jetzt begnügst, Verkäufer beim ›billigen Jakob‹ zu sein.«

»Oh, das tue ich nur im Augenblick und sammle dort viel Erfahrung. Aber ich plane anderes. Arnold Jackson besitzt eine kleine Insel in den Paumotas, etwa tausend Meilen von hier entfernt. Dort hat er eine Kokospalmenpflanzung, die er mir angeboten hat.«

»Warum sollte er dir seine Pflanzung geben?« fragte Bateman.

»Weil ich, wenn Isabel mich freigibt, seine Tochter heiraten werde.«

»Du?« Bateman war niedergeschmettert. »Du kannst doch nicht eine Mischlingsfrau heiraten. Du wirst doch nicht solch einen Wahnsinn begehen?«

»Sie ist ein gutes Mädchen und hat einen lieben, sanften Charakter. Ich glaube, ich könnte sehr glücklich mit ihr sein.«

»Liebst du sie?«

»Ich weiß es nicht«, antwortete Edward nachdenklich. »Ich liebe sie nicht so, wie ich Isabel geliebt habe. Ich habe Isabel angebetet, sie für das herrlichste Geschöpf gehalten, dem ich je begegnet war. Ich war bei weitem nicht gut genug für sie. Meine Gefühle für Eva sind ganz andere. Sie ist wie eine schöne exotische Blume, die vor rauhen Winden geschützt werden muß. Und ich will sie beschützen. Niemand könnte auf den Gedanken kommen, Isabel beschützen zu wollen. Und ich glaube, Eva liebt mich als den, der ich bin, und nicht als den, der ich vielleicht einmal werde! Was auch aus mir wird, ich werde sie nie enttäuschen. Sie paßt zu mir.«

Bateman schwieg.

»Wir müssen morgen früh aufstehen«, sagte Edward schließlich. »Es ist wirklich Zeit, ins Bett zu gehen.«

Dann sprach Bateman, und seine Stimme war voll echter Trauer. »Ich bin ganz verwirrt und weiß wirklich nicht, was ich sagen soll. Ich bin hierhergekommen, weil ich wußte, daß etwas nicht in Ordnung war. Ich dachte, du hättest nicht erreicht, was du dir vorgenommen hattest, und wagtest nicht, wegen dieses Versagens zurückzukommen. Doch was ich vorgefunden habe, übertrifft alle meine Befürchtungen. Ich bin tief unglücklich, Edward. Ich bin tief enttäuscht. Ich habe Großes von dir erwartet. Der Gedanke, daß du deine Gaben, deine Jugend und dein Glück hier vergeudest, ist fast mehr, als ich ertragen kann.«

»Gräme dich nicht, alter Freund«, sagte Edward. »Ich habe nicht versagt, ich habe gesiegt. Du kannst dir nicht vorstellen, mit welcher Lust ich in die Zukunft schaue, wie herrlich voll mir das Leben erscheint und wie wichtig. Denke manchmal an mich, wenn du mit Isabel verheiratet sein wirst. Ich werde mir auf meiner Koralleninsel ein Haus bauen und dort leben und meine Kokospalmen pflegen. Und ich werde die Früchte auf die alte Weise aus den Schalen holen, die man seit unzähligen Jahren angewendet hat. Alles mögliche werde ich anpflanzen in meinem Garten und fischen gehen. Es wird genug Arbeit geben, so daß ich stets beschäftigt sein werde, aber nicht genug, daß ich daran verdumme. Und ich werde meine Bücher haben und Eva und Kinder, so hoffe ich, und vor allem die unendliche Vielgestalt des Meeres und des Himmels, die Frische des Morgens, die Herrlichkeit des Sonnenuntergangs und den Reichtum und die Großartigkeit der Nacht. Ich werde einen Garten anlegen, wo noch so kurz vorher nichts als pure Wildnis war. Und dann werde ich auch etwas geschaffen haben. Unbemerkt werden die Jahre dahingehen, und ich hoffe, wenn ich alt bin, auf ein glückliches, einfaches, friedliches Leben zurückblicken zu können. Auf meine bescheidene Weise werde auch ich in Schönheit gelebt haben. Schätzt du es so gering, daß ich erfahren habe, was Zufriedenheit ist? Wir hier wissen, daß es dem Menschen wenig nützt, die ganze Welt zu gewinnen und seine Seele zu verlieren. Und ich glaube, ich habe die meine wiedergefunden.«

Edward führte ihn zu dem Zimmer, in dem zwei Betten standen, und warf sich auf das eine. Zehn Minuten später erkannte Bateman an dem regelmäßigen Atem, der friedlich ging wie der eines Kindes, daß sein Freund eingeschlafen war. Er selbst jedoch fand keine Ruhe, sein Gemüt war erschüttert, und erst als die Dämmerung sich geisterhaft und still ins Zimmer schlich, schlief auch er ein.

Bateman kam zum Ende der Geschichte, die er Isabel erzählte. Er hatte nichts vor ihr verborgen, mit Ausnahme des wenigen, das sie verletzen und ihn hätte lächerlich machen können. So verschwieg er ihr, daß man ihn gezwungen hatte, mit einem Blumenkranz auf dem Kopf bei Tisch zu sitzen, und ebenso, daß Edward die Absicht hegte, sobald sie ihn freigeben werde, die Halbbluttochter ihres Onkels zu heiraten. Aber vielleicht hatte Isabel mehr Intuition, als er wußte, denn als er fortfuhr mit seiner Geschichte, wurden ihre Augen kälter, und ihre Lippen preßten sich fester aufeinander. Hier und da schaute sie ihn fest an, und er hätte sich, wäre er weniger eingehend mit seiner Erzählung beschäftigt gewesen, vielleicht über den Ausdruck auf ihrem Gesicht gewundert.

»Wie sah dieses Mädchen aus?« fragte sie ihn. »Onkel Arnolds Tochter? Würdest du sagen, daß zwischen ihr und mir eine gewisse Ähnlichkeit besteht?«

Bateman war über diese Frage mehr als erstaunt.

»Mir ist nichts aufgefallen. Du weißt, ich habe für niemanden Augen außer für dich, und ich könnte mir nicht vorstellen, daß irgend jemand so ist wie du. Wer könnte dir gleichen?«

»War sie hübsch?« fragte sie mit einem leichten Lächeln.

»Ich nehme an. Sicher gibt es Menschen, die sie für eine ausgesprochene Schönheit halten.«

»Nun, das hat nichts zu sagen. Ich glaube, wir brauchen ihr keinen weiteren Gedanken mehr zu schenken.«

»Was wirst du tun, Isabel?« fragte er.

Isabel schaute nieder auf ihre Hand, die immer noch den Ring trug, den Edward ihr zu ihrer Verlobung geschenkt hatte.

»Ich wollte Edward damals unsere Verlobung nicht lösen lassen, weil ich glaubte, sie werde ihn anspornen. Ich wollte eine Inspiration für ihn sein. Ich dachte, wenn irgend etwas ihn zum Erfolg führen könne, so wäre es der Gedanke an meine Liebe. Ich habe getan, was ich konnte. Es hat nichts genützt. Es wäre nur Schwäche meinerseits, diese Tatsache nicht anzuerkennen. Armer Edward, er ist sein eigener größter Feind. Er war ein lieber, guter Junge, aber etwas hat ihm immer gefehlt. Ich glaube, es war Rückgrat. Ich hoffe, er wird glücklich.«

Damit streifte sie den Ring vom Finger und legte ihn auf den Tisch. Bateman schaute ihr dabei mit so heftig klopfendem Herzen zu, daß er kaum atmen konnte.

»Du bist großartig, Isabel, du bist einfach großartig.«

Sie lächelte, stand auf und reichte ihm die Hand.

»Wie kann ich dir jemals für das danken, was du für mich getan hast?« sagte sie. »Du hast mir einen großen Dienst erwiesen. Ich wußte, daß ich dir vertrauen durfte.«

Er nahm ihre Hand und ließ sie nicht mehr los. Noch nie hatte sie so schön ausgesehen.

»Oh, Isabel, ich möchte soviel mehr für dich tun als das. Du weißt, daß ich mir nichts anderes wünsche als die Erlaubnis, dich zu lieben und dir zu dienen.«

»Du bist so stark, Bateman«, seufzte sie. »Das gibt mir ein wunderbares Gefühl von Zuversicht.«

»Isabel, ich bete dich an.«

Er wußte kaum, wie er dazu gekommen war, aber plötzlich schlang er die Arme um sie, und ohne sich zu wehren, lächelte sie ihm in die Augen.

»Isabel, weißt du, daß ich dich von dem Tag an, da ich dich zum erstenmal gesehen hatte, immer heiraten wollte?« rief er voller Leidenschaft.

»Warum in aller Welt hast du dann nicht um mich angehalten?« erwiderte sie.

Sie liebte ihn. Er konnte kaum glauben, daß dies kein Traum war. Sie hielt ihm ihre lieblichen Lippen zum Kuß hin. Und als er sie umarmte, hatte er eine Vision: Er sah die Huntersche Motoren- und Automobilgesellschaft wachsen an Größe und Wichtigkeit, er sah Millionen von Motoren daraus hervorgehen; er sah eine große Bildersammlung, die er anlegen wollte und die alles schlug, was es an Vergleichbarem in New York gab. Und sich selbst sah er: Er trug eine Hornbrille. Und sie, umschlossen vom köstlichen Druck seiner Arme, seufzte vor Glück, denn sie dachte an das erlesene Haus, das sie besitzen würde, ausgestattet mit antiken Möbeln, und an die Konzerte, die darin stattfinden würden, und an die Tanztees und die großen Essen, zu denen nur die besten und kultiviertesten Menschen Zutritt haben sollten. Und sie sah Bateman mit Hornbrille.

»Armer Edward!« seufzte sie.

Mackintosh

Er planschte ein paar Minuten lang im Meer; es war zu seicht, um darin zu schwimmen, und aus Angst vor Haifischen wagte er sich nicht ins Tiefe hinaus. Dann verließ er das Wasser und ging zum Duschen ins Badehaus. Die Kühle des frischen Wassers war angenehm nach der klebrigen Schwere des salzigen Pazifiks, der so warm war, daß ein Bad darin, obgleich es erst kurz nach sieben war, einen nicht erfrischte, sondern die Mattigkeit eher noch steigerte. Als er sich abgetrocknet hatte und in den Bademantel schlüpfte, rief er dem chinesischen Koch zu, daß er in fünf Minuten zum Frühstück bereit sei. Barfuß ging er über den Streifen gewöhnlichen Grases, den Walker, der Verwalter der Insel, stolz für einen Rasen hielt, zu seinem eigenen Quartier und kleidete sich an. Dies kostete ihn nicht viel Zeit, denn er streifte nur ein Hemd und eine Leinenhose über und ging dann ins Haus seines Chefs, das auf der anderen Seite der Siedlung lag. Die beiden Männer nahmen die Mahlzeiten gewöhnlich gemeinsam ein, doch heute sagte der chinesische Koch ihm, Walker sei schon um fünf Uhr fortgeritten und werde vor einer Stunde nicht zurück sein.

Mackintosh hatte schlecht geschlafen und schaute mit Abscheu auf die Papaya und die Speckeier, die ihm vorgesetzt wurden. Die Moskitos hatten ihn in der Nacht verrückt gemacht; sie flogen in solcher Schar um das Netz, unter dem er schlief, daß ihr gnadenloses drohendes Gesumme einem bis ins Unendliche ausgezogenen, auf einer fernen Orgel gespielten Ton glich, und sooft er einschlief, fuhr er mit einem Ruck wieder hoch, weil er glaubte, eines der Tiere könnte ins Innere seiner Umhüllung gedrungen sein. Es war so heiß, daß er nackt dalag und sich von einer Seite auf die andere wälzte. Das schwermütige Tosen der Brandung gegen das Riff, das so stetig und regelmäßig war, daß man es gewöhnlich gar nicht hörte, wurde ihm allmählich immer deutlicher bewußt, sein Rhythmus hämmerte auf seine ermüdeten Nerven, und er verkrampfte die Hände und bemühte sich, es auszuhalten. Der Gedanke, daß nichts dieses Geräusch zum Schweigen bringen konnte, da ihm die Dauer der Ewigkeit bestimmt ist, war beinahe nicht zu ertragen, und als sei seine Kraft den unbarmherzigen Naturmächten ebenbürtig, erfaßte ihn das wahnwitzige Verlangen, etwas Gewaltsames zu tun. Er wußte: Konnte er sich seine Selbstbeherrschung nicht erhalten, so mußte er ernstlich verrückt werden. Und während er jetzt aus dem Fenster auf die Lagune und den Schaumstreifen blickte, der das Riff anzeigte, erschauerte er vor Haß gegen diese leuchtende Landschaft. Der wolkenlose Himmel war wie eine umgestülpte Schale, die sie einschloß. Er zündete sich eine Pfeife an und durchflog den Stapel der Auckland-Zeitungen, die vor einigen Tagen aus Apia gekommen waren. Die neueste war drei Wochen alt. Sie wirkten unglaublich stumpfsinnig auf ihn.

Dann ging er ins Büro. Dies war ein großer nackter Raum mit zwei Schreibtischen und einer Bank an der Längswand. Eine Anzahl von Eingeborenen saß dort, darunter einige

Frauen. Sie plauderten, während sie auf den Verwalter warteten, und als Mackintosh hereinkam, grüßten sie ihn:

»*Talofa-li.*«

Er erwiderte diesen Gruß, setzte sich an seinen Schreibtisch, ergriff die Feder und begann an einem Bericht zu arbeiten, den der Gouverneur von Samoa dringend verlangt und den zu erstellen Walker in seiner üblichen Saumseligkeit unterlassen hatte. Während Mackintosh sich mit seinen Eintragungen befaßte, dachte er rachsüchtig, Walker sei nur deshalb mit seinem Bericht im Rückstand, weil er so ungebildet war, daß er eine unüberwindliche Abneigung gegen alles nährte, was etwas mit Feder und Papier zu tun hatte; und daß der Verwalter, wenn endlich alles knapp und klar niedergelegt war, die Arbeit seines Untergebenen ohne ein Wort der Anerkennung, viel wahrscheinlicher mit Verachtung oder einer Stichelei entgegennehmen und seinem Vorgesetzten senden würde, als sei alles sein eigenes Werk. Nicht ein Wort davon würde er zustande gebracht haben. Sollte sein Chef noch etwas hinzufügen, dachte Mackintosh wütend, dann würde es wieder unbeholfen im Ausdruck und sprachlich falsch sein. Machte er aber Einwendungen oder versuchte er Walkers Äußerung in einem verständlichen Satz zusammenzufassen, so konnte Walker in Zorn geraten und brüllen:

»Verdammt, was geht mich die Grammatik an? Das will ich sagen, und genau so will ich es sagen.«

Schließlich kam Walker. Die Eingeborenen umringten ihn, als er eintrat, um sogleich seine Aufmerksamkeit auf sich zu ziehen; aber er fuhr sie grob an und befahl ihnen, sich hinzusetzen und den Mund zu halten. Er drohte, sie alle hinauswerfen zu lassen und heute keinen von ihnen anzuhören, falls sie sich nicht völlig still verhielten. Dann nickte er Mackintosh zu.

»Hallo, Mac, schließlich doch aufgestanden? Ich begreife nicht, wie Sie den besten Teil des Tages im Bett verbringen können. Vor Morgengrauen hätten Sie aufstehen sollen wie ich. Fauler Kerl!«

Er warf sich schwer in seinen Stuhl und trocknete sich das Gesicht mit einer großen Bandana.

»Herrgott, habe ich Durst!«

Er wandte sich an den Polizisten, der bei der Tür stand, eine malerische Gestalt in weißer Jacke und *Lava-Lava*, und beauftragte ihn, Kawa zu bringen. Die Kawa-Schale stand auf dem Boden in der Ecke des Zimmers, und der Polizist füllte eine halbe Kokosnußschale und reichte sie Walker. Dieser goß ein paar Tropfen auf den Boden, murmelte den Anwesenden die üblichen Worte zu und trank mit Wonne. Dann befahl er dem Polizisten, die wartenden Eingeborenen zu bedienen. Die Schale wanderte von einem zum andern in strenger Einhaltung der Reihenfolge nach Geburt und Einfluß und wurde unter den gleichen Zeremonien geleert.

Darauf machte er sich an die Geschäfte des Tages. Er war ein kleiner Mann, nicht annähernd mittelgroß und ungeheuer stämmig. Sein Gesicht war breit und fleischig, glattrasiert, mit Wangen, die in Wammen herabhingen, und einem dreifachen Kinn; seine kleinen Züge versanken im Fett. Abgesehen von einem Halbmond weißer Haare am Hinterkopf war er völlig kahl. Er hatte etwas von Mr. Pickwick, war eine grotesk komische Figur, doch seltsamerweise nicht ohne Würde. Seine blauen Augen hinter der großen goldgeränderten Brille blickten schlau und munter drein. Aus seinem Gesicht sprach Entschlossenheit. Er war sechzig, doch seine angeborene Vitalität triumphierte über die fortschreitenden Jahre. Ungeachtet seiner Korpulenz waren seine Bewegungen rasch, und er ging mit schwerem, resolutem Schritt, als wollte er der Erde sein Gewicht einprägen. Seine Stimme war laut und barsch.

Es war nun zwei Jahre her, seit Mackintosh als Walkers Assistent angestellt worden war. Walker, seit einem Vierteljahrhundert Verwalter auf Talua, einer der größeren Inseln der Samoagruppe, war in der ganzen Südsee persönlich oder dem Namen nach bekannt, so daß Mackintosh seiner ersten Begegnung mit ihm gespannt entgegengesehen hatte. Aus mehreren Gründen war er noch einige Wochen in Apia geblieben, ehe er seinen Posten antrat, und sowohl in Chaplins Hotel wie im englischen Klub hatte er unzählige Geschichten über diesen Verwalter gehört. Jetzt dachte er mit Ironie daran, wie er sich für sie interessiert hatte. Seit damals hatte er sie bereits hundertmal von Walker selbst erzählt bekommen. Walker wußte, daß er eine Persönlichkeit darstellte, und war stolz darauf bedacht, sich seinen Ruf zu erhalten. Er wachte über seine ›Legende‹ sehr sorgsam und paßte auf, daß auch kein einziges Detail einer zum besten gegebenen Geschichte unter den Tisch falle. Er war lächerlich böse mit jedem, der sie einem Fremden nicht völlig korrekt erzählt hatte.

Eine rauhe Herzlichkeit ging von Walker aus, die Mackintosh anfänglich nicht ohne Reiz fand, und Walker, froh über einen Zuhörer, dem alles, was er sagte, neu war, fühlte sich in seinem Element. Er war gut gelaunt, freundschaftlich und besonnen. Für Mackintosh, der in London ein wohlbehütetes Leben als Regierungsbeamter geführt hatte, bis ihn in seinem vierunddreißigsten Jahr eine schwere Lungenentzündung, die ihn für Tuberkulose anfällig machte, dazu zwang, sich um einen Posten im Pazifik zu bewerben, hatte Walkers Existenz etwas ungewöhnlich Romantisches. Das Abenteuer, mit dem er begonnen hatte, erfolgreich den Umständen zu trotzen, war typisch für ihn: Mit fünfzehn Jahren brannte er von zu Hause durch, ging zur See und schaufelte über ein Jahr lang Kohle auf einem Kohlenschiff. Er war ein winziger Bursche, und alle, Mann und Maat, waren nett zu ihm, nur der Kapitän hatte aus unersichtlichen Gründen eine wilde Abneigung gegen ihn. Er behandelte den Jungen so grausam, daß dieser oft, gestoßen und geschlagen, vor Schmerzen, die in seinen Gliedern tobten, nicht schlafen konnte. Er verabscheute den Kapitän aus tiefster Seele. Eines Tages hatte er einen Tip für ein Pferderennen erhalten und brachte es zuwege, sich von einem Maat, mit dem er sich in Belfast befreundet hatte, fünfundzwanzig Pfund zu borgen. Er setzte sie auf das Pferd, einen Außenseiter mit niedrigem Wettkurs. Hätte er verloren, so wäre es ihm unmöglich gewesen, das Geld zurückzuzahlen, aber der Gedanke, er könne verlieren, kam ihm überhaupt nicht in den Sinn. Er fühlte sich auf der Glücksseite. Das Pferd gewann, und er sah sich plötzlich im Besitz von etwas über tausend Pfund Bargeld. Jetzt war seine Stunde gekommen. Er ließ sich den besten Anwalt der Stadt nennen – das Kohlenschiff lag irgendwo an der irischen Küste –, ging zu ihm, erzählte ihm, er habe gehört, das Schiff sei zu verkaufen, und bat ihn, den Kauf für ihn zu tätigen. Der Anwalt hatte seinen Spaß an dem kleinen Klienten – er war damals erst sechzehn und sah noch jünger aus –, versprach, vielleicht von Mitgefühl bewegt, nicht nur, die Sache für ihn zu erledigen, sondern auch darauf zu achten, daß er ein gutes Geschäft mache. Binnen kurzem war Walker Eigentümer des Schiffes. Er eilte an den Hafen und erlebte dort das, was er als den glorreichsten Augenblick seines gesamten Daseins bezeichnete, als er dem Kapitän die Sachlage erklärte und ihn aufforderte, binnen einer halben Stunde sein Schiff zu verlassen. Er machte den Maat zum Kapitän, fuhr weitere neun Monate auf dem Kohlenschiff und verkaufte es danach mit Profit.

Auf die Inseln kam er im Alter von sechsundzwanzig Jahren als Pflanzer. Er war einer der wenigen niedergelassenen Weißen auf Talua zur Zeit der deutschen Okkupation und hatte damals schon eine gewisse Macht über die Eingeborenen. Unter den Deutschen wurde er Verwalter, eine Position, die er zwanzig Jahre lang hielt, und als die Engländer von der Insel Besitz ergriffen, wurde er abermals mit diesem Posten betraut. Er herrschte über die Insel despotisch, aber mit größtem Erfolg. Der Nimbus dieses Erfolges war ein weiterer Grund für Mackintosh, sich für ihn zu interessieren.

Aber die beiden Männer waren nicht dafür geschaffen, miteinander auszukommen. Mackintosh war ein häßlicher Mensch mit ungeschickten Bewegungen, ein großer, magerer Bursche mit schmaler Brust und abfallenden Schultern. Er hatte bleiche, eingesunkene Wangen und große, düstere Augen. Er war ein leidenschaftlicher Leser, und als seine Bücher angekommen und ausgepackt waren, besuchte ihn Walker in seiner Unterkunft und schaute sie an. Dann wandte er sich mit derbem Lachen an Mackintosh.

»Verdammt noch einmal, wozu haben Sie denn all diesen Mist kommen lassen?« fragte er.

Mackintosh lief dunkelrot an.

»Tut mir leid, daß Sie das für Mist halten. Ich habe mir die Bücher kommen lassen, weil ich sie lesen will.«

»Als Sie sagten, Sie erwarteten eine Menge Bücher, dachte ich, daß vielleicht etwas für mich zum Lesen dabeisein könnte. Haben Sie denn gar keine Krimis?«

»Kriminalromane interessieren mich nicht.«

»Dann sind Sie ein verdammter Dummkopf.«

»Ich freue mich, daß Sie das meinen.«

Jede Post brachte für Walker eine Menge Gelegenheitslektüre, Zeitungen aus Neuseeland und Zeitschriften aus Amerika, und es erbitterte ihn, daß Mackintosh ganz offen seine Verachtung für diese Eintagspublikationen zeigte. Für die Bücher, die Mackintoshs Mußestunden ausfüllten, hatte er keine Geduld, und er hielt es für pures Theater, daß sein Assistent Gibbons *Verfall und Untergang des römischen Reiches* oder Burtons *Anatomie der Melancholie* las. Und da er es nie gelernt hatte, seine Zunge in Zaum zu halten, äußerte er seine Meinung freiheraus. Mackintosh begann den wahren Menschen zu sehen und erkannte unter der lärmenden Gutmütigkeit eine pöbelhafte Schläue, die er abscheulich fand. Walker war eitel und herrschsüchtig, und es war seltsam, daß er trotzdem eine gewisse Unsicherheit besaß, die ihn bewog, Leute, die nicht von seinem Schlag waren, zu mißbilligen. Er beurteilte die anderen naiv nach ihrer Sprache, und wenn diese frei von Flüchen und Zoten war, aus denen seine Unterhaltung zum größten Teil bestand, so schaute er auf sie mit Mißtrauen. Am Abend spielten die beiden Männer Pikett. Walker spielte schlecht, aber großsprecherisch, triumphierte über seinen Gegner, wenn er gewann, und wurde hitzig, sobald er verlor. Manchmal kamen ein paar Pflanzer oder Händler herüber, um Bridge zu spielen; und dann zeigte sich Walker, wie Mackintosh fand, in charakteristischem Licht. Er spielte ohne Rücksicht auf seinen Partner, forderte weiter heraus, debattierte ununterbrochen und unterdrückte jede Widerrede mit lauter Stimme. Dauernd unterließ er, Farbe zu bekennen, und sagte dabei mit einschmeichelndem Gewinsel: »Ach, das dürft ihr einem alten Mann nicht übelnehmen, der kaum sieht.« Wußte er, daß seine Spielgegner sich nur gut mit ihm stellen wollten und deshalb nicht auf strenge Einhaltung der Spielregeln hielten? Mackintosh beobachtete ihn mit eisiger Verachtung. Wenn das Spiel vorüber war und sie Pfeife rauchten und Whisky tranken, fing er an, Geschichten zu erzählen. Mit besonderer Vorliebe berichtete er die Geschichte seiner Heirat. Er hatte sich bei den Hochzeitsfeierlichkeiten derart angetrunken, daß die Braut vor ihm geflohen war und er sie seitdem nicht wiedergesehen hatte. Er wußte von zahllosen gewöhnlichen unflätigen Abenteuern mit Frauen von der Insel zu berichten, und er tat das mit einem solchen Stolz auf die eigene Leistung, daß er Mackintoshs anspruchsvolle Ohren beleidigte. Er war ein gemeiner, triebhafter alter Mann. Mackintosh hielt er für einen armen Tropf, weil er sich nicht für diese wahllosen Liebschaften erwärmte und nüchtern blieb, wenn die anderen sich betranken.

Er verachtete ihn auch der Akkuratesse wegen, mit der er

seine Amtsarbeit verrichtete. Mackintosh erledigte gerne alles präzise. Sein Schreibtisch war immer aufgeräumt, seine Akten waren stets mit Inhaltszetteln versehen, er brauchte nur die Hand zu heben und hatte bereits das Dokument gefunden, das benötigt wurde, und er konnte an den Fingern alle Statuten herzählen, die für die Verwaltung erforderlich waren.

»Unsinn! Quatsch!« sagte Walker. »Ich leite die Insel seit zwanzig Jahren ohne Amtsschimmel, und ich brauche auch jetzt keinen.«

»Macht es die Sache für Sie vielleicht leichter, wenn Sie erst eine halbe Stunde herumjagen müssen, um den Brief zu finden, den Sie brauchen?« fragte Mackintosh.

»Sie sind nichts als ein verdammter Bürokrat. Aber sonst sind Sie nicht so übel. Seien Sie erst einmal ein Jahr hier oder zwei, dann werden Sie ganz in Ordnung sein. Das einzig wirklich Schlimme an Ihnen ist, daß Sie nicht trinken wollen. Sie wären gar kein schlechter Kerl, wenn Sie einmal in der Woche richtig besoffen wären.«

Das Seltsame war, daß Walker nicht die geringste Ahnung von der Abneigung hatte, die sich mit jedem Monat in der Brust seines Untergebenen steigerte. Obwohl er sich über ihn lustig machte, gewöhnte er sich doch an ihn und fing an, ihn allmählich ganz gern zu haben. Er brachte für die Eigentümlichkeiten anderer eine gewisse Toleranz auf, und er nahm Mackintosh als seltsamen Kauz hin. Vielleicht mochte er ihn unbewußt deshalb, weil er ihn hänseln konnte. Sein Humor bestand aus groben Neckereien, und er brauchte eine Zielscheibe. Mackintoshs Exaktheit, seine Moral, seine Nüchternheit, all das waren dankbare Objekte; sein schottischer

Name gab Anlaß zu den üblichen Witzen über Schottland; er hatte das größte Vergnügen daran, Leute, die ihn besuchten, auf Kosten Mackintoshs zum Lachen zu bringen. Vor den Eingeborenen machte er ihn lächerlich, und Mackintosh, dessen Kenntnis des Samoanischen noch mangelhaft war, sah ihre ungehemmte Freude, wenn Walker eine obszöne Bemerkung über ihn fallenließ. Er lächelte gutmütig.

»Das spricht für Sie, Mac«, sagte Walker dann mit seiner barschen, lauten Stimme, »Sie können einen Scherz vertragen.«

»War das ein Scherz?« fragte Mackintosh lächelnd. »Das habe ich nicht gewußt.«

»Da seht den Schotten!« rief Walker unter brüllendem Gelächter. »Es gibt nur eine einzige Möglichkeit, einem Schotten einen Scherz begreiflich zu machen, und das ist ein chirurgischer Eingriff.«

Walker hatte keine Ahnung, daß Mackintosh nichts auf der Welt weniger vertrug als Neckereien. Nachts konnte er aufwachen, in diesen luftlosen Nächten der Regenzeit, und verdrossen einer spöttischen Bemerkung nachgrübeln, die Walker bereits Tage vorher achtlos hatte fallenlassen. Sie nagte an ihm. Sein Herz schwoll an vor Zorn, und er dachte sich alles mögliche aus, wie er es seinem Unterdrücker heimzahlen würde. Erst hatte er zu reagieren versucht, aber Walker besaß eine grobe, treffende Schlagfertigkeit, die ihm die Oberhand sicherte. Die Dumpfheit seines Intellekts machte ihn undurchdringlich für feine Pfeile. Seine Selbstzufriedenheit verlieh ihm einen Panzer, so daß es unmöglich schien, ihn zu verletzen. Seine laute Stimme, sein brüllendes Lachen waren Waffen, denen Mackintosh nichts entgegenzusetzen hatte. Doch kam er zu der Einsicht, daß es das klügste war, seine Gereiztheit nicht zu verraten. Er lernte sich zu beherrschen. Aber sein Haß wuchs an bis zur fixen Idee. Er beobachtete Walker mit krankhafter Wachsamkeit und nährte seine Selbstachtung mit jedem Beispiel für die Wertlosigkeit Walkers, mit jedem Beweis für dessen kindische Eitelkeit, Hinterlist und Roheit.

Walker aß gierig, geräuschvoll und unappetitlich, und Mackintosh stellte es befriedigt fest. Er merkte sich die albernen Sachen, die er äußerte, und jeden grammatikalischen Fehler. Er wußte, daß Walker nicht sehr viel von ihm hielt, und zog aus dieser Ansicht seines Chefs eine bittere Befriedigung; sie schürte seine Verachtung für den engstirnigen, selbstgefälligen alten Mann. Und es gewährte ihm ein einzigartiges Vergnügen, zu wissen, daß Walker keine Ahnung von dem Haß hatte, den er gegen ihn empfand. Er war ein Narr, der beliebt sein wollte und geschmeichelt annahm, jeder bewundere ihn. Einmal hatte Mackintosh gehört, wie er über ihn sprach.

»Er wird ganz in Ordnung sein, wenn ich ihn erst zurechtgestutzt habe«, sagte er. »Er ist ein guter Hund und liebt seinen Herrn.«

Schweigend und ohne eine Regung auf dem langen, häßlichen Gesicht lachte Mackintosh ausgiebig und herzlich in sich hinein.

Aber sein Haß war nicht blind, sondern im Gegenteil merkwürdig klarsehend; er urteilte über die Fähigkeiten seines Chefs mit der größten Einsicht. Walker beherrschte sein kleines Königreich mit erstaunlicher Tüchtigkeit, war gerecht und ehrlich. Trotz reichlicher Gelegenheit, Geld zu machen, war er jetzt schlechter dran als bei Amtsantritt, und seine einzige Sicherheit für die alten Tage war eine Pension, die er bei seinem Rückzug aus dem offiziellen Leben zu erwarten hatte. Er legte seinen Stolz darein, mit einem Assistenten und einem Halbblutschreiber die Insel besser zu verwalten, als die drüben auf Upolu und der Hauptstadt Apia mit einem ganzen Heer von Beamten dazu imstande waren. Er verfügte noch über ein paar eingeborene Polizisten, um seine Autorität zu untermauern, machte aber keinen Gebrauch von ihnen. Er herrschte mit Rauhbeinigkeit und irischem Humor.

»Sie wollten mir unbedingt ein Gefängnis bauen«, sagte er. »Wozu, zum Teufel, brauche ich ein Gefängnis? Ich werde doch die Eingeborenen nicht einlochen. Wenn sie irgend etwas anstellen, weiß ich schon, wie ich sie behandeln muß.«

Ein Zankapfel zwischen ihm und den höheren Autoritäten war stets die Tatsache, daß er die gesamte Rechtsgewalt über die Eingeborenen seiner Insel für sich beanspruchte. Was auch immer ihr Verbrechen sein mochte, er wollte sie nicht einem Gericht übergeben, das zur Aburteilung befugt war, und mehr als einmal waren zornige Briefe zwischen ihm und dem Gouverneur von Upolu hin- und hergegangen. Denn Walker betrachtete die Eingeborenen als seine Kinder. Und das war es, was einen so verwunderte bei diesem groben, gewöhnlichen, selbstsüchtigen Mann: Er liebte die Insel, auf der er schon so lange gelebt hatte, leidenschaftlich und empfand für die Eingeborenen eine seltsame, rauhe Zärtlichkeit, die etwas Großartiges an sich hatte.

Gerne ritt er auf seiner alten Schimmelstute über die Insel und konnte sich nicht satt sehen an deren Schönheit. Während er unter den Kokospalmen über die grasigen Wege zog, hielt er jeden Augenblick an, um die Lieblichkeit der Landschaft zu bewundern. Hie und da kam er zu einem Eingeborenendorf, machte halt und nahm aus den Händen des Häuptlings eine Schale Kawa entgegen. Dabei schaute er auf die Gruppe glockenförmiger Hütten mit den hohen bienenkorbähnlichen Strohdächern, und ein Lächeln breitete sich auf seinem Gesicht aus. Seine Augen ruhten froh auf dem sprossenden Grün der Brotfruchtbäume.

»Verflixt, es ist wie der Garten Eden!«

Manchmal ritt er die Küste entlang und konnte durch die Bäume einen Blick auf das weite, öde Meer werfen; kein Segel zeigte sich, das die Weltabgeschiedenheit hätte stören können. Manchmal stieg er einen Hügel hinauf, so daß ein großes Stück Land mit kleinen, zwischen riesigen Bäumen nistenden Dörfern vor ihm ausgebreitet lag wie das Königreich der Welt, und er konnte dort stundenlang in wonniger Verzückung sitzen. Er verfügte nicht über Worte, die seinen Gefühlen hätten Ausdruck geben können. Wenn er sich Luft gemacht hätte, wäre nur ein obszöner Scherz dabei herausgekommen. Es war, als sei seine Bewegung eine so heftige, daß er des Vulgären bedurfte, um die innere Spannung loszuwerden.

Mackintosh beobachtete diese Gefühlsduselei mit eisiger Verachtung. Walker war immer ein schwerer Trinker gewesen, er war stolz auf seine Fähigkeit, Männer, die halb so alt waren wie er, unter den Tisch zu trinken, wenn er einen Abend in Apia verbrachte, und er besaß auch die Sentimentalität des Säufers. Er konnte weinen über die Geschichten, die er in seinen Zeitschriften las, und gleichzeitig einem Händler, der in Schwierigkeiten geraten war und den er seit zwanzig Jahren kannte, ein Darlehen verweigern. An seinem Geld hing er. Mackintosh sagte einmal zu ihm:

»Niemand könnte Sie beschuldigen, Geld hinauszuwerfen.«

Er nahm es als Kompliment auf. Seine Begeisterung für die Natur war auch nichts anderes als die lallende Rührseligkeit des Trunkenbolds. Ebensowenig Sympathie hatte Mackintosh für seines Chefs Gefühle, die er den Eingeborenen entgegenbrachte. Er liebte sie, weil sie in seiner Gewalt standen, wie ein selbstsüchtiger Mensch seinen Hund liebt, und seine Mentalität befand sich auf der gleichen Stufe wie die ihre. Ihr Humor war obszön, und er war nie um eine zotige Bemerkung verlegen. Er verstand sie, und sie verstanden ihn. Stolz auf seine Herrschaft über sie, schaute er auf sie herab wie auf seine Kinder und mischte sich in ihre sämtlichen Angelegenheiten. Auf seine Autorität war er ängstlich bedacht. Aber wenn er auch mit eiserner Rute regierte und keinen Widerspruch duldete, so hätte er doch auch keinen Weißen auf der Insel ertragen, der seine Leute übervorteilt hätte. Mißtrauisch beobachtete er die Missionare, und wenn sie etwas taten, was er mißbilligte, machte er ihnen das Leben so schwer, daß sie, falls es ihm nicht gelang, sie versetzen zu lassen, gern aus eigener Initiative fortzogen. Seine Macht über die Eingeborenen war so groß, daß sie auf sein Wort hin ihrem Pfarrer Arbeit und Brot verweigert hätten. Andererseits war er auch den Händlern nicht günstig gesinnt. Er achtete darauf, daß sie die Eingeborenen nicht übers Ohr hauten, daß diese ihren gerechten Lohn für ihre

Arbeit und ihre Kopra erhielten und die Händler keinen übertriebenen Profit aus den Waren schlugen, die sie ihnen verkauften. Erbarmungslos schritt er gegen jeden Handel ein, der ihm unfair erschien. Manchmal beschwerten sich die Händler in Apia, man lasse sie nicht frei arbeiten. Das hatten sie zu büßen. Walker schreckte vor keiner Verleumdung, keiner noch so übertriebenen Lüge zurück, um es ihnen heimzuzahlen, woraufhin sie einsahen, daß sie, wenn sie nicht nur in Frieden leben, sondern überhaupt existieren wollten, die Situation nach seinem Gutdünken hinzunehmen hatten. Mehr als einmal war ein Laden eines ihm verhaßten Händlers niedergebrannt worden, und nur die Tatsache, daß ihm dieser Vorfall gelegen kam, zeigte, daß er ihn angestiftet hatte. Einmal war ein Halbblutschwede, der durch den Brand ruiniert wurde, zu ihm gekommen und hatte ihn rundheraus der Brandstiftung beschuldigt. Walker lachte ihm ins Gesicht.

»Du niederträchtiger Kerl! Deine Mutter war eine Eingeborene, und du versuchst, die Eingeborenen zu betrügen. Wenn dein stinkender alter Laden abgebrannt ist, so war das ein Strafgericht der Vorsehung, genau das, ein Strafgericht der Vorsehung. Hinaus mit dir!«

Nachdem der Mann von den beiden eingeborenen Polizisten hinausbefördert worden war, lachte der Verwalter sein fettes Lachen.

»Ein Strafgericht der Vorsehung.«

Und nun beobachtete Mackintosh, wie er sich an die Arbeit setzte. Zuerst kamen die Kranken, denn Walker fungierte neben seinen anderen Tätigkeiten auch noch als Arzt. Ein kleiner Raum hinter dem Büro war voll von Apothekerwaren. Ein älterer Mann trat vor, ein Mann mit einem Kopf voll krauser grauer Haare, in einem blauen *Lava-Lava,* sorgfältig tätowiert, dessen Haut am Körper verrunzelt war wie ein Weinschlauch.

»Warum bist du gekommen?« fragte Walker ihn plötzlich.

In wimmerndem Ton sagte der Mann, er könne nicht essen, ohne gleich danach zu erbrechen, und er habe Schmerzen hier und Schmerzen dort.

»Geh zu den Missionaren«, sagte Walker, »du weißt, ich behandle nur Kinder.«

»Ich bin bei den Missionaren gewesen, aber sie haben mir nicht geholfen.«

»Dann geh heim und bereite dich aufs Sterben vor. Hast schon so lange gelebt und willst immer noch weiterleben? Du bist ein Narr.«

Der Mann brach in jammernden Protest aus, aber Walker zeigte auf eine Frau mit einem Kind auf dem Arm und rief ihr zu, sie solle es herbringen, hierher auf den Schreibtisch. Dann fragte er sie aus und schaute das Kind an.

»Ich werde dir Medizin geben«, sagte er und wandte sich an den Schreiber: »Geh in die Arzneikammer und hole Kalomelpillen.«

Er ließ das Kind eine davon schlucken und gab die anderen der Mutter.

»Trag das Kind nach Hause und halte es warm. Morgen ist es tot oder geheilt.«

Er lehnte sich in seinen Stuhl zurück und entzündete seine Pfeife.

»Großartige Sache, Kalomel. Ich habe mehr Menschen

das Leben damit gerettet als alle Krankenhausärzte in Apia zusammen.«

Walker war sehr stolz auf seine Gabe und hatte mit dem Dogmatismus der Ignoranz keine Geduld für die Anhänger der medizinischen Fakultät.

»Die Fälle, die ich am meisten liebe«, sagte er, »sind solche, die von den Herren Doktoren als hoffnungslos aufgegeben wurden. Wenn die Ärzte einem gesagt haben: ›Ich kann dich nicht heilen‹, dann sage ich zu ihm: ›Komm zu mir.‹ Hab ich Ihnen jemals von dem Burschen erzählt, der Krebs hatte?«

»Mehrmals«, antwortete Mackintosh.

»In drei Monaten habe ich ihn wieder auf die Beine gestellt.«

Er beendete diesen Teil seiner Arbeit und ging dann zu anderem über. Es war ein seltsames Durcheinander. Da war eine Frau, die sich mit ihrem Mann nicht vertrug, und ein Mann, der sich beklagte, weil ihm seine Frau davongelaufen war.

»Da hast du Glück«, sagte Walker. »Die meisten wären froh, die ihren täten es.«

Dann gab es einen langen, komplizierten Streit über das Eigentumsrecht von ein paar Metern Land, danach einen über die Anteile an einem gemeinsamen Fischfang. Da war eine Klage gegen einen weißen Händler, der seine Ware zu kurz gemessen hatte. Walker hörte jeden Fall aufmerksam an, bildete sich rasch eine Meinung und fällte den Entscheid. Danach wollte er nichts mehr davon hören; war der Kläger noch nicht zufrieden, so wurde er von den beiden Polizisten aus dem Büro geworfen. Mackintosh lauschte dem allem mit finsterer Gereiztheit. Im ganzen mochte es wohl richtig sein, wenn hier eine rauhe Justiz am Werk war, aber es erbitterte den Assistenten, daß sein Chef seinem Instinkt mehr vertraute als den Zeugenaussagen. Vernunftgründen war er unzugänglich. Er schüchterte die Zeugen ein, und wenn sie nicht anerkannten, was er von ihnen wollte, nannte er sie Diebe und Lügner.

Eine Gruppe von Männern, die in der Ecke saßen, hob er sich für den Schluß auf. Er hatte sie absichtlich übersehen. Die Gesellschaft bestand aus einem alten Häuptling, einem großen, würdigen Mann in einem neuen *Lava-Lava,* mit kurzem weißem Haar, der einen riesigen Fliegenwedel als Amtsabzeichen trug, seinem Sohn und einem halben Dutzend wichtiger Männer des Dorfes. Walker hatte einen Streit mit ihnen gehabt und sie besiegt. Wie es charakteristisch für ihn war, glaubte er, ihnen nun seinen Sieg unter die Nase reiben und, weil er sie besiegt hatte, aus ihrer Hilflosigkeit Vorteil ziehen zu dürfen. Es handelte sich um folgendes: Walker hatte eine Leidenschaft für Straßenbau. Als er nach Talua gekommen war, verliefen nur wenige Pfade über die Insel, aber im Laufe der Zeit hatte er das ganze Land mit guten Straßen durchzogen, die Dörfer miteinander verbunden und dadurch ein gut Teil zum Gedeihen der Insel beigetragen. Während es in früherer Zeit unmöglich gewesen war, die Produkte des Landes, vor allem Kopra, an die Küste zu transportieren, wo man sie auf Schoner oder Motorboote verladen und nach Apia bringen konnte, war dies jetzt eine leichte, einfache Sache. Sein Ehrgeiz zielte darauf, eine Straße rings um die Insel zu ziehen, und ein gutes Stück davon war tatsächlich bereits gebaut.

»In zwei Jahren wird sie fertig sein, und dann kann ich sterben oder mich hinauswerfen lassen, mir ist's gleich.«

Seine Straßen waren die Freude seines Herzens, und er machte dauernd Ausflüge, um ihre Instandhaltung zu überwachen. Sie waren recht einfach, breite, grasüberwucherte Wege, die durch Gebüsch oder Plantagen liefen; aber Bäume hatten gefällt, Felsen ausgegraben oder gesprengt werden müssen, und hier und da waren auch Planierungen notwendig gewesen. Er war stolz darauf, daß er die Schwierigkeiten, die sich ihm entgegenstellten, mit eigener Geschicklichkeit hatte überwinden können. Es machte ihm Freude, die Wege so anzulegen, daß sie nicht nur praktisch waren, sondern auch die Schönheiten der Insel zeigten, der sein Herz gehörte. Wenn er von seinen Straßen sprach, wurde er fast zum Dichter. Sie wanden sich durch liebliche Landschaften, und Walker hatte dafür gesorgt, daß sie ab und zu schnurgerade liefen und einen grünen Ausblick durch die riesigen Bäume boten und an anderen Stellen sich drehten und schlängelten, so daß Herz und Sinne sich an dieser Abwechslung ergötzten. Es war erstaunlich, daß dieser grobe, triebhafte Mensch so viel feinsten Scharfsinn entwickelte, um zu verwirklichen, was seiner Phantasie vorschwebte. Er hatte bei der Anlage seiner Straßen die ganze reiche Geschicklichkeit eines japanischen Gärtners spielen lassen. Von höchster Stelle aus wurde ihm für diese Arbeit eine größere Summe zur Verfügung gestellt, aber er legte einen seltsamen Stolz darein, nur einen kleinen Teil davon zu verbrauchen, und hatte im vergangenen Jahr nur hundert Pfund von den tausend ausgegeben, die ihm zugebilligt waren.

»Wozu brauchen die Arbeiter Geld?« brummte er. »Sie

geben es doch nur für allerlei Quatsch aus, den sie nicht nötig haben, das, was die Missionare ihnen übriglassen, wohlgemerkt.«

Aus keinem anderen Grund außer vielleicht seinem Stolz auf die Sparsamkeit seiner Verwaltung und dem Wunsch, seine Tüchtigkeit in Gegensatz zu den verschwenderischen Methoden der Verwaltung in Apia zu stellen, brachte er die Eingeborenen dazu, die Arbeit, die er verlangte, für Löhne zu verrichten, die kaum nennenswert waren. Diesem Umstand war es zuzuschreiben, daß er vor kurzem Schwierigkeiten mit dem Dorf bekommen hatte, dessen Häuptling jetzt zu ihm gekommen war. Der Sohn des Häuptlings war ein Jahr lang auf Upolu gewesen und hatte, heimgekehrt, seinen Leuten von den großen Summen erzählt, die in Apia für öffentliche Arbeiten gezahlt wurden. In langen, müßigen Gesprächen hatte er in ihren Herzen den Wunsch nach Gewinn entzündet. Er malte ihnen Bilder großen Wohlstands aus, und sie dachten an den Whisky, den sie dann kaufen konnten – er war teuer, da es ein Gesetz gab, das untersagte, ihn an Eingeborene abzugeben, und sie daher doppelt soviel dafür bezahlen mußten wie die Weißen –, sie dachten an die großen Sandelholzkästen, in denen sie ihre Schätze aufbewahrten, an duftende Seife und Lachskonserven, Luxusgegenstände, für die der Eingeborene seine Seele verkauft; daher verlangten sie, als der Verwalter nach ihnen schickte und ihnen sagte, er wolle eine Straße von ihrem Dorf bis zu einem gewissen Punkt an der Küste bauen lassen, und ihnen zwanzig Pfund anbot, hundert von ihm. Der Sohn des Häuptlings hieß Manuma. Er war ein großer, stattlicher Bursche, kupferfarben, mit gekräuseltem, rotgefärbtem

Haar, einem Kranz roter Beeren um den Hals und einer Blume hinter dem Ohr, die gegen sein braunes Gesicht wie eine leuchtendrote Flamme wirkte. Sein Oberkörper war nackt, aber um zu zeigen, daß er kein Wilder mehr war, da er in Apia gelebt hatte, trug er an Stelle des *Lava-Lava* ein Paar Baumwollhosen. Er sagte seinen Leuten, der Verwalter werde auf ihren Vorschlag eingehen müssen, wenn sie zusammenhielten. Sein Herz hänge am Bau der Straße, und wenn er sähe, daß sie nicht für weniger arbeiten wollten, würde er ihnen geben, was sie verlangten. Aber sie dürften nicht schwanken; was immer er auch sagen würde, sie dürften nicht von ihrer Forderung abgehen; sie hätten hundert verlangt, und dazu müßten sie stehen. Als sie die Zahl genannt hatten, war Walker in eines seiner langen, tiefen Gelächter ausgebrochen. Er riet ihnen, sich nicht zum Narren zu machen, sondern sofort an die Arbeit zu gehen. Da er an diesem Tag bei guter Laune war, versprach er ihnen, ein Fest zu geben, sobald die Straße gebaut sei. Doch als er sah, daß niemand Anstalten traf, mit der Arbeit zu beginnen, erschien er im Dorf und fragte die Männer, was für ein albernes Spiel sie da spielten. Manuma hatte sie gut geschult. Sie waren völlig ruhig, machten keinen Versuch zu argumentieren – und das Argumentieren ist eine Leidenschaft der Insulaner –, sie zuckten nur die Schultern: Sie täten die Arbeit für hundert Pfund, und wenn er das nicht zahlen wolle, würden sie eben nicht arbeiten. Er könne es halten, wie er wolle. Ihnen sei es gleich. Da geriet Walker in Wut, was ihn sehr häßlich machte. Sein kurzer, fetter Hals schwoll bedrohlich an, sein rotes Gesicht wurde violett, Schaum stand vor seinem Mund. Er belegte die Eingeborenen mit Schmähungen. Er wußte sehr wohl, wie er verwunden und demütigen konnte. Sein Verhalten war erschreckend. Die älteren Männer erbleichten und wurden unsicher. Sie zögerten. Wäre nicht Manuma gewesen, der die große Welt kannte und dessen Spott sie fürchteten, so hätten sie nachgegeben. Es war Manuma, der Walker antwortete:

»Zahle uns hundert Pfund, und wir werden arbeiten.«

Walker schwenkte die Fäuste gegen ihn und benannte ihn mit allen Namen, die ihm einfielen. Er durchbohrte ihn mit seinen zornigen Blicken. Manuma saß ruhig da und lächelte. Sicher war mehr Prahlerei als Zuversicht in seinem Lächeln, aber er mußte gut abschneiden vor den anderen. Er wiederholte:

»Zahle uns hundert Pfund, und wir werden arbeiten.«

Sie glaubten, Walker werde sich nun auf ihn stürzen. Es wäre nicht das erste Mal gewesen, daß er einen Eingeborenen mit eigenen Händen verprügelt hätte; sie kannten seine Kraft, und obgleich Walker dreimal so alt war wie der junge Mensch und um fünfzehn Zentimeter kürzer, so zweifelten sie doch nicht daran, daß er Manuma überlegen war. Niemand hatte jemals daran gedacht, dem wilden Anfall des Verwalters Widerstand zu leisten. Aber Walker tat nichts dergleichen. Er lachte auf.

»Ich werde doch nicht meine Zeit an einen Haufen von Narren verschwenden«, sagte er. »Besprecht es noch einmal unter euch. Ihr wißt, was ich geboten habe. Aber paßt auf, wenn ihr in einer Woche nicht zu arbeiten anfangt!«

Er drehte sich um und verließ die Hütte des Häuptlings. Er machte seine alte Stute los, und es war kennzeichnend für die Beziehung zwischen ihm und den Eingeborenen, daß einer der älteren Männer ihm den Steigbügel hielt, während Walker sich von einem Steinblock aus schwer in den Sattel schwang.

Am selben Abend, als Walker, wie es seine Gewohnheit war, die Straße entlangschlenderte, die hinter seinem Haus vorbeiführte, hörte er etwas an sich vorbeischwirren und mit einem dumpfen Laut gegen einen Baumstamm schlagen. Man hatte etwas auf ihn schleudern wollen. Unwillkürlich duckte er sich. Mit einem Schrei: »Wer ist da?« rannte er dorthin, woher das Wurfgeschoß gekommen war, und hörte, wie ein Mensch sich durch die Büsche davonmachte. Er wußte, daß es hoffnungslos war, jemanden im Dunkeln zu verfolgen, und da er auch schnell außer Atem war, hielt er an und ging auf die Straße zurück. Er suchte nach dem, was man geworfen hatte, konnte aber nichts finden. Es war zu dunkel. Rasch ging er zum Haus und rief Mackintosh und den chinesischen Boy.

»Einer von diesen Teufeln hat etwas nach mir geworfen. Kommt mit, wir wollen sehen, was es ist.«

Er wies den Boy an, eine Laterne mitzunehmen, dann begaben die drei sich zu der Stelle zurück. Sie suchten den ganzen Boden ab, konnten aber nichts finden. Plötzlich stieß der Boy einen unterdrückten Schrei aus. Sie liefen zu ihm. Er hob die Laterne in die Höhe, und dort stak, unheimlich in dem Licht, das die Dunkelheit durchschnitt, ein langes Messer im Stamm einer Kokospalme. Mit solcher Wucht war es geschleudert worden, daß sie Mühe hatten, es herauszuziehen.

»Verflixt, wenn es mich nicht verfehlt hätte, wäre ich jetzt in einem schönen Zustand!«

Walker befühlte das Messer. Es war die Imitation eines jener Seefahrermesser, die die Weißen vor hundert Jahren auf die Insel gebracht hatten und die jetzt zum Halbieren der Kokosnüsse gebraucht wurden, so daß das Mark trocknen konnte. Es war eine höchst gefährliche Waffe mit einer dreißig Zentimeter langen, sehr scharfen Klinge. Walker kicherte leise.

»Dieser Teufel, dieser unverschämte Teufel!«

Er zweifelte keinen Augenblick daran, daß es Manuma war, der das Messer geworfen hatte. Um ein paar Zentimeter war er dem Tod entronnen. Kein Zorn war in ihm, im Gegenteil, er war bester Laune; das Abenteuer entzückte ihn, und als sie ins Haus zurückkehrten, rieb er sich, nach Alkohol rufend, fröhlich die Hände.

»Das sollen sie mir büßen!«

Seine kleinen Augen zwinkerten. Er plusterte sich auf wie ein Truthahn und bestand darauf, zum zweitenmal in dieser halben Stunde, Mackintosh jede Einzelheit zu erzählen. Dann bat er ihn, mit ihm Pikett zu spielen, und brüstete sich, während sie spielten, mit seiner Intuition. Mackintosh hörte ihm mit verkniffenen Lippen zu.

»Aber warum wollen Sie sie denn so schinden?« fragte er. »Zwanzig Pfund sind verdammt wenig für die Arbeit, die Sie von ihnen verlangen.«

»Sie sollten mir verdammt dankbar sein, daß ich ihnen überhaupt etwas gebe.«

»Herrgott noch mal, es ist doch nicht Ihr Geld. Die Verwaltung hat Ihnen ja eine anständige Summe zugebilligt. Man wird sich nicht beschweren, wenn Sie sie ausgeben.«

»Ein Haufen von Idioten sitzt da in Apia.«

Mackintosh sah, daß Walkers Beweggrund reine Eitelkeit war. Er zuckte die Schultern.

»Was haben Sie davon, den Leuten in Apia eins auszuwischen, wenn Sie dabei Ihr Leben verlieren?«

»Mein Gott, sie tun mir doch nichts, die Leutchen hier! Sie könnten ja gar nicht auskommen ohne mich. Sie verehren mich. Manuma ist ein Narr. Er hat das Messer nur geworfen, um mir angst zu machen.«

Am nächsten Tag ritt Walker wieder in das Dorf. Es hieß Matautu. Er stieg nicht vom Pferd. Als er das Haus des Häuptlings erreichte, sah er die Männer im Kreis auf dem Boden sitzen und miteinander sprechen und vermutete, daß sie wieder über die Straßenangelegenheit diskutierten. Die Hütten der Samoaner haben alle die gleiche Form: Schlanke Baumstämme werden in einem Abstand von etwa fünf bis sechs Fuß im Kreis aufgestellt und ein starker Stamm in die Mitte gesetzt, von dem aus das Strohdach nach allen Seiten abfällt. Jalousien aus Palmblättern können nachts oder bei Regen heruntergelassen werden. Gewöhnlich steht die Hütte ringsum offen, so daß der Wind frei hindurchwehen kann. Walker ritt zum Rand der Hütte und rief den Häuptling heraus.

»Hier, Tangatu, dein Sohn hat gestern nacht sein Messer in einem Baum steckenlassen. Ich habe es dir zurückgebracht.«

Er schleuderte das Messer mitten in den Kreis auf den Boden und ritt mit leisem Lachen gemächlich fort.

Am Montag machte er sich auf, um zu sehen, ob sie mit der Arbeit begonnen hatten. Keine Spur davon war zu bemerken. Er ritt durch das Dorf. Die Bewohner gingen ihren üblichen Beschäftigungen nach. Manche flochten Matten aus Pandanusblättern, ein alter Mann verfertigte eine Kawa-Schale, die Kinder spielten, und die Frauen verrichteten ihre Hausarbeit. Walker kam mit einem Lächeln auf den Lippen zur Hütte des Häuptlings.

»Talofa-li!« sagte der Häuptling.

»Talofa!« antwortete Walker.

Manuma knüpfte ein Netz. Er saß da, eine Zigarette zwischen den Lippen, und schaute mit triumphierendem Lächeln zu Walker auf.

»Ihr habt also beschlossen, die Straße nicht zu machen?«

Der Häuptling antwortete:

»Nicht, wenn Sie uns nicht hundert Pfund zahlen.«

»Ihr werdet es bereuen.« Er wandte sich an Manuma. »Und du, mein Sohn? Ich würde mich nicht wundern, wenn dich der Rücken ganz ordentlich schmerzen sollte, noch ehe du viel älter geworden bist.«

Kichernd ritt er weiter und ließ die Eingeborenen in größter Ungewißheit zurück. Sie fürchteten diesen fetten, sündigen alten Mann, und weder die Schmähreden der Missionare gegen ihn noch der Hohn, den Manuma in Apia gelernt hatte, ließen sie vergessen, daß er über eine teuflische Schläue verfügte und noch niemand ihm getrotzt hatte, ohne dafür im Laufe der Zeit büßen zu müssen. Noch innerhalb der nächsten vierundzwanzig Stunden erfuhren sie, was für einen Plan er ausgeheckt hatte. Er war typisch für ihn. Denn am nächsten Morgen kam ein großer Trupp Männer, Frauen und Kinder in das Dorf, und ihr Anführer sagte, sie seien mit Walker übereingekommen, die Straße zu bauen. Er habe ihnen zwanzig Pfund angeboten, und sie hätten sich einverstanden erklärt. Die Hinterlist Walkers aber lag in seiner Kenntnis der polynesischen Gastfreundschaftsregeln, die die Kraft von Gesetzen haben: Die gute Sitte verlangt mit absoluter Strenge von den Dorfbewohnern, den Fremden nicht nur Obdach zu geben, sondern sie auch mit Speise und Trank so lange zu versorgen, wie sie zu bleiben wünschten. Die Leute von Matautu fühlten sich überlistet. Jeden Morgen zogen die Arbeiter in fröhlichen Gruppen hinaus, fällten Bäume, sprengten Felsen, planierten hier und da und wanderten am Abend wieder zurück, aßen und tranken nach Herzenslust, sangen Hymnen, tanzten und freuten sich des Lebens. Für sie war das Ganze eine Landpartie. Aber bald liefen ihre Gastgeber mit langen Gesichtern herum; die Fremden erfreuten sich eines enormen Appetits, und die Kochbananen und die Brotfrucht verschwanden vor ihrer Gier. Die Avocadobäume, deren Früchte sich in Apia für gutes Geld verkaufen ließen, standen völlig kahlgeplündert da. Die Dörfler standen vor dem Ruin. Und dann fanden sie heraus, daß die Fremden sehr langsam arbeiteten. Hatten sie von Walker einen Wink bekommen, sie sollten sich Zeit lassen? Wenn sie so weitermachten, gab es bei Beendigung des Straßenbaus kein Krümelchen Eßbares mehr im Dorf. Und schlimmer noch: Die Bewohner von Matautu wurden zum Gespött der ganzen Gegend. Wenn einer von ihnen in einem anderen Weiler etwas zu besorgen hatte, mußte er erkennen, daß die Geschichte bereits vor ihm hergelaufen war und er mit höhnischem Gelächter empfangen wurde. Nichts auf der Welt kann der Samoaner weniger ertragen als Lächerlichkeit. Es dauerte denn auch nicht lange, bis es zu zornigen Reden unter den leidenden Dorfbewohnern kam. Manuma war nicht länger ein Held. Er mußte viele sehr offene Worte einstecken, und eines Tages geschah das, was Walker vorausgesagt hatte: Eine hitzige Debatte geriet zum Streit, und ein halbes Dutzend junger Leute warf sich auf den Sohn des Häuptlings und verprügelte ihn derart, daß er eine Woche lang blau und blutig geschlagen auf der Pandanusmatte lag. Er wälzte sich von einer Seite zur andern und konnte keine Erleichterung finden. Alle ein oder zwei Tage ritt der Verwalter auf seiner alten Stute herüber und betrachtete die Fortschritte des Straßenbaus. Er war nicht der Mann, der der Versuchung, den geschlagenen Feind zu verhöhnen, widerstehen konnte, und so ließ er keine Gelegenheit ungenützt, den beschämten Einwohnern von Matautu die Bitterkeit ihrer Demütigung deutlich zu machen. Er brach ihren Stolz. Eines Morgens schluckten sie ihren Stolz hinunter und gingen hinaus mit den Fremden, um beim Straßenbau mitzuarbeiten. Es war dringend, ihn so schnell wie möglich zu beenden, wenn sie überhaupt noch ein paar Nahrungsmittel retten wollten, und das ganze Dorf tat mit. Aber sie arbeiteten schweigend, mit Wut und dem Gefühl der Erniedrigung im Herzen, und selbst die Kinder rackerten sich in aller Stille ab. Die Frauen weinten, während sie Reisigbündel wegtrugen. Als Walker sie so sah, lachte er derart, daß er fast aus dem Sattel fiel. Die Neuigkeit verbreitete sich rasch, und alle Leute auf der Insel lachten Tränen. Dies war der größte Spaß, der Gipfel des Triumphs für den schlauen Alten, den zu überlisten noch kein Eingeborener imstande gewesen war. Und von fernen Dörfern kamen sie mit Frauen und Kindern, um sich die Dummköpfe anzuschauen, die zwanzig Pfund für den Straßenbau ausgeschlagen hatten und nun gezwungen waren, umsonst zu arbeiten. Aber je schwerer sie arbeiteten, desto leichter machten es sich die Gäste. Warum sollten sie sich beeilen, da sie doch gutes Essen für nichts bekamen? Und je länger sie brauchten, desto besser war der ganze Witz. Schließlich konnten es die unglücklichen Dörfler nicht länger aushalten, und so waren sie diesen Morgen gekommen, um den Verwalter zu bitten, die Fremden zurückzuschicken in ihre Heimat. Wenn er darauf eingehe, wollten sie ihm versprechen, die Straße ohne Bezahlung fertigzustellen. Für ihn war das ein vollkommener und ungeschmälerter Sieg. Sie waren gedemütigt. Ein Ausdruck arroganter Selbstgefälligkeit breitete sich über sein nacktes Gesicht aus, und er schien in seinem Stuhl anzuschwellen wie eine Riesenkröte. Etwas so Unheilvolles lag in seiner ganzen Erscheinung, daß Mackintosh vor Abscheu erschauerte. Dann begann er in grollendem Ton zu sprechen.

»Lasse ich die Straße etwa für mich bauen? Glaubt ihr, daß ich etwas davon habe? Euretwegen geschieht es, damit ihr einen bequemen Weg habt, um eure Kopra wegzuschaffen. Ich habe euch für eure Arbeit Bezahlung angeboten, obwohl es eine Arbeit zu euerem eigenen Vorteil ist. Ich habe euch einen großzügigen Lohn angeboten. Doch jetzt sollt ihr bezahlen. Ich werde die Leute von Manua zurückschicken, wenn ihr die Straße fertigmacht und ihnen die zwanzig Pfund bezahlt, die ich ihnen versprochen habe.«

Ein Aufschrei folgte. Sie versuchten, mit ihm zu verhandeln. Sie sagten ihm, daß sie kein Geld hätten. Aber auf alles antwortete er nur immer wieder mit brutalen Sticheleien.

Dann schlug die Uhr.

»Mittagszeit«, sagte er. »Hinaus mit ihnen!«

Er erhob sich schwerfällig aus seinem Stuhl und ging aus dem Zimmer. Als Mackintosh ihm folgte, fand er ihn bereits bei Tisch sitzen, eine Serviette um den Hals, Messer und Gabel in den Händen und für das Mahl bereit, das der chinesische Koch bringen sollte. Er war in bester Laune.

»Die habe ich fein untergekriegt«, sagte er, als Mackintosh sich niedersetzte. »Ich werde nicht mehr viele Schwierigkeiten mit meinen Straßen haben nach dieser Sache.«

»Ich nehme an, Sie haben gescherzt«, sagte Mackintosh eisig.

»Was wollen Sie damit sagen?«

»Sie werden sie doch nicht wirklich zwanzig Pfund zahlen lassen?«

»Aber da können Sie Gift drauf nehmen.«

»Ich weiß nicht, ob Sie dazu berechtigt sind.«

»Sie wissen es nicht? Nun, ich habe das Recht, auf dieser verdammten Insel alles zu tun, was ich will.«

»Ich finde, Sie haben sie genug gepiesackt.«

Walker lachte breit. Ihm war es gleich, was Mackintosh dachte.

»Wenn ich Ihre Meinung brauche, werde ich Sie danach fragen.«

Mackintosh wurde ganz weiß im Gesicht. Er wußte aus bitterster Erfahrung, daß er nichts tun konnte als schweigen, doch machte ihn die heftige Anstrengung, sich zu beherrschen, schwach und elend. Er konnte die Speisen, die vor ihm standen, nicht essen und schaute Walker mit Abscheu zu, wie er das Fleisch in seinen breiten Mund schaufelte. Er war ein unappetitlicher Esser, und mit ihm an einem Tisch zu sitzen verlangte einen guten Magen. Mackintosh zitterte. Ein ungeheures Verlangen packte ihn, diesen groben, grausamen Menschen zu demütigen; er hätte alles dafür gegeben, ihn im Staub liegen und leiden zu sehen, wie er andere hatte leiden lassen. Er hatte diesen Tyrannen nie mit mehr Ekel verabscheut als jetzt.

Der Tag ging weiter. Mackintosh versuchte nach Tisch zu schlafen, aber die Erregung in seinem Herzen ließ es nicht zu. Er wollte lesen, doch die Buchstaben tanzten ihm vor den Augen. Die Sonne brannte mitleidslos herab, und er sehnte sich nach Regen; aber er wußte, dieser Regen hier brachte keine Kühle; er machte die Luft nur noch heißer und dunstiger. Seine Heimat war Aberdeen, und sein Herz sehnte sich plötzlich nach den eisigen Winden, die durch die Granitstraßen dieser Stadt pfiffen. Hier war er ein Gefangener, ein Gefangener nicht nur des regungslosen Meeres, sondern auch seines Hasses gegen diesen gräßlichen alten Mann. Er preßte die Hände auf seine schmerzenden Schläfen. Am liebsten hätte er ihn umgebracht. Aber jetzt riß er sich zusammen. Er mußte etwas tun, um sich abzulenken, und da er nicht lesen konnte, kam er auf den Gedanken, seine Privatpapiere in Ordnung zu bringen. Das war eine Arbeit, die er schon lange vorgehabt und immer wieder verschoben hatte. Er schloß die Schublade seines Schreibtischs auf und nahm eine Handvoll Briefe heraus. Da sah er seinen Revolver. Ein plötzlicher Impuls, schon verworfen, ehe er ihm so recht zum Bewußtsein gekommen war, sich eine Kugel durch den Kopf zu jagen und so diesen unerträglichen Fesseln des Lebens zu entrinnen, blitzte in seinem Hirn auf. Er bemerkte, daß der Revolver in der feuchten Luft ein wenig gerostet war, nahm einen Öllappen und fing an, ihn zu putzen. Damit war er beschäftigt, als er plötzlich merkte, daß jemand an der Tür vorbeischlich. Er schaute auf und rief:

»Wer ist da?«

Einen Augenblick lang blieb alles still, dann zeigte sich Manuma.

»Was willst du?«

Der Sohn des Häuptlings stand ein paar Sekunden lang finster und schweigend da, und als er sprach, tat er es mit erstickter Stimme. »Wir können die zwanzig Pfund nicht bezahlen. Wir haben das Geld nicht.«

»Was soll ich tun?« fragte Mackintosh. »Du hast gehört, was Mr. Walker gesagt hat.«

Manuma begann zu flehen, halb samoanisch, halb englisch. Es war ein weinerlicher Singsang im tremolierenden Ton eines Bettlers, der Mackintosh abstieß. Es kränkte ihn, daß dieser Mann sich so erniedrigen ließ. Er war ein jammervoller Anblick.

»Ich kann nichts tun«, sagte Mackintosh gereizt. »Du weißt, daß Mr. Walker hier der Herr ist.«

Manuma schwieg. Still stand er auf der Schwelle.

»Ich bin krank«, sagte er schließlich. »Geben Sie mir Medizin.«

»Was fehlt dir?«

»Ich weiß nicht, ich bin krank. Ich habe Schmerzen im Leib.«

»Was stehst du dahinten!« sagte Mackintosh scharf. »Komm herein und laß dich ansehen.«

Manuma betrat den kleinen Raum und stellte sich vor den Schreibtisch.

»Ich habe Schmerzen, hier und hier.«

Er legte die Hände auf die Lenden, und sein Gesicht nahm einen schmerzlichen Ausdruck an. Plötzlich wurde es Mackintosh bewußt, daß die Augen des Burschen auf dem Revolver ruhten, den er, als Manuma an der Schwelle erschienen war, auf den Schreibtisch gelegt hatte. Eine Stille entstand zwischen den beiden, die Mackintosh endlos vorkam. Ihm war, als könne er die Gedanken im Kopf des Eingeborenen lesen. Sein Herz schlug heftig. Und dann fühlte er, daß etwas von ihm Besitz ergriff und er unter dem Zwang eines fremden Willens handelte. Nicht er bewegte seinen Körper, sondern eine Macht, die nicht in ihm war. Seine Kehle war plötzlich ausgetrocknet, und er griff mechanisch zum Hals, um sich beim Sprechen zu helfen. Er fühlte sich gezwungen, Manumas Blick auszuweichen.

»Warte hier«, sagte er, und seine Stimme klang, als hätte ihm jemand die Luftröhre zugehalten, »ich will dir etwas aus dem Arzneizimmer holen.«

Er stand auf. Bildete er es sich nur ein, daß er ein wenig schwankte? Manuma stand schweigend da, und obwohl er die Augen abwandte, wußte Mackintosh, daß er stumpf aus der Tür sah. Der fremde Wille, von dem er besessen war, trieb ihn aus dem Zimmer, er selbst aber ergriff eine Handvoll loser Papiere und warf sie auf den Revolver, um ihn den Blicken zu entziehen. Dann ging er hinüber zum Arzneizimmer. Er nahm eine Pille, goß einen blauen Trank in eine kleine Flasche und ging damit auf den Hof. Er wollte nicht in seinen eigenen Bungalow zurückgehen, deshalb rief er Manuma zu:

»Komm her!«

Er gab ihm die Medikamente und wies ihn an, wie er sie einzunehmen habe. Er wußte nicht, was es war, das es ihm unmöglich machte, Manuma anzuschauen. Während er mit ihm sprach, heftete er den Blick auf seine Schulter. Manuma nahm die Medizin und schlich zum Tor hinaus.

Mackintosh ging ins Eßzimmer und blätterte die alten Zeitungen noch einmal durch. Aber er konnte sie nicht lesen. Im Haus war es still. Walker befand sich oben in seinem Zimmer und schlief, der chinesische Koch arbeitete in der Küche, die beiden Polizisten waren fischen gegangen. Das Schweigen, das über dem Haus lag, war unheimlich, und in Mackintoshs Kopf tauchte jäh die Frage auf, ob der Revolver wohl noch da lag, wo er ihn gelassen hatte. Er konnte sich nicht dazu bringen, nachzuschauen. Die Ungewißheit war grauenvoll, aber die Gewißheit war bestimmt noch viel schlimmer. Schweiß rann ihm aus den Poren. Schließlich konnte er die Stille nicht länger ertragen und beschloß, die Straße hinunter zu dem Händler, einem Mann namens Jervis, zu gehen, der etwa eine Meile entfernt einen Laden hatte. Er war ein Mischling, aber selbst dieses Quantum weißen Bluts machte es möglich, mit ihm zu sprechen. Mackintosh wollte fortkommen von seinem Bungalow und dem Schreibtisch mit den unordentlich hingeworfenen Papieren, unter denen etwas lag oder nichts lag. Er ging die Straße entlang. Als er an der prächtigen Hütte eines Häuptlings vorüberkam, wurde ihm ein Gruß zugerufen. Dann erreichte er das Geschäft. Hinter dem Ladentisch saß die Tochter des Händlers, ein dunkelhäutiges Mädchen mit plumpen Zügen, in einer rosafarbenen Bluse und einem weißen baumwollenen Rock. Jervis hoffte, Walkers Assistent werde sie heiraten. Der Händler besaß Geld und hatte Mackintosh erzählt, der Gatte seiner Tochter werde ein sorgenfreies Leben haben. Sie errötete ein wenig, als sie Mackintosh sah.

»Vater packt eben ein paar Kisten aus, die heute morgen gekommen sind. Ich werde ihm sagen, daß Sie hier sind.«

Er setzte sich, und das Mädchen ging in den Hinterraum des Ladens. Einen Augenblick später watschelte ihre Mutter herein, eine riesige alte Frau, eine Herrin, die viel Land besaß, und gab ihm die Hand. Ihre ungeheure Fettleibigkeit war fast eine Beleidigung, und doch brachte sie es zuwege, einen Eindruck von Würde zu vermitteln; sie war herzlich ohne Unterwürfigkeit, freundlich, aber doch sehr standesbewußt.

»Sie sind fast ein Fremder geworden, Mr. Mackintosh. Erst heute morgen hat Teresa gesagt: ›Nun, man sieht Mr. Mackintosh gar nicht mehr.‹«

Er schauderte bei dem Gedanken, der Schwiegersohn dieser alten Eingeborenen zu sein. Es war allgemein bekannt, daß sie ihren Mann trotz seines weißen Blutes gehörig in der Hand hatte. Sie war die Autorität im Hause und die Seele des Geschäfts. Für die Weißen war sie vielleicht nicht mehr als Mrs. Jervis, aber ihr Vater war ein Häuptling von königlichem Blut, und sein Vater und seines Vaters Vater hatten als Könige geherrscht. Der Händler, der neben seiner imposanten Frau klein aussah, kam herein, ein dunkler Mann mit dunklem, langsam ergrauendem Bart, schönen Augen und blitzenden Zähnen. Er benahm sich sehr britisch und gebrauchte in der Unterhaltung viel Slang, aber man hörte sofort, daß Englisch seiner Zunge nicht mehr geläufig war; mit seiner Familie benutzte er die Sprache seiner eingeborenen

Mutter. Er war ein serviler Mensch, kriecherisch und unterwürfig.

»Ah, Mr. Mackintosh, das ist einmal eine freudige Überraschung! Bring Whisky, Teresa! Mr. Mackintosh wird einen Schluck mit uns trinken.«

Er berichtete alle Neuigkeiten aus Apia und behielt dabei ständig den Gast im Auge, um nur Dinge zu sagen, die ihm angenehm waren.

»Und wie geht es Mr. Walker? Wir haben ihn eine Zeitlang nicht gesehen. Mrs. Jervis wird ihm noch dieser Tage ein Spanferkel schicken.«

»Ich habe ihn heute morgen heimreiten sehen«, bemerkte Teresa.

»Bitte!« sagte Jervis und hielt dem Gast den Whisky hin.

Mackintosh trank. Die beiden Frauen saßen da und schauten ihm zu, Mrs. Jervis in ihrem schwarzen Kittelkleid ruhig und stolz, und Teresa ängstlich besorgt, ihn anzulächeln, wann immer sein Blick sie streifte, während der Händler auf unerträgliche Art weiterschwätzte:

»In Apia sagt man, es sei langsam Zeit für Walker, sich zurückzuziehen. Er ist nicht mehr der Jüngste. Vieles hat sich gewandelt, seit er auf die Insel gekommen ist, aber er hat sich nicht mitgewandelt.«

»Er geht zu weit«, sagte die alte Chefin. »Die Eingeborenen sind unzufrieden.«

»Die Sache mit der Straße war kein schlechter Witz«, bemerkte der Kaufmann lachend. »Wo ich in Apia davon gesprochen habe, hat man sich den Bauch gehalten vor Lachen. Der gute alte Walker.«

Mackintosh schaute ihn empört an. Was fiel ihm ein, so

zu reden? Für einen Mischling war und blieb er Mr. Walker. Es lag ihm auf der Zunge, dieser Unverschämtheit mit einem barschen Vorwurf zu begegnen, und er wußte nicht, was ihn davon zurückhielt.

»Wenn er geht, werden Sie hoffentlich seinen Platz einnehmen, Mr. Mackintosh«, sagte Jervis. »Wir freuen uns alle, daß Sie auf der Insel sind. Sie verstehen die Eingeborenen. Sie sind jetzt erzogen und müssen anders behandelt werden als in früheren Zeiten. Sie brauchen jetzt einen gebildeten Mann als Verwalter. Und Walker war nur ein Kaufmann wie ich.«

Teresas Augen funkelten.

»Wenn es einmal soweit ist und irgend jemand etwas dazu tun kann, so dürfen Sie Gift darauf nehmen, daß wir es machen werden. Ich würde alle Häuptlinge zusammentrommeln und sie veranlassen, nach Apia zu gehen und eine Petition einzureichen.«

Mackintosh wurde es mit einemmal furchtbar übel. Es war ihm noch nie eingefallen, daß er, falls irgend etwas mit Walker geschähe, vielleicht dessen Nachfolger würde. Es stimmte allerdings, daß niemand in offizieller Stellung die Insel so gut kannte wie er. Er stand plötzlich auf, und ohne sich richtig zu verabschieden, trat er hinaus und ging geradenwegs heim in sein Zimmer. Dort warf er einen raschen Blick auf seinen Schreibtisch und wühlte in den Papieren.

Der Revolver war nicht da.

Das Herz schlug ihm heftig gegen die Rippen. Überall suchte er die Waffe, unter den Stühlen, in den Schubladen. Er suchte verzweifelt und wußte doch die ganze Zeit über, daß er sie nicht finden würde. Plötzlich hörte er Walkers barsche, herzhafte Stimme.

»Hinter was, zum Teufel, sind Sie denn her, Mac?«

Er erschrak. Walker stand auf der Schwelle, und instinktiv wandte Mackintosh sich zum Schreibtisch, um zu verbergen, was darauf lag.

»Machen Sie Ordnung?« neckte er. »Ich lasse eben die Schimmelstute vor den Wagen spannen und will nach Tafoni zum Baden. Kommen Sie doch mit.«

»Gut«, antwortete Mackintosh.

Solange er bei Walker war, konnte nichts passieren. Die Ortschaft, zu der sie wollten, lag drei Meilen entfernt, und dort befand sich ein durch eine Felsbarriere vom Meer getrennter Süßwasserteich, den der Verwalter durch Sprengungen zum Baden für die Eingeborenen hatte anlegen lassen. Er hatte an allen Stellen, wo es Quellen gab, solche Teiche eingerichtet, denn dieses Wasser war, verglichen mit der klebrigen Wärme des Meeres, kühl und kräftigend. Sie fuhren über die stille, grasbewachsene Straße, platschten hier und da durch Furten an Stellen, wo das Meer sich hereingedrängt hatte, kamen an Eingeborenendörfern vorüber, deren glockenförmige Hütten sich weitläufig hinzogen und die Kirche umschlossen, und beim dritten Dorf stiegen sie aus, machten das Pferd fest und gingen hinunter zum Teich. Vier oder fünf Mädchen begleiteten sie und ein Dutzend Kinder. Bald planschten sie alle schreiend und lachend herum, während Walker in einem *Lava-Lava* herumschwamm wie ein schwerfälliger Tümmler. Er machte schlüpfrige Scherze mit den Mädchen, und sie belustigten sich damit, unter ihm hinwegzutauchen und fortzugleiten, wenn er versuchte, sie zu fangen. Als er müde war, legte er sich auf einen Felsen, und die Mädchen und Kinder umringten ihn. Es war eine glückliche Familie, und der alte, unförmige Mann mit dem Kranz weißer Haare und dem glänzenden kahlen Schädel schaute aus wie ein alter Meeresgott. Einmal entdeckte Mackintosh einen seltsam sanften Blick in seinen Augen.

»Es sind liebe Kinder«, sagte er. »Sie schauen zu mir auf. Ich bin ihr Vater.«

Und im selben Augenblick wandte er sich einem der Mädchen zu und machte eine obszöne Bemerkung, die bei allen schallendes Gelächter hervorrief. Mackintosh begann sich wieder anzuziehen. Mit seinen dünnen Armen und Beinen gab er eine recht groteske Figur ab, einen finsteren Don Quichotte, und Walker ließ es sich nicht entgehen, derbe Witze über ihn zu reißen. Sie wurden mit unterdrücktem Lachen beantwortet. Mackintosh kämpfte mit seinem Hemd. Er wußte, daß er absonderlich wirkte, aber er haßte es, ausgelacht zu werden. Schweigend und düster stand er da.

»Wenn Sie rechtzeitig zum Essen zu Hause sein wollen, müssen Sie sich fertigmachen.«

»Sie sind kein übler Bursche, Mac, aber Sie sind ein Dummkopf. Wenn Sie gerade bei einer Sache sind, wollen Sie immer eine andere. Das ist kein Leben!«

Trotzdem erhob er sich gemächlich und zog sich an. Dann schlenderten sie ins Dorf zurück, tranken eine Schale Kawa mit dem dortigen Häuptling und fuhren nach fröhlichem Abschied von den müßig herumstehenden Dorfbewohnern nach Hause.

Nach dem Essen zündete sich Walker eine Pfeife an und machte sich wie üblich zu einem Spaziergang bereit. Mackintosh wurde plötzlich von Furcht gepackt.

»Finden Sie es nicht ziemlich unvorsichtig, jetzt nachts allein auszugehen?«

Walker starrte ihn mit runden blauen Augen an.

»Was, zum Teufel, wollen Sie damit sagen?«

»Denken Sie an das Messer von neulich abend. Sie haben die Burschen aufgebracht.«

»Pah, sie würden es nicht wagen.«

»Einer hat es schon gewagt.«

»Das war nur Bluff. Sie würden mir nichts antun. Sie betrachten mich als ihren Vater, denn sie wissen, daß alles, was ich tue, zu ihrem Besten geschieht.«

Mackintosh schaute ihn an mit Verachtung im Herzen. Die Überheblichkeit dieses Menschen machte ihn rasend, und doch gab es etwas, er wußte nicht, was, das ihn fortfahren hieß:

»Denken Sie daran, was heute morgen geschehen ist. Es bricht Ihnen keinen Zacken aus der Krone, wenn Sie heute abend zu Hause bleiben. Ich spiele Pikett mit Ihnen.«

»Ich werde Pikett mit Ihnen spielen, wenn ich nach Hause komme. Der Kanake muß noch geboren werden, der mich veranlassen könnte, meine Pläne zu ändern.«

»Dann lassen Sie mich mitkommen.«

»Sie bleiben, wo Sie sind.«

Mackintosh zuckte die Schultern. Er hatte den Mann vollauf gewarnt. Wenn er nicht darauf achtete, war es seine eigene Sache. Walker setzte den Hut auf und ging fort. Mackintosh begann zu lesen; doch dann kam ihm ein Gedanke: Es war wohl angezeigt, sein eigenes Alibi genau und klar festzulegen. Er ging hinüber in die Küche und sprach unter einem Vorwand ein paar Minuten lang mit dem Koch. Dann nahm er sein Grammophon heraus und legte eine Platte auf, irgendeinen Song aus einer Londoner Revue, aber während die schwermütige Weise ablief, lauschte sein Ohr auf einen Ton draußen in der Nacht. Neben seinem Ellbogen dudelte der Apparat, der Gesang war laut, und doch fühlte er sich von einer unheimlichen Stille umgeben. Er hörte das dumpfe Tosen der Brandung gegen das Riff. Er hörte oben in den Blättern der Kokospalme den Wind seufzen. Wie lange das dauerte! Es war gräßlich.

Da vernahm er ein heiseres Lachen.

»Es gibt immer noch Wunder. Aber oft kommt es nicht vor, daß Sie sich Musik machen, Mac.«

Walker stand am Fenster, rothäutig, derb und aufgeräumt und in bester Laune.

»Nun, sehen Sie, ich bin noch am Leben und guter Dinge. Warum haben Sie den Apparat spielen lassen?«

Walker kam herein.

»Mit den Nerven herunter, he? Sich Mut gemacht mit ein bißchen Musik?«

»Ich habe Ihr Requiem gespielt.«

»Was ist denn das?«

»*'Alf o'bitter an' a pint of stout.*«

»Ein famoses Lied, ganz gleich, wie oft man es schon gehört hat. So, und jetzt bin ich bereit, Ihnen Ihr Geld beim Pikett abzunehmen.«

Sie spielten, und Walker polterte sich durch zum Sieg, bluffte seinen Gegner, hänselte ihn, verhöhnte seine Fehler bis zum äußersten, schüchterte ihn ein und triumphierte. Doch Mackintosh hatte seine Kühle zurückerobert, und sozusagen außerhalb von sich selbst stehend, war er fähig, sich völlig frei an der Beobachtung des anmaßenden alten Mannes und an der eigenen kalten Zurückhaltung zu ergötzen. Irgendwo saß Manuma und wartete auf seine Gelegenheit.

Walker gewann Spiel um Spiel und steckte am Ende des Abends seinen Gewinn frohgemut in die Tasche.

»Sie müssen noch ein bißchen älter werden, ehe Sie es mit mir aufnehmen können, Mac. Allerdings habe ich noch dazu eine natürliche Begabung fürs Kartenspielen.«

»Ich weiß nicht, was das mit Begabung zu tun hat, wenn ich Ihnen zufällig sämtliche Asse gebe.«

»Gute Karten kommen zu guten Spielern«, entgegnete Walker. »Ich hätte auch mit Ihren Karten gewonnen.«

Er erzählte lange Geschichten, wie er bei verschiedenen Gelegenheiten mit gerissenen Gaunern gespielt und ihnen zu ihrer Bestürzung ihr ganzes Geld abgenommen habe. Er prahlte, er verherrlichte sich, und Mackintosh hörte ihm hingebungsvoll zu. Er wollte seinen Haß fühlen; und jedes Wort Walkers, jede Geste machten ihn nur noch widerwärtiger. Endlich stand Walker auf.

»Nun, ich gehe in die Klappe«, sagte er unter lautem Gähnen. »Ich habe morgen einen langen Tag.«

»Was werden Sie machen?«

»Ich muß auf die andere Seite der Insel. Um fünf Uhr breche ich auf, aber ich werde erst spät zum Abendessen zurück sein.«

Gewöhnlich aßen sie um sieben Uhr.

»Dann werde ich es auf halb acht Uhr bestellen.«

»Ich denke, das wird recht sein.«

Mackintosh schaute ihm zu, wie er die Asche aus seiner Pfeife klopfte. Seine Lebenskraft war gewaltig und üppig. Es war seltsam, zu denken, daß der Tod über ihm schwebte. Ein feines Lächeln flackerte in Mackintoshs kalten, düsteren Augen auf.

»Würden Sie es gerne sehen, wenn ich mit Ihnen käme?«

»Wozu in Gottes Namen sollte ich das wollen? Ich werde die Stute nehmen, und sie hat genug zu tun, mich da hinaufzuschleppen; sie muß nicht auch noch Sie über dreißig Meilen weit mitziehen.«

»Vielleicht sind Sie sich nicht so ganz klar über die Stimmung in Matautu. Ich glaube, es wäre sicherer, ich käme mit.«

Walker brach in ein unverschämtes Gelächter aus.

»Sie wären eine feine Hilfe bei einer Prügelei; und mir wird nicht so schnell bange.«

Nun wanderte das Lächeln aus Mackintoshs Augen zu seinen Lippen und verzerrte sie scheußlich.

»*Quem deus vult perdere prius dementat.*«

»Was zum Henker war das?« fragte Walker.

»Latein«, antwortete Mackintosh und ging hinaus.

Und jetzt kicherte er. Seine Stimmung hatte sich gewandelt. Er hatte alles getan, was er konnte, und die Sache lag nun in der Hand des Schicksals. Er schlief besser als seit Wochen. Als er am nächsten Morgen erwachte, stand er gleich auf. Nach der guten Nachtruhe genoß er die Frische der morgendlichen Luft. Das Meer war von lebhafterem Blau, der Himmel leuchtender als an den meisten anderen Tagen, der Passatwind wehte köstlich, und als die Brise darüber hinwegfegte, schuppten winzige Wellchen die Meereszunge, die aussah wie ein nach der falschen Seite gebürsteter Samt. Er fühlte sich stärker und jünger. Mit Genuß ging er an sein

Tagewerk. Nach dem Mittagessen schlief er wieder, und als es Abend wurde, ließ er den Braunen satteln und zog gemächlich durch den Busch. Er schien alles mit neuen Augen zu sehen und fühlte sich völlig normal. Das einzig Außergewöhnliche war, daß er Walker gänzlich vergessen konnte. Soweit es ihn betraf, hatte er überhaupt nie existiert.

Er kam spät nach Hause, erhitzt vom Ritt, und badete noch einmal. Dann setzte er sich auf die Veranda, rauchte seine Pfeife und schaute zu, wie das Tageslicht über der Meereszunge schwand. Im Sonnenuntergang sah das Wasser, das rosa, violett und grün schimmerte, herrlich aus. Er war mit der Welt und sich selbst im reinen. Als der Koch herauskam, um ihm zu sagen, daß das Abendessen fertig sei, und fragte, ob er noch warten solle, lächelte Mackintosh ihn freundlich an und schaute auf die Uhr.

»Es ist halb acht. Wir wollen nicht warten. Wer weiß, wann der Chef zurückkommt.«

Der Boy nickte, und gleich darauf sah Mackintosh ihn eine Schüssel mit dampfender Suppe über den Hof tragen. Träge stand er auf, ging ins Eßzimmer und verzehrte sein Mahl. War es geschehen? Die Ungewißheit war ergötzlich, und Mackintosh lachte still in sich hinein. Das Essen erschien ihm weniger fade als sonst, und obgleich es Hackbeefsteak gab, des Kochs unauswechselbares Gericht, wenn ihn seine armselige Phantasie verließ, schmeckte es wie durch ein Wunder saftig und würzig. Nach dem Essen schlenderte er müßig hinüber zu seinem Bungalow, um sich ein Buch zu holen. Er liebte diese eindringliche Stille. Jetzt, da es Nacht geworden war, funkelten die Sterne am Himmel. Er rief nach einer Lampe, und gleich darauf kam der Chinese auf bloßen Füßen herüber und durchbrach die Dunkelheit mit einem Lichtstrahl. Er stellte die Lampe auf den Schreibtisch und schlich wieder lautlos weg. Mackintosh stand da wie angewurzelt, denn hier, halb verborgen von den wirr durcheinanderliegenden Papieren, lag sein Revolver. Sein Herz schlug schmerzhaft, und er stand plötzlich unter Schweiß. Es war also geschehen.

Mit zitternden Händen machte er den Revolver auf. Vier Kammern waren leer. Er zögerte einen Augenblick lang und schaute mißtrauisch hinaus in die Nacht, aber niemand war da. Rasch steckte er vier Patronen in die leeren Kammern, schob den Revolver in die Schublade und schloß diese ab.

Dann setzte er sich hin und wartete.

Eine Stunde verging, eine zweite. Nichts ereignete sich. Er saß an seinem Schreibtisch, als arbeite er, aber er las nicht und er schrieb nicht. Er horchte nur. Er strengte sein Gehör an, um den Ton aufzunehmen, der von weither kommen mußte. Schließlich vernahm er zaghafte Tritte und wußte, es war der chinesische Koch.

»Ah-Sung!« rief er.

Der Boy kam an die Tür.

»Chef sehr spät«, sagte er, »Essen nicht mehr gut.«

Mackintosh starrte ihn an und fragte sich, ob er wisse, was geschehen war, und ob er, wenn er es wußte, wahrgenommen hatte, wie er, Mackintosh, mit Walker stand. Der Chinese tat seine Arbeit glatt, schweigend und lächelnd, wer aber konnte seine Gedanken lesen?

»Ich nehme an, er hat unterwegs gegessen, aber halte auf jeden Fall die Suppe warm.«

Die Worte hatten seinen Mund noch kaum verlassen, als

die Stille plötzlich durch ein wirres Durcheinander, Schreie und rasche Tritte nackter Füße unterbrochen wurde. Eine Anzahl Eingeborener rannte auf den Hof, Männer, Frauen und Kinder. Sie umringten Mackintosh und redeten alle gleichzeitig. Kein Wort war zu verstehen. Sie zeigten sich aufs höchste erregt und verängstigt, und einige weinten. Mackintosh bahnte sich einen Weg durch die Leute und ging zum Tor. Obgleich er kaum etwas aufgenommen hatte von dem, was sie sagten, wußte er doch sehr wohl, was geschehen war. Und als er das Tor erreichte, kam gerade der Wagen an.

Die alte Stute wurde von einem großen Eingeborenen geführt, und in dem Wagen hockten zwei Männer und versuchten Walker zu stützen. Eine kleine Menge von Eingeborenen umgab das Gefährt.

Die Stute wurde in den Hof gebracht, und die Eingeborenen strömten hinter ihr her. Mackintosh brüllte sie an, draußen zu bleiben, und die beiden Polizisten, die von weiß Gott woher plötzlich auftauchten, stießen sie weg. Mit der Zeit war es ihm gelungen, zu verstehen, daß ein paar Burschen, die fischen gegangen waren, auf ihrem Rückweg ins Dorf, am Rande einer Furt, den Wagen gesehen hatten. Die Stute graste dort, und in der Dunkelheit konnten sie die gewaltige weiße Gestalt des weißen Mannes sehen, der zwischen Sitz und Schutzbrett gesunken war. Zuerst dachten sie, er sei betrunken, schauten hinein und grinsten, dann aber hörten sie ihn stöhnen und merkten, daß etwas nicht in Ordnung war. Sie rannten ins Dorf und riefen um Hilfe. Erst als sie von einem halben Hundert Menschen begleitet zurückkamen, entdeckten sie, daß auf Walker geschossen worden war.

Mit plötzlichem Entsetzen fragte Mackintosh sich, ob er

vielleicht bereits tot sei. Das erste, was zu geschehen hatte, war, ihn aus dem Wagen zu holen, und das war bei Walkers Korpulenz keine leichte Aufgabe. Es bedurfte vier kräftiger Männer, um ihn hochzuheben. Sie stießen ihn, und er gab ein dumpfes Stöhnen von sich. Also lebte er noch. Schließlich trugen sie ihn ins Haus, die Treppe hinauf, und legten ihn auf sein Bett. Hier endlich konnte Mackintosh ihn sehen, denn auf dem Hof, den nur ein paar Sturmlampen erleuchteten, war es zu dunkel dazu gewesen. Walkers weiße Leinenhosen waren blutbefleckt, und die Männer, die ihn getragen hatten, wischten sich die roten, klebrigen Hände an ihren *Lava-Lavas* ab. Mackintosh hielt die Lampe in die Höhe. Er hatte nicht erwartet, den alten Mann so bleich zu sehen. Seine Augen waren geschlossen. Er atmete, und sein Puls war noch zu fühlen, aber es war deutlich, daß er im Sterben lag. Mackintosh hatte nicht mit dem Entsetzen gerechnet, das ihn jetzt durchzuckte. Er sah, daß der eingeborene Schreiber da war, und sagte zu ihm mit einer vor Angst heiseren Stimme, er solle in die Arzneikammer gehen und alles holen, was für eine Injektion nötig sei. Einer der Polizisten brachte Whisky herauf, und Mackintosh flößte dem alten Mann ein wenig davon ein. Das Zimmer war angefüllt mit Eingeborenen. Sie saßen jetzt sprachlos und entsetzt auf dem Boden, und alle Augenblicke heulte einer laut auf. Es war sehr heiß, aber Mackintosh schauderte vor Kälte, seine Hände und Füße waren wie Eis, und er mußte sich sehr zusammennehmen, um nicht an allen Gliedmaßen zu zittern. Er wußte nicht, was tun, hatte keine Ahnung, ob Walker noch immer blutete, und wenn, wie das Blut zu stillen sei.

Der Schreiber brachte die Injektionsnadel.

»Gib du ihm die Spritze«, sagte Mackintosh, »du hast mehr Übung in solchen Sachen als ich.«

Sein Kopf schmerzte zum Wahnsinnigwerden. Eine Menge kleiner teuflischer Dinge schien darin zu hämmern und wollte heraus.

Sie warteten auf die Wirkung der Spritze. Bald darauf öffnete Walker langsam die Augen. Er schien nicht zu wissen, wo er war.

»Seien Sie ruhig«, sagte Mackintosh. »Sie sind zu Hause. Sie sind in Sicherheit.«

Walkers Lippen versuchten ein schattenhaftes Lächeln.

»Sie haben mich erwischt«, flüsterte er.

»Ich werde Jervis sagen lassen, er soll sofort ein Motorboot nach Apia schicken. Morgen nachmittag wird ein Arzt hier sein.«

Es gab eine lange Pause, ehe der alte Mann antwortete: »Bis dahin bin ich tot.«

Ein unheimlicher Ausdruck flog über Mackintoshs bleiches Gesicht.

Er zwang sich zu einem Lachen.

»Ach, Unsinn! Bleiben Sie nur ruhig liegen, und Sie werden wieder gesund wie ein junger Hund.«

»Geben Sie mir einen Drink«, sagte Walker, »einen starken.«

Mit schlotternden Händen goß Mackintosh Whisky und Wasser ein, halb und halb, und hielt das Glas, während Walker gierig trank. Das schien ihm gutzutun. Er stieß einen langen Seufzer aus, und ein wenig Farbe kehrte in sein großes fleischiges Gesicht zurück. Mackintosh fühlte sich schrecklich hilflos. Er stand da und starrte den alten Mann an.

»Sagen Sie mir, was ich tun soll, ich will alles tun«, sagte er.

Er sah entsetzlich jämmerlich aus, wie er da auf dem großen Bett lag, ein massiger, aufgetriebener alter Mann, aber so blaß, so schwach, daß es einem das Herz umdrehte. Indem er sich ausruhte, schien sein Geist klarer zu werden.

»Sie hatten recht, Mac«, sagte er. »Sie haben mich gewarnt.«

»Ich wünschte bei Gott, ich wäre mitgekommen.«

»Sie sind ein guter Kerl, Mac, nur schade, daß Sie nicht trinken.«

Dann folgte eine weitere, lange Stille, und es war deutlich, daß Walker die Kräfte verließen. Er hatte eine innere Blutung, und selbst Mackintosh in seiner Unkenntnis konnte nicht umhin, zu sehen, daß sein Chef nur mehr ein oder zwei Stunden zu leben hatte. Etwa eine halbe Stunde lang lag Walker mit geschlossenen Augen da, dann öffnete er sie.

»Sie werden Ihnen mein Amt übergeben«, sagte er langsam. »Als ich das letzte Mal in Apia war, habe ich ihnen gesagt, Sie seien in Ordnung. Machen Sie meine Straßen fertig. Ich möchte die Gewißheit haben, daß das gemacht wird. Rings um die Insel.«

»Ich will Ihr Amt nicht haben. Sie werden gesund werden.«

Walker schüttelte müde den Kopf.

»Ich habe gelebt. Behandeln Sie sie gerecht, das ist wichtig. Sie sind Kinder. Daran müssen Sie immer denken. Sie müssen streng mit ihnen sein, aber auch gütig. Und seien Sie rechtschaffen. Ich habe keinen roten Heller an ihnen verdient. Mehr als hundert Pfund habe ich nicht gespart in zwanzig Jahren. Die Straße ist das wichtigste. Sorgen Sie dafür, daß die Straße vollendet wird.«

Etwas, das einem Schluchzen sehr ähnlich war, rang sich aus Mackintoshs Brust hoch.

»Sie sind ein guter Kerl, Mac; ich habe Sie immer gern gehabt.«

Er schloß die Augen, und Mackintosh glaubte, er werde sie nie mehr auftun. Sein Mund war so trocken, daß er sich selbst etwas zu trinken eingoß. Der chinesische Koch schob ihm schweigend einen Stuhl hin. Er setzte sich neben das Bett und wartete.

Wieviel Zeit verstrich, wußte er nicht. Die Nacht schien endlos. Plötzlich brach einer der Männer, die da saßen, laut wie ein Kind in haltloses Schluchzen aus, und jetzt erst bemerkte Mackintosh, daß das Zimmer voll von Eingeborenen war. Sie saßen alle auf dem Boden, Männer und Frauen, und starrten zum Bett hin.

»Was tun alle diese Leute hier?« fragte Mackintosh. »Sie haben kein Recht hierzusein. Hinaus, hinaus mit ihnen allen!«

Diese Worte schienen Walker zu wecken, denn er öffnete noch einmal die Augen, die ganz verschleiert waren. Er wollte sprechen, war aber so schwach, daß Mackintosh sich sehr anstrengen mußte, um zu verstehen, was er sagte.

»Lassen Sie sie hier. Sie sind meine Kinder. Sie haben das Recht hierzusein.«

Mackintosh wandte sich an die Eingeborenen.

»Bleibt, wo ihr seid. Er wünscht es. Aber seid ganz still.«

Ein feines Lächeln erschien auf dem weißen Gesicht des alten Mannes.

»Kommen Sie näher«, flüsterte er.

Mackintosh beugte sich über ihn. Seine Augen waren geschlossen, und die Worte, die er sagte, waren wie ein seufzender Wind in den Blättern der Kokospalme.

»Geben Sie mir noch was zu trinken. Ich muß etwas sagen.«

Mackintosh gab ihm den Whisky unverdünnt. Walker sammelte mit letzter Willensanspannung seine Kräfte.

»Machen Sie keinen Lärm wegen dieser Sache. Im Jahre achtzehnhundertfünfundneunzig, als es hier Schwierigkeiten gab, wurden ein paar Weiße getötet, und die Flotte kam und beschoß die Dörfer. Viele Menschen kamen ums Leben, die nichts damit zu tun gehabt hatten. Sie sind verdammte Idioten drüben in Apia. Wenn sie etwas davon erfahren, werden sie nur die Falschen bestrafen. Ich will, daß niemand bestraft wird.«

Er hielt inne, um auszuruhen.

»Sie müssen sagen, es war ein Unfall. Keinen trifft die Schuld. Versprechen Sie mir das?«

»Ich werde alles tun, was Sie wollen«, flüsterte Mackintosh.

»Guter Kerl. Einer von den Besten. Sie sind Kinder. Ich bin ihr Vater. Ein Vater läßt seine Kinder nicht in Not geraten, wenn er es vermeiden kann.«

Eine Andeutung von einem Kichern kam aus seiner Kehle. Es war seltsam und unheimlich.

»Sie sind doch ein religiöser Mensch, Mac. Wie geht das noch mal mit dem ›Vergib ihnen‹? Sie wissen schon.«

Einen Augenblick lang konnte Mackintosh nicht antworten. Seine Lippen zitterten.

»Vergib ihnen, denn sie wissen nicht, was sie tun.«

»Ganz recht, das ist es. Vergib ihnen. Ich habe sie geliebt, wissen Sie, habe sie immer geliebt.«

Er seufzte. Seine Lippen bewegten sich schwach, und nun mußte Mackintosh sein Ohr ganz nahe bringen, um etwas zu verstehen.

»Halten Sie meine Hand«, sagte er.

Mackintosh entrang sich ein Keuchen. Sein Herz schien sich umzudrehen. Er nahm die kalte, schwache Hand des alten Mannes in die seine, eine grobe, rauhe Hand. Und so saß er, bis er vor Schreck fast aufsprang, denn die Stille wurde plötzlich von einem langen Rasseln zerrissen. Es war schrecklich und gespenstisch. Walker war tot.

Da brachen die Eingeborenen in laute Schreie aus. Tränen rannen ihnen über die Wangen, und sie schlugen sich auf die Brust.

Mackintosh löste seine Hand aus der des toten Mannes, und wankend wie ein Schlaftrunkener ging er aus dem Zimmer. Er trat vor die verschlossene Schublade seines Schreibtischs und nahm den Revolver heraus. Dann wanderte er hinunter zum Meer, und vorsichtig, um auf keinen Korallenfelsen zu stoßen, watete er hinaus, bis das Wasser ihm an die Achselhöhlen reichte. Dort schoß er sich eine Kugel durch den Kopf.

Eine Stunde später planschte und kämpfte ein halbes Dutzend schlanker brauner Haifische an der Stelle, wo er zusammengesackt war.

Red

Der Kapitän steckte die Hand in eine der Hosentaschen und zog – nicht ohne Umständlichkeit, denn die Taschen saßen nicht an der Seite, sondern vorn, und er war ein wohlbeleibter Mann – seine silberne Uhr hervor. Er warf einen Blick darauf und einen zweiten auf die sinkende Sonne. Der Eingeborene am Steuer schaute ihn an, sagte aber nichts. Die Augen des Kapitäns hefteten sich jetzt auf die Insel, der sie sich näherten. Eine weiße Schaumlinie zeigte das Riff an. Er wußte, daß es dort eine Einfahrt gab, die groß genug war, daß er mit seinem Schiff durchkommen konnte, und er hoffte, sie beim Näherkommen zu sehen. Sie hatten noch gut eine Stunde Tageslicht vor sich. In der Lagune war das Wasser tief, und sie konnten dort bequem vor Anker gehen. Der Häuptling des Dorfes, den er bereits unter den Kokospalmen sehen konnte, war ein Freund des Maats, und es war eine angenehme Aussicht, heute abend an Land zu gehen. Eben tauchte der Maat auf, und der Kapitän wandte sich an ihn.

»Wir nehmen eine Flasche Alkohol mit und holen uns ein paar Mädchen zum Tanzen«, sagte er.

»Ich sehe die Öffnung nicht«, antwortete der Maat.

Er war ein Eingeborener, ein stattlicher dunkelhaariger Bursche mit dem Aussehen eines späten, ein wenig zur Fülle neigenden römischen Kaisers, aber sein Gesicht war schön und scharf geschnitten.

»Ich bin hundertprozentig sicher, daß gleich hier eine ist«, sagte der Kapitän und schaute durch sein Fernglas. »Ich begreife nicht, warum ich sie nicht schon sehe. Schick mal einen von den Jungs auf den Mast, er soll ausschauen.«

Der Maat rief einen von der Mannschaft und gab ihm den Befehl. Der Kapitän schaute zu, wie der Eingeborene hinaufkletterte, und wartete auf Bericht. Aber der Bursche rief herunter, er sehe nichts als eine ununterbrochene Schaumlinie. Der Kapitän sprach Samoanisch wie ein Eingeborener und beschimpfte ihn ausgiebig.

»Soll er oben bleiben?« fragte der Maat.

»Wozu?« antwortete der Kapitän. »Der Idiot sieht ja nichts. Ich würde die Öffnung sehen, wenn ich da oben wäre, da kannst du Gift drauf nehmen.«

Er schaute wütend zum schlanken Mast hinauf. Das war alles gut und recht für einen Eingeborenen, der sein ganzes Leben lang auf Kokospalmen zu klettern gewohnt ist. Aber er war fett und schwer.

»Komm herunter!« brüllte er. »Ein blinder Dackel sieht mehr als du. Werden wir eben am Riff entlangfahren und die Öffnung suchen müssen.«

Das Schiff war ein Siebzigtonnenschoner mit Paraffinantrieb und in verdrecktem Zustand; es machte, wenn es nicht gerade Gegenwind hatte, vier bis fünf Knoten in der Stunde. Vor sehr langer Zeit hatte man es einmal weiß bemalt, doch sah es jetzt schmutzig, verbeult und verfleckt aus. Es roch stark nach Paraffin und nach Kopra, seiner üblichen Fracht. Sie waren jetzt noch etwa hundert Fuß vom Riff entfernt, und der Kapitän befahl dem Steuermann, am Ufer entlangzusegeln, bis die Einfahrt gefunden sei. Doch als sie ein paar

Meilen so gefahren waren, wurde ihm klar, daß sie sie übersehen haben mußten. Der weiße Schaum lag ohne Unterbrechung vor ihnen, und die Sonne ging unter. Mit einem Fluch auf die Dummheit der Mannschaft fügte sich der Kapitän darein, bis zum nächsten Morgen zu warten.

»Dreh bei«, sagte er, »ich kann hier nicht ankern.«

Sie fuhren wieder ein bißchen hinaus, und schon war es ganz dunkel. Sie ankerten. Als das Segel festgemacht war, begann das Schiff heftig zu rollen. In Apia sagten sie, eines Tages werde es noch richtig kentern, und der Besitzer, ein Deutschamerikaner, hatte geäußert, für kein Geld der Welt ließe er sich überreden, darauf zu fahren. Der Koch, ein sehr schmutziger, zerlumpter Chinese in weißen Hosen und dünner weißer Jacke, kam und sagte, das Essen sei fertig, und als der Kapitän in die Kabine ging, fand er den Ingenieur bereits bei Tisch. Der Ingenieur war ein langer, magerer Mensch mit dürrem Hals. Er trug einen blauen Overall und einen ärmellosen Sweater, der die dünnen, vom Ellbogen bis zu den Handgelenken tätowierten Arme sehen ließ.

»Gemein, die Nacht hier draußen verbringen zu müssen«, sagte der Kapitän.

Der Ingenieur antwortete nicht, und sie verzehrten ihr Essen schweigend. Die Kabine wurde von einer trüben Öllampe erleuchtet. Als sie die Büchsenaprikosen, mit denen das Mahl endete, gegessen hatten, brachte der Chinese jedem von ihnen eine Tasse Tee. Der Kapitän zündete sich eine Zigarre an und ging auf das obere Deck. Die Insel war jetzt nur als dunkle Masse gegen den Nachthimmel zu sehen. Die Sterne funkelten. Der einzige Laut, der zu hören war, kam von der pausenlos heranschlagenden Brandung. Der Kapitän ließ sich in einen Deckstuhl fallen und paffte vor sich hin. Drei oder vier Leute von der Mannschaft kamen auch herauf und setzten sich nieder. Einer von ihnen hatte ein Banjo, ein anderer eine Ziehharmonika. Sie begannen zu spielen, und ein dritter sang. Das Eingeborenenlied klang seltsam zu diesen Instrumenten. Dann fingen ein paar zu tanzen an. Es war ein barbarischer Tanz, wild und primitiv, mit raschen Hand- und Fußbewegungen und Körperverrenkungen, sinnlich, sexuell sogar, aber sexuell ohne Leidenschaft. Er war tierisch, unmittelbar, unheimlich, ohne Mysterium, kurz: natürlich, und man hätte fast sagen können: kindlich. Schließlich wurden sie müde. Sie streckten sich auf dem Deck aus, schliefen sofort ein, und alles war still. Der Kapitän raffte sich schwer aus seinem Stuhl auf, kletterte die Kajütentreppe hinunter, betrat seine Kajüte und legte die Kleider ab. Dann stieg er in seine Schlafkoje und lag da. Er schnappte ein wenig nach Luft in der Hitze der Nacht.

Am nächsten Morgen, als die Dämmerung sich über die ruhige See breitete, entdeckten sie die Öffnung, die ihnen am Abend zuvor entgangen war, ein wenig östlich von dem Punkt, an dem sie lagen. Der Schoner fuhr in die Lagune ein. Nicht das kleinste Gekräusel zeigte sich auf dem Wasser. Tief unten zwischen den Korallenfelsen sah man bunte kleine Fische schwimmen. Als er sein Schiff verankert hatte, frühstückte der Kapitän und ging dann an Deck. Die Sonne schien vom wolkenlosen Himmel, aber die Luft des frühen Morgens war angenehm kühl. Es war Sonntag, und ein Gefühl der Stille, des Schweigens, als ruhe die Natur aus, vermittelte ihm ein seltsames Behagen. Er saß da, schaute auf die bewaldete Küste und fühlte sich auf die angenehmste Art faul. Langsam breitete sich ein kleines Lächeln über seine Lippen, als er den Stummel der Zigarre ins Wasser warf.

»Ich denke, ich werde an Land gehen«, sagte er. »Laßt das Boot hinunter.«

Steif kletterte er die Leiter hinab und wurde zu einer kleinen Bucht gerudert. Die Kokospalmen wuchsen bis zum Wasserrand, nicht in Reihen, aber in gleichmäßigen Abständen. Sie sahen aus wie ein Ballett aus alten Jungfern, angejahrt und geschwätzig, die in gezierter Haltung dastanden, mit der zimperlichen Grazie entschwundener Jugend. Er schlenderte träge durch sie hindurch auf einem Pfad, dessen gewundener Lauf kaum zu sehen war und der ihn jetzt zu einem breiten Fluß führte. Eine Brücke überquerte ihn, aber eine Brücke, die nur aus den Stämmen der Kokospalmen bestand, etwa aus einem Dutzend, die, aneinandergereiht, von den im Flußbett stehenden Zweiggabelungen gestützt wurden. Man mußte auf der glatten, sich rundenden Oberfläche gehen, die schmal und schlüpfrig war, und es gab nichts, woran die Hände sich hätten klammern können. Solch eine Brücke zu überschreiten erforderte sichere Füße und ein kräftiges Herz. Der Kapitän zögerte. Doch er sah auf der anderen Seite, eingenistet zwischen den Bäumen, das Haus eines weißen Mannes. Also überwand er sich und machte sich vorsichtig an die Überquerung. Er schaute bedachtsam auf seine Füße, und wo ein Stamm an den nächsten stieß und sich dadurch ein kleiner Höhenunterschied ergab, schwankte er ein wenig. Mit einem Seufzer der Erleichterung betrat er den letzten Stamm und setzte schließlich den Fuß auf den festen Boden der anderen Seite. Er war vollauf mit diesem schwierigen Weg beschäftigt gewesen und hatte daher nicht bemerkt, daß ihm jemand zuschaute, und er war äußerst überrascht, als er eine Stimme vernahm:

»Es braucht Nerven, solche Brücken zu überqueren, wenn man nicht daran gewöhnt ist.«

Er schaute auf und erblickte einen Mann vor sich. Offensichtlich war er aus dem Haus gekommen, das er gesehen hatte.

»Ich habe bemerkt, wie Sie zögerten«, fuhr der Mann mit einem Lächeln auf den Lippen fort, »und ich wollte zuschauen, wie Sie hineinplumpsen.«

»Nie im Leben!« erwiderte der Kapitän mit wiedergewonnenem Selbstvertrauen.

»Ich bin selbst schon hineingefallen. Ich erinnere mich, eines Abends, als ich von der Jagd heimkam, fiel ich hinein mit Gewehr und allem. Jetzt nehme ich immer einen Boy mit, der das Gewehr trägt.«

Er war kein junger Mann mehr, hatte einen kleinen, leicht ergrauten Bart und ein mageres Gesicht und trug ein ärmelloses Unterhemd, Leinenhosen und weder Schuhe noch Strümpfe. Sein Englisch hatte einen leichten Akzent.

»Sind Sie Neilson?« fragte der Kapitän.

»Ja.«

»Ich habe von Ihnen gehört. Ich dachte mir schon, Sie müßten hier irgendwo wohnen.«

Der Kapitän folgte seinem Gastgeber in den kleinen Bungalow und setzte sich schwer in den Stuhl, wozu der andere ihn mit einer Handbewegung eingeladen hatte. Während Neilson hinausging, um Whisky und Gläser zu holen, schaute der Gast sich im Raum um. Was er erblickte, ließ ihn staunen. Noch nie hatte er so viele Bücher beisammen gesehen. Die Gestelle an allen vier Wänden reichten vom Boden bis zur Decke und waren bis zum letzten Platz ausgefüllt. Ein großer Flügel stand da, bedeckt mit Noten, und ein breiter Tisch, auf dem Bücher und Zeitschriften unordentlich umherlagen. Er fühlte sich unbehaglich in diesem Zimmer. Auch fiel ihm ein, daß Neilson als Sonderling galt. Niemand wußte viel über ihn, obgleich er seit Jahren hier auf den Inseln lebte, aber wer immer ihn kannte, gab zu, daß er ein seltsamer Kauz sei. Er war Schwede.

»Eine Unmenge von Büchern haben Sie da«, sagte der Kapitän, als Neilson zurückkam.

»Sie tun keinem etwas Böses«, antwortete Neilson mit einem Lächeln.

»Haben Sie alle gelesen?« fragte der Seemann.

»Fast alle.«

»Auch ich bin so etwas wie ein Leser. Ich lasse mir die *Saturday Evening Post* regelmäßig zuschicken.«

Neilson goß seinem Gast einen guten starken Whisky ein und reichte ihm eine Zigarre. Der Kapitän gab ungefragt Auskunft über sich.

»Ich bin gestern abend angekommen, konnte aber die Einfahrt nicht finden, deshalb mußte ich draußen ankern. Das ist nicht meine übliche Tour, aber meine Leute hatten irgendeine Ware, die sie herüberbringen wollten. Kennen Sie Gray?«

»Ja, er hat ein Geschäft ein Stückchen weiter im Innern.«

»Nun, es gab da einen Haufen Büchsensachen, die er haben wollte. Und er hat etwas Kopra. Und da fand man, ich könnte ebensogut herüberfahren wie untätig in Apia liegen.

Ich fahre sonst meistens zwischen Apia und Pago-Pago hin und her, aber dort sind gerade die Pocken, und nichts ist los.«

Er nahm einen Schluck von seinem Whisky und zündete sich die Zigarre an. Sonst war er gewöhnlich recht schweigsam, aber etwas ging von Neilson aus, das ihn nervös machte, und in seiner Nervosität sprach er. Der Schwede schaute ihn mit seinen großen, dunklen Augen an, in denen ein leicht amüsierter Ausdruck lag.

»Das ist ein hübscher kleiner Fleck hier, den Sie sich ausgesucht haben.«

»Ich habe das Beste aus ihm gemacht.«

»Sie müssen nicht schlecht verdienen mit Ihren Bäumen. Die sehen prächtig aus. Und bei dem Preis, der heutzutage für Kopra gezahlt wird! Ich hatte selbst einmal eine kleine Plantage, auf Upolu war das, aber ich mußte sie verkaufen.«

Wieder schaute er sich im Zimmer um, und wieder schauten ihn die Bücher wie etwas Unbegreifliches und Feindliches an.

Und so fragte er:

»Finden Sie es nicht trotzdem manchmal einsam hier?«

»Alles Gewohnheit. Ich bin seit fünfundzwanzig Jahren hier.«

Jetzt wußte der Kapitän nichts mehr zu sagen und rauchte schweigend. Neilson hatte offensichtlich nicht das Verlangen, das Schweigen zu brechen. Er schaute seinen Gast mit nachdenklichen Blicken an. Der Kapitän war ein stattlicher Mann, mehr als eins achtzig groß, und sehr stämmig. Sein rotes Gesicht war voller Pusteln und zeigte ein Netzwerk kleiner violetter Adern auf den Wangen. Seine Züge versanken im Fett. Die Augen waren blutunterlaufen, und Fettringe lagen um seinen Hals. Abgesehen von einem Kranz langer, lockiger, fast weißer Haare am Hinterkopf war er völlig kahl. Die große, glänzende Fläche der Stirn, die ihm früher vielleicht einmal irreführenderweise das Aussehen eines intelligenten Menschen verliehen hatte, ließ ihn jetzt im Gegenteil auf seltsame Art einfältig erscheinen. Er trug ein blaues, am Hals offenes Hemd, das seine mit wirren rötlichen Haaren bedeckte Brust sehen ließ, und ganz alte blaue Sergehosen. Schwer und plump saß er in seinem Stuhl, den großen Bauch vorgewölbt, die dicken Beine gespreizt. Alle Elastizität war aus seinen Gliedern geschwunden. Neilson streifte der Gedanke, was für eine Art Mensch er wohl in seiner Jugend gewesen sein mochte. Es war fast unmöglich, sich dies vorzustellen, denn diese ungelenke Masse war niemals ein Knabe gewesen, der herumgetollt war. Der Kapitän leerte sein Glas, und Neilson schob ihm die Flasche zu.

»Bedienen Sie sich!«

Der Kapitän beugte sich vor und ergriff sie mit seinen großen Händen.

»Und was hat Sie in diese Gegend verschlagen?« fragte er.

»Oh, ich bin meiner Gesundheit wegen auf die Inseln gekommen. Meine Lunge war nicht in Ordnung, und man sagte mir, ich hätte nur mehr ein Jahr zu leben. Sie sehen, man hat sich geirrt.«

»Ich meinte, wie Sie dazu gekommen sind, sich hier niederzulassen.«

»Ich bin ein Sentimentaler.«

»Oh!«

Neilson wußte, daß der Kapitän keine Ahnung hatte, was

das hieß, und er schaute ihn mit einem ironischen Blinken seiner dunklen Augen an. Vielleicht gerade, weil der Kapitän so ein grobschlächtiger, dumpfer Mensch war, reizte es ihn, weiterzusprechen.

»Sie waren beim Überqueren der Brücke zu sehr mit Ihrem Gleichgewicht beschäftigt, als daß Sie es hätten bemerken können, aber dieser Fleck gilt als besonders schön.«

»Es ist wirklich ein famoses kleines Haus, das Sie hier haben.«

»Ach, das gab es natürlich noch nicht, als ich hierherkam. Eine Eingeborenenhütte mit ihrem Bienenstockdach und ihren Strebepfeilern stand da im Schatten eines großen Baumes mit roten Blüten, und Krotonbüsche mit ihren gelben, roten und goldenen Blättern wuchsen ringsum wie ein bunter Zaun. Und überall wuchsen Kokospalmen, affektiert wie Frauen und ebenso nutzlos. Sie standen da am Wasserrand und verbrachten ihre Tage damit, ihr Spiegelbild zu betrachten. Ich war damals noch ein junger Mann – lieber Himmel, es ist ein Vierteljahrhundert her! – und wollte die ganze Schönheit der Welt in der kurzen Zeit genießen, die mir zugemessen war, ehe ich ins Dunkel schwinden sollte. Ich hielt dies für den schönsten Flecken Erde, den ich je gesehen hatte. Als ich das erste Mal hierherkam, stahl sich mir dieser Anblick ins Herz, und ich hatte Angst, weinen zu müssen. Ich war erst fünfundzwanzig, und obwohl ich mir nichts anmerken ließ, hatte ich gar keine Lust zu sterben. Und irgendwie schien es mir, als mache die Schönheit dieses Fleckchens es mir leichter, mich in mein Geschick zu fügen. Als ich hierherkam, hatte ich das Gefühl, als sei meine ganze Vergangenheit von mir abgefallen, Stockholm und seine Universität und dann Bonn; all das Frühere kam mir vor wie das Leben eines anderen, als wäre ich erst hier zu der Wirklichkeit gelangt, von der unsere Doktoren der Philosophie – ich selbst bin einer, wissen Sie – so viel gesprochen haben. ›Ein Jahr‹, sagte ich zu mir, ›ich habe noch ein Jahr vor mir. Das will ich hier verbringen und dann zufrieden sterben.‹ Mit fünfundzwanzig sind wir so albern, sentimental und melodramatisch; wären wir es nicht, so könnten wir vielleicht mit fünfzig nicht so weise sein. – Nun, trinken Sie, mein Freund, lassen Sie sich von dem Unsinn, den ich daherrede, nicht stören!«

Er wies mit seinen mageren Händen auf die Flasche, und der Kapitän trank, was noch in seinem Glas verblieben war.

»Sie trinken ja gar nichts«, sagte er und langte nach dem Whisky.

»Ich gehöre zu den Nüchternen«, sagte der Schwede mit einem Lächeln. »Ich berausche mich auf andere Weise und rede mir ein, sie wäre feiner. Aber das ist nichts als Eitelkeit. Allerdings sind die Wirkungen dauerhafter und die Ergebnisse weniger schädlich.«

»Man sagt, es wird jetzt viel Kokain eingeschmuggelt«, bemerkte der Kapitän.

Neilson lachte auf.

»Aber ich sehe so selten einen weißen Mann«, fuhr er fort, »und ich denke, für einmal wird mir ein Tropfen Whisky nicht schaden.«

Er schenkte sich ein wenig ein, goß Wasser nach und tat einen Schluck.

»Und dann fand ich heraus, warum diese Stelle von so überirdischer Schönheit war. Hier hatte die Liebe sich für einen Augenblick niedergelassen, wie der Zugvogel vielleicht auf einem Schiff mitten im Ozean verweilt und die müden Flügel anlegt. Der Hauch einer herrlichen Leidenschaft schwebte über allem wie der Duft von Weißdorn im Mai auf den Wiesen meiner Heimat. Mir scheint, die Orte, wo Menschen geliebt oder gelitten haben, behalten auf immer ein gewisses Aroma, das nie mehr gänzlich schwindet. Es ist, als hätten diese Orte eine spirituelle Bedeutung erlangt, die sich geheimnisvollerweise denjenigen mitteilt, die vorübergehen. Ich wünschte, ich könnte mich klar ausdrücken.« Er lächelte ein wenig. »Obgleich ich mir selbst dann nicht einrede, Sie würden mich verstehen.«

Er hielt inne.

»Ich glaube, dieser Ort war so herrlich, weil hier auf herrliche Weise geliebt worden war.« Und jetzt zuckte er die Schultern. »Oder vielleicht scheint es mir nur so, weil sich mein ästhetischer Sinn von junger Liebe und der dazu passenden Umgebung so gern entzücken läßt.«

Auch bei einem weniger schwer begreifenden Menschen als dem Kapitän wäre es verzeihlich gewesen, wenn Neilsons Worte ihn verwirrt hätten. Noch dazu lachte der Schwede ein wenig zu allem, was er sagte. Es war, als spreche er von Gemütsbewegungen, die sein Intellekt lächerlich fand. Er hatte sich selbst sentimental genannt. Und wo sich Sentimentalität mit Skepsis verbindet, ist häufig der Teufel los.

Er schwieg für einen Moment und schaute dann den Kapitän mit Augen an, in denen der Ausdruck plötzlicher Verblüffung lag.

»Wissen Sie, ich kann mir nicht helfen, aber ich glaube, ich habe Sie schon einmal irgendwo gesehen«, sagte er.

»Ich kann mich nicht erinnern«, erwiderte der Kapitän.

»Ich habe das komische Gefühl, daß mir Ihr Gesicht bekannt vorkommt. Das quält mich schon eine ganze Weile. Aber mein Gedächtnis nennt mir weder Ort noch Zeit, wo ich Sie getroffen haben könnte.«

Der massige Seemann zuckte die schweren Schultern.

»Es ist dreißig Jahre her, seit ich das erste Mal auf die Inseln gekommen bin. Kein Mensch kann sich an all die Leute erinnern, denen er in so vielen Jahren begegnet ist.«

Der Schwede schüttelte den Kopf.

»Man kennt das ja, daß man manchmal an einem Ort, wo man nie zuvor gewesen ist, ein Gefühl merkwürdiger Vertrautheit hat. So geht es mir eben mit Ihnen.« Er lächelte seltsam. »Vielleicht habe ich Sie in einem früheren Leben gekannt. Vielleicht waren Sie der Befehlshaber einer Galeere im alten Rom und ich einer Ihrer Rudersklaven. Seit dreißig Jahren sind Sie in der Gegend?«

»Seit vollen, runden dreißig Jahren.«

»Haben Sie da vielleicht einen Mann gekannt, den man Red nannte?«

»Red?«

»Das ist der einzige Name, mit dem ich ihn habe nennen hören. Ich habe ihn nicht persönlich gekannt, habe ihn nie gesehen. Und doch scheint es mir, als sähe ich ihn deutlicher vor mir als viele andere, meine Brüder zum Beispiel, mit denen ich so viele Jahre tagtäglich beisammen war. Er lebt in meiner Vorstellung so scharf umrissen wie Paolo Malatesta oder Romeo. Aber Sie haben wahrscheinlich nie Dante oder Shakespeare gelesen, oder?«

»Kann ich nicht behaupten«, sagte der Kapitän.

Neilson zog an seiner Zigarre, legte sich in seinen Stuhl zurück und schaute gedankenverloren zu den Rauchringen empor, die in der reglosen Luft schwebten. Ein Lächeln umspielte seine Lippen, aber seine Augen waren ernst. Dann schaute er den Kapitän an. Etwas Abstoßendes lag in dieser groben Fettleibigkeit. Er besaß die vollblütige Selbstgefälligkeit sehr dicker Menschen. Sie ging Neilson auf die Nerven. Aber der Gegensatz zwischen diesem Mann vor ihm und demjenigen, an den er dachte, belustigte ihn doch etwas.

»Anscheinend war Red einer der ansehnlichsten Menschen, denen man begegnen konnte. Ich habe mit vielen Leuten gesprochen, die ihn damals gekannt haben, und alle stimmten in der Aussage überein, daß seine Schönheit, wenn man ihn zum erstenmal erblickte, einem den Atem benahm. Er wurde Red genannt, weil seine Haare flammenrot waren. Sie hatten eine natürliche Welle, und er trug sie lang. Sie müssen von jener wundervollen Farbe gewesen sein, die die Präraffaeliten so entzückt hat. Ich glaube nicht, daß er stolz darauf war, dazu war er viel zu beschwingt, aber niemand hätte es ihm übelnehmen können, wenn er es gewesen wäre. Er war einen Meter fünfundachtzig groß – in dem Eingeborenenhaus, wo er gelebt hat, ist seine Größe mit einem Messer in den Hauptpfeiler eingekerbt worden, der das Dach trägt –, und er war gewachsen wie ein griechischer Gott, breitschultrig, schmalhüftig wie der junge Apoll, mit genau jener leichten Rundlichkeit, die Praxiteles ihm verliehen hat, und jener sanften, weiblichen Anmut, die etwas Verwirrendes, Geheimnisvolles hat. Seine Haut war blendend weiß, milchig, wie Seide, die Haut einer Frau.«

»Ich habe selbst so eine weiße Haut gehabt, als ich noch

ein Jüngling war«, sagte der Kapitän mit einem Zwinkern der blutunterlaufenen Augen.

Aber Neilson beachtete diesen Einwurf nicht. Er erzählte jetzt seine Geschichte, und jede Unterbrechung machte ihn ungeduldig.

»Und sein Gesicht war ebenso schön wie sein Körper. Er hatte große blaue Augen, von so dunklem Blau, daß viele behaupteten, sie seien schwarz gewesen, und im Gegensatz zu den meisten Rothaarigen dunkle Augenbrauen und lange dunkle Wimpern. Seine Züge waren von vollkommener Regelmäßigkeit, und sein Mund war eine scharlachrote Wunde. Zwanzig Jahre zählte er damals.«

Bei diesen Worten hielt der Schwede inne. Das Gefühl für das Dramatische überkam ihn. Er nahm einen Schluck von seinem Whisky.

»Er war einmalig. Es gab keinen, der je schöner gewesen wäre. Er hatte keinen anderen Auftrag als eine wunderbare Blüte, die aus einer wilden Pflanze hervorgeht. Er war ein Glücksfall der Natur.

Eines Tages landete er in dieser Bucht, wo Sie heute morgen angelegt haben müssen. Er war amerikanischer Matrose und von einem Kriegsschiff in Apia desertiert. Ein paar gutmütige Eingeborene ließen sich von ihm bewegen, ihn in einem Kutter, der von Apia nach Safoto fuhr, mitzunehmen und ihn in einem Kanu hier an Land zu setzen. Ich weiß nicht, warum er desertiert war. Vielleicht paßte ihm das Leben auf einem Kriegsschiff mit seinen Einschränkungen nicht, vielleicht hatte er irgendwelche Schwierigkeiten gehabt, vielleicht aber waren es diese romantischen Inseln und die Südsee, die es ihm angetan hatten. Immer mal wieder packen sie irgendeinen, und er findet sich wie die Fliege im Spinnennetz wieder. Könnte sein, daß er in einem versteckten Winkel seines Wesens zur Sanftheit neigte, und die grünen Hügel mit ihren milden Lüften und dieses blaue Meer nahmen ihm die ganze nordische Kraft wie Delila dem Samson. Jedenfalls wollte er sich verbergen und glaubte, in diesem entlegenen Erdenwinkel bis zur Abreise seines Schiffes sicher zu sein.

Eine Eingeborenenhütte stand an der Bucht, und er überlegte gerade, in welche Richtung er den Fuß setzen solle, als ein junges Mädchen herauskam und ihn zum Eintreten aufforderte. Er kannte kaum zwei Worte ihrer Sprache, und sie konnte ebensowenig Englisch. Aber er begriff rasch genug, was ihr Lächeln bedeutete und ihre hübsche Geste, und folgte ihr ins Haus. Dort setzte er sich auf eine Matte, und sie reichte ihm Ananasscheiben. Ich kann über Red nur vom Hörensagen sprechen, aber sie sah ich als Neunzehnjährige drei Jahre nach seiner Ankunft. Sie können sich nicht vorstellen, wie vollkommen sie war. Sie hatte die entflammte Grazie und die reiche Farbe des Hibiskus. Sie war ziemlich groß, schlank, hatte die zarten Züge ihrer Rasse und Augen so groß wie stille Wasserteiche unter Palmen. Das schwarze, gewellte Haar fiel ihr offen über den Rücken herab, und sie trug einen Kranz duftender Blumen. Ihre Hände waren erlesen, so schmal, so makellos geformt, daß sich einem das Herz umdrehte. Und damals lachte sie so leicht. Wenn sie lächelte, zitterten einem die Knie. Ihre Haut war wie ein reifes Kornfeld an einem Sommertag. Gütiger Himmel, wie könnte ich sie beschreiben? Sie war zu schön, man glaubte nicht an ihre Wirklichkeit.

Und diese beiden jungen Wesen, sie sechzehn, er zwanzig, verliebten sich ineinander auf den ersten Blick. Das ist die wahre Liebe, nicht jene, die aus Sympathie kommt, aus einer geistigen Gemeinschaft, sondern diese, die rein und einfach nur Liebe ist. Das ist die Liebe, die Adam für Eva empfunden hat, als er erwachte und sie sah, wie sie im Garten stand und ihn mit taufeuchten Augen ansah. Das ist die Liebe, die die Tiere zueinanderzieht und die Götter. Das ist die Liebe, die die Welt zum Wunder macht. Das ist die Liebe, die dem Leben Sinn gibt. Sicher haben Sie nie von jenem klugen, zynischen französischen Herzog gehört, der sagte, daß stets bei zwei Liebenden der eine liebt und der andere sich lieben läßt, daß es aber hin und wieder Paare gebe, da beide lieben und beide sich lieben lassen. Doch dann stehe die Sonne still, wie sie stillstand, als Josua den Gott Israels darum bat.

Und wenn ich selbst nach all den Jahren an diese beiden so jungen, so schönen, so einfachen Wesen und an ihre Liebe denke, verspüre ich einen Schmerz. Diese Liebe bricht mir das Herz, wie es auch an manchen Nächten bricht, wenn ich sehe, wie der Vollmond aus dem wolkenlosen Himmel auf die Lagune scheint. Im Anblick vollkommener Schönheit liegt immer ein Schmerz.

Sie waren Kinder. Sie war gut, sanft und freundlich. Von ihm weiß ich nichts, aber ich denke mir gerne aus, daß er zumindest damals freimütig und unbefangen war. Ich denke mir aus, seine Seele war so vollkommen wie sein Leib. Aber ich glaube wohl, daß er nicht mehr Seele gehabt hat als die Geschöpfe der Büsche und Wälder, die sich aus Schilfgras Pfeifen machten und in den Flüssen badeten, als die Welt noch jung war und man noch kleine Faune auf den Rücken bärtiger Kentauren über Waldlichtungen galoppieren sehen konnte. Die Seele ist ein störender Besitz, und als die Menschen sie entwickelten, verloren sie den Garten Eden.

Nun, als Red auf die Insel kam, war diese gerade von einer Epidemie heimgesucht worden, die der weiße Mann in die Südsee eingeschleppt hatte und an der ein Drittel der Einwohner gestorben war. Das Mädchen hatte alle ihre Nächsten verloren und lebte nun im Hause eines entfernten Verwandten. Der Haushalt bestand aus zwei uralten, gebeugten, verrunzelten Frauen, zwei jüngeren, einem alten Mann und einem Knaben. Ein paar Tage lang blieb Red bei ihnen. Doch vielleicht fand er, er lebe zu nah an der Küste, wo es immer möglich war, Weißen in die Hände zu geraten, die sein Versteck ausfindig machen wollten; oder vielleicht konnten die Liebenden es nicht ertragen, durch die Nähe der anderen auch nur einen Augenblick des Entzückens aneinander zu versäumen. Jedenfalls zogen sie eines Morgens fort, diese beiden, mit den paar Dingen, die dem Mädchen gehörten, und wanderten über den grasigen Pfad unter den Kokospalmen, bis sie zu dem Fluß gelangten, den Sie gesehen haben. Sie mußten die Brücke überqueren, über die Sie gekommen sind, und das Mädchen lachte fröhlich, weil er Angst hatte. Sie hielt ihn an der Hand, bis sie zum Ende des ersten Stammes kamen, dann verließ ihn der Mut, und er mußte zurückgehen und alles ausziehen, was er anhatte, ehe er es wieder wagte. Sie trug seine Sachen auf dem Kopf hinüber. Dort ließen sie sich in der leeren Hütte nieder, die da stand. Ob sie ein Anrecht darauf hatten (Landbesitz ist eine komplizierte Sache auf den Inseln) oder ob der Eigentümer während der Epidemie gestorben war, das weiß ich nicht, aber jedenfalls hat niemand sie behelligt, und so lebten sie denn dort. Ihre Einrichtung bestand aus ein paar Grasmatten, auf denen sie schliefen, der Scherbe eines Spiegels und einer Trinkschale für beide. In diesem herrlichen Land ist das genug zur Gründung eines Hausstandes.

Man sagt, glückliche Menschen haben keine Geschichte, und glückliche Liebe hat ganz sicherlich keine. Sie taten nichts den ganzen Tag über, und doch schienen ihnen die Tage zu kurz. Das Mädchen hatte einen ortsüblichen Namen, aber Red nannte sie Sally. Er lernte rasch ihre einfache Sprache und lag stundenlang auf der Matte, während sie fröhlich mit ihm plauderte. Er war ein schweigsamer Bursche, und vielleicht war sein Geist dumpf. Unaufhörlich rauchte er die Zigaretten, die sie ihm aus einheimischem Tabak und Pandanusblättern machte, und er schaute ihr zu, während ihre geschickten Finger Grasmatten flochten. Oft kamen Einheimische zu ihnen und erzählten lange Geschichten aus vergangenen Tagen, als die einzelnen Stämme auf den Inseln sich noch bekriegt hatten. Manchmal ging er fischen am Riff und brachte einen Korb voll bunter Fische heim. Manchmal ging er nachts mit der Laterne fort, um Hummer zu fangen. Rings um die Hütte wuchsen Kochbananen, und Sally bereitete sie für ihre einfachen Mahlzeiten zu. Aus Kokosnuß verstand sie köstliche Speisen zuzubereiten, und der Brotbaum am Rande des Flusses gab ihnen seine Früchte. An Festtagen töteten sie ein kleines Schwein und brieten es auf heißen Steinen. Sie badeten zusammen im Fluß, und am Abend gingen sie hinunter zur Lagune und paddelten im Kanu hinaus. Das Meer war tiefblau, weinfarben bei Sonnenuntergang wie das Meer des homerischen

Griechenlands; aber in der Lagune ist die Farbe von unendlicher Vielfalt, aquamarinen, amethysten und smaragden, und die untergehende Sonne verwandelt alles auf kurze Augenblicke in flüssiges Gold. Und dann gab es noch die Farben der Korallen, braun, weiß, rosa, rot, violett; und ihre Formen waren herrlich. In einen Zaubergarten schauten sie, und die fliegenden Fische waren die Schmetterlinge. Alles wurde auf seltsame Weise unwirklich. Zwischen den Korallen gab es tiefe Stellen, deren Boden aus weißem Sand bestand, und hier, in dem blendendklaren Wasser, war es wundervoll zu baden. Dann wanderten sie kühl und glücklich Hand in Hand in der Finsternis über den sanften Grasweg zurück zum Fluß, und jetzt erfüllten die Beos die Kokospalmen mit ihrem lauten Gezwitscher. Und dann die Nacht mit diesem großen, golden schimmernden Himmel, der sich viel höher und weiter zu erstrecken scheint als der Himmel in Europa, und den milden Lüften, die sanft durch die offene Hütte streichen – diese lange Nacht war wiederum viel zu kurz. Sie war sechzehn und er kaum zwanzig. Die Dämmerung schlich sich ein zwischen die hölzernen Pfeiler der Hütte und schaute auf diese beiden schönen Kinder, die, eins im Arm des anderen, dalagen und schliefen. Die Sonne versteckte sich hinter den großen, fransigen Blättern des Bananenbaumes, um sie nicht zu stören, und warf endlich mit verspieltem Schalk, wie das ausgestreckte Samtpfötchen der Angorakatze, einen goldenen Strahl auf ihre Gesichter. Sie öffneten schläfrig die Augen und lächelten dem neuen Tag entgegen. Aus Wochen wurden Monate, und ein Jahr ging dahin. Sie liebten einander so – ich möchte nicht sagen, leidenschaftlich, denn Leidenschaft schließt immer einen Schatten von Trauer ein, einen Hauch von Bitterkeit und Furcht, aber so herzlich, so einfach und natürlich wie am ersten Tag, als sie einander begegnet waren und erkannt hatten, daß Gott in ihnen war.

Hätte man sie danach gefragt, ich bin sicher, der Gedanke, ihre Liebe könnte jemals enden, wäre ihnen völlig unmöglich erschienen. Wissen wir nicht, daß das wesentliche Element der Liebe der Glaube an die ihr eigene Ewigkeit ist? Und doch keimte vielleicht in Red – was er nicht wußte und das Mädchen nicht vermutete – bereits der winzige Same, der sich mit der Zeit zum Überdruß ausgewachsen hätte. Denn als ihnen eines Tages einer der Eingeborenen von der Bucht erzählte, daß weiter unten an der Küste ein britisches Walfischboot vor Anker liege, sagte er:

›Ach, da will ich doch mal sehen, ob ich mir nicht für ein paar Nüsse und Bananen ein oder zwei Pfund Tabak einhandeln kann.‹

Die Pandanuszigaretten, die Sally ihm mit unermüdlicher Hand machte, waren stark und angenehm zu rauchen, aber sie ließen ihn unbefriedigt, und er sehnte sich plötzlich nach richtigem, festem, giftigem, beißendem Tabak. Seit vielen Monaten hatte er keine Pfeife geraucht. Der Mund wässerte ihm, wenn er nur daran dachte. Man hätte denken sollen, daß Sally vielleicht in einer bösen Vorahnung ihn von seinem Vorhaben abzubringen versucht hätte, aber die Liebe hatte sie so völlig mit Beschlag belegt, daß der Gedanke sie nicht einmal streifte, irgendeine Macht der Welt könne ihr den Geliebten nehmen. Zusammen erstiegen sie die Hügel und pflückten einen großen Korb voll grüner, aber süßer, saftiger Orangen; dann nahmen sie von den Kochbananen, die rings um die Hütte wuchsen, Kokosnüsse von ihren eigenen Bäumen und Brotfrüchte und Mangos. Dies alles trugen sie hinunter zur Bucht, beluden das schwankende Kanu damit, und Red und der junge Eingeborene, der ihnen die Nachricht von dem Schiff gebracht hatte, paddelten hinaus zum Riff.

Das war das letzte, was sie je von ihm sah.

Am nächsten Tag kehrte der junge Eingeborene allein und in Tränen aufgelöst zurück. Und das ist die Geschichte, die er erzählte: Als sie nach langem Paddeln das Schiff erreicht hatten, rief Red hinauf, und ein weißer Mann schaute herunter und forderte sie auf, an Bord zu kommen. Sie nahmen die Früchte, die sie mitgebracht hatten, und Red trug sie auf Deck. Der weiße Mann und er sprachen miteinander und schienen zu einem Abschluß zu kommen. Tabak wurde heraufgebracht, und Red griff sofort danach und stopfte sich seine Pfeife. Der junge Eingeborene imitierte den Ausdruck von Genuß, mit dem Red die erste Rauchwolke aus dem Mund entließ. Dann sagten die Weißen etwas zu ihm, und er ging mit ihnen in die Kabine. Durch die offene Tür, durch welche der Junge neugierig spähte, sah er, daß eine Flasche gebracht wurde und Gläser. Red trank und rauchte. Sie fragten ihn etwas, denn er schüttelte den Kopf und lachte. Der Mann, der erste, mit dem sie gesprochen hatten, lachte auch und füllte Reds Glas immer wieder. Sie fuhren fort mit Reden und Trinken, und der Junge, ermüdet von einem Anblick, der ihm nichts sagte, rollte sich auf Deck zusammen und schlief ein. Durch einen Fußtritt fühlte er sich plötzlich geweckt, sprang auf und sah, daß das Schiff langsam aus der Lagune segelte. Er gewahrte Red, der, am Tisch sitzend, den

Kopf schwer auf die Arme gelegt, fest schlief. Er wollte auf ihn zugehen und ihn wecken, aber eine rohe Hand packte ihn am Arm, und ein Mann mit finsterem Gesicht wies ihn mit Worten, die er nicht verstand, hinaus. Dann rief er Reds Namen, wurde aber im selben Augenblick ergriffen und über Bord geworfen. Hilflos schwamm er zu dem Kanu, das ein wenig abgetrieben war, und stieß es zum Riff. Dort kletterte er hinein und paddelte, den ganzen Weg über schluchzend, zurück.

Was geschehen war, schien klar genug. Der Walfischer hatte, vielleicht durch Desertion oder Krankheit, zuwenig Leute, und der Kapitän hatte Red, als er an Bord gekommen war, aufgefordert, sich einzuschreiben. Auf seine Weigerung hin war er betrunken gemacht und entführt worden.

Sally war außer sich vor Kummer. Drei Tage lang schrie und weinte sie. Die Eingeborenen taten, was sie konnten, um sie zu trösten. Sie wollte nicht essen und sank schließlich erschöpft in finstere Apathie. Ganze Tage verbrachte sie an der Bucht, ließ kein Auge von der Lagune in der trügerischen Hoffnung, Red werde es auf irgendeine Weise schaffen, zu entwischen. Stunde um Stunde saß sie an dem weißen Strand, die Tränen liefen ihr in Bächen über die Wangen, und nachts schleppte sie sich müde zurück über den Fluß zu der kleinen Hütte, in der sie so glücklich gewesen war. Die Leute, bei denen sie vor Reds Ankunft gewohnt hatte, baten sie, zu ihnen zurückzukommen, aber sie tat es nicht. Sie war von Reds Rückkehr überzeugt und wollte, daß er sie da finde, wo er sie verlassen hatte. Vier Monate später kam sie mit einem totgeborenen Kind nieder, und die Frau, die ihr durch die schweren Stunden half, blieb bei ihr in der Hütte.

Alle Freude war aus ihrem Leben gewichen. Wurde ihre Qual mit der Zeit auch ein wenig erträglicher, so trat an ihre Stelle eine düstere Melancholie. Man sollte nicht glauben, daß es unter diesen Menschen, deren Regungen zwar heftig, aber vorübergehend sind, eine Frau gab, deren Leidenschaft so beständig war. Niemals schwand ihre heilige Überzeugung, Red werde früher oder später zu ihr zurückkehren. Sie schaute nach ihm aus, und jedesmal, wenn jemand über die schwankende Brücke aus Kokospalmstämmen kam, blickte sie erregt auf. Er hätte es sein können.«

Neilson hielt inne und stieß einen schwachen Seufzer aus.

»Und was wurde schließlich aus ihr?« fragte der Kapitän.

Neilson lächelte bitter.

»Drei Jahre später ließ sie sich mit einem anderen Weißen ein.«

Der Kapitän gab ein fettes, zynisches Kichern von sich.

»So enden sie gewöhnlich«, sagte er.

Der Schwede warf ihm einen gehässigen Blick zu. Er wußte nicht, warum dieser grobe, fettleibige Mann ihn auf so heftige Weise abstieß. Aber seine Gedanken wanderten, und sein Gemüt war erfüllt von den Bildern der Vergangenheit, die fünfundzwanzig Jahre zurücklagen. Er war, der Stadt Apia, ihrer Trinkereien, Spielhöhlen und ihrer groben Sinnlichkeit überdrüssig, zum ersten Mal auf die Insel gekommen, ein kranker Mensch, der versuchte, sich mit dem Verlust einer Karriere abzufinden, die bisher seine Zukunftsgedanken beschwingt und befeuert hatte. Er mußte von aller Hoffnung lassen, sich einen Namen zu machen, und mit den paar armseligen Wochen vorsichtigen Lebens vorliebnehmen, mit denen er noch rechnen durfte. Er wohnte bei einem Händler, einem Mischling, der ein paar Meilen weiter an der Küste am Rande eines Eingeborenendorfs einen Laden hatte. Eines Tages war er beim ziellosen Wandern über die grasigen Pfade unter den Kokospalmen zu der Hütte gekommen, in der Sally lebte. Schon die Schönheit dieses Winkels hatte ihn mit solch einem Entzücken erfüllt, daß es fast weh tat, und dann sah er Sally. Sie war das herrlichste Geschöpf, das er je erblickt hatte, und die Trauer in ihren dunklen, prachtvollen Augen zog ihn geheimnisvoll an. Die Insulaner waren von edler Rasse, und Schönheit war nichts Seltenes bei ihnen, aber es war die leere Schönheit wohlgestalteter Tiere. Doch diese tragischen Augen waren dunkel von Mysterium; und er spürte in ihnen die bittere Verwirrung der tastenden Menschenseele. Der Händler erzählte ihm Sallys Geschichte, und er fühlte sich tief bewegt.

»Glauben Sie, daß er jemals zurückkommen wird?« fragte Neilson.

»Keine Angst. Es wird wohl ein paar Jahre dauern, ehe so ein Schiff seine Leute auszahlt, und bis dahin hat er sie sicher längst vergessen. Ich könnte schwören, daß er nicht übel wütend war, als er aufwachte und sah, daß man ihn entführt hatte, und es würde mich nicht wundern, wenn er sich mit allen geprügelt hätte. Aber schließlich mußte er sich dareinfinden, und ich denke, einen Monat später war er überzeugt, es hätte ihm nichts Besseres passieren können, als von der Insel wegzukommen.«

Aber Neilson ging diese Geschichte ständig durch den Kopf.

Vielleicht konnte er die Vorstellung von Reds strahlender

Gesundheit nicht mehr loswerden, weil er selbst krank und schwach war. Häßlich als Mann, unbedeutend in der Erscheinung, sagte ihm Vollkommenheit bei anderen unendlich viel. Noch nie hatte er leidenschaftlich geliebt und war ganz gewiß nie leidenschaftlich geliebt worden. Die gegenseitige Hingabe dieses jungen Paares erfüllte ihn mit einem einzigartigen Entzücken. Sie hatte etwas von der unaussprechlichen Schönheit des Absoluten. Wieder ging er zu der kleinen Hütte am Fluß. Er verfügte über eine linguistische Begabung und einen aktiven, durch ständige Arbeit wachen Geist und hatte sich auch schon eine Zeitlang mit dem Studium der hiesigen Sprache befaßt. Alter Gewohnheit treu, sammelte er Material für eine Abhandlung über die samoanische Sprache. Die alte Frau, die bei Sally in der Hütte lebte, lud ihn ein, sich zu setzen, und reichte ihm Kawa und Zigaretten. Sie freute sich, jemanden dazuhaben, mit dem sie sprechen konnte, und während sie plauderte, schaute er Sally an. Sie erinnerte ihn an die Skulptur der Psyche im Museum zu Neapel. Ihre Züge zeigten die gleiche klare Reinheit der Linie. Obgleich sie ein Kind geboren hatte, war sie noch immer von jungfräulichem Aussehen.

Erst nach seinem zweiten oder dritten Besuch konnte er sie zum Sprechen bringen. Und auch dann fragte sie ihn nur, ob er in Apia einen Mann namens Red gesehen habe. Zwei Jahre waren seit dessen Verschwinden dahingegangen, aber es war klar, daß sie immer noch pausenlos an ihn dachte.

Neilson brauchte nicht lange, bis er erkannte, daß er sich in sie verliebt hatte. Nur durch große Willensanstrengung hielt er sich davon ab, täglich zum Fluß zu gehen, befand er sich aber nicht bei Sally, so waren doch seine Gedanken bei ihr. Da er in sich selbst einen Todgeweihten sah, verlangte es ihn nur danach, sie anschauen zu dürfen und gelegentlich sprechen zu hören, und seine Liebe versetzte ihn in den Zustand wundersamer Glückseligkeit. Ihre Reinheit ließ ihn innerlich jubeln. Er verlangte nichts von Sally als die Möglichkeit, um die Anmut ihrer Person das Netz herrlicher Träume spinnen zu dürfen. Aber die köstliche Luft, die gleichmäßige Temperatur, die Ruhe, die einfache Kost übten eine gänzlich unerwartete Wirkung auf seine Gesundheit aus. Sein Fieber erreichte abends nicht mehr die übliche beunruhigende Höhe, er hustete weniger, und er begann zuzunehmen. Sechs Monate gingen vorüber, ohne daß er einen Blutsturz gehabt hatte, und plötzlich sah er die Möglichkeit vor sich, am Leben zu bleiben. Er studierte seine Krankheit eingehend, und die Hoffnung dämmerte in ihm, daß er mit großer Sorgfalt ihren Ablauf hemmen könne. Es beschwingte ihn, sich wieder einmal an Künftigem freuen zu können. Er machte Pläne.

Zwar war es ihm deutlich, daß ein tätiges Leben nicht in Frage kam, doch genügte das schmale Einkommen, das er hatte und das überall sonst nicht ausgereicht hätte, zu seinem Unterhalt, wenn er hier auf der Insel bliebe. Er konnte Kokospalmen züchten, das gab ihm Beschäftigung. Und er wollte seine Bücher und sein Klavier herkommen lassen. Doch sein wacher Geist erkannte rasch, daß er sich mit alledem nur von dem Verlangen abzulenken versuchte, das ihn quälte.

Ihn verlangte nach Sally. Er liebte nicht nur ihre Schönheit, sondern auch jene betrübte Seele, die er hinter ihren traurigen Augen vermutete. Er wollte sie mit seiner Leidenschaft berauschen und sie schließlich zu vergessen lehren. Und in einer Ekstase der Selbstaufgabe glaubte er, auch ihr die Glückseligkeit vermitteln zu können, die er nicht mehr zu erleben geglaubt und doch jetzt auf so wundersame Weise erlangt hatte.

Er bat sie, mit ihm zu leben. Sie wies ihn ab. Er hatte nichts anderes erwartet und ließ sich davon nicht niederdrücken, denn er war sicher, daß sie früher oder später nachgeben werde. Seine Liebe war jedem Widerstand gewachsen. Er weihte die Alte in seine Wünsche ein und erfuhr zu seiner Überraschung, daß sie und die Nachbarn längst davon wußten und Sally zu überreden suchten, auf sein Werben einzugehen. Schließlich könne jede Eingeborene sich glücklich schätzen, dem Haus eines Weißen vorstehen zu dürfen, und Neilson war, gemessen an dem Lebensstandard auf der Insel, ein reicher Mann. Der Händler, bei dem er wohnte, suchte Sally auf und redete ihr zu, doch nicht so dumm zu sein, solch eine Gelegenheit komme nicht wieder, und nach so langer Zeit könne sie doch nicht mehr an Reds Rückkehr glauben. Der Widerstand des Mädchens steigerte nur noch Neilsons Verlangen, und was vorher eine völlig reine Liebe gewesen war, wurde nun zur quälenden Leidenschaft. Er war entschlossen, jedes Hindernis zu überwinden. Täglich bedrängte er Sally, die schließlich, zermürbt von seiner Beharrlichkeit und den bald beschwörenden, bald zürnenden Vorhaltungen ihrer Umgebung, einwilligte. Aber als er sie am nächsten Tag triumphierend besuchte, mußte er entdecken, daß sie über Nacht die Hütte niedergebrannt hatte, in der sie mit Red so glücklich gewesen war. Die Alte lief ihm mit wütenden Schimpfreden gegen Sally entgegen. Er winkte ab; dies war nicht wichtig. Sie konnten sich einen Bungalow an der Stelle erbauen, wo die Hütte gestanden hatte. Ein europäisches Haus war ja auch das Gegebene, wenn er wirklich sein Klavier und seine riesige Bibliothek kommen lassen wollte.

Und so entstand das kleine Holzhaus, in dem er nun seit so vielen Jahren lebte, und Sally wurde seine Frau. Doch nach den ersten Wochen des Entzückens, in denen er sich mit dem begnügte, was sie ihm schenkte, erfuhr er wenig Glück. Müde hatte sie sich ihm hingegeben, aber sie gab ihm nur das, worauf sie keinen Wert mehr legte. Die Seele, die er undeutlich wahrgenommen hatte, entglitt ihm. Sie war ihm nicht zugetan. Sie liebte Red und erwartete täglich und stündlich seine Rückkehr. Auf ein Zeichen von ihm, das wußte Neilson, hätte sie ihn trotz all seiner Liebe, Zärtlichkeit, Sympathie und Großmut verlassen, ohne auch nur einen Augenblick lang zu zögern. Seine Trauer wäre ihr gleichgültig gewesen. Herzensangst erfaßte ihn, und er bedrängte ihr unnahbares Wesen, das ihm so finster widerstand. Seine Liebe wurde bitter. Er versuchte, ihr Herz mit Güte zu erweichen, aber es blieb hart. Er spielte den Gleichgültigen, aber sie bemerkte es nicht einmal. Manchmal verließ ihn die Geduld, und er beschimpfte sie, dann weinte sie schweigend. Manchmal glaubte er, sie sei nichts als ein Blendwerk, und die Seele, die er suchte, existiere nur in seiner eigenen Vorstellung, er könne nicht in das Heiligtum ihres Herzens gelangen, weil dort kein Heiligtum sei. Seine Liebe wurde ihm zum Gefängnis, aus dem er zu entrinnen versuchte, aber er hatte nicht die Kraft, auch nur die Tür aufzutun – mehr wäre nicht nötig gewesen – und ins Freie hinauszugehen. Sein Leben wurde zum Martyrium, das ihn starr und hoffnungslos machte. Doch schließlich brannte das Feuer aus, und wenn er jetzt sah, wie ihre Augen zu der schmalen Brücke wanderten, war es weder Zorn, was sein Herz erfüllte, noch Ungeduld. Seit vielen Jahren lebten sie nun miteinander, durch nichts verbunden als durch das Band der Gewohnheit und Bequemlichkeit, und mit einem Lächeln dachte er an seine eigene einstige Leidenschaft. Sie war nun eine alte Frau, denn die Frauen auf den Inseln altern rasch, und wenn er auch keine Liebe mehr für sie fühlte, so war sie ihm doch angenehm. Sie ließ ihn in Frieden. Und er begnügte sich mit seinem Klavier und seinen Büchern.

Seine Gedanken bedrängten ihn so, daß er sie aussprechen mußte.

»Wenn ich jetzt zurückschaue und an diese kurze leidenschaftliche Liebe von Red und Sally denke, glaube ich, daß die beiden vielleicht dem unbarmherzigen Schicksal danken sollten, das sie trennte, als ihre Liebe noch auf dem Höhepunkt war. Sie haben gelitten, aber in Schönheit gelitten. Die wahre Tragödie der Liebe blieb ihnen erspart.«

»Ich weiß nicht so recht, ob ich Sie verstehe«, sagte der Kapitän.

»Die Tragik der Liebe ist nicht der Tod oder Trennung. Wie lange, glauben Sie, hätte es wohl gedauert, ehe sie es satt gewesen wären, einander zu lieben? Oh, es ist entsetzlich bitter, auf eine Frau zu blicken, die man von ganzem Herzen und mit ganzer Seele geliebt hat, und festzustellen, daß es einem nicht das geringste ausmachen würde, sie nie wiederzusehen. Die Tragödie der Liebe ist Gleichgültigkeit.«

Doch während er sprach, ereignete sich etwas höchst Seltsames. Er hatte sich mit seiner Erzählung nicht unmittelbar an den Kapitän gewandt, er hatte nur für sich selbst den eigenen Gedanken zum Wort verholfen, und obwohl seine Augen auf den Mann vor ihm geheftet waren, hatte er ihn nicht eigentlich gesehen. Nun aber schob sich ein Bild vor seinen Blick, ein Bild nicht des Mannes, der vor ihm saß, sondern eines anderen. Es war, als schaue er in einen jener Zerrspiegel, die fürchterlich in die Breite oder übertrieben in die Länge ziehen; doch hier geschah das Gegenteil, und vor seinen Augen wurde dieser verfettete, häßliche alte Mann für einen kurzen Augenblick zu einem prachtvollen Jüngling. Noch einmal schaute er hin, eindringlich, forschend. Warum hatte ein zufälliges Herumstreifen ihn gerade an diese Stelle geführt? Ein plötzliches Herzklopfen benahm ihm fast den Atem, ein absurder Verdacht ergriff Besitz von ihm. Was hier geschah, war unmöglich und konnte doch eine Tatsache sein.

»Wie heißen Sie?« fragte er jäh.

Im Gesicht des Kapitäns zuckte es, und er gab ein schelmisches Kichern von sich. Er sah jetzt boshaft aus und furchtbar gewöhnlich.

»Es ist so verdammt lange her, seit ich meinen Namen zum letztenmal gehört habe, daß er mir fast entfallen ist. Aber seit dreißig Jahren nennt man mich auf den Inseln überall Red.«

Sein riesiger Körper schüttelte sich, als er ein leises, fast lautloses Lachen vernehmen ließ. Neilson erschauerte. Red war aufs höchste belustigt, und aus den blutunterlaufenen Augen rannen ihm Tränen.

Neilson schnappte nach Luft, und im selben Augenblick

trat eine Frau ein. Sie war eine Eingeborene, eine Frau von achtunggebietender Erscheinung, kräftig, ohne korpulent zu sein, dunkel, denn die Eingeborenen werden dunkler mit dem Alter, und stark ergraut. Sie trug ein schwarzes Kittelkleid, und durch den dünnen Stoff zeichneten sich ihre schweren Brüste ab. Der Augenblick war gekommen.

Sie machte eine Bemerkung über eine Haushaltsangelegenheit zu Neilson, und er antwortete. Er fragte sich, ob seine Stimme ihr ebenso unnatürlich vorkam, wie sie in seinen Ohren klang. Sie streifte den Mann, der in dem Stuhl beim Fenster saß, mit einem gleichgültigen Blick und verließ das Zimmer. Der Augenblick war gekommen und gegangen.

Neilson konnte einige Sekunden lang nicht sprechen. Er fühlte sich seltsam erschüttert. Dann sagte er:

»Ich würde mich sehr freuen, wenn Sie hierbleiben und mit mir zu Abend essen wollten – was es eben gerade gibt.«

»Ich glaube nicht«, erwiderte Red. »Ich will mich nach diesem Gray umschauen, ihm seine Sachen geben und dann abfahren. Ich muß schon morgen wieder in Apia sein.«

»Ich werde Ihnen einen Boy mitgeben, der Ihnen den Weg zeigen kann.«

»Das wäre sehr nett von Ihnen.«

Red erhob sich schwerfällig aus dem Stuhl, während der Schwede einen der Boys rief, die in der Plantage arbeiteten. Er sagte ihm, wohin der Kapitän wollte, und der Boy machte sich auf den Weg zur Brücke. Red schickte sich an, ihm zu folgen.

»Fallen Sie nicht hinein«, sagte Neilson.

»Nie im Leben!«

Neilson schaute ihm beim Überqueren zu, und als er hinter den Kokospalmen verschwunden war, blickte er immer noch hinaus. Dann sank er schwer in einen Stuhl. War das der Mann, der ihn daran gehindert hatte, glücklich zu sein? War das der Mann, den Sally all diese Jahre hindurch geliebt und auf den sie so verzweifelt gewartet hatte? Es war grotesk. Eine plötzliche Wut packte ihn, so daß er am liebsten aufgesprungen wäre und alles zerschlagen hätte. Er fühlte sich betrogen. Nun hatten sie sich schließlich gesehen und es nicht gemerkt. Freudlos begann er zu lachen, und dieses Lachen wurde immer stärker, bis es völlig hysterisch klang. Die Götter hatten ihm einen grausamen Streich gespielt. Und jetzt war er alt.

Nach einer Weile kam Sally herein, um ihm zu sagen, daß das Essen bereit sei. Er setzte sich ihr gegenüber zu Tisch und versuchte, etwas zu sich zu nehmen. Er fragte sich, was sie wohl sagen würde, wenn er ihr jetzt erzählte, daß dieser fette, alte Mann, der eben noch in diesem Stuhl gesessen hatte, ihr Liebster gewesen war, an den sie immer noch mit der leidenschaftlichen Hingabe ihrer Jugend dachte. Vor Jahren, als er sie haßte, weil sie ihn so unglücklich machte, hätte er sich gefreut, ihr das sagen zu können. Damals wollte er sie ebenso verletzen, wie sie ihn verletzte, da sein Haß nichts anderes war als Liebe. Aber das war längst vorüber. Gleichgültig zuckte er die Schultern.

»Was hat der Mann gewollt?« fragte sie soeben.

Er antwortete nicht sofort. Auch sie war alt, eine dicke alte Eingeborene. Er fragte sich, warum er sie so wahnsinnig geliebt hatte. Sämtliche Schätze seiner Seele hatte er ihr zu Füßen gelegt, und ihr war nichts an ihnen gelegen. Verschwendung, welch eine Verschwendung! Und als er sie jetzt anschaute, spürte er nur die Schmach. Seine Geduld war erschöpft. Er beantwortete ihre Frage.

»Er ist Kapitän auf einem Schoner und kam von Apia.«

»Ja.«

»Er hat mir Nachrichten von zu Hause gebracht. Mein ältester Bruder ist schwer krank, und ich muß zurück.«

»Wirst du lange wegbleiben?«

Er zuckte die Schultern.

Honolulu

Der kluge Mann reist nur in Gedanken. Ein alter Franzose (genaugenommen war es ein Savoyarde) schrieb einmal ein Buch mit dem Titel: *Reise durch mein Zimmer.* Ich habe es nicht gelesen und weiß nicht einmal, wovon es handelt, aber der Titel regt meine Phantasie an. Auf solch einer Reise möchte ich den Globus umsegeln. Eine Ikone auf dem Kaminsims kann mich nach Rußland tragen, zu seinen riesigen Birkenwäldern und seinen weißen Kirchen mit den Zwiebeltürmen. Die Wolga ist breit, und am Ende eines einsamen Dorfes sitzen bärtige Männer in groben Schaffellmänteln in einer Weinhandlung und trinken. Ich stehe auf dem kleinen Hügel, von dem aus Napoleon zum ersten Mal Moskau gesehen hat, und ich blicke nieder auf die ausgedehnte Stadt. Ich will hinuntergehen und dort die Menschen treffen, die ich besser kenne als so manchen meiner Freunde, Aljoscha und Wronsky und noch ein Dutzend anderer. Doch nun fällt mein Blick auf eine Porzellanschale, und schon rieche ich die scharfen Düfte Chinas. In einer Sänfte werde ich über einen schmalen Pfad zwischen Reisfeldern getragen, oder ich bewege mich am Fuß eines bewaldeten Berges entlang. Meine Träger plaudern fröhlich, während sie durch den hellen Morgen wandern, und hie und da vernehme ich von ferne und geheimnisvoll den tiefen Ton einer Klosterglocke. Auf den Straßen Pekings wogt eine bunte Menge; sie teilt sich, um einer Karawane von vorsichtig schreitenden Kamelen Platz zu machen, die Felle und seltsame Arzneien aus der mongolischen Steinwüste bringen.

In England, in London, gibt es solche Winternachmittage, an denen die Wolken schwer und tief herunterhängen und das Licht so freudlos ist, daß einem das Herz im Leibe sinkt; doch dann kann man aus dem Fenster schauen und die Kokospalmen am Strand einer Koralleninsel sehen. Der Sand ist silbrig, und man wandert durch das Sonnenlicht, das so blendet, daß man kaum die Augen offenzuhalten vermag. Über einem machen die Beos großen Lärm, und die Brandung schlägt pausenlos gegen das Riff. Die Reisen, die man vor seinem eigenen Kamin unternimmt, sind wahrlich die schönsten; denn dabei büßt man keine Illusionen ein.

Aber es gibt Leute, die Salz in den Kaffee schütten. Sie sagen, das gebe ihm eine Würze, einen seltsamen und faszinierenden Wohlgeschmack. Und so gibt es auch gewisse vom Glorienschein der Romantik umgebene Orte, die durch die unvermeidliche Enttäuschung, die sie einem bereiten, von einzigartigem Reiz sind. Man hat etwas vollkommen Schönes erwartet und gewinnt nun einen viel komplizierteren Eindruck, den Schönheit nie vermitteln könnte. Es wirkt wie eine Schwäche im Charakter eines großen Mannes, die ihn weniger bewundernswert, aber umso interessanter macht.

Nichts hatte mich auf Honolulu vorbereitet. Es liegt so fern von Europa, es wird erst nach einer so langen Reise von San Francisco aus erreicht, so seltsame und bezaubernde Vorstellungen verbinden sich mit seinem Namen, daß ich zuerst meinen Augen fast nicht trauen wollte. Ich weiß nicht, ob ich mir je in Gedanken irgendein deutliches Bild von dem, was ich erwartete, ausgemalt hatte, doch was ich vorfand, bereitete mir die größte Überraschung. Honolulu ist eine typisch westliche Stadt. Hütten stehen dicht neben steinernen Villen, verfallene Holzhäuser neben eleganten Geschäften mit spiegelnden Glasschaufenstern. Elektrische Bahnen rumpeln geräuschvoll durch die Straßen, und Autos – Fords, Buicks, Packards – rasen über das Pflaster. Die Läden sind überfüllt mit den Unerläßlichkeiten der amerikanischen Zivilisation. Jedes dritte Haus ist eine Bank und jedes fünfte die Agentur einer Schiffahrtsgesellschaft.

In den Straßen bewegt sich eine Menschenmenge von unvorstellbarer Vielfalt. Die Amerikaner tragen ungeachtet des Klimas schwarze Jacken und hohe, steife Kragen, Strohhüte, weiche Hüte und Melonen. Die Eingeborenen mit ihrer hellbraunen Haut und dem krausen Haar haben nichts an als Hemd und Hose; doch die Mischlinge sind sehr elegant mit ihren hellfarbigen Krawatten und den Lackschuhen. Die unterwürfig lächelnden Japaner kleiden sich sauber und schmuck mit weißen Leinenhosen, während ihre Frauen ein, zwei Schritte hinter ihnen, ein Kind auf dem Rücken, im Gewand ihrer Heimat daherkommen. Die japanischen Kinder in leuchtendbunten Kleidchen mit kahlgeschorenem Kopf schauen aus wie wunderliche Puppen. Sehr viele Chinesen sieht man. Die fetten, wohlhabenden Männer tragen ihre amerikanischen Anzüge wie etwas Fremdes; aber die Frauen sind entzückend mit ihrem schön aufgetürmten schwarzen Haar, das so sorgfältig frisiert ist, daß man meint, es könne nie in Unordnung geraten; sehr sauber kommen sie daher in ihren weißen, staubblauen oder schwarzen Tuniken und langen Hosen. Schließlich sind da noch die

Filipinos, die Männer mit ihren riesigen Strohhüten, die Frauen in gelben Musselinkleidern mit Puffärmeln.

Es ist der Treffpunkt von Ost und West. Das Allerneueste lebt Seite an Seite mit dem unermeßlich Alten. Und wenn man auch nicht die Romantik vorfindet, die man erwartet hat, so lernt man doch etwas einzigartig Reizvolles kennen. All diese verschiedenen Menschen leben dicht beieinander, sprechen verschiedene Sprachen, denken verschiedene Gedanken, glauben an verschiedene Götter und hängen an verschiedenen Werten; zwei Triebe aber haben sie gemeinsam: Hunger und Liebe. Und während man sie beobachtet, drängt sich einem ihre außergewöhnliche Vitalität auf. Obgleich die Luft so sanft und der Himmel so blau ist, hat man, ich weiß nicht, warum, das Gefühl, eine überhitzte Leidenschaft ströme als ständig hämmernder Pulsschlag durch diese Menschenmenge. Obwohl der eingeborene Polizist, der an der Ecke auf seinem erhöhten Posten mit einem weißen Stab den Verkehr regelt, das Bild durchaus geordnet erscheinen läßt, kann man nicht umhin, zu spüren, daß diese Ordnung nur an der Oberfläche besteht; dicht unter dieser dünnen Schicht ist Dunkelheit und Geheimnis. Dies versetzt einem den gleichen Schauder, jenen Stoß gegen das Herz, den man spürt, wenn nachts im Wald die Stille plötzlich wie ein leiser, andauernder Trommelwirbel zu dröhnen beginnt. Und man macht sich auf alles mögliche gefaßt.

Wenn ich mich so lange bei der Gegensätzlichkeit von Honolulu aufgehalten habe, so deshalb, weil gerade sie in der Geschichte, die ich erzählen will, die Hauptrolle spielt. Es ist dies eine Geschichte primitiven Aberglaubens, und es erschreckt mich, daß irgend etwas dieser Art in einer Zivilisation weiterleben kann, die vielleicht nicht sehr tief verwurzelt, aber bis ins feinste ausgearbeitet ist. Ich komme nicht über die Tatsache hinweg, daß solche unglaublichen Dinge geschehen können, oder daß man sie zumindest für möglich hält, sozusagen inmitten von Telefonen, Straßenbahnen und Tageszeitungen. Und mein Bekannter, der mir Honolulu zeigte, vereinte in sich die gleichen Züge von Gegensätzlichkeit, die, wie ich von Anfang an bemerkte, das auffallendste Charakteristikum waren.

Er hieß Winter, war Amerikaner, und ich kam mit einem Empfehlungsschreiben von einem gemeinsamen New Yorker Bekannten zu ihm. Er war zwischen vierzig und fünfzig, mit spärlichem, schwarzem, an den Schläfen ergrauendem Haar und einem scharfgeschnittenen mageren Gesicht. Er blinzelte viel mit den Augen, und die große Hornbrille verlieh ihm ein ehrbares Aussehen, das sehr ernst wirkte. Er war ziemlich groß und recht dürr. Er war in Honolulu geboren, wo sein Vater ein großes Geschäft hatte, in dem man von Strumpfwaren bis zu Tennisschlägern und Zeltstoff alles verkaufte, was das Herz des modernen Menschen begehrte. Es war ein sehr gut gehendes Geschäft, und ich begreife die Empörung von Winter senior, als sein Sohn erklärte, er wolle es nicht übernehmen, sondern sei entschlossen, Schauspieler zu werden. Mein Bekannter verbrachte zwanzig Jahre auf der Bühne, manchmal in New York, doch viel öfter auf Reisen, da er keine überwältigende Begabung besaß. Aber da er auch kein Dummkopf war, kam ihm schließlich doch die Idee, daß es vielleicht besser sei, in Honolulu Sokkenhalter zu verkaufen, als in Cleveland, Ohio, kleine Rollen zu spielen. Er verließ die Bühne und trat ins Geschäft ein. Ich glaube, nach dem unsicheren Leben, das er so lange geführt hatte, genoß er gründlich den Luxus, einen großen Wagen zu fahren und in einem herrlichen Haus in der Nähe des Golfgeländes zu wohnen, und ich bin sicher, mit seinem fähigen Kopf war er ein guter Geschäftsmann. Aber er brachte es nicht über sich, vollkommen mit den Künsten zu brechen, und nachdem er die Bühne aufgegeben hatte, begann er zu malen. Er führte mich in sein Atelier und zeigte mir seine Arbeiten. Sie waren durchaus nicht schlecht, aber ganz anders, als ich erwartet hatte. Er malte nur Stilleben, ganz kleine Bilder, vielleicht zwanzig mal fünfundzwanzig Zentimeter, und sie waren bis ins letzte ausgeführt. Offensichtlich hatte er eine große Liebe zum Detail. Seine Früchte erinnerten an die in einem Ghirlandaio-Gemälde. Während man sich ein wenig über seine Geduld wunderte, konnte man nicht umhin, von seiner Geschicklichkeit beeindruckt zu sein. Ich denke, er mußte als Schauspieler versagen, weil seine stets sorgfältig studierte Leistung weder kühn noch großartig genug war, um über das Rampenlicht hinaus zu wirken.

Ich hatte meinen Spaß an der Art, wie er mir die Stadt zeigte, ironisch, aber doch selbstzufrieden, als gehöre sie ihm. In seinem Herzen war er überzeugt, daß es in den Staaten nicht ihresgleichen gebe, sah jedoch gleichzeitig, daß seine Einstellung leicht komisch war. Er fuhr mich herum zu den verschiedenen baulichen Sehenswürdigkeiten und warf sich vor Stolz in die Brust, wenn ich ihre Architektur bewunderte. Er zeigte mir die Häuser der Reichen.

»Das ist Stubbs' Haus«, sagte er. »Hunderttausend Dollar hat der Bau gekostet. Die Stubbs gehören zu unseren besten Familien. Der alte Stubbs kam vor etwa siebzig Jahren als Missionar hierher.«

Er hielt einen Augenblick inne und schaute mich durch seine großen Brillengläser mit blinzelnden Augen an.

»Alle unsere guten Familien stammen von Missionaren ab«, sagte er. »Man zählt nicht mit in Honolulu, wenn nicht der Vater oder der Großvater die Heiden bekehrt hat.«

»So?«

»Kennen Sie Ihre Bibel gut?«

»Ziemlich«, antwortete ich.

»Da gibt es eine Stelle, die lautet: ›Die Väter haben Herlinge gegessen, und der Kinder Zähne sind stumpf geworden.‹ Ich glaube, in Honolulu geht es anders zu. Die Väter haben dem Eingeborenen das Christentum gebracht, und die Söhne haben ihm sein Land entrissen.«

»Wer sich selbst hilft, dem hilft Gott«, murmelte ich.

»So ist es, sicher. Damals, als die Insulaner sich das Christentum angeeignet hatten, konnten sie es sich nicht mehr leisten, sich noch irgend etwas anderes anzueignen. Die Könige gaben den Missionaren als Zeichen ihrer Hochschätzung Land, und die Missionare kauften Land, um Schätze im Himmel zu horten. Das war sicher eine gute Kapitalanlage. Einer der Missionare verließ das Geschäft – ich glaube, man kann es, ohne zu beleidigen, ein Geschäft nennen – und wurde Grundstücksmakler, aber das ist eine Ausnahme. Meistens waren es die Söhne, die sich um die kommerzielle Seite der Sache kümmerten. Oh, es ist praktisch, einen Vater zu haben, der vor fünfzig Jahren zur Verbreitung des Glaubens hierherkam.«

Dann schaute er auf die Uhr.

»Na, so was, sie steht. Das heißt, daß es Zeit ist für einen Cocktail.«

Wir sausten eine prächtige, von Hibiskushecken gesäumte Straße hinunter und kamen in die Stadt.

»Waren Sie schon im Unionssaal?«

»Noch nicht.«

»Dann wollen wir dort hingehen.«

Ich wußte, dies war eines der berühmtesten Häuser in Honolulu, und ich betrat es mit lebhafter Neugier. Man gelangt von der King Street aus durch eine schmale Passage dorthin, und in dieser Passage gibt es so viele Büroräume, daß man von der hier einbiegenden durstigen Seele ebensogut annehmen könnte, sie strebe in einen der Geschäftsräume wie in den Unionssaal. Dies ist ein großer Raum mit drei Eingängen; der Bar gegenüber, die sich über die ganze Länge erstreckt, befinden sich zwei abgeteilte kleine Ecknischen. Die Legende erzählt, daß sie eingerichtet wurden, damit König Kalakaua dort trinken konnte, ohne von seinen Untertanen gesehen zu werden, und es ist ein hübscher Gedanke, daß in einer dieser Nischen der rabenschwarze Potentat mit Robert Louis Stevenson bei einer Flasche gesessen haben mag. Es gibt hier auch ein Ölbild von ihm in einem üppigen goldenen Rahmen, aber auch zwei Stiche der Königin Victoria. An den Seitenwänden hängen altmodische Gravüren aus dem achtzehnten Jahrhundert; eine davon, und Gott allein weiß, wie sie hierhergekommen sein mag, ist nach einem pompösen Bild von de Wilde gemacht. Auch gibt es Öldrucke aus den Weihnachtsbeilagen von zwanzig Jahre alten Ausgaben von *Graphic* und den *Illustrated London News,* Plakate für Whisky, Gin, Champagner und Bier und Fotografien von Baseballmannschaften und Eingeborenenorchestern.

Das Haus schien nicht in unsere moderne, hastende Welt zu gehören, die ich draußen auf der hellen Straße verlassen hatte, sondern zu einer sterbenden. Alles roch ein wenig nach vorgestern. Matt und düster beleuchtet, hatte es etwas leicht Mysteriöses, und man konnte sich gut vorstellen, daß dies der gegebene Rahmen für dunkle Geschäfte war. Man dachte an eine gewaltsamere Zeit, da unbarmherzige Männer ihr Leben in die Hand nahmen und grausame Taten die Eintönigkeit des Daseins unterbrachen.

Als ich den Saal betrat, waren dort ziemlich viele Menschen. Eine Gruppe von Geschäftsleuten stand an der Bar und unterhielt sich, und in der Ecke saßen zwei Eingeborene und tranken. Zwei oder drei Männer, die vielleicht Ladenbesitzer waren, amüsierten sich mit Würfeln. Die übrigen gehörten sichtlich dem Meer an, waren Kapitäne kleiner Schiffe, Obermaate und Ingenieure. Hinter der Bar, eifrig mit dem Zubereiten des Honolulu-Cocktails beschäftigt, für den das Haus berühmt war, bedienten zwei große Mischlinge in Weiß, dicke, glattrasierte dunkelhäutige Männer mit dichtem Kraushaar und großen hellen Augen.

Winter schien mehr als die Hälfte der Anwesenden zu kennen: als wir auf die Bar zustrebten, lud ein kleiner, bebrillter Mann, der allein da stand, ihn zu einem Drink ein.

»Nein, die Runde geht auf mich, Kapitän«, sagte Winter.

Er drehte sich zu mir.

»Darf ich Ihnen Kapitän Butler vorstellen?«

Der kleine Mann gab mir die Hand. Wir begannen eine Unterhaltung, aber da meine Aufmerksamkeit ständig von der Umgebung abgelenkt wurde, nahm ich wenig Notiz von ihm, und nachdem wir einen Cocktail getrunken hatten, trennten wir uns wieder.

Zurück im Wagen, sagte Winter zu mir während der Fahrt:

»Ich freue mich, daß wir Butler getroffen haben. Ich wollte, daß Sie ihn kennenlernen. Was halten Sie von ihm?«

»Ich hatte keine Gelegenheit, viel von ihm zu halten«, antwortete ich.

»Glauben Sie an übernatürliche Dinge?«

»Nicht, daß ich wüßte«, sagte ich lächelnd.

»Ihm ist nämlich vor ein, zwei Jahren etwas höchst Seltsames widerfahren. Sie sollten es sich von ihm erzählen lassen.«

»Worum handelt es sich?«

Winter beantwortete meine Frage nicht.

»Ich selbst habe keine Erklärung dafür«, sagte er. »Aber über die Tatsachen besteht kein Zweifel. Interessieren Sie sich für solche Sachen?«

»Was für Sachen?«

»Für Spuk und Magie und all das.«

»Ich habe noch keinen getroffen, der sich nicht dafür interessiert hätte.«

Winter schwieg eine Zeitlang.

»Ich glaube, ich will es Ihnen lieber nicht selbst erzählen. Sie müssen es aus seinem eigenen Munde hören, um es beurteilen zu können. Haben Sie für heute abend schon etwas vor?«

»Nicht das geringste.«

»Nun, dann werde ich ihn bis dahin schon irgendwo erwischen und erfahren, ob wir auf sein Schiff kommen können.«

Winter berichtete mir einiges über ihn. Kapitän Butler hatte sein ganzes Leben auf dem Pazifik verbracht. Es war ihm früher viel besser gegangen als jetzt, denn er war Erster Offizier und dann Kapitän eines Passagierdampfers gewesen, der an der Küste von Kalifornien hin und her fuhr, aber er hatte sein Schiff verloren, und eine Anzahl von Passagieren war dabei ertrunken.

»Alkohol, glaube ich«, sagte Winter.

Natürlich war die Sache untersucht worden; das hatte ihm seine Zulassung gekostet, und er mußte sich irgendwie illegal durchschlagen. Ein paar Jahre lang trieb er sich in der Südsee herum, jetzt aber war er Kapitän eines kleinen Schoners, der zwischen Honolulu und den verschiedenen Inseln der Gruppe hin und her segelte. Das Schiff gehörte einem Chinesen, der in der Tatsache, daß sein Kapitän keine Zulassung besaß, nur die Möglichkeit sah, ihn geringer auszuzahlen. Und einen Weißen in Diensten zu haben war immer ein Vorteil.

Nun, da ich so viel über ihn erfahren hatte, versuchte ich mich zu erinnern, wie er eigentlich aussah. Ich hatte noch die runde Brille im Gedächtnis und die blauen Kugelaugen dahinter, und so allmählich ließ ich sein Bild wieder vor mir erstehen. Er war ein kleiner, plumper Mann mit einem Vollmondgesicht, kurzer, dicker Nase, hellem, stoppeligem Haar und glattrasierten roten Wangen, molligen Händen mit Grübchen an den Gelenken und kurzen, dicken Beinen. Eine fröhliche Seele von Natur, schien er die tragische Erfahrung, die er gemacht hatte, narbenlos überstanden zu haben. Er mußte vier- oder fünfunddreißig sein, sah jedoch viel jünger aus. Aber schließlich hatte ich ihn nur ganz oberflächlich angeschaut, und jetzt, da ich die Katastrophe kannte, die ganz offensichtlich sein Leben zerstört hatte, nahm ich mir vor, beim Wiedersehen sorgfältiger auf ihn zu achten. Es ist seltsam, zu sehen, wie unterschiedlich Menschen gefühlsmäßig reagieren. Der eine kann durch die entsetzlichsten Schlachten gegangen sein und die Angst vor drohendem Tod und unvorstellbaren Schrecknissen erfahren haben und mit unverletzter Seele daraus hervorgehen, während bei einem anderen das zitternde Abbild des Mondes auf einsamer See oder der Gesang eines Vogels im Dickicht eine Umwälzung hervorrufen kann, die sein ganzes Wesen verwandelt. Hängt das von Stärke oder Schwäche ab, von Mangel an Phantasie oder seelischer Labilität? Ich weiß es nicht. Als ich mir gerade die Szene des Schiffsuntergangs vorstellte, die Schreie und das Entsetzen der Ertrinkenden und später die Hölle der Ermittlung, den Kummer derjenigen, die um einen Verlorenen trauerten, und die harten Worte, die er über sich selbst in den Zeitungen hatte lesen müssen, all die Schande und das Unglück, da fiel mir voller Schrecken ein, daß Kapitän Butler mit der freimütigen Schlüpfrigkeit eines Schuljungen von hawaiischen Mädchen, von Iwelei, dem Dirnenviertel, und seinen erfolgreichen Abenteuern dort gesprochen hatte. Er lachte gerne, und doch hätte man denken sollen, er müßte das Lachen verlernt haben. Ich erinnerte mich an seine leuchtendweißen Zähne; sie waren das Attraktivste an ihm. Er fing an, mich zu interessieren, und während ich an ihn und seine heitere Sorglosigkeit dachte, vergaß ich ganz die rätselhafte Geschichte, derentwegen ich ihn ja wiedersehen sollte. Ich wollte ihm einfach noch einmal begegnen, um etwas deutlicher herauszubekommen, was für ein Mensch er war.

Winter traf die nötigen Vorkehrungen, und nach dem Abendessen gingen wir hinunter zum Kai. Das Boot des Schiffes wartete auf uns, und wir ruderten hinaus. Der Schoner war außerhalb des Hafens in der Nähe des Wellenbrechers verankert. Wir legten seitwärts an, und ich hörte den Klang einer Ukulele. Dann kletterten wir die Leiter hinauf.

»Ich denke, er ist in seiner Kabine«, sagte Winter und ging voran.

Es war eine kleine Kabine, naß und verschmutzt, mit einem Tisch an der einen Seite und einer breiten Bank, die ringsum lief, auf der, wie ich vermutete, die Passagiere schliefen, denen man den schlechten Rat gegeben hatte, mit diesem Schiff zu fahren. Eine Petroleumlampe verbreitete trübes Licht. Die Ukulele wurde von einer jungen Eingeborenen gespielt, und Butler saß halb liegend da, den Kopf an ihrer Schulter, den Arm um ihre Taille gelegt.

»Lassen Sie sich durch uns nicht stören, Kapitän«, rief Winter fröhlich.

»Kommen Sie herein«, sagte Butler, erhob sich und reichte uns die Hand. »Was wollen Sie trinken?«

Es war eine warme Nacht, und durch die offene Tür sah man die zahllosen Sterne an einem Himmel, der immer noch fast blau war. Kapitän Butler trug ein ärmelloses Unterhemd, das seine dicken weißen Arme sehen ließ, und eine unglaublich schmutzige Hose. Seine Füße waren nackt, aber auf dem Kopf hatte er einen sehr alten, aus der Form geratenen Filzhut.

»Darf ich Sie meinem Mädchen vorstellen? Ist sie nicht ein Prachtstück?«

Wir reichten einer sehr hübschen jungen Person die Hand. Sie war ein gutes Stück größer als der Kapitän, und selbst das übliche Kleid der Inseln, das die Missionare einer vergangenen Generation den unwilligen Eingeborenen aus sittlichen Gründen aufgezwungen hatten, vermochte die Schönheit ihrer Gestalt nicht zu verbergen. Man konnte mutmaßen, daß sie im Alter zur Korpulenz neigen würde, doch jetzt erschien sie graziös und geschmeidig. Ihre braune Haut war von durchscheinender Feinheit, und sie hatte prächtige Augen. Das schwarze, sehr dichte und reiche Haar lag ihr in festen Flechten rund um den Kopf. Als sie uns entzückend natürlich begrüßte und dabei lächelte, zeigte sie zwei Reihen kleiner, ebenmäßiger und weißer Zähne. Sie war wirklich ein höchst anziehendes Geschöpf. Es fiel nicht schwer, zu erraten, daß der Kapitän bis über die Ohren verliebt war. Er konnte kaum den Blick von ihr lassen und mußte sie ständig berühren, was leicht begreiflich war. Doch viel merkwürdiger kam es mir vor, daß auch das Mädchen offensichtlich in ihn verliebt war. Ein unmißverständlicher Glanz leuchtete in ihren Augen, und von ihren ein wenig geöffneten Lippen schien ein sehnsüchtiger Seufzer zu kommen. Das war aufregend, es war sogar ein wenig rührend, und ich fühlte mich unwillkürlich als Eindringling. Was hatte ein Fremder hier bei diesem liebeskranken Paar zu suchen? Ich wünschte, Winter hätte mich nicht hierhergebracht. Und mir schien, als sei diese schmutzige Kabine auf einmal verwandelt und genau der richtige Rahmen für eine solche extreme Leidenschaft. Ich wußte, daß ich diesen

Schoner niemals mehr vergessen könnte, wie er dalag im Hafen von Honolulu, umringt von anderen Schiffen und doch unter der Unendlichkeit des sternenübersäten Himmels fern von aller Welt. Mir gefiel die Vorstellung, daß diese beiden Liebenden bei Nacht hinaussegeln sollten über die leeren Weiten des Stillen Ozeans von einer grünen hügeligen Insel zur anderen. Ein sanfter Hauch von romantischer Atmosphäre fächelte meine Wange.

Und doch war Butler der letzte, bei dem man an Romantik gedacht hätte, und es fiel schwer, in ihm etwas zu sehen, was Liebe erwecken konnte. In den Kleidungsstücken, die er jetzt trug, wirkte er noch gedrungener als zuvor, und die runde Brille verlieh seinem Mondgesicht das Aussehen eines spröden Engels. Er erinnerte einen an einen heruntergekommenen Hilfsgeistlichen. Seine Sprache war gepfeffert mit den wunderlichsten Amerikanismen, und nur weil ich daran zweifle, sie wiedergeben zu können, werde ich, obgleich dies der Lebendigkeit des Berichts Abbruch tut, die Geschichte, die er mir später erzählte, mit eigenen Worten berichten. Noch dazu war er nicht fähig, einen Satz ohne einen Fluch, wenn auch einen harmlosen, zu beenden, und seine Redeweise, die allerdings nur prüde Ohren verletzen könnte, würde in gedruckter Form grob wirken. Er war ein dem Frohsinn zugetaner Mann, was vielleicht nicht wenig zu seinen Erfolgen in der Liebe beitrug. Da Frauen meistens frivole Geschöpfe sind, langweilen sie sich zu Tode bei dem Ernst, mit dem viele Männer sie behandeln, können aber einem Spaßmacher, der sie zum Lachen bringt, selten widerstehen. Ihr Sinn für Humor ist von rauher Art. Diana von Ephesus ist jederzeit bereit, Klugheit in den Wind zu schlagen und über einen rotnasigen Komödianten zu lachen, der sich auf seinen Hut setzt. Mir wurde klar, daß Kapitän Butler Charme hatte. Wäre mir die tragische Geschichte des Schiffbruchs nicht bekannt gewesen, so hätte ich bestimmt geglaubt, er sei bisher von allem Kummer verschont geblieben.

Unser Gastgeber hatte bei unserer Ankunft geläutet, und nun kam ein Chinese und brachte noch einige Gläser und mehrere Siphonflaschen. Der Whisky und das leere Glas des Kapitäns standen bereits auf dem Tisch. Als ich den Chinesen erblickte, erstarrte ich buchstäblich, denn ich sah den häßlichsten Menschen, dem ich je begegnet bin. Er war ganz kurzgliedrig, dicklich und hinkte stark. Er trug ein Unterhemd und einst weiß gewesene, jetzt völlig verdreckte Hosen und auf dem Büschel borstiger grauer Haare ein altes Jägerhütchen aus Tweed. Dies hätte auf jedem Chinesenhaupt grotesk ausgesehen, auf dem seinen aber wirkte es einfach abschreckend. Sein breites viereckiges Gesicht war ganz flach, als sei es von einer mächtigen Faust breit geschlagen worden, und es war übersät mit Blatternarben. Doch das Abstoßendste an ihm war die auffallende Hasenscharte, die nie operiert worden war, so daß die gespaltene Oberlippe in scharfem Winkel zur Nase aufstieg und sich in der Öffnung ein riesiger gelber Zahn zeigte. Es sah scheußlich aus, als er mit dem Stummel einer Zigarette in einem Mundwinkel hereinkam; es gab ihm, ich weiß nicht, warum, ein teuflisches Aussehen.

Er schenkte den Whisky ein und öffnete eine Siphonflasche.

»Nicht verdünnen, John«, sagte der Kapitän.

Er antwortete nichts, sondern reichte jedem von uns ein Glas. Dann ging er hinaus.

»Ich habe bemerkt, daß Sie meinen Chinesen angeschaut haben«, sagte Butler mit einem Grinsen auf dem fetten, glänzenden Gesicht.

»Ich möchte ihm nicht im Dunkeln begegnen«, antwortete ich.

»Ja, er ist nicht gerade eine Schönheit«, gab der Kapitän zu, und aus irgendeinem Grund lag ein Ton sonderbarer Befriedigung in seiner Stimme. »Aber für eins ist er gut, das kann ich Ihnen versichern: Jedesmal, wenn man ihn angeschaut hat, muß man einen Schluck trinken.«

Da fiel mein Blick auf eine Kalebasse, die an der Wand hing, und ich stand auf, um sie näher zu betrachten. Ich suchte seit langem nach einer alten, und diese war schöner als irgendeine, die ich außerhalb eines Museums gesehen hatte.

»Der Häuptling einer Insel hat sie mir geschenkt«, sagte der Kapitän, der mich beobachtete. »Ich habe ihm einen Gefallen getan, und er wollte mir etwas Gutes dafür erweisen.«

»Das ist ihm gelungen«, antwortete ich.

Ich fragte mich gerade, ob ich Kapitän Butler ohne Umschweife ein Angebot dafür machen sollte, denn ich konnte mir nicht vorstellen, daß er auf solche Dinge irgendwelchen Wert lege, als er wie ein Gedankenleser sagte:

»Nicht für zehntausend Dollar würde ich sie verkaufen.«

»Das will ich meinen«, warf Winter ein. »Es wäre ein Verbrechen, sie herzugeben.«

»Warum?« fragte ich.

»Das gehört zu unserer Geschichte«, erwiderte Winter, »nicht wahr, Kapitän?«

»Ganz bestimmt.«

»Also lassen Sie sie hören!«

»Der Abend ist noch jung«, antwortete er.

Der Abend verlor deutlich an Jugend, ehe er meine Neugier befriedigte, und inzwischen tranken wir ein gut Teil zuviel Whisky, während Kapitän Butler von seinen Erlebnissen in San Francisco und der Südsee erzählte. Schließlich schlief das Mädchen ein. Sie lag zusammengerollt auf der Bank, das Gesicht in einen braunen Arm geborgen, und ihr Busen hob und senkte sich sanft bei jedem Atemzug. Im Schlaf schaute sie mißmutig drein, war aber auf düstere Weise schön.

Er hatte sie auf einer der Inseln jener Gruppe gefunden, wo er, wann immer es etwas zu verladen gab, mit seinem verrückten alten Schoner herumsegelte. Die Eingeborenen lieben die Arbeit nicht besonders, und die fleißigen Chinesen und die schlauen Japaner hatten ihnen den Handel aus der Hand genommen. Ihr Vater besaß einen Streifen Land, auf dem er Taro und Bananen anpflanzte, und er hatte ein Boot, in dem er auf Fischfang ging. Er war entfernt verwandt mit dem Maat des Schoners, und ebendieser Maat war es, der Kapitän Butler einmal in das schäbige kleine Holzhaus mitnahm, um einen vergnügten Abend dort zu verbringen. Sie nahmen zu dem Zweck eine Flasche Whisky und die Ukulele mit. Der Kapitän war kein schüchterner Mensch, und wo immer er ein schönes Mädchen sah, machte er ihr den Hof. Er beherrschte die Sprache der Eingeborenen fließend, und es dauerte nicht lange, bis er die Schüchternheit des Mädchens besiegt hatte. Sie verbrachten den Abend mit Singen und Tanzen, und am Ende saß sie neben ihm, und er hatte einen Arm um ihre Taille gelegt. Zufällig mußte das Schiff einige Tage im Hafen dieser Insel verweilen, und der Kapitän, der nie viel von Eile gehalten hatte, traf keine Anstalten, diesen Aufenthalt zu verkürzen. Er fühlte sich sehr wohl in diesem netten kleinen Hafen, und das Leben war lang. Morgens schwamm er einmal rund um sein Schiff und am Abend ebenfalls. Am Kai war ein Kramladen, wo die Seeleute auch einen Schluck Whisky bekommen konnten und der Kapitän den größten Teil des Tages verbrachte und mit dem Mischling, dem der Laden gehörte, Karten spielte. Abends gingen er und der Maat zu dem Haus, in dem das schöne Mädchen wohnte, und sie sangen ein paar Lieder und erzählten Geschichten. Der Vater des Mädchens war es schließlich, der vorschlug, er solle sie doch mitnehmen. Sie besprachen die Sache rein freundschaftlich, während das Mädchen sich an ihn lehnte und durch Händedruck und sanfte, lächelnde Blicke dazu ermunterte. Sie gefiel ihm wirklich, und er war ein häuslicher Mensch. Wie oft war es doch langweilig auf See, und es wäre wirklich hübsch, so ein schönes kleines Geschöpf auf dem alten Schiff um sich zu haben. Auch bedachte er die praktische Seite der Sache und fand, es sei sehr von Nutzen, jemandem die Sorge für seine Socken und seine Wäsche anzuvertrauen. Er hatte es satt, seine Sachen von dem Chinesen waschen zu lassen, der alles in Stücke riß. Die Eingeborenen wuschen viel besser, und hie und da, wenn der Kapitän in Honolulu an Land ging, gefiel er sich darin, in einem eleganten Leinenanzug eine gute Figur zu machen. Es handelte sich nur mehr um den Preis. Der Vater verlangte zweihundertfünfzig Dollar, und der Kapitän, der nie ein sparsamer Mensch gewesen war, verfügte im Augenblick nicht über eine so hohe Summe. Doch war er großzügig und wollte, die sanfte Wange des Mädchens an der seinen, nicht handeln. Er bot hundertfünfzig in bar an und weitere hundert in drei Monaten. Es gab noch eine lange Verhandlung, und die beiden Parteien konnten an diesem Abend noch zu keiner Einigung gelangen. Aber der Gedanke hatte bei dem Kapitän eingeschlagen, und er konnte in dieser Nacht nicht so gut schlafen wie üblich. Immer wieder träumte er von dem herrlichen Mädchen und erwachte jedesmal gerade, wenn sie ihre zarten, sinnlichen Lippen auf die seinen drückte. Am Morgen beschimpfte er sich selbst, weil eine schlechte Pokernacht bei seinem letzten Besuch in Honolulu ihm so wenig Bargeld gelassen hatte. Und wenn er am Abend zuvor in das Mädchen verliebt gewesen war, so war er heute morgen geradezu versessen auf sie.

»Hör mal, Bananas«, sagte er zu seinem Maat, »ich muß das Mädchen haben. Geh hin und sage dem Vater, ich werde ihm den Zaster heute abend bringen, und sie soll sich bereithalten. Ich nehme an, wir können in aller Frühe losfahren.«

Ich habe keine Ahnung, warum der Maat unter diesem ungewöhnlichen Namen bekannt war. Er hieß eigentlich Wheeler, aber obgleich er diesen englischen Namen hatte, war kein Tropfen weißen Blutes in ihm. Er war ein großer Mensch, wohlgebaut, wenn auch zur Dicke neigend, aber dunkler als die meisten auf Hawaii und nicht mehr jung. Sein krauses, lockiges, dichtes Haar wurde bereits grau. Seine oberen Schneidezähne hatten Goldhülsen, auf die er sehr stolz war. Er schielte nicht unerheblich, was ihm einen ausschweifenden Zug verlieh. Der Kapitän, der ständig zu scherzen liebte, fand darin eine Quelle der Heiterkeit und zögerte um so weniger, ihn damit aufzuziehen, als er merkte, daß er dabei auf einen wunden Punkt traf. Bananas war im Gegensatz zu den meisten Eingeborenen von schweigsamer Natur, und Kapitän Butler hätte ihn bestimmt verachtet, wenn ein Mann von seiner Gutmütigkeit überhaupt irgend jemanden hätte verachten können. Auf See hatte er gern einen Menschen um sich, mit dem er reden konnte; er war von gesprächiger, geselliger Natur. Selbst ein Missionar müßte zum Säufer werden, wenn er Tag für Tag mit einem Burschen zusammen wäre, der den Mund nicht auftut. Butler versuchte alles, um den Mann aufzuwecken, das heißt, er hänselte ihn gnadenlos. Da es aber keinen Spaß machte, ganz allein darüber zu lachen, kam er zu der Überzeugung, betrunken oder nüchtern sei Bananas keine ausreichende Gesellschaft für einen weißen Mann. Aber dieser Schweiger war ein guter Seefahrer, und Butler hatte genug Verstand, den Wert eines Maats, dem er vertrauen konnte, zu schätzen. Es geschah nicht selten, daß der Kapitän, wenn sie abfuhren, an Bord kam und zu nichts mehr taugte als zum Zubettgehen, und da war es viel wert, zu wissen, daß er dort bleiben und seinen Rausch ausschlafen konnte, während Bananas das übrige besorgte. Aber er blieb doch ein ungeselliger Teufel, und jemanden an Bord zu bekommen, mit dem man sprechen konnte, hatte daher einen besonderen Reiz. Das Mädchen war genau die richtige Person. Abgesehen von allem anderen, büßten die Trinkgelage an Land ihre Anziehungskraft ein, wenn er ein junges Ding an Bord wußte, das ihn bei der Heimkehr empfing.

Er ging zu seinem Freund, dem Krämer, und bat ihn bei einem Glas Gin um ein Darlehen. Es gab ein paar recht nützliche Dinge, die der Kapitän eines Schiffes für den Lieferanten eines Schiffes tun konnte, und nach einer viertelstündigen Unterhaltung im Flüsterton (es hat keinen Sinn, alle und jeden wissen zu lassen, was für Geschäfte man tätigt) stopfte sich der Kapitän ein Bündel Banknoten in die hintere Hosentasche, und in der selben Nacht, als er wieder auf sein Schiff zurückkehrte, war das Mädchen bei ihm.

Was Kapitän Butler vorausgesehen hatte, als er nach Gründen suchte, mit denen er für sich seinen Entschluß rechtfertigte, traf tatsächlich ein. Er gab das Trinken zwar nicht auf, aber er trank nicht mehr bis zur Bewußtlosigkeit. Ein Abend mit den Jungens, nachdem er sich zwei, drei Wochen auf See befunden hatte, war gewiß etwas Hübsches, aber es war mindestens ebenso hübsch, zu seinem Mädchen zurückzukommen. Er dachte daran, wie sanft sie schlief und wie sie, wenn er in die Kabine kam und sich über sie beugte, langsam die Augen öffnete und die Arme nach ihm ausstreckte; das war mehr wert als alles andere. Und er merkte, daß er dabei Geld sparte. Da er ein großzügiger Mann war, tat er genau das Richtige damit: Er kaufte ihr eine silberne Bürstengarnitur für ihr langes Haar, eine goldene Kette und einen Ring mit einem synthetischen Rubin. Herrgott, das Leben machte Spaß!

Ein Jahr ging dahin, ein volles Jahr, und er war ihrer immer noch nicht müde. Er gehörte nicht zu den Leuten, die ihre Gefühle analysieren, aber dies hier war so überraschend, daß es sogar ihm auffallen mußte. Etwas Zauberhaftes mußte an diesem Mädchen sein. Er konnte nicht umhin, zuzugeben, daß er von ihr mehr eingenommen war denn je, und manchmal kam ihm sogar der Gedanke, daß es gar nicht so übel wäre, sie zu heiraten.

Dann erschien eines Tages der Maat weder zum Mittagessen noch zum Tee. Butler kümmerte sich bei der ersten Mahlzeit noch nicht darum, bei der zweiten aber fragte er den chinesischen Koch:

»Wo ist der Maat? Kommt er nicht zum Tee?«

»Will keinen Tee«, antwortete der Chinese.

»Er ist doch nicht krank?«

»Weiß nicht.«

Am nächsten Tag erschien Bananas wieder, war aber noch mürrischer als sonst, und nach dem Essen fragte der Kapitän das Mädchen, was mit ihm los sei. Sie lächelte und zuckte die schönen Schultern. Dann erzählte sie dem Kapitän, daß Bananas in sie verliebt und nun gekränkt sei, weil sie ihn abgewiesen habe. Der Kapitän war ein gutmütiger Mensch und keine eifersüchtige Natur; es kam ihm nur unbeschreiblich komisch vor, daß Bananas verliebt sein sollte. Ein Mann, der so inständig schielte, konnte nur wenig Glück haben. Beim Tee zog er ihn fröhlich auf, tat so, als spreche er in die Luft, damit der Maat im ungewissen bleibe, ob er etwas wisse, versetzte ihm aber dabei ein paar ganz gehörige Schläge. Das Mädchen fand ihn durchaus nicht so komisch und bat den Kapitän später, nicht mehr darauf anzuspielen. Er war verblüfft über ihren Ernst. Doch sie sagte, er kenne ihre Leute nicht. Einmal leidenschaftlich entflammt, seien sie zu allem fähig. Sie war ein wenig verängstigt. Dies fand er so albern, daß er herzlich darüber lachte.

»Wenn er dich wieder belästigt, drohe ihm einfach, mir alles zu erzählen. Das wird ihn zur Vernunft bringen.«

»Entlasse ihn lieber, sage ich dir.«

»Nie im Leben! Ich weiß, was ein guter Seemann wert ist.

Aber wenn er dich nicht in Ruhe läßt, werde ich ihm die schönste Tracht Prügel verabreichen, die er je bekommen hat.«

Vielleicht besaß das Mädchen mehr Weisheit als ihre übrigen Geschlechtsgenossinnen. Sie wußte anscheinend, daß es sinnlos ist, mit einem Mann zu diskutieren, wenn er sich einmal etwas in den Kopf gesetzt hat, da dies nur seine Hartnäckigkeit steigert. Deshalb schwieg sie. Und nun vollzog sich auf diesem schäbigen alten Schoner, der zwischen den lieblichen Inseln über das schweigende Meer dahinzog, ein dunkles, spannendes Drama, von dem der dicke, kleine Kapitän überhaupt nichts merkte. Der Widerstand des Mädchens entflammte Bananas derart, daß er aufhörte, ein Mensch zu sein, und nur mehr blindes Verlangen war. Er machte ihr weder liebenswürdig noch heiter den Hof, sondern mit einer schwarzen, wilden Raubgier. Ihre Verachtung hatte sich in Haß verwandelt, und wenn er sie anflehte, begegnete sie ihm mit bitterem, wütendem Hohn. Aber dieser Kampf ging still vor sich, und als der Kapitän sie nach einer Weile fragte, ob Bananas sie immer noch belästige, stritt sie es ab.

Doch eines Nachts, als sie in Honolulu waren, kam er gerade noch in letzter Minute an Bord. Sie sollten bei Morgengrauen absegeln. Bananas war an Land gewesen, hatte einen einheimischen Schnaps zu sich genommen und war betrunken. Der Kapitän, der heranruderte, hörte Laute, die ihn überraschten. Eilig kletterte er die Leiter hinauf und sah Bananas völlig außer sich bei dem Versuch, die Kabinentür einzudrücken. Dabei brüllte er das Mädchen an und schwor, er werde sie umbringen, wenn sie ihn nicht einlasse.

»Was, zum Teufel, machst du da?« rief Butler.

Der Maat ließ die Klinke los, warf dem Kapitän einen Blick wilden Hasses zu und wandte sich wortlos zum Gehen.

»Halt! Was hast du an dieser Tür gemacht?«

Der Maat sprach noch immer nicht. Er schaute ihn nur mit finsterer, ohnmächtiger Wut an.

»Dich will ich lehren, mir einen gemeinen Streich zu spielen, du dreckiger, schielender Nigger!« sagte der Kapitän.

Er war um gut einen Fuß kleiner als der Maat und ihm nicht gewachsen, aber gewohnt, mit Eingeborenenmannschaften umzugehen, und er hatte seinen Schlagring griffbereit. Vielleicht war das nicht die Waffe, die ein Gentleman benutzt, aber der Kapitän war ja kein Gentleman, noch hatte er es für gewöhnlich mit Gentlemen zu tun. Ehe Bananas recht wußte, wie ihm geschah, schoß der Kapitän mit seinem rechten Arm nach vorne, und die Faust mit dem Stahlring traf genau auf den Kiefer seines Maats. Bananas schlug hin wie der Ochse unter dem Schlachtbeil.

»Jetzt weiß er Bescheid«, sagte der Kapitän.

Bananas rührte sich nicht. Das Mädchen entriegelte die Kabinentür und kam heraus.

»Ist er tot?«

»Ach was!«

Er rief ein paar von seinen Leuten und befahl ihnen, den Maat in seine Koje zu tragen. Dabei rieb er sich voller Befriedigung die Hände, und seine runden blauen Augen glänzten hinter der Brille. Aber das Mädchen war seltsam still. Sie umarmte ihn plötzlich, als wollte sie ihn vor einer unsichtbaren Gefahr beschirmen.

Es dauerte ein paar Tage, ehe Bananas wieder erschien, und als er aus seiner Kabine kam, war sein Gesicht verkrustet und geschwollen. Durch die dunkle Farbe seiner Haut hindurch sah man blauunterlaufene Stellen. Butler bemerkte ihn, wie er über das Deck schlich, und rief ihn. Der Maat kam wortlos zu ihm.

»Hör mal, Bananas«, sagte er zu ihm und rückte die Brille auf seiner feuchten Nase zurecht, denn es war sehr heiß. »Ich werde dich dieser Sache wegen nicht entlassen, aber du weißt jetzt: Wenn ich zuschlage, schlage ich fest zu. Vergiß das nicht, und mache mir nicht wieder so komische Geschichten.«

Dann streckte er ihm die Hand hin und blitzte ihn mit seinem gutmütigen Lächeln an, das sein größter Charme war. Der Maat ergriff die dargereichte Rechte und verzog die geschwollenen Lippen zu einem teuflischen Grinsen. Für den Kapitän war der Vorfall damit so völlig bereinigt, daß er, als sie bei Tisch saßen, Bananas seines Aussehens wegen aufzog. Der Maat konnte nur mit Schwierigkeiten essen, und sein geschwollenes, schmerzverzerrtes Gesicht sah wirklich abstoßend aus.

Am gleichen Abend, als der Kapitän auf dem oberen Deck saß und seine Pfeife rauchte, überlief ihn plötzlich ein kalter Schauer.

»Ich weiß nicht, warum mich in einer solchen Nacht fröstelt«, murmelte er. »Vielleicht habe ich Fieber. Schon den ganzen Tag über habe ich mich nicht recht wohl gefühlt.«

Als er zu Bett ging, nahm er Chinin und fühlte sich am nächsten Morgen besser, aber so wackelig, als habe er ein großes Trinkgelage hinter sich.

»Ich glaube, meine Leber ist nicht ganz in Ordnung«, sagte er und schluckte eine Pille.

Den ganzen Tag über hatte er nicht viel Appetit, und gegen Abend fühlte er sich ernstlich krank. Er probierte die nächstbeste ihm bekannte Arznei aus, die darin bestand, drei heiße Whisky zu trinken, doch schien ihm das wenig zu helfen, und als er sich am Morgen im Spiegel betrachtete, war er von dem Anblick nicht sehr erbaut.

»Wenn wir nach Honolulu kommen und ich bis dahin noch nicht wieder in Ordnung bin, will ich Doktor Denby aufsuchen. Er wird mich schon wieder aufmöbeln.«

Er konnte nichts essen, seine sämtlichen Gelenke waren schwer vor Müdigkeit, und wenn er auch ganz gut schlief, so erwachte er doch ohne das Gefühl von Erfrischtsein, sondern verspürte im Gegenteil eine sonderbare Erschöpfung. Und der energische kleine Mann, der den Gedanken, im Bett zu bleiben, sonst nicht ertragen konnte, mußte sich mit Mühe dazu zwingen, morgens aus seiner Koje zu kriechen. Nach ein paar Tagen sah er ein, daß er der Schlappheit, die ihn niederdrückte, unmöglich länger trotzen konnte, und entschloß sich, im Bett zu bleiben.

»Bananas kann sich um das Schiff kümmern«, sagte er. »Das hat er früher auch schon getan.«

Er mußte still für sich lachen, wenn er daran dachte, wie oft er kraftlos in seiner Koje gelegen hatte nach einer Nacht mit seinen Saufbrüdern, als das Mädchen noch nicht bei ihm lebte. Er lächelte ihr zu und drückte ihre Hände. Sie war ratlos und ängstlich. Er sah, wie sie sich seinetwegen sorgte, und versuchte, sie zu trösten. Es habe ihm sein Lebtag nie etwas gefehlt, und in einer Woche werde er wieder so gesund sein wie ein junger Hund.

»Ich wünschte, du würdest Bananas entlassen«, sagte sie.

»Ich habe so ein Gefühl, als stecke er hinter dieser ganzen Sache.«

»Heilfroh bin ich, daß ich ihn nicht entlassen habe. Wer könnte sich sonst um das Schiff kümmern? Ich weiß, was ein guter Seemann wert ist.« Seine blauen, jetzt recht blassen Augen, deren Weißes ganz gelb war, zwinkerten. »Du meinst doch nicht etwa, daß er versucht, mich zu vergiften, Mädel?«

Sie antwortete nicht, doch redete sie eingehend mit dem chinesischen Koch und überwachte die Speisen für den Kapitän aufs sorgfältigste. Aber er aß ja jetzt so wenig, und sie konnte ihn nur mit Mühe dazu bringen, mehrmals am Tag eine Tasse Suppe zu sich zu nehmen. Es bestand kein Zweifel mehr darüber, daß er schwer krank war; er verlor rasch an Gewicht, und sein pausbäckiges Gesicht sah bleich und erschöpft aus. Zwar hatte er keine Schmerzen, wurde aber von Tag zu Tag schwächer und schlaffer. Er schwand dahin. Die Fahrt dauerte diesmal etwa vier Wochen, und als sie schließlich Honolulu erreichten, war der Kapitän selbst ein wenig ängstlich seines Zustandes wegen. Seit vierzehn Tagen lag er zu Bett und fühlte sich nun tatsächlich so elend, daß er nicht zum Doktor gehen konnte. Er schickte einen seiner Leute hin und bat ihn, an Bord zu kommen. Der Arzt untersuchte ihn, fand aber nichts, was diese Schwäche hätte begründen können. Seine Temperatur war normal.

»Hören Sie, Kapitän«, sagte er, »ich will ganz offen zu Ihnen sein. Ich weiß nicht, was Ihnen fehlt, und wenn ich Sie nur flüchtig hier sehe, habe ich auch keine Möglichkeit, es festzustellen. Kommen Sie ins Krankenhaus, so daß wir Sie richtig beobachten können. Organisch ist bei Ihnen alles in Ordnung, das weiß ich, und ich habe den Eindruck, nach ein paar Wochen Krankenhaus sind Sie wieder völlig munter.«

»Ich werde mein Schiff nicht verlassen.«

Chinesische Schiffsbesitzer seien sonderbare Leute, sagte er; wenn er den Schoner krankheitshalber verlasse, könne es dem Chinesen einfallen, ihn zu feuern, und seine Stellung wolle er nicht aufs Spiel setzen. Solange er auf seinem Posten bleibe, sei er durch den Kontrakt gesichert. Abgesehen davon wolle er auch das Mädchen nicht verlassen. Niemand könne sich eine bessere Pflegerin wünschen; wenn jemand ihn durchbringen werde, dann sei sie es. Übrigens müsse ja jeder einmal sterben, und er wünsche sich nichts anderes, als in Frieden gelassen zu werden. Von den ernsten Vorhaltungen des Arztes wollte er nichts hören, und schließlich gab der Doktor nach.

»Ich werde Ihnen etwas verordnen«, sagte er ohne Zuversicht, »und wir wollen sehen, ob Ihnen das guttut. Auf jeden Fall sollten Sie noch für eine Weile im Bett bleiben.«

»Besteht nicht viel Gefahr, daß ich aufstehe, Doc«, antwortete der Kapitän. »Ich fühle mich so schlapp wie ein Wischlappen.«

Doch glaubte er an das Rezept des Arztes ebensowenig wie der Arzt selbst und machte sich, als er allein war, den Spaß, seine Zigarre damit anzuzünden. Irgendwie mußte er sich ja amüsieren, denn die Zigarre schmeckte nach rein gar nichts, und er rauchte nur, um sich davon zu überzeugen, daß er nicht auch dafür schon zu krank sei. Am selben Abend kamen ein paar Freunde, Kapitäne kleiner Dampfer, die von seiner Krankheit gehört hatten, zu ihm. Sie besprachen seinen Fall über einer Flasche Whisky und einer

Schachtel philippinischer Zigarren. Einer von ihnen erzählte, daß einmal ein Maat von ihm auch so seltsam krank geworden sei und kein amerikanischer Arzt ihm habe helfen können. Da habe er in der Zeitung etwas von einer Patentmedizin gelesen und gedacht, schaden könne es ja nichts, wenn er sie versuche. Und nach zwei Flaschen davon sei er wieder so gesund und kräftig geworden wie vorher. Aber durch seine Krankheit war der Kapitän auf seltsame Art hellhörig geworden, und während sie sprachen, konnte er ihre Gedanken lesen. Und er las, daß sie von seinem baldigen Sterben überzeugt waren. Als sie gingen, hatte er Angst.

Das Mädchen sah seine Schwäche. Das war ihre Gelegenheit. Sie hatte ihn schon vorher gedrängt, einen eingeborenen Arzt zu Rate zu ziehen, was er strikt ablehnte. Jetzt bat sie noch einmal darum. Er hörte ihr mit müden Augen zu und kam ins Zweifeln. Amerikanische Ärzte konnten ihm nicht sagen, was ihm fehlte. Aber er wollte es sie nicht merken lassen, daß er Angst hatte. Wenn er diesen verdammten Nigger kommen und sich von ihm untersuchen ließe, so nur, um sie zu beruhigen. Deshalb sagte er, sie solle tun, was sie wolle.

Der Eingeborenendoktor kam am nächsten Abend. Der Kapitän lag allein und halb schlafend da, und die Kabine war von einer Öllampe nur schwach erleuchtet. Leise öffnete sich die Tür, und das Mädchen trat auf Zehenspitzen herein. Sie hielt die Tür offen, und noch jemand schlüpfte hinter ihr in den Raum. Der Kapitän lächelte über diese Geheimniskrämerei, aber er war so schwach, daß sich dieses Lächeln nur mehr als leichtes Aufglänzen in den Augen zeigte. Der Medizinmann war ein kleines, altes Männchen und ganz verrunzelt, mit völlig kahlem Kopf und einem Gesicht wie ein Affe.

Gebeugt und knorrig wie ein alter Baum, sah er kaum mehr menschlich aus. Aber seine Augen blinkten sehr hell und schienen im Halbdunkel rötlich zu glühen. Er trug eine schmutzige, zerfetzte Baumwollhose, sein Oberkörper war nackt. Er hockte sich nieder und schaute den Kapitän volle zehn Minuten lang an. Dann befühlte er die Innenseiten seiner Hände und die Sohlen seiner Füße. Das Mädchen schaute ihm mit erschreckten Augen zu. Kein Wort wurde gesprochen. Dann bat er um einen Gegenstand, den der Kapitän getragen hatte. Das Mädchen reichte ihm den alten Filzhut, den Butler ständig auf dem Kopf zu tragen pflegte. Er nahm ihn, setzte sich wieder auf den Boden und umfaßte den Filz fest mit beiden Händen. Sacht vor und zurück schwankend, murmelte er ganz leise irgendein Kauderwelsch.

Schließlich stieß er einen kleinen Seufzer aus, ließ den Hut fallen, zog eine kleine Pfeife aus der Hosentasche und zündete sie an. Das Mädchen trat zu ihm und setzte sich neben ihn. Dann flüsterte er ihr etwas zu, und sie erschrak heftig. Ein paar Minuten lang sprachen sie miteinander in eiligem Geflüster, dann erhoben sie sich. Sie gab ihm Geld und öffnete ihm die Tür. Lautlos schlüpfte er hinaus, wie er gekommen war. Dann trat sie zum Kapitän und beugte sich über ihn, so daß sie in sein Ohr sprechen konnte.

»Ein Feind betet dich zu Tode.«

»Rede keinen Unsinn, Kleine!« erwiderte er ungeduldig.

»Es ist die Wahrheit, die heilige Wahrheit. Deshalb konnten die amerikanischen Ärzte nichts finden. Unsere Leute sind dazu imstande. Ich habe es schon einmal miterlebt. Doch habe ich gemeint, du wärst sicher davor, weil du ein Weißer bist.«

»Ich habe keinen Feind.«

»Bananas.«

»Weshalb sollte er mich zu Tode beten wollen?«

»Du hättest ihn entlassen sollen, ehe es dazu kommen konnte.«

»Na, wenn es weiter nichts ist als der Hokuspokus von Bananas, dann werde ich wohl in einigen Tagen aufstehen und wieder essen können.«

Sie schwieg eine Weile und schaute ihn nur eindringlich an.

»Weißt du denn nicht, daß du stirbst?« sagte sie schließlich.

Das war es, was die Kapitäne gedacht, aber nicht ausgesprochen hatten. Ein Schauer ging über Butlers abgezehrtes Gesicht.

»Der Doktor sagt, es fehlt mir nichts Ernstes. Ich muß nur eine Zeitlang liegenbleiben, dann kommt alles in Ordnung.«

Sie drückte die Lippen an sein Ohr, als habe sie Angst, die Luft könne es hören.

»Du stirbst, du stirbst, du stirbst. Du wirst mit dem alten Mond auslöschen.«

»Wie interessant!«

»Du wirst mit dem alten Mond auslöschen, wenn Bananas nicht vorher stirbt.«

Er war kein furchtsamer Mensch und hatte sich bereits von dem Schrecken erholt, in den ihn ihre Worte und noch mehr ihre eindringliche Art zu schweigen versetzt hatten. Wieder flackerte ein Lächeln in seinen Augen auf.

»Nun, dann werde ich meine Zukunft noch gut ausnützen, Kleine.«

»Es sind nur noch zwölf Tage bis zum Neumond.«

Etwas lag im Ton ihrer Stimme, was ihm zu denken gab.

»Höre, meine Kleine, dies alles ist Blödsinn. Ich glaube kein Wort davon. Aber ich will auf keinen Fall, daß du Bananas irgendeinen Streich spielst. Er ist keine Schönheit, aber ein erstklassiger Maat.«

Er hätte gerne noch viel mehr gesagt, aber er war zu müde dazu. Plötzlich fühlte er sich schwach und elend. Immer um diese Stunde des Tages war es am schlimmsten. Er schloß die Augen. Das Mädchen betrachtete ihn eine Zeitlang, dann schlüpfte sie aus der Kabine. Der fast volle Mond zog einen silbernen Streifen über das dunkle Wasser und strahlte vom wolkenlosen Himmel nieder. Sie schaute ihn voll Schrecken an, denn sie wußte, daß mit seinem Tod auch der Mann, den sie liebte, sterben würde. Sein Leben war in ihrer Hand. Sie konnte ihn retten, sie allein konnte ihn retten. Aber der Feind war schlau, und sie mußte noch schlauer sein. Sie spürte, wie jemand sie anschaute, und erkannte, ohne sich umzuwenden, an der plötzlichen Furcht, die sie ergriff, daß aus dem Dunkel die brennenden Augen des Maats auf sie geheftet waren. Sie wußte nicht, was er alles konnte; war er imstande, ihre Gedanken zu lesen, so hatte sie bereits verspielt, und mit einer verzweifelten Anstrengung machte sie ihren Kopf völlig gedankenleer. Sein Tod allein konnte ihren Liebsten retten, und sie konnte ihm den Tod geben. Sie wußte eines: War es möglich, ihn dazu zu bringen, in eine mit Wasser gefüllte Kalebasse so zu schauen, daß sein ganzes Gesicht sich darin spiegelte, und konnte sie diese Spiegelung im gleichen Augenblick zerstören, indem sie das Wasser schüttelte, so mußte er sterben, als hätte der Blitz ihn erschlagen. Denn diese Spiegelung war seine Seele. Aber niemand kannte die Gefahr besser als er selbst, und nur eine List, die auch seinen letzten Argwohn einlullte, konnte ihn verführen hineinzuschauen. Er durfte gar nicht auf den Gedanken kommen, daß hier ein Feind sein könne, der auf seine Vernichtung aus war. Nun wußte sie, was sie zu tun hatte. Aber die Zeit war kurz, entsetzlich kurz. Jetzt spürte sie, daß der Maat fortgegangen war, und sie atmete freier.

Zwei weitere Tage segelten sie dahin, und nun fehlten nur noch zehn Tage bis zum Neumond. Kapitän Butler bot einen schrecklichen Anblick. Er war nichts als Haut und Knochen und konnte sich ohne Hilfe nicht mehr bewegen. Nur mit Mühe vermochte er zu sprechen. Aber sie wagte noch nicht, etwas zu unternehmen; sie wußte, sie mußte Geduld haben. Der Maat war ja so arglistig. Sie kamen zu einer der kleineren Inseln der Gruppe und luden Fracht aus; da fehlten nur mehr sieben Tage. Der Augenblick rückte heran. Sie holte aus der Kabine, die sie mit dem Kapitän teilte, einige Sachen und machte daraus ein Bündel. Das Bündel brachte sie in die Deckkabine, wo Bananas und sie die Mahlzeiten einnahmen. Zur Essenszeit, als sie hineinging, wandte er sich rasch um, und sie wußte, daß er es gesehen hatte. Keiner von ihnen sprach darüber, aber sein Argwohn, sie treffe Vorbereitungen, das Schiff zu verlassen, war deutlich. Spöttisch schaute er sie an. Nach und nach, als solle der Kapitän von ihrem Vorhaben nichts merken, brachte sie alles, was ihr gehörte, heraus, dazu noch einige Kleidungsstücke des Kapitäns, und stopfte alles in das Bündel. Endlich konnte Bananas nicht länger schweigend zusehen. Er deutete auf einen Leinenanzug.

»Was willst du damit anfangen?« fragte er.

Sie zuckte die Schultern.

»Ich kehre auf meine Insel zurück.«

Ein kurzes Lachen verunstaltete sein grimmiges Gesicht. Der Kapitän sterbe, und sie wolle sich davonmachen mit allem, was ihr in die Finger komme.

»Was machst du, wenn ich sage, du kannst diese Sachen nicht an dich nehmen? Sie gehören dem Kapitän.«

»Dir nützen sie nichts«, erwiderte sie.

Eine Kalebasse hing an der Wand. Es war jene Kalebasse, die ich beim Betreten der Kabine gesehen und über die wir gesprochen hatten. Sie nahm sie herunter. Sie war ganz staubig, deshalb schüttete sie Wasser aus einer Flasche hinein und reinigte sie mit den Fingern.

»Was willst du damit anfangen?«

»Ich kann sie für fünfzig Dollar verkaufen«, sagte sie.

»Wenn du sie haben willst, mußt du sie mir abkaufen.«

»Was willst du dafür?«

»Du weißt, was ich will.«

Sie ließ ein flüchtiges Lächeln um ihre Lippen spielen, warf ihm einen raschen Blick zu und wandte sich dann schnell ab. Er stieß einen Laut voller Begierde aus. Sie zuckte ein wenig die Schultern. Mit einem wilden Satz sprang er zu ihr und riß sie in seine Arme. Da lachte sie, schlang die ihren, diese weichen, runden Arme, um seinen Hals und gab sich ihm wollüstig hin.

Als der Morgen kam, weckte sie ihn aus tiefem Schlaf. Die ersten Strahlen der Sonne stahlen sich in die Kabine. Er drückte sie ans Herz. Dann sagte er ihr, der Kapitän hätte nur noch ein oder zwei Tage zu leben und der Schiffsbesitzer werde nicht so leicht einen anderen Weißen als Kapitän finden. Wenn er, Bananas, ihm anböte, für weniger Geld den Posten zu übernehmen, würde er ihn bekommen, und das Mädchen könne bei ihm bleiben. Er schaute sie mit liebeskranken Blicken an. Sie schmiegte sich an ihn, küßte ihn auf die fremde Art, die sie vom Kapitän gelernt hatte, und versprach dazubleiben. Bananas war trunken vor Glück.

Nun galt es: jetzt oder nie.

Sie stand auf und trat zum Tisch, um sich zu frisieren. Es gab keinen Spiegel, und sie schaute in die Kalebasse, spiegelte sich darin und richtete ihr herrliches Haar. Dann winkte sie Bananas, er solle herkommen. Sie zeigte auf die Kalebasse.

»Da ist etwas drinnen, unten auf dem Boden«, sagte sie.

Ohne den geringsten Argwohn schaute Bananas voll ins Wasser. Sein Gesicht spiegelte sich darin. Wie der Blitz schlug sie mit beiden Händen gegen die Kalebasse, so daß das Wasser herausspritzte. Die Spiegelung war in tausend Stücke zerbrochen. Mit einem heiseren Schrei schrak Bananas zurück und starrte das Mädchen an. Sie stand da, und ein Ausdruck triumphierenden Hasses lag auf ihrem Gesicht. Entsetzen trat in seine Augen. Seine schweren Züge verzerrten sich vor Schmerz, und mit einem dumpfen Laut, als habe er ein tödliches Gift genommen, fiel er zu Boden. Ein furchtbares Zittern ging durch seinen Körper, dann lag er unbeweglich da. Gefühllos beugte sie sich über ihn. Sie legte ihm die Hand aufs Herz und drückte ihm die Augen zu. Er war tot.

Sie ging in die Kabine, in der Kapitän Butler lag. Ein wenig Farbe war in seinen Wangen, und er schaute sie mit erschrockenen Augen an.

»Was ist geschehen?« flüsterte er.

Das waren die ersten Worte, die er seit achtundvierzig Stunden gesprochen hatte.

»Gar nichts«, antwortete sie.

»Ich fühle mich ganz sonderbar.«

Dann schlossen sich seine Augen, und er schlief ein. Er schlief den ganzen Tag und die folgende Nacht durch, und als er erwachte, verlangte er etwas zu essen. Zwei Wochen später hatte er seine Gesundheit wiedererlangt.

Es war nach Mitternacht, als Winter und ich an Land ruderten. Wir hatten unzählige Whiskys getrunken.

»Was halten Sie von alledem?« fragte Winter.

»Was für eine Frage! Wenn Sie glauben, ich hätte eine Erklärung dafür, so irren Sie sich.«

»Der Kapitän glaubt jedes Wort davon.«

»Das ist klar. Aber wissen Sie, mich interessiert nicht in erster Linie, ob es wahr ist oder nicht und was dies alles bedeutet. Was mich am meisten interessiert, ist die Frage: Warum geschehen solche Dinge solchen Menschen? Ich zerbreche mir den Kopf, was dieser alltägliche kleine Mann an sich hat, eine so große Leidenschaft in einem so herrlichen Geschöpf zu erregen. Während er seine Geschichte erzählte, habe ich sie beobachtet, wie sie schlafend dalag, und mir kamen phantastische Gedanken über die Macht der Liebe, die Wunder bewirkt.«

»Aber das ist nicht dasselbe Mädchen«, sagte Winter.

»Was meinen Sie damit?«

»Haben Sie den Koch nicht bemerkt?«

»O doch, natürlich. Er ist der häßlichste Mensch, den ich je gesehen habe.«

»Genau aus diesem Grund hat Butler ihn genommen. Das Mädchen ist ihm voriges Jahr mit dem chinesischen Koch durchgebrannt. Diese hier ist eine Neue. Er hat sie erst seit zwei Monaten.«

»Was? Hol's der Kuckuck…«

»Er meint, bei diesem Koch ist er sicher. Ich an seiner Stelle würde aber nicht allzu fest darauf bauen. Chinesen haben etwas an sich, und wenn sie es darauf anlegen, einem Mädchen zu gefallen, dann können diese ihnen nicht widerstehen.«

Der Teich

Als ich durch Chaplin, den Besitzer des Hotels Metropole in Apia, Mr. Lawson vorgestellt wurde, zollte ich ihm nicht viel Aufmerksamkeit. Wir saßen im Vestibül bei einem frühen Cocktail, und ich ließ mir belustigt den Tagesklatsch der Insel erzählen.

Chaplin unterhielt mich. Sein Beruf war eigentlich Mineningenieur, und es war vielleicht charakteristisch für ihn, daß er sich an einem Ort niedergelassen hatte, wo er mit seinen beruflichen Kenntnissen nicht das geringste anfangen konnte. Doch wurde allgemein behauptet, er sei ein ausnehmend fähiger Mineningenieur gewesen. Er war klein von Statur, weder dick noch dünn, mit schwarzem, ergrauendem, auf dem Scheitel spärlichem Haar und einem kleinen, ungepflegten Schnurrbart. Sein Gesicht war teils von der Sonne, teils vom Alkohol tiefrot. Er war nur das Aushängeschild, denn das Hotel, trotz seines stolzen Namens nur ein zweistöckiger Holzbau, wurde von seiner Frau geleitet, einer großen, hageren Australierin von fünfundvierzig Jahren, mit eindrucksvollem Auftreten und entschlossener Miene. Der kleine, leicht erregbare und oft angeheiterte Mann hatte große Angst vor ihr, und dem Fremden wurde bald von häuslichen Zwisten berichtet, bei denen sie Hände und Füße benutzte, um ihn in Schach zu halten. Es war bekannt, daß sie ihn nach einem nächtlichen Trinkgelage auf vierundzwanzig Stunden in sein eigenes Zimmer zu verweisen pflegte, und dann konnte man ihn, viel zu ängstlich, sein Gefängnis zu verlassen, ein wenig mitleiderregend von seiner Veranda aus mit den Leuten auf der Straße sprechen sehen.

Doch war er ein Charakter, und es lohnte sich, ihm zuzuhören, wenn er Erinnerungen aus seinem bunten Leben auspackte. Deshalb war ich nicht entzückt über die Unterbrechung, als Lawson hereinkam. Obgleich es noch nicht Mittag war, sah man deutlich, daß er bereits reichlich getrunken hatte, und es geschah ohne Begeisterung, daß ich seinem Drängen nachgab und einen weiteren Cocktail akzeptierte. Ich wußte bereits, daß Chaplin nicht viel vertrug. Die nächste Runde, die zu bestellen ich aus Höflichkeit gezwungen war, genügte, ihn allzu munter zu machen, was mir die finsteren Blicke von Mrs. Chaplin eintragen würde.

Auch gab es nichts in Lawsons Erscheinung, was mich angezogen hätte. Er war ein kleiner, magerer Mensch mit einem langen, bleichen Gesicht, einem schmalen, schwachen Kinn, einer hervorstechenden, großen, knochigen Nase und breiten, zottigen schwarzen Brauen, die ihm ein merkwürdiges Aussehen verliehen. Aber seine sehr großen, sehr dunklen Augen waren herrlich. Er gab sich munter, aber diese Munterkeit erschien mir nicht echt; sie war nur oberflächlich, eine Maske, die er trug, um die Welt zu täuschen, und ich vermutete, daß er dahinter einen armseligen Charakter verbarg. Es lag ihm offensichtlich viel daran, als Spaßvogel zu gelten und als Allerweltsfreund. Doch hatte ich, ich weiß nicht, warum, das Gefühl, er sei listig und verschlagen. Er redete viel und mit rauher Stimme, und er und

Chaplin überboten sich mit Erzählungen von legendären Trinkgelagen, von ›feuchten‹ Nächten im englischen Klub, von Jagden, auf denen unglaubliche Mengen von Whisky konsumiert worden waren, von Spritztouren nach Sydney, auf die sie sehr stolz waren, weil sie vom Augenblick der Ankunft bis zur Abfahrt sich an nichts mehr erinnern konnten. Zwei Saufhähne. Aber selbst in ihrer Trunkenheit, denn nun hatte jeder bereits vier Cocktails gehabt, und keiner war mehr nüchtern, gab es doch einen großen Unterschied zwischen dem rohen und gewöhnlichen Chaplin und Lawson. Dieser war zwar ebenso angeheitert, aber er blieb der Gentleman, der er war.

Schließlich erhob er sich etwas unsicher von seinem Stuhl.

»Nun, ich werde mich schön langsam nach Hause begeben«, sagte er. »Seh dich noch vor dem Abendessen.«

»Deine Frau all right?« fragte Chaplin.

»Ja.«

Er ging hinaus. Ein seltsamer Ton schwang in seiner einsilbigen Antwort mit, der mich aufschauen ließ.

»Guter Kerl«, sagte Chaplin gedankenlos, als Lawson aus der Tür in den Sonnenschein trat. »Einer von den Besten. Nur schade, daß er trinkt!«

Diese Bemerkung von Chaplin zu hören entbehrte nicht einer gewissen Komik.

»Und wenn er betrunken ist, will er sich immer mit den Leuten prügeln.«

»Ist er oft betrunken?«

»Sternhagelvoll, drei- bis viermal die Woche. Die Insel ist daran schuld und Ethel.«

»Wer ist Ethel?«

»Ethel ist seine Frau, ein Mischling, die Tochter vom alten Brevald. Er ging mit ihr von hier fort. Das einzig Richtige. Aber sie hielt es nicht aus, und nun sind sie wieder da. Er wird sich eines Tages aufhängen, wenn er sich nicht vorher zu Tode säuft. Guter Kerl. Widerlich, wenn er betrunken ist.«

Chaplin rülpste laut.

»Ich gehe hinauf und halte den Kopf unter die Dusche. Den letzten Cocktail hätte ich nicht trinken sollen. Es ist immer der letzte, der einen umhaut.«

Er schaute unsicher zur Treppe, als er sich entschloß, in die Kammer zu gehen, wo sich die Dusche befand, und stand dann mit unnatürlichem Ernst auf.

»Macht sich bezahlt, mit Lawson zu verkehren«, sagte er. »Ein gebildeter Bursche. Sie wären erstaunt, wenn er nüchtern ist. Klug auch noch. Lohnt sich, mit ihm zu sprechen.«

Chaplin hatte mir mit diesen wenigen Aussprüchen die ganze Geschichte erzählt.

Als ich gegen Abend von einem Ausritt an der Küste zurückkam, war Lawson wieder im Hotel. Er war tief in einen der Rohrstühle im Vestibül gesunken und schaute mich mit glasigen Augen an. Es war deutlich, daß er den ganzen Nachmittag über getrunken hatte. Er war wie betäubt, und sein Gesicht sah mürrisch und rachsüchtig aus. Für einen Augenblick blieb sein Blick an mir haften, doch sah ich, daß er mich nicht erkannte. Zwei oder drei andere Männer saßen noch da und würfelten, ohne Notiz von ihm zu nehmen. Sein Zustand war anscheinend der übliche, so daß er keinem besonders auffiel. Ich setzte mich hin und begann auch zu spielen.

»Ihr seid schon eine verdammt gemütliche Bande«, sagte Lawson plötzlich.

Er stand auf und wankte mit weichen Knien zur Tür. Ich weiß nicht, ob dieser Augenblick mehr komisch oder abstoßend war. Als er draußen war, kicherte einer der Männer.

»Lawson hat heute ordentlich gepichelt«, sagte er.

»Wenn ich Alkohol so schlecht vertrüge wie er«, bemerkte der andere, »würde ich keinen Tropfen mehr anrühren.«

Wer hätte gedacht, daß dieser jämmerliche Mensch auf seine Weise eine romantische Figur war oder daß sein Leben alle Stadien von Jammer und Entsetzen enthielt, die, wie der Theoretiker behauptet, zur wirklichen Tragödie gehören?

Zwei oder drei Tage lang sah ich ihn nicht.

Eines Abends saß ich im ersten Stock des Hotels auf der Veranda, die zur Straße hinausgeht, als Lawson heraufkam und in einen Stuhl neben dem meinen sank. Er war völlig nüchtern, machte eine alltägliche Bemerkung, und als ich etwas gleichgültig darauf antwortete, fügte er mit einem Lachen, das klang, als wollte er sich entschuldigen, hinzu:

»Ich war verdammt blau neulich.«

Ich antwortete nicht, dazu war nichts zu sagen, sondern stopfte mir eine Pfeife in der lächerlichen Hoffnung, mir dadurch die Moskitos vom Leibe zu halten, und blickte hinunter auf die Eingeborenen, die von der Arbeit heimkamen. Langsam, mit langen Schritten, wanderten sie voller Achtsamkeit und Würde vorbei, und das sanfte Tappen ihrer nackten Füße machte einen seltsamen Laut. Oft waren ihre dunklen, gelockten oder glatten Haare mit Kalk geweißt, was ihnen ein äußerst vornehmes Aussehen gab. Sie waren groß und herrlich gewachsen; dann kam eine Gruppe singender Arbeiter vorbei, Leute von den Salomoninseln, die kleiner und schmächtiger sind als die Samoaner, tiefdunkel, die großen Köpfe voll von gekräuseltem, rotgefärbtem Haar. Hie und da fuhr ein Weißer vorüber oder ritt in den Hof des Hotels. In der Lagune spiegelten zwei oder drei Schoner ihre graziösen Formen im völlig ruhigen Wasser.

»Ich weiß nicht, was man an solch einem Ort anderes anfangen könnte als sich betrinken«, sagte Lawson schließlich.

»Mögen Sie Samoa nicht?« fragte ich leichthin, um irgend etwas zu sagen.

»Oh, es ist hübsch, nicht wahr?«

Die Worte, die er wählte, waren so grotesk ungenügend zur Beschreibung der unvorstellbaren Schönheit ringsum, daß ich mich ihm lächelnd zuwandte. Da erschrak ich über den Ausdruck in diesen herrlichen dunklen Augen, einen Ausdruck unerträglicher Pein; er verriet die tragische Tiefe einer Gemütsbewegung, die ich ihm nie zugetraut hatte. Aber dieser Ausdruck schwand und machte einem Lächeln Platz, das schlicht und naiv war und sein Gesicht so veränderte, daß ich in meinem ersten Gefühl der Abneigung ins Schwanken kam.

»Ich habe mir jeden Winkel hier angeschaut, als ich das erste Mal hierherkam«, sagte er.

Dann schwieg er einen Augenblick.

»Vor drei Jahren bin ich eigentlich für immer von hier fortgezogen, kam aber doch wieder zurück.« Er zögerte. »Meine Frau wollte heim. Sie ist hier geboren, wissen Sie.«

»Ah ja.«

Wieder schwieg er und machte dann eine Bemerkung über Robert Louis Stevenson. Er fragte mich, ob ich schon in Vailima gewesen sei. Aus irgendeinem Grund strengte er sich an, mich zu unterhalten. Er begann, über Stevensons Bücher zu sprechen, und bald drehte sich das Gespräch um London.

»Ich nehme an, in Covent Garden ist immer noch viel los«, sagte er. »Ich glaube, ich vermisse die Oper hier mehr als alles andere. Haben Sie *Tristan und Isolde* gesehen?«

Er stellte mir diese Frage, als sei die Antwort für ihn von wirklicher Bedeutung, und als ich sie etwas beiläufig bejahte, schien er sich zu freuen. Er sprach über Wagner, aber nicht wie ein Musiker, sondern wie ein schlichter Mensch, der diesem Komponisten gefühlsmäßige Beglückungen verdankt und sie sich in keiner Weise erklären kann.

»Nach Bayreuth hätte man gehen müssen«, sagte er. »Ich hatte leider nie das Geld dazu. Aber es war natürlich auch nicht übel in Covent Garden mit all den Lichtern, den himmlisch eleganten Frauen und dem Orchester. Der erste Akt der *Walküre* ist schön, nicht wahr? Und der Schluß von *Tristan*. Mein Gott!«

Seine Augen strahlten jetzt, und sein Gesicht hellte sich so auf, daß es kaum mehr demselben Mann zu gehören schien. Eine leichte Röte stieg in die bleichen, mageren Wangen, und ich vergaß, daß seine Stimme rauh und unangenehm war. Ganz bestimmt ging ein gewisser Charme von ihm aus.

»Herrgott, wie gern wäre ich heute nacht in London! Kennen Sie das Restaurant Pall Mall? Dort bin ich sehr oft gewesen. Piccadilly Circus mit all seinen erleuchteten Läden, und diese Menschenmenge! Ich finde es berauschend, dort zu stehen und den Strom von Bussen und Taxis zu beobachten, der niemals versiegt. Und den Strand liebe ich auch. Wie gehen doch diese Verse über Gott und Charing Cross?«

Ich war verblüfft.

»Thompson meinen Sie?« fragte ich und zitierte sie:

»And when so sad, thou canst not sadder,
Cry, and upon thy so sore loss
Shall shine the traffic of Jacob's ladder
Pitched between Heaven and Charing Cross.«

Er stieß einen schwachen Seufzer aus.

»Ich habe den *Jagdhund des Himmels* gelesen. Etwas ganz Großes.«

»Das ist allgemein anerkannt«, murmelte ich.

»Hier trifft man keinen Menschen, der etwas gelesen hat. Bücher hält man hier für Geistesprotzerei.«

Ein gedankenverlorener Ausdruck lag auf seinem Gesicht, und ich glaubte nun den Beweggrund zu erkennen, der ihn zu mir trieb. Ich war für ihn ein Bindeglied zwischen ihm und der Welt, die er vermißte, mitsamt dem Leben, zu dem er keinen Zugang mehr hatte. Weil ich noch vor ganz kurzer Zeit in London gewesen war, das er so liebte, schaute er auf mich mit Ehrfurcht und Neid. Er hatte etwa fünf Minuten lang geschwiegen, als er in Worte ausbrach, die mich ihrer Heftigkeit wegen erschreckten:

»Ich habe es satt!« sagte er. »Ich habe es satt!«

»Und warum gehen Sie nicht fort?« fragte ich.

Sein Gesicht wurde düster.

»Meine Lunge ist ein wenig empfindlich. Ich könnte einen englischen Winter nicht mehr aushalten.«

In diesem Augenblick trat ein Mann zu uns auf die Veranda, und Lawson versank in mürrisches Schweigen.

»Es ist Zeit für einen guten Schluck«, sagte der Ankömmling. »Wer trinkt einen Tropfen Scotch mit mir? Lawson?«

Lawson schien aus einer fernen Welt zu kommen. Er stand auf.

»Gehen wir hinunter in die Bar.«

Als ich zurückblieb, hegte ich freundlichere Gefühle für ihn, als ich erwartet hatte. Er erstaunte und interessierte mich. Ein paar Tage später lernte ich seine Frau kennen. Ich wußte, sie waren bereits fünf oder sechs Jahre lang verheiratet, und es überraschte mich, zu sehen, daß sie noch unglaublich jung war. Als er sie geheiratet hatte, konnte sie nicht älter als sechzehn gewesen sein. Sie war unbeschreiblich schön, nicht dunkler als die Spanierinnen, schmal und herrlich gewachsen, mit winzigen Händen und Füßen, schlank und geschmeidig. Von ihren Zügen ging ein großer Liebreiz aus. Doch was mich am meisten berührte, war die Zartheit ihrer Erscheinung. Mischlinge haben oft etwas leicht Grobes, wirken irgendwie etwas plump, aber sie war von so erlesener Feinheit, daß einem das Herz stehenblieb. Etwas wie Kultur ging von ihr aus, so daß man sich wunderte, sie in dieser Umgebung anzutreffen, und an die berühmten Schönheiten erinnert wurde, die am Hofe Napoleons III. die ganze Welt von sich reden machten. Obwohl sie nur ein Musselinkleid und einen Strohhut trug, tat sie das mit einer Eleganz, die nur die Frau von Welt kennt. Sie mußte hinreißend gewesen sein, als Lawson sie zum ersten Mal gesehen hatte.

Er war damals noch nicht lange von England abgereist, um die Filiale einer englischen Bank zu leiten, und hatte sich in Samoa zu Beginn der trockenen Jahreszeit im Hotel ein Zimmer genommen. Schnell machte er die Bekanntschaft von allen und allem. Das Leben auf der Insel ist angenehm und bequem. Er genoß die langen, müßigen Gespräche im Vestibül des Hotels und die heiteren Abende im englischen Klub, wo er mit einigen jungen Leuten Billard spielte. Auf seinen Wanderungen am Rande der Lagune erwachte seine Liebe zu Apia mit all den Läden und Bungalows und den Eingeborenendörfern. Oft ritt er über das Wochenende zu irgendeinem Pflanzer und verbrachte ein paar Nächte in den Bergen. Nie zuvor hatte er Freiheit oder Muße gekannt. Und die Sonne berauschte ihn vollends. Beim Ritt durch den Busch schwindelte ihm der Kopf angesichts der Schönheit ringsum. Das Land war unbeschreiblich fruchtbar. Es gab Gebiete in den Wäldern, die noch nie betreten worden waren. Sie bestanden aus einem fast undurchdringlichen Gewirr seltsamer Bäume, üppigem Unterholz und wilden Ranken. Hier hindurchzureiten war geheimnisvoll und betörend.

Aber die Stelle, die ihn am meisten bezauberte, war ein Teich, ein bis zwei Meilen von Apia entfernt, zu dem er sich oft des Abends begab, um dort zu baden. Ein kleiner Fluß war da, der in raschem Lauf über die Steine plätscherte und, nachdem er eine tiefe, teichartige Erweiterung gebildet hatte, seicht und kristallen weiterfloß, vorbei an einer Furt, wo große Steine lagen und wohin die Eingeborenen kamen, um zu baden oder ihre Kleider zu waschen. Die Kokospalmen mit ihrer leichtfertigen Eleganz wuchsen dicht bis ans Ufer und spiegelten sich, umwachsen von Schlingpflanzen, in den grünen Wassern. Es war eine Landschaft, der man auch irgendwo in Devonshire begegnen konnte, und doch unterschied sie sich durch einen tropischen Reichtum, eine Leidenschaft, einen schmachtenden Duft von allem, was man sonstwo sehen konnte, und griff einem ans Herz. Das Wasser war frisch, aber nicht kalt, und köstlich nach der Hitze des Tages. Dort zu baden erquickte nicht nur den Leib, sondern auch die Seele.

Zu der Stunde, die Lawson für sein Bad wählte, war kein Mensch weit und breit dort, und er nahm sich ausgiebig Zeit; bald müßig im Wasser liegend, bald am Ufer, um sich von der Abendsonne trocknen zu lassen, genoß er die Einsamkeit und die freundliche Stille. Damals vermißte er London nicht und ebensowenig das Leben, das er verlassen hatte, denn das Dasein, das er hier führte, schien ihm vollkommen und herrlich.

Hier war es, wo er Ethel zum ersten Mal sah.

Da das monatliche Postboot am nächsten Tag abfuhr, hatte er Briefe zu schreiben und ritt deshalb an diesem Abend später als sonst an den Teich. Das Licht war bereits im Schwinden. Er band das Pferd fest und wanderte hinunter zum Ufer. Ein Mädchen saß da. Sie schaute sich um, als er kam, und glitt lautlos ins Wasser. Wie eine durch das Erscheinen eines Sterblichen erschreckte Najade verschwand sie. Er war überrascht und belustigt. Schließlich fragte er sich, wo sie sich wohl verbergen mochte. Er schwamm mit der Strömung und sah sie bald auf einem Felsen sitzen. Sie schaute ihn ohne Neugier an. Auf samoanisch rief er ihr einen Gruß zu. *»Talofa!«*

Sie antwortete ihm, lächelte plötzlich und tauchte rasch wieder ins Wasser. Sie schwamm geübt, und ihr Haar trieb hinter ihr her. Er schaute ihr zu, wie sie den Teich durchquerte und ans Ufer kletterte. Wie alle Eingeborenen badete sie im landesüblichen Kittelkleid, das jetzt durch die Nässe eng an ihrem schlanken Körper klebte. Sie wrang ihr Haar aus, und als sie dort ganz unbekümmert stand, glich sie mehr denn je einem wilden Geschöpf des Wassers oder der Wälder. Jetzt sah er, daß sie ein Mischling war. Er schwamm zu ihr hinüber und sprach sie, als er aus dem Wasser kam, auf englisch an.

»Ein bißchen spät zum Schwimmen.«

Sie warf das Haar zurück, das sich sogleich in üppigen Locken über ihre Schultern ausbreitete.

»Ich bin gern allein«, sagte sie.

»Ich auch.«

Sie lachte mit der kindlichen Offenheit der Eingeborenen. Rasch stülpte sie sich ein trockenes Kleid über den Kopf, zog das nasse herunter und trat heraus. Dann wrang sie es aus und machte sich zum Gehen bereit. Einen Augenblick lang zögerte sie unentschlossen, dann schlenderte sie fort. Plötzlich wurde es Nacht.

Lawson ging ins Hotel zurück. Nachdem er sie den Männern, die im Vestibül um Drinks würfelten, beschrieben hatte, wußte er bald, wer sie war. Ihr Vater, ein Norweger namens Brevald, wurde oft in der Bar des Hotels Metropole gesehen, wo er Rum mit Wasser trank. Der kleine Mann, jetzt knotig und knorrig wie ein alter Baum, war vor vierzig

Jahren als Maat eines Segelschiffes auf die Inseln gekommen. Als Schmied, Händler und Pflanzer hatte er sein Leben verdient, und eine Zeitlang war es ihm sehr gut gegangen. Doch durch den großen Wirbelsturm in den neunziger Jahren ruiniert, besaß er jetzt außer einer kleinen Plantage von Kokospalmen nichts mehr. Er hatte vier eingeborene Frauen und, wie er einem mit einem brüchigen Kichern sagte, mehr Kinder, als er zählen konnte. Aber einige waren gestorben, einige in die Welt hinausgezogen, so daß nur mehr eine bei ihm im Haus lebte, und das war Ethel.

»Sie ist ein Prachtstück«, sagte Nelson, der Superkargo der ›Moana‹. »Ich habe ihr schon ein paarmal Augen gemacht, aber ich glaube, da ist nichts zu wollen.«

»Der alte Brevald ist kein Dummkopf, mein Lieber«, warf ein anderer namens Miller ein. »Was er braucht, ist ein Schwiegersohn, der imstande ist, ihn sein Lebtag lang zu erhalten.«

Lawson empfand es als peinigend, daß sie auf solche Art von dem Mädchen sprachen. Er machte eine Bemerkung über die abgehende Post und lenkte damit das Gespräch auf ein anderes Thema. Aber am nächsten Abend ging er wieder zum Teich. Ethel war da; und das Mysterium des Sonnenuntergangs, die tiefe Stille des Wassers, die geschmeidige Grazie der Kokospalmen verliehen ihr als Rahmen für ihre Schönheit einen solchen Zauber, daß sein Herz in unbekannter Erregung heftig schlug. Aus irgendeinem Grund hatte er die Laune, diesmal nicht mit ihr zu sprechen. Sie nahm keine Notiz von ihm. Keinen einzigen Blick warf sie in seine Richtung. Sie schwamm durch den grünen Teich, tauchte und ruhte am Ufer, als wäre sie völlig allein. Er hatte das seltsame Gefühl, unsichtbar zu sein. Halbvergessene Gedichtzeilen fluteten ihm ins Gedächtnis und undeutliche Erinnerungen an die Griechen, die er in seiner Schulzeit flüchtig studiert hatte. Nachdem sie das feuchte Kleid mit einem trockenen vertauscht hatte und weggegangen war, fand er eine scharlachrote Hibiskusblüte an der Stelle, wo sie gestanden hatte. Es war die Blume, die sie beim Herkommen im Haar getragen, vor dem Baden abgelegt und nun entweder vergessen hatte oder nicht mehr anstecken wollte. Er hob sie auf, schaute sie mit einer einzigartigen Erregung an und verspürte den Wunsch, sie mitzunehmen. Aber diese Sentimentalität ärgerte ihn, und er warf sie fort. Als er sie stromabwärts verschwinden sah, fühlte er einen kleinen Stich.

Er dachte darüber nach, welch seltsamer Zug ihrer Natur es wohl sein mochte, der sie zwang, zu einer Stunde an diesen verborgenen Teich zu kommen, da es unwahrscheinlich war, einer lebenden Seele zu begegnen. Die Eingeborenen der Inseln lieben das Wasser; sie baden hier und dort jeden Tag bestimmt einmal, meist auch öfter. Aber sie baden in lachenden, fröhlichen Gruppen, gewöhnlich ganze Familien zusammen. Oft sah man junge Mädchen, gesprenkelt von der Sonne, die durch die Bäume schien, auch Mischlinge darunter, an den seichten Stellen des Flusses planschen. Es war, als berge dieser Teich ein Geheimnis, das Ethel gegen ihren Willen immer wieder anzog.

Nun war es Nacht, alles schwieg wie verzaubert; er ließ sich sanft ins Wasser gleiten, um kein Geräusch zu machen, und schwamm träge in der warmen Dunkelheit. Der Teich schien noch nach ihrem samtenen Körper zu duften. Dann ritt er unter dem ausgestirnten Himmel zur Stadt zurück. Er fühlte sich in Frieden mit der Welt.

Von nun an ging er jeden Abend zum Teich, und jeden Abend sah er Ethel. Nach und nach konnte er ihre Schüchternheit besiegen. Sie wurde scherzhaft und freundlich. Oft saßen sie beisammen auf den Felsen über dem Teich, wo das Wasser rasch dahinfloß, oder sie lagen Seite an Seite auf dem überhängenden Rand und beobachteten, wie die zunehmende Dämmerung den Teich geheimnisvoll umhüllte. Es war unvermeidlich, daß über ihre Zusammenkünfte gesprochen wurde – in der Südsee weiß jeder alles von allen –, und bei den Männern im Hotel wurde er zum Gegenstand vieler rüder Scherze. Er lächelte dazu und ließ sie reden. Es war es nicht wert, ihren groben Vermutungen entgegenzutreten. Seine Gefühle waren rein. Er liebte Ethel, wie ein Dichter wohl den Mond liebt. Er dachte an sie nicht wie an eine Frau, sondern wie an etwas, was nicht von dieser Welt ist. Sie war der Geist des Teiches.

Eines Tages, als er an der Hotelbar vorüberging, sah er den alten Brevald, wie immer in seinem schäbigen blauen Overall, dort stehen. Weil er Ethels Vater war, hatte er das Verlangen, mit ihm zu sprechen. Er trat ein, bestellte sich einen Drink, wandte sich wie zufällig um und lud den alten Mann ein mitzutrinken. Sie plauderten ein paar Minuten lang über lokale Angelegenheiten, wobei Lawson das peinliche Gefühl hatte, der Norweger schaue ihn mit seinen listigen blauen Augen allzu forschend an. Das Benehmen des Alten war nicht angenehm. Er hatte eine schmeichlerische Art zu sprechen, und doch lag hinter dem gewundenen Verhalten dieses Mannes, der im Kampf mit dem Schicksal besiegt worden war, etwas von Roheit. Lawson fiel das Gerücht ein, das lautete, der Norweger sei einmal Kapitän eines Schiffes gewesen, dessen Besitzer sich mit Sklavenhandel befaßte, und er habe einen großen Auswuchs auf der Brust, der von einer im Kampf mit Salomoninsulanern davongetragenen Wunde herrühre. Der Gong rief zum Mittagessen.

»Nun, ich muß gehen«, sagte Lawson.

»Warum kommen Sie nicht einmal zu mir hinaus?« fragte Brevald in bemühtem Ton. »Mein Haus ist nicht sehr groß, aber Sie sind immer willkommen. Sie sind ja ein Bekannter von Ethel.«

»Ich komme mit Vergnügen.«

»Sonntag nachmittag paßt es am besten.«

Brevalds schäbiger, heruntergekommener Bungalow stand zwischen den Kokospalmen seiner Pflanzung etwas abseits von der Straße, die nach Vailima führte, und war umgeben von riesigen Bananenstauden. Diese erinnerten mit ihren zerfetzten Blättern an die traurige Schönheit einer jungen Frau in Lumpen. Alles hier war verschmutzt und vernachlässigt. Kleine schwarze Schweine wühlten dünn und hochrückig herum, und Hühner gluckten geräuschvoll beim Aufpicken der überall verstreuten Körner. Drei oder vier Eingeborene hockten auf der Veranda. Als Lawson nach Brevald fragte, rief die brüchige Stimme des alten Mannes zu ihm heraus, und er fand ihn pfeiferauchend im Wohnzimmer.

»Setzen Sie sich und machen Sie sich's bequem«, sagte er. »Ethel putzt sich gerade heraus.«

Da kam sie herein in Rock und Bluse, das Haar auf europäische Art hochgesteckt. Sie hatte hier zwar nicht die wilde, scheue Grazie des Mädchens, das jeden Abend an den Teich kam, doch kam sie ihm jetzt menschlicher und folglich weniger unnahbar vor. Sie reichte ihm die Hand. Dies war das erste Mal, daß er sie berührte.

»Ich hoffe, Sie trinken eine Tasse Tee mit uns«, sagte sie.

Er wußte, daß sie die Missionsschule besucht hatte, und er war belustigt und gleichzeitig gerührt über die gesellschaftlichen Manieren, die sie seinetwegen zur Schau trug. Der Tisch war bereits gedeckt, und bald darauf trat Brevalds vierte Frau ein und brachte die Teekanne. Sie war eine schöne Eingeborene, nicht mehr ganz jung, und sie sagte ein paar Worte auf englisch. Ein ständiges Lächeln lag um ihren Mund. Der Tee war eine ziemlich feierliche Angelegenheit hier, es gab viel Brot und Butter und eine Anzahl verschiedener, sehr süßer Kuchen. Die Unterhaltung war formell. Dann kam langsam eine alte, völlig verrunzelte Frau herein.

»Das ist Ethels Großmutter«, sagte Brevald und spuckte geräuschvoll auf den Boden.

Sie setzte sich recht unbequem auf den Rand eines Stuhles, was zeigte, daß sie das nicht gewohnt war, und blickte mit starren, glänzenden Augen unentwegt hinüber zu Lawson. In der Küche hinter dem Bungalow begann jemand Ziehharmonika zu spielen, und zwei oder drei stimmten eine Hymne an. Aber sie sangen mehr aus Freude am Klang als aus Frömmigkeit.

Als Lawson ins Hotel zurückging, fühlte er sich auf seltsame Art glücklich. Das wirre Durcheinander, in dem diese Menschen lebten, rührte ihn. In der lächelnden Gutmütigkeit von Mrs. Brevald, dem phantastischen Lebenslauf des kleinen Norwegers und den glänzenden, geheimnisvollen

Augen der greisen Großmutter sah er etwas Außergewöhnliches und Fesselndes. Ihr Leben war natürlicher als alles, was ihm je begegnet war, es stand der freundlichen, fruchtbaren Erde näher. Zivilisation stieß ihn ab in diesem Augenblick, und er verspürte beim bloßen Zusammensein mit diesen primitiven Geschöpfen die größere Freiheit.

Bald zog er aus dem Hotel in einen schmucken kleinen Bungalow am Meer, so daß er ständig die bunte Mannigfaltigkeit der Lagune vor Augen hatte. Er liebte diese herrliche Insel. London und England bedeuteten ihm nichts mehr, er war froh, den Rest seines Lebens an diesem entlegenen Flekken Erde zu verbringen, der so gesegnet war mit den Gütern der besten aller Welten, mit Liebe und Glück. Und er beschloß, daß allen Hindernissen zum Trotz nichts ihn davon abhalten sollte, Ethel zu heiraten.

Aber es gab gar keine Hindernisse. Er war immer willkommen in Brevalds Haus. Der Alte zeigte sich schmeichlerisch, und Mrs. Brevald lächelte ohne Unterlaß. Flüchtig fiel sein Auge auf die Eingeborenen, die zum Haushalt zu gehören schienen, und einmal traf er einen großen Jüngling in einem *Lava-Lava* an mit tätowiertem Körper, die Haare kalkweiß, der bei Brevald saß, und man sagte ihm, das sei Mrs. Brevalds Neffe; doch für gewöhnlich hielten sie sich außer Sichtweite. Ethel benahm sich entzückend ihm gegenüber. Das Aufleuchten ihrer Augen, wenn sie ihn sah, erfüllte ihn mit wahrer Wonne. Sie war reizvoll und naiv. Berückt hörte er ihr zu, wenn sie ihm von der Missionsschule erzählte, in der sie erzogen worden war, und von den Schwestern dort. Er ging mit ihr ins Kino, das einmal in vierzehn Tagen spielte, und tanzte mit ihr auf dem Fest, das danach folgte. Aus allen Teilen der Insel strömten die Menschen herbei, denn solcherlei Unterhaltungen waren selten auf Upolu. Und man traf dort die ganze Gesellschaft des Ortes, die weißen Damen, die sich zusammentaten und abseits hielten, die Mischlinge, sehr elegant in amerikanischen Kleidern, und die Eingeborenen, ganze Scharen von jungen Mädchen in weißen Kitteln und jungen Männern in ungewohnten Leinenhosen und weißen Schuhen. Es ging lebhaft und heiter zu. Ethel gefiel es, ihren Freundinnen den weißen Bewunderer zu zeigen, der nicht von ihrer Seite wich. Bald verbreitete sich das Gerücht, daß hier eine Heirat zu erwarten sei, und ihre Freundinnen betrachteten sie voller Neid. Einen Weißen zu heiraten war das große Los für einen Mischling; auch eine illegale Beziehung zu ihm war besser als nichts, doch konnte man nie wissen, wohin das führen werde. Lawsons Stellung als Bankverwalter machte ihn zu einem der begehrtesten Heiratsobjekte der Insel. Wäre er nicht so völlig von Ethel gebannt gewesen, so hätte er bemerken müssen, daß viele Augen neugierig auf ihn gerichtet waren, und er hätte die Blicke der weißen Damen aufgefangen und gesehen, wie sie die Köpfe zusammensteckten und über ihn tuschelten.

Hinterher, als die Herren, die im Hotel lebten, vor dem Schlafengehen noch beisammensaßen und Whisky tranken, platzte Nelson heraus:

»Nein, so etwas, man sagt, Lawson will das Mädel heiraten.«

»Dann ist er ein verdammter Idiot«, sagte Miller.

Miller war Deutschamerikaner, der früher Müller geheißen hatte, ein großer Mann, dick, kahlköpfig, mit rundem, glattrasiertem Gesicht. Er trug eine große goldrandige Brille, die ihm einen wohlwollenden Ausdruck verlieh. Seine Leinenhosen waren immer rein und weiß. Er war ein heftiger Trinker, jederzeit bereit, sich mit den ›Jungens‹ die Nacht um die Ohren zu schlagen, aber nie wirklich betrunken; stets heiter und umgänglich, aber sehr schlau. Nichts ging ihm über das Geschäft. Er war der Vertreter einer Firma aus San Francisco, Zwischenhändler beim Verkauf von Waren an die Inseln, wie Kattun, Maschinen und so weiter; seine Kumpelhaftigkeit war ein Teil seines Handelskapitals.

»Er weiß nicht, was er sich da einbrockt«, sagte Nelson. »Jemand sollte ihn einmal zur Vernunft bringen.«

»Wenn Sie meinen Rat hören wollen, so mischen Sie sich nicht in Dinge, die Sie nichts angehen«, erwiderte Miller. »Wenn ein Mann es sich in den Kopf gesetzt hat, einen Narren aus sich zu machen, dann muß man ihn lassen.«

»Ich bin sehr dafür, sich mit den Mädels hier zu amüsieren, aber wenn es ans Heiraten geht – Hände weg, das ist meine Meinung.«

Chaplin war da, und auch er gab seinen Senf dazu.

»Ich habe schon viele hier heiraten sehen, aber es geht nie gut.«

»Sie müßten mit ihm sprechen, Chaplin«, sagte Nelson. »Sie kennen ihn besser als irgend jemand von uns.«

»Auch Chaplin rate ich, die Sache laufen zu lassen«, bemerkte Miller.

Selbst in jenen Tagen war Lawson nicht gerade beliebt, so daß niemand genug Interesse an ihm nahm, sich wirklich um ihn zu kümmern. Mrs. Chaplin sprach über seine Angelegenheit mit zwei oder drei weißen Damen, aber sie beschränkte sich darauf, zu bemerken, es sei schade um ihn. Und als er ihr mitteilte, daß er heiraten werde, schien es ihr zu spät, etwas zu unternehmen.

Ein ganzes Jahr lang war Lawson glücklich. Er bezog einen Bungalow an der Spitze der Bucht, an der Apia lag, am Rande eines Eingeborenendorfes. Es lag wunderhübsch zwischen Kokospalmen und bot einen Blick auf das tiefe Blau des Pazifiks. Ethel sah lieblich aus, wenn sie in dem kleinen Haus hin und her ging, biegsam und graziös wie ein junges Tier des Waldes, und sie war wunderbar heiter. Sie lachten viel miteinander und redeten Unsinn. Manchmal kamen ein, zwei Männer vom Hotel herüber und verbrachten den Abend bei ihnen, und an Sonntagen besuchten sie oft irgendeinen Pflanzer, der mit einer Eingeborenen verheiratet war. Hie und da gab einer von den Halbbluthändlern, die Läden in Apia besaßen, eine Party, wohin sie eingeladen wurden. Die Mischlinge behandelten Lawson jetzt ganz anders. Seine Heirat hatte ihn zu einem der Ihren gemacht, und sie nannten ihn Bertie. Sie hängten sich bei ihm ein und gaben ihm einen Klaps auf den Rücken. Er sah Ethel gerne auf diesen Einladungen. Ihre Augen strahlten, und sie lachte viel. Es tat ihm gut, ihre leuchtende Freude zu sehen. Manchmal kamen Ethels Verwandte in den Bungalow, der alte Brevald natürlich und ihre Mutter, aber auch Fernerstehende, irgendwelche eingeborenen Frauen in Kittelkleidern und Männer und Knaben in *Lava-Lavas* mit rotgefärbten Haaren und sorgfältig tätowierten Körpern. Er fand sie in seinem Haus vor, wenn er von der Bank heimkehrte, und lachte gutmütig.

»Sie sollen uns nur nicht ratzekahl essen«, sagte er.

»Aber sie gehören zu meiner Familie. Ich kann ihnen nichts abschlagen.«

Er wußte, daß jeder Weiße, der eine Eingeborene oder eine Mischlingsfrau heiratete, darauf gefaßt sein mußte, daß sämtliche Verwandte ihn für eine Goldmine ansahen. Er umfaßte Ethels Gesicht mit den Händen und küßte ihre roten Lippen. Vielleicht durfte er bei ihr kein Verständnis dafür voraussetzen, daß sein Gehalt, das für einen Junggesellen mehr als üppig war, mit Sorgfalt behandelt werden mußte, wenn es für eine Frau und einen richtigen Haushalt reichen sollte.

Dann brachte Ethel einen Sohn zur Welt.

Als Lawson das Kind zum erstenmal im Arm hielt, fuhr ihm ein Schrecken durch das Herz. Er hatte nicht gedacht, daß es so dunkel sein würde. Schließlich hatte es nur ein Viertel Eingeborenenblut, und es bestand eigentlich kein Grund, warum es nicht wie jedes englische Kind aussehen sollte. Aber wie es so zusammengekrümmt und fahl in seinem Arm lag, den Kopf bereits mit schwarzen Haaren bedeckt, die riesigen schwarzen Augen weit geöffnet, hätte es auch ein Eingeborenenbaby sein können. Seit seiner Heirat hatten die weißen Damen der Kolonie ihn ignoriert. Wenn er Männer traf, in deren Haus er als Junggeselle oft zu Gast gewesen war, verhielten sie sich befangen und versuchten, ihre Verlegenheit durch übertriebene Herzlichkeit zu kaschieren.

»Mrs. Lawson bei guter Gesundheit?« fragten sie. »Sie sind ein Glückspilz. Verdammt schöne Frau!«

Waren sie aber mit ihren Gattinnen unterwegs und begegneten ihm und Ethel, so zeigten sie sich peinlich berührt, wenn ihre Frauen Ethel nur gönnerhaft zunickten. Erst hatte Lawson darüber gelacht.

»Zum Sterben langweilig, diese ganze Bande«, sagte er. »Kein einziges graues Haar lasse ich mir wachsen, weil sie mich nicht zu ihren dummen Gesellschaften einladen.«

Jetzt aber ärgerte es ihn doch.

Da war dies kleine dunkle Baby, sein Sohn. Er dachte an die Mischlingskinder in Apia. Sie sahen nicht gesund aus, waren gelblich und fahl und erschreckend frühreif. Er hatte sie auf dem Schiff gesehen, das sie zur Schule nach Neuseeland brachte, und zwar in eine besondere Schule, die Kinder mit Mischblut aufnahm. Zusammengedrängt saßen sie beieinander, frech und doch schüchtern, mit Zügen, die sie unverkennbar von den Weißen absonderten. Unter sich redeten sie in der Sprache der Eingeborenen. Als Erwachsene bekamen die Männer geringeren Lohn aufgrund ihres dunklen Blutes; die Mädchen konnten Weiße heiraten, die Männer aber hatten keine Chancen. Sie mußten sich mit anderen Mischlingen oder Eingeborenen zusammentun. Lawson beschloß voller Empörung, seinem Sohn ein solches Leben der Demütigung zu ersparen. Koste es, was es wolle, er mußte zurück nach Europa. Und als er hineinging, um Ethel zu sehen, die, umringt von eingeborenen Frauen, zart und lieblich dalag, festigte sich sein Entschluß. Zu Hause bei seinen eigenen Leuten konnte sie ihm noch mehr angehören. Er liebte sie leidenschaftlich und wollte, daß sie eine Seele und ein Leib mit ihm sei. Und ihm war bewußt, daß sie ihm hier, wo sie tief mit dem Leben der Eingeborenen verwurzelt war, stets etwas vorenthalten werde.

Er ging schweigend zur Arbeit, weil er das dunkle Gefühl

hatte, es erst einmal geheimhalten zu müssen, und schrieb an einen Cousin, der Teilhaber einer Firma für Seetransporte in Aberdeen war. Er erzählte ihm, daß seine Gesundheit (derentwegen er wie so viele andere auf die Inseln gekommen war) sich zusehends gebessert habe und kein Grund mehr bestehe, der ihn hindern könnte, nach Europa zurückzukehren. Dann bat er ihn, seinen gesamten Einfluß aufzubieten und ihm eine Stellung, gleichgültig für welches Gehalt, zu beschaffen, am besten in Deeside, wo das Klima besonders günstig für Genesende von Lungenkrankheiten sei. Fünf bis sechs Wochen dauert es, bis ein Brief von Aberdeen Samoa erreicht, und mehrere mußten gewechselt werden. Er hatte also Zeit genug, Ethel vorzubereiten. Sie war von der Idee entzückt wie ein Kind. Es belustigte ihn, zu beobachten, wie sie sich mit ihrem Wegzug nach England vor ihren Freundinnen brüstete. Für sie war das ein Schritt nach oben; sie sollte dort ganz englisch werden, und sie genoß die Wichtigkeit, die ihr die bevorstehende Abreise verlieh. Als schließlich ein Telegramm kam, das ihm einen Posten in der Bank von Kincardineshire anbot, war sie außer sich vor Freude.

Als sie sich nach der langen Reise in der kleinen schottischen Stadt mit ihren Granithäusern niedergelassen hatten, wurde es Lawson erst klar, wieviel es ihm bedeutete, wieder unter seinesgleichen zu leben. Er schaute auf die drei Jahre, die er in Apia verbracht hatte, wie auf ein Exil zurück und nahm das Leben, das ihm als das einzige normale erschien, mit einem Seufzer der Erleichterung auf. Es war herrlich, wieder einmal Golf zu spielen, fischen zu gehen – denn das Fischen in der Südsee war ein armseliger Spaß, da man nur die Leine auszuwerfen und einen großen, trägen Fisch nach dem andern aus dem Wasser zu ziehen brauchte –, es tat gut, täglich eine Zeitung mit den neuesten Nachrichten zu lesen und Menschen des eigenen Schlags zu begegnen, mit denen man sprechen konnte; und es war ein Vergnügen, wieder einmal Fleisch zu essen, das nicht gefroren war, und Milch zu trinken, die nicht aus der Büchse kam. Sie waren viel mehr auf sich selbst angewiesen als in der Südsee, und er freute sich, Ethel noch mehr für sich zu haben. Nach diesen ersten zwei Ehejahren liebte er sie noch heißer als zuvor, er konnte kaum auf ihren Anblick verzichten, und es drängte ihn, sich immer noch inniger mit ihr zu verbinden. Aber seltsamerweise schien sie sich nach der ersten aufregenden Zeit in seiner Heimat weniger für das neue Leben zu interessieren, als er erwartet hatte. Sie paßte sich ihrer Umgebung nicht an und verhielt sich ein wenig lethargisch. Als der strahlende Herbst sich zum Winter neigte, klagte sie über die Kälte. Den halben Vormittag lang lag sie im Bett und verbrachte den Rest des Tages auf dem Sofa, las manchmal Romane, tat aber noch öfter gar nichts und sah verfroren aus.

»Mach dir nichts draus, Liebling«, sagte er. »Bald wirst du dich daran gewöhnt haben. Und warte nur, bis der Sommer kommt. Es kann hier fast so heiß sein wie in Apia.«

Er fühlte sich wohler und kräftiger als seit Jahren.

Die Nachlässigkeit, mit der sie den Haushalt führte, hatte in Samoa nichts ausgemacht, doch hier war sie nicht am Platz. Er wollte die Zimmer nicht verwildert wissen für den Fall eines Besuches, und lachend und unter leichtem Necken fing er an, Ordnung zu schaffen. Ethel schaute ihm träge zu. Ganze Stunden verbrachte sie mit ihrem Sohn spielend. Sie redete mit ihm in der Babysprache ihres Heimatlandes. Um ihr ein wenig Zerstreuung zu bieten, bemühte er sich, mit den Nachbarn Freundschaft zu knüpfen, und hie und da gingen sie zu Gesellschaften, wo die Damen Salonlieder sangen und die Männer gutmütig strahlten. Ethel war schüchtern und schien immer wie abseits von allen. Manchmal wurde Lawson von plötzlicher Angst gepackt und fragte sie, ob sie glücklich sei.

»Ja«, antwortete sie dann, »ich bin ganz glücklich.«

Aber hinter ihren verschleierten Augen saß ein Gedanke, den er nicht erraten konnte. Sie schien sich in sich selbst zurückzuziehen, und bald wurde ihm klar, daß er sie nicht besser kannte als damals bei ihrer ersten Begegnung am Teich. Er hatte das unsichere Gefühl, sie verheimliche ihm etwas, und weil er sie anbetete, quälte ihn das.

»Du hast doch nicht Sehnsucht nach Apia, oder?« fragte er sie einmal.

»O nein – ich finde es sehr hübsch hier.«

Ein dunkler Zweifel trieb ihn, geringschätzige Bemerkungen über die Insel und ihre Bewohner zu machen. Sie lächelte und antwortete nichts darauf. Sehr selten erhielt sie ein Bündel Briefe von Samoa, und dann ging sie für ein, zwei Tage mit verschlossenem, bleichem Gesicht umher.

»Nichts könnte mich veranlassen zurückzugehen«, sagte er einmal. »Das ist nichts für einen Weißen.«

Aber er merkte, daß Ethel manchmal, wenn er fort war, weinte. In Apia war sie gesprächig gewesen, hatte gern über die täglichen Kleinigkeiten ihres gemeinsamen Lebens geplaudert und sich um den Ortsklatsch gekümmert; doch jetzt wurde sie immer stiller und blieb, obwohl er seine Versuche, sie zu unterhalten, steigerte, völlig teilnahmslos. Ihm schien, als zöge die Erinnerung an das alte Leben sie von ihm fort, und er war irrsinnig eifersüchtig auf die Insel, das Meer, auf Brevald und alle jene dunkelhäutigen Menschen, an die er selbst nur noch mit Abscheu dachte. Wenn sie von Samoa sprach, wurde er bitter und ironisch. Eines Abends im späten Frühling, als die Knospen der Birken sprangen, kam er von einer Runde Golf nach Hause und fand sie, nicht wie gewöhnlich auf dem Sofa liegend, sondern am Fenster stehend vor. Sie hatte offensichtlich auf seine Rückkehr gewartet. Kaum war er im Zimmer, begann sie zu reden und sprach zu seinem Erstaunen samoanisch.

»Ich kann es nicht aushalten. Ich kann hier nicht mehr leben, alles ist mir verhaßt, verhaßt.«

»Sprich um Himmels willen eine zivilisierte Sprache«, sagte er gereizt.

Sie ging auf ihn zu und schlang mit einer unbeholfenen Geste, die barbarisch wirkte, die Arme um ihn.

»Laß uns fortgehen von hier, zurück nach Samoa. Wenn du mich zwingst hierzubleiben, werde ich sterben. Ich will nach Hause.«

Ihre Erregung machte sich plötzlich Luft, und sie brach in Tränen aus. Sein Ärger verrauchte. Rasch zog er sie auf seine Knie. Er erklärte ihr, daß es für ihn unmöglich sei, seine Stellung einfach hinzuwerfen, die schließlich das tägliche Brot für ihn bedeute. Sein Posten in Apia sei seit langem besetzt, und er habe keine Hoffnung, dort eine Stelle zu bekommen. Er versuchte, ihr alles vernünftig auseinanderzusetzen, die Unbequemlichkeiten des dortigen Lebens, die Demütigungen, denen sie ausgesetzt wären, das traurige Los, das ihrem Sohn bevorstand.

»Schottland ist das Richtige für seine Erziehung und all das. Die Schulen sind gut und billig, und er kann in Aberdeen auf die Universität gehen. Ich will einen echten Schotten aus ihm machen.«

Sie hatten ihn Andrew genannt. Lawson schwebte es vor, er solle Arzt werden und eine weiße Frau heiraten.

»Ich schäme mich nicht, ein Mischling zu sein«, sagte Ethel finster.

»Natürlich nicht, Liebling. Da gibt es nichts, wofür man sich zu schämen hätte.«

Ihre zarte Wange schmiegte sich an die seine, und er fühlte sich unglaublich schwach.

»Du weißt nicht, wie sehr ich dich liebe«, sagte er. »Ich würde viel darum geben, wenn ich dir sagen könnte, wie es in meinem Herzen aussieht.«

Er suchte ihre Lippen.

Der Sommer kam. Das Hochlandtal wurde grün und duftete, und die Hügel waren fröhlich mit Heidekraut bewachsen. Ein sonniger Tag folgte dem anderen an diesem geschützten Ort, und der Schatten der Birken war angenehm nach dem blendenden Licht der Straße. Ethel sprach nicht mehr von Samoa, und Lawsons Nervosität ließ nach. Er glaubte, sie habe sich mit ihrer Umgebung ausgesöhnt, und hatte das Gefühl, seine Liebe zu ihr sei so groß, daß in ihrem Herzen kein Platz mehr für irgendeine Sehnsucht sein könne. Eines Tages hielt der Arzt des Ortes ihn auf der Straße an.

»Hören Sie, Lawson, Ihre Frau muß ein wenig vorsichtig sein mit dem Baden in unseren Hochlandflüssen. Das ist nicht wie in der Südsee, wissen Sie.«

Lawson war überrascht und hatte nicht die Geistesgegenwart, dies zu verbergen.

»Ich wußte gar nicht, daß sie baden geht.«

Der Arzt lachte.

»Nicht wenige Leute haben sie gesehen. Sie reden unter sich darüber, denn die Stelle, die sie gewählt hat, ist ein wenig sonderbar, der Teich oberhalb der Brücke, und das Baden dort ist nicht erlaubt. Aber es ist natürlich gar nichts Schlimmes. Nur begreife ich nicht, wie sie das kalte Wasser erträgt.«

Lawson kannte den Teich, von dem der Arzt sprach, und plötzlich fiel es ihm auf, daß er in gewisser Beziehung jenem Teich auf Upolu ähnelte, wo Ethel jeden Abend zu baden pflegte. Ein quellklarer Hochlandfluß strömte dort in gewundenem Lauf über Felsen herab, plätscherte fröhlich und formte einen tiefen, glatten Teich mit einem schmalen sandigen Ufer. Dichte Bäume beschatteten ihn, keine Kokospalmen zwar, aber Buchen, und die Sonne spielte launisch durch die Blätter auf dem funkelnden Wasser. Das erschreckte ihn. In Gedanken sah er Ethel täglich dort hingehen, sich am Ufer ausziehen, ins Wasser gleiten, das kalt war – bedeutend kühler als das jenes Teiches, den sie zu Hause so geliebt hatte –, und sich für Augenblicke ganz der Vergangenheit hingeben. Und da sah er in ihr wieder den wilden fremdartigen Geist des Flusses und glaubte in seiner Phantasie zu hören, daß das fließende Wasser sie rufe. Am selben Nachmittag ging er den Fluß entlang, hielt sich vorsichtig in der Nähe der Bäume, und der Graspfad dämpfte den Laut seiner Schritte. Dann kam er zu einer Stelle, von wo aus er den Teich überschauen konnte. Ethel saß am Ufer und schaute ins Wasser.

Sie regte sich nicht. Es sah aus, als zöge das Wasser sie unwiderstehlich an. Er fragte sich, was für seltsame Gedanken wohl durch ihren Kopf schwirrten. Schließlich stand sie auf und verschwand für einige Augenblicke aus seiner Sicht; dann sah er sie wieder; sie trug ein Kittelkleid und schritt mit ihren kleinen, nackten Füßen vorsichtig über das moosige Ufer. Als sie ans Wasser kam, ließ sie sich geschmeidig ohne einen Spritzer hineingleiten. Ruhig schwamm sie herum, und in der Art ihres Schwimmens lag etwas, was nicht ganz menschlich war. Er wußte nicht, warum ihn dies so seltsam berührte. Er wartete, bis sie herauskletterte. Einen Augenblick lang stand sie unbeweglich da, und die Falten des Kleides lagen eng um ihren schmalen Leib, der sich deutlich darunter abzeichnete. Dann fuhr sie sich mit der Hand langsam über die Brust und stieß einen kleinen Seufzer des Entzückens aus. Gleich darauf verschwand sie. Lawson wandte sich um und ging ins Dorf zurück. Ein schwerer Druck lastete auf seinem Herzen, denn er wußte, daß sie ihm noch immer fremd war und seine Liebe dazu verurteilt schien, ewig unbefriedigt zu bleiben.

Er erwähnte den Vorfall mit keinem Wort, er überging ihn völlig, doch beobachtete er sie aufmerksam, um erraten zu können, was in ihr vorging. Er verdoppelte die Zärtlichkeiten, mit denen er sie umgab, und versuchte, sie die tiefe Sehnsucht ihrer Seele durch seine Leidenschaft vergessen zu lassen.

Eines Tages, als er heimkam, war er erstaunt, sie nicht im Haus zu finden.

»Wo ist Mrs. Lawson?« fragte er das Mädchen.

»Sie ist nach Aberdeen gefahren, Sir, mit dem Baby«, antwortete das Mädchen etwas verwundert. »Sie werde erst mit dem letzten Zug zurückkommen, sagte sie.«

»Oh, in Ordnung.«

Er war gekränkt, weil Ethel ihm nichts von diesem Ausflug gesagt hatte, aber nicht beunruhigt, da sie in letzter Zeit ab und zu nach Aberdeen gefahren war, und freute sich, daß sie beim Anschauen der Läden oder dem Besuch eines Kinos eine kleine Abwechslung fand.

Er ging zum letzten Zug an den Bahnhof. Doch als sie nicht ankam, überfiel ihn plötzliche Angst. Im Schlafzimmer entdeckte er sofort, daß ihre Toilettengegenstände nicht mehr an ihrem Platz lagen. Er öffnete Schrank und Schubfächer und fand sie halb leer. Ethel war geflohen.

Leidenschaftlicher Zorn ergriff ihn. Es war zu spät in der Nacht, als daß er nach Aberdeen hätte telefonieren können, um Nachforschungen anstellen zu lassen, aber er wußte bereits, was alle Nachforschungen ihm gesagt hätten. Mit teuflischer List hatte sie die Zeit gewählt, da in der Bank Monatsabrechnungen gemacht werden mußten und es ihm unmöglich war, ihr zu folgen. Seine Arbeit hielt ihn gefangen. Er schaute in der Zeitung nach und sah, daß am nächsten Morgen ein Schiff nach Australien abging. Sie mußte bereits auf dem Weg nach London sein. Er konnte das Schluchzen nicht unterdrücken, das sich ihm entrang.

»Alles Menschenmögliche habe ich für sie getan«, weinte er auf, »und sie ist imstande, mich so zu behandeln. Wie grausam, wie entsetzlich grausam!«

Nach zwei Tagen grauen Elends erhielt er einen Brief von ihr. In ihrer Schulmädchenschrift hatte sie mühsam niedergeschrieben:

Lieber Bertie, ich konnte es nicht mehr aushalten. Ich gehe heim. Leb wohl! Ethel

Kein Wort des Bedauerns, keine Frage, ob er auch komme. Er war niedergeschmettert. Obgleich er die Vergeblichkeit seines Tuns einsah, machte er den ersten Halt des Schiffs ausfindig und sandte ihr dorthin ein Telegramm mit der flehenden Bitte, zurückzukommen. Voller Angst und Elend wartete er. Nur ein Wort sollte sie ihm senden, ein liebevolles. Sie antwortete gar nicht. Er fiel von einem erregten Stadium ins andere. Jetzt sagte er sich, er sei froh, sie los zu sein, gleich darauf, er werde sie zwingen zurückzukehren, indem er sie ohne Geld lasse. Er war einsam und unglücklich. Es verlangte ihn nach seinem kleinen Jungen, und es verlangte ihn nach ihr. Was er sich auch vorzumachen suchte, er wußte, es gab nur eines: ihr zu folgen.

Er konnte jetzt nicht mehr ohne sie leben. Seine sämtlichen Zukunftspläne waren wie ein Kartenhaus, das er mit wütender Ungeduld zerstörte. Was kümmerte es ihn, wenn er alle Brücken abbrechen mußte? Das einzige, was zählte, war die Aussicht, Ethel zurückzugewinnen. Sobald er konnte, fuhr er nach Aberdeen und erklärte dem Bankverwalter seinen sofortigen Austritt. Der Mann machte ihm Vorhaltungen, er könne ihn so schnell nicht entlassen. Doch Lawson brachte keinen Sinn für Vernunftgründe auf. Er hatte es sich in den Kopf gesetzt, zur Abfahrt des nächsten Schiffs frei zu sein. Und erst als er alles, was er besaß, verkauft hatte und sich an Bord befand, konnte er bis zu einem gewissen Grad seine Ruhe wiederfinden. Bis dahin war er allen, die mit ihm in Berührung kamen, geistig nicht normal erschienen. Seine letzte Tat in England war, ein Telegramm an Ethel zu senden, in dem er ihr seine Ankunft in Apia mitteilte.

Von Sydney aus sandte er ein zweites Telegramm, und als das Schiff endlich bei morgendlichem Dämmerlicht in Apia einlief und er wieder die weißen Häuser sah, die an der Bucht lagen, fühlte er sich unsagbar erleichtert. Der Arzt kam an Bord und der Hafenbeamte. Sie beide waren alte Bekannte, und er empfand Sympathie für die ersten vertrauten Gesichter. Alten Zeiten zu Ehren trank er mit ihnen einen Schluck, auch deshalb, weil er unsagbar nervös war. Er war nicht sicher, ob Ethel sich freuen würde, ihn wiederzusehen. Als er in die Barkasse stieg und auf den Kai zufuhr, spähte er eingehend zu der kleinen Menge hinüber, die dort wartete. Sie war nicht darunter, und sein Herz sank; aber dann sah er Brevald in seinem alten blauen Overall und verspürte eine Welle von Wärme.

»Wo ist Ethel?« fragte er, als er an Land sprang.

»Drunten im Bungalow. Sie wohnt bei uns.«

Lawson war bestürzt, setzte aber eine fröhliche Miene auf.

»Nun, habt ihr auch noch Platz für mich? Es wird wohl ein oder zwei Wochen dauern, bis wir uns irgendwo einrichten können.«

»Oh, doch, wir werden schon etwas Platz für dich finden.«

Als sie den Zoll hinter sich hatten, gingen sie zum Hotel, wo Lawson von einigen alten Freunden begrüßt wurde. Eine gute Anzahl von Runden mußte getrunken werden, ehe es möglich war, wegzukommen, und als sie sich schließlich auf den Heimweg machten, waren beide reichlich vergnügt. Er schloß Ethel in die Arme, und in der Freude, sie wiederzuhaben, vergaß er alle bitteren Gedanken. Seine Schwiegermutter war froh, ihn zu sehen, und ebenfalls die alte verrunzelte Frau, ihre eigene Mutter. Eingeborene und Mischlinge kamen herein, setzten sich rings um ihn und strahlten ihn an. Brevald hatte eine Flasche Whisky, und jedermann, der hereinkam, bekam einen Schluck. Lawson saß da mit seinem kleinen dunkelhäutigen Sohn auf den Knien – man hatte dem Kind die englischen Kleider ausgezogen, und es war nackt –, und neben ihm stand Ethel im Kittelkleid. Er kam sich vor wie der heimgekehrte verlorene Sohn. Am Nachmittag ging er noch einmal ins Hotel, und als er zurückkam, war er mehr als heiter, er war betrunken. Ethel und ihre Mutter wußten, daß Weiße sich ab und zu betranken – das war, was man von ihnen erwartete –, und sie lachten gutmütig und halfen ihm ins Bett.

Aber nach ein paar Tagen machte er sich auf, eine Stellung zu suchen. Er wußte, daß er nicht auf die gleiche Position rechnen durfte, die er aufgegeben hatte, um nach England zu gehen. Aber mit seinen Kenntnissen konnte er sich in einem der großen Handelshäuser nützlich machen und durch diese Veränderung vielleicht sogar noch gewinnen.

»Schließlich ist in einer Bank kein Vermögen zu erwerben«, sagte er. »Handel ist das einzig Wahre.«

Er hoffte, sich in kurzer Zeit so weit unabhängig zu machen, um sich an einem Geschäft beteiligen zu können, und es bestand kein Grund, warum er nicht in ein paar Jahren ein reicher Mann sein sollte.

»Sobald ich etwas Richtiges gefunden habe, werden wir

uns ein eigenes Häuschen suchen«, sagte er zu Ethel. »Wir können nicht ewig hier wohnen.«

Brevalds Bungalow war so klein, daß sie alle aufeinanderhockten und es keine Möglichkeit gab, jemals allein zu sein. Nie fühlte man sich ungestört, nie war es ruhig.

»Nun, es hat keine Eile. Wir können hierbleiben, bis wir genau das finden, was wir wollen.«

Er brauchte eine Woche, um eine Stelle zu finden, und trat dann in das Geschäft eines Mannes namens Bain ein. Doch als er zu Ethel vom Umziehen sprach, sagte sie, sie wolle bleiben, wo sie sei, bis das Baby geboren sei; sie erwartete nämlich das zweite Kind. Lawson versuchte sie zu überzeugen.

»Wenn es dir nicht paßt«, sagte sie, »dann gehe doch ins Hotel.«

Er erbleichte jäh.

»Ethel, wie kannst du so etwas vorschlagen!«

Sie zuckte die Schultern.

»Wozu sollen wir ein eigenes Haus haben, wenn wir doch hier wohnen können?«

Er gab nach.

Wenn Lawson nach der Arbeit in den Bungalow zurückkehrte, fand er dort immer eine Menge Eingeborener vor. Sie lagen rauchend, schlafend, Kawa trinkend herum und schwatzten unaufhörlich. Das Haus war in unordentlichem, schmuddeligem Zustand. Sein Kind krabbelte herum, spielte mit eingeborenen Kindern und hörte nichts als Samoanisch. Bald verfiel er der Gewohnheit, auf seinem Heimweg im Hotel vorbeizuschauen und ein paar Cocktails zu sich zu nehmen, denn er konnte den Abend und die Menge freundlich lächelnder Eingeborener nur aushalten, wenn er sich mit Alkohol gestärkt hatte. Und in dieser ganzen Zeit fühlte er, daß Ethel, die er leidenschaftlicher liebte denn je, ihm immer mehr entglitt. Als das Kind geboren war, schlug er wieder vor, in ein eigenes Haus zu ziehen, aber sie lehnte ab. Ihr Aufenthalt in Schottland schien sie endgültig zu ihren eigenen Leuten gestoßen zu haben, und nun, da sie wieder unter ihnen weilte, nahm sie mit leidenschaftlicher Überzeugung deren Sitten auf. Lawson trank immer häufiger. Jeden Samstagabend ging er in den englischen Klub und kam völlig betrunken nach Hause.

Es war seine Eigenheit, nach zuviel Alkohol zänkisch zu werden, und einmal kam es zu einem heftigen Disput zwischen ihm und Bain, seinem Arbeitgeber. Bain entließ ihn, und er mußte sich um eine andere Stellung bemühen. Zwei, drei Wochen über war er arbeitslos, und statt im Bungalow zu sitzen, begab er sich lieber ins Hotel oder in den englischen Klub und trank. Es war mehr aus Mitleid als aus irgendeinem anderen Grund, daß Miller, der Deutschamerikaner, ihn in sein Büro nahm. Aber er war ein Geschäftsmann, und obwohl Lawsons Finanzkenntnisse nicht zu unterschätzen waren, lagen die Umstände doch so, daß er ein kleineres Gehalt als sein früheres nicht ausschlagen konnte, und Miller zögerte nicht, es ihm anzubieten. Ethel und Brevald verurteilten ihn scharf, weil er es angenommen hatte, da Pedersen, ein Mischling, ihm mehr angeboten hatte. Aber der Gedanke, sich von einem Mischling befehlen zu lassen, war ihm schrecklich. Als Ethel ihn weiter mit Vorwürfen quälte, stieß er wütend hervor:

»Lieber will ich sterben als für einen Nigger arbeiten.«

»Du wirst es eines Tages müssen«, sagte sie.

Sechs Monate später sah er sich zu dieser letzten Demütigung gezwungen. Der Alkohol hatte ihn nun völlig in den Krallen, er war häufig betrunken und arbeitete schlecht. Miller verwarnte ihn ein- oder zweimal, und Lawson war nicht der Mann, der Tadel leicht wegsteckte. Eines Tages nahm er mitten in einer Auseinandersetzung seinen Hut und ging fort. Aber inzwischen war sein Ruf so schlecht geworden, daß niemand ihn einstellen wollte. Eine Zeitlang trieb er sich herum, dann hatte er einen Anfall von Delirium tremens. Als er sich beschämt und geschwächt wieder erholte, konnte er dem ständigen Druck nicht länger Widerstand leisten, ging zu Pedersen und bat ihn um Arbeit. Pedersen war froh, einen Weißen in seinem Laden zu haben, und Lawsons Rechenkünste kamen ihm sehr zupaß.

Von da an ging es rasch abwärts mit Lawson. Die Weißen zeigten ihm die kalte Schulter. Nur verächtliches Mitleid und eine gewisse Angst vor seiner Heftigkeit, wenn er betrunken war, hinderten sie, gänzlich mit ihm zu brechen. Er wurde immer leichter erregbar und sah in allem eine Beleidigung.

Nun lebte er völlig unter Eingeborenen und Mischlingen, aber er hatte für sie nicht mehr den Nimbus des weißen Mannes. Sie fühlten den Ekel, den er vor ihnen empfand, und nahmen ihm seine überlegene Haltung übel. Er war jetzt einer von ihnen, und sie sahen nicht ein, warum er sich für etwas Besseres hielt. Brevald, der sich immer schmeichlerisch und unterwürfig gezeigt hatte, behandelte ihn nun mit Verachtung. Ethel habe sich da auf einen schlechten Handel eingelassen. Es kam zu unwürdigen Szenen und sogar zu Prügeleien zwischen den Männern. Wenn es Streit gab, nahm Ethel immer für ihre Familie Partei. Man fand ihn betrunken erträglicher als nüchtern, denn nach dem Zechen lag er tief schlafend im Bett oder auf dem Boden und diskutierte nicht.

Dann bemerkte er, daß etwas vor ihm geheimgehalten wurde.

Kam er zu dem erbärmlichen, halb auf samoanische Weise bereiteten Abendessen in den Bungalow, war Ethel oft nicht zu Hause. Wenn er fragte, wo sie sei, erzählte Brevald ihm, sie verbringe den Abend mit dieser oder jener Freundin. Einmal ging er in das Haus, das Brevald erwähnt hatte, und traf sie dort nicht an. Bei ihrer Heimkehr fragte er sie, wo sie gewesen sei, und sie antwortete ihm, ihr Vater habe sich geirrt, sie habe den Abend bei einer anderen Freundin verbracht. Aber er wußte, daß sie log. Sie war in ihren besten Kleidern, ihre Augen glänzten, und sie sah entzückend aus.

»Versuche nicht, mir einen Streich zu spielen, meine Liebe«, sagte er, »oder ich zerschlage dir sämtliche Knochen im Leib.«

»Du besoffener Kerl!« antwortete sie voller Hohn.

Er redete sich ein, Mrs. Brevald und die alte Großmutter blickten ihn hämisch an, und er schrieb die ihm entgegengebrachte Gutmütigkeit Brevalds, die damals durchaus nicht mehr alltäglich war, der Befriedigung zu, die der Alte empfinden mochte, weil er ein Geheimnis kannte, das sich gegen seinen Schwiegersohn richtete. Und einmal mißtrauisch geworden, vermeinte Lawson, von den Weißen merkwürdige Blicke aufzufangen. Kam er ins Vestibül des Hotels, so nährte das Schweigen, das plötzlich über den Anwesenden lag, seinen

Verdacht, man habe soeben über ihn gesprochen. Irgend etwas geschah, und jedermann außer ihm wußte es. Irrsinnige Eifersucht erfaßte ihn. Er glaubte, Ethel habe ein Verhältnis mit einem von den Weißen, und er schaute sie alle, einen nach dem anderen, mit scharf prüfenden Blicken an. Aber er konnte nichts erkennen, was ihm einen Wink gegeben hätte. Er war ratlos. Da er keinen fand, dem er seinen Verdacht hätte anhängen können, ging er herum wie ein Rasender und suchte nach irgendeinem Menschen, um an ihm seine Wut auszulassen.

Der Zufall wollte es, daß er sie schließlich auf den Mann ablud, der es am allerwenigsten verdiente, unter seiner Heftigkeit leiden zu müssen. Eines Nachmittags, als er mürrisch und allein im Hotel saß, kam Chaplin und setzte sich zu ihm. Vielleicht war Chaplin der einzige Mensch auf der Insel, der noch etwas Sympathie für ihn empfand. Sie bestellten etwas zu trinken und sprachen ein paar Minuten lang über das Pferderennen, das nächstens abgehalten werden sollte. Dann sagte Chaplin:

»Ich vermute, daß wir da alle Geld für neue Kleider rausrücken müssen.«

Lawson kicherte. Da Mrs. Chaplin zu Hause die Zügel in der Hand hielt, brauchte sie weiß Gott ihren Gatten nicht um Geld für ein Kleid zu dieser Gelegenheit zu bitten.

»Wie geht's Ihrer Frau?« fragte Chaplin, bemüht, freundlich zu sein.

»Was, zum Teufel, hat das mit Ihnen zu tun?« fragte Lawson und runzelte die dunklen Brauen.

»Ich habe nur eine höfliche Frage gestellt.«

»Nun, dann behalten Sie nächstens Ihre höflichen Fragen für sich!«

Chaplin war kein sehr geduldiger Mensch. Sein langer Aufenthalt in den Tropen, die Whiskyflasche und seine häuslichen Angelegenheiten hatten bewirkt, daß er kaum mehr Selbstbeherrschung hatte als Lawson.

»Hören Sie, mein Junge, solange Sie in meinem Hotel sind, benehmen Sie sich wie ein Gentleman, oder Sie fliegen auf die Straße, noch ehe Sie piep sagen können.«

Lawsons finsteres Gesicht lief dunkelrot an.

»Lassen Sie sich ein für allemal gesagt sein, und teilen Sie es auch den anderen mit«, rief er, »wenn einer von euch Kerlen es auf meine Frau abgesehen hat, dann soll er sich vorsehen.«

»Wer, glauben Sie denn, hat es auf Ihre Frau abgesehen?«

»Ich bin nicht so ein Idiot, wie ihr alle denkt. Ich sehe ebensogut wie ihr alle, was los ist, und ich warne euch, das ist alles. Ich lasse kein Techtelmechtel durchgehen, keines, das laßt euch gesagt sein.«

»Hören Sie mal, Sie täten gut daran, jetzt zu gehen und wiederzukommen, wenn Sie nüchtern sind.«

»Ich werde gehen, wann es mir paßt, und nicht eine Minute vorher.«

Das war ein unseliges Wort, denn Chaplin hatte im Laufe seiner Erfahrung als Hotelier eine ausgezeichnete Gabe entwickelt, mit Leuten umzugehen, die er loswerden wollte, und Lawson hatte den Satz kaum ausgesprochen, als er sich schon am Kragen gepackt und nicht gerade zart auf die Straße befördert fühlte. Er strauchelte die Stufen hinunter in die blendende Weiße des Sonnenlichts.

Die Folge davon war, daß er die erste heftige Szene mit Ethel hatte. Zerrissen von Demütigung und unwillig, ins

Hotel zurückzukehren, kam er an diesem Nachmittag früher als sonst nach Hause. Er traf Ethel dabei an, wie sie sich zum Ausgehen ankleidete. Gewöhnlich lag sie im Kittelkleid, barfuß und mit einer Blume im dunklen Haar herum; jetzt aber stand sie in Seidenstrümpfen und hochhackigen Schuhen da und zog ein rosafarbenes Musselinkleid an, das neueste, das sie besaß.

»Du machst dich ja so hübsch«, sagte er. »Wohin gehst du?«

»Zu den Crossleys.«

»Ich komme mit.«

»Warum?« fragte sie kühl.

»Ich will nicht, daß du immer allein ausgehst.«

»Du bist nicht eingeladen worden.«

»Das ist mir verdammt gleichgültig. Du gehst nicht ohne mich. «

»Lege dich lieber hin, bis ich fertig bin.«

Sie glaubte, er sei betrunken und werde, einmal auf dem Bett, gleich einschlafen. Er aber setzte sich in einen Stuhl und rauchte eine Zigarette. Sie beobachtete ihn mit wachsendem Ärger. Als sie fertig war, stand er auf. Ausnahmsweise befand sich außer ihnen niemand im Bungalow. Brevald arbeitete auf der Plantage, und seine Frau war nach Apia gegangen. Ethel sagte ihm ins Gesicht:

»Ich gehe nicht mit dir, du bist betrunken.«

»Das ist nicht wahr. Und du gehst nicht ohne mich.«

Sie zuckte die Schultern und versuchte, an ihm vorbeizugehen, aber er packte sie am Arm und hielt sie fest.

»Laß mich los, du Teufel!« sagte sie und sprach in ihrer Wut samoanisch.

»Warum willst du ohne mich gehen? Habe ich dir nicht gesagt, daß ich mir solch ein Benehmen nicht gefallen lasse?«

Sie ballte die Faust und schlug ihm ins Gesicht. Von da an verlor er jegliche Selbstbeherrschung. Seine ganze Liebe, sein ganzer Haß wallten in ihm auf, und er war außer sich.

»Dich will ich lehren«, brüllte er, »dich will ich lehren!«

Er ergriff eine Reitpeitsche, die ihm zufällig in die Hand kam, und schlug zu. Sie kreischte auf, und dieser Schrei machte ihn so toll, daß er wieder und wieder zuschlug. Ihre Schreie hallten durch den Bungalow, und er beschimpfte sie, während er sie schlug. Schließlich warf er sie auf das Bett. Dort lag sie und schluchzte vor Schmerz und Schrecken. Er schleuderte die Peitsche in eine Zimmerecke und verließ den Raum. Ethel hörte ihn weggehen und hörte auf zu weinen. Vorsichtig schaute sie sich um und erhob sich. Alles tat ihr weh, aber sie war nicht ernstlich verletzt. Sie musterte ihr Kleid, um zu sehen, ob es gelitten hatte. Den eingeborenen Frauen sind Schläge nichts Ungewöhnliches. Was er getan hatte, machte sie nicht wütend. Als sie sich im Spiegel betrachtete und das Haar ordnete, glänzten ihre Augen. Ein seltsamer Ausdruck lag in ihnen. Vielleicht empfand sie jetzt etwas für ihn, das der Liebe näher war als je zuvor.

Lawson aber, der blind davongestürzt war, wankte durch die Plantage und warf sich plötzlich erschöpft und schwach wie ein Kind am Fuße eines Baumes zu Boden. Elend und Scham drückten ihn nieder. Er dachte an Ethel, und die sehnsüchtige Zärtlichkeit seiner Liebe zu ihr schien ihm alles Mark aus den Knochen zu saugen. Er dachte an die Vergangenheit, an seine Hoffnungen und war entsetzt über das, was er getan hatte. Es verlangte ihn mehr denn je nach ihr. Es verlangte ihn, sie in die Arme zu nehmen. Er mußte sofort zu ihr gehen. Rasch stand er auf. Er war so schwach, daß er beim Gehen taumelte. Als er ins Haus kam, fand er sie in dem vollgestopften Schlafzimmer vor dem Spiegel.

»Oh, Ethel, verzeih mir! Ich schäme mich so. Ich wußte nicht, was ich tat.«

Er fiel vor ihr auf die Knie und streichelte schüchtern den Saum ihres Kleides.

»Ich darf gar nicht an meine Tat denken. Es ist schrecklich, ich glaube, ich war tollwütig. Ich liebe dich so wie keinen Menschen auf der Welt. Ich will doch nichts tun als dich vor Schmerz bewahren, und nun habe ich dir weh getan. Ich selbst kann es mir nicht vergeben, aber um Himmels willen, sag du, daß du mir verzeihst!«

Immer noch hörte er ihre Schreie. Es war nicht auszuhalten. Sie schaute ihn schweigend an. Er versuchte, ihre Hände in die seinen zu nehmen, während ihm die Tränen über die Wangen strömten. In seiner Zerknirschung barg er den Kopf in ihrem Schoß, und sein ganzer Körper wurde von Schluchzern geschüttelt. Der Ausdruck äußerster Verachtung trat in ihr Gesicht. Sie verspürte den Widerwillen der Eingeborenen gegen den Mann, der sich vor einer Frau erniedrigt.

Wie ein Köter kroch er um ihre Beine. Sie versetzte ihm einen kleinen verächtlichen Stoß mit der Fußspitze.

»Geh«, sagte sie, »ich hasse dich.«

Er versuchte, sie in den Arm zu nehmen, aber sie stieß ihn zur Seite und erhob sich. Dann zog sie ihr Kleid aus, schleuderte die Schuhe weg, streifte die Strümpfe von den Beinen und schlüpfte in ihr altes Kittelkleid.

»Wohin gehst du?«

»Was geht es dich an? Ich gehe hinunter zum Teich.«

»Darf ich mitkommen?«

Er bat darum wie ein Kind.

»Kannst du mir nicht einmal das lassen?«

Er barg sein Gesicht in den Händen und weinte laut auf, während sie mit harten, kalten Augen an ihm vorbei und hinausging.

Von da an verachtete sie ihn vollends. Und obgleich sie alle, Lawson und Ethel mit den beiden Kindern, Brevald mit seiner Frau, deren Mutter und die ferneren Verwandten und Eckensitzer, die überall herumhockten, in dem kleinen Bungalow eng zusammengedrängt, sozusagen Wange an Wange lebten, wurde von Lawson, der alle Bedeutung verloren hatte, überhaupt keine Notiz mehr genommen. Morgens nach dem Frühstück verließ er das Haus und kam zum Abendessen zurück. Er gab den Kampf auf. Wenn er aus Geldmangel nicht in den englischen Klub gehen konnte, verbrachte er den Abend mit Brevald und den Eingeborenen beim Kartenspiel. War er nicht betrunken, so zeigte er sich verschüchtert und teilnahmslos. Ethel behandelte ihn wie einen Hund. Manchmal unterwarf sie sich seinen Anfällen wilder Leidenschaft und hatte Angst vor den Haßausbrüchen, die ihnen folgten. Wenn er sich aber danach tränenreich vor ihr wand, fühlte sie einen solchen Abscheu vor ihm, daß sie ihm hätte ins Gesicht spucken können. Ab und zu wurde er wieder gewalttätig, aber nun war sie vorbereitet, und wenn er sie schlug, stieß sie ihn und kratzte und biß. Es kam zu schrecklichen Kämpfen, aus denen er nicht immer siegreich hervorging. Sehr bald wußte ganz Apia, wie schlecht sie miteinander lebten. Für Lawson hatte man nur wenig Teilnahme, und im Hotel war man allgemein überrascht, daß der alte Brevald ihn nicht schon lange aus dem Haus gejagt hatte.

»Brevald ist ein übler Geselle«, sagte einer der Männer. »Es sollte mich nicht wundern, wenn er Lawson eines Tages eine Kugel in den Leib jagt.«

Ethel ging immer noch allabendlich zum Teich, um zu baden. Sie schien auf nicht menschliche Weise von ihm angezogen, etwa so, wie unserer Vorstellung nach vielleicht eine Nixe, die eine Seele bekommen hat, sich von den kühlen salzigen Wellen des Meeres angezogen fühlt. Manchmal ging auch Lawson hin. Ich weiß nicht, was ihn dazu trieb, denn Ethel wurde offensichtlich gereizt durch seine Anwesenheit. Vielleicht tat er es in der Erwartung, an dieser Stelle das reine Entzücken wiederzufinden, das sein Herz bei seiner ersten Begegnung mit ihr erfüllt hatte; vielleicht auch nur im Wahn des Liebenden, der nicht geliebt wird, durch Beharrlichkeit Liebe erzwingen zu können. Eines Tages schlenderte er hinunter mit einer Empfindung, die er jetzt nur selten hatte. Plötzlich fühlte er sich im Einklang mit der Welt. Der Abend nahte, und die Dämmerung schien über den Kokospalmen zu hängen wie eine kleine, dünne Wolke. Lautlos erhob sich ein schwacher Wind. Der zunehmende Mond hing über den Baumwipfeln. Lawson ging weiter zum Ufer. Dort sah er Ethel im Wasser ruhig auf dem Rücken liegen. Ihr Haar lag ausgebreitet um sie; in der Hand hielt sie eine große Hibiskusblüte. Er blieb stehen und bewunderte sie; sie war wie Ophelia.

»Hallo, Ethel!« rief er freudig.

Sie machte eine plötzliche Bewegung und ließ die rote Blüte fallen. Langsam trieb sie weg. Ethel tat ein paar Schwimmzüge bis zu einer Stelle, wo sie stehen konnte.

»Geh weg«, sagte sie, »geh weg.«

Er lachte. »Sei doch nicht so selbstsüchtig. Im Teich ist Platz genug für uns beide.«

»Warum kannst du mich denn nicht in Ruhe lassen? Ich will allein sein.«

»Zum Teufel, und ich will baden!« antwortete er gut gelaunt.

»Dann gehe zur Brücke. Ich will dich nicht hier haben.«

»Das tut mir leid«, sagte er immer noch lächelnd.

Er war nicht im mindesten erbost und merkte gar nicht, daß sie wütend war. Er zog die Jacke aus.

»Geh weg!« schrie sie. »Ich will dich nicht hier haben. Kannst du mir nicht einmal das lassen? Geh weg!«

»Sei doch nicht so, Liebe.«

Sie beugte sich nieder, hob einen scharfkantigen Stein auf und schleuderte ihn rasch gegen Lawson. Er hatte nicht Zeit, sich zu ducken, und der Stein traf ihn an der Schläfe. Mit einem Schrei hob er die Hand zum Kopf, und als er sie wegnahm, war sie voller Blut. Ethel stand reglos da, keuchend vor Wut. Er wurde sehr bleich, und ohne ein Wort zu sagen, nahm er seine Jacke und ging davon. Sie ließ sich ins Wasser zurücksinken, und die Strömung trug sie langsam hinunter zur Furt.

Der Stein hatte eine zackige Wunde geschlagen, und für ein paar Tage ging Lawson mit verbundenem Kopf umher. Er hatte sich eine glaubwürdige Geschichte ausgedacht, um den Unfall zu erklären, falls die Männer im Klub ihn fragen sollten, fand aber keine Gelegenheit, sie anzubringen. Niemand ließ ein Wort darüber fallen. Er sah sie verstohlene Blicke auf seinen Kopf werfen, aber nichts wurde gesagt. Dieses Schweigen konnte nur bedeuten, daß sie wußten, wie er zu der Wunde gekommen war. Nun zweifelte er nicht mehr, daß Ethel einen Liebhaber hatte. Und sie alle wußten, wer es war. Aber er fand nicht den leisesten Anhaltspunkt, der ihn hätte leiten können. Niemals sah er Ethel mit einem Mann, niemand zeigte den Wunsch, mit ihr zusammen zu sein, oder behandelte ihn, Lawson, auf seltsame Weise. Blinde Wut ergriff ihn, und da er keinen hatte, an dem er sie hätte auslassen können, trank er immer mehr und mehr. Kurz bevor ich auf die Insel kam, hatte er einen zweiten Anfall von Delirium tremens.

Ich begegnete Ethel im Hause eines gewissen Caster, der mit seiner eingeborenen Frau drei oder vier Meilen von Apia entfernt wohnte. Ich hatte vorher Tennis mit ihm gespielt, und als wir müde waren, lud er mich zu einer Tasse Tee zu sich ein. Wir gingen ins Haus, und in dem unordentlichen Wohnzimmer saß Ethel im Gespräch mit Mrs. Caster.

»Hallo, Ethel!« sagte er. »Ich wußte gar nicht, daß du hier bist.«

Ich konnte nicht umhin, sie mit Neugier zu betrachten, und versuchte das zu sehen, was in Lawson eine so verheerende Leidenschaft entzündet hatte. Aber wer kann diese Dinge schon erklären? Wohl wahr, sie war sehr schön und gemahnte einen an den roten Hibiskus, die übliche Heckenblüte von Samoa, mit ihrer Grazie, ihrer Zartheit und ihrer Leidenschaftlichkeit; was mich aber am meisten überraschte in Anbetracht ihrer Geschichte, von der ich damals schon ein gut Teil kannte, war ihre Frische und ihre Einfachheit. Sie war sehr ruhig und ein wenig scheu. Nichts Grobes und Lautes war an ihr, nichts von der Überschwenglichkeit der meisten Mischlinge; es war fast unmöglich, in ihr die Teufelin zu sehen, die diese furchtbaren Eheszenen, über die man inzwischen allgemein sprach, heraufbeschwor. In ihrem hübschen rosafarbenen Kleid und den hochhackigen Schuhen sah sie so völlig europäisch aus, daß mir Zweifel kamen, ob sie sich im Leben der Eingeborenen, das sie führte, wirklich heimisch fühlte. Ich hielt sie keineswegs für intelligent und wäre nicht erstaunt gewesen, wenn man nach einer Weile des Zusammenlebens mit ihr bemerken sollte, wie die Leidenschaft, die einen zu ihr gezogen hatte, langsam in Langeweile verebbte. Die Idee drängte sich mir auf, daß ihr besonderer Reiz vielleicht in ihrer Ungreifbarkeit lag – wie ein Gedanke, der sich dem Bewußtsein ankündigt und entschwindet, ehe er sich ins Wort einfangen läßt; doch war das vielleicht nur meine Phantasie. Sicher wäre mir diese junge Frau, hätte ich nichts von ihr gewußt, nicht mehr aufgefallen als irgendein anderes der vielen schönen Halbblutmädchen.

Sie sprach mit mir über alles, was man mit einem Fremden in Samoa bespricht, über meine Reise, ob ich über die Stromschnellen von Papaseea hergekommen sei und wie lange ich hierzubleiben gedächte. Dann erwähnte sie Schottland, und vielleicht bemerkte ich in ihr eine Neigung, sich über die Pracht ihres dortigen Hauswesens auszulassen. Sie fragte mich naiv, ob ich diese oder jene Mrs. Soundso kenne, mit der sie sich während ihres Aufenthalts im Norden angefreundet hatte.

Dann kam Miller, der dicke Deutschamerikaner, dazu. Er schüttelte allen herzlich die Hand, setzte sich und bat mit seiner lauten, lustigen Stimme um einen Whisky-Soda. Er war fett und schwitzte reichlich. Als er seine goldumrandete Brille abnahm, um sie zu putzen, sah man, daß seine kleinen Augen, die hinter den großen, runden Gläsern so wohlwollend dreinschauten, schlau und listig blitzten. Das Gespräch hatte vor seiner Ankunft oft gestockt; aber er war ein guter Erzähler und ein lustiger Geselle, und bald lachten die beiden Frauen, Ethel und die Gattin meines Gastgebers, herzlich über seine Späße. Er genoß auf der Insel den Ruf, Glück bei Frauen zu haben, und man konnte sehen, daß dieser dicke, grobe, alte und häßliche Mann immer noch die Gabe, zu fesseln, besaß. Sein Humor richtete sich nach dem Begriffsvermögen seiner Umgebung, eine Sache der Einfühlung und Selbstsicherheit, und sein westlicher Akzent gab allem, was er sagte, einen besonderen Anstrich. Schließlich wandte er sich an mich:

»Nun, wenn wir rechtzeitig zum Abendessen zurück sein wollen, müssen wir jetzt aufbrechen. Ich kann Sie im Wagen mitnehmen, wenn Sie Lust haben.«

Ich dankte ihm und erhob mich. Er gab allen anderen die Hand, schritt mit festem, entschlossenem Gang aus dem Zimmer und stieg in den Wagen.

»Hübsches Mädchen, Lawsons Frau«, sagte ich, während wir dahinfuhren.

»Wenn er sie nur nicht so schlecht behandelte. Schlägt sie. Bringt mich in Wut, wenn ich höre, daß ein Mann seine Frau prügelt.«

Wir fuhren eine Weile schweigend weiter. Dann sagte er:

»Er war ein ausgemachter Narr, daß er sie geheiratet hat. Das habe ich schon damals gesagt. Wäre er nur einfach so mit ihr zusammengeblieben, hätte er sie völlig in der Hand gehabt. Ein Weichling ist er, einfach ein Weichling.«

Das Jahr neigte sich seinem Ende zu, und meine Abreise von Samoa rückte näher. Mein Schiff würde am vierten Januar nach Sydney abfahren. Weihnachten war mit den entsprechenden Zeremonien im Hotel gefeiert worden, aber dieser Abend wurde eigentlich mehr als eine Probe für Neujahr angesehen, und die Männer, die sich gewöhnlich im Hotel zusammenfanden, beschlossen, Silvester zu einem ganz großen Fest zu gestalten. Mit einem lärmig-fröhlichen Abendessen begann es, wonach die gesamte Gesellschaft zum englischen Klub pilgerte und dort Billard spielte. Es wurde viel geplaudert, gelacht und gewettet, aber miserabel gespielt. Nur Miller, der ebensoviel getrunken hatte wie die anderen, weit jüngeren Männer, hatte sich ungemindert die Klarheit des Auges und die Sicherheit der Hand bewahrt. Er sackte das Geld der jungen Leute mit Humor und aller Höflichkeit ein. Nach einer Stunde hatte ich davon genug und ging fort. Ich überquerte die Straße und kam zum Strand. Drei Kokospalmen wuchsen da und schienen wie drei Mondjungfrauen auf ihre Liebsten zu warten, und ich saß am Fuß der einen, schaute auf die Lagune und hinauf zur nächtlichen Versammlung der Sterne.

Ich weiß nicht, wo Lawson im Laufe des Abends gewesen war, aber zwischen zehn und elf Uhr kam er in den Klub. Er schlenderte die staubige, leere Straße entlang, fühlte sich elend und gelangweilt und ging, ehe er das Billardzimmer betrat, noch schnell in die Bar, um allein einen Schluck zu trinken. Er zeigte jetzt eine gewisse Scheu, wenn er sich einer größeren Gesellschaft von Weißen zugesellte, und brauchte zur Hebung seines Selbstvertrauens eine gehörige Dosis Whisky. So stand er denn da mit seinem Glas, als Miller in Hemdsärmeln, das Billardqueue in der Hand, auf ihn zukam und dem Barmann einen Blick zuwarf.

»Geh hinaus, Jack«, sagte er.

Der Barmann, ein Eingeborener in weißer Jacke und rotem *Lava-Lava,* entfernte sich wortlos aus dem kleinen Raum.

»Hören Sie, Lawson, ich muß ein Wort mit Ihnen sprechen«, sagte der große Amerikaner.

»Nun«, gab Lawson zurück, »das ist eines der wenigen Dinge, die Sie auf dieser verdammten Insel gratis, umsonst und für nichts haben können.«

Miller schob sich die goldene Brille fester auf die Nase und fixierte Lawson mit kalten, entschlossenen Augen.

»Sehen Sie, mein Junge, ich höre, daß Sie Mrs. Lawson wieder einmal geschlagen haben. Ich bin nicht gewillt, das ruhig mit anzusehen. Wenn Sie nicht sofort damit aufhören, werde ich Ihnen jeden Knochen Ihres dreckigen kleinen Gerippes zerbrechen.«

Jetzt wußte Lawson, was er so lange herauszufinden versucht hatte. Miller war es. Die fette, kahlköpfige Erscheinung dieses Mannes mit dem runden, nackten Gesicht, dem Doppelkinn und der Brille, sein Alter, sein wohlwollender, schlauer Blick gleich dem eines abtrünnigen Priesters und der Gedanke an Ethel, die so schmal, so jungfräulich war, erfüllten ihn plötzlich mit Entsetzen. Welche Fehler Lawson auch gehabt haben mochte, ein Feigling war er nicht. Ohne ein Wort holte er heftig nach Miller aus. Miller fing den Schwung mit der Linken, die das Queue hielt, ab, und ließ, weit ausholend, seine rechte Faust auf Lawsons Ohr niedersausen. Lawson war um zehn Zentimeter kleiner als der Amerikaner und schmächtig gebaut, feingliedrig und schwach, nicht nur durch die Krankheit und den enervierenden Aufenthalt in den Tropen, sondern vor allem durch das Trinken. Wie ein Klotz fiel er um und lag halb betäubt am Fuß der Bar. Miller nahm die Brille von der Nase und rieb sie mit dem Taschentuch sauber.

»Ich vermute, Sie wissen jetzt, was Sie erwartet. Ich habe Sie gewarnt, und Sie tun gut daran, sich danach zu richten.«

Er nahm das Queue und ging ins Billardzimmer zurück. Dort gab es so viel Lärm, daß niemand bemerkt hatte, was hier geschehen war. Lawson raffte sich langsam auf und hob die Hand zum Ohr, das immer noch dröhnte. Dann wankte er aus dem Klub.

Ich sah einen Mann die Straße überqueren, einen weißen Fleck gegen die Schwärze der Nacht, wußte aber nicht, wer es war. Er kam herunter zum Strand, ging an dem Baum vorüber, an dessen Fuß ich saß, und blickte zu Boden. Ich sah nun, daß es Lawson war, schwieg aber, da ich ihn für betrunken hielt. Er tat noch zwei, drei unentschlossene Schritte und machte dann kehrt. Nun kam er unmittelbar auf mich zu, beugte sich nieder und starrte mir ins Gesicht.

»Ich dachte mir, daß Sie es sind«, sagte er.

Er setzte sich und holte seine Pfeife heraus.

»Es war so heiß und laut im Klub«, versuchte ich Konversation zu machen.

»Warum sitzen Sie hier?«

»Ich warte auf die Mitternachtsmesse in der Kathedrale.«

»Wenn es Ihnen recht ist, komme ich mit.«

Lawson war vollkommen nüchtern. Wir saßen eine Zeitlang rauchend und schweigend da. Hier und da hörte man aus der Lagune einen großen Fisch aufschnellen, und weiter draußen bei der Einfahrt am Riff blinkte das Licht eines Schoners.

»Sie reisen nächste Woche ab, nicht wahr?«

»Ja.«

»Es wäre schön, noch einmal heimzukehren. Aber jetzt könnte ich es nicht mehr ertragen. Die Kälte, wissen Sie.«

»Merkwürdiger Gedanke, daß jetzt in England alle um den Kamin sitzen und frieren!« sagte ich.

Kein Lüftchen regte sich. Der balsamische Duft der Nacht war magisch. Ich trug nichts als ein Hemd und einen Leinenanzug, genoß die köstliche Wärme und streckte die Glieder wohlig aus.

»Das ist kein Silvester, das einen veranlaßt, gute Vorsätze für das neue Jahr zu fassen«, sagte ich lächelnd. Er erwiderte nichts auf meine hingeworfene Bemerkung, und ich weiß nicht, welchen Gedankengang sie in ihm auslöste, aber plötzlich begann er zu reden. Er sprach mit leiser Stimme ohne Ausdruck, aber seine Worte waren die eines gebildeten Menschen, und es tat mir gut, ihm zuzuhören nach dem Stimmengewirr und den rauhen Reden, die vorher mein Ohr verletzt hatten.

»Mein Leben ist ganz schön verpfuscht. Das sieht jeder, nicht wahr? Ich bin ganz tief unten, und nichts kann mir wieder heraufhelfen. Und das seltsamste daran ist, daß ich nicht sehe, was ich falsch gemacht habe.«

Ich hielt den Atem an, denn für mich gibt es nichts Ehrfurchtgebietenderes, als wenn mir jemand die Nacktheit seiner Seele offenbart. Dann stellt man fest, daß niemand so bedeutungslos oder heruntergekommen ist, daß er nicht noch etwas Mitgefühl in uns erregen könnte.

»Es wäre gar nicht so hoffnungslos, wenn ich sehen könnte, daß alles mein eigener Fehler war. Jawohl, ich trinke, aber es wäre nicht so weit mit mir gekommen, wenn sich die Dinge anders entwickelt hätten. Ich habe mir gar nicht viel aus dem Alkohol gemacht. Ich glaube, ich hätte Ethel nicht heiraten sollen. Wenn ich nur mit ihr gelebt hätte, wäre alles gut gewesen. Aber ich habe sie so geliebt.«

Die Stimme versagte ihm.

»Sie ist kein schlechter Mensch, verstehen Sie, nicht wirklich schlecht. Es hat einfach nicht sollen sein. Wir hätten glücklich leben können wie die Götter. Als sie mir davonlief, hätte ich sie aufgeben müssen, aber ich konnte nicht – ich hing so sehr an ihr. Und da war auch noch der Kleine.«

»Hängen Sie sehr an ihm?« fragte ich.

»Ich hing an beiden. Es sind zwei, wissen Sie. Aber jetzt bedeuten sie mir nicht mehr so viel. Man würde sie ohnehin für Eingeborene halten. Ich muß samoanisch mit ihnen sprechen.«

»Ist es zu spät für Sie, ganz von vorne zu beginnen? Könnten Sie nicht alles auf eine Karte setzen und von hier fortgehen?«

»Ich habe nicht die Kraft dazu. Ich bin erledigt.«

»Lieben Sie Ihre Frau immer noch?«

»Nein. Nicht mehr. Nicht mehr.« Er wiederholte diese beiden Worte mit einer Art Entsetzen in der Stimme. »Nicht einmal das habe ich mehr. Mit mir ist es zu Ende.«

Die Glocken der Kathedrale begannen zu läuten.

»Wenn Sie wirklich zur Mitternachtsmesse mit mir gehen wollen, müssen wir jetzt aufbrechen«, sagte ich.

»Also los.«

Wir standen auf und gingen die Straße entlang. Die eindrucksvolle schneeweiße Kathedrale blickte zum Meer. Neben ihr sahen die Kapellen der Protestanten wie Versammlungshäuser aus. Auf der Straße standen zwei, drei Autos und sehr viele Kutschen. Von allen Teilen der Insel waren die Leute zum Gottesdienst gekommen, und durch die offene Tür sahen wir, daß das Haus überfüllt war. Der Hochaltar strahlte von Kerzenlicht. Einige wenige Weiße waren da und eine erhebliche Anzahl von Mischlingen, aber die große Mehrheit bestand aus Eingeborenen. Alle Männer trugen lange Hosen, denn die Kirche hatte die *Lava-Lavas* für unschicklich erklärt. Ganz hinten, in der Nähe des Eingangs, fanden wir noch zwei Stühle. Als ich Lawsons Blick folgte, sah ich Ethel in Gesellschaft von einigen Mischlingen. Alle waren sehr elegant gekleidet, die Männer trugen hohe steife Kragen und blitzblanke Schuhe, die Frauen große, bunte Hüte. Ethel nickte und lächelte ihren Bekannten zu, als sie durch das Schiff ging. Der Gottesdienst begann.

Als er vorüber war, traten Lawson und ich beiseite, um die Menge hinausströmen zu lassen. Dann streckte er mir die Hand hin. »Gute Nacht!« sagte er. »Ich wünsche Ihnen eine gute Heimreise.«

»Oh, ich sehe Sie doch sicher noch vorher.«

Er kicherte.

»Die Frage ist nur, ob Sie mich betrunken oder nüchtern sehen werden.«

Er wandte sich ab und ging fort. Seine sehr großen schwarzen Augen, die wild unter den buschigen Brauen hervorschauten, blieben mir in Erinnerung. Ich stand unentschlossen da. Da ich gar nicht müde war, beschloß ich, auf jeden Fall noch vor dem Schlafengehen eine Stunde im Klub zuzubringen. Als ich dort ankam, fand ich den Billardsaal leer, aber ein halbes Dutzend Männer saß noch im Vestibül um einen Tisch und spielte Poker. Miller schaute auf, als ich eintrat.

»Kommen Sie her und halten Sie mit«, sagte er.

»Gut.«

Ich kaufte einige Chips und begann zu spielen. Da dies das fesselndste Spiel der Welt ist, wurden aus der einen Stunde zwei und schließlich drei. Der eingeborene Barmann, der trotz der vorgerückten Stunde noch munter und hellwach war, hielt sich ständig in der Nähe, um uns mit Getränken zu versorgen; und von irgendwoher zauberte er sogar einen Schinken und einen Laib Brot.

Wir spielten weiter. Die meisten hatten bereits etwas mehr getrunken, als ihnen guttat, und man spielte hoch und leichtsinnig. Ich selbst hielt mich zurück, war weder sehr begierig zu gewinnen noch ängstlich zu verlieren, doch beobachtete ich Miller mit wachsendem Interesse. Er trank Glas um Glas wie die übrigen, blieb aber kühl und überlegen. Der Haufen von Chips vor ihm wurde immer größer; neben sich hatte er ein sauberes kleines Blatt Papier, auf das er die Summen eintrug, die er den anderen Spielern, die im Verlust waren, borgte. Freundlich strahlte er die jungen Männer an, deren Geld er einheimste, unaufhörlich floß sein Strom von Witzen und Anekdoten, aber er verpaßte keine

Karte, und kein Ausdruck auf den Gesichtern entging ihm. Schließlich zeigte sich, zaghaft und scheu, als habe es hier nichts zu suchen, bereits Dämmerlicht in den Fenstern, und dann war es Tag.

»Nun«, sagte Miller, »ich glaube, wir haben das alte Jahr stilgemäß beendet. Spielen wir noch eine letzte Runde, und dann in die Klappe mit mir. Bedenken Sie, ich bin fünfzig, ich kann nicht so lange aufbleiben.«

Der Morgen war herrlich und frisch, als wir auf die Veranda traten, und die Lagune schimmerte wie eine vielfarbige Glasscheibe. Jemand schlug einen Sprung ins Wasser vor, aber niemand wollte in der Lagune baden, da sie klebrig und von unzuverlässiger Tiefe ist. Miller hatte seinen Wagen vor der Tür und bot an, uns zum Teich zu bringen. Wir sprangen hinein und fuhren die ausgestorbene Straße entlang. Als wir am Teich anlangten, sah es aus, als habe der Tag hier noch nicht begonnen. Das Wasser unter den Bäumen lag im Schatten, und die Nacht säumte noch ein wenig. Wir waren bester Laune. Weder Handtuch noch Badekostüm führten wir mit uns, und ich fragte mich in meiner Bedachtsamkeit, wie wir uns wohl nachher trockenreiben könnten. Keiner hatte viel an, so daß wir nicht lange zum Ausziehen brauchten. Nelson, der kleine Superkargo, war als erster nackt.

»Ich will bis zum Grund tauchen«, sagte er und sprang hinein.

Ein anderer tat das gleiche, ging aber nicht so tief und kam schneller wieder herauf. Dann erschien Nelson und strampelte mit Händen und Füßen.

»Zieht mich heraus!« rief er.

»Was ist los?«

Irgend etwas war ihm anscheinend widerfahren. Sein Gesicht trug einen entsetzten Ausdruck. Zwei von den Männern reichten ihm die Hand und halfen ihm herauf.

»Hört einmal, da ist ein Mensch unten.«

»Sei nicht dumm, du bist einfach betrunken.«

»Also wenn es nicht wahr ist, bin ich reif fürs Irrenhaus. Aber ich sage euch, da ist ein Mensch unten. Ich habe mich halb zu Tode erschreckt.«

Miller schaute ihn an. Der kleine Mann war kalkweiß. Er zitterte sogar.

»Kommen Sie, Caster«, sagte Miller zu dem großen Australier, »schauen wir nach, was da los ist.«

»Er steht aufrecht«, berichtete Nelson, »ist ganz angezogen. Ich habe ihn gesehen. Er hat versucht, sich an mir festzuhalten.«

»Still!« sagte Miller. »Fertig?«

Sie tauchten. Wir warteten schweigend am Ufer. Es schien uns, als blieben sie länger unter Wasser, als man es aushalten kann. Dann kam Caster herauf und gleich darauf, so rot im Gesicht, als werde er einen Anfall bekommen, Miller. Sie zogen etwas hinter sich her. Ein dritter sprang hinein, um ihnen zu helfen. So schleppten sie ihre Bürde an Land und zogen sie heraus. Da sahen wir, es war Lawson mit einem großen Stein, den er in seine Jacke gewickelt und sich an die Füße gebunden hatte.

»Er war anscheinend entschlossen, wenigstens dies richtig zu machen«, sagte Miller und wischte sich das Wasser aus den kurzsichtigen Augen.

Der Brief

Auf dem Kai draußen brannte die Sonne sengend nieder. Ein Strom von Autos – Lastwagen, Omnibusse, Personenwagen und Taxis – bahnte sich den Weg durch den Verkehr der überfüllten Straße, und jeder Chauffeur ließ die Hupe ertönen. Rikschas schlängelten sich durch die Menge, und die keuchenden Kulis hatten noch genug Atem, einander anzubrüllen. Kulis mit schweren Ballen auf den Schultern rannten im Laufschritt durch die Menge und schrien den Vorübergehenden laut zu, Platz zu machen. Hausierer priesen ihre Waren an. In Singapur stoßen hundert Völker aufeinander; Menschen aller Hautfarben – schwarze Tamilen, gelbe Chinesen, braune Malaien, Armenier, Juden und Inder – schrien heiser durcheinander. Aber in der Anwaltskanzlei Ripley, Joyce & Naylor war es nach der staubigen Grelle der Straße dunkel und kühl und nach dem unaufhörlichen Lärm angenehm ruhig. Mr. Joyce saß am Schreibtisch seines Privatbüros, während der elektrische Ventilator auf vollen Touren lief. Er lehnte sich zurück, die Ellbogen auf der Stuhllehne, und legte die Spitzen der ausgestreckten Finger beider Hände fein säuberlich zusammen. Sein Blick ruhte auf den abgegriffenen Bänden der Gerichtsentscheide, die ihm gegenüber auf einem Regal aneinandergereiht waren. Oben auf einem Schrank standen viereckige lackierte Blechschachteln, auf denen die Namen verschiedener Klienten verzeichnet waren.

Es klopfte an der Tür.

»Herein!«

Sein chinesischer Sekretär und Mitarbeiter, sehr elegant in seiner weißen Leinenhose, öffnete die Tür und sagte: »Mr. Crosbie ist da, Sir.«

Er sprach ein gepflegtes Englisch, wobei er jedes Wort deutlich aussprach. Mr. Joyce hatte sich schon oft über seinen reichen Wortschatz gewundert. Ong Chi Seng stammte aus Kanton und hatte in England Jura studiert. Er wollte ein paar Jahre bei Ripley, Joyce & Naylor arbeiten, um sich dann selbständig zu machen. Er war fleißig, zuvorkommend und von mustergültigem Charakter.

»Führen Sie ihn herein«, sagte Mr. Joyce. Er stand auf, um seinem Besucher die Hand zu drücken, und bat ihn, Platz zu nehmen. Das Licht fiel auf ihn, als er sich setzte. Das Gesicht von Mr. Joyce blieb im Schatten. Er war von Natur schweigsam, und jetzt musterte er Robert Crosbie eine Zeitlang, ohne ein Wort zu sagen. Crosbie war ein wuchtiger Mann, etwas über einen Meter achtzig groß, mit breiten Schultern und muskulös. Er war Kautschukpflanzer, gut in Form durch die dauernden Rundgänge über die Plantage und das Tennis, das seine Erholung nach der Arbeit des Tages war. Er war stark sonnenverbrannt. Seine behaarten Hände, seine in derben Schuhen steckenden Füße waren riesig, und Mr. Joyce dachte unwillkürlich, daß ein Schlag mit dieser großen Faust genügen würde, um einen schmächtigen Tamilen auf der Stelle zu töten. Aber in seinen blauen Augen lag nichts Gewaltsames; sie waren im Gegenteil vertrauenerweckend und gutmütig. Sein Gesicht mit den etwas groben, unausgeprägten Zügen war offen, freimütig und ehrlich. Aber in diesem Augenblick zeigte es einen Ausdruck tiefer Niedergeschlagenheit. Es wirkte verhärmt und eingefallen.

»Sie sehen so aus, als hätten Sie in den letzten Nächten nicht viel geschlafen«, bemerkte Mr. Joyce.

»Das habe ich auch nicht.«

Mr. Joyce bemerkte jetzt den alten Filzhut mit der breiten Krempe, den Crosbie auf den Tisch gelegt hatte. Seine Blicke schweiften zu der kurzen Khakihose, welche die kräftigen, leicht rötlich behaarten Schenkel seines Besuchers sehen ließ, dann zu dem am Hals offenen Tennishemd und der fleckigen Khakijacke mit den aufgekrempelten Ärmeln. Crosbie sah so aus, als käme er gerade erst von einem langen Rundgang zwischen den Kautschukbäumen zurück. Mr. Joyce runzelte leicht die Stirn.

»Sie müssen sich zusammenreißen, alter Junge. Sie müssen einen kühlen Kopf bewahren.«

»Ach, meinetwegen brauchen Sie sich keine Sorgen zu machen.«

»Haben Sie denn Ihre Frau heute gesprochen?«

»Nein, ich sehe sie erst am Nachmittag. Wissen Sie, es ist eine verdammte Schande, daß man sie verhaftet hat.«

»Ich fürchte, man konnte nicht anders«, erwiderte Mr. Joyce in seinem ausgeglichenen, sanften Ton.

»Ich hätte gedacht, man würde sie gegen Kaution freilassen.«

»Es ist eine sehr schwerwiegende Beschuldigung.«

»Unsinn! Sie hat nur getan, was jede anständige Frau an ihrer Stelle getan hätte. Nur würden neun von zehn Frauen nicht den Mut dazu haben. Leslie ist die beste Frau von der Welt. Sie täte keiner Fliege etwas zuleide. Zum Teufel, mein

Lieber – ich bin schließlich zwölf Jahre mit ihr verheiratet, glauben Sie, ich kenne sie nicht? Wahrhaftig, wenn ich den Kerl zu fassen bekommen hätte, ich hätte ihm den Hals umgedreht. Ich hätte ihn umgebracht, ohne auch nur mit der Wimper zu zucken. Das hätten Sie doch auch getan.«

»Mein lieber Freund, jedermann ist auf Ihrer Seite. Niemand hat ein gutes Wort für Hammond einzulegen. Wir werden sie da schon herausbringen. Ich kann mir nicht vorstellen, daß die Geschworenen oder der Richter zu Gericht sitzen werden, ohne bereits vorher zu dem Entschluß gekommen zu sein, ein ›nicht schuldig‹ zu fällen.«

»Die ganze Geschichte ist eine Farce«, brach es aus Crosbie heftig hervor. »Erst einmal hätte man sie überhaupt nicht verhaften dürfen, und dann ist es schrecklich, nach allem, was das arme Mädchen durchgemacht hat, sie noch der Qual einer Gerichtsverhandlung auszusetzen. Seitdem ich in Singapur bin, habe ich nicht einen einzigen Menschen getroffen, ob Mann oder Frau, der mir nicht versichert hätte, daß Leslie vollkommen im Recht war. Ich finde es ganz scheußlich, sie alle diese Wochen im Gefängnis festzuhalten.«

»Gesetz ist Gesetz. Schließlich gibt sie zu, den Mann getötet zu haben. Es ist schrecklich, und Sie und Ihre Frau tun mir furchtbar leid.«

»Meine Person ist hier gänzlich belanglos«, unterbrach ihn Crosbie.

»Aber die Tatsache bleibt, daß ein Mord oder Totschlag begangen wurde. In einer zivilisierten Gemeinschaft ist daher eine Untersuchung unvermeidlich.«

»Ist es Mord, schädliches Ungeziefer auszutilgen? Sie hat ihn erschossen wie einen tollwütigen Hund.«

Mr. Joyce lehnte sich in seinem Sessel zurück und legte wieder die Spitzen seiner zehn Finger aneinander. Es sah aus wie das Gerüst eines Daches. Er schwieg einen Augenblick.

»Ich würde meine Pflicht als Ihr Rechtsberater vernachlässigen«, sagte er schließlich mit gleichmäßiger Stimme und sah seinen Klienten mit seinen kühlen braunen Augen an, »wenn ich Sie nicht darauf aufmerksam machen würde, daß es einen Punkt gibt, der mir ein wenig Sorgen macht. Hätte Ihre Frau nur einen Schuß auf Hammond abgegeben, so wäre das Ganze eine glatte Sache. Aber unglücklicherweise feuerte sie sechsmal.«

»Leslies Erklärung dafür ist sehr einfach. Unter den gegebenen Umständen hätte jedermann dasselbe getan.«

»Das darf man wohl behaupten«, stimmte Mr. Joyce zu, »und natürlich finde ich ihre Erklärung sehr einleuchtend. Aber wir dürfen die Augen nicht vor den Tatsachen verschließen. Es ist immer richtig, sich an die Stelle des anderen zu versetzen, und ich kann nicht leugnen, daß ich, wenn ich der Staatsanwalt wäre, meine ganze Untersuchung auf diesen einen Punkt richten würde.«

»Lieber Freund, das ist doch reiner Unsinn.«

Mr. Joyce warf einen scharfen Seitenblick auf Robert Crosbie. Der Schatten eines Lächelns huschte über seine schmalen Lippen. Crosbie war ein guter Kerl, aber als intelligent konnte man ihn kaum bezeichnen.

»Vielleicht hat es nichts weiter auf sich«, fuhr der Anwalt fort, »ich dachte nur, ich sollte es lieber erwähnen. Sie brauchen jetzt nicht mehr sehr lange zu warten, und wenn alles vorbei ist, rate ich Ihnen, mit Ihrer Frau eine kleine Erholungsreise zu machen und das Ganze zu vergessen. Obwohl wir so gut wie todsicher sind, einen Freispruch zu erzielen, ist ein derartiger Prozeß doch immer eine aufregende Angelegenheit. Sie beide werden Erholung brauchen.«

Zum erstenmal lächelte Crosbie, und sein Lächeln veränderte sein Gesicht seltsam. Man vergaß seine Ungeschlachtheit und sah nur noch seine Seelengüte.

»Ich glaube, ich werde eine Erholung nötiger haben als Leslie. Sie trägt es wundervoll. Diese Frau hat wahrhaftig Mut!«

»Ja, ich habe sehr bewundert, wie sie sich in der Gewalt hat«, bemerkte der Anwalt. »Nie hätte ich sie einer solchen Entschlossenheit für fähig gehalten.«

Seine Pflichten als ihr Verteidiger hatten es notwendig gemacht, daß er seit ihrer Verhaftung mehrere Unterredungen mit Mrs. Crosbie hatte. Obgleich man ihr die Dinge so leicht wie möglich gemacht hatte, blieb doch die Tatsache bestehen, daß sie im Gefängnis saß und auf ihre Verhandlung wegen Mordes wartete. Es wäre nicht weiter erstaunlich gewesen, wenn ihre Nerven versagt hätten. Sie schien ihre harte Prüfung jedoch mit Fassung zu ertragen. Sie las viel, trieb so gut wie möglich Gymnastik und arbeitete dank dem Entgegenkommen der Behörden an der Klöppelspitze, die während ihrer langen Mußestunden schon immer ihr Zeitvertreib gewesen war. Wenn Mr. Joyce zu ihr in die Zelle kam, trug sie immer ein hübsches, frisches, einfaches Kleid, ihr Haar war sorgfältig frisiert, und ihre Nägel waren manikürt. Sie war stets gefaßt. Sie konnte sogar über die kleinen Unbequemlichkeiten ihrer Lage scherzen. Es war etwas Bagatellisierendes an der Art und Weise, wie sie über die Tragödie sprach, so daß Mr. Joyce den Eindruck hatte, nur ihre gute Kinderstube hindere sie daran, eine Situation, die äußerst ernst war, ein klein wenig lächerlich zu finden. Das überraschte ihn, denn er hatte ihr nie Sinn für Humor zugetraut.

Er hatte sie während der letzten Jahre hin und wieder gesehen. Wenn sie nach Singapur kam, ging sie gewöhnlich mit seiner Frau und ihm zum Essen aus, und ein paarmal hatte sie ein Wochenende mit ihnen in ihrem Bungalow am Meer verbracht. Seine Frau hatte einen vierzehntägigen Urlaub bei ihnen auf der Plantage verlebt und war dort Geoffrey Hammond mehrmals begegnet. Die beiden Ehepaare waren freundschaftlich, wenn auch nicht übertrieben eng miteinander verbunden, und deshalb war Robert Crosbie sofort nach der Katastrophe nach Singapur geeilt und hatte Mr. Joyce gebeten, die Verteidigung seiner unglücklichen Frau persönlich zu übernehmen.

Nie hatte sie die Geschichte abgewandelt, die sie ihm berichtete, als er sie zum erstenmal aufsuchte – nie auch nur in der geringsten Einzelheit. Sie erzählte sie damals, wenige Stunden nach der Tragödie, ebenso kühl wie jetzt. Sie erzählte sie fließend, mit ruhiger, nie schwankender Stimme. Das einzige Anzeichen ihrer Verwirrung war, daß ihr bei der Schilderung von ein paar Einzelheiten eine leise Röte ins Gesicht stieg. Sie war die letzte Frau, von der man erwartet hätte, daß ihr so etwas passieren würde. Sie war Anfang Dreißig – ein zartes Persönchen, weder groß noch klein, eher graziös als hübsch. Ihre Hand- und Fußgelenke waren sehr schmal; sie war ungewöhnlich schlank, man konnte die Knochen ihrer Hand durch die helle Haut schimmern sehen sowie große und blaue Adern. Ihr Gesicht war farblos, ein wenig wächsern, und ihre Lippen waren bleich. Die Farbe ihrer Augen nahm man nicht wahr. Sie hatte üppiges hellbraunes Haar, das auf natürliche Weise leicht gewellt war. Es war die Art von Haar, das mit einer entsprechenden Frisur sehr hübsch gewesen wäre, aber man konnte sich nicht vorstellen, daß Mrs. Crosbie daran dachte, einen solchen Kunstgriff anzuwenden.

Sie war die letzte Frau in der Welt, der man einen Mord zutrauen würde.

Mr. Joyce verabschiedete sich von Robert Crosbie mit beruhigenden Worten, und als er wieder allein in seinem Büro war, blätterte er in der Akte Crosbie. Es war eine rein mechanische Handlung, denn alle Einzelheiten waren ihm seit langem vertraut. Der Fall war *die* Sensation, wurde in allen Klubs diskutiert und bildete überall das Tischgespräch, von Singapur bis Penang. Der Tatbestand, den Mrs. Crosbie angab, war einfach. Ihr Mann war geschäftlich nach Singapur gefahren, und sie war für die Nacht allein geblieben. Sie aß spät, um Viertel vor neun, zu Abend und saß nach dem Essen im Wohnzimmer und arbeitete an ihrem Klöppelkissen. Das Wohnzimmer hatte eine Tür zur Veranda. Niemand sonst befand sich im Bungalow, denn die Dienerschaft hatte sich in ihre eigenen, hinter dem Wohnhaus gelegenen Quartiere zurückgezogen. Sie war erstaunt, Schritte auf dem Kiesweg zu hören – beschuhte Schritte, die eher auf einen Weißen als auf einen Eingeborenen schließen ließen. Sie hatte kein Auto vorfahren hören und konnte sich nicht vorstellen, wer sie um diese späte Stunde besuchen sollte. Jemand stieg die paar Stufen der Vortreppe hinauf, die zum Bungalow führte, ging über die Veranda und erschien in der

Tür des Zimmers, in dem sie saß. Im ersten Augenblick erkannte sie den Besucher nicht. Sie saß neben einer abgeschirmten Lampe, und er stand mit dem Rücken zur Dunkelheit.

»Darf ich hereinkommen?« fragte er.

Sie erkannte nicht einmal seine Stimme.

»Wer ist da?« erkundigte sie sich.

Sie hatte zum Klöppeln eine Brille aufgesetzt, die sie abnahm, während sie sprach.

»Ich bin's – Geoffrey Hammond.«

»Aber bitte. Kommen Sie herein und trinken Sie etwas.«

Sie stand auf und schüttelte ihm herzlich die Hand. Sie war ein wenig überrascht, ihn zu sehen, denn obwohl er nicht weit von ihnen wohnte, hatten weder sie noch Robert in letzter Zeit in enger Verbindung mit ihm gestanden. Seit Wochen hatte sie ihn nicht mehr gesehen. Er war Verwalter einer Kautschukplantage, die fast acht Meilen von ihnen entfernt lag, und sie fragte sich, warum er diese späte Stunde gewählt hatte, um herzukommen und sie zu besuchen.

»Robert ist nicht da«, erklärte sie. »Er bleibt die Nacht über in Singapur.«

Vielleicht glaubte er, sein Besuch bedürfe einer Erklärung, denn er sagte: »Verzeihen Sie. Ich habe mich heute abend recht einsam gefühlt, und da dachte ich, ich würde eben mal vorbeischauen und sehen, wie es Ihnen geht.«

»Wie um alles in der Welt sind Sie hergekommen? Ich habe keinen Wagen gehört.«

»Ich habe ihn unten an der Straße stehen lassen. Ich dachte, Sie beide seien womöglich schon zu Bett gegangen.«

Das war durchaus natürlich. Ein Pflanzer steht bei Morgengrauen auf, um die Kulis namentlich aufzurufen, und ist froh, bald nach dem Abendessen ins Bett zu kommen. Hammonds Wagen wurde auch tatsächlich am nächsten Tag eine Viertelmeile von dem Bungalow entfernt gefunden.

Da Robert fort war, stand die Whiskyflasche nicht im Zimmer. Leslie rief nicht nach dem Boy, der vermutlich schon schlief, sondern holte sie selbst. Ihr Gast mischte sich einen Drink und stopfte seine Pfeife.

Geoffrey Hammond hatte viele Freunde in der Kolonie. Er war zu dem Zeitpunkt Ende Dreißig, war aber bereits als junger Bursche nach Fernost gekommen. Bei Ausbruch des Krieges hatte er sich als einer der ersten freiwillig gemeldet und sich tapfer bewährt. Wegen einer Verwundung am Knie wurde er zwei Jahre später als dienstuntauglich aus der Armee entlassen, kehrte jedoch nach dem Krieg mit einer Tapferkeitsauszeichnung und dem Militärverdienstkreuz wieder nach Malaya zurück. Er war einer der vorzüglichsten Billardspieler der Kolonie. Er war ein hervorragender Tänzer und ein glänzender Tennisspieler gewesen, und wenn er auch mit seinem steifen Knie nicht mehr tanzen konnte und Tennis nicht mehr so gut wie früher spielte, hatten ihn doch alle Leute gern. Er war ein hochgewachsener, gutaussehender Mann mit sympathischen blauen Augen und einem schön geformten Kopf mit dichtem schwarzem, naturgelocktem Haar. Leute, die schon lange im Osten lebten, behaupteten, sein einziger Fehler sei, daß er zu sehr hinter den Frauen her sei. Nach der Katastrophe schüttelten sie die Köpfe und beteuerten, sie hätten schon immer gewußt, daß ihn das eines schönen Tages in Schwierigkeiten bringen würde.

Er begann jetzt, mit Leslie über die örtlichen Ereignisse, die bevorstehenden Rennen in Singapur, den Kautschukpreis und über seine Aussichten, einen kürzlich in der Gegend gesichteten Tiger zu erlegen, zu plaudern. Sie war darauf bedacht, das Stück Spitze, an dem sie arbeitete, bis zu einem bestimmten Datum fertigzubringen, denn sie wollte es ihrer Mutter zum Geburtstag heimsenden. Sie setzte daher ihre Brille wieder auf und zog das Tischchen, auf dem die Arbeit lag, näher zu ihrem Stuhl heran.

»Ich wollte, Sie würden nicht diese große Hornbrille tragen«, sagte Hammond plötzlich. »Ich kann nicht begreifen, wie eine so hübsche Frau wie Sie alles tut, um hausbacken auszusehen.«

Sie war ein wenig verblüfft über diese Bemerkung. Noch nie zuvor hatte er in diesem Ton mit ihr gesprochen. Sie hielt es für das beste, es nicht weiter tragisch zu nehmen.

»Ich habe nicht den Ehrgeiz, eine hinreißende Schönheit zu sein, und wenn Sie mich schon fragen, dann sage ich Ihnen rundheraus, daß ich darauf pfeife, ob Sie mich hausbacken finden oder nicht.«

»Ich finde Sie nicht hausbacken. Ich finde Sie unglaublich hübsch.«

»Sehr freundlich von Ihnen«, gab sie ironisch zur Antwort. »Aber in diesem Fall kann ich Sie nur für halb bei Verstand halten.«

Er lachte in sich hinein, stand jedoch von seinem Sessel auf und setzte sich in einen anderen neben sie.

»Sie werden es nicht leugnen wollen, daß Sie die hübschesten Hände der Welt haben«, fing er wieder an.

Er machte eine Bewegung, als wolle er eine von ihnen ergreifen. Sie versetzte ihm einen kleinen Klaps. »Seien Sie kein Dummkopf! Setzen Sie sich wieder dahin, wo Sie vorher waren, und sprechen Sie vernünftig, sonst schicke ich Sie nach Hause.«

Er rührte sich nicht.

»Wissen Sie nicht, daß ich schrecklich verliebt in Sie bin?« sagte er.

Sie blieb völlig ungerührt.

»Nein, das glaube ich keinen Augenblick, und selbst wenn es wahr wäre, will ich es nicht hören.«

Sie war um so erstaunter über seine Worte, als er ihr in den sieben Jahren ihrer Bekanntschaft nie besondere Aufmerksamkeit geschenkt hatte. Nach seiner Rückkehr aus dem Krieg hatten sie einander ziemlich häufig gesehen, und einmal, als Hammond krank war, hatte Robert ihn geholt und in seinem Wagen zu ihnen nach Hause gebracht. Vierzehn Tage lang war er bei ihnen geblieben. Aber sie hatten verschiedenartige Interessen, und in den letzten zwei oder drei Jahren hatten sie ihn wenig gesehen.

Jetzt schenkte er sich noch ein Glas Whisky mit Soda ein. Leslie fragte sich, ob er vielleicht schon vorher getrunken hatte. Es war etwas Sonderbares an ihm – und es machte sie ein wenig unsicher. Mißbilligend sah sie ihm zu, wie er sich bediente.

»An Ihrer Stelle würde ich nichts mehr trinken«, meinte sie, noch immer gut gelaunt.

Er leerte sein Glas und stellte es hin.

»Glauben Sie vielleicht, ich rede so zu Ihnen, weil ich zuviel getrunken habe?« wollte er plötzlich wissen.

»Das ist die wahrscheinlichste Erklärung.«

»Nein, es stimmt nicht. Ich habe Sie immer geliebt, seit ich Sie kenne. Ich habe geschwiegen, solange ich konnte, und jetzt muß es heraus. Ich liebe Sie, ich liebe Sie, ich liebe Sie!«

Sie stand auf und legte sorgfältig das Klöppelkissen beiseite.

»Gute Nacht«, sagte sie.

»Ich gehe jetzt nicht.«

Schließlich begann sie die Geduld zu verlieren.

»Aber wissen Sie denn nicht, Sie armer Narr, daß ich nie jemand anderen geliebt habe als Robert, und selbst wenn ich Robert nicht lieben würde, wären Sie der letzte Mann, an dem mir etwas läge.«

»Was kümmert mich das? Robert ist fort.«

»Wenn Sie nicht auf der Stelle gehen, rufe ich die Boys und lasse Sie hinauswerfen.«

»Sie sind außer Hörweite.«

Sie war jetzt sehr zornig. Sie machte eine Bewegung, als wollte sie auf die Veranda hinausgehen, von der aus der Hausboy sie sicherlich hören würde; aber er hielt sie am Arm fest.

»Lassen Sie mich los!« schrie sie wütend.

»Nichts da. Jetzt habe ich Sie.«

Sie rief aus Leibeskräften: »Boy! Boy!« Aber er legte ihr mit einer raschen Bewegung die Hand auf den Mund. Bevor sie wußte, was er wollte, hatte er sie in die Arme genommen und küßte sie leidenschaftlich. Sie wehrte sich und wandte die Lippen von seinem begehrlichen Mund weg.

»Nein, nein, nein!« schrie sie. »Lassen Sie mich! Ich will nicht.«

Sie wußte nicht mehr ganz klar, was dann geschehen war.

An alles vorher Gesagte erinnerte sie sich genau, jetzt aber drangen seine Worte wie durch einen Nebel von Angst und Entsetzen an ihre Ohren. Er schien sie um ihre Liebe zu beschwören. Er brach in heftige leidenschaftliche Beteuerungen aus. Und die ganze Zeit hielt er sie in seiner stürmischen Umarmung fest. Sie war hilflos, denn er war ein kräftiger Mann, und sie konnte ihre Arme nicht aus seiner Umklammerung befreien. Er küßte ihren Mund, ihre Augen, ihre Wangen, ihre Haare. Der heftige Druck seiner Arme erstickte sie fast. Er hob sie hoch. Sie versuchte, mit den Füßen nach ihm zu stoßen, aber er hielt sie nur um so fester. Er trug sie jetzt. Er sagte nichts mehr; aber sie sah, daß sein Gesicht bleich und seine Augen brennend vor Verlangen waren. Er schleppte sie ins Schlafzimmer. Er war kein zivilisierter Mensch mehr, sondern ein Wilder. Beim Laufen stieß er gegen einen im Weg stehenden Tisch. Sein steifes Knie machte ihn ein wenig linkisch und unsicher auf den Beinen, so daß er mit der Last der Frau auf seinen Armen zu Boden fiel. Im Nu hatte sie sich von ihm befreit. Sie lief um das Sofa. Er war sogleich wieder auf den Füßen und stürzte sich auf sie. Dort auf dem Schreibtisch lag ein Revolver. Sie war keine überängstliche Frau, aber Robert war die Nacht über abwesend, und sie hatte die Waffe in ihr Zimmer mitnehmen wollen, wenn sie zu Bett ging. Darum lag sie da. Sie war jetzt wie von Sinnen vor Angst. Sie wußte nicht mehr, was sie tat. Sie hörte einen Schuß. Sie sah Hammond wanken. Er sagte etwas, was, wußte sie nicht. Dann taumelte er aus dem Zimmer hinaus auf die Veranda. Sie war jetzt in einer Raserei, wie um den Verstand gebracht, sie folgte ihm… ja, so war es… sie mußte ihm ins Freie nachgefolgt sein, wenn sie sich auch an nichts mehr von all dem erinnern konnte. Sie folgte ihm und feuerte automatisch Schuß um Schuß, bis die sechs Kammern leer waren. Hammond stürzte auf den Boden der Veranda, zusammengekrampft zu einem blutigen Haufen.

Als die Boys, aufgeschreckt durch die Schüsse, angelaufen kamen, fanden sie Mrs. Crosbie über Hammond gebeugt dastehen, noch den Revolver in der Hand – und Hammond war leblos. Sie starrte die Boys einen Augenblick wortlos an. Dann ließ sie den Revolver aus der Hand fallen, wandte sich schweigend um und ging ins Wohnzimmer. Sie hörten, wie sie in ihr Schlafzimmer ging und den Schlüssel im Schloß drehte. Sie wagten nicht, die Leiche zu berühren, sondern starrten sie aus entsetzten Augen an. Aufgeregt sprachen sie im Flüsterton miteinander. Dann faßte sich der Erste Boy ein Herz – er war seit vielen Jahren bei ihnen; er war ein Chinese und ein besonnener Kerl. Robert war mit dem Motorrad nach Singapur gefahren, und der Wagen stand in der Garage. Er sagte dem Hausboy, er solle ihn herausfahren. Sie müßten sofort zum Distriktsverwaltungsbeamten und ihm berichten, was vorgefallen war.

Der Distriktsbeamte, ein Mann namens Withers, wohnte am Rande der nächsten Stadt, die etwa fünfunddreißig Meilen entfernt lag. Sie brauchten über eine Stunde, um ihn zu erreichen. Alles schlief bereits, und sie mußten seine Boys wecken. Endlich kam Withers heraus, und sie berichteten ihm, was geschehen war. Der Erste Boy zeigte ihm den Revolver als Beweis für seine Aussage. Der Beamte ging in sein Zimmer, um sich anzuziehen, ließ seinen Wagen vorfahren und folgte ihnen kurz darauf auf der verlassenen Straße zum Bungalow. Der Morgen graute schon, als er vor dem Haus der Crosbies ankam. Er lief die Verandastufen hinauf und blieb wie angewurzelt stehen, als er Hammonds Körper dort, wo er hingesunken war, liegen sah. Er befühlte das Gesicht. Es war ganz kalt.

»Wo ist die Lady?« fragte er den Hausboy.

Der Chinese deutete auf das Schlafzimmer. Withers ging zur Tür und klopfte. Es kam keine Antwort. Er klopfte wieder. »Mrs. Crosbie!« rief er.

»Wer ist da?«

»Withers.«

Wieder trat Stille ein. Dann wurde die Tür aufgeschlossen und langsam geöffnet. Leslie stand vor ihm. Sie war nicht im Bett gewesen und hatte noch das Kleid an, in dem sie zu Abend gegessen hatte. Sie stand da und sah den Distriktsbeamten schweigend an.

»Ihr Hausboy hat mich geholt«, erklärte dieser. »Hammond... Was haben Sie getan?«

»Er wollte mich vergewaltigen, und ich habe ihn erschossen.«

»Großer Gott! Es ist wohl besser, Sie kommen heraus. Sie müssen mir genau erzählen, was geschehen ist.«

»Nicht jetzt. Ich kann nicht. Sie müssen mir Zeit lassen. Schicken Sie jemanden, um meinen Mann zu holen.«

Withers war noch jung und wußte nicht genau, was er in einem solchen Fall, der so grundverschieden von seinen gewöhnlichen Arbeitspflichten war, tun sollte. Leslie weigerte sich, etwas auszusagen, bis endlich Robert kam. Dann erzählte sie den beiden Männern die Geschichte, von der sie, obwohl sie sie seither oft wiederholt hatte, nie um Haaresbreite abgewichen war...

Der Punkt, auf den Mr. Joyce immer wieder zurückkam, waren die Schüsse. Als Anwalt beunruhigte es ihn, daß Leslie nicht ein Mal, sondern sechs Mal geschossen hatte. Und die Obduktion des Toten ergab, daß vier der Schüsse aus unmittelbarer Nähe in den Körper abgefeuert worden waren. Man hätte fast glauben können, sie habe, als der Mann am Boden lag, über ihm gestanden und eine Kugel nach der anderen in ihn gefeuert, bis der Revolver leer war. Sie gab zu, daß ihr sonst in allen vorausgegangenen Dingen so genaues Gedächtnis sie hier im Stich ließ. Ihr Kopf war leer. Das deutete auf eine unbeherrschte Wut hin. Aber gerade ein solcher Ausbruch von Wut war das letzte, was man sich von dieser stillen, zarten Frau erwartet hätte.

Mr. Joyce zuckte die Achseln.

Tatsächlich, so überlegte er, kann man wohl nie sagen, was für verborgene Möglichkeiten von Grausamkeit selbst in der ehrbarsten Frau schlummern.

Es klopfte an der Tür.

»Herein!«

Der chinesische Sekretär trat ein und schloß hinter sich die Tür. Er tat das leise, behutsam, aber entschieden und ging auf den Tisch zu, an dem Mr. Joyce saß.

»Darf ich Sie mit ein paar privaten Worten stören, Sir?« fragte er.

Die betonte Genauigkeit, mit der sich der Sekretär ausdrückte, belustigte Mr. Joyce immer ein wenig, und er lächelte jetzt.

»Sie stören nicht, Chi Seng«, erwiderte er.

»Die Angelegenheit, über die ich mit Ihnen sprechen möchte, Sir, ist heikel und vertraulich.«

»Legen Sie los.«

Mr. Joyce schaute seinem Sekretär in die klugen Augen. Wie gewöhnlich war Ong Chi Seng nach der letzten landesüblichen Mode gekleidet. Er trug stark glänzende Lackschuhe und farbenfrohe Seidensocken. In seiner dunklen Krawatte steckte eine Nadel mit einer Perle und Rubinen und am vierten Finger seiner linken Hand ein Brillantring. Aus der Brusttasche seiner blendendweißen Jacke lugten ein goldener Füllfederhalter und ein goldener Bleistift hervor. Er trug eine goldene Armbanduhr und auf der Nase einen kleinen Kneifer. Er hüstelte leise.

»Die Sache hat mit dem Fall Crosbie zu tun, Sir.«

»Ach ja?«

»Mir ist ein Umstand zur Kenntnis gekommen, Sir, der ein neues Licht auf die Sache zu werfen scheint.«

»Was für ein Umstand?«

»Mir ist zur Kenntnis gekommen, Sir, daß ein von der Angeklagten an das unglückliche Opfer der Tragödie geschriebener Brief vorhanden ist.«

»Das sollte mich durchaus nicht wundern. Ich zweifle nicht, daß Mrs. Crosbie im Lauf der sieben Jahre oft Gelegenheit hatte, an Mr. Hammond zu schreiben.«

Mr. Joyce hatte eine hohe Meinung von der Klugheit seines Sekretärs, und seine Worte waren dazu bestimmt, seine Gedanken zu verbergen.

»Das ist sehr wahrscheinlich, Sir. Mrs. Crosbie hat dem Verstorbenen sicher häufig eine Mitteilung zukommen lassen, um ihn zum Beispiel zum Essen einzuladen oder eine Tennispartie vorzuschlagen. Das war auch mein erster Gedanke, als ich von der Angelegenheit erfuhr. Der fragliche

Brief wurde jedoch am Tag von Mr. Hammonds Tod geschrieben.«

Mr. Joyce zuckte nicht mit der Wimper. Er schaute Ong Chi Seng weiter mit dem leise belustigten Lächeln an, mit dem er gewöhnlich zu ihm sprach.

»Wer hat Ihnen das gesagt?«

»Die Umstände wurden mir von einem Freund zur Kenntnis gebracht, Sir.«

Mr. Joyce wollte nicht mit weiteren Fragen in ihn dringen.

»Sie werden sich zweifellos erinnern, Sir, daß Mrs. Crosbie ausgesagt hat, sie habe bis zur Unglücksnacht seit mehreren Wochen keine Verbindung mehr mit dem Ermordeten gehabt.«

»Haben Sie den Brief bei sich?«

»Nein, Sir.«

»Wie lautet er denn?«

»Mein Freund gab mir eine Abschrift. Möchten Sie sie wohl sehen?«

»Geben Sie her.«

Ong Chi Seng zog aus seiner Jacke eine dicke Brieftasche hervor. Sie war gefüllt mit Schriftstücken, Singapur-Dollarnoten und Zigarettenpapier. Er fischte jetzt aus dem Durcheinander ein halbes Blatt dünnen Notizpapiers heraus und legte es Mr. Joyce vor. Der Brief lautete folgendermaßen:

R. wird heute nacht fort sein. Ich muß Dich unbedingt sprechen. Ich erwarte Dich um elf. Ich bin verzweifelt, und wenn Du nicht kommst, weiß ich nicht, was passiert. Fahre nicht mit dem Auto vor. – L.

Die Abschrift war in der sauberen Handschrift angefertigt, welche die Chinesen in den ausländischen Schulen erlernen.

»Warum glauben Sie, daß diese Mitteilung von Mrs. Crosbie stammt?«

»Ich habe volles Vertrauen in die Glaubwürdigkeit meines Gewährsmannes«, antwortete Ong Chi Seng. »Und man kann es sehr leicht nachprüfen. Mrs. Crosbie wird Ihnen zweifellos sofort sagen können, ob sie einen solchen Brief geschrieben hat oder nicht.«

Seit Anfang des Gespräches hatte Mr. Joyce unverwandt in das würdevolle Gesicht seines Sekretärs geblickt. Er fragte sich jetzt, ob nicht ein leiser Ausdruck von Hohn darin wahrzunehmen war.

»Es ist unvorstellbar, daß Mrs. Crosbie einen solchen Brief geschrieben haben soll«, versetzte er.

»Wenn das Ihre Meinung ist, Sir, dann ist die Sache natürlich erledigt. Mein Freund sprach mit mir nur deshalb über die Angelegenheit, weil er glaubte, da ich in Ihrer Kanzlei arbeite, würden Sie vielleicht Wert darauf legen, von dem Vorhandensein dieses Briefes unterrichtet zu werden, ehe er an die Staatsanwaltschaft weitergeleitet wird.«

»Wer hat das Original?« fragte Mr. Joyce scharf.

Ong Chi Seng verriet durch kein Zeichen, daß er in dieser Frage und in der Art, wie sie vorgebracht wurde, eine Änderung seines Benehmens erkannte.

»Sie werden sich sicher erinnern, Sir, daß nach dem Tod von Mr. Hammond entdeckt wurde, daß er ein Verhältnis mit einer Chinesin gehabt hatte. Der Brief befindet sich gegenwärtig in ihrem Besitz.«

Das war eines der Dinge gewesen, welche die öffentliche

Meinung aufs heftigste gegen Hammond eingenommen hatten. Es wurde bekannt, daß er seit mehreren Monaten mit einer Chinesin zusammenlebte.

Einen Augenblick sprach keiner von beiden. Alles war gesagt worden – und jeder von beiden verstand den anderen vollkommen.

»Ich bin Ihnen sehr verbunden, Chi Seng. Ich werde mir die Sache überlegen.«

»Sehr wohl, Sir. Wünschen Sie, daß ich meinem Freund Mitteilung in diesem Sinne mache?«

»Es wäre vielleicht nichts dagegen einzuwenden, wenn Sie mit ihm in Verbindung blieben«, antwortete Mr. Joyce feierlich.

»Sehr wohl, Sir.«

Der Sekretär ging geräuschlos aus dem Zimmer, wobei er die Tür wieder vorsichtig schloß, und überließ Mr. Joyce seinen Überlegungen. Der Anwalt betrachtete die in schulmäßiger, unpersönlicher Handschrift geschriebene Kopie von Leslies Brief. Es mußte eine einfache Erklärung für diesen Brief geben. Leslie konnte sicher sofort alles klarstellen; aber eine Erklärung war hier wahrhaftig nötig. Er stand von seinem Stuhl auf, steckte den Brief in die Tasche und ergriff seinen Tropenhelm. Als er hinaustrat, saß Ong Chi Seng eifrig schreibend an seinem Tisch.

»Ich gehe ein paar Minuten fort, Chi Seng«, sagte er.

»Mr. George Reed ist um zwölf Uhr mit Ihnen verabredet, Sir. Was soll ich ihm sagen, wohin Sie gegangen sind?«

Mr. Joyce verzerrte den Mund zu einem schwachen Lächeln.

»Sie können sagen, daß Sie keine Ahnung hätten.«

Aber er wußte genau, daß Ong Chi Seng nicht im Zweifel darüber war, wohin er ging. Obwohl das Verbrechen in Belanda begangen worden war und die Verhandlung in Belanda Bhatu stattfinden sollte, hatte man, da das dortige Gefängnis keine Unterbringungsmöglichkeit für eine weiße Frau bot, Mrs. Crosbie nach Singapur gebracht.

Als Leslie in das Sprechzimmer geführt wurde, in dem Mr. Joyce wartete, streckte sie ihm ihre schmale, vornehme Hand entgegen und begrüßte ihn mit einem freundlichen Lächeln. Sie war wie immer hübsch und einfach gekleidet, und ihr reiches hellbraunes Haar war sorgfältig frisiert.

»Ich habe nicht damit gerechnet, Sie heute vormittag zu sehen«, sagte sie liebenswürdig.

Sie hätte in ihrem eigenen Haus sein können, und Mr. Joyce erwartete beinahe, sie den Boy rufen und ihm sagen zu hören, er solle dem Besucher einen Gin Pahit bringen.

»Wie fühlen Sie sich?« erkundigte er sich.

»Danke. Ich bin bei bester Gesundheit.« Ein belustigter Funke huschte über ihre Augen. »Das hier ist ein wundervoller Ort für eine Erholungskur.«

Der Aufseher zog sich zurück, und die beiden blieben allein.

»Nehmen Sie bitte Platz«, sagte Leslie.

Er setzte sich. Er wußte nicht recht, wie er beginnen sollte. Sie war so ruhig, daß es fast unmöglich schien, ihr zu sagen, warum er hergekommen war. Obwohl sie nicht hübsch war, lag doch etwas Ansprechendes in ihrer Erscheinung. Sie hatte Eleganz, aber es war die Eleganz guter Herkunft, die nichts mit angelernter gesellschaftlicher Gewandtheit zu tun hatte. Man brauchte sie nur anzusehen, um sofort zu wissen, aus was für einer Familie sie stammte und in welcher Umgebung sie aufgewachsen war. Ihre zarte Gestalt verlieh ihr eine besondere Vornehmheit. Es war auch nicht eine Spur von Gewöhnlichkeit an ihr zu entdecken.

»Ich hoffe, Robert heute nachmittag zu sehen«, sagte sie in ihrem unbeschwerten, ruhigen Tonfall. Es war ein Genuß, sie sprechen zu hören, ihre Stimme und ihre Melodie waren so charakteristisch für ihre Klasse. »Der Arme, es war eine große Nervenprobe für ihn. Ich bin froh, daß in ein paar Tagen alles vorüber sein wird.«

»Es sind nur noch fünf Tage.«

»Ich weiß. Jeden Morgen sage ich mir beim Erwachen: ›Wieder ein Tag weniger.‹« Sie lächelte. »Ganz so wie ich es in der Schule tat, wenn die Ferien in Sicht waren.«

»Übrigens, gehe ich recht in der Annahme, daß Sie mehrere Wochen vor der Katastrophe keinerlei Kontakt mit Hammond hatten?«

»Dessen bin ich ganz sicher. Zum letztenmal sahen wir uns bei einer Tennispartie bei den MacFarrens. Ich glaube, ich habe kaum zwei Worte mit ihm gesprochen. Sie haben dort zwei Tennisplätze, wissen Sie, und wir haben jeweils auf dem anderen gespielt.«

»Und Sie haben ihm nicht geschrieben?«

»O nein.«

»Sind Sie ganz sicher?«

»Ganz«, antwortete sie mit einem kleinen Lächeln. »Es gab nichts, was ich ihm zu schreiben gehabt hätte, außer, um ihn zum Essen oder zum Tennis einzuladen. Und beides habe ich seit Monaten nicht mehr getan.«

»Es gab eine Zeit, da Sie sich recht gut mit ihm verstanden. Wie kommt es, daß Sie ihn nicht mehr zu sich eingeladen haben?«

Mrs. Crosbie zuckte ihre schmalen Schultern.

»Man wird manchmal der Menschen müde. Wir hatten nicht sehr viel Gemeinsames. Er war überall beliebt und hatte immer viele Verabredungen, so daß kein Anlaß bestand, ihn mit Einladungen zu überschütten.«

»Sind Sie ganz sicher, daß das alles war?«

Mrs. Crosbie zögerte einen Augenblick.

»Nun, ich kann es Ihnen wohl ebensogut sagen. Es war uns zu Ohren gekommen, daß er mit einer Chinesin zusammenlebte, und Robert meinte, er wolle ihn nicht mehr im Haus haben. Ich habe das Mädchen selbst gesehen.«

Mr. Joyce saß in einem Sessel mit gerader Rückenlehne; er hatte das Kinn in die Hand gestützt, und seine Augen waren unverwandt auf Leslie gerichtet. Bildete er sich nur ein, daß in ihren schwarzen Pupillen, als sie diese Bemerkung machte, für den Bruchteil einer Sekunde ein seltsames rotes Licht aufflackerte? Mr. Joyce rückte auf seinem Stuhl herum. Er legte die Fingerspitzen aneinander und begann, wobei er seine Worte sorgfältig wählte, sehr langsam:

»Ich glaube Ihnen sagen zu müssen, daß es einen in Ihrer Handschrift verfaßten Brief an Geoffrey Hammond gibt.«

Er beobachtete sie aufmerksam. Sie machte keine Bewegung, ebensowenig wechselte ihr Gesicht die Farbe, aber sie brauchte geraume Zeit, um zu antworten.

»Früher habe ich ihm oft kleine Mitteilungen geschickt, um ihn zu diesem oder jenem aufzufordern oder ihn zu bitten, etwas mitzubringen, wenn ich wußte, daß er nach Singapur fuhr.«

»In diesem Brief fordern Sie ihn auf, Sie zu besuchen, weil Robert in Singapur sei.«

»Das ist unmöglich. Ich tat nie etwas dergleichen.«

»Sie lesen ihn besser selbst.«

Er zog den Brief aus der Tasche und reichte ihn ihr. Sie warf einen Blick darauf und gab ihn ihm mit einem geringschätzigen Lächeln zurück.

»Das ist nicht meine Handschrift.«

»Ich weiß, angeblich soll es eine genaue Abschrift des Originals sein.«

Sie las jetzt den Wortlaut, und während sie das tat, ging eine schreckliche Veränderung mit ihr vor. Ihr bleiches Gesicht war fürchterlich anzusehen. Es verfärbte sich fahlgrün. Das Fleisch schien plötzlich von ihm abzufallen, und ihre Haut spannte sich straff über die Knochen. Die Lippen traten zurück, so daß die Zähne zu sehen waren. Sie starrte Mr. Joyce mit Augen an, die aus ihren Höhlen traten. Er blickte jetzt auf einen unheimlichen Totenkopf.

»Was soll das bedeuten?« flüsterte sie.

Ihr Mund war so ausgetrocknet, daß sie nur einen heiseren Laut hervorbrachte. Es war keine menschliche Stimme mehr.

»Es ist an Ihnen, das zu erklären«, gab er zur Antwort.

»Ich habe ihn nicht geschrieben. Ich schwöre, daß ich ihn nicht geschrieben habe.«

»Seien Sie sehr vorsichtig mit Ihren Worten. Wenn das Original in Ihrer Handschrift geschrieben ist, wäre es zwecklos, zu leugnen.«

»Es wäre eine Fälschung.«

»Das wäre schwer zu beweisen.«

Ein Schauer überlief ihren schlanken Körper. Große Schweißtropfen standen auf ihrer Stirn. Sie zog ein Taschentuch aus ihrer Handtasche und trocknete sich damit die Handteller. Noch einmal warf sie einen Blick auf den Brief und sah dann Mr. Joyce von der Seite an.

»Er ist nicht datiert. Falls ich ihn geschrieben und das vergessen haben sollte, kann es vor Jahren gewesen sein. Wenn Sie mir Zeit lassen, werde ich versuchen, mich an die Umstände zu erinnern.«

»Ich habe bemerkt, daß er ohne Datum ist. Wenn dieser Brief in die Hände der Staatsanwaltschaft gelangt, wird sie die Boys ins Kreuzverhör nehmen. Sie würde dann bald herausbekommen, ob einer von ihnen Hammond an seinem Todestag einen Brief gebracht hat.«

Mrs. Crosbie faltete heftig die Hände und schwankte auf ihrem Stuhl, so daß er glaubte, sie würde in Ohnmacht fallen.

»Ich schwöre Ihnen, ich habe diesen Brief nicht geschrieben.«

Mr. Joyce schwieg einige Zeit. Er wandte den Blick von ihrem verzerrten Gesicht ab und richtete ihn auf den Boden. Er überlegte.

»Unter diesen Umständen brauchen wir die Sache nicht weiter zu verfolgen«, sagte er langsam, endlich das Schweigen brechend. »Wenn der Besitzer dieses Briefes es für angebracht hält, ihn in die Hände des Staatsanwalts zu legen, so sind Sie vorbereitet.«

Seine Worte gaben zu verstehen, daß er ihr nun nichts mehr zu sagen habe, aber er machte keine Anstalten, aufzubrechen. Er wartete. Es schien ihm, als warte er sehr lange.

Er blickte Leslie nicht an, war sich aber bewußt, daß sie sehr still dasaß. Sie gab keinen Laut von sich. Schließlich war er es, der wieder das Wort ergriff:

»Wenn Sie mir nichts mehr zu sagen haben, gehe ich jetzt wohl besser in meine Kanzlei zurück.«

»Wie würde jemand, der diesen Brief läse, ihn interpretieren?« fragte sie daraufhin.

»Er wäre überzeugt, daß Sie vorsätzlich gelogen haben«, erwiderte Mr. Joyce scharf.

»Wieso?«

»Sie haben deutlich ausgesagt, daß Sie während der letzten drei Monate keinen Kontakt zu Hammond gehabt hatten.«

»Das Ganze war ein schrecklicher Schock für mich. Die Geschehnisse dieser entsetzlichen Nacht waren ein Alptraum. Es ist nicht allzu verwunderlich, wenn eine Einzelheit meinem Gedächtnis entfallen ist.«

»Nachdem Ihr Gedächtnis jede Einzelheit Ihrer Begegnung mit Hammond so genau festgehalten hat, wäre es verhängnisvoll, wenn Sie einen so wichtigen Punkt vergessen haben sollten wie den, daß er Sie in der Nacht seines Todes auf Ihren ausdrücklichen Wunsch hin in Ihrem Bungalow besuchte.«

»Ich hatte es nicht vergessen. Nach dem Vorgefallenen hatte ich nur Angst, es zu erwähnen. Ich dachte, niemand würde meine Geschichte glauben, wenn ich zugäbe, daß er auf meine Aufforderung hin gekommen war. Das war natürlich dumm von mir. Aber ich habe den Kopf verloren, und nachdem ich einmal beteuert hatte, ich hätte keinen Kontakt zu Hammond gehabt, mußte ich dabei bleiben.«

Mittlerweile hatte Leslie ihre bewundernswerte Fassung wiedergefunden, und sie begegnete Mr. Joyce' Blick offen und ehrlich. Ihre Sanftmut war entwaffnend.

»Dann wird man von Ihnen eine Erklärung verlangen, warum Sie Hammond gebeten haben, zu Ihnen zu kommen, als Robert die Nacht über fort war.«

Sie richtete ihre Augen auf den Anwalt. Sie standen voller Tränen. Ihre Stimme schwankte ein wenig.

»Ich wollte Robert eine Überraschung bereiten. Er hat nächsten Monat Geburtstag. Ich wußte, daß er sich ein neues Gewehr wünschte, und ich bin schrecklich unerfahren in sportlichen Dingen. Ich wollte mit Geoffrey darüber reden. Ich hatte vor, ihn darum zu bitten, es für mich zu besorgen.«

»Vielleicht haben Sie den Wortlaut des Briefes nicht deutlich in Erinnerung. Wollen Sie ihn noch einmal ansehen?«

»Nein, nein«, sagte sie rasch.

»Scheint Ihnen dieser Brief von der Art zu sein, wie ihn eine Frau einem einigermaßen gleichgültigen Bekannten schreiben würde, weil sie ihn über den Kauf einer Jagdflinte zu Rate ziehen möchte?«

»Ich muß selbst sagen, daß er ziemlich ungewöhnlich und aufgeregt klingt. Aber ich drücke mich oft so aus, wissen Sie. Ich gebe gerne zu, daß er ziemlich töricht ist.« Sie lächelte. »Und schließlich war Geoffrey Hammond kein ganz gleichgültiger Bekannter. Als er krank war, habe ich ihn wie eine Mutter gepflegt. Ich bat ihn, zu kommen, als Robert fort war, weil Robert ihn nicht gern im Haus haben wollte.«

Mr. Joyce war es müde, so lange in der gleichen Stellung dazusitzen. Er stand auf und ging, nach passenden Worten suchend, ein paarmal durchs Zimmer. Dann beugte er sich über die Rückenlehne des Stuhles, auf dem er gesessen hatte, und sagte langsam in äußerst nachdrücklichem Ton:

»Mrs. Crosbie, ich möchte ein sehr, sehr ernstes Wort mit Ihnen reden. Ihr Fall lag verhältnismäßig klar. Es gab nur einen Punkt, der mir eine Erklärung zu fordern schien: Soweit ich es beurteilen konnte, haben Sie nicht weniger als vier Schüsse auf Hammond abgefeuert, als er auf dem Boden lag. Es war nicht leicht, die Möglichkeit gelten zu lassen, daß eine zarte, schüchterne und für gewöhnlich beherrschte Frau von sanfter Veranlagung und verfeinerten Instinkten in eine völlig unkontrollierte Raserei verfallen sein sollte. Aber freilich war es denkbar. Obwohl Geoffrey Hammond sehr beliebt war und im großen und ganzen einen guten Ruf genoß, hatte ich mich darauf vorbereitet, zu beweisen, daß er sich sehr wohl eines solchen Verbrechens schuldig machen konnte, dessen Sie ihn zur Rechtfertigung Ihrer Tat bezichtigten. Die nach seinem Tode entdeckte Tatsache, daß er mit einer Chinesin zusammenlebte, bot uns eine wichtige Handhabe. Sie beraubte ihn aller Sympathien, die ihm sonst vielleicht entgegengebracht worden wären. Ich sagte heute morgen zu Ihrem Mann, daß ich eines Freispruches sicher sei – und tat das nicht nur, um ihm Mut zu machen.«

Sie blickten einander in die Augen. Mrs. Crosbie war seltsam still. Sie war wie ein von einer Schlange gebannter kleiner Vogel. Mr. Joyce fuhr im gleichen ruhigen Ton fort:

»Aber dieser Brief hat dem Fall ein völlig anderes Gesicht gegeben. Ich bin Ihr Verteidiger und nehme Ihre Geschichte so an, wie Sie sie mir erzählen. Ich richte danach Ihre Verteidigung aus. Es kann sein, daß ich Ihren Aussagen glaube, es kann aber auch sein, daß ich sie in Zweifel ziehe. Es obliegt dem Verteidiger, das Gericht davon zu überzeugen, daß die ihm vorliegenden Beweise nicht ausreichend sind, um einen Schuldspruch zu rechtfertigen, und seine private Überzeugung von der Schuld oder Unschuld seines Mandanten hat nicht das geringste damit zu tun.«

Er war erstaunt, in Leslies Augen das Aufflackern eines Lächelns zu sehen. Ein wenig ärgerlich fuhr er fort:

»Sie werden nicht leugnen wollen, daß Hammond auf Ihre dringende, ich möchte fast sagen hysterische Einladung hin in Ihr Haus kam?«

Mrs. Crosbie zögerte einen Augenblick und schien zu überlegen. »Es läßt sich beweisen, daß der Brief von einem der Boys zu ihm gebracht wurde. Er fuhr mit dem Fahrrad dorthin.«

»Sie dürfen nicht erwarten, daß andere Menschen dümmer sind als Sie. Der Brief wird das Gericht auf die Spur von Verdachtsmomenten setzen, auf die sonst kein Mensch gekommen wäre. Ich will Ihnen nicht sagen, was ich persönlich dachte, als ich die Abschrift sah. Ich möchte nicht, daß Sie mir etwas anderes sagen als das, was notwendig ist, um Ihren Kopf zu retten.«

Mrs. Crosbie stieß einen schrillen Schrei aus. Sie sprang auf, bleich vor Entsetzen. »Sie glauben doch nicht, daß man mich hängen wird?«

»Wenn man zu der Schlußfolgerung kommt, daß Sie Hammond nicht in Notwehr getötet haben, wäre es die Pflicht der Geschworenen, einen Schuldspruch zu fällen. Die Anklage lautet auf Mord. Es wäre die Pflicht des Richters, Sie zum Tode zu verurteilen.«

»Aber was kann man mir nachweisen?« stieß sie hervor.

»Ich weiß nicht, was bewiesen werden kann. Das müssen Sie wissen. Ich will es nicht wissen. Aber wenn der Verdacht einmal geweckt ist, wenn Nachforschungen angestellt und die Eingeborenen verhört werden – was könnte dabei entdeckt werden?«

Plötzlich sackte sie zusammen. Sie fiel zu Boden, noch ehe er sie auffangen konnte. Sie war ohnmächtig geworden. Er blickte sich in dem Zimmer nach Wasser um, aber es war keines da, und er wollte kein Aufsehen erregen. Also lagerte er sie vorsichtig ausgestreckt auf den Boden, kniete sich neben sie und wartete, bis sie wieder zu sich kam. Als sie die Augen aufschlug, war er bestürzt über die schreckliche Furcht, die er in ihnen sah.

»Verhalten Sie sich ganz ruhig«, sprach er ihr zu. »Sie werden sich gleich besser fühlen.«

»Sie werden doch nicht zulassen, daß ich gehängt werde!« flüsterte sie.

Sie begann hysterisch zu schluchzen, während er sie mit leisen Worten zu beruhigen versuchte.

»Um Himmels willen, nehmen Sie sich zusammen«, sagte er.

»Lassen Sie mir eine Minute Zeit.«

Ihr Mut war erstaunlich. Mr. Joyce konnte die Anstrengung sehen, die sie machte, um ihre Selbstbeherrschung zurückzugewinnen, und gleich darauf war sie wieder ruhig. »Ich möchte jetzt aufstehen.«

Er reichte ihr die Hand und half ihr hoch. Dann führte er sie zu ihrem Stuhl. Sie setzte sich erschöpft. Als sie schließlich zu sprechen begann, sagte sie etwas, was er nicht erwartet hatte. Sie stieß einen kleinen Seufzer aus:

»Ich fürchte, ich habe ein schlimmes Durcheinander angerichtet!«

Er antwortete nichts, und wieder trat Schweigen ein.

»Ist es nicht möglich, an den Brief zu kommen?« sagte sie schließlich.

»Ich glaube nicht, daß man mir etwas von ihm gesagt hätte, wenn die Person, in deren Händen er sich befindet, nicht bereit wäre, ihn zu verkaufen.«

»Wer hat ihn?«

»Die Chinesin, die in Hammonds Haus wohnte.«

Eine leichte Röte überzog flüchtig Leslies Wangen.

»Verlangt sie schrecklich viel dafür?«

»Ich glaube, sie weiß über seinen Wert sehr genau Bescheid. Ich bezweifle, daß es möglich ist, in seinen Besitz zu kommen, außer für eine sehr große Summe.«

»Wollen Sie es zulassen, daß ich gehängt werde?«

»Glauben Sie denn, es sei so einfach, in den Besitz eines unerwünschten Beweisstückes zu kommen? Es bedeutet nichts anderes, als einen Zeugen zu bestechen. Sie haben nicht das Recht, mir so etwas zuzumuten.«

»Was wird dann aus mir?«

»Die Gerechtigkeit muß ihren Lauf nehmen.«

Sie wurde sehr bleich. Ein kleiner Schauder durchrieselte ihren Leib.

»Ich lege mein Schicksal in Ihre Hände. Natürlich darf ich nicht etwas Unerlaubtes von Ihnen verlangen.«

Mr. Joyce hatte nicht mit dem Schwanken in ihrer Stimme gerechnet, das durch ihre sonst so große Selbstbeherrschung unerträglich rührend gemacht wurde. Sie sah ihn aus demütigen Augen an, und er dachte, wenn er ihre Bitte zurückwiese, würden diese Augen ihn für den Rest seines Lebens verfolgen. Letztlich konnte nichts den armen Hammond wieder lebendig machen. Er fragte sich, was wohl die wirkliche Erklärung für den Brief war. Es wäre nicht fair, einfach aus ihm zu folgern, sie habe Hammond ohne Anlaß getötet. Mr. Joyce hatte lange Zeit im Osten gelebt, und sein berufliches Ehrgefühl war vielleicht nicht mehr so fein entwickelt, wie es vor zwanzig Jahren gewesen war. Er starrte auf den Boden. Dann entschloß er sich, etwas, wie er wußte, nicht zu Rechtfertigendes zu tun, doch es ging ihm gegen den Strich, und er empfand einen dumpfen Groll gegen Leslie. Es setzte ihn ein wenig in Verlegenheit, zu sprechen.

»Ich weiß nicht genau, wie Ihr Mann finanziell gestellt ist.«

Leicht errötend warf sie ihm einen raschen Blick zu.

»Er hat ziemlich viele Zinnaktien und einen kleinen Anteil an einigen Kautschukplantagen. Ich nehme an, er könnte das Geld aufbringen.«

»Man müßte ihm sagen, wofür.«

Sie schwieg einen Augenblick. Sie schien zu überlegen.

»Er ist noch immer in mich verliebt. Er würde jedes Opfer bringen, um mich zu retten. Ist es notwendig, daß er den Brief zu Gesicht bekommt?«

Mr. Joyce runzelte ein wenig die Stirn. Sie bemerkte es sofort und fuhr fort: »Robert ist ein alter Freund von Ihnen. Ich bitte Sie nicht, etwas für mich zu tun, sondern einem einfachen, gütigen Menschen, der Ihnen nie etwas zuleide getan hat, dieses mögliche Leid zu ersparen.«

Mr. Joyce gab keine Antwort. Er stand auf, um zu gehen,

und Mrs. Crosbie streckte ihm mit der ihr angeborenen Anmut die Hand hin.

»Es ist so lieb von Ihnen, sich meinetwegen all diesen Unannehmlichkeiten auszusetzen. Ich kann Ihnen nicht sagen, wie dankbar ich Ihnen bin.«

Mr. Joyce kehrte in seine Kanzlei zurück. Er saß ganz still in seinem Zimmer und versuchte zu überlegen. Seine Phantasie brachte ihn auf viele seltsame Gedanken. Schließlich war ein leises Klopfen an der Tür zu hören, auf das er gewartet hatte. Ong Chi Seng trat ein.

»Ich wollte gerade zu meinem Tiffin ausgehen, Sir«, sagte er.

»Schön.«

»Ich wußte nicht, ob es vielleicht noch etwas gibt, bevor ich gehe.«

»Ich glaube nicht. Haben Sie eine andere Verabredung mit Mr. Reed vereinbart?«

»Gewiß, Sir. Er kommt um drei Uhr.«

»Gut.«

Ong Chi Seng machte kehrt, ging zur Tür und legte seine langen, schmalen Finger auf die Klinke. Dann, als fiele ihm noch etwas ein, wandte er sich um.

»Möchten Sie, daß ich meinem Freund etwas sage, Sir?«

»Welchem Freund?«

»Wegen des Briefes, den Mrs. Crosbie an den verstorbenen Hammond geschrieben hat, Sir.«

»Oh! Das hatte ich ganz vergessen. Ich erwähnte es Mrs. Crosbie gegenüber, und sie stellt in Abrede, etwas Derartiges geschrieben zu haben. Es handelt sich offenbar um eine Fälschung.«

Mr. Joyce zog die Abschrift aus der Tasche und reichte sie Ong Chi Seng. Dieser übersah die Geste.

»In diesem Fall nehme ich an, Sir, daß kein Einwand dagegen besteht, daß mein Freund den Brief der Staatsanwaltschaft übergibt.«

»Nein, keiner. Aber ich sehe nicht ganz, wie Ihrem Freund damit gedient wäre.«

»Mein Freund, Sir, hält das im Interesse der Gerechtigkeit für seine Pflicht.«

»Ich bin der letzte Mensch auf der Welt, der jemanden daran hindert, seine Pflicht zu tun, Chi Seng.«

Die Blicke des Rechtsanwalts und des chinesischen Sekretärs begegneten sich. Weder um die Lippen des einen noch um die des anderen spielte auch nur der Schatten eines Lächelns, aber sie verstanden einander voll und ganz.

»Ich verstehe sehr gut, Sir«, sagte Ong Chi Seng, »aber nach Studium des Falles Crosbie–Hammond bin ich der Ansicht, daß das Auftauchen eines solchen Briefes für unsere Klientin abträglich wäre.«

»Ich hatte immer eine hohe Meinung von Ihrem juristischen Scharfsinn, Chi Seng.«

»Mir kam der Gedanke, Sir, wenn ich meinen Freund überreden könnte, die Chinesin, die den Brief hat, zu veranlassen, ihn Ihnen auszuhändigen, so blieben uns viele Schwierigkeiten erspart.«

Mr. Joyce zeichnete müßig Gesichter auf sein Löschpapier.

»Ich nehme an, Ihr Freund ist ein Geschäftsmann. Unter welchen Bedingungen, glauben Sie, wäre er bereit, sich von dem Brief zu trennen?«

»Er hat den Brief nicht. Die Chinesin hat ihn. Er ist nur ein Verwandter von ihr. Sie ist eine ungebildete Frau und erkannte den Wert des Briefes nicht, bis mein Freund sie darauf aufmerksam machte.«

»Welchen Wert mißt er ihm bei?«

»Zehntausend Dollar, Sir.«

»Um Himmels willen! Wo um alles in der Welt, glauben Sie, sollte Mrs. Crosbie zehntausend Dollar auftreiben können? Ich sage Ihnen doch, der Brief ist eine Fälschung.«

Während er das sagte, blickte er zu Ong Chi Seng empor. Der Sekretär blieb ungerührt. Er stand höflich, kühl und beobachtend neben dem Schreibtisch.

»Mr. Crosbie besitzt einen Achtelanteil an der Kautschukplantage von Betong und ein Sechstel der Kautschuk-Anbaugesellschaft des Selatan-Flußgebiets. Ich habe einen Freund, der ihm das Geld auf die Sicherheit seines Eigentums leihen kann.«

»Sie haben einen großen Freundeskreis, Chi Seng.«

»Ja, Sir.«

»Nun, Sie können ihnen allen sagen, sie sollen sich zum Teufel scheren. Ich würde Mr. Crosbie nie raten, auch nur einen Cent mehr als fünftausend für einen Brief zu zahlen, für den sehr leicht eine Erklärung gefunden werden kann.«

»Die Chinesin will den Brief nicht verkaufen, Sir. Mein Freund brauchte lange, um sie dazu zu überreden. Es ist zwecklos, ihr weniger als die genannte Summe anzubieten.«

Mr. Joyce sah Ong Chi Seng wenigstens drei Minuten lang prüfend an. Der Sekretär ließ die forschende Musterung ohne Verlegenheit über sich ergehen. Er stand in respektvoller Haltung mit niedergeschlagenen Augen da. Mr.

Joyce kannte seinen Mann. ›Ein kluger Bursche, dieser Chi Seng‹, dachte er, ›ich möchte gerne wissen, wieviel dabei für ihn abfällt.‹

»Zehntausend Dollar sind eine sehr hohe Summe.«

»Mr. Crosbie wird sie sicherlich lieber zahlen, als zuzusehen, wie seine Frau gehängt wird, Sir.«

Wieder ließ Mr. Joyce eine Pause eintreten. Chi Seng mußte seiner Sache sicher sein, um nicht mit sich handeln zu lassen. Diese Summe war bestimmt worden, weil derjenige, der das Ding drehte, wer es auch sein mochte, genau wußte, daß es der äußerste Betrag war, den Robert Crosbie aufbringen konnte.

»Wo ist die Chinesin jetzt?« fragte Mr. Joyce.

»Sie ist im Hause meines Freundes untergebracht, Sir.«

»Kann sie herkommen?«

»Ich glaube, es ist besser, wenn Sie zu ihr gehen, Sir. Ich kann Sie heute abend zu dem Haus führen, und sie wird Ihnen den Brief geben. Sie ist eine sehr ungebildete Frau und versteht nichts von Schecks.«

»Ich dachte nicht daran, ihr einen Scheck zu geben. Ich bringe Banknoten mit.«

»Es wäre nur Zeitvergeudung, weniger als zehntausend Dollar zu bringen, Sir.«

»Ich verstehe vollkommen.«

»Ich gehe jetzt und sage meinem Freund Bescheid, wenn ich beim Tiffin gewesen bin, Sir.«

»Sehr gut. Treffen wir uns heute abend um zehn Uhr vor meinem Klub.«

»Mit Vergnügen, Sir«, erwiderte Chi Seng.

Er machte vor Mr. Joyce eine kleine Verbeugung und verließ das Zimmer. Mr. Joyce ging ebenfalls zum Mittagessen. Er ging in den Klub und traf dort, wie er erwartet hatte, Robert Crosbie. Er saß an einem vollbesetzten Tisch, und Mr. Joyce tippte ihm auf der Suche nach einem Platz im Vorbeigehen auf die Schulter.

»Ich hätte gerne ein paar Worte mit Ihnen gesprochen, ehe Sie weggehen«, sagte er.

»Gut. Sagen Sie mir, wenn Sie soweit sind.«

Mr. Joyce hatte sich einen Plan zurechtgelegt, denn er wollte Crosbie in dieser Sache nicht in seiner Kanzlei sprechen. Um abzuwarten, bis der Klub sich geleert hatte, spielte er nach dem Essen eine Partie Bridge. Crosbie kam jetzt in den Spielsaal herein und sah zu, bis die Partie zu Ende war. Die anderen Spieler gingen ihren verschiedenen Geschäften nach, und die beiden Männer blieben allein.

»Eine recht dumme Geschichte ist passiert, alter Freund«, begann Mr. Joyce in einem Ton, der möglichst beiläufig klingen sollte. »Es scheint, daß Ihre Frau einen Brief an Hammond geschrieben und ihn gebeten hat, in der Nacht, in der er getötet wurde, in Ihren Bungalow zu kommen.«

»Aber das ist doch nicht möglich!« rief Crosbie. »Sie hat doch immer ausgesagt, daß sie nicht mit Hammond in Verbindung stand. Ich weiß selbst ganz genau, daß sie ihn zwei Monate lang nicht mehr gesehen hat.«

»Die Tatsache bleibt bestehen, daß der Brief existiert. Er ist im Besitz der Chinesin, mit der Hammond zusammenlebte. Ihre Frau wollte Ihnen ein Geburtstagsgeschenk machen, und Hammond sollte es ihr besorgen. In ihrem Erregungszustand nach der Tragödie vergaß sie das ganz, und nachdem sie einmal abgestritten hatte, irgendeine Verbindung mit Hammond gehabt zu haben, scheute sie sich zu sagen, daß sie sich geirrt hatte. Das war freilich recht verhängnisvoll, aber ich darf wohl sagen, nicht unnatürlich.«

Crosbie erwiderte nichts. Sein breites rotes Gesicht drückte vollkommene Ratlosigkeit aus, und Mr. Joyce war gleichzeitig erleichtert und aufgebracht über Crosbies Begriffsstutzigkeit. Er war ein dummer Mensch, und Mr. Joyce brachte für solche Menschen keine Geduld auf. Aber Crosbies Verzweiflung nach der Katastrophe war dem Anwalt zu Herzen gegangen, und Mrs. Crosbie hatte den richtigen Ton getroffen, als sie ihn bat, ihr zu helfen – nicht ihretwegen, sondern ihrem Mann zuliebe.

»Ich brauche Ihnen wohl nicht zu sagen, daß es sehr peinlich wäre, wenn dieser Brief seinen Weg in die Hände der Staatsanwaltschaft fände. Ihre Frau hat gelogen, und man würde von ihr verlangen, die Lüge zu erklären. Es ändert die Dinge ein wenig, wenn Hammond nicht als ungebetener Gast aufkreuzte, sondern auf Einladung in Ihr Haus kam.«

Mr. Joyce zögerte. Wenn Humor am Platz gewesen wäre, so hätte er lächeln können bei der Überlegung, daß er einen so gewichtigen Schritt tat und der Mann, für den er ihn machte, nicht die geringste Ahnung hatte, wie schwerwiegend dieser Schritt war. Wenn er die Angelegenheit überhaupt mit einem Gedanken erwog, so stellte er sich vermutlich vor, Mr. Joyce tue nichts anderes, als was jeder Anwalt im gewöhnlichen Geschäftsverlauf tun würde.

»Mein lieber Robert, Sie sind nicht nur mein Klient, sondern auch mein Freund. Ich glaube, wir müssen diesen Brief in unseren Besitz bringen. Er wird uns eine Stange Geld kosten. Wäre das nicht der Fall, dann hätte ich Ihnen lieber nichts davon gesagt.«

»Wieviel?«

»Zehntausend Dollar.«

»Das ist verteufelt viel. Bei dem augenblicklichen Preissturz und diesem und jenem geht damit so gut wie alles drauf, was ich besitze.«

»Können Sie den Betrag sofort aufbringen?«

»Ich denke ja. Der alte Charlie Meadows wird ihn mir auf meine Zinnaktien und die Anteile an den zwei Plantagen vorschießen.«

»Sie wollen es also machen?«

»Ist es unbedingt notwendig?«

»Ja, wenn Sie wollen, daß Ihre Frau freigesprochen wird.«

Crosbie wurde sehr rot. Sein Mund erschlaffte seltsam.

»Aber ...« Er konnte keine Worte finden. »Aber ich verstehe das nicht. Sie kann es doch erklären. Sie werden doch wohl nicht behaupten wollen, man würde sie für schuldig halten? Man kann sie doch nicht dafür hängen, ein schändliches Gewürm aus der Welt geschafft zu haben.«

»Natürlich würde man sie nicht hängen. Man würde sie vielleicht nur des Totschlags schuldig sprechen. Sie käme vermutlich mit zwei oder drei Jahren davon.«

Crosbie starrte auf seine Füße, und sein rotes Gesicht war von Entsetzen verzerrt.

»Drei Jahre!«

Dann schien ihm etwas in seinem langsam arbeitenden Verstand zu dämmern. In seinem dunklen Geist flackerte plötzlich ein heller Blitz auf, und obwohl die nachfolgende Dunkelheit so tief war wie die zuvor, blieb doch die Erinnerung an etwas nicht wirklich Gesehenes, aber kurz Erspähtes in ihm zurück. Mr. Joyce sah, daß Crosbies große rote Hände, die hart und schwielig geworden waren von der vielen Arbeit, zitterten.

»Worin bestand das Geschenk, das sie mir machen wollte?«

»Sie sagte, sie wollte Ihnen ein neues Gewehr schenken.«

Wieder lief das große rote Gesicht zu einem tieferen Rot an.

»Wann müssen Sie das Geld bereit haben?«

Es war jetzt etwas Seltsames in seiner Stimme. Sie klang, als würgten ihn unsichtbare Hände beim Sprechen an der Kehle.

»Heute abend um zehn. Ich dachte, Sie könnten es mir gegen sechs Uhr in meine Kanzlei bringen.«

»Kommt diese Frau zu Ihnen?«

»Nein, ich gehe zu ihr.«

»Ich bringe das Geld. Ich gehe mit.«

Mr. Joyce sah ihn scharf an.

»Halten Sie das für notwendig? Ich glaube, es ist besser, wenn Sie mich diese Angelegenheit allein regeln lassen.«

»Es ist mein Geld – oder nicht? Ich komme mit.«

Mr. Joyce zuckte die Achseln. Sie erhoben sich und tauschten einen Händedruck. Mr. Joyce betrachtete ihn neugierig.

Um zehn Uhr trafen sie sich im Klub, der um diese Zeit leer war.

»Alles in Ordnung?« fragte Mr. Joyce.

»Ja, ich habe das Geld in der Tasche.«

»Dann wollen wir gehen.«

Sie stiegen die Treppe hinunter. Der Wagen von Mr. Joyce

wartete auf dem zu dieser Stunde stillen Platz. Als sie ihn erreichten, trat Ong Chi Seng aus dem Schatten eines Hauses. Er setzte sich neben den Chauffeur und sagte ihm die Richtung. Sie fuhren am Hôtel de l'Europe vorbei und bogen beim Seemannsheim in die Victoria Street ein. Hier waren die chinesischen Läden noch offen. Plötzlich hielt der Wagen, und Chi Seng wandte sich um.

»Ich halte es für besser, wenn wir von hier aus zu Fuß gehen, Sir«, sagte er.

Sie stiegen aus, und er ging voran. Sie folgten ein paar Schritte hinter ihm. Dann bat er sie stehenzubleiben.

»Warten Sie hier, Sir. Ich gehe hinein und spreche mit meinem Freund.«

Er trat in einen nach der Straße zu offenen Laden, in dem drei oder vier Chinesen hinter dem Tresen standen. Es war einer jener merkwürdigen Läden, in denen nichts zu sehen ist und wo man sich fragt, was hier wohl verkauft wird. Sie sahen Chi Seng zu einem untersetzten Mann in einem Leinenanzug mit einer großen goldenen Kette über der Brust sprechen, und der Mann warf einen flüchtigen Blick hinaus in die Nacht. Er reichte Chi Seng einen Schlüssel, und Chi Seng kam heraus. Er winkte den beiden wartenden Männern und schlüpfte in einen Torweg neben dem Laden. Sie folgten ihm nach und fanden sich am Fuß einer Treppe.

»Wenn Sie einen Augenblick warten, zünde ich ein Streichholz an«, sagte er zuvorkommend wie immer. »Kommen Sie bitte nach oben.«

Er hielt ein japanisches Streichholz vor sie; aber es zerstreute kaum die Dunkelheit, und sie tasteten sich hinter ihm hinauf.

Im ersten Stock schloß er eine Tür auf und zündete beim Eintreten eine Gasflamme an.

»Bitte, kommen Sie herein«, sagte er.

Es war ein kleiner, rechteckiger Raum mit einem Fenster. Das einzige Mobiliar bestand aus zwei niedrigen, mit Matten belegten chinesischen Betten. In einer Ecke war eine große Truhe mit einem kunstvollen Schloß, auf der ein schäbiges Tablett mit einer Opiumpfeife und der dazugehörigen Lampe stand. In dem Zimmer hing der leichte, beißende Geruch der Droge in der Luft. Sie setzten sich, und Chi Seng bot ihnen Zigaretten an. Im nächsten Augenblick wurde die Tür von dem dicken Chinesen geöffnet, den sie hinter dem Ladentisch bemerkt hatten. Er begrüßte sie in sehr gutem Englisch und setzte sich neben seinen Landsmann.

»Die Chinesin kommt gleich«, erklärte Chi Seng.

Ein Bursche aus dem Laden brachte ein Tablett mit einer Teekanne und Tassen herein, und der Chinese bot ihnen eine Tasse Tee an. Crosbie lehnte ab. Die Chinesen sprachen miteinander im Flüsterton, aber Crosbie und Mr. Joyce schwiegen. Schließlich hörte man draußen eine Stimme. Jemand begehrte leise Einlaß, und der Chinese ging zur Tür. Er öffnete sie, sagte ein paar Worte und führte eine Frau herein. Mr. Joyce betrachtete sie. Er hatte seit Hammonds Tod viel von ihr gehört, sie aber nie zu Gesicht bekommen. Sie war eine beleibte Person, nicht mehr sehr jung, mit einem breiten, phlegmatischen Gesicht. Sie war stark gepudert, hatte Rouge aufgelegt, und ihre Augenbrauen waren nur dünne schwarze Striche. Aber sie machte den Eindruck einer Persönlichkeit. Sie trug eine hellblaue Jacke und einen weißen Rock. Ihr Kostüm war weder ganz europäisch noch ganz chinesisch; aber ihre Füße steckten in chinesischen Seidenpantöffelchen. Sie trug eine schwere Goldkette und goldene Ohrringe, und fein ausgearbeitete Nadelpfeile staken in ihren schwarzen Haaren. Sie kam langsam herein, in der Haltung einer selbstsicheren Frau, aber mit ziemlich schwerfälligem Gang, und setzte sich neben Chi Seng aufs Bett. Er sagte etwas zu ihr; sie nickte und warf einen unbeteiligten Blick auf die beiden weißen Männer.

»Hat sie den Brief bei sich?« wollte Mr. Joyce wissen.

»Ja, Sir.«

Crosbie sagte nichts, sondern zog eine Rolle von Fünfhundertdollarscheinen hervor. Er zählte davon zwanzig ab und reichte sie Chi Seng.

»Wollen Sie bitte nachzählen, ob es stimmt.«

Der Sekretär zählte sie und reichte sie dem dicken Chinesen.

»Stimmt genau, Sir.«

Der Chinese zählte sie noch einmal und schob sie dann in die Tasche. Er sagte wieder etwas zu der Frau, und diese zog einen Brief aus ihrem Ausschnitt hervor. Sie gab ihn Chi Seng, der ihn mit einem Blick überflog.

»Es ist das richtige Dokument, Sir«, bestätigte er und wollte es Mr. Joyce geben, aber Crosbie nahm es ihm ab.

»Lassen Sie es mich sehen«, sagte er.

Mr. Joyce beobachtete ihn, während er las, und streckte dann die Hand danach aus.

»Geben Sie ihn besser mir.«

Crosbie faltete den Brief sorgfältig zusammen und steckte ihn in die Tasche.

»Nein, dieser Brief hat mich genug Geld gekostet. Ich behalte ihn selbst.«

Mr. Joyce erwiderte nichts. Die drei Chinesen beobachteten den kleinen Zwischenfall; was sie aber dabei dachten oder ob sie etwas dabei dachten, das konnte man unmöglich von ihren unbeweglichen Gesichtern ablesen. Mr. Joyce stand auf.

»Brauchen Sie mich heute abend noch, Sir?« fragte Ong Chi Seng.

»Nein.« Mr. Joyce wußte, daß der Sekretär dableiben wollte, um seinen vereinbarten Anteil von dem Geld einzukassieren. Er wandte sich an Crosbie: »Sind Sie fertig?«

Crosbie gab keine Antwort, sondern stand auf.

Der Chinese ging zur Tür und öffnete sie vor ihnen. Chi Seng fand einen Kerzenstummel und zündete ihn an, um ihnen hinunterzuleuchten, und die zwei Chinesen begleiteten sie auf die Straße. Sie ließen die Frau ruhig auf dem Bett sitzen und eine Zigarette rauchen. Als sie die Straße erreichten, gingen die Chinesen wieder nach oben.

»Was wollen Sie mit diesem Brief?« fragte Mr. Joyce.

»Ihn aufheben.«

Sie gingen zu dem auf sie wartenden Wagen, und Mr. Joyce bot seinem Freund an, ihn nach Hause zu fahren. Crosbie schüttelte den Kopf.

»Ich gehe lieber.« Er zögerte einen Augenblick und trat von einem Fuß auf den anderen.

»In der Nacht von Hammonds Tod fuhr ich nach Singapur, um unter anderem ein neues Gewehr zu kaufen, das ein Mann, den ich kannte, veräußern wollte. Gute Nacht!«

Er verschwand rasch in der Dunkelheit.

Mr. Joyce behielt durchaus recht, was den Prozeß anbetraf. Die Geschworenen gingen mit dem festen Entschluß in den Gerichtssaal, Mrs. Crosbie freizusprechen. Sie legte in eigener Sache Zeugnis ab. Sie erzählte ihre Geschichte ohne Umschweife und offen. Der Staatsanwalt war ein freundlicher Mann, und es war deutlich, daß ihm seine Aufgabe kein großes Vergnügen machte. Er stellte die notwendigen Fragen in einer wie um Entschuldigung bittenden Weise. Seine Anklagerede hätte genausogut eine Verteidigungsrede sein können. Und die Geschworenen brauchten knapp fünf Minuten, um ihr allgemein mit Zustimmung aufgenommenes Urteil zu treffen. Es war unmöglich, die großen Beifallskundgebungen zu unterdrücken, mit denen die Menge reagierte, die den Gerichtssaal füllte. Der Richter beglückwünschte Mrs. Crosbie – und sie war eine freie Frau.

Niemand hatte heftiger ihrem Mißfallen an Hammonds Benehmen Ausdruck verliehen als Mrs. Joyce. Sie war eine Frau, die ihren Freunden die Treue wahrte, und sie hatte darauf bestanden, daß die Crosbies nach der Verhandlung zu ihr nach Hause kommen sollten, bis sie die zur Abreise nötigen Vorbereitungen getroffen hatten – denn wie jeder andere zweifelte sie nicht an dem Ergebnis. Es komme für die arme, liebe, tapfere Leslie nicht in Frage, so meinte sie, zu dem Bungalow zurückzukehren, in dem sich die schreckliche Katastrophe abgespielt hatte. Die Verhandlung war um halb eins zu Ende, und als sie das Haus des Ehepaares Joyce erreichten, erwartete sie ein Festessen. Cocktails standen bereit. Mrs. Joyce' Cocktail war in den ganzen malaiischen Staaten berühmt, und Mrs. Joyce trank auf Leslies Wohl. Sie war eine gesprächige, lebhafte Frau und jetzt in Hochstimmung. Das war ein Glück, denn die übrigen Anwesenden waren schweigsam. Sie wunderte sich nicht darüber. Ihr

Mann hatte nie viel zu sagen, und die anderen beiden waren natürlicherweise erschöpft durch die lange Anspannung, der sie ausgesetzt gewesen waren. Während des Essens führte Mrs. Joyce einen fröhlichen und angeregten Monolog. Dann wurde der Kaffee serviert.

»Nun, Kinder«, sagte sie in ihrer munteren, übersprudelnden Art, »müßt ihr euch ausruhen, und nach dem Tee nehme ich euch beide zu einer Fahrt ans Meer mit.«

Mr. Joyce, der nur ausnahmsweise zu Hause zu Mittag aß, mußte natürlich zurück in seine Kanzlei.

»Ich fürchte, ich kann da nicht mitmachen, Mrs. Joyce«, entschuldigte sich Crosbie. »Ich muß sofort zurück zur Plantage.«

»Aber doch nicht heute!« rief sie.

»Doch, sofort. Ich habe sie schon zu lange vernachlässigt und habe dringend zu tun. Aber ich wäre Ihnen sehr dankbar, wenn Sie Leslie bei sich aufnehmen wollten, bis wir beschlossen haben, was nun zu tun ist.«

Mrs. Joyce wollte gerade Einspruch erheben, aber ihr Mann kam ihr zuvor.

»Wenn er gehen muß, dann laß ihn gehen, und damit basta.«

Etwas an seinem Ton ließ sie ihn rasch ansehen. Sie schwieg, und einen Augenblick lang sprach niemand. Dann ergriff Crosbie wieder das Wort:

»Verzeihen Sie bitte, wenn ich sofort aufbreche, damit ich noch vor Einbruch der Dunkelheit dort bin.« Er stand vom Tisch auf. »Möchtest du mich hinausbegleiten, Leslie?«

»Natürlich.«

Sie gingen zusammen aus dem Eßzimmer.

»Ich finde das ziemlich rücksichtslos von ihm«, erklärte Mrs. Joyce. »Er muß doch wissen, daß Leslie ihn gerade jetzt bei sich haben will.«

»Ich bin sicher, er würde nicht gehen, wenn es nicht notwendig wäre.«

»Nun gut, ich will nur gerade einmal nachsehen, ob Leslies Zimmer für sie gerichtet ist. Sie braucht natürlich erst einmal vollständige Ruhe und dann Zerstreuung.«

Mrs. Joyce verließ das Zimmer, und Joyce setzte sich wieder. Kurz darauf hörte er, wie Crosbie den Motor anließ und wie dann die Räder geräuschvoll über den Kiesweg des Gartens knirschten. Er stand auf und ging ins Wohnzimmer. Mrs. Crosbie stand in der Mitte des Raums und hielt einen Brief in der Hand. Er erkannte ihn. Sie warf ihm einen Blick zu, als er hereinkam, und er sah, daß sie totenbleich war.

»Er weiß Bescheid«, flüsterte sie.

Mr. Joyce ging zu ihr hin und nahm ihr den Brief aus der Hand. Er zündete ein Streichholz an und setzte das Papier in Brand. Sie sah zu, wie die Flamme hochschoß. Als er es nicht mehr halten konnte, ließ er es auf den mit Fliesen belegten Boden fallen. Sie sahen beide zu, wie es sich zusammenrollte und schwarz wurde. Dann zertrat er es mit dem Fuß zu Asche.

»Was weiß er?«

Sie starrte ihn lange, sehr lange an, und ein seltsamer Ausdruck kam in ihren Blick. War es Verachtung oder Verzweiflung? Mr. Joyce hätte es nicht sagen können.

»Er weiß, daß Geoffrey mein Geliebter war.«

Mr. Joyce machte keine Bewegung und gab keinen Laut von sich.

»Er war seit Jahren mein Geliebter. Wir wußten, wie vorsichtig wir sein mußten. Als wir ein Liebespaar wurden, gab ich vor, seiner überdrüssig zu sein, und er kam seltener ins Haus, wenn Robert da war. Gewöhnlich trafen wir uns ein oder zweimal in der Woche an einem verabredeten Ort. Und wenn Robert nach Singapur fuhr, kam er spät, wenn die Boys für die Nacht fortgegangen waren, in den Bungalow. Wir sahen einander sehr häufig, ohne daß eine Menschenseele den leisesten Verdacht geschöpft hätte. Und dann ging in letzter Zeit, vor etwa einem Jahr, eine Veränderung mit ihm vor. Ich wußte nicht, woran es lag. Ich konnte nicht glauben, daß er mich nicht mehr gern hatte. Er leugnete das auch immer. Ich war außer mir. Machte ihm Szenen. Ich durchlebte die Hölle. Aber dann hörte ich, daß er mit einer Chinesin zusammenlebte. Ich konnte, ja ich wollte es nicht glauben. Und dann sah ich sie, sah sie mit meinen eigenen Augen, wie sie mit ihren goldenen Armreifen und Halsketten – eine alte, dicke Chinesin – durchs Dorf ging. Sie war älter als ich. Schrecklich! Alle in der Siedlung wußten, daß sie seine Geliebte war. Und als ich an ihr vorüberging, musterte sie mich, und ich wußte, daß sie wußte, daß auch ich seine Geliebte war. Ich schrieb ihm. Ich sagte ihm, ich müsse ihn unbedingt sehen. Sie haben ja den Brief gelesen. Ich war verrückt, ihm zu schreiben. Ich wußte nicht mehr, was ich tat. Ich hatte ihn zehn Tage lang nicht gesehen. Und bei unserer letzten Trennung hatte er mich in die Arme genommen, mich geküßt und mir gesagt, ich solle mir keine Sorgen machen. Dabei ging er direkt aus meinen Armen in ihre!«

Sie hatte mit leiser Stimme heftig gesprochen, und jetzt hielt sie inne und rang die Hände.

»Dieser verfluchte Brief! Wir waren immer so vorsichtig gewesen. Er zerriß sonst immer jede Zeile, die ich ihm schrieb, sobald er sie gelesen hatte. Wie konnte ich ahnen, daß er diesen Brief aufheben würde! Er kam, und ich sagte ihm, daß ich über die Chinesin Bescheid wisse. Er stritt alles ab. Er sagte, es sei nur Klatsch. Ich war außer mir. Ich weiß nicht, was ich zu ihm sagte. Ich haßte ihn in diesem Augenblick. Beschimpfte ihn. Ich hätte ihm ins Gesicht spucken können. Und schließlich wandte er sich gegen mich. Er sagte mir, er habe mich satt und wolle mich nie mehr sehen. Ich langweile ihn zu Tode. Und dann gab er zu, daß das mit der Chinesin wahr sei. Er fügte hinzu, er kenne sie seit Jahren, schon seit vor dem Krieg, und sie sei die einzige Frau, die ihm wirklich etwas bedeute; alle anderen seien nur eben Zeitvertreib. Er sei froh, daß ich nun Bescheid wisse und ihn endlich in Ruhe lassen würde. Und dann weiß ich nicht mehr, was passierte. Ich war außer mir, ich sah rot. Ich ergriff den Revolver und schoß. Er stieß einen Schrei aus, und ich sah, daß ich ihn getroffen hatte. Er wankte und schleppte sich hinaus auf die Veranda. Ich eilte ihm nach und schoß wieder. Er stürzte zu Boden, und dann stand ich über ihn gebeugt und feuerte und feuerte, bis der Revolver klick klick machte und ich wußte, daß keine Patronen mehr drin waren.«

Schließlich hielt sie keuchend inne. Ihre Gesichtszüge hatten nichts Menschliches mehr, sie waren verzerrt von Grausamkeit, Wut und Schmerz. Nie hätte man geglaubt, daß diese stille, vornehme Frau einer so teuflischen Leidenschaft fähig sei. Mr. Joyce trat einen Schritt zurück. Er war einfach entsetzt über ihren Anblick. Es war kein Gesicht mehr, es war eine geifernde, scheußliche Maske. Dann hörten sie aus einem anderen Zimmer eine Stimme rufen – eine laute, freundliche und heitere Stimme. Es war Mrs. Joyce.

»Kommen Sie, liebste Leslie, Ihr Zimmer ist fertig. Sie müssen zum Umfallen müde sein.«

Mrs. Crosbies Züge glätteten sich langsam. Diese so deutlich eingezeichneten Leidenschaften waren weggewischt, so wie man mit der Hand ein zerknittertes Papier glattstreicht. Und im nächsten Augenblick war das Gesicht kühl, ruhig und faltenlos. Sie war ein wenig blaß, aber ihre Lippen teilten sich zu einem liebenswürdigen, freundlichen Lächeln. Sie war wieder die wohlerzogene, ja sogar vornehme Dame.

»Ich komme, Dorothy, meine Liebe. Es tut mir schrecklich leid, daß ich Ihnen so viel Mühe mache.«

Vor der Party

Mrs. Skinner verspätete sich nicht gern. Sie war bereits angekleidet. Sie trug ein schwarzes Seidenkleid, wie es ihrem Alter und der Trauer um ihren Schwiegersohn entsprach. Sie war gerade dabei, ihren Baretthut aufzusetzen. Es war ihr nicht ganz wohl dabei, da seine Verzierung mit Reiherfedern möglicherweise bei einigen Bekannten, die sie sicher auf der Party treffen würde, bissige Bemerkungen auslösen konnte. Es war natürlich scheußlich, solche schönen weißen Vögel nur wegen ihrer Federn abzuschießen und dazu noch in der Brutzeit, aber sie waren nun einmal an ihrem Hut und sahen so hübsch und stilvoll aus. Wie hätte sie die Federn auch zurückweisen können, wenn sie ihren Schwiegersohn nicht beleidigen wollte! Er hatte sie den ganzen weiten Weg von Borneo mitgebracht in der Annahme, ihr eine große Freude zu machen. Kathleen hatte sich damals über Gebühr entrüstet; vielleicht tat es ihr jetzt leid, nach dem, was inzwischen geschehen war, aber Kathleen hatte Harold nie recht leiden können. Mrs. Skinner stand vor ihrer Frisierkommode, rückte den Hut auf dem Kopf zurecht – es war schließlich der einzige nette Hut, den sie besaß – und steckte dann eine Nadel mit einer dicken Gagatperle hinein. Wenn jemand sie wegen der Reiherfedern zur Rede stellen sollte, hatte sie die Antwort schon bereit.

»Ich weiß, es ist schrecklich«, wollte sie sagen, »und ich

würde sie natürlich niemals kaufen, aber mein armer Schwiegersohn hat sie mir mitgebracht, als er das letzte Mal auf Urlaub war.«

Dies würde zugleich als Erklärung und Entschuldigung dienen, warum sie diesen Federschmuck besaß und ihn trug. Alle waren ja so teilnahmsvoll gewesen. Mrs. Skinner nahm ein sauberes Taschentuch aus der Schublade und besprengte es mit ein paar Tropfen Eau de Cologne. Sie gebrauchte niemals Parfum, das nach ihrer Ansicht nur leichtfertige Frauen verwendeten, aber Eau de Cologne war so erfrischend. Sie war jetzt so ziemlich fertig, und ihre Blicke schweiften über den Spiegel hinweg durch das Fenster. Pastor Heywood hatte einen schönen Tag für seine Gartengesellschaft. Es war warm, der Himmel blau, die Bäume hatten ihr frisches Frühlingsgrün noch nicht verloren. Sie lächelte, als sie ihre kleine Enkelin in dem Gartenstück hinter dem Haus sah, wie sie eifrig ein kleines Blumenbeet harkte, das ihr ganz allein gehörte. Sie fand Joan allerdings zu bleich. Sie hätte nicht so lange in den Tropen bleiben dürfen. Und sie war so ernst für ihr Alter; nie sah man sie umherrennen; sie vertiefte sich in Spiele, die sie selbst erfunden hatte, und goß ihre Blumen. Mrs. Skinner strich mit ein paar Handbewegungen ihr Kleid glatt, nahm ihre Handschuhe und ging nach unten.

Kathleen saß am Schreibtisch und arbeitete an den Listen, die sie aufstellen mußte, denn sie war ehrenamtliche Sekretärin des Damengolfklubs, und wenn es Wettspiele gab, hatte sie eine Menge zu tun. Aber auch sie hatte sich bereits für die Party zurechtgemacht.

»Du hast also doch dein Trägerkleid angezogen«, sagte Mrs. Skinner.

Sie hatten schon beim Essen erörtert, ob Kathleen das oder ihr schwarzes Seidenkleid anziehen sollte. Das Trägerkleid war schwarz und weiß, und Kathleen hielt es für sehr schick, wenn es auch nicht eigentlich als Trauerkleidung gelten konnte. Millicent jedoch hatte nichts dagegen einzuwenden gehabt.

»Es gibt gar keinen Grund, warum wir alle so aussehen sollten, als kämen wir gerade von einem Begräbnis«, hatte sie gesagt. »Harold ist immerhin schon acht Monate tot.«

Mrs. Skinner hatte diese Bemerkung sehr unpassend gefunden. Seit ihrer Rückkehr von Borneo war Millicent etwas sonderbar.

»Du willst doch wohl deine Witwentrauer noch nicht ablegen, Liebste?« hatte ihre Mutter gefragt.

Millicent gab keine direkte Antwort.

»Man nimmt es heute mit der Trauerkleidung nicht mehr so genau wie früher«, versetzte sie, und als sie nach einer kleinen Pause fortfuhr, war etwas in ihrer Stimme, was ihrer Mutter sehr eigentümlich vorkam. Kathleen war es auch aufgefallen, denn sie hatte ihre Schwester erstaunt angesehen.

»Ich bin überzeugt«, hatte Millicent gesagt, »Harold würde nicht wollen, daß ich auf unbegrenzte Zeit um ihn trauere.«

»Ich habe mich schon früh fertiggemacht, weil ich Millicent etwas sagen wollte«, erwiderte Kathleen auf die Bemerkung ihrer Mutter.

»So?«

Kathleen erklärte ihre Worte nicht näher. Aber sie legte ihre Listen beiseite und las mit zusammengezogenen Augenbrauen zum zweitenmal den Brief einer Dame, die sich bitter beklagte, daß der Ausschuß höchst ungerechterweise ihr Handikap von vierundzwanzig auf achtzehn herabgesetzt hatte. Die ehrenamtliche Sekretärin eines Damengolfklubs muß über sehr viel Takt verfügen. Mrs. Skinner begann ihre neuen Handschuhe anzuziehen. Die heruntergelassenen Jalousien hielten das Zimmer kühl und dunkel. Mrs. Skinner blickte auf den großen hölzernen und buntbemalten Nashornvogel, den ihr Harold zur Aufbewahrung hinterlassen hatte. Ihr kam er ein wenig sonderbar und barbarisch vor, aber Harold hatte ihm großen Wert beigemessen. Er war irgendein religiöses Symbol, und auf Pastor Heywood hatte er starken Eindruck gemacht. An der Wand über dem Sofa hingen malaiische Waffen, deren Namen sie vergessen hatte, und hier und da standen auf kleinen Tischen Silber- und Bronzegefäße, die Harold ab und zu geschickt hatte. Sie hatte Harold gern gehabt, und unwillkürlich suchten ihre Augen sein Bild, das neben den Fotografien ihrer beiden Töchter, ihres Enkelkindes, ihrer Schwester und ihrer Neffen auf dem Klavier stand.

»Wo ist denn Harolds Bild, Kathleen?« fragte sie.

Kathleen sah sich um. Das Bild stand nicht mehr auf dem gewohnten Platz.

»Irgend jemand hat es weggenommen«, sagte Kathleen.

Überrascht und verwundert stand sie auf und ging zum Klavier. Die Fotos waren neu geordnet worden, so daß keine Lücke sichtbar war.

»Vielleicht wollte Millicent es in ihrem Zimmer haben«, meinte Mrs. Skinner.

»Da hätte ich es bemerkt. Überdies hat Millicent mehrere Bilder von Harold, aber sie hält sie unter Verschluß.«

Mrs. Skinner konnte nicht verstehen, daß ihre Tochter kein Bild von Harold in ihrem Zimmer hatte. Sie hatte mit ihr schon einmal darüber gesprochen, aber Millicent hatte nichts darauf erwidert. Sie war sonderbar schweigsam, seitdem sie von Borneo zurück war. Sie hatte das Mitgefühl, das ihre Mutter ihr so gern gezeigt hätte, nicht gerade zurückgewiesen, aber auch nicht danach verlangt. Sie schien nicht bereit zu sein, von ihrem großen Verlust zu sprechen. Kummer äußerte sich bei verschiedenen Menschen auf verschiedene Weise. Ihr Mann hatte gesagt, das beste sei, man lasse Millicent in Ruhe. Da Mrs. Skinner gerade an ihren Mann dachte, kehrten ihre Gedanken wieder zu der Gesellschaft zurück, zu der sie eingeladen waren.

»Vater fragte mich, ob er einen Zylinder aufsetzen sollte. Ich riet ihm dazu, da man mit einem Zylinder nichts falsch machen kann.«

Der Pastor wollte die Einladung offenbar in großem Stil aufziehen. Die Konditorei Boddy sollte Stachelbeer- und Vanilleeis liefern, aber den Eiskaffee wollten die Heywoods zu Hause zubereiten. Es würde eine große Gesellschaft werden. Die Gäste sollten den Bischof von Hongkong kennenlernen, der bei dem Pastor zu Besuch war. Er war ein alter Schulfreund von Heywood. Der Bischof wollte einen Vortrag über die Missionen in China halten. Mrs. Skinner, deren Tochter acht Jahre lang im Fernen Osten gelebt und deren Schwiegersohn einen Distrikt auf Borneo verwaltet hatte, zeigte sich brennend interessiert. Natürlich würde sie einen solchen Vortrag ganz anders würdigen können als Leute, die nie etwas mit den Kolonien und der Welt da draußen zu tun gehabt hatten.

»Was kann einer von England wissen, der nur England kennt?« wie Mr. Skinner sich ausdrückte.

Er kam in diesem Augenblick ins Zimmer. Er war Rechtsanwalt, wie vor ihm schon sein Vater, und hatte seine Kanzlei in Lincoln's Inn Fields. Er fuhr jeden Morgen nach London und kam am Abend zurück. Er konnte seine Frau und seine Töchter nur zu der Gartengesellschaft des Pastors begleiten, weil dieser vernünftigerweise einen Samstag dafür ausgesucht hatte. Mr. Skinner sah in seinem Gehrock und seiner grauschwarzen Hose sehr gut aus. Er war nicht besonders auffällig, aber sehr adrett angezogen. Er sah aus wie ein ehrenwerter Familienanwalt, und das war er ja auch. Seine Kanzlei übernahm keinen Fall, der nicht ganz sauber war, und wenn sich jemand von ihm vertreten lassen wollte, der keine ganz reine Weste hatte, machte Mr. Skinner ein sehr ernstes Gesicht.

»Ich glaube, Ihr Anliegen gehört nicht zu den Fällen, die wir gern übernehmen«, sagte er dann. »Ich halte es für besser, daß Sie zu einer anderen Kanzlei gehen.«

Er zog dann seinen Notizblock zu sich heran und kritzelte einen Namen und eine Adresse darauf, riß das Blatt Papier ab und reichte es dem Mandanten.

»Wenn ich an Ihrer Stelle wäre, würde ich, glaube ich, zu dieser Kanzlei gehen. Sie brauchen nur meinen Namen zu erwähnen, und sie wird sicher alles für Sie tun, was ihr möglich ist.«

Mr. Skinner war glattrasiert und hatte einen völlig kahlen Kopf. Seine bleichen Lippen waren sehr schmal, aber seine blauen Augen wirkten schüchtern. Seine Wangen waren farblos, sein Gesicht voll feiner Runzeln.

»Du hast deine neue Hose angezogen, wie ich sehe«, sagte seine Frau.

»Man findet selten eine so gute Gelegenheit. Ich habe mir überlegt, ob ich eine Blume im Knopfloch tragen soll.«

»Das würde ich nicht tun«, sagte Kathleen. »Das scheint mir nicht sehr fein zu sein.«

»Aber viele Gäste werden so erscheinen«, entgegnete Mrs. Skinner.

»Nur Angestellten und ähnlichen Leuten gefällt so etwas«, erklärte Kathleen. »Die Heywoods haben alle Welt einladen müssen. Und übrigens sind wir in Trauer.«

»Ich frage mich, ob nach der Ansprache des Bischofs gesammelt wird«, sagte Mr. Skinner.

»Das glaube ich kaum«, bemerkte seine Frau.

»Ich fände das ziemlich geschmacklos«, meinte Kathleen.

»Es ist besser, man macht sich darauf gefaßt«, sagte Mr. Skinner. »Ich werde für uns alle spenden. Ob zehn Shilling genügen – oder muß ich wohl ein Pfund opfern?«

»Wenn du überhaupt was spenden willst, Vater, solltest du ein Pfund geben«, sagte Kathleen.

»Wenn Geld gesammelt wird, will ich nicht weniger als andere beitragen, aber andererseits sehe ich nicht ein, warum ich mehr herausrücken soll, als ich muß.«

Kathleen legte ihre Papiere in die Schublade des Schreibtisches und erhob sich. Sie warf einen Blick auf ihre Armbanduhr.

»Ist Millicent fertig?« fragte ihre Mutter.

»Es ist noch Zeit genug. Wir werden erst ab vier erwartet. Ich denke, wir sollten nicht viel vor halb fünf eintreffen. Ich habe Davis gesagt, er solle um Viertel nach vier vorfahren.«

Gewöhnlich fuhr Kathleen das Auto; aber bei großen Gelegenheiten wie dieser zog der Gärtner Davis seine Livree an und spielte Chauffeur. Es sah besser aus, wenn man so vorfuhr, und Kathleen wollte auch deshalb nicht selbst fahren, weil sie ihr neues Trägerkleid anhatte. Sie sah, wie ihre Mutter Finger für Finger in die neuen Handschuhe zwängte, und das erinnerte sie daran, daß auch sie ihre Handschuhe anziehen mußte. Sie roch an ihnen, denn sie waren gerade gereinigt worden, und sie wollte feststellen, ob es noch zu merken war. Der Geruch war sehr schwach. Sie glaubte nicht, daß jemand ihn bemerken würde.

Schließlich ging die Tür auf, und Millicent kam herein. Sie trug ihre Witwentrauer. Ihre Mutter konnte sich nicht daran gewöhnen, aber sie wußte natürlich, daß Millicent sie ein Jahr lang tragen mußte. Es war schade, denn sie stand ihr nicht. Merkwürdig, anderen stand sie gut. Sie hatte einmal versuchsweise Millicents Hut mit dem weißen Band und dem langen Schleier aufgesetzt und gefunden, daß sie sehr gut damit aussah. Sie hoffte natürlich, ihr lieber Alfred würde sie überleben, aber wenn das nicht sein sollte, würde sie, wie Königin Victoria, die Trauer nie mehr ablegen. Bei Millicent war das anders. Sie war im Vergleich zu ihr noch jung, erst sechsunddreißig. Es war sehr traurig, wenn man in diesem Alter schon Witwe war. Es bestand auch keine große Aussicht auf Wiederverheiratung. Kathleen, die fünfunddreißig war, würde nun wohl auch nicht mehr heiraten. Als Millicent und Harold das letzte Mal da waren, hatte Mrs. Skinner den Vorschlag gemacht, sie sollten Kathleen mitnehmen. Harold war nicht abgeneigt gewesen, aber Millicent hatte sich dagegen gesträubt. Mrs. Skinner wußte nicht, was sie dagegen einzuwenden hatte. Kathleen hätte dadurch vielleicht Aussichten gehabt. Man wollte sie natürlich nicht loswerden, aber eine Frau sollte heiraten, und alle Männer, die sie in ihrer Heimat kannte, waren bereits verheiratet. Millicent hatte als Entschuldigung für ihre ablehnende Haltung das anstrengende Klima angeführt. Und tatsächlich sah sie selbst schlecht aus. Niemand würde denken, daß Millicent die hübschere von beiden gewesen war. Kathleens Aussehen hatte sich im Laufe der Jahre verfeinert. Manche hielten sie zwar für zu mager, aber jetzt, da sie ihr Haar geschnitten und rote Wangen hatte, weil sie bei jedem Wetter Golf spielte, kam sie Mrs. Skinner hübsch vor. Von der armen Millicent konnte man das nicht sagen. Sie hatte ihre Figur verloren. Groß war sie nie gewesen, aber jetzt, da sie zugenommen hatte, sah sie plump aus. Sie war um einiges zu dick. Mrs. Skinner führte das auf die tropische Hitze zurück, die Millicent davon abgehalten hatte, sich Bewegung zu verschaffen. Ihre Haut war wachsbleich und unrein. Ihre blauen Augen, die ihr so viel Anziehungskraft verliehen hatten, waren matt geworden.

›Sie muß etwas für ihre Halspartie tun‹, dachte ihre Mutter. ›Sie bekommt da eine richtige Wamme.‹

Sie hatte schon ein paarmal mit ihrem Mann darüber gesprochen. Er hatte gemeint, Millicent sei eben nicht mehr so jung wie früher. Das mochte sein, aber sie brauchte sich deshalb nicht so gehenzulassen. Mrs. Skinner nahm sich vor, mit ihrer Tochter gelegentlich ein ernstes Wort darüber zu reden, aber sie mußte natürlich ihre Trauer respektieren und würde daher warten, bis das Jahr um war. Sie war übrigens heilfroh, einen Grund zu haben, diese Auseinandersetzung, die sie schon im voraus nervös machte, hinauszuschieben, denn Millicent hatte sich sehr verändert. Es lag etwas Verdrossenes und Mürrisches in ihrem Gesicht, das ihrer Mutter gar nicht behagte. Mrs. Skinner sagte gern alles laut heraus, was ihr durch den Kopf ging, aber Millicent hatte, wenn man eine Bemerkung machte (nur um etwas zu sagen, wohlverstanden), die scheußliche Gewohnheit, keine Antwort zu geben, so daß man sich fragte, ob sie überhaupt zugehört hatte. Manchmal fand ihre Mutter diese Haltung so aufreizend, daß sie sich, um nicht heftig zu reagieren, daran erinnern mußte, daß der arme Harold erst acht Monate tot war.

Vom Fenster her fiel das Licht auf das stumpfe Gesicht der Witwe, als sie schweigend ins Zimmer kam, während Kathleen das Licht im Rücken hatte. Sie sah ihre Schwester einen Augenblick an.

»Millicent, ich muß dir etwas sagen«, begann sie. »Ich habe heute morgen mit Gladys Heywood Golf gespielt.«

»Hast du gewonnen?«

Gladys Heywood war die einzige unverheiratete Tochter des Pastors.

»Sie hat etwas über dich gesagt, was du meiner Ansicht nach erfahren solltest.«

Millicent blickte über ihre Schwester hinweg auf das kleine Mädchen, das im Garten Blumen goß.

»Hast du Annie gesagt, Mutter, sie soll Joan ihren Nachmittagstee in der Küche geben?« erkundigte sie sich.

»Ja, sie wird ihn gleichzeitig mit dem Personal bekommen.«

Kathleen maß ihre Schwester mit kühlen Blicken.

»Der Bischof hat auf der Heimreise einige Tage in Singapur zugebracht«, fuhr sie fort. »Er reist sehr gern. Er war auch in Borneo, und er kennt dort einige Leute, mit denen du auch bekannt bist.«

»Da wird er sich freuen, dich zu sehen«, sagte Mrs. Skinner. »Hat er den armen Harold gekannt?«

»Ja, er hat ihn einmal in Kuala Solor getroffen. Er erinnert sich sehr gut an ihn. Er sei entsetzt gewesen, als er die Nachricht von Harolds Tod vernommen habe.«

Millicent setzte sich und zog langsam ihre schwarzen Handschuhe an. Es erschien ihrer Mutter sonderbar, daß sie alle diese Bemerkungen mit völligem Schweigen hinnahm.

»Was mir gerade einfällt, Millicent«, sagte sie. »Harolds Foto ist verschwunden. Hast du es weggenommen?«

»Ja, ich habe es entfernt.«

»Ich hätte mir eigentlich denken können, daß du es für dich haben wolltest.«

Wieder antwortete Millicent nichts. Diese Angewohnheit war wirklich scheußlich.

Kathleen veränderte leicht ihre Stellung, um Millicent besser ins Auge fassen zu können.

»Millicent, warum hast du uns erzählt, Harold sei am Fieber gestorben?«

Die Witwe rührte sich nicht. Sie richtete ihren Blick fest auf Kathleen, und ihre bleiche Haut rötete sich plötzlich, aber sie gab keine Antwort.

»Was willst du damit sagen?« fragte Mrs. Skinner überrascht.

»Der Bischof sagt, Harold habe Selbstmord begangen.«

Mrs. Skinner stieß einen Schrei aus, aber ihr Mann machte eine besänftigende Geste mit der Hand.

»Ist das wahr, Millicent?«

»Ja.«

»Aber warum hast du uns das nicht gesagt?«

Millicent schwieg eine Weile. Sie spielte leicht mit einer bronzenen Schale aus Borneo, die neben ihr auf dem Tisch stand. Auch diese war ein Geschenk von Harold.

»Ich dachte mir, es wäre besser für Joan, wenn die Leute annähmen, ihr Vater sei am Fieber gestorben. Sie sollte die Wahrheit nicht erfahren.«

»Du hast uns in eine äußerst peinliche Lage gebracht«, sagte Kathleen mit gerunzelter Stirn. »Gladys Heywood machte mir Vorwürfe, weil ich ihr nicht die Wahrheit gesagt hätte. Ich hatte die größte Schwierigkeit, ihr beizubringen, daß ich nicht die geringste Ahnung davon hatte. Ihr Vater, sagte sie, sei ziemlich betroffen. Da wir doch so viele Jahre miteinander bekannt seien und er dich dazu noch getraut habe, hätten wir Vertrauen zu ihm haben können, meint er. Wenn wir ihm schon nicht die Wahrheit hätten sagen wollen, hätten wir ihn wenigstens nicht anlügen müssen.«

»Ich muß sagen, darin kann ich ihm nur zustimmen«, bemerkte Mr. Skinner bitter.

»Ich habe Gladys natürlich gesagt, daß uns keine Schuld trifft. Wir haben ja nur berichtet, was du uns gesagt hast.«

»Hoffentlich habe ich dich nicht um dein Spiel gebracht«, meinte Millicent.

»Aber wirklich, Kind, das ist eine höchst unpassende Bemerkung!« rief ihr Vater aus.

Er erhob sich von seinem Stuhl, ging zu dem leeren Kamin hinüber und blieb, der Macht der Gewohnheit gehorchend, mit geteilten Rockschößen davor stehen.

»Es war meine eigene Angelegenheit«, sagte Millicent, »und wenn ich sie für mich behalten wollte, sehe ich nicht ein, warum ich es nicht hätte tun sollen.«

»Du scheinst nicht gerade viel Zuneigung zu deiner Mutter zu empfinden, wenn du dich nicht einmal ihr anvertraut hast!« rief Mrs. Skinner.

Millicent zuckte die Schultern.

»Du hättest wissen können, daß es einmal herauskommen würde«, sagte Kathleen.

»Warum? Daß zwei alte Tratschtanten nichts Besseres zu tun haben, als über mich zu sprechen, konnte ich nicht voraussehen.«

»Wenn der Bischof sagte, er sei auf Borneo gewesen, ist es nur natürlich, daß die Heywoods fragten, ob er dich und Harold kannte.«

»Das ist alles müßiges Gerede«, sagte Mr. Skinner. »Ich meine, du hättest uns die Wahrheit sagen sollen. Dann hätten wir uns entscheiden können, wie wir uns verhalten sollten. Als Rechtsanwalt kann ich dir sagen, daß man eine Sache nur schlimmer macht, wenn man versucht, sie zu verbergen.«

»Der arme Harold!« jammerte Mrs. Skinner. Tränen flossen ihr über die rotgeschminkten Wangen. »Es ist schrecklich. Mir war er immer ein guter Schwiegersohn. Was hat ihn nur dazu gebracht, etwas so Schreckliches zu tun?«

»Das Klima.«

»Du solltest uns besser alles erzählen, Millicent«, sagte ihr Vater.

»Das kann Kathleen besser.«

Kathleen zögerte. Es war kaum zu glauben, daß so

schreckliche Dinge in einer Familie wie der ihrigen vorkommen konnten.

»Der Bischof sagt, Harold habe sich die Kehle durchgeschnitten.«

Mrs. Skinner schnappte nach Luft. Sie ging impulsiv auf ihre verwitwete Tochter zu, um sie in die Arme zu schließen.

»Mein armes Kind!« schluchzte sie.

Aber Millicent entzog sich ihr.

»Bitte laß mich in Ruhe. Ich kann dieses Getue einfach nicht ertragen.«

»Aber wirklich, Millicent!« sagte Mr. Skinner und zog mißbilligend die Augenbrauen zusammen.

Mrs. Skinner tupfte sich vorsichtig mit dem Taschentuch die Tränen ab und kehrte mit einem Seufzer und einem leichten Kopfschütteln zu ihrem Stuhl zurück. Kathleen spielte nervös mit der langen Kette, die sie um den Hals trug.

»Ist es nicht geradezu absurd, daß ich die Einzelheiten über den Tod meines Schwagers von einer Freundin erfahren muß? Man kommt sich so dumm dabei vor. Der Bischof möchte dich gerne sehen, Millicent. Er möchte dir sagen, wie sehr er mit dir fühlt.« Sie machte eine Pause, aber Millicent gab keine Antwort. »Er sagt, Millicent sei mit Joan fort gewesen und habe bei ihrer Rückkehr den armen Harold tot auf dem Bett gefunden.«

»Es muß entsetzlich gewesen sein«, sagte Mr. Skinner.

Mrs. Skinner begann wieder zu weinen, aber Kathleen legte ihr die Hand auf die Schulter.

»Weine nicht, Mutter«, sagte sie. »Du bekommst sonst rote Augen, und die Leute werden das komisch finden.«

Alle schwiegen, während Mrs. Skinner sich die Augen trocknete und einen erfolgreichen Versuch machte, sich zusammenzunehmen. Es kam ihr sehr seltsam vor, daß sie gerade in diesem Augenblick die Reiherfedern auf dem Hut trug, die Harold ihr geschenkt hatte.

»Ich muß euch auch noch eine andere Mitteilung machen«, sagte Kathleen.

Millicent richtete ihre Augen wieder auf ihre Schwester. Sie tat es ohne Hast, aber mit einem Ausdruck gespannter Erwartung. Sie sah aus wie jemand, der auf ein Geräusch wartet, das er ja nicht überhören darf.

»Ich will dir nicht weh tun, liebe Schwester«, fuhr Kathleen fort, »aber ich meine, du solltest es unbedingt wissen. Der Bischof hat auch gesagt, Harold habe getrunken.«

»Oh, wie schrecklich!« rief Mrs. Skinner. »Wie kann man nur so etwas Furchtbares sagen! Hast du das von Gladys Heywood? Was hast du darauf erwidert?«

»Ich habe gesagt, es sei völlig falsch.«

»Das kommt davon, wenn man etwas verbergen will«, sagte Mr. Skinner gereizt. »Es ist immer dasselbe. Wenn man etwas vertuschen will, entstehen allerlei Gerüchte, die schlimmer sind als die Wahrheit.«

»Man hat dem Bischof in Singapur gesagt, Harold habe sich im Zustand des Delirium tremens das Leben genommen. Ich denke, Millicent, du wirst uns allen einen Dienst erweisen, indem du das energisch bestreitest.«

»Wie kann man nur so etwas Schreckliches von einem Toten sagen!« rief Mrs. Skinner. »Wenn Joan heranwächst, könnte es ihr zu Ohren kommen und ihr schaden.«

»Aber worauf beruht denn diese Behauptung, Millicent?«

fragte Mr. Skinner. »Harold war doch immer sehr enthaltsam.«

»Hier«, sagte die Witwe.

»Hat er wirklich getrunken?«

»Wie ein Faß.«

Die Antwort kam so unerwartet, und der Ton war so sarkastisch, daß alle drei auffuhren.

»Millicent, wie kannst du so von deinem toten Gatten sprechen!« rief ihre Mutter und schlug ihre feinen Handschuhhände zusammen. »Ich kann dich nicht verstehen. Du bist so sonderbar, seitdem du wieder hier bist. Ich hätte nie geglaubt, daß eine meiner Töchter den Tod ihres Mannes so hinnehmen kann.«

»Das laß vorläufig beiseite«, sagte Mr. Skinner. »Wir können später darüber sprechen.«

Er ging zum Fenster und sah in den sonnigen kleinen Garten hinaus, dann spazierte er wieder ins Zimmer zurück. Er nahm seinen Kneifer aus der Tasche und putzte ihn mit dem Taschentuch, obwohl er gar nicht die Absicht hatte, ihn aufzusetzen. Millicent sah ihn an, und ihr Blick war unmißverständlich ironisch, wenn nicht sogar zynisch. Mr. Skinner war ärgerlich. Er hatte seine Wochenarbeit hinter sich und war bis Montag morgen ein freier Mann. Er hatte zwar seiner Frau gesagt, die Einladung passe ihm durchaus nicht in den Kram und er würde viel lieber seinen Tee ruhig im eigenen Garten trinken, aber innerlich hatte er sich doch darauf gefreut. An chinesischen Missionen lag ihm nichts, aber die Begegnung mit dem Bischof würde sicher interessant sein. Und jetzt dies! Er hatte es nicht gern, in solch unerfreuliche Sachen hineingezogen zu werden. Es war wahrhaftig nicht angenehm, plötzlich von seinem Schwiegersohn zu hören, daß er ein Trunkenbold und Selbstmörder gewesen war. Millicent strich sorgfältig ihre weißen Ärmelaufschläge glatt. Ihre Gelassenheit reizte ihn, aber anstatt sich an sie zu wenden, redete er seine jüngere Tochter an.

»Warum setzt du dich denn nicht hin, Kathleen? Ich meine, es sind doch genug Stühle im Zimmer.«

Kathleen zog einen Stuhl heran und setzte sich, ohne ein Wort zu erwidern. Mr. Skinner blieb vor Millicent stehen und sah sie an.

»Ich begreife natürlich, warum du uns gesagt hast, Harold sei am Fieber gestorben. Ich halte es aber für einen Fehler, weil solche Dinge früher oder später doch herauskommen. Ich weiß nicht, inwieweit das, was der Bischof den Heywoods erzählt hat, den Tatsachen entspricht, aber wenn ich dir einen Rat geben darf, so erzähle uns alles so genau wie möglich; dann können wir weitersehen. Wir können nicht hoffen, daß diese Unglücksbotschaft bei Pastor Heywood und Gladys haltmacht. In einem so kleinen Ort können die Leute kein Geheimnis für sich behalten. Es wird leichter für uns alle sein, wenn wir die volle Wahrheit wissen.«

Mrs. Skinner und Kathleen fanden seine Herangehensweise sehr gut. Sie warteten auf Millicents Antwort. Die hatte mit unbewegter Miene zugehört. Die plötzlich aufgetretene Röte war wieder aus ihrem Gesicht gewichen, und es war wie gewöhnlich teigig und blaßgelb.

»Ich glaube, wenn ich euch die Wahrheit sage, wird sie euch nicht sehr gefallen«, wandte Millicent ein.

»Du wirst hoffentlich wissen, daß du mit unserem Mitgefühl und Verständnis rechnen kannst«, sagte Kathleen ernst.

Millicent warf ihr einen Blick zu, und der Schatten eines Lächelns schwebte um ihren fest geschlossenen Mund. Sie sah alle drei nacheinander an. Mrs. Skinner hatte den unangenehmen Eindruck, daß ihre Tochter sie alle anblicke, als seien sie Mannequins auf einer Modenschau. Sie schien in einer anderen Welt zu leben und keine Verbindung mit ihnen zu haben.

»Wißt ihr, ich liebte Harold nicht, als ich ihn heiratete«, begann sie nachdenklich.

Mrs. Skinner wollte etwas ausrufen, als eine schnelle, kaum sichtbare, aber nach so vielen Ehejahren ganz eindeutige Kopfbewegung ihres Mannes sie davon abhielt. Millicent sprach weiter, langsam, ohne die Stimme zu heben, und in kaum wechselndem Tonfall.

»Ich war siebenundzwanzig, und kein anderer war in Sicht, den ich hätte heiraten können. Er war zwar vierundvierzig und kam mir ziemlich alt vor, aber er hatte eine gute Stellung, nicht wahr? Eine bessere Partie würde kaum auftauchen.«

Mrs. Skinner wurde wieder weinerlich zumute, aber sie dachte an die Party.

»Jetzt weiß ich natürlich, warum du sein Bild weggenommen hast«, sagte sie betrübt.

»Still, Mutter!« ermahnte Kathleen sie.

Es war eine Aufnahme aus ihrer Verlobungszeit und ein sehr gutes Bild von Harold. Mrs. Skinner hatte ihn immer für einen tadellosen Mann gehalten. Er war groß und stark, vielleicht ein wenig zu dick, aber er hielt sich gut und war eine eindrucksvolle Erscheinung. Schon damals neigte er zur Kahlköpfigkeit, aber Männer werden heutzutage eben leicht kahl, und Harold hatte ihr erklärt, die Topis, die Tropenhelme, seien schlecht für den Haarwuchs. Er hatte einen kleinen schwarzen Schnurrbart, und sein Gesicht war tiefbraun von der Sonne. Am attraktivsten waren seine Augen, die braun und groß waren. Joan hatte sie von ihm geerbt. Er konnte interessant erzählen. Nach Kathleens Meinung war er eingebildet und gespreizt, aber Mrs. Skinner konnte einen Mann nicht verurteilen, der selbstbewußt auftrat. Sie sah bald, daß Millicent Eindruck auf ihn machte, und von da an gewann sie ihn Tag für Tag lieber. Er war immer sehr aufmerksam zu seiner Schwiegermutter, und wenn er von seinem Verwaltungsdistrikt sprach und von dem Großwild, das er erlegt hatte, hörte sie zu, als sei sie wirklich interessiert. Kathleen fand, er habe eine ziemlich hohe Meinung von sich, aber Mrs. Skinner gehörte einer Generation an, die das für richtig und ganz in Ordnung hielt. Millicent sah sehr bald, woher der Wind wehte. Sie sagte nichts zu ihrer Mutter, aber diese wußte, daß ihre Tochter nicht nein sagen würde, wenn Harold ihr einen Antrag machte.

Harold war damals zu Besuch bei Bekannten, die dreißig Jahre auf Borneo gewesen waren und das Land über alles rühmten. Es war nicht einzusehen, warum eine Frau dort nicht komfortabel leben sollte. Die Kinder mußten natürlich heimgeschickt werden, wenn sie sieben Jahre alt waren, aber so weit vorauszudenken, hielt Mrs. Skinner für unnötig. Sie lud Harold zum Essen ein und sagte ihm, sie seien immer zur Teezeit zu Hause. Er schien nichts zu tun zu haben, und als der Besuch bei seinen alten Freunden sich dem Ende näherte, erklärte sie ihm, sie würden sich alle freuen, wenn er zwei Wochen zu ihnen käme. Nach Ablauf dieser Zeit verlobten sich Harold und Millicent. Die Hochzeit war großartig. Das junge Paar verbrachte die Flitterwochen in Venedig und reiste dann in den Fernen Osten. Millicent schrieb aus verschiedenen Häfen, die das Schiff anlief. Sie schien glücklich zu sein.

»In Kuala Solor waren alle sehr nett zu mir«, sagte Millicent. Kuala Solor war die Hauptstadt des Staates Sembulu. »Wir wohnten bei dem Gouverneur und wurden überall zum Essen eingeladen. Ein paarmal hörte ich, wie Harold etwas zu trinken angeboten wurde und er ablehnte. Er sagte, mit der Ehe habe für ihn ein neues Kapitel begonnen. Ich hatte keine Ahnung, warum sie lachten. Mrs. Gray, die Frau des Gouverneurs, sagte mir, sie seien alle sehr froh, daß Harold sich verheiratet habe. Für einen Junggesellen sei es auf einer Außenstation entsetzlich einsam. Als wir Kuala Solor verließen, verabschiedete sich Mrs. Gray auf so sonderbare Weise von mir, daß ich ganz überrascht war. Es war, als lege sie mir Harold feierlich ans Herz.«

Sie hörten sie schweigend an. Kathleens Augen ruhten die ganze Zeit auf dem unbewegten Gesicht ihrer Schwester, aber Mr. Skinner starrte geradeaus auf die malaiischen Waffen, die Krise und Parangs an der Wand über dem Sofa, auf dem seine Frau saß.

»Erst als ich anderthalb Jahre später nach Kuala Solor zurückkam, entdeckte ich, warum sich alle so merkwürdig verhalten hatten.« Millicent gab einen Laut von sich, der wie das Echo eines verächtlichen Lachens klang. »Ich erfuhr nun eine Menge mehr als zuvor. Harold war damals nach England gekommen, um zu heiraten. Es war ihm nicht besonders wichtig, wen. Erinnerst du dich noch, Mutter, wie wir uns anstrengten, ihn zu kapern? Wir hätten uns nicht soviel Mühe zu geben brauchen.«

»Ich weiß nicht, was du damit sagen willst«, entgegnete Mrs. Skinner nicht ohne Bitterkeit, denn das Wort ›kapern‹ war eine Unterstellung, die ihr nicht gefiel. »Ich sah, daß du Eindruck auf ihn machtest.«

Millicent zuckte ihre schweren Schultern.

»Er war ein richtiger Säufer. Er ging jeden Abend mit einer Flasche Whisky zu Bett, und am Morgen war sie leer. Der Erste Sekretär des Gouverneurs sagte ihm, er müsse sein Amt niederlegen, wenn er nicht aufhöre zu trinken. Es sei dies die letzte Warnung, aber er wolle ihm noch einmal eine Chance geben. Er durfte seinen Urlaub nehmen und nach England fahren. Es wurde ihm der Rat gegeben, zu heiraten, damit er nach seiner Rückkehr jemanden habe, der auf ihn aufpasse. Harold hat mich geheiratet, weil er eine Wärterin brauchte. In Kuala Solor schloß man Wetten ab, wie lange ich ihn nüchtern halten würde.«

»Aber er war in dich verliebt«, unterbrach ihre Mutter sie. »Du weißt nicht, wie gut er immer von dir gesprochen hat, und als du damals nach Kuala Solor gingst, um Joan zur Welt zu bringen, schrieb er mir einen so reizenden Brief über dich.«

Millicent blickte wieder zu ihrer Mutter hinüber, und eine tiefe Röte färbte ihre blasse Haut. Ihre Hände, die in ihrem Schoß lagen, begannen ein wenig zu zittern. Sie dachte an jene ersten Monate ihrer Ehe. Die Regierungsbarkasse hatte sie bis zur Flußmündung gebracht. Sie übernachteten in einem Bungalow, den Harold scherzend seine Seeresidenz nannte. Am nächsten Tag fuhren sie in einem Prahu stromaufwärts. Nach den Romanen, die sie gelesen hatte, besaß sie eine ganz andere Vorstellung von den Flüssen Borneos. Sie sollten dunkel und unheimlich sein, aber der Himmel war blau, mit weißen Wölkchen getüpfelt, und das Grün der vom Wasser bespülten Mangroven und Nipahs glitzerte in der Sonne. Zu beiden Seiten erstreckte sich der pfadlose Dschungel, und in der Ferne sah sie als Silhouette gegen den Himmel die zackigen Umrisse eines Berges. Die Luft am frühen Morgen war erfrischend und klar. Sie schien in ein freundliches, fruchtbares Land zu kommen und gewann ein Gefühl grenzenloser Freiheit. Sie hielten Ausschau nach Affen, die auf den Zweigen dichtverschlungener Bäume saßen, und einmal zeigte Harold auf etwas, was wie ein Baumstamm aussah, und sagte, das sei ein Krokodil. Harolds Stellvertreter, im weißen Anzug und mit Tropenhelm, stand am Landungssteg und begrüßte sie, und ein Dutzend schmucker kleiner Soldaten präsentierte das Gewehr vor ihnen. Harold stellte ihr Mr. Simpson, seinen Mitarbeiter, vor.

»Wahrhaftig, Sir«, sagte er zu Harold, »ich bin froh, daß Sie wieder da sind. Ohne Sie ist es hier verteufelt einsam.«

Der Regierungsbungalow war von einem Garten umgeben, in dem alle Arten bunter Blumen wild wuchsen. Das Haus lag auf einem niedrigen Hügel. Es sah ein wenig schäbig aus und war nur spärlich möbliert, aber die Zimmer waren kühl und sehr geräumig.

Harold streckte die Hand aus. »Der Kampong ist dort unten.«

Ihre Augen folgten seiner Gebärde. Aus Kokospalmen stieg der Klang eines Gongs auf. Es gab ihr einen seltsamen kleinen Stich im Herzen.

Obwohl sie nicht viel zu tun hatte, vergingen die Tage ziemlich rasch. Wenn der Morgen dämmerte, brachte ihnen ein Boy ihren Tee. Sie nahmen ihn draußen auf der Veranda ein und genossen die duftige Frische der Frühe (Harold im Trikothemd und Sarong, sie im Morgenrock), bis es Zeit wurde, sich für das Frühstück anzukleiden. Dann ging Harold in sein Büro, und sie lernte ein bis zwei Stunden Malaiisch. Nach dem Tiffin kehrte Harold zu seiner Arbeit zurück, während sie schlief. Später erfrischte eine Tasse Tee sie beide wieder, und dann machten sie einen Spaziergang oder spielten Golf. Unter dem Bungalow hatte Harold ein ebenes Stück Dschungel roden lassen und darauf einen Golfplatz mit neun Löchern angelegt. Um sechs wurde es dunkel. Dann kam gewöhnlich Mr. Simpson auf einen Drink herüber. Sie plauderten bis zum Abendessen, und manchmal spielten Harold und Simpson Schach. Die duftenden Abende waren herrlich. Die Glühwürmchen verwandelten die Büsche unter der Veranda in kalt funkelnde, zitternde Leuchtfeuer, blühende Bäume würzten die Luft mit süßem Duft. Nach dem Essen lasen sie die Zeitungen, die vor sechs Wochen in London erschienen waren, und gingen dann zu Bett. Millicent genoß das Gefühl, verheiratet zu sein. Die einheimischen Diener in ihren bunten Sarongs, die barfüßig, still, aber freundlich im Haus umhergingen, gefielen ihr. Sie hatte das angenehme Gefühl, als Frau des ersten Regierungsbeamten eine wichtige Rolle zu spielen. Harold imponierte ihr durch seine perfekte Beherrschung der Eingeborenensprache, durch sein herrenhaftes Auftreten und durch seine Würde. Dann und wann ging sie ins Amtshaus, wo er als Richter die Streitigkeiten der Einheimischen entschied. Die

Vielfältigkeit seiner Aufgaben und die geschickte Art, mit der er sie erledigte, nötigten ihr Achtung ab. Wie Mr. Simpson sagte, verstand Harold die Eingeborenen so gut wie ein Landsmann. Festigkeit, Takt und gute Laune wirkten bei ihm zusammen, und das war wesentlich im Umgang mit dieser furchtsamen, rachsüchtigen und argwöhnischen Rasse. Millicent begann eine gewisse Bewunderung für ihren Mann zu fühlen.

Sie waren ein Jahr verheiratet, als zwei englische Naturforscher auf ihrem Weg ins Landesinnere für einige Tage bei ihnen haltmachten. Sie brachten eine nachdrückliche Empfehlung vom Gouverneur mit, und Harold wollte sich gastfreundlich erweisen. Ihre Ankunft war eine angenehme Abwechslung. Millicent lud Mr. Simpson zum Essen ein (er wohnte im Fort und aß nur an Sonntagabenden bei ihnen). Nach dem Essen setzten sich die Männer auf die Veranda, um Bridge zu spielen. Millicent ließ sie allein und ging bald zu Bett, aber die Spieler machten einen solchen Lärm, daß sie eine Zeitlang keinen Schlaf finden konnte. Wie spät es war, als Harold ins Zimmer schwankte, wußte sie nicht. Sie verhielt sich still. Er entschloß sich offenbar, noch ein Bad zu nehmen, bevor er zu Bett ging. Der Baderaum war direkt unter ihrem Schlafzimmer. Er stieg die Treppe hinab. Offenbar glitt er aus, denn es gab ein gewaltiges Getöse, und sie hörte ihn fluchen. Dann erbrach er sich heftig. Sie hörte, wie er Kübel Wasser über sich schüttete, und kurze Zeit darauf kam er, diesmal sehr vorsichtig, wieder nach oben und schlüpfte ins Bett. Millicent tat so, als schliefe sie. Sie war entsetzt. Harold war betrunken. Sie nahm sich vor, ihn deshalb am Morgen zur Rede zu stellen. Was würden die zwei Naturforscher von ihnen denken! Aber am Morgen trat Harold mit solcher Würde auf, daß sie nicht den Mut hatte, auf die Sache zu sprechen zu kommen. Um acht Uhr setzten sich Harold und sie mit den beiden Gästen zum Frühstück. Harold warf einen Blick auf den Tisch.

»Hafergrütze«, sagte er. »Millicent, ich glaube, meine Gäste möchten höchstens ein bißchen Worcestersauce zum Frühstück, nach mehr werden sie kaum Verlangen haben. Ich persönlich werde mich mit Whisky und Soda begnügen.«

Die beiden lachten beschämt.

»Ihr Mann ist ein furchtbarer Mensch«, sagte einer von ihnen.

»Ich würde glauben, die Gebote der Gastfreundschaft nicht richtig erfüllt zu haben, wenn ich Sie am ersten Abend Ihres Besuches nüchtern ins Bett geschickt hätte«, sagte Harold in der offenherzigen und etwas pompösen Art, in der er sich manchmal ausdrückte.

Millicent lächelte säuerlich, tröstete sich aber mit dem Gedanken, daß die Gäste ebenso betrunken gewesen waren wie ihr Mann. An diesem Abend blieb sie bei ihnen, und man ging zu einer vernünftigen Stunde zu Bett. Sie war froh, als die Fremden weiterreisten. Das Leben floß wieder ruhig dahin. Einige Monate später machte Harold eine Inspektionsreise durch seinen Distrikt und kam mit einem schlimmen Malariaanfall zurück. Zum erstenmal sah sie nun die Krankheit, von der sie schon so viel gehört hatte. Als Harold sich langsam erholte, fiel es ihr nicht weiter auf, daß er sehr schwach war; sie fand jedoch sein Verhalten sonderbar. Wenn er aus seinem Büro zurückkam, starrte er sie mit glasigen Augen an. Er stand auf der Veranda, leicht schwankend, aber doch würdevoll, und hielt lange Ansprachen über die politische Lage in England. Dann verlor er den Faden und sah sie mit Schalk in den Augen an. Da er sonst immer so ernst und gemessen war, wußte sie nicht, was sie davon halten sollte.

»Sie zwingt einen in die Knie, diese verfluchte Malaria. Ach, liebes Frauchen, du hast keine Ahnung, wie anstrengend es ist, am Aufbau des Empire mitzuwirken.«

Ihr fiel auf, daß Mr. Simpson manchmal so besorgt aussah, und wenn sie allein waren, schien er etwas sagen zu wollen; aber aus Schüchternheit unterließ er es dann im letzten Augenblick. Dieser Eindruck wurde so stark, daß sie ganz nervös wurde, und eines Abends, als Harold aus irgendeinem Grund länger als üblich im Büro blieb, konnte sie nicht mehr an sich halten.

»Was haben Sie mir zu sagen, Mr. Simpson?« platzte sie heraus.

Er wurde rot und zögerte.

»Nichts. Was veranlaßt Sie zu der Annahme, ich hätte Ihnen etwas Besonderes zu sagen?«

Mr. Simpson war ein hagerer, hochaufgeschossener junger Mann von vierundzwanzig, der sich große Mühe gab, seinen mächtigen welligen Haarschopf glatt und anliegend zu halten. Seine Handgelenke waren von Moskitostichen geschwollen und fleckig. Millicent sah ihn fest an.

»Glauben Sie nicht, es wäre besser, Sie sagten es mir, wenn es etwas mit Harold zu tun hat?«

Er wurde jetzt krebsrot und rückte unruhig auf dem Stuhl hin und her. Sie drang weiter in ihn.

»Ich fürchte, Sie werden mich für frech halten«, begann er schließlich. »Es ist scheußlich von mir, hinter seinem Rükken etwas über meinen Chef zu sagen. Malaria ist eine schlimme Sache, und wenn man so einen Anfall gehabt hat, fühlt man sich völlig erledigt.«

Er zögerte wieder und zog die Mundwinkel nach unten, als wolle er weinen. Millicent kam er wie ein kleiner Junge vor.

»Ich werde schweigen wie ein Grab«, sagte sie lächelnd. Sie versuchte ihre Unruhe zu verbergen. »Erzählen Sie es mir doch.«

»Ich meine, es ist nicht so gut, daß Ihr Mann immer eine Flasche Whisky im Büro hat. So trinkt er öfter mal einen Schluck mehr, als er es sonst tun würde.«

Mr. Simpson bekam vor Aufregung eine heisere Stimme. Millicent fühlte, wie ein kalter Schauer sie durchfuhr. Sie nahm sich zusammen, denn sie wußte, sie durfte dem jungen Mann keine Angst machen, wenn sie alles aus ihm herausholen wollte. Er scheute sich, mit der Sprache herauszurücken. Sie drängte ihn, bat ihn, appellierte an sein Pflichtgefühl und brach schließlich in Tränen aus. Dann sagte er ihr, Harold sei in den letzten zwei Wochen immer mehr oder weniger betrunken gewesen. Die Eingeborenen sprächen bereits darüber und sagten, es würde mit ihm bald wieder so schlimm sein wie vor seiner Heirat. Er habe damals regelmäßig zuviel getrunken. Trotz aller ihrer Versuche, Näheres über jene Zeit aus ihm herauszubringen, lehnte es Mr. Simpson ab, ihr Einzelheiten zu berichten.

»Meinen Sie, daß er jetzt drüben geblieben ist, um zu trinken?«

»Das weiß ich nicht.«

Millicent glühte plötzlich vor Scham und Zorn. Das Fort, wie es genannt wurde, weil man dort die Gewehre und die Munition aufbewahrte, diente zugleich als Gerichtsgebäude. Es stand dem Bungalow gegenüber, umgeben von einem Garten. Die Sonne ging gerade unter, und so brauchte sie keinen Hut. Sie eilte hinüber. Sie fand Harold in dem Büro hinter der großen Halle, in der er die Gerichtssitzungen abhielt. Vor ihm stand eine angebrochene Flasche Whisky. Er rauchte und sprach mit einigen Malaien, die ihm mit unterwürfigem und gleichzeitig verächtlichem Lächeln zuhörten. Sein Gesicht war hochrot. Die Eingeborenen verschwanden sofort aus dem Zimmer.

»Ich bin hergekommen, um zu sehen, was du tust«, sagte sie.

Er stand auf, denn er behandelte sie stets mit ausgesuchter Höflichkeit, und schwankte. Da er sich unsicher auf den Beinen fühlte, nahm er eine möglichst würdige Haltung an.

»Setz dich, meine liebe Millicent, setz dich, nimm Platz. Ich hatte noch dringend zu tun. Deshalb konnte ich nicht eher kommen.«

Sie sah ihn mit zornfunkelnden Augen an.

»Du bist betrunken«, sagte sie.

Er starrte sie an, seine Augen traten etwas hervor, und sein breites, fleischiges Gesicht nahm einen hochmütigen Ausdruck an.

»Ich weiß nicht, wovon du sprichst.«

Sie hatte sich vorgenommen, ihm heftige Vorhaltungen zu machen, brach aber plötzlich in Tränen aus, sank auf einen Stuhl und bedeckte ihr Gesicht mit den Händen. Harold blickte sie eine Weile an, dann kollerten auch ihm die Tränen über die Wangen. Mit ausgestreckten Armen ging er auf sie zu und fiel schwer vor ihr auf die Knie. Schluchzend zog er sie an sich.

»Verzeih mir, verzeih mir«, stammelte er. »Ich verspreche dir, es soll nicht wieder vorkommen. Es war diese verdammte Malaria. Sie hat mich dazu gebracht.«

»Es ist so erniedrigend«, stöhnte sie.

Er weinte wie ein Kind. In der Selbsterniedrigung dieses großen gesetzten Mannes lag etwas Rührendes. Millicent nahm die Hände vom Gesicht. Mit flehendem und zerknirschtem Ausdruck schaute er zu ihr auf.

»Willst du mir dein Ehrenwort geben, daß du nie wieder Alkohol anrührst?«

»Ja, ja. Ich hasse ihn.«

Da sagte sie ihm, sie erwarte ein Kind. Er war überglücklich.

»Darauf habe ich mich schon lange gefreut. Das wird mir Kraft geben.«

Sie gingen zum Bungalow zurück. Harold badete und schlief dann ein wenig. Nach dem Essen hatten sie eine lange und ruhige Aussprache. Er gab zu, er habe vor seiner Heirat gelegentlich mehr getrunken, als gut für ihn war. Wenn man von der Welt abgeschnitten sei, könne man leicht einem solchen Laster verfallen. Er willigte in alles ein, was Millicent von ihm verlangte. Es dauerte noch einige Monate, bevor Millicent sich zur Entbindung nach Kuala Solor begeben mußte, und während dieser Zeit war Harold ein ausgezeichneter Gatte, aufmerksam, untadelig und liebevoll. Als die Barkasse sie abholte und sie ihn für sechs Wochen allein lassen mußte, versprach er feierlich, während ihrer Abwesenheit keinen Alkohol anzurühren. Er legte ihr die Hände auf die Schultern.

»Ich breche niemals ein Versprechen«, sagte er in seiner würdevollen Art. »Aber selbst wenn ich nichts verspräche, könntest du dir vorstellen, daß ich in der Zeit, in der du soviel durchmachen mußt, etwas täte, was dir Kummer bereiten könnte?«

Nach Joans Geburt wohnte Millicent im Hause des Gouverneurs, und Mrs. Gray, seine Frau, war sehr gut zu ihr. Die beiden Frauen hatten während der langen Stunden, in denen sie allein waren, nichts zu tun, als zu reden, und so erfuhr Millicent mit der Zeit alles über die alkoholische Vergangenheit ihres Mannes. Am allerwenigsten konnte sie sich mit der Tatsache abfinden, daß Harold nur unter der Bedingung, sich zu verheiraten, seinen Posten behalten konnte. Es rief in ihr dunklen Groll hervor. Und als sie entdeckte, was für ein unverbesserlicher Säufer er gewesen war, beschlich sie Beklommenheit. Sie hatte eine entsetzliche Angst, er könnte während ihrer Abwesenheit wieder seiner Sucht nachgegeben haben. Sie fuhr mit ihrem Kind und einer Pflegerin zurück. Sie blieb eine Nacht in dem Bungalow an der Flußmündung und schickte einen Boten in einem Kanu voraus, der ihre Ankunft ankündigen sollte. Ängstlich blickte sie nach dem Landungssteg, als die Barkasse sich dem Ufer näherte. Dort standen Harold und Mr. Simpson. Die adretten Soldaten waren in einer Reihe aufmarschiert. Ihr wurde schwach ums Herz, denn Harold schwankte leicht hin und her wie ein Mann, der versucht, auf einem schlingernden Schiff sein Gleichgewicht zu behaupten. Sie erkannte, daß er betrunken war. Es war keine sehr angenehme Heimkehr.

Millicent hatte ihre Eltern und ihre Schwester, die ihr schweigend zuhörten, fast vergessen. Jetzt spürte sie wieder deren Gegenwart und richtete sich auf. Alles, was sie da erzählte, schien so weit weg zu sein.

»Da wußte ich, daß ich ihn haßte«, sagte sie. »Ich hätte ihn umbringen können.«

»Oh, Millicent, sag doch so was nicht!« rief ihre Mutter. »Vergiß nicht, daß der Arme tot ist.«

Millicent sah ihre Mutter an, und ihr Gesicht wurde plötzlich finster. Mr. Skinner wurde es unbehaglich zumute.

»Sprich weiter«, sagte Kathleen.

»Als er entdeckte, daß ich alles über ihn erfahren hatte, ließ er sich vollständig gehen. Nach einem Vierteljahr hatte er wieder einen Anfall von Delirium tremens.«

»Warum hast du ihn nicht verlassen?« fragte Kathleen.

»Was hätte ich damit erreicht? Er hätte in Kürze seine Stelle verloren. Wer sollte dann für mich und Joan sorgen? Ich mußte bleiben. Wenn er nüchtern war, konnte ich mich ja über nichts beklagen. Er liebte mich nicht gerade, aber er hatte mich gern. Ich hatte ihn ja auch nicht geheiratet, weil ich in ihn verliebt war, sondern weil ich verheiratet sein wollte. Ich tat alles, um den Alkohol von ihm fernzuhalten. Ich erreichte sogar, daß Mr. Gray die Übersendung von Whisky aus Kuala Solor verbot, aber Harold erhielt ihn von den Chinesen. Ich beobachtete ihn wie eine Katze eine Maus. Aber er war zu schlau für mich. Nach kurzer Zeit ging es von neuem los. Er vernachlässigte seine Amtspflichten. Ich hatte Angst, es könnten Beschwerden einlaufen. Wir waren zwei Tagereisen von Kuala Solor entfernt, und das war unser Glück, aber es mußte doch etwas durchgesickert sein, denn Mr. Gray schrieb mir einen privaten Brief, um mich zu warnen. Ich zeigte ihn Harold. Er tobte und fluchte, aber ich sah, daß er Angst bekam, und einige Monate war er ganz nüchtern. Dann begann es wieder. Und so ging es fort bis zu unserem Urlaub.

Bevor wir hierherkamen, bat ich ihn und flehte ihn an, sich ja in acht zu nehmen. Es sollte keiner von euch merken, was für einen Mann ich geheiratet hatte. Solange er in England war, ging alles gut. Vor unserer Abfahrt warnte ich ihn. Er hatte Joan sehr liebgewonnen und war stolz auf sie. Sie hing sehr an ihm, mehr als an mir. Ich fragte ihn, ob ihn sein Kind später als Trunkenbold kennen solle. Dadurch entdeckte ich ein Druckmittel. Der Gedanke erschreckte ihn. Ich sagte ihm, ich würde es nicht zulassen, und wenn Joan ihn einmal betrunken sähe, würde ich sie ihm fortnehmen. Er wurde ganz bleich, als ich das sagte. In jener Nacht fiel ich auf die Knie und dankte Gott, weil er mir einen Weg gezeigt hatte, meinen Mann zu retten.

Er bat mich, ihm zur Seite zu stehen, dann wolle er einen neuen Versuch machen. Wir beschlossen, die Sucht zusammen zu bekämpfen. Und er gab sich redlich Mühe. Wenn er fühlte, daß das Verlangen ihn zu überwältigen drohte, kam er zu mir. Ihr wißt, daß er immer gern großtat, aber bei mir war er so klein und demütig wie ein Kind. Er verließ sich auf mich. Er liebte mich vielleicht nicht, als er mich heiratete, aber nun liebte er mich, mich und Joan. Ich hatte ihn gehaßt, wegen der Demütigung und weil er so abstoßend war, wenn er betrunken war, und sich würdevoll und überlegen zu gebärden versuchte. Aber nun zog ein sonderbares Gefühl in mein Herz ein. Es war nicht Liebe, aber eine eigentümliche scheue Zärtlichkeit. Er war jetzt noch etwas mehr als mein Mann, er war wie ein Kind, das ich lange und ermüdende Monate hindurch unter dem Herzen getragen hatte. Er war so stolz auf mich, und ich war stolz auf ihn. Seine langen Reden reizten mich nicht mehr, und sein gespreiztes Wesen erschien mir eher komisch und liebenswert. Schließlich besiegten wir den bösen Feind. Zwei Jahre lang trank er keinen Tropfen Alkohol mehr. Er verlor die Sucht völlig. Er konnte sogar über sie scherzen.

Mr. Simpson war nicht mehr bei uns, statt dessen ein anderer junger Mann namens Francis.

›Ich bin ein bekehrter Trinker‹, sagte Harold einmal zu ihm. ›Wenn meine Frau nicht gewesen wäre, hätte man mich längst an die Luft gesetzt. Ich habe die beste Frau, die es auf der Welt gibt, Francis.‹

Ihr wißt nicht, was solche Worte für mich bedeuteten …

Alle meine Mühen und Sorgen hatten sich gelohnt. Ich war überglücklich.«

Sie schwieg. Sie dachte an den breiten gelben, schlammigen Fluß, an dessen Ufer sie so lange gelebt hatte. Vor Sonnenuntergang flogen die Reiher weiß und glitzernd in der von Hitze zitternden Luft den Fluß hinab; sie flogen niedrig und schnell und entschwanden bald den Blicken. Sie waren wie perlende schneeweiße Noten, süß und rein und frühlingshaft, ein göttlicher Akkord, den eine unsichtbare Hand auf einer unsichtbaren Harfe anschlug. Eingehüllt in die Schatten des Abends flatterten sie zwischen den grünen Ufern dahin wie die glücklichen Gedanken eines zufriedenen Geistes.

»Dann wurde Joan krank. Drei Wochen lang lebten wir

in Angst. Einen Arzt gab es erst in Kuala Solor, und wir mußten das Kind von einem eingeborenen Medizinmann behandeln lassen. Als Joan wieder gesund wurde, fuhr ich mit ihr an die Flußmündung, um sie durch die frische Meeresluft zu stärken. Wir blieben eine Woche dort. Es war das erste Mal seit meiner Niederkunft in Kuala Solor, daß ich von Harold getrennt war. In der Nähe befand sich ein Fischerpfahldorf, aber in Wirklichkeit waren wir ganz allein. Ich dachte immer mit großer Zärtlichkeit an Harold, und auf einmal wußte ich, daß ich ihn liebte. Ich war so froh, als das Boot uns wieder abholte, denn ich wollte es Harold ja sagen. Ich malte mir aus, wie sehr er sich darüber freuen würde. Ich kann euch nicht beschreiben, wie glücklich ich war. Als wir stromaufwärts ruderten, erzählte mir der Bootsführer, daß Mr. Francis ins Landesinnere gereist sei, um eine Frau zu verhaften, die ihren Mann ermordet hatte. Er sei schon ein paar Tage fort.

Ich war überrascht, daß Harold nicht am Landungssteg war, um mich abzuholen. Er war in dieser Beziehung sonst peinlich aufmerksam. Er sagte manchmal, Mann und Frau sollten zueinander so höflich sein, wie sie zu Bekannten wären. Ich konnte mir nicht vorstellen, welche Amtsgeschäfte ihn abgehalten hatten. Ich ging den niedrigen Hügel hinauf, auf dem der Bungalow stand. Die Aja führte Joan hinter mir her. Es war sonderbar still in dem Bungalow. Ich sah auch keine Diener, was mich wunderte. Vielleicht hatte Harold mich nicht so bald erwartet und war ausgegangen. Ich stieg die Treppe hinauf. Joan hatte Durst, und die Aja führte sie in die Küche, um ihr etwas zu trinken zu geben. Harold war nicht im Wohnzimmer. Ich rief seinen Namen, aber niemand antwortete. Ich war enttäuscht, weil ich ihn so gern dagehabt hätte. Ich ging in unser Schlafzimmer. Harold war doch nicht ausgegangen, er lag schlafend auf dem Bett. Das amüsierte mich, weil er immer behauptete, er schliefe nie am Nachmittag, das sei eine schlechte Gewohnheit der Weißen. Ich trat leise ans Bett. Ich wollte mir einen Scherz mit ihm machen, ihn kitzeln oder so etwas. Ich öffnete die Moskitovorhänge. Er lag auf dem Rücken und hatte nur einen Sarong an. Eine leere Whiskyflasche lag an seiner Seite. Er war betrunken.

Es hatte wieder begonnen. Alle meine jahrelangen Kämpfe waren nutzlos gewesen. Mein Traum zerfloß in nichts. Es war alles hoffnungslos. Maßlose Wut ergriff mich.«

Millicents Gesicht wurde wieder dunkelrot. Sie umklammerte die Stuhllehne.

»Ich faßte ihn bei den Schultern und schüttelte ihn mit aller Kraft. ›Du Mistkerl!‹ schrie ich. ›Du Mistkerl!‹ Ich war so wütend, daß ich nicht wußte, was ich tat und sagte. Ich schüttelte ihn immer wieder. Ihr könnt euch nicht denken, wie häßlich er aussah, dieser große, halbnackte dicke Mann. Er hatte sich tagelang nicht rasiert, und sein Gesicht war aufgedunsen und purpurrot. Er atmete schwer. Ich schrie ihn an – vergeblich. Ich versuchte ihn aus dem Bett zu ziehen, aber er war zu schwer. Er lag wie ein Baumstamm da. ›Mach die Augen auf!‹ schrie ich. Ich schüttelte ihn wieder. Ich haßte ihn. Ich haßte ihn um so mehr, als ich ihn eine ganze Woche von Herzen geliebt hatte. Er hatte mich verraten. Er hatte mich im Stich gelassen. Ich wollte ihm sagen, was für ein elender Schuft er war, aber ich konnte ihn nicht wach bekommen. ›Du sollst die Augen aufmachen!‹ rief ich. Er sollte mich wenigstens ansehen.«

Die Witwe fuhr sich mit der Zunge über die trockenen Lippen. Ihr Atem ging schnell. Sie verstummte.

»Wenn er in einem solchen Zustand war, wäre es das beste gewesen, ihn schlafen zu lassen«, sagte Kathleen.

»An der Wand neben dem Bett hing ein Parang. Ihr wißt ja, welche Vorliebe Harold für solche exotischen Dinge hatte.«

»Was ist ein Parang?« fragte Mrs. Skinner.

»Stell dich nicht so dumm, Mutter«, sagte Mr. Skinner gereizt. »Gleich hinter dir ist einer an der Wand.«

Er zeigte auf das malaiische Schwert, auf dem seine Augen aus irgendeinem Grunde unbewußt geruht hatten. Mrs. Skinner zog sich mit ängstlicher Gebärde, wie wenn man sie auf eine Giftschlange aufmerksam gemacht hätte, in die Ecke des Sofas zurück.

»Plötzlich quoll Blut aus Harolds Kehle hervor. Er hatte eine große Wunde quer über den Hals.«

»Millicent!« rief Kathleen, schnellte hoch und sprang mit einem Satz auf ihre Schwester zu. »Was um Gottes willen willst du damit sagen?«

Mrs. Skinner starrte sie mit großen entsetzten Augen und offenem Mund an.

»Der Parang befand sich nicht mehr an der Wand. Er lag auf dem Bett. Da öffnete Harold die Augen. Sie sahen genau aus wie die von Joan.«

»Das verstehe ich nicht«, sagte Mr. Skinner. »Wie konnte er Selbstmord begehen, wenn er sich in dem von dir geschilderten Zustand befand?«

Kathleen griff nach dem Arm ihrer Schwester und schüttelte ihn heftig.

»Millicent, um Himmels willen, erkläre doch!«

Millicent machte sich von ihr frei.

»Wie ich euch schon gesagt habe, der Parang hing zuvor an der Wand. Was geschehen war, weiß ich nicht. Ich sah nur das strömende Blut und wie Harold die Augen öffnete. Er starb fast unmittelbar darauf. Er sagte kein Wort mehr, gab aber eine Art Keuchen von sich.«

Schließlich fand Mr. Skinner seine Stimme wieder:

»Aber das war Mord, du Unglückliche!«

Millicent, deren Gesicht jetzt mit roten Flecken übersät war, warf ihm einen so haßerfüllten, zornigen Blick zu, daß er zurückwich. Mrs. Skinner rief:

»Millicent, du hast es nicht getan, sag, daß du es nicht getan hast!«

Dann hatten sie alle das Gefühl, als ob ihnen das Blut in den Adern gefror, denn Millicent lachte leise vor sich hin.

»Wer sollte es sonst getan haben?« sagte sie.

»Mein Gott!« murmelte Mr. Skinner.

Kathleen stand kerzengerade da, die Hände aufs Herz gedrückt, als klopfe es unerträglich.

»Und was geschah dann?« fragte sie.

»Ich schrie. Ich lief zum Fenster und riß es auf. Ich rief nach der Aja. Sie kam mit Joan über den Hof gelaufen. ›Ohne Joan‹, rief ich. ›Ja nicht mit Joan kommen!‹ Sie rief den Koch und übergab ihm das Kind. ›Schnell, schnell!‹ Ich zeigte auf Harold. ›Der Tuan hat sich das Leben genommen!‹ schrie ich. Sie kreischte auf und lief aus dem Haus.

Niemand wollte näher kommen. Alle waren ganz fassungslos. Ich schrieb Mr. Francis einen Brief, berichtete ihm, was geschehen war, und bat ihn, sofort zurückzukommen.«

»Was hast du ihm denn berichtet?«

»Ich hätte bei meiner Rückkehr Harold mit durchgeschnittener Kehle aufgefunden. In den Tropen muß man die Menschen schnell beerdigen. Ich kaufte einen chinesischen Sarg, und die Soldaten schaufelten ein Grab hinter dem Fort. Als Mr. Francis kam, lag Harold schon zwei Tage unter der Erde. Francis war noch ein dummer Junge. Ich konnte ihm alles weismachen. Ich sagte ihm, ich hätte den Parang in Harolds Hand gefunden, und es sei kein Zweifel, daß er sich in einem Anfall von Delirium tremens getötet habe. Ich zeigte ihm die leere Flasche. Die Diener bestätigten, er sei während meines Aufenthalts an der Küste dauernd betrunken gewesen. Dieselbe Geschichte erzählte ich in Kuala Solor. Alle waren sehr nett zu mir, und die Regierung gewährte mir eine Pension.«

Eine ganze Weile sagte niemand ein Wort. Schließlich riß sich Mr. Skinner zusammen.

»Ich bin Jurist. Ich bin Rechtsanwalt. Als solcher habe ich gewisse Pflichten. Wir haben immer ein hohes Berufsethos gehabt. Du hast mich in eine unmögliche Lage gebracht.«

Er versuchte, die sich wirr in seinem Kopf jagenden Gedanken zu ordnen. Millicent sah ihn verächtlich an.

»Und was willst du in der Sache tun?«

»Es war Mord, das ist unbestreitbar. Meinst du, ich kann zu einem Mord schweigen?«

»Rede keinen Unsinn, Vater«, sagte Kathleen scharf. »Du kannst nicht deine eigene Tochter anzeigen.«

»Du hast mich in eine unmögliche Lage gebracht«, wiederholte Mr. Skinner.

Millicent zuckte die Schultern. »Ihr habt mich ja gedrängt, euch alles zu erzählen. Ich habe es lange genug allein getragen. Es wird Zeit, daß ihr mir alle dabei helft.«

In diesem Augenblick öffnete das Hausmädchen die Tür.

»Davis ist mit dem Auto vorgefahren.«

Kathleen gab geistesgegenwärtig Antwort, und das Mädchen schloß die Tür wieder.

»Wir brechen besser gleich auf«, sagte Millicent.

»Ich kann doch jetzt nicht zu der Party gehen«, rief Mrs. Skinner entsetzt. »Ich bin ja ganz erledigt. Wie können wir den Heywoods gegenübertreten? Und der Bischof will dir sicher vorgestellt werden.«

Millicent machte eine Gebärde, als ob ihr das völlig gleichgültig sei. Ihre Augen behielten den ironischen Ausdruck.

»Wir müssen gehen, Mutter«, drängte Kathleen. »Wie sieht es denn aus, wenn wir wegbleiben?« Sie wandte sich wütend an Millicent. »Oh, ich finde das alles so schrecklich geschmacklos!«

Mrs. Skinner blickte hilflos ihren Mann an. Er ging zu ihr, reichte ihr die Hand und half ihr vom Sofa auf.

»Ich fürchte, wir müssen gehen«, sagte er.

»Und ich mit den Reiherfedern auf dem Hut, die Harold mir eigenhändig geschenkt hat«, stöhnte sie.

Er führte sie aus dem Zimmer, Kathleen folgte ihnen dicht auf den Fersen, und einige Schritte hinter ihnen ging Millicent.

»Man gewöhnt sich daran«, sagte sie ruhig. »Zuerst habe

ich an nichts anderes denken können, aber jetzt vergesse ich es manchmal zwei oder drei Tage vollständig. Es ist ja nicht so, als drohe einem Gefahr.«

Niemand antwortete ihr. Sie schritten über den Flur und durch die Haustür. Die drei Damen setzten sich hinten in den Wagen, und Mr. Skinner nahm neben dem Fahrer Platz. Es war ein alter Wagen, und Davis mußte erst den Anlasser anwerfen. Mr. Skinner drehte sich mürrisch nach Millicent um.

»Du hättest es mir nie erzählen sollen«, sagte er. »Das war höchst selbstsüchtig von dir.«

Davis setzte sich ans Steuer, und sie fuhren zum Gartenfest des Pastors.

Die Macht der Umstände

Sie saß auf der Veranda und wartete auf ihren Mann. Es war Zeit zum Mittagessen. Der malaiische Diener hatte die Jalousien herabgelassen, als die Frische des Morgens der Hitze wich, aber sie hatte eine davon zum Teil wieder aufgezogen, so daß sie den Fluß überblicken konnte. Es ging kein Lufthauch. Unter der Mittagssonne hatte das Wasser eine Totenblässe. Ein Eingeborener ruderte in einem Einbaum vorbei. Das kleine Boot ragte kaum über die Wasserfläche hinaus. Ringsum war alles in aschfarbenes, bläßliches Grau getaucht – Farbtöne der Hitze. (Es war wie eine östliche Melodie in Moll, die durch ihre dunkle Monotonie an den Nerven zerrt. Ungeduldig, aber vergeblich wartet das Ohr auf die Auflösung.) Die Zikaden zirpten wie besessen. Ihr Lied setzte ebensowenig aus und war ebenso eintönig wie das Plätschern eines Baches auf steinigem Grund. Aber plötzlich wurde es von dem vollen, lauten und doch weichen Gesang eines Vogels übertönt. Einen Augenblick setzte ihr Herz aus, weil sie an das Flöten der Amseln in England dachte.

Dann hörte sie den Schritt ihres Mannes auf dem Kiesweg hinter dem Bungalow. Der Weg führte zu dem Amtsgebäude, in dem er gearbeitet hatte. Sie stand auf, um ihn zu begrüßen. Er kam eilig die niedrige Treppe herauf, denn der Bungalow stand auf Pfählen. An der Tür nahm ihm der Boy seinen Tropenhelm ab. Dann trat er ins Zimmer, das ihnen zugleich als Eß- und Wohnzimmer diente. Seine Augen leuchteten vor Freude auf, als er sie erblickte.

»Na, Doris, bist du schon hungrig?«

»Wie ein Wolf.«

»Ich will nur noch rasch ein Bad nehmen und bin gleich fertig.«

»Mach schnell«, sagte sie lächelnd.

Er verschwand in seinem Schlafzimmer. Sie hörte ein fröhliches Pfeifen, als er mit der Sorglosigkeit, gegen die sie immer protestierte, sich die Kleider herunterriß und sie auf den Boden warf. Er war neunundzwanzig, aber immer noch wie ein Schuljunge. Ein Erwachsener würde er nie werden. Darum hatte sie sich wohl in ihn verliebt; denn auch die größte Zuneigung konnte einem nicht einreden, daß er hübsch sei. Er war ein kleiner, rundlicher Mann mit einem roten Vollmondgesicht und blauen Augen. Dazu war seine Haut mit Pickeln bedeckt. Sie hatte ihn oft ausgiebig gemustert und ihm jedesmal gestehen müssen, sie könne nicht ein einziges lobenswertes Merkmal an ihm entdecken. Oft hatte sie ihm gesagt, er sei durchaus nicht ihr Typ.

»Ich habe nie behauptet, daß ich ein schöner Mann bin«, sagte er dann lachend.

»Ich kann einfach nicht verstehen, was ich an dir finde.«

Aber sie wußte es natürlich ganz genau. Er war ein lustiger Geselle, der nichts sehr ernst nahm und ständig lachte. Dadurch brachte er auch sie zum Lachen. Seine Heiterkeit verschönte ihn. Er nahm das Leben von der leichten Seite und machte sich nicht allzu viele Gedanken darüber. Wenn sie in seiner Nähe war, fühlte sie sich glücklich und guter Laune. Die tiefe Zuneigung, die sie in diesen fröhlichen blauen Augen sah, rührte sie. Es tat wohl, so geliebt zu werden. Einmal, als sie während der Flitterwochen auf seinen Knien saß, hatte sie zu ihm gesagt:

»Du bist ein häßlicher, kleiner, dicker Mann, Guy, aber du hast Charme. Ich kann mir nicht helfen, ich muß dich liebhaben.«

Eine Welle der Rührung überflutete sie, und ihre Augen füllten sich mit Tränen. Sie sah, wie sein Gesicht sich einen Augenblick unter dem Ansturm seiner Gefühle verzog, dann antwortete er mit zitternder Stimme:

»Es ist ein schrecklicher Gedanke, eine geistesschwache Person zur Frau zu haben.«

So eine Antwort hatte sie erwartet. Sie mußte immer laut lachen, wenn sie solche Bemerkungen hörte. Sie paßten so gut zu ihm.

Sie konnte sich nur schwer vorstellen, daß sie neun Monate zuvor noch nie etwas von ihm gehört hatte. Sie hatte ihn in einem kleinen Badeort am Meer kennengelernt, wo sie mit ihrer Mutter einige Ferienwochen verbrachte. Doris war damals Sekretärin bei einem Parlamentsmitglied, Guy war auf Heimaturlaub. Sie wohnten im selben Hotel, und in kurzer Zeit erfuhr sie von ihm alle Einzelheiten aus seinem Leben. Er war in Sembulu geboren, wo sein Vater dreißig Jahre unter dem zweiten Sultan gedient hatte. Nach Beendigung seiner Schulzeit hatte Guy die gleiche Laufbahn eingeschlagen. Er hing an seinem Geburtsland.

»England ist für mich ein fremdes Land«, sagte er. »Meine wahre Heimat ist Sembulu.«

Und jetzt war es auch die ihre. Als die Ferien zu Ende gingen, machte er ihr einen Heiratsantrag. Sie hatte das vorausgeahnt und sich entschlossen, ihn abzulehnen. Ihre Mutter war Witwe und sie ihr einziges Kind; sie konnte daher nicht weit von ihr fortgehen. Aber als der Augenblick kam, wußte sie nicht, wie ihr geschah. Eine unerwartete Gefühlsregung brachte sie aus dem Gleichgewicht. Sie sagte ja. Und nun waren sie bereits vier Monate in dem entlegenen Bezirk, den er zu verwalten hatte. Sie war sehr glücklich.

Sie hatte ihm einmal gesagt, sie habe ursprünglich seinen Antrag ablehnen wollen.

»Tut es dir leid, daß du es nicht getan hast?« fragte er mit einem Lächeln in seinen zwinkernden blauen Augen.

»Ich wäre schön dumm gewesen. Glück habe ich gehabt oder wie man sonst das Eingreifen des Schicksals oder des Zufalls nennen will, das mir meinen Entschluß auf einmal abnahm.«

Nun hörte sie Guy die Treppe zum Baderaum hinunterpoltern. Er machte immer viel Lärm, und selbst mit bloßen Füßen konnte er nicht leise auftreten. Er sagte jetzt ein paar Worte auf malaiisch, die sie nicht verstehen konnte. Dann hörte sie, wie jemand mit ihm sprach, nicht laut, sondern in einem zischenden Flüstern. Es war wirklich schlimm, daß ihm die Leute auch noch auflauerten, wenn er sein Bad nahm. Er entgegnete etwas darauf, und wenn er auch leise sprach, konnte sie doch hören, daß er ärgerlich war. Die andere Stimme wurde jetzt lauter; sie gehörte einer Frau. Sie hatte wohl, wie Doris annahm, eine Beschwerde vorzubringen. Das sah einer Malaiin ähnlich, sich so verstohlen ins Haus zu schleichen. Aber sie konnte offenbar nichts bei Guy erreichen, denn sie hörte ihn sagen: »Raus hier!« Das jedenfalls verstand sie. Dann hörte sie, wie er die Tür verriegelte. Danach fing er an, sich mit Wasser zu übergießen. (Die Badeeinrichtung erschien ihr noch immer sonderbar. Die Baderäume waren unter den Schlafzimmern. Es war nichts darin als ein großes Faß voll Wasser, das man mit einem kleinen Eimer herausschöpfte und über sich goß.) Nach ein paar Minuten war er wieder im Eßzimmer. Sein Haar war noch naß. Sie setzten sich zum Essen.

»Gut, daß ich nicht argwöhnisch oder eifersüchtig bin«, lachte sie. »Sonst könnte ich mit der angeregten Unterhaltung, die du während deines Bades mit Damen führst, nicht ganz einverstanden sein.«

Sein sonst so heiteres Gesicht hatte einen verdrossenen Ausdruck gehabt, als er hereingekommen war, aber nun hellte es sich auf.

»Ich war nicht gerade erfreut, sie zu sehen«, sagte er.

»Das entnahm ich dem Ton deiner Stimme. Wie es mir vorkam, warst du der jungen Person gegenüber sogar sehr kurz angebunden.«

»Frechheit, mir hier so aufzulauern.«

»Was wollte sie denn?«

»Ach, ich weiß nicht. Es ist eine Frau aus dem Kampong. Sie liegt mit ihrem Mann im Streit oder was Ähnliches.«

»Möglicherweise ist es dieselbe, die heute morgen hier herumlungerte.«

Er zog die Brauen zusammen.

»Wieso? War eine da?«

»Ja. Ich ging zum Aufräumen in mein Schlafzimmer und dann ins Bad. Ich sah jemanden aus der Tür schleichen, als ich die Treppe hinunterging, und als ich nach draußen blickte, sah ich dort eine Frau stehen.«

»Hast du mit ihr gesprochen?«

»Ich fragte sie, was sie wolle, und sie sagte etwas, aber ich konnte es nicht verstehen.«

»Ich werde es nicht zulassen, daß alle möglichen Strolche hier herumspionieren«, sagte er. »Sie haben kein Recht, hier ins Haus zu kommen.«

Er lächelte, aber Doris erkannte sofort mit der schnellen Auffassungsgabe einer liebenden Frau, daß sich nur seine Lippen kräuselten und seine Augen nicht wie gewöhnlich mitlachten. Sie fragte sich, was ihn wohl quälen könnte.

»Was hast du heute morgen getan?« erkundigte er sich.

»Oh, nicht viel. Ich habe einen kleinen Spaziergang gemacht.«

»Durch das Dorf?«

»Ja, ich sah einen Mann, der einen angeketteten Affen Kokosnüsse von einem Baum holen ließ, worüber ich nicht genug staunen konnte.«

»Spaßige Sache, was?«

»Unter den Zuschauern waren auch zwei kleine Jungen, die viel heller waren als die übrigen. Ich hätte gern gewußt, ob sie von weißen Vätern stammten, und redete sie an, aber sie konnten kein Wort Englisch.«

»Es sind zwei oder drei halbblütige Kinder in dem Kampong.«

»Wem gehören sie denn?«

»Ihre Mutter ist eines der Dorfmädchen.«

»Und wer ist ihr Vater?«

»Ja, meine liebe Doris, das ist nun so eine Frage, die man hier ungern stellt.« Er machte eine Pause. »Eine große Anzahl Weißer lebt mit eingeborenen Frauen zusammen. Wenn sie heimfahren oder sich verheiraten, geben sie ihnen eine Abfindungssumme und schicken sie in ihr Dorf zurück.«

Doris schwieg. Die Gleichgültigkeit, mit der er darüber sprach, kam ihr ein wenig herzlos vor. Es lag ein Schatten auf ihrem ehrlichen, offenen, hübschen englischen Gesicht, als sie sagte:

»Aber was geschieht mit den Kindern?«

»Die werden zweifellos gut versorgt. Ein Weißer achtet darauf, daß sie je nach seinem Einkommen gut erzogen werden. Sie bekommen später Stellen bei einer Regierungsbehörde. Es geht ihnen nicht schlecht.«

Sie lächelte ihn etwas kläglich an.

»Du erwartest wohl nicht, daß ich das als ein sehr gutes System ansehe.«

»Du darfst nicht zu hart darüber urteilen«, erwiderte er ebenfalls lächelnd.

»Das tue ich auch nicht, aber ich bin froh, daß du nie eine Malaiin hier gehabt hast. Das wäre mir sehr arg. Denk nur mal, wenn diese zwei kleinen Jungen von dir gewesen wären.«

Der Boy wechselte die Teller. Ihr Menü war nie sehr abwechslungsreich. Zuerst gab es Süßwasserfische, die nach nichts schmeckten, so daß man sie mit einer Menge Tomatenketchup genießbar machen mußte, und dann irgendein Fleischgericht. Guy begoß es mit Worcestersauce.

»Der alte Sultan glaubte, das Land sei für weiße Frauen zu unruhig und ungesund«, fuhr er fort. »Er ermunterte die Weißen, mit eingeborenen Frauen zusammenzuleben. Natürlich hat sich das nun ziemlich geändert. Das Land ist jetzt vollkommen ruhig, und wir werden wohl auch besser mit dem Klima fertig.«

»Aber, Guy, der ältere der beiden Jungen war nicht mehr als sieben und der andere etwa fünf.«

»Auf einer so entlegenen Station ist es eben schrecklich einsam. Oft sieht man ein halbes Jahr lang keinen anderen Weißen. Und dabei wird man hierher versetzt, wenn man fast noch ein Junge ist.« Er hatte nun wieder das reizende Lächeln, das sein rundes, wenig hübsches Gesicht so veränderte. »Weißt du, man muß schon ein bißchen Verständnis dafür aufbringen.«

»Gewiß«, sagte sie, streckte die Hand über den kleinen Tisch und legte sie auf die seine. »Ich bin nur froh, daß ich dich so jung erwischt habe. Ehrlich, es wäre mir schrecklich, wenn ich erfahren müßte, du hättest ein solches Leben geführt.«

Er drückte ihr die Hand.

»Bist du glücklich hier, Liebste?«

»Furchtbar glücklich.«

In ihrem Leinenkleid sah sie sehr frisch und proper aus. Die Hitze machte ihr nicht viel zu schaffen. Ihre Schönheit war nur die der Jugend, doch ihre braunen Augen und ihr angenehmes offenes Gesicht wirkten anziehend. Ihr kurzgeschnittenes Haar war gepflegt und hatte einen leuchtenden Schimmer. Sie machte den Eindruck einer geistig regen jungen Frau. Man war überzeugt, daß der Abgeordnete, für den sie gearbeitet hatte, mit ihr als Sekretärin zufrieden gewesen war.

»Ich habe das Land sofort liebgewonnen«, sagte sie. »Wenn ich auch viel allein bin, so fühle ich mich doch nie einsam.«

Natürlich hatte sie Romane über die Malaiischen Inseln gelesen und sich ein düsteres Land mit großen, unheimlich wirkenden Flüssen und einem totenstillen, undurchdringlichen Dschungel vorgestellt. Als der kleine Küstendampfer das junge Paar an der Mündung des Flusses absetzte, erwartete sie dort ein großes, mit einem Dutzend Dayak bemanntes Boot, das sie zur Station bringen sollte. Ihr stockte der Atem, als sie die eher freundliche als Scheu einflößende Schönheit der Landschaft sah. Diese strahlte eine Heiterkeit aus, die sie nicht erwartet hatte, ähnlich dem fröhlichen Gezwitscher der Vögel in den Bäumen. An beiden Ufern des Flusses standen Mangroven und Nipapalmen, und hinter ihnen wurde das dichte Grün des Urwalds sichtbar. In der Ferne erstreckten sich blaue Berge, Kette an Kette, so weit das Auge reichte. Sie hatte kein Gefühl der Eingeengtheit oder der Düsterkeit, sondern eher das einer grenzenlosen Weite, wo die überschäumende Phantasie nach Belieben schweifen konnte. Das Grün glitzerte in der Sonne. Der Himmel war heiter und klar. Das liebliche Land schien sie willkommen zu heißen.

Sie fuhren dicht am Ufer dahin. Hoch über ihren Köpfen flog ein Taubenpaar. Wie ein lebendiger Edelstein blitzte ein Eisvogel auf. Zwei Affen saßen mit baumelnden Schwänzen nebeneinander auf einem Zweig. Am Horizont, auf der anderen Seite des breiten und unruhigen Flusses, hing eine Reihe kleiner weißer Wolken – die einzigen am ganzen Himmel. Sie sahen aus wie eine Schar in Weiß gekleideter Ballettmädchen, die im Hintergrund der Bühne fröhlich und sprungbereit auf das Aufgehen des Vorhangs warten. Ihr Herz füllte sich mit Freude, und jetzt, da sie sich an das alles erinnerte, ruhten ihre Augen dankbar, liebevoll und vertrauend auf ihrem Mann.

Und was für ein Spaß war es nur gewesen, das Wohnzimmer in Ordnung zu bringen! Es war sehr groß, und als sie ankam, lag eine zerrissene, schmutzige Matte auf dem Boden; an den ungestrichenen Holzwänden hingen (viel zu hoch) Fotogravüren akademischer Bilder, Dayakschilde und Parangs. Über die Tische waren handgewebte malaiische Decken mit düsteren Farben gebreitet, und darauf standen Messinggeschirre, die dringend der Reinigung bedurften, leere blecherne Zigarettenschachteln und einzelne Stücke malaiischen Silbers. Auf einem rohgezimmerten Regal lagen billige Ausgaben von Romanen und eine Anzahl alter Reisebücher in zerfetzten Ledereinbänden. Auf einem anderen Brett sah man leere Flaschen. Es war eine unaufgeräumte und ungemütliche Junggesellenbude. Wenn sie auch darüber lächeln mußte, so brach es ihr doch beinahe das Herz. Guy hatte hier ein ödes, trostloses Leben geführt. Sie umarmte und küßte ihn.

»Du armer Liebster!« sagte sie lachend.

Sie machte das Zimmer mit geschickten Händen bald bewohnbar. Sie stellte die Sachen um, und was sie nicht verwenden konnte, warf sie hinaus. Jetzt war der Raum freundlich und gemütlich. In Glasvasen leuchteten hübsche Orchideen und in großen Schalen blühende Sträucher. Sie war unmäßig stolz, weil es ihr Haus war – sie hatte ihr Leben lang nur eine enge, düstere Mietwohnung gekannt – und weil sie es für ihn so schön eingerichtet hatte.

»Bist du zufrieden mit mir?« fragte sie ihn, als sie fertig war.

»Könnte man so sagen.«

Diese absichtliche Dämpfung des Lobes war ganz nach

ihrem Sinn. Wie schön war es doch, daß sie sich so gut verstanden, selbst in so kleinen Dingen. Sie scheuten beide davor zurück, ihre Gefühle zu zeigen, und nur in seltenen Augenblicken gaben sie die scherzende Art auf, in der sie miteinander sprachen.

Nach dem Essen warf sich Guy in einen Liegestuhl, um zu schlafen. Sie ging in ihr Zimmer. Sie war ein wenig überrascht, als er sie an sich zog, während sie an ihm vorüberkam, und sie küßte. Normalerweise tauschten sie zu so ungewöhnlichen Tageszeiten keine Liebkosungen aus.

»Das volle Bäuchlein regt dich wohl zu Zärtlichkeiten an«, neckte sie ihn.

»Marsch jetzt! Und laß dich vor zwei Stunden nicht mehr sehen!«

»Schnarch nicht!«

Sie waren bei Tagesanbruch aufgestanden, und nach fünf Minuten schliefen sie beide fest.

Doris wurde davon wach, daß sie ihren Mann im Badezimmer plätschern hörte. Die Wände des Bungalows waren gute Schalleiter, und so entging keinem von beiden, was der andere tat. Sie hätte noch weiter faul daliegen können, aber sie hörte, wie der Boy bereits den Teetisch deckte. Darum sprang sie auf und stieg in ihr eigenes Badezimmer hinunter. Das Wasser war köstlich erfrischend; es war zwar nicht kalt, aber kühl. Als sie ins Wohnzimmer kam, nahm Guy die Tennisschläger aus dem Spanner, denn in der kurzen Abendkühle spielten sie gewöhnlich Tennis. Es wurde schon um sechs dunkel.

Der Tennisplatz war nur einige hundert Meter vom Bungalow entfernt, und nach dem Tee brachen sie sogleich auf, um keine Zeit zu verlieren.

»Oh, schau!« sagte Doris. »Da ist die Frau, die ich heute morgen gesehen habe.«

Guy drehte sich hastig um. Seine Augen blieben eine Weile auf der Eingeborenen haften, aber er sagte nichts.

»Was für einen hübschen Sarong sie hat!« meinte Doris. »Woher mag sie ihn wohl haben?«

Sie kamen an ihr vorbei. Sie war schlank und klein, mit den großen, dunklen, leuchtenden Augen ihrer Rasse und einer Fülle rabenschwarzen Haares. Sie rührte sich nicht, als sie vorübergingen, starrte sie aber sonderbar an. Doris sah, daß sie nicht ganz so jung war, wie sie zuerst angenommen hatte. Ihre Gesichtszüge waren ein bißchen grob, ihre Haut war sehr dunkel, aber sie war zweifellos hübsch. Sie trug ein kleines Kind auf den Armen. Doris lächelte ihr zu, als sie das Kind sah, aber die Lippen der Frau kräuselten sich nicht, um das Lächeln zu erwidern. Ihr Gesicht blieb unbewegt und ausdruckslos. Sie blickte nicht Guy, sondern nur Doris an. Er ging weiter, als sähe er sie nicht.

»Ist das Kind nicht süß?« wandte sich Doris an ihn.

»Ich habe es nicht bemerkt.«

Durch sein Verhalten stutzig gemacht, warf sie einen Blick auf sein Gesicht. Es war totenbleich, und die Pickel darin, an die sie sich mittlerweile gewöhnt hatte, waren röter als gewöhnlich. »Hast du ihre Hände und Füße bemerkt? Sie könnte eine Herzogin sein.«

»Alle Eingeborenen haben gute Hände und Füße«, antwortete er, aber verdrossen, wie sie es sonst nicht an ihm kannte. Es war, als müsse er sich zwingen, den Mund aufzutun.

Doch Doris faßte keinerlei Argwohn.

»Weißt du, wer sie ist?«

»Eins von den Mädchen aus dem Kampong.«

Sie hatten den Tennisplatz erreicht. Als Guy zu dem Netz ging, um sich zu überzeugen, daß es straff war, sah er sich um. Das Mädchen stand noch immer an derselben Stelle. Doris bemerkte, daß sie jetzt zu Guy hinblickte und dieser sie ebenfalls ins Auge faßte.

»Soll ich angeben?« fragte Doris.

»Ja, du hast die Bälle ja auf deiner Seite.«

Er spielte sehr schlecht. Gewöhnlich gab er ihr fünfzehn vor und schlug sie, aber diesmal gewann sie leicht. Im allgemeinen war er ein lauter Spieler. Er schrie die ganze Zeit, verfluchte seine Ungeschicklichkeit, wenn er einen Ball verfehlte, und zog sie auf, wenn er einen spielte, den sie nicht erreichen konnte. Diesmal sagte er kein Wort.

»Du bist nicht bei der Sache, junger Mann«, rief sie.

»Wieso nicht?«

Er begann die Bälle zu schmettern, versuchte sie zu schlagen und schickte einen nach dem anderen ins Netz. Sie hatte ihn noch nie mit einem so finsteren Gesicht gesehen. War es möglich, daß er ungehalten war, weil er so schlecht spielte? Die Dämmerung kam, und sie mußten aufhören. Die Frau stand noch in genau derselben Haltung wie vorher, und wieder ließ sie beide mit ausdruckslosem Gesicht an sich vorbeigehen.

Die Jalousien der Veranda waren nun hochgezogen, und auf dem Tisch standen Flaschen und Sodawasser. Es war die Stunde, in der sie ihre ersten Drinks einnahmen, und Guy mixte Gin mit Soda. Der Fluß lag ruhig in seiner ganzen Breite vor ihnen. Auf dem anderen Ufer war der Dschungel schon in das geheimnisvolle Dunkel der beginnenden Nacht eingehüllt. Ein Eingeborener ruderte schweigend stromaufwärts; er stand mit zwei Rudern am Bug des Bootes.

»Ich habe sehr schlecht gespielt«, bemerkte Guy in das Schweigen hinein. »Ich leide ein bißchen unter dem Wetter.«

»Du wirst doch wohl kein Fieber bekommen?«

»Ach nein, morgen bin ich wieder auf der Höhe.«

Die Dunkelheit hüllte sie ein. Die Frösche quakten laut, und dann und wann hörten sie das kurze Trillern von einem Vogel, der im Dunkeln sang. Glühwürmchen zogen leuchtende Spuren über die Veranda und ließen die umgebenden Büsche wie Christbäume mit winzigen Kerzen erscheinen. Doris glaubte, Guy leise stöhnen zu hören. Das machte sie unruhig. Er war sonst immer so lustig.

»Was bedrückt dich denn, mein Junge?« sagte sie sanft bittend. »Komm, sag es Mama.«

»Nichts. Will mal lieber noch einen Gin trinken«, antwortete er mit erzwungener Unbekümmertheit.

Am nächsten Tag kam die Post, und Guy war wieder so gut aufgelegt wie immer. Der Küstendampfer kam zweimal monatlich zur Flußmündung, und zwar jeweils, wenn er zu den Kohlenbergwerken hin- und wieder zurückfuhr. Auf der Hinfahrt brachte er die Post mit, die Guy durch ein Boot holen ließ. In ihrem ereignislosen Dasein war das immer eine große Abwechslung. In den ersten Tagen durchflogen sie schnell alles, Briefe, Zeitungen aus England und aus Singapur, Zeitschriften und Bücher, und sparten sich eine gründlichere Durchsicht für die folgenden Wochen auf. Die illustrierten Zeitschriften rissen sie sich aus den Händen. Wenn Doris nicht so mit ihnen beschäftigt gewesen wäre, hätte sie gemerkt, daß mit Guy eine Veränderung vorgegangen war. Aber sie hätte sie schwer beschreiben und noch schwerer erklären können. Seine Blicke hatten etwas Lauerndes, seine Mundwinkel zogen sich wie unter sorgenvollen Gedanken nach unten.

Als sie etwa eine Woche später in dem gegen die Sonne abgedunkelten Zimmer saß und eine malaiische Grammatik studierte (denn sie lernte jetzt fleißig Malaiisch), hörte sie draußen einen Lärm. Sie vernahm die ärgerliche Stimme des Hausdieners und die eines anderen Boys, es konnte der Wasserträger sein, und dann die schrillen Schimpflaute einer Frau. Es war offenbar ein heftiger Streit im Gange. Sie ging ans Fenster und öffnete die Läden. Der Wasserträger hatte die Frau am Arm gepackt und zog sie fort, während der Hausboy von hinten mit beiden Händen nachschob. Doris erkannte sofort die Frau, die sie eines Morgens vor dem Hause herumlungern und später auf dem Weg zum Tennisplatz gesehen hatte.

Sie drückte ein Kind gegen die Brust. Alle drei schrien wütend durcheinander.

»Halt! Was tut ihr da?« rief Doris.

Als er Doris' Stimme hörte, ließ der Wasserträger die Frau sofort los. Diese fiel, da sie noch von hinten gestoßen wurde, zu Boden. Dann trat Stille ein. Der Hausboy sah sich mürrisch um. Der Wasserträger zögerte eine Weile und schlich sich dann fort. Die Frau stand langsam auf, nahm das Kind auf den Arm und starrte dann mit unbewegtem Gesicht auf Doris. Der Boy sagte etwas zu ihr, was Doris nicht hören konnte; sie hätte es auch nicht verstanden. In dem Gesicht der Frau deutete nichts darauf hin, daß diese Worte sie etwas angingen, aber sie wandte sich langsam dem Zaun zu. Der Hausdiener folgte ihr bis zur Gartentür. Doris rief ihn, als er zurückkam, aber er tat so, als hörte er es nicht. Sie wurde nun ärgerlich und rief ihn nochmals laut und in scharfem Ton.

»Komm sofort hierher!«

Da schritt er langsam auf den Bungalow zu, wobei er es vermied, Doris anzusehen. Mit mürrischem Gesicht blieb er in der Tür stehen.

»Was hast du der Frau getan?« wollte sie wissen.

»Tuan sagen, sie nicht hierher kommen.«

»Du darfst eine Frau nicht so behandeln. Ich dulde das nicht. Ich werde dem Tuan genau sagen, was ich gesehen habe.«

Der Boy gab keine Antwort. Er blickte scheinbar weg, aber Doris hatte das Gefühl, daß er sie durch seine langen Wimpern beobachtete. Sie schickte ihn fort.

Ohne ein Wort ging er weg. Sie war betroffen und brachte es nicht mehr fertig, die malaiische Grammatik wieder zur Hand zu nehmen. Nach einer Weile kam der Boy zurück, um den Tisch zu decken. Plötzlich lief er zur Tür.

»Was gibt's?« fragte sie.

»Tuan kommt.«

Er ging hinaus, um dem Tuan den Hut abzunehmen. Seine scharfen Ohren hatten Guys Schritte vernommen, ehe sie selbst sie gehört hatte. Guy kam nicht wie gewöhnlich sofort die Treppe herauf. Sie vermutete, daß der Boy ihm entgegengegangen war, um ihm von dem Zwischenfall zu erzählen. Sie zuckte die Schultern. Der Boy wollte offenbar seinem Herrn die Geschichte zuerst berichten. Aber sie war erstaunt, als Guy hereinkam. Sein Gesicht war aschfahl.

»Guy, sag doch, was ist mit dir?«

Er wurde feuerrot.

»Nichts. Warum?«

Sie war so betroffen, daß sie ihn in sein Zimmer gehen ließ, ohne ein Wort von dem Zwischenfall zu sagen. Er brauchte länger als sonst, um sein Bad zu nehmen und seine Kleider zu wechseln. Dann setzten sie sich zum Essen nieder.

»Guy«, sagte sie, »die Frau, die wir neulich gesehen haben, war heute morgen wieder hier.«

»Das habe ich gehört.«

»Die Diener haben sie brutal behandelt. Ich mußte sie zurückhalten. Du mußt sie gründlich zurechtweisen.«

Obwohl der Malaie jedes Wort verstand, gab er das nicht zu erkennen. Er reichte ihr den Toast.

»Sie weiß, daß sie hier nichts zu suchen hat. Ich gab Anweisung, sie hinauszuwerfen, wenn sie sich noch einmal sehen ließe.«

»Mußten sie deshalb so grob zu ihr sein?«

»Sie wollte nicht gehen. Ich glaube, sie haben sie nicht gröber behandelt, als nötig war.«

»Es ist schrecklich, so etwas ansehen zu müssen. Sie hatte ein Baby auf dem Arm.«

»Baby kann man da kaum noch sagen. Es ist drei Jahre alt.«

»Woher weißt du das?«

»Oh, ich weiß alles über sie. Sie hat nicht das geringste Recht, hier einzudringen und Unfrieden zu stiften.«

»Was will sie denn?«

»Genau das, was sie tat: Unfrieden stiften.«

Eine Weile sagte Doris nichts mehr. Sie war überrascht

über den Ton ihres Mannes. Er sprach absichtlich unklar, als ginge sie das alles nichts an. Ihr kam das unfreundlich vor. Er war nervös und gereizt.

»Heute werden wir wohl kaum Tennis spielen können«, sagte er. »Es sieht nach einem Gewitter aus.«

Als sie vom Mittagsschlaf erwachte, regnete es bereits. Es war unmöglich, auszugehen. Während des Tees war Guy still und in Gedanken versunken. Sie nahm eine Näharbeit vor. Guy vertiefte sich in die englischen Zeitungen, die er noch nicht von der ersten bis zur letzten Zeile durchgelesen hatte. Aber er fand keine Ruhe. Er stand auf, ging in dem großen Zimmer auf und ab und trat dann auf die Veranda. Er sah in den Regen hinaus, der nicht aufhörte. Doris wurde es unbehaglich zumute.

Erst nach dem Essen wurde er erneut gesprächig. Während des einfachen Mahls hatte er sich bemüht, wieder so fröhlich wie sonst zu sein, aber man merkte ihm die Anstrengung an. Der Regen hatte aufgehört, die Sterne kamen hervor. Sie setzten sich auf die Veranda. Um keine Insekten anzulocken, hatten sie die Lampe im Wohnzimmer gelöscht. Zu ihren Füßen zog mit einer gewaltigen, großartigen Langsamkeit geheimnisvoll der Fluß dahin. Dem Schicksal gleich hatte er eine schreckliche Bedächtigkeit und Unerbittlichkeit in seinem Lauf.

»Doris, ich muß dir etwas sagen.«

Seine Stimme hatte einen sonderbaren Klang. Kam es ihr nur so vor, daß er sie kaum beherrschte? Es ging ihr wie ein Stich durchs Herz, weil er in Not war, und sie legte sanft ihre Hand in die seine. Er zog seine Hand zurück.

»Es ist eine ziemlich lange Geschichte. Ich fürchte, sie wird dir nicht recht gefallen, und es wird mir ziemlich schwer, sie zu erzählen. Ich möchte dich bitten, mich nicht zu unterbrechen, noch überhaupt etwas zu sagen, bevor ich zu Ende bin.«

In der Dunkelheit konnte sie sein Gesicht nicht sehen, aber sie fühlte, daß es einen verstörten Ausdruck hatte. Sie sagte nichts. Er sprach so leise, daß seine Stimme kaum die Stille der Nacht durchbrach.

»Ich war erst achtzehn, als ich hierherkam. Ich kam direkt von der Schule. Ich verbrachte ein Vierteljahr in Kuala Solor und wurde dann auf eine Station am Sembulufluß versetzt. Dort lernte ich den englischen Residenten und seine Frau kennen. Ich wohnte in dem Amtsgebäude, nahm aber meine Mahlzeiten bei ihnen ein und verbrachte auch die Abende dort. Es gefiel mir außerordentlich gut auf meiner ersten Stelle. Dann wurde der hiesige Beamte krank und kehrte in die Heimat zurück. Wegen des Krieges herrschte Personalmangel, und ich mußte seine Stelle übernehmen. Ich war zwar noch sehr jung, sprach aber Malaiisch wie ein Einheimischer, und zudem hatte man meinen Vater in guter Erinnerung. Ich war überglücklich, einen Bezirk ganz für mich zu haben.«

Er klopfte die Asche aus seiner Pfeife und stopfte sie wieder. Als er ein Streichholz anriß, bemerkte Doris, ohne ihn anzusehen, daß seine Hand zitterte.

»Ich war noch nie allein gewesen. Die ganze Zeit hatte ich Menschen um mich gehabt, zu Hause, auf der Schule, auf dem Schiff, in Kuala Solor und auch auf meinem ersten Posten. Immer hatte ich unter Menschen gelebt, und zwar unter solchen, die sich von meinen Familienangehörigen nicht sehr unterschieden. Ich bin gern unter Menschen, ich brauche sie, weil ich geselliger Natur bin. Ich bin gern lustig. Alles mögliche bringt mich zum Lachen, aber man muß jemanden haben, der mitlacht. Hier war es anders. Tagsüber war es natürlich zum Aushalten. Ich hatte meine Arbeit und konnte mit den Dayak sprechen. Es gab damals zwar noch Kopfjäger, und ich hatte manchmal Unannehmlichkeiten mit ihnen, aber im allgemeinen waren die Dayak sehr anständige Kerle. Weiße wären mir natürlich lieber gewesen, aber sie waren besser als nichts, und es war leichter für mich, weil sie mich nicht als einen völlig Fremden ansahen. Ich hatte auch meine Arbeit gern. Abends, wenn ich auf der Veranda saß und meinen Gin oder einen Bitteren trank, war es sehr einsam, aber ich konnte lesen. Dann waren ja auch die Diener in der Nähe. Mein eigener Boy hieß Abdul. Er hatte meinen Vater gekannt. Wenn ich genug gelesen hatte, rief ich ihn oft herbei, und wir hielten ein Plauderstündchen.

So gingen die Abende noch an, aber die Nächte erledigten mich. Spätabends kehrten die Diener in den Kampong zurück, und ich war ganz allein. Es war kein Laut zu hören, außer dann und wann das Krächzen des Tschiktschaks. Es kam so plötzlich aus der Stille, daß ich aufsprang. Drüben im Kampong ging es manchmal hoch her, denn es gab oft ein kleines Fest. Es war gar nicht so weit von mir, aber ich mußte daheim bleiben. Des Lesens war ich überdrüssig geworden. Wäre ich im Gefängnis gewesen, so hätte ich mich nicht mehr als Gefangener fühlen können. Nacht für Nacht war es dasselbe. Ich trank drei oder vier Whiskys, aber allein machte das keinen Spaß; es heiterte mich nicht auf. Ich fühlte mich am nächsten Tag nur noch elender. Ich versuchte, sofort nach dem Essen zu Bett zu gehen, aber ich konnte nicht schlafen. Ich lag da wie ein glühender Backstein und wurde immer wacher, bis ich nicht mehr wußte, was ich tun sollte. Mein Gott, war die Nacht lang! Ich kam immer mehr auf den Hund, ich tat mir manchmal selbst leid. Heute muß ich lachen, wenn ich daran denke, aber ich war erst neunzehneinhalb. Manchmal brach ich in Tränen aus.

Da zögerte Abdul eines Abends nach dem Essen, nachdem er abgeräumt hatte, mit dem Fortgehen. Er hüstelte, bis es mir auffiel. Ob ich mich nicht manchmal nachts einsam fühle, fragte er auf einmal. ›Nein‹, sagte ich. ›Warum?‹ Er sollte nicht wissen, wie mir zumute war, aber er schien es zu ahnen. Er stand stumm da, und ich merkte, daß er mir etwas sagen wollte. ›Na, was hast du denn auf dem Herzen? Schieß los!‹ sagte ich. Nach einigem Zögern rückte er mit der Sprache heraus. Wenn ich ein Mädchen haben und mit ihm zusammenleben wollte, wüßte er eines, das dazu bereit wäre. Sie sei ein sehr braves Mädchen, und er könne sie empfehlen. Sie würde mir keine Unannehmlichkeiten machen, und ich hätte dann doch jemanden im Bungalow. Sie würde mir auch meine Sachen ausbessern… Ich war an diesem Abend besonders niedergeschlagen. Es hatte den ganzen Tag geregnet, und ich hatte mir keine Bewegung machen können. Ich wußte, ich würde wieder nicht schlafen können. Es würde mir gar nicht teuer kommen, fuhr Abdul fort. Ihre Angehörigen seien arm und mit einem kleinen Geschenk zufrieden. Zweihundert malaiische Dollar. ›Sie können sie ja mal ansehen. Wenn sie Ihnen nicht gefällt, können Sie das Mädchen wieder wegschicken.‹ Ich fragte ihn, wo sie denn sei. ›Sie ist hier in der Nähe, ich kann sie gleich rufen.‹ Er ging zur Tür. Sie hatte mit ihrer Mutter draußen gewartet. Die beiden kamen herein und setzten sich auf den Boden. Ich gab ihnen Süßigkeiten zu essen. Das Mädchen war wohl schüchtern, aber nicht sehr verlegen, und als ich sie anredete, lächelte sie. Sie war sehr jung, fast noch ein Kind. Abdul und die Mutter sagten, sie sei fünfzehn. Sie war sehr hübsch und hatte ihr bestes Kleid angezogen. Wir unterhielten uns eine Weile. Sie sagte nicht viel, lachte aber herzlich, als ich sie neckte. Abdul sagte, sie werde schon aus sich herausgehen, wenn sie mich näher kennenlernte. Er forderte sie auf, sich neben mich zu setzen. Sie kicherte und weigerte sich, gab aber schließlich dem Drängen ihrer Mutter nach. Ich rückte auf dem Stuhl zur Seite, um ihr Platz zu machen. Sie errötete und lachte, aber sie kam und schmiegte sich an mich. Auch Abdul lachte. ›Sehen Sie, sie freundet sich bereits an. Darf sie hierbleiben?‹ – ›Willst du?‹ fragte ich sie. Sie verbarg ihr Gesicht an meiner Schulter und lachte. Sie war sehr niedlich. ›Gut‹, sagte ich, ›laß sie hier.‹«

Guy lehnte sich vor und trank einen Whisky mit Soda.

»Darf ich jetzt etwas sagen?«

»Noch einen Augenblick! Ich bin noch nicht fertig. Ich war nicht in sie verliebt, nicht einmal am Anfang. Ich nahm sie nur auf, um nicht so allein in dem Bungalow zu sein. Ich glaube, ich wäre sonst verrückt geworden oder hätte angefangen zu trinken. Ich war vollständig fertig. Ich war noch zu jung, um allein zu sein. Ich habe nie eine andere geliebt als dich.« Er zögerte eine Weile. »Sie lebte hier bei mir, bis ich im vergangenen Jahr auf Urlaub fuhr. Es ist die Frau, die du hier schon ein paarmal gesehen hast.«

»Ich habe es geahnt. Sie trug ein Kind auf dem Arm. Ist das dein Kind?«

»Ja. Ein Mädchen.«

»Ist es das einzige?«

»Du hast neulich die zwei Jungen im Kampong gesehen. Du hast von ihnen gesprochen.«

»Sie hat also drei Kinder von dir?«

»Ja.«

»Dann hast du ja eine richtige Familie.«

Sie fühlte die plötzliche Bewegung, zu der diese Bemerkung ihn veranlaßte, aber er sagte nichts darauf.

»Hat sie erst erfahren, daß du verheiratet warst, als du hier plötzlich mit einer Frau auftauchtest?«

»Sie wußte, daß ich heiraten würde.«

»Seit wann?«

»Ich schickte sie ins Dorf zurück, als ich abfuhr. Ich sagte ihr, es sei nun alles vorbei. Ich gab ihr, was ich ihr versprochen hatte. Sie hat immer gewußt, daß es nur ein vorübergehendes Zusammenleben war. Ich hatte die Nase voll. Ich sagte ihr, ich würde eine Weiße heiraten.«

»Aber damals hattest du mich ja überhaupt noch nicht gesehen.«

»Nein. Aber ich hatte mich entschlossen, zu heiraten, wenn ich nach England kam.« Er lachte in seiner alten burschikosen Art. »Ich will dir ganz offen sagen, daß ich ziemlich verzweifelt war, als ich dich kennenlernte. Ich verliebte mich auf den ersten Blick und wußte dann, daß du es warst oder gar keine.«

»Warum hast du mir das alles nicht gesagt? Meinst du nicht, es wäre besser gewesen, mir Gelegenheit zu geben, mir selbst ein Urteil zu bilden? Es hätte dir doch der Gedanke kommen müssen, daß es eine tiefe Enttäuschung für eine Frau bedeutet, wenn sie entdeckt, daß ihr Mann zehn

Jahre lang mit einer anderen zusammengelebt und drei Kinder von dieser Frau hat?«

»Ich konnte nicht annehmen, daß du das verstehen würdest. Die Umstände sind hier doch ganz anders. Hier findet man nichts dabei. Von sechs Männern leben fünf auf diese Weise. Ich habe mir schon gedacht, es würde dir einen Schlag versetzen, aber ich wollte dich nicht verlieren. Verstehe, ich hatte dich schrecklich lieb, und ich liebe dich jetzt mehr als je. Ich ging davon aus, daß du es niemals entdecken würdest. Ich dachte, ich würde versetzt werden. Nach einem so langen Urlaub geht man selten wieder auf dieselbe Station. Als wir schließlich doch hierher kamen, bot ich ihr Geld, wenn sie in ein anderes Dorf zöge. Zuerst willigte sie ein, aber dann besann sie sich eines Besseren.«

»Warum erzählst du mir das jetzt?«

»Weil sie so schreckliche Szenen macht. Ich weiß nicht, wie sie herausgefunden hat, daß du nichts von allem weißt. Sobald sie es erfuhr, begann sie, mich zu erpressen. Ich habe ihr schon viel Geld gegeben. Dann wies ich die Diener an, sie nicht mehr hereinzulassen. Die Szene heute morgen hat sie nur gemacht, um deine Aufmerksamkeit auf sich zu ziehen. Sie wollte mir angst machen. Ich kann das so nicht mehr weitergehen lassen. Ich hielt es für das beste, dir ein offenes Geständnis abzulegen.«

Es trat ein langes Schweigen ein. Schließlich berührte er ihre Hand.

»Du verstehst das doch, Doris, nicht wahr? Ich weiß, ich habe Schuld auf mich geladen.«

Sie bewegte ihre Hand nicht. Er fühlte sie kalt unter der seinigen liegen.

»Ist sie eifersüchtig?«

»Nun, sie wurde ganz schön verwöhnt, während sie bei mir war, und ich glaube, es ärgert sie, daß das jetzt nicht mehr so ist. Aber sie hat mich ebensowenig geliebt wie ich sie. Eingeborene Frauen machen sich nichts aus Weißen.«

»Und die Kinder?«

»Den Kindern geht nichts ab. Ich habe für sie gesorgt. Sobald die Jungen alt genug sind, werde ich sie auf die Schule nach Singapur schicken.«

»Bedeuten sie dir gar nichts?«

Er zögerte mit der Antwort.

»Ich will ganz offen zu dir sein. Es würde mir leid tun, wenn ihnen etwas zustieße. Als sie mit dem ersten Kind schwanger war, glaubte ich, ich könnte es liebhaben, wenigstens lieber als seine Mutter. Das wäre auch wohl eingetreten, wenn das Kind weiß gewesen wäre. Der Junge war natürlich drollig und rührend, aber ich hatte nie das Gefühl, daß er zu mir gehörte. Ich habe mir selbst manchmal Vorwürfe gemacht, aber die Wahrheit ist, daß sie mir nicht mehr bedeuten, als wären sie anderer Leute Kinder. Wer keine Kinder hat, kann sich leicht in Gefühlsergüssen ergehen.«

Jetzt hatte sie alles gehört. Er wartete, aber sie sagte nichts. Sie saß starr da.

»Möchtest du mich vielleicht noch etwas fragen, Doris?« sagte er schließlich.

»Nein, ich habe auf einmal heftiges Kopfweh. Ich denke, ich werde zu Bett gehen.« Ihre Stimme war fest wie immer. »Ich weiß nicht, was ich dazu sagen soll. Es ist natürlich ziemlich überraschend für mich. Du mußt mir etwas Zeit zum Nachdenken geben.«

»Bist du sehr böse auf mich?«

»Nein – gar nicht. Nur – nur muß ich jetzt eine Weile für mich allein sein. Bleib sitzen. Ich gehe zu Bett.«

Sie stand auf und legte ihm die Hand auf die Schulter.

»Es ist heute abend so heiß. Schlaf lieber in deinem Zimmer. Gute Nacht.«

Er hörte, wie sie die Tür ihres Zimmers abschloß.

Am nächsten Tag war sie blaß. Sie hatte kein Auge zugetan, wie er ihr ansah. Es lag keine Bitterkeit in ihrem Wesen; sie sprachen wie gewöhnlich miteinander, jedoch ohne die frühere Leichtigkeit. Sie redete von diesem und von jenem, als mache sie Konversation mit einem Fremden. Sie hatten noch nie einen Streit gehabt, aber Guy spürte, daß sie etwa so nach einer Auseinandersetzung sprechen würde, wenn die Versöhnung den Stachel nicht ganz beseitigt hätte. Eine seltsame Furcht lag in ihren Augen, wie es ihm schien. Gleich nach dem Dinner sagte sie: »Mir ist nicht gut heute abend. Ich denke, ich gehe sofort zu Bett.«

»Oh, meine arme Liebste, du tust mir so leid«, rief er.

»Es ist nichts Besonderes. In ein paar Tagen werde ich wieder wohlauf sein.«

»Ich werde nachher zu dir kommen und dir gute Nacht sagen.«

»Nein, tu das nicht. Ich möchte mich hinlegen und sofort einschlafen.«

»Dann gib mir wenigstens einen Kuß, bevor du gehst.«

Er sah, wie sie rot wurde. Einen Augenblick zögerte sie, dann beugte sie sich mit abgewendeten Augen zu ihm hin. Er nahm sie in die Arme und suchte ihre Lippen. Schnell entzog sie sich ihm. Wieder hörte er, wie sie leise die Tür abschloß.

Er warf sich schwer auf den Stuhl. Er versuchte zu lesen, lauschte dabei jedoch mit angestrengter Aufmerksamkeit auf das geringste Geräusch im Zimmer seiner Frau. Sie hatte gesagt, sie wolle zu Bett gehen, aber er hörte keine Bewegung. Er wußte selbst nicht, warum ihn diese Stille so nervös machte. Er hielt die Hand vor die Lampe und sah einen Schimmer unter der Tür; sie hatte also das Licht nicht gelöscht. Was tat sie nur da drinnen? Er legte sein Buch hin. Es hätte ihn nicht überrascht, wenn sie böse gewesen wäre, ihm eine Szene gemacht oder geweint hätte; damit wäre er fertig geworden. Aber ihre Ruhe erschreckte ihn. Und was für eine Angst war das, die er so deutlich in ihren Augen gesehen hatte? Er überdachte noch einmal alles, was er ihr am Abend vorher gesagt hatte. Er wußte nicht, wie er es anders hätte ausdrücken können. Die Hauptsache war doch, er hatte dasselbe getan wie alle anderen, und es war alles vorüber, als er sie kennenlernte. Er hatte allerdings töricht gehandelt, wie sich jetzt zeigte, aber hinterher kann jeder klug sein. Er drückte die Hand in die Herzgegend. Komisch, wie es ihm da weh tat.

›Das meint man wohl, wenn man vom gebrochenen Herzen spricht‹, sagte er zu sich. ›Wie lange es wohl anhalten wird?‹

Sollte er an die Tür klopfen und sie um eine Aussprache bitten? Es war besser, reinen Tisch zu machen. Sie mußte ja verstehen, wie alles gekommen war. Aber die Stille im Zimmer hielt ihn davon ab. Nicht ein Laut! Vielleicht war es doch besser, wenn er sie allein ließ. Schließlich wußte sie doch, wie abgöttisch er sie liebte. Geduld – das war das einzige Rezept. Sie mußte das alles erst mit sich selbst durchkämpfen. Er mußte ihr Zeit lassen, Geduld haben.

Am nächsten Morgen erkundigte er sich, ob sie besser geschlafen habe.

»Ja, viel besser«, antwortete sie.

»Bist du sehr böse auf mich?« fragte er in kläglichem Ton.

Sie sah ihn aufrichtig und offen an.

»Nicht ein bißchen.«

»Das höre ich gern, das macht mich froh. Ich weiß, ich bin brutal und rücksichtslos zu dir gewesen. Das muß dich abgestoßen haben. Aber bitte verzeih mir. Mir ist so elend zumute.«

»Ich verzeihe dir. Ich mache dir nicht einmal einen Vorwurf.«

Er machte ein reumütiges Gesicht und sah zu ihr auf wie ein geprügelter Hund.

»Es hat mir gar nicht gefallen, daß ich die letzten zwei Nächte allein schlafen mußte.«

Sie blickte weg. Ihr Gesicht wurde noch bleicher.

»Ich habe das Bett in meinem Zimmer entfernen lassen. Es nahm soviel Platz weg. Ich habe ein kleines Feldbett hineinstellen lassen.«

»Was ist denn das für eine sonderbare Neuerung?«

Nun sah sie ihn wieder fest an.

»Ich werde mit dir nicht mehr als deine Frau leben.«

»Nie mehr?«

Sie schüttelte den Kopf. Er blickte sie verblüfft an. Er konnte kaum glauben, daß er richtig gehört hatte. Das Herz tat ihm weh, so heftig begann es zu klopfen.

»Damit tust du mir unrecht, Doris.«

»Meinst du vielleicht, du hättest recht gehandelt, als du mich unter solchen Umständen hierherbrachtest?«

»Aber du hast doch eben gesagt, du machst mir keinen Vorwurf.«

»Das stimmt. Aber in allem übrigen hat sich etwas von Grund auf geändert. Ich kann es nicht.«

»Aber wie sollen wir denn so zusammen leben?«

Sie blickte auf den Boden. Sie schien angestrengt nachzudenken.

»Als du mich gestern abend auf den Mund küssen wolltest – wurde mir beinahe übel.«

»Doris!«

Als sie ihn wieder ansah, war ihr Blick kalt und feindselig.

»Das Bett, in dem ich schlief, ist es dasselbe Bett, in dem sie ihre Kinder bekommen hat?« Sie sah ihn über und über rot werden. »Oh, es ist scheußlich! Wie konntest du das nur fertigbringen?« Sie rang die Hände, und ihre zusammengepreßten, gekrümmten Finger sahen aus wie kleine sich windende Schlangen. Mit großer Anstrengung nahm sie sich zusammen. »Mein Entschluß steht unwiderruflich fest. Ich will nicht hart zu dir sein, aber es gibt gewisse Dinge, die du nicht von mir verlangen kannst. Ich habe mir alles reiflich überlegt. Seitdem du mir das erzählt hast, habe ich Tag und Nacht an nichts anderes gedacht, und jetzt bin ich erschöpft. Mein erster Instinkt war, auf und davon zu gehen. Sofort. In zwei oder drei Tagen wird der Dampfer zurückkommen.«

»Bedeutet es dir gar nichts mehr, daß ich dich liebe?«

»Ach ja, ich weiß, daß du mich liebst. Darum bin ich auch nicht fortgegangen. Ich will uns beiden noch eine Chance geben. Ach, ich habe dich so liebgehabt, Guy.« Ihre Stimme brach, aber sie weinte nicht. »Ich will nicht unvernünftig sein. Weiß der Himmel, ich will auch nicht hart zu dir sein. Guy, willst du mir Zeit lassen?«

»Ich verstehe nicht ganz, was du damit sagen willst.«

»Du sollst mich nur in Ruhe lassen, ich habe Angst vor dem, was ich in mir fühle.«

Er hatte also richtig gesehen, sie hatte Angst.

»Was fühlst du denn?«

»Bitte frage mich nicht. Ich möchte nichts sagen, was dich verletzen könnte. Vielleicht komme ich darüber hinweg. Ich möchte es, ich will es versuchen, das verspreche ich dir. Laß mich ein halbes Jahr in Frieden. Ich werde alles für dich tun, nur das eine nicht.« Sie legte die Hände zusammen, als wollte sie diese Bitte noch durch eine Geste unterstützen. »Wir werden auch so miteinander glücklich sein. Wenn du mich wirklich liebst, wirst du – wirst du Geduld haben.«

Er seufzte tief auf.

»Gut«, sagte er. »Ich will dich natürlich nicht zu etwas zwingen, was dir zuwider ist. Es soll so sein, wie du sagst.«

Er saß eine Weile schwerfällig da, als wäre er plötzlich alt geworden und jede Bewegung eine Anstrengung. Dann stand er auf.

»Ich gehe ins Büro.«

Er nahm seinen Tropenhelm und ging fort.

Ein Monat verfloß. Frauen verbergen ihre Gefühle besser als Männer, und wenn ein Fremder zu Besuch gekommen wäre, hätte er nie bemerkt, daß Doris in ihrem Gemüt verstört war. Aber an Guy waren die Spuren deutlich zu erkennen. Sein rundes, gutmütiges Gesicht war hager geworden, und seine Blicke hatten etwas Hungriges und Gequältes an sich. Er beobachtete Doris. Sie war heiter und neckte ihn, wie sie es früher getan hatte; sie spielten zusammen Tennis und plauderten über dies und jenes. Aber sie spielte offenbar nur eine Rolle. Da er das nicht mehr mit ansehen konnte, versuchte er noch einmal, mit ihr über seine Verbindung mit der Malaiin zu sprechen.

»Ach, Guy«, antwortete sie resolut, »was hat es für einen Zweck, noch einmal von dieser Sache anzufangen! Wir haben uns schon längst darüber ausgesprochen, und ich mache dir keinen Vorwurf deswegen.«

»Aber warum quälst du mich dann so?«

»Mein armer Junge, ich will dich nicht quälen. Es ist nicht meine Schuld, wenn ...« Sie zuckte die Schultern. »Die menschliche Natur läßt sich nicht kommandieren.«

»Ich verstehe nicht.«

»Versuch es lieber auch nicht.«

Die Worte hätten hart geklungen, wenn sie nicht von einem freundlichen Lächeln begleitet gewesen wären. Jeden Abend, wenn sie zu Bett ging, beugte sie sich über Guy und küßte ihn leicht auf die Wange. Ihre Lippen berührten sie nur eben. Es war, als hätte ein Nachtfalter im Fluge sein Gesicht gestreift.

Ein zweiter Monat verging, ein dritter, und schließlich war das halbe Jahr, das so unendlich erschienen war, vorüber. Guy war gespannt, ob sie daran dachte. Er achtete nun aufmerksam auf alles, was sie sagte, auf jeden Ausdruck ihres Gesichts, auf jede Bewegung ihrer Hände. Sie blieb undurchdringlich. Sie hatte ihn gebeten, sie ein halbes Jahr in Ruhe zu lassen. Nun, das hatte er getan.

Der Küstendampfer kam zur Flußmündung, lieferte dort die Post ab und fuhr weiter. Guy schrieb emsig die Briefe, die der Dampfer auf der Rückfahrt mitnehmen sollte. Zwei oder drei Tage vergingen. Es war jetzt Dienstag, und am Donnerstag in der Frühe sollte das Boot dem Dampfer entgegenfahren. Außer beim Essen, wo Doris sich anstrengte, eine Unterhaltung in Gang zu bringen, hatten sie in der letzten Zeit nicht viel miteinander gesprochen. Nach dem Essen nahmen sie an diesem Tag wie gewöhnlich ihre Bücher zur Hand und begannen zu lesen, aber als der Boy den Tisch abgeräumt hatte und ins Dorf gegangen war, legte Doris ihr Buch hin.

»Guy, ich muß dir etwas sagen.« Sie sprach leise und zögernd.

Er fühlte plötzlich, wie ihm das Herz gegen die Rippen schlug und er die Farbe wechselte.

»Mach doch nicht so ein Gesicht, so schrecklich ist es nicht«, lachte sie.

Es kam ihm aber vor, als zittere ihre Stimme.

»Ja?«

»Ich möchte dich bitten, mir einen Gefallen zu tun.«

»Meine liebe Doris, es gibt nichts, was ich nicht für dich täte.«

Er streckte die Hand aus, um die ihre zu ergreifen, aber sie zog sie zurück.

»Ich bitte dich darum, mich heimfahren zu lassen.«

»Du willst…«, rief er außer sich. »Wann? Warum?«

»Ich habe so lange ausgehalten, wie es mir möglich war. Jetzt kann ich nicht mehr.«

»Wie lange willst du denn fortbleiben? Immer?«

»Ich weiß es noch nicht, ich glaube schon.« Sie nahm ihre ganze Kraft zusammen. »Ja, für immer.«

»O Gott!«

Sie dachte, er würde weinen, in so kläglichem Ton sagte er das.

»Mach mir keinen Vorwurf, Guy. Es ist wirklich nicht meine Schuld. Ich kann nicht anders.«

»Du hast mich um ein halbes Jahr gebeten. Ich bin darauf eingegangen. Du kannst nicht sagen, daß ich mich nicht an unser Abkommen gehalten hätte.«

»Nein, nein.«

»Ich habe mich zusammengenommen, damit du nicht bemerken solltest, wie elend mir zumute war.«

»Ich weiß. Ich bin dir dankbar dafür. Du bist nett und gut zu mir gewesen. Hör mich an, Guy, ich will dir noch einmal sagen, daß ich dir wegen deines Verhaltens keinen Vorwurf mache. Du warst ja damals noch sehr jung, und du hast nicht mehr getan als die anderen. Ich weiß, wie einem die Einsamkeit hier zusetzen kann. Glaube mir, du tust mir ganz schrecklich leid. Ich wußte gleich von Anfang an, wie es sein würde. Darum habe ich dich gebeten, mich ein halbes Jahr für mich allein zu lassen. Meine Vernunft sagt mir, daß ich aus einer Mücke einen Elefanten mache. Ich bin unvernünftig, ich bin nicht gerecht zu dir. Aber sieh mal, mit vernünftiger Überlegung kann ich nichts dagegen ausrichten; meine ganze Seele ist in Aufruhr. Wenn ich die Frau und die Kinder im Dorf sehe, zittern mir die Knie. Alles hier im Haus erinnert mich an sie. Wenn ich an das Bett denke, in dem ich geschlafen habe, bekomme ich eine Gänsehaut... Du weißt nicht, was ich ausgehalten habe.«

»Ich glaube, ich habe sie jetzt so weit gebracht, daß sie fortgeht. Ich habe bereits um einen Überweisungsschein nachgesucht.«

»Das würde nichts nützen. Sie würde immer da sein. Du gehörst zu ihnen, du gehörst nicht zu mir. Vielleicht hätte ich darüber wegkommen können, wenn nur ein Kind da wäre, aber drei! Und die zwei Jungen sind ja schon groß. Zehn Jahre hast du mit ihr zusammengelebt.« Und nun kam sie mit dem heraus, was sie eigentlich sagen wollte. Sie konnte nicht mehr an sich halten. »Es ist etwas Körperliches. Ich kann nicht dagegen an, es ist stärker als ich. Wenn ich an die mageren schwarzen Arme denke, mit denen sie dich umschlungen hat, wird mir schlecht. Es ist ein körperlicher Ekel. Diese kleinen schwarzen Kinder hast du auf den Armen getragen; ich darf nicht daran denken. Mich schaudert, wenn du mich berührst. Jeden Abend, wenn ich dich küßte, mußte ich mich dazu zwingen, ich mußte mir einen Ruck geben, es war mir eine Qual, deine Wange zu berühren.« Ihre Stimme überschlug sich, ihre Finger krallten sich in ihrem Nervenaufruhr zusammen und streckten sich wieder. »Ich weiß, jetzt könntest du mir Vorwürfe machen. Ich bin ein dummes, hysterisches Frauenzimmer. Ich dachte, ich würde darüber hinwegkommen. Es geht aber nicht und wird nie gehen. Ich nehme alle Schuld auf mich und bin bereit, die Folgen zu tragen. Wenn du sagst, ich soll hierbleiben, bleibe ich, aber wenn ich bleibe, gehe ich zugrunde. Ich flehe dich an, laß mich gehen.«

Die Tränen, die sie so lange zurückgehalten hatte, brachen jetzt hervor, und sie weinte bitterlich. Zum erstenmal sah er sie weinen.

»Natürlich will ich dich hier nicht gegen deinen Willen zurückhalten«, sagte er heiser.

Erschöpft lehnte sie sich zurück. Ihr Gesicht war verzerrt. Es war schrecklich und schmerzlich, diesen tiefen Kummer so offen auf dem Gesicht zu sehen, das immer so friedlich und ruhig gewesen war.

»Es tut mir entsetzlich leid, Guy. Ich habe dein Leben zerstört, aber meines auch. Und wir hätten so glücklich sein können.«

»Wann willst du gehen? Am Donnerstag?«

»Ja.«

Sie sah ihn kläglich an. Er verbarg sein Gesicht in den Händen. Schließlich blickte er auf.

»Ich kann nicht mehr, ich bin am Ende«, murmelte er.

»Kann ich gehen?«

»Ja.«

Etwa zwei Minuten saßen sie wortlos da. Sie fuhr auf, als der Tschiktschak seinen durchdringenden, heiseren und sonderbar menschlichen Schrei ertönen ließ. Guy stand auf und ging auf die Veranda hinaus. Er lehnte sich an die Brüstung und blickte auf das langsam fließende Wasser. Er hörte Doris in ihr Zimmer gehen.

Am nächsten Morgen klopfte er früher als gewöhnlich an ihre Tür.

»Ja?«

»Ich muß heute flußaufwärts fahren. Ich werde erst spät zurückkommen.«

»Gut.«

Sie verstand. Er hatte es so eingerichtet, daß er tagsüber, während sie packte, nicht da war. Das war eine Arbeit, bei der einem das Herz weh tat. Als sie ihre Kleider eingepackt hatte, sah sie sich im Zimmer nach den Sachen um, die ihr gehörten. Sie brachte es nicht über sich, sie anzurühren. Sie nahm nur das Bild ihrer Mutter fort. Guy kam erst um zehn Uhr abends heim.

»Ich konnte leider zum Essen noch nicht da sein«, sagte er. »Der Vorsteher des Dorfes, in dem ich zu tun hatte, legte mir eine Menge Sachen zur Entscheidung vor.«

Sie sah, wie seine Blicke im Zimmer umherschweiften und er das Fehlen des Bildes bemerkte.

»Ist alles vollständig fertig?« fragte er. »Das Boot fährt bereits bei Anbruch der Morgendämmerung vor.«

»Ich habe dem Boy gesagt, er soll mich um fünf Uhr wecken.«

»Du brauchst ja Geld unterwegs.« Er ging zum Schreibtisch, stellte einen Scheck aus und entnahm der Schublade einige Geldscheine. »Dieses Bargeld wird bis Singapur reichen. Dort kannst du den Scheck einlösen.«

»Danke.«

»Soll ich bis an die Flußmündung mitfahren?«

»Ich glaube, es ist besser, wir verabschieden uns hier.«

»Gut. Ich denke, ich lege mich jetzt hin. Der Tag war lang, und ich bin todmüde.«

Er gab ihr nicht einmal die Hand und ging auf sein Zimmer. Nach ein paar Minuten hörte sie, wie er sich aufs Bett warf. Sie blieb noch ein wenig sitzen und schaute sich ein letztes Mal in dem Zimmer um, in dem sie so glücklich und so elend gewesen war. Dann stand sie seufzend auf und ging in ihr Zimmer. Es war alles gepackt, außer den paar Sachen, die sie für die Nacht brauchte.

Es war noch dunkel, als der Boy sie weckte. Sie zogen sich rasch an. Das Frühstück wartete bereits. Gleich darauf hörten sie, wie das Boot unten am Bungalow zu dem Landungssteg fuhr. Die Diener trugen ihr Gepäck hinein. Sie taten nur so, als ob sie äßen. Die Dunkelheit lichtete sich, und geisterhaft wurde der Fluß sichtbar. Es war noch nicht Tag, aber es war auch nicht mehr Nacht. In der Stille hörte man die Stimmen der Eingeborenen an dem Landungssteg sehr deutlich. Guy blickte auf den unberührten Teller seiner Frau.

»Wenn du fertig bist, könnten wir jetzt zum Boot gehen. Es wird langsam Zeit zur Abfahrt.«

Sie antwortete nicht. Sie erhob sich und ging noch einmal in ihr Zimmer, um sich zu überzeugen, daß nichts vergessen worden war. Dann stiegen sie Seite an Seite die Stufen hinab. Ein kleiner Pfad führte in Windungen zum Fluß. Am Landungssteg präsentierte die malaiische Wache das Gewehr, als Guy und Doris vorbeigingen. Der Bootsführer reichte ihr die Hand. Sie stieg ins Boot. Dann drehte sie sich um und blickte ihren Mann an. Sie wünschte so sehr, noch ein letztes Wort des Trostes zu sagen, ihn noch einmal um Verzeihung zu bitten, aber sie schien mit Stummheit geschlagen.

Er reichte ihr die Hand.

»Also Lebewohl dann. Hoffentlich hast du eine angenehme Reise.«

Ein letzter Händedruck.

Guy nickte dem Bootsführer zu, und das Boot stieß ab. Durch den Nebel kroch jetzt die Dämmerung über den Fluß, aber in den Dschungelbäumen lauerte noch die Nacht. Seufzend wandte er sich ab. Er nickte gedankenverloren, als die Wache wieder das Gewehr präsentierte. Als er in den Bungalow kam, rief er den Boy. Er ging durch das Zimmer und stellte alle Sachen beiseite, die Doris gehörten.

»Pack das alles zusammen«, sagte er. »Wir wollen das nicht so herumstehen lassen.«

Dann setzte er sich auf die Veranda und sah den Tag langsam wie einen bitteren, unverdienten und überwältigenden Kummer auf sich zukommen. Schließlich blickte er auf die Uhr. Es war Zeit, ins Büro zu gehen.

Am Nachmittag konnte er nicht schlafen. Er hatte furchtbares Kopfweh. Daher nahm er seine Flinte und ging auf Pirsch durch den Dschungel. Er schoß nichts, aber er marschierte drauflos, um sich müde zu laufen. Bei Sonnenuntergang kehrte er zurück, trank einige Whiskys – ja, und dann wurde es Zeit, sich zum Essen umzuziehen. Aber wozu sollte er sich nun noch umziehen, er konnte es sich ja jetzt bequem machen. Er zog eine weite malaiische Jacke und einen Sarong an. Bevor Doris kam, hatte er sich immer so gekleidet. Schuhe zog er nicht an, es war bequemer, barfuß zu sein. Er nahm mechanisch seine Mahlzeit ein. Der Boy räumte ab und ging fort. Guy nahm eine Zeitschrift zur Hand, den *Tatler*. Aber er konnte nicht lesen und ließ das Blatt auf die Knie fallen. Er war erschöpft. Sein Kopf war seltsam leer, er konnte keinen klaren Gedanken fassen. Der Tschiktschak tat sehr wichtig an diesem Abend; sein plötzlicher heiserer Schrei schien ihn zu verspotten. Man konnte kaum glauben, daß der weit widerhallende Laut aus einer so kleinen Kehle kam. Dann hörte Guy ein diskretes Hüsteln.

»Wer ist da?« rief er.

Eine Pause. Er blickte auf die Tür. Der Tschiktschak lachte gellend. Ein kleiner Junge drängte sich um den Pfosten und blieb auf der Schwelle stehen. Es war ein Halbblutjunge in einer zerfetzten Jacke und einem Sarong. Es war der ältere seiner zwei Söhne.

»Was willst du?« fragte ihn Guy.

Der Junge kam ins Zimmer und setzte sich mit unterschlagenen Beinen auf den Boden.

»Wer hat dich hierhergeschickt?«

»Meine Mutter hat mich geschickt. Sie läßt fragen, ob der Tuan etwas wünscht.«

Guy hielt den Blick auf den Jungen gerichtet. Dieser sagte nichts mehr. Er saß mit niedergeschlagenen Augen scheu da und wartete. Da vergrub Guy in tiefer und bitterer Überlegung das Gesicht in den Händen. Wozu sich noch sträuben? Es war alles zu Ende. Zu Ende! Er ergab sich in sein Schicksal. Er lehnte sich im Stuhl zurück und seufzte tief auf.

»Sag deiner Mutter, sie soll ihre und eure Sachen zusammenpacken. Sie kann wiederkommen.«

»Wann?« fragte der Junge, ohne ein Anzeichen von Freude.

Heiße Tränen rannen über Guys komisches, pickeliges Gesicht.

»Noch heute abend.«

Die Dschungelresidenz

Der neue Assistent traf am Nachmittag ein. Als man dem Residenten, Mr. Warburton, meldete, das Boot sei in Sicht, setzte er seinen Tropenhelm auf und ging hinunter zum Landungssteg. Die Ehrenformation – acht kleine Dayak-Soldaten – salutierte, als er vorbeischritt. Er registrierte mit Zufriedenheit ihre militärische Haltung, ihre sauberen, adretten Uniformen und blitzenden Waffen. Seine Soldaten gereichten ihm zur Ehre. Vom Landungssteg aus beobachtete er die Flußbiegung, wo das Prahu jeden Augenblick erscheinen mußte. Mit seinen makellosen Leinenhosen und weißen Schuhen sah er sehr elegant aus. Unter den Arm geklemmt hielt er einen Stock aus Malakkarohr mit goldenem Knauf – ein Geschenk des Sultans von Perak. Er erwartete den Neuankömmling mit gemischten Gefühlen. Die Arbeit in seinem Distrikt konnte einer allein nicht mehr bewältigen, und während seiner regelmäßigen Inspektionsreisen durch das ihm anvertraute Gebiet mochte er die Station nicht in den Händen eines eingeborenen Sekretärs lassen; aber er war nun schon so lang der einzige Weiße hier, daß er der Ankunft eines anderen nicht ohne Besorgnis entgegensah. Er war an Einsamkeit gewöhnt. Während des Krieges hatte er drei Jahre lang keinen Engländer zu Gesicht bekommen; einmal sollte er einen Forstbeamten beherbergen, und Panik ergriff ihn. Als dann der Fremde eintraf, war alles für seinen Empfang bereitet, doch Mr. Warburton hatte nur eine Notiz hinterlassen, die mitteilte, er sei leider zu einer Dienstfahrt flußaufwärts genötigt. Er blieb fern, bis ein Bote ihm die Nachricht von der Abreise seines Gastes brachte.

Jetzt erschien das Prahu. Es war mit Sträflingen bemannt, Dayak, die zu verschieden langen Haftstrafen verurteilt waren. Einige Wächter warteten am Ufer, um sie zurück ins Gefängnis zu bringen. Es waren robuste Kerle, kraftvolle Ruderer, die den Fluß genau kannten. Als das Boot anlegte, kam ein Mann unter dem Sonnensegel hervor und sprang an Land. Die Wache präsentierte Gewehr.

»Da wären wir endlich. Teufel, bin ich steif! Ich bringe Ihnen die Post.« Er sprach mit überschäumender Jovialität.

Mr. Warburton reichte ihm höflich die Hand.

»Mr. Cooper, nehme ich an?«

»Richtig. Erwarten Sie sonst noch jemanden?«

Die Frage sollte ein Scherz sein, doch der Resident lächelte nicht.

»Mein Name ist Warburton. Ich zeige Ihnen Ihre Wohnung, man wird Ihnen das Gepäck dorthin bringen.«

Er geleitete Cooper den schmalen Pfad entlang bis zu einem umzäunten Gelände, auf dem ein kleiner Bungalow stand.

»Seit vielen Jahren war er unbewohnt; ich hab ihn, so gut es ging, wieder herrichten lassen.«

Es war ein Pfahlbau, mit einem langen Wohnzimmer und breiter Veranda und je zwei Schlafzimmern auf beiden Seiten des Flurs.

»Das wird's schon tun«, sagte Cooper.

»Ich nehme an, Sie möchten ein Bad nehmen und sich umziehen. Es würde mich freuen, wenn Sie mir heute zum Abendessen das Vergnügen Ihrer Gesellschaft machen wollen. Paßt es Ihnen um acht?«

»Jede x-beliebige Zeit ist mir recht.«

Der Resident lächelte höflich und etwas konsterniert und entfernte sich. Er kehrte zum Fort zurück, in dem er selber wohnte. Sein erster Eindruck von Allan Cooper war nicht gerade günstig. Aber er war ein fairer Mensch und wußte, daß es vorschnell wäre, sich nach solch flüchtiger Begegnung eine Meinung zu bilden. Cooper schien etwa dreißig Jahre alt zu sein. Er war lang und dünn, mit bleichem Gesicht, wasserblauen Augen und großer Hakennase. Als er den Bungalow betreten und seinen Tropenhelm einem wartenden Boy zugeworfen hatte, war Mr. Warburton der breite, mit kurzen braunen Stoppeln bedeckte Schädel aufgefallen, der etwas seltsam mit dem schlaffen fliehenden Kinn kontrastierte. Cooper trug Khakishorts und Khakihemd – beide waren schäbig und schmutzig, und sein abgetragener Tropenhelm war sicher seit Tagen nicht gereinigt worden. Mr. Warburton überlegte, daß der junge Mann eine Woche auf dem Dampfer und die letzten achtundvierzig Stunden kauernd auf einem Prahu verbracht hatte. ›Wollen sehen, wie er zum Essen kommt.‹

Er ging in sein Zimmer, wo seine Sachen so säuberlich geordnet waren, als hätte er einen englischen Butler. Unbekleidet lief er die Treppe hinunter zum Badehaus, wo er sich mit kaltem Wasser übergoß. Sein einziges Zugeständnis an das Klima bestand darin, nur einen weißen Smoking zu tragen; sonst aber zog er sich ein Hemd mit steifem Einsatz und hohem Kragen, Seidensocken und Lacklederschuhe an, als ob er in seinem Klub in der Pall Mall dinierte. Als sorgsamer Gastgeber ging er ins Eßzimmer, um zu sehen, ob die Tafel korrekt gerichtet sei. Sie war geschmückt mit Orchideen, das Silber glänzte, und die Servietten waren kunstvoll gefaltet. Abgeschirmte Kerzen in silbernen Leuchtern verbreiteten ein weiches Licht. Mr. Warburton lächelte zufrieden und kehrte in Erwartung seines Gastes in den Salon zurück. Gerade erschien Cooper. Er trug Khakishorts und -hemd und dieselbe lumpige Joppe, in der er an Land gestiegen war. Mr. Warburtons Begrüßungslächeln erstarrte.

»Hallo, haben Sie sich aber feingemacht; dachte nicht, daß Sie das vorhatten. Ich wär beinah im Sarong gekommen.«

»Schon recht. Ihre Diener waren wohl noch beschäftigt.«

»Wegen mir hätten Sie sich nicht so in Schale zu schmeißen brauchen.«

»Ich kleide mich stets zum Dinner um.«

»Auch wenn Sie allein sind?«

»Gerade wenn ich allein bin«, entgegnete Mr. Warburton mit eisigem Blick.

Er sah ein belustigtes Zwinkern in Coopers Augen und wurde rot vor Ärger. Mr. Warburton hatte ein hitziges Temperament. Man konnte es seinem roten Gesicht mit den kämpferischen Zügen und seinem ebenfalls roten, jetzt ergrauenden Haar ansehen. Seine blauen, meist abschätzenden kühlen Augen konnten in plötzlichem Zorn aufblitzen. Aber er war auch ein Mann von Welt und – wie er hoffte – ein gerechter Mensch. Er mußte sein Bestes tun, um sich mit diesem Burschen zu arrangieren.

»Als ich in London lebte, bewegte ich mich in Kreisen, wo es ebenso ungewöhnlich gewesen wäre, sich nicht zum Dinner umzukleiden, wie das morgendliche Bad zu unterlassen. Als ich nach Borneo kam, sah ich keinen Grund, diese gute Gewohnheit aufzugeben. Im Krieg sah ich drei Jahre lang keinen Weißen, doch ich versäumte nie, mich zum Dinner umzuziehen. Sie sind noch nicht sehr lang in diesem Land; glauben Sie mir, es gibt keinen besseren Weg, Ihren Stolz, den Sie haben sollten, zu erhalten. Wenn ein Weißer den Einflüssen dieser Umgebung nachgibt, wird er bald seine Selbstachtung verlieren – und dann die Achtung der Eingeborenen.«

»Na, wenn Sie von mir erwarten, daß ich bei dieser Hitze steife Hemden und hohe Kragen anziehe, tut es mir leid, Sie enttäuschen zu müssen.«

»In Ihrem Bungalow mögen Sie sich zum Dinner kleiden, wie es Ihnen beliebt, doch wenn Sie mir die Ehre Ihrer Gesellschaft erweisen, kommen Sie vielleicht zu dem Ergebnis, daß es nur höflich ist, die in zivilisierter Gesellschaft übliche Kleidung zu tragen.«

Zwei malaiische Boys in Sarongs und Songkoks und gepflegten weißen Röcken mit Messingknöpfen traten ein; einer brachte Gin und der andere ein Tablett mit Oliven und Sardellen. Die beiden Männer begaben sich zu Tisch. Mr. Warburton schmeichelte sich, den besten Koch von Borneo zu haben, einen Chinesen, der keine Mühe scheute, die aufwendigsten und erlesensten Gerichte zu komponieren. Er ließ seine Erfindungskraft spielen, um das Beste aus den Mitteln zu zaubern, die ihm verfügbar waren.

»Wenn Sie einen Blick auf die Menü-Karte werfen wollen…«, sprach Mr. Warburton und reichte sie Cooper. Sie war französisch geschrieben, und die Gänge hatten klangvolle Namen. Zwei Boys bedienten, zwei weitere wedelten mit riesigen Fächern, um die schwüle Luft zu bewegen. Das Essen war vorzüglich und der Champagner exzellent.

»Veranstalten Sie das jeden Tag?« fragte Cooper.

Mr. Warburton warf einen nachlässigen Blick auf das Menü.

»Das Essen ist heute nicht anders als gewöhnlich«, sagte er. »Ich esse nicht viel, aber ich lege Wert darauf, daß mir jeden Abend ein anständiges Dinner serviert wird. Das hält den Koch in Übung und bedeutet eine gute Schulung für die Boys.«

Die Unterhaltung schleppte sich mühsam weiter. Mr. Warburton war ausgesucht höflich, und es konnte sein, daß er ein leicht boshaftes Vergnügen an der Verwirrung seines Tischpartners fand. Cooper war nur wenige Monate in Sembulu gewesen, und Mr. Warburtons Erkundigungen über seine Freunde in Kuala Solor waren bald erschöpft.

»Übrigens«, fragte er plötzlich, »haben Sie einen jungen Mann namens Hennerley kennengelernt? Er ist kürzlich herübergekommen, glaube ich.«

»O ja, er ist bei der Polizei. Ein unsympathischer Kerl.«

»Das hätte ich kaum erwartet. Sein Onkel ist mein Freund Lord Barraclough. Ich erhielt einen Brief von Lady Barraclough, in dem sie mich bat, nach ihm zu sehen.«

»Ich habe gehört, daß er mit diesem und jenem verwandt ist. Vermutlich hat er deshalb den Posten bekommen. Er war in Eton und Oxford und vergißt nie, einen das spüren zu lassen.«

»Sie erstaunen mich«, sagte Mr. Warburton. »Seine ganze

Familie war seit einigen hundert Jahren in Eton und Oxford. Ich hätte erwartet, daß er das als Selbstverständlichkeit betrachtet.«

»Ich fand ihn verdammt eingebildet.«

»Welche Schulen haben Sie besucht?«

»Ich bin auf Barbados geboren und auch dort erzogen worden.«

»Ach so.«

Mr. Warburton brachte es fertig, eine solche Beleidigung in seine kurze Antwort zu legen, daß Cooper rot wurde. Für einen Moment war er still.

»Ich bekam zwei oder drei Briefe aus Kuala Solor«, fuhr Mr. Warburton fort, »und mein Eindruck war, daß der junge Hennerley sich großer Beliebtheit erfreut. Man sagt, er sei ein erstklassiger Sportler.«

»O ja, er ist allerdings beliebt. Er ist ganz der Typ, den man in Kuala Solor bevorzugt. Ich meinerseits kann nicht viel mit Sportskanonen anfangen. Was bedeutet das schon, wenn einer besser Golf oder Tennis spielt als andere? Wen kümmert's, wenn er beim Billard einen Fünfundsiebziger schafft? In England nimmt man diese Dinge viel zu wichtig, verdammt noch mal.«

»Finden Sie? Ich hatte den Eindruck, daß der erstrangige Sportsmann sich im Krieg nicht schlechter bewährte als irgendein anderer.«

»Oh, wenn Sie vom Krieg reden wollen, dann kann ich Ihnen einiges erzählen. Ich war im selben Regiment wie Hennerley und kann Ihnen sagen, daß die Jungs ihn nicht ausstehen konnten.«

»Wieso wissen Sie das?«

»Weil ich darunter war.«

»Ah, Sie waren nicht Offizier?«

»Eine schöne Chance hatte ich, Offizier zu werden! Ich bin das, was man einen Kolonienbewohner nennt, ich hab keine vornehme Schule besucht und hab keine Beziehungen. Ich war die ganze verdammte Zeit einfacher Soldat.«

Cooper runzelte die Brauen. Er mußte sich beherrschen, um nicht in wüste Beschimpfungen auszubrechen. Mr. Warburtons kleine blaue Augen verengten sich, er beobachtete Cooper und bildete sich seine Meinung. Das Thema wechselnd, begann er von der künftigen Arbeit zu sprechen. Als es zehn Uhr schlug, erhob er sich.

»Nun, ich möchte Sie nicht weiter aufhalten. Sie werden von der Reise erschöpft sein.«

Sie schüttelten sich die Hände.

»Ach, noch etwas«, sagte Cooper, »können Sie mir vielleicht einen Boy beschaffen? Der Boy, den ich vorher hatte, tauchte nicht mehr auf, als ich von Kuala Solor losfuhr. Mein Zeug brachte er noch an Bord, dann verschwand er. Ich hab's erst gemerkt, als wir draußen auf dem Fluß waren.«

»Ich werde meinen Ersten Boy fragen. Ich zweifle nicht, daß er jemanden für Sie finden kann.«

»Prima. Sagen Sie ihm, er soll ihn rüberschicken; wenn er mir paßt, werd ich ihn nehmen.«

Der Mond schien, so daß keine Laterne nötig war. Cooper ging vom Fort zu seinem Bungalow.

›Ich frage mich, warum um Himmels willen man mir solch einen Burschen geschickt hat‹, überlegte Mr. Warburton. ›Wenn das die Sorte ist, die man jetzt einsetzt, halte ich nicht viel davon.‹

Er schlenderte seinen Garten hinunter. Das Fort lag auf einem kleinen Hügel, und der Garten erstreckte sich bis zum Fluß, an dessen Ufer eine Laube stand. Hier pflegte er nach dem Dinner eine Zigarre zu rauchen. Oft hörte er dann die Stimme eines Malaien, der zu ängstlich war, um sich bei Tag vorzuwagen: Eine Klage, eine Beschwerde oder eine Information wurde ihm zugeflüstert oder ein nützlicher Wink, irgend etwas, was ihm offiziell niemals zugetragen worden wäre. Er warf sich schwer in einen Rohrliegestuhl. Cooper! Ein neidischer, ungehobelter Kerl, anmaßend, eingebildet und großspurig. Aber Mr. Warburtons Erbitterung verrauchte angesichts der ruhigen Schönheit der Nacht. Die Luft war geschwängert von den süß duftenden Blüten eines Baumes, der am Eingang der Laube wuchs. Glühwürmchen schimmerten und zogen langsam silberne Linien. Der Mond bildete auf dem breiten Fluß einen Pfad für die hellen Füße von Silas Braut. Und am anderen Ufer zeichnete sich die feine Silhouette einer Palmengruppe gegen den Abendhimmel ab. Friede senkte sich in Warburtons Seele.

Er war ein merkwürdiger Mann und hatte eine eigentümliche Laufbahn hinter sich. Als er zwanzig war, fiel ihm die beträchtliche Erbschaft von einigen hunderttausend Pfund zu. Nachdem er von Oxford abgegangen war, stürzte er sich in ein buntes lustiges Leben, das sich in jenen Tagen (Mr. Warburton war jetzt vierundfünfzig) den jungen Männern von Familie bot. Seine Wohnung hatte er in der Mount Street, seine Droschke und seine Jagdhütte in Warwickshire. Er war überall, wo sich die große Gesellschaft traf. Er sah gut aus, war amüsant und großzügig. Er war eine Figur in der Londoner Welt der frühen neunziger Jahre; und die Gesellschaft damals hatte noch nichts von ihrer Exklusivität und Brillanz verloren. Der Burenkrieg, der sie erschütterte, war noch weit weg; der Erste Weltkrieg, der sie zerstörte, nur von den Pessimisten prophezeit. In jenen Tagen war es nicht unangenehm, ein junger und begüterter Mann zu sein, und auf Mr. Warburtons Kaminsims stapelten sich während der ganzen Saison die Einladungen für eine große Veranstaltung nach der anderen. Mr. Warburton zeigte sie mit Vergnügen her. Denn Mr. Warburton war ein Snob. Kein schüchterner Snob, der sich ein bißchen schämt, von der großen Welt beeindruckt zu sein, noch ein Snob, der die Bekanntschaft mit Leuten sucht, die als Politiker oder Künstler berühmt sind, auch kein Snob, der sich von den Reichen blenden läßt. Er war der reine, echte, normale Snob, der einen Lord innig liebte, nur weil er ein Lord war. Er war empfindlich und reizbar, aber lieber wurde er von einer hochstehenden Persönlichkeit geschnitten als von einem gewöhnlichen Bürger umschmeichelt. Sein Name fand sich klein gedruckt im Adelskalender *Burke's Peerage*. Wunderbar war es, zu beobachten, welche Erfindungsgabe er aufwandte, um beiläufig seine Verwandtschaft mit einer adeligen Familie zu erwähnen. Doch niemals erwähnte er den ehrlichen Liverpooler Fabrikanten, dem er – durch seine Mutter, eine geborene Miss Gubbins – sein Vermögen verdankte. Es war der peinigende Gedanke seines mondänen Lebens, daß in Cowes oder Ascot, wenn er in Gesellschaft einer Herzogin oder gar eines Prinzen von königlichem Geblüt weilte, einer von diesen Verwandten die Bekanntschaft mit ihm beanspruchen würde.

Seine Schwäche war zu offensichtlich, um nicht bald allgemein bekannt zu sein. Aber sie war so ungewöhnlich, daß sie ihn davor bewahrte, nur verächtlich zu wirken. Die Großen, die er anbetete, lachten über ihn, fanden aber seine Bewunderung nicht unnatürlich. Der arme Warburton war ein schrecklicher Snob, das war klar, aber ein guter Kerl. Er war allzeit bereit, einem Adeligen in Geldnöten beizuspringen; und steckte man in der Klemme, konnte man immer mit hundert Pfund von ihm rechnen. Er gab großartige Dinners. Er spielte schlecht Whist, aber es war ihm gleichgültig, wieviel er verlor, wenn nur die Gesellschaft erlesen war. Er war ein Spieler – ein glückloser –, doch ein guter Verlierer, und man konnte nicht umhin, die Kaltblütigkeit zu bewundern, mit der er fünfhundert Pfund auf einen Schlag verlor. Seine Leidenschaft für Karten, fast so stark wie seine Liebe für Titel, war sein Verderben. Das Leben, das er führte, war kostspielig und seine Spielverluste gewaltig. Seine Einsätze erhöhten sich; zuerst auf Pferde, dann an der Börse. Er hatte eine gewisse Arglosigkeit, und die Skrupellosen fanden in ihm eine treuherzige Beute. Ich weiß nicht, ob er jemals merkte, wie seine noblen Freunde hinter seinem Rücken über ihn lachten, aber ich glaube, er besaß eine dunkle Ahnung, die ihm sagte, daß er es sich nicht erlauben konnte, anders als sorglos mit seinem Geld zu erscheinen. Er geriet in die Hände von Geldleihern. Mit vierunddreißig Jahren war er finanziell ruiniert.

Er war zu sehr vom Geist seiner Klasse durchdrungen, um in der Wahl seines nächsten Schrittes zu zögern. Wenn ein Mann seiner Gesellschaft sein Geld durchgebracht hatte, ging er in die Kolonien. Niemand hörte Mr. Warburton klagen. Er jammerte nicht, weil ihm ein adeliger Freund zu einer unseligen Spekulation geraten hatte. Er bedrängte keinen, dem er Geld geliehen hatte, es zurückzugeben. Er bezahlte seine Schulden (wenn ihm nur bewußt gewesen wäre, daß dabei das verachtete Blut des Liverpooler Fabrikanten in ihm zum Vorschein kam), suchte niemandes Hilfe und sah sich – der noch nie in seinem Leben einen Handschlag getan hatte – nach einem Lebensunterhalt um. Er blieb heiter, sorglos und humorvoll. Er hatte nicht das Bedürfnis, jeden, den er traf, mit Vorträgen über sein Unglück zu belästigen. Mr. Warburton war ein Snob, aber er war auch ein Gentleman.

Den einzigen Gefallen, den er von einem seiner berühmten Freunde erbat, in deren täglicher Gesellschaft er jahrelang gelebt hatte, war eine Empfehlung. Der tüchtige Mann, der zu dieser Zeit Sultan von Sembulu war, nahm ihn in seine Dienste. Die Nacht vor seiner Einschiffung dinierte er zum letztenmal in seinem Klub.

»Ich höre, Sie gehen weg, Warburton«, sagte der alte Herzog von Hereford zu ihm.

»Ja, ich gehe nach Borneo.«

»Guter Gott, was wollen Sie denn da?«

»Oh, ich bin bankrott.«

»Wirklich? Das tut mir leid. Nun, lassen Sie uns wissen, wann Sie zurückkommen. Ich hoffe, Sie werden sich amüsieren.«

»O ja, gute Jagdgegend, wissen Sie.«

Der Herzog nickte und ging. Ein paar Stunden später sah Mr. Warburton die englische Küste im Nebel verschwinden. Er ließ alles zurück, was ihm das Leben lebenswert gemacht hatte.

Zwanzig Jahre waren seitdem vergangen. Er unterhielt mit verschiedenen vornehmen Damen eine lebhafte Korrespondenz, die aus amüsantem Klatsch bestand. Nie verlor er seine Verehrung für Persönlichkeiten mit Titeln. Aufmerksam studierte er den Anzeigenteil der *Times*, die ihn sechs Wochen nach Erscheinen erreichte. Er war über alle Geburten, Heiraten und Todesfälle auf dem laufenden und schrieb umgehend Gratulationen oder Kondolenzbriefe. Die illustrierten Zeitschriften zeigten ihm, wie die Leute aussahen, und bei seinen periodischen Besuchen in England wußte er den Faden so wieder aufzunehmen, als sei er nie abgerissen. Er wußte alles über jede neue Figur, die in der Gesellschaft auftrat. Sein Interesse an der eleganten Welt war so lebendig, als ob er selbst noch eine Rolle darin spielte. Sie schien ihm noch immer das einzige, was zählte.

Aber unmerklich trat ein anderes Interesse in sein Leben. Die Position, die er bekleidete, schmeichelte seiner Eitelkeit. Er war nicht länger der Schmarotzer, den das Lächeln der Großen belebte, sondern der Herr, dessen Wort Gesetz war. Es freute ihn, zu sehen, wie die eingeborenen Soldaten salutierten, wenn er vorbeischritt. Er liebte es, über Menschen zu Gericht zu sitzen. Es gefiel ihm, Streitereien zwischen rivalisierenden Häuptlingen zu schlichten. Als die Kopfjäger in jenen Tagen Unruhe stifteten, bestrafte er sie mit stolzer und bezwingender Überlegenheit. Er war zu eitel, um nicht unerschrockenen Mut zu zeigen. Von seiner Kaltblütigkeit erzählte man die hübsche Geschichte, wie er sich einmal allein in ein palisadenbefestigtes Dorf gewagt und die Herausgabe eines blutrünstigen Piraten verlangt hatte. Er wurde ein geschickter Verwalter. Er war streng, gerecht und ehrenhaft.

Nach und nach faßte er eine tiefe Zuneigung zu den Malaien. Er interessierte sich für ihre Sitten und Bräuche. Niemals ermüdeten ihn ihre Gespräche. Er bewunderte ihre Tugenden und verurteilte mit Lächeln und Schulterzucken ihre Untugenden.

»Zu meiner Zeit«, pflegte er zu sagen, »stand ich auf vertrautem Fuße mit einigen der vornehmsten Gentlemen von England, aber ich traf niemals edlere Gentlemen als einige hochgeborene Malaien, die ich mit Stolz meine Freunde nennen darf.«

Er liebte ihre Höflichkeit, ihre vorzüglichen Manieren, ihre Sanftheit und jähen Leidenschaften. Instinktiv wußte er sie richtig zu behandeln. Er empfand echte Zärtlichkeit für sie. Aber niemals vergaß er, daß er ein englischer Gentleman war, und er hatte kein Verständnis für Weiße, die malaiische Sitten annahmen. Er machte keine Zugeständnisse, nahm sich nicht, wie viele andere, eine Eingeborene zur Frau. So ein Liebesverhältnis, mochte es noch so üblich und gerechtfertigt sein, schien ihm nicht nur unanständig, sondern auch würdelos. Bei einem Mann, der von Albert Edward, dem Prince of Wales, mit George angeredet worden war, durfte man kaum annehmen, daß er eine Verbindung mit einer Eingeborenen einging.

Wenn er nun von seinen England-Besuchen nach Borneo zurückkehrte, fühlte er sich wie befreit. Seine Freunde waren, wie er, nicht mehr jung, es gab eine neue Generation, die in ihm nur einen öden alten Mann sah. Es schien ihm, als habe das heutige England viel von dem eingebüßt, was er am England seiner Jugend geliebt hatte. Aber Borneo blieb sich gleich. Es war ihm jetzt Heimat. Er gedachte, so lange wie möglich im Dienst zu bleiben. In seinem Testament hatte er bestimmt, daß, wo immer er stürbe, sein Leichnam nach Sembulu überführt und bei den Menschen, die er liebte, beigesetzt werden sollte, wo man das Rauschen des sanft strömenden Flusses vernimmt.

Aber diese Gefühle versteckte er vor den Menschen, und niemand hätte geahnt, daß diesen gepflegten, aufrechten und selbstsicheren Mann mit dem glattrasierten Gesicht und dem ergrauenden Haar solch tiefe Empfindungen bewegten.

Er wußte, wie die Arbeit in der Residenz anzupacken war, und in den folgenden Tagen behielt er seinen neuen Assistenten wachsam im Auge. Er sah sehr bald, daß dieser fähig und sorgfältig war. Der einzige Fehler, den er an ihm entdecken konnte, war der barsche Umgang mit den Eingeborenen.

»Die Malaien sind scheu und sehr empfindsam«, sagte er zu ihm. »Ich glaube, Sie werden besser mit ihnen zurechtkommen, wenn Sie sie höflich, geduldig und freundlich behandeln.«

Cooper lachte kurz und mißtönend.

»Ich wurde auf Barbados geboren und war im Krieg in Afrika. Ich glaube nicht, daß es etwas über Nigger gibt, was ich nicht weiß.«

»Dazu kann ich nichts sagen«, sagte Mr. Warburton scharf. »Aber wir reden auch nicht von ihnen, sondern von Malaien.«

»Sind das keine Nigger?«

»Was sind Sie für ein Ignorant«, antwortete Mr. Warburton. Mehr sagte er nicht.

Am ersten Sonntag nach Coopers Ankunft lud er ihn zum Dinner ein. Er bereitete alles zeremoniell vor: Obgleich sie sich am Vortag im Büro und um sechs auf der Veranda zum Gin getroffen hatten, schickte er einen Boy mit einigen höflichen Zeilen zum Bungalow. Cooper, obwohl widerwillig, erschien im Abendanzug, und Mr. Warburton, zwar befriedigt, daß sein Wunsch respektiert wurde, registrierte geringschätzig, daß die Kleider des jungen Mannes schlecht geschnitten waren und sein Hemd nicht paßte. Doch Warburton war an diesem Abend guter Laune.

»Übrigens«, sagte er zu ihm, als sie sich die Hände reichten, »ich habe mit meinem Ersten Boy über einen Diener für Sie gesprochen, und er empfiehlt seinen Neffen. Ich habe ihn gesehen, und er macht einen aufgeweckten und willigen Eindruck. Möchten Sie ihn kennenlernen?«

»Hätte nichts dagegen.«

»Er wartet bereits.«

Mr. Warburton rief seinen Boy und trug ihm auf, den Neffen hereinzubringen. Ein hochgewachsener schlanker Bursche von etwa zwanzig Jahren erschien. Er hatte große dunkle Augen und ein gutes Gesicht. Er war adrett gekleidet, mit einem Sarong und kleiner weißer Jacke und einem pflaumenfarbenen Samtfez ohne Troddel. Er hieß Abas. Mr. Warburton betrachtete ihn wohlgefällig und wurde unmerklich weicher, als er ihn in fließendem Malaiisch anredete. Weißen gegenüber war er eher sarkastisch, aber seine Art, mit den Malaien umzugehen, war eine glückliche Mischung von Herablassung und Güte. Er war der Stellvertreter des Sultans, wußte seine Würde zu bewahren und gleichzeitig dem Eingeborenen die Scheu zu nehmen.

»Gefällt er Ihnen?« fragte Mr. Warburton, zu Cooper gewandt.

»Ja; ich denke, er ist auch kein größerer Spitzbube als die anderen von der Sorte.«

Mr. Warburton sagte dem Jungen, daß er engagiert sei, und entließ ihn.

»Sie haben großes Glück, einen solchen Diener zu bekommen«, sprach er zu Cooper. »Er stammt aus sehr guter Familie, die vor mehr als hundert Jahren aus Malakka herüberkam.«

»Es interessiert mich nicht, ob der Bursche, der meine Schuhe putzt und mir einen Drink bringt, wenn ich Lust darauf habe, blaues Blut in den Adern hat oder nicht. Er soll tun, was ich sage, und das sofort.«

Mr. Warburton verzog den Mund, gab aber keine Antwort. Sie gingen zum Essen hinein. Es war vorzüglich und der Wein ausgezeichnet. Das wirkte sich beschwichtigend auf die Situation aus: Sie unterhielten sich nicht nur ohne Schärfe, sondern sogar freundlich. Mr. Warburton ließ es sich gern gutgehen – am Sonntagabend noch etwas besser als sonst.

Er begann zu glauben, daß er Cooper unrecht tat. Natürlich, er war kein Gentleman, aber das war nicht seine Schuld. Bei näherer Bekanntschaft mochte er sich sogar als anständiger Kerl herausstellen. Sein Fehler bestand vielleicht nur in schlechten Manieren. Ganz sicher war er gut in seiner Arbeit, schnell, gewissenhaft und gründlich. Beim Nachtisch angelangt, fühlte sich Mr. Warburton der ganzen Menschheit freundlich gesinnt.

»Dies ist Ihr erster Sonntag hier, und ich werde Ihnen einen ganz besonderen Port servieren. Ich habe davon nur noch ungefähr zwei Dutzend, die ich für besondere Anlässe aufhebe.«

Er gab seinem Diener Weisung, und die Flasche wurde gebracht. Mr. Warburton beobachtete den Boy, wie er die Flasche öffnete.

»Diesen Port bekam ich von meinem alten Freund Charles Hollington. Er hatte ihn seit vierzig Jahren, und in meinem Besitz befindet er sich auch schon eine hübsche Zeit. Charles Hollington war berühmt für den besten Weinkeller in England.«

»Ist er Weinhändler?«

»Nicht eigentlich«, lächelte Mr. Warburton. »Ich sprach von Lord Hollington von Castle Reagh. Er ist einer der reichsten Peers von England. Ein alter Freund von mir. Ich war mit seinem Bruder in Eton.«

Das war eine Gelegenheit, der Mr. Warburton nicht widerstehen konnte, und er erzählte eine kleine Anekdote, deren Pointe darin zu bestehen schien, daß er mit einem Earl bekannt war. Der Port war in der Tat sehr gut. Er trank ein Glas und dann noch eins. Und verlor alle Zurückhaltung. Seit Monaten schon hatte er nicht mehr mit einem Weißen geredet. Er begann Geschichten zu erzählen, in denen er sich in Gesellschaft der Großen zeigte. Hörte man ihm zu, hätte man glauben mögen, daß nach seinem Rat, den er einer Herzogin zugeflüstert hatte, oder aufgrund einer bei Tisch hingeworfenen Bemerkung Politik beschlossen und Kabinette gebildet wurden. Die alten Tage in Ascot, Goodwood und Cowes lebten wieder auf. Noch ein Glas Port. Da waren die großen Bälle in Yorkshire und in Schottland, die er jedes Jahr besuchte.

»Ich hatte damals einen Butler namens Foreman, der beste Diener, den ich je hatte. Und was glauben Sie, warum er mir kündigte? Sie wissen, im Raum des Hausmeisters sitzen die Zofen und Kammerdiener entsprechend der Rangordnung ihrer Herrschaft. Er sagte zu mir, er habe es gründlich satt, von einer Gesellschaft zur anderen zu gehen, wo ich der einzige Bürgerliche sei. So mußte er immer am Tischende sitzen, und die besten Bissen waren weg, bevor ihn die Platten erreichten. Ich erzählte die Geschichte dem alten Duke von Hereford, und der lachte schallend. ›Bei Gott, Sir, wenn ich König von England wär, würde ich Sie zum Viscount ernennen, nur um Ihrem Mann eine Chance zu geben.‹ – ›Nehmen Sie ihn für sich, Herzog‹, sagte ich. ›Er ist der beste Kammerdiener, den ich je hatte.‹ – ›Schön, Warburton‹, sagte er, ›wenn er gut genug ist für Sie, ist er es auch für mich. Schicken Sie ihn her.‹«

Dann kam Monte Carlo, wo Mr. Warburton und der Großherzog Fjodor an einem Abend zusammen die Bank gesprengt hatten; und da war Marienbad. In Marienbad hatte Mr. Warburton mit Edward VII. Bakkarat gespielt.

»Damals war er natürlich noch Prince of Wales. Ich erinnere mich, wie er zu mir sagte: ›George, wenn Sie auf die Fünf setzen, werden Sie Ihr Hemd verlieren.‹ Er hatte recht; ich glaube, er hat nie in seinem Leben ein wahreres Wort gesprochen. Er war ein wundervoller Mann. Ich sagte immer, er ist der größte Diplomat in Europa. Aber damals war ich ein junger Narr und besaß nicht die Klugheit, seinem Rat zu folgen. Hätte ich es getan und nicht auf eine Fünf gesetzt, säße ich heute nicht hier.«

Cooper beobachtete ihn. Seine braunen tiefliegenden Augen blickten hart und verächtlich, die Lippen waren zu einem spöttischen Lächeln verzogen. In Kuala Solor hatte er allerhand über Mr. Warburton gehört. Er sei kein übler Mensch und verwalte seinen Distrikt so penibel wie ein Uhrwerk; aber Himmel, was für ein Snob! Sie schmunzelten und lachten gutmütig über ihn, denn es war unmöglich, diesen großzügigen und liebenswürdigen Mann nicht zu mögen. Man hatte Cooper schon die Geschichte vom Prince of Wales und vom Bakkaratspiel erzählt, aber Cooper hörte ohne Nachsicht zu. Von Anfang an war ihm die ganze Art des Residenten zuwider gewesen. Cooper war verletzlich und wand sich unter Mr. Warburtons höflichem Sarkasmus. Dieser besaß ein besonderes Geschick, Bemerkungen, die er mißbilligte, mit verletzender Ruhe zur Kenntnis zu nehmen. Cooper hatte nur kurze Zeit in England gelebt und empfand eine eigentümliche Abneigung gegen die Engländer. Ganz speziell verabscheute er die exklusiven Internatsschüler, vor deren gönnerhaftem Verhalten er sich immer gefürchtet hatte. Die Herablassung anderer jagte ihm große Angst ein. Um ihnen zuvorzukommen, übertrumpfte er sie, indem er eine noch arrogantere Miene aufsetzte, damit alle glauben sollten, er sei unerträglich eingebildet.

»Auf alle Fälle hat der Krieg für uns sein Gutes gehabt«, sagte er zum Schluß. »Er hat die Herrschaft der Aristokratie vernichtet. Der Burenkrieg hat sie angeknackst und der Weltkrieg beendet.«

»Die großen Familien von England sind dem Untergang geweiht«, sagte Mr. Warburton mit der nachdenklichen Melancholie eines *émigré*, der sich an den Hof Louis' XV. erinnert. »Sie können es sich nicht länger leisten, in ihren prächtigen Schlössern zu leben, und ihre fürstliche Gastlichkeit wird bald nur noch Erinnerung sein.«

»Nach meiner Meinung das Beste, was passieren konnte.«

»Mein lieber Cooper, was wissen Sie schon von der Herrlichkeit Griechenlands und der Größe Roms?«

Mr. Warburton machte eine weitläufige Geste. Seine Augen versanken für einen Moment träumerisch in der Erinnerung an die Vergangenheit.

»Na, glauben Sie mir, wir haben alle die Nase voll von diesem Quatsch. Was wir wollen, ist eine tüchtige Regierung und tüchtige Männer. Ich wurde in einer Kronkolonie geboren und hab mein Leben in den Kolonien verbracht. Ich gebe keinen Pfifferling für einen Lord. Der Hauptfehler der Engländer ist ihr Snobismus. Und wenn es etwas gibt, was mich auf die Palme bringt, ist es ein Snob.«

Ein Snob! Mr. Warburtons Gesicht färbte sich purpurrot, und seine Augen funkelten vor Wut. Das Wort verfolgte ihn sein ganzes Leben. Die vornehmen Damen, deren Gesellschaft er sich in seiner Jugend erfreut hatte, waren nicht geneigt, seine Wertschätzung für sie zu verachten oder als unwürdig zu empfinden. Doch auch vornehme Damen verloren manchmal ihre Nerven, und mehr als einmal war Mr. Warburton das schreckliche Wort ins Gesicht geschleudert worden. Er wußte, daß es einige abscheuliche Leute gab, die ihn einen Snob nannten. Wie ungerecht das war! Es gab für ihn keine verabscheuungswürdigere Untugend als Snobismus. Niemand konnte ihm verübeln, daß er mit Leuten seines Standes verkehrte, sich in ihrer Gesellschaft wohl fühlte. Warum, in Gottes Namen, konnte man das snobistisch nennen nennen?

»Ich bin ganz Ihrer Meinung«, antwortete er. »Ein Snob ist ein Mensch, der andere bewundert oder verachtet, weil diese gesellschaftlich über ihm stehen. Das ist die vulgäre Schwäche unserer englischen Spießbürger.«

Er bemerkte ein belustigtes Funkeln in Coopers Augen. Cooper hob seine Hand zum Mund, um ein breites Grinsen zu verbergen, was er dadurch noch auffälliger machte. Mr. Warburtons Hände zitterten ein wenig.

Wahrscheinlich erkannte Cooper nicht, wie sehr er seinen Chef beleidigt hatte. Selbst ein empfindlicher Mensch, war er merkwürdig unsensibel gegenüber den Gefühlen anderer.

Ihre Arbeit zwang sie, sich tagsüber ein paar Minuten zu sehen. Um sechs trafen sie sich zu einem Glas auf Mr. Warburtons Veranda. Das war eine Sitte des Landes, und Mr. Warburton mochte sie um keinen Preis aufgeben. Doch ihre Mahlzeiten nahmen sie getrennt ein; Cooper in seinem Bungalow und Mr. Warburton in der Residenz. Nach der Büroarbeit unternahmen sie Spaziergänge, bis die Dämmerung hereinbrach – aber jeder für sich. Es gab nicht viele Wege innerhalb der Ansiedlung, die vom Sumpfdickicht des Dschungels umschlossen war. Wenn Mr. Warburton seinen Assistenten mit schlaksigen Schritten daherkommen sah, machte er einen Umweg, um ihm nicht zu begegnen. Cooper mit seinen schlechten Manieren, seiner Intoleranz und seinem Dünkel, hatte begonnen, ihm ernsthaft auf die Nerven zu gehen; aber erst als Cooper etwa zwei Monate auf dem Fort war, trat der Vorfall ein, der des Residenten Abneigung in bitteren Haß verwandelte.

Mr. Warburton mußte eine Inspektionsreise ins Landesinnere unternehmen und ließ die Station vertrauensvoll in Coopers Obhut zurück, dessen Tüchtigkeit er erkannt hatte. Das einzige, was ihm nicht gefiel, war seine Unduldsamkeit. Er war ehrlich, genau und arbeitsam, hatte aber kein Mitleid mit den Eingeborenen. Amüsiert und erbittert sah Mr. Warburton, wie dieser Mensch, der sich jedem anderen Menschen gleich dünkte, so viele als unter ihm stehend behandelte. Er war hart und hatte kein Verständnis für die Mentalität der Eingeborenen; und er war ein Schikanierer. Mr. Warburton merkte bald, daß die Malaien ihn nicht mochten und ihn fürchteten. Das kam ihm nicht ungelegen, denn es hätte ihn nicht besonders erfreut, wenn sich dieser Assistent einer Popularität erfreut hätte, die mit seiner eigenen rivalisierte. Mr. Warburton traf sorgfältige Vorbereitungen für die Expedition, reiste ab und kehrte nach drei Wochen zurück. In der Zwischenzeit war die Post eingetroffen. Das erste, was ihm in die Augen stach, als er sich in den Salon begab, war ein Stapel auseinandergerissener Zeitungen. Cooper hatte ihn abgeholt, und sie gingen zusammen hinein. Mr. Warburton wandte sich an einen daheim gebliebenen Diener und fragte streng, was es mit diesen offenen Zeitungen auf sich habe. Cooper beeilte sich zu erklären: »Ich wollte die Geschichte vom Wolverhampton-Mörder lesen, und darum hab ich mir Ihre *Times* ausgeliehen und wieder zurückgebracht. Ich wußte, Sie würden nichts dagegen haben.«

Mr. Warburton fuhr herum, bleich vor Wut: »Aber ich *habe* was dagegen. Ich habe *sehr viel* dagegen.«

»Entschuldigung«, sagte Cooper gelassen. »Ich konnte einfach nicht so lange warten, bis Sie zurück waren.«

»Ich wundere mich, daß Sie nicht auch meine Briefe geöffnet haben.«

Cooper grinste unbewegt über die Erbitterung seines Chefs.

»Oh, das ist nicht ganz dasselbe. Schließlich kann ich ja nicht ahnen, daß Sie was dagegen haben, wenn man Ihre Zeitungen anschaut. Ist doch nichts Privates drin.«

»Ich habe sehr wohl etwas dagegen, wenn jemand meine Zeitungen vor mir liest.«

Er ging zu dem Stoß. Es waren ungefähr dreißig Nummern.

»Ich finde das außerordentlich unverschämt von Ihnen. Sie sind alle durcheinander.«

»Wir können das leicht in Ordnung bringen«, sagte Cooper und trat zu ihm an den Tisch.

»Rühren Sie sie nicht an!« schrie Mr. Warburton.

»Das ist doch kindisch, eine derartige Szene wegen so einer Lappalie zu machen.«

»Was erlauben Sie sich, so mit mir zu sprechen?«

»Fahren Sie doch zur Hölle«, sagte Cooper und marschierte aus dem Zimmer.

Mr. Warburton, zitternd vor Erregung, blieb allein zurück und sah die Zeitungen an. Das größte Vergnügen seines Lebens war zerstört durch diese gefühllosen, brutalen Hände.

Die meisten in abgelegener Gegend wohnenden Menschen reißen die neuangekommene Post sofort auf und überfliegen ungeduldig die letzten Zeitungsneuigkeiten. Nicht so Mr. Warburton. Sein Zeitungshändler hatte Instruktion, jede Nummer, die er versandte, auf dem Streifband zu datieren. Wenn das Bündel dann ankam, schaute Mr. Warburton auf dieses Datum und numerierte danach jede Ausgabe mit Bleistift. Sein Erster Boy hatte Weisung, jeden Morgen eine Zeitung neben dem Morgentee auf den

Tisch der Veranda zu legen; und es bereitete Mr. Warburton besonderes Vergnügen, das Streifband zu lösen und, während er an seinem Tee nippte, die Morgenzeitung zu lesen. Das gab ihm die Illusion, zu Hause zu sein. Jeden Montagmorgen las er die Montag-*Times* von sechs Wochen vorher – und so fuhr er die Woche fort. Sonntags las er den *Observer*. Wie die Gewohnheit, sich zum Dinner umzukleiden, betrachtete er auch das als eine Verbindung zur Zivilisation. Es war sein Stolz, daß er – wie aufregend die Neuigkeiten sein mochten – niemals der Verlockung nachgegeben hatte, die Zeitung vor der zugemessenen Zeit zu öffnen. Während des Krieges war die Spannung manchmal unerträglich gewesen, und als er eines Tages vom Beginn einer Offensive las, erlebte er peinvolle Ungewißheit, vor der er sich hätte retten können, indem er die neueste Ausgabe, die ja bereitlag, geöffnet hätte. Das war die heftigste Anfechtung, der er sich jemals ausgesetzt sah. Doch überwand er sie siegreich. Und da kam nun dieser tölpelhafte Kerl und brach alle die ordentlichen, straffen Bündel auf, weil er wissen wollte, ob irgendein greuliches Weib ihren abscheulichen Mann umgebracht hatte.

Mr. Warburton rief seinen Boy und befahl ihm, Streifbänder zu bringen. Er faltete die Zeitungen, so sorgfältig er konnte, zusammen, legte das Streifband darum und numerierte sie. Aber es war eine trübsinnige Arbeit.

»Das werde ich ihm nie verzeihen«, sprach er. »Niemals.«

Selbstverständlich hatte ihn sein Erster Boy auf der Expedition begleitet. Er reiste niemals ohne ihn, denn kein anderer wußte so genau, wie alles zu ordnen war, und Warburton zählte nicht zu Dschungelreisenden, die auf Komfort verzichten mochten. Nach ihrer Rückkehr war der Boy zum

Schwatzen in die Bedienstetenräume geeilt. Dort erfuhr er, daß Cooper Scherereien mit seinen Dienern gehabt hatte. Alle, außer dem jungen Abas, hatten ihn verlassen. Abas wollte ebenfalls seinen Dienst quittieren; aber da er auf Geheiß des Residenten eingestellt worden war, scheute er sich, ohne Erlaubnis seines Onkels wegzulaufen.

»Ich sagte ihm, er hat recht gehandelt, Tuan«, erzählte der Erste Boy, »aber er ist unglücklich. Er sagt, es ist kein gutes Haus, und er möchte wissen, ob er wie die anderen gehen darf.«

»Nein, er muß bleiben. Der Tuan braucht Diener. Sind andere gekommen für die, die gegangen sind?«

»Nein, Tuan, niemand will dorthin.«

Mr. Warburton runzelte die Stirn. Cooper war ein impertinenter Bursche, aber er bekleidete eine offizielle Position und mußte angemessen mit Dienern versorgt sein. Es wäre nicht schicklich, wenn sein Haus unzulänglich geführt würde.

»Wo sind die weggelaufenen Boys?«

»Im Kampong, Tuan.«

»Besuch sie heute abend, und sage ihnen, ich erwarte, daß sie morgen bei Tagesanbruch in Tuan Coopers Haus zurück sind.«

»Sie sagen, sie wollen nicht, Tuan.«

»Nicht auf meinen Befehl hin?«

Der Boy war nun schon seit fünfzehn Jahren bei Mr. Warburton und kannte jeden Tonfall der Stimme seines Herrn. Nicht, daß er ihn fürchtete, sie hatten schon viel zusammen erlebt. Einmal, im Dschungel, hatte ihm der Resident das Leben gerettet, und ein andermal waren sie in einer Stromschnelle gekentert, wo der Resident ertrunken wäre, wenn nicht der Boy gewesen wäre. Er wußte genau, wann er dem Residenten widerspruchslos gehorchen mußte.

»Ich werde ins Kampong gehen«, sagte er.

Mr. Warburton erwartete, daß sein Untergebener die erste Gelegenheit benutzen würde, um sich für sein ungebührliches Betragen zu entschuldigen. Aber Cooper besaß das Unvermögen des schlechterzogenen Menschen, eine Entschuldigung auszudrücken. Als sie sich am nächsten Morgen im Büro trafen, erwähnte er den Zwischenfall mit keinem Wort. Nach Mr. Warburtons dreiwöchiger Abwesenheit war eine längere Besprechung notwendig. Danach entließ ihn Mr. Warburton.

»Ich glaube, das ist alles. Ich danke Ihnen.«

Cooper wandte sich zum Gehen, als Mr. Warburton ihn anhielt.

»Ich hörte, Sie hatten Ärger mit Ihren Dienern?«

Cooper stieß ein hartes Lachen aus.

»Sie versuchten mich zu erpressen, dann hatten sie die Unverschämtheit, wegzulaufen. Alle, außer diesem unfähigen Abas, der weiß, wo er sein Futter hat. Aber ich hab nicht nachgegeben. Gestern kamen sie alle wieder angekrochen.«

»Wie meinen Sie das?«

»Heute morgen waren sie allesamt wieder an ihren Plätzen. Der Chinesenkoch und alle. Unverfroren standen sie da, als ob das Haus ihnen gehörte. Wahrscheinlich haben sie gemerkt, daß ich nicht so blöd bin, wie ich aussehe.«

»Mitnichten. Sie sind auf meinen ausdrücklichen Befehl zurückgekehrt.«

Leichte Röte stieg in Coopers Gesicht.

»Ich wäre Ihnen verbunden, wenn Sie sich nicht in meine Privatangelegenheiten mischen würden.«

»Das sind leider nicht Ihre Privatangelegenheiten. Wenn Ihre Diener weglaufen, machen Sie sich lächerlich. Es sei Ihnen freigestellt, einen Narren aus sich zu machen, aber ich kann nicht dulden, daß man Sie als solchen behandelt. Es ist Ihrer Position nicht angemessen, wenn Ihr Haus nicht anständig mit Personal versehen ist. Sobald ich erfuhr, daß Ihre Boys Sie verlassen hatten, ließ ich ausrichten, sie hätten bei Tagesanbruch wieder ihre Plätze einzunehmen. Das ist alles.«

Mr. Warburton nickte, um zu bedeuten, daß die Besprechung beendet sei. Cooper reagierte nicht darauf.

»Soll ich Ihnen sagen, was ich getan habe? Ich hab diesem ganzen verdammten Pack den Laufpaß gegeben und zehn Minuten, um zu verschwinden.«

Mr. Warburton zuckte die Achseln.

»Was gibt Ihnen die Hoffnung, neue zu bekommen?«

»Ich habe meinem Schreiber befohlen, für neue Boys zu sorgen.«

Mr. Warburton überlegte einen Moment.

»Ich glaube, Sie verhalten sich nicht sehr klug. Sie würden in Zukunft gut daran tun, sich zu überlegen, daß gute Herren mit guten Dienern belohnt werden.«

»Haben Sie sonst noch eine Belehrung für mich?«

»Ich würde Ihnen gern Manieren beibringen, aber das wäre wohl etwas mühsam, und ich habe keine Zeit zu vergeuden. Ich werde dafür sorgen, daß Sie Diener bekommen.«

»Bitte, bemühen Sie sich nicht. Ich bin sehr gut in der Lage, mir selber welche zu beschaffen.«

Mr. Warburton lächelte eisig. Er ahnte, daß Cooper ihn ebensowenig leiden konnte wie er ihn; und er wußte, daß nichts kränkender ist, als Gefälligkeiten von jemandem anzunehmen, den man verabscheut.

»Darf ich Sie darauf aufmerksam machen, daß Ihre Aussichten, malaiische oder chinesische Bedienstete zu bekommen, so gering sind wie die, einen englischen Butler oder französischen Küchenchef zu finden? Keiner wird zu Ihnen kommen, es sei denn auf meinen ausdrücklichen Befehl. Gestatten Sie mir, ihn zu erteilen?«

»Nein.«

»Wie Sie wünschen. Guten Morgen.«

Mr. Warburton verfolgte die Entwicklung der Situation mit beißendem Humor. Coopers Schreiber war nicht in der Lage, Malaien, Dayak oder Chinesen zu bewegen, das Haus eines solchen Herrn zu betreten. Abas, der ergeben zurückgeblieben war, kannte nur einheimische Gerichte, vor denen Cooper, der ein kräftiger Esser war, sich ekelte, weil ihm der ständige Reis zum Hals raushing. Er hatte keinen Wasserträger, dabei benötigte er in der großen Hitze mehrere Duschen täglich. Er verwünschte Abas, der ihm trotzigen Widerstand leistete und nicht mehr tat, als unbedingt nötig war. Es war bitter, zu wissen, daß er nur blieb, weil der Resident darauf bestanden hatte. Das ging vierzehn Tage so; dann fand er eines Morgens alle Diener, die er voreilig entlassen hatte, in seinem Haus wieder vor. Helle Wut packte ihn, doch war er etwas vernünftiger geworden und ließ sie gewähren, ohne ein Wort zu sagen. Er schluckte die Demütigung hinunter, aber die ungeduldige Verachtung, mit der er die Eigenarten des Residenten ertragen hatte, verwandelte sich in finsteren Haß: der Resident hatte ihn mit diesem boshaften Streich zum Gegenstand des Gelächters bei allen Eingeborenen gemacht.

Die beiden Männer unterhielten nun keinerlei Beziehungen mehr. Sie brachen mit dem altehrwürdigen Brauch, sich trotz aller persönlicher Abneigungen zum Sechs-Uhr-Drink zu treffen, wenn zufällig ein Weißer zu Besuch war. Jeder lebte für sich in seinem eigenen Haus, als ob der andere nicht existierte. Jetzt, wo Cooper eingearbeitet war, hatten sie auch im Büro nur wenig miteinander zu tun. Mr. Warburton benutzte den Dienstweg, wenn es etwas mitzuteilen gab, und sandte seine Instruktionen durch formelle Briefe. Sie sahen sich ständig, das war unvermeidlich, wechselten aber in einer Woche kein halbes Dutzend Wörter. Daß sie sich nicht wirklich aus dem Weg gehen konnten, zehrte an ihren Nerven. Sie brüteten über ihrer Feindschaft, und Mr. Warburton vermochte auf seinen täglichen Spaziergängen an nichts anderes zu denken, als wie sehr er seinen Assistenten verabscheute.

Das Schreckliche war, daß es aller Wahrscheinlichkeit nach so weitergehen würde, bis Mr. Warburton in Urlaub fuhr. Das konnte noch drei Jahre dauern. Er hatte keinen triftigen Grund, eine Beschwerde an die Verwaltungsbehörde zu richten: Cooper tat seine Arbeit sehr korrekt, und in dieser Zeit waren Männer knapp. Von den Eingeborenen erreichten ihn zaghafte Beschwerden, die ihm andeuteten, daß sie Cooper hart fanden. Ganz sicher gab es ein Gefühl von Unzufriedenheit unter ihnen. Aber wenn Mr. Warburton einzelne Fälle näher untersuchte, konnte er nur sagen, daß Cooper Härte zeigte, wo Milde angebracht gewesen wäre, daß er gefühllos handelte, wo er selbst Verständnis gehabt hätte. Doch tat er nichts, wofür man ihn hätte zur Rechenschaft ziehen können. Mr. Warburton beobachtete ihn. Haß macht die Menschen oft klarsichtig. Er hegte den Verdacht, daß Cooper die Eingeborenen ohne Rücksicht ausnutzte, sich aber innerhalb gesetzlicher Grenzen hielt, denn er spürte, daß er damit seinen Chef reizen konnte; doch eines Tages würde er vielleicht zu weit gehen. Keiner wußte besser als Mr. Warburton, wie reizbar die unaufhörliche Hitze einen Menschen machen kann und wie schwer es ist, nach einer schlaflosen Nacht die Selbstbeherrschung zu bewahren. Er lächelte leise vor sich hin. Früher oder später würde Cooper einen Fehler machen.

Als dann schließlich der Zeitpunkt kam, lachte Mr. Warburton laut. Cooper hatte die Aufsicht über die Strafgefangenen. Diese legten Straßen an, zimmerten Lagerbaracken, ruderten, wenn nötig, flußab- oder aufwärts, hielten den Ort sauber oder machten sich sonst nützlich. Bei guter Führung konnte man sie sogar als Hausdiener einsetzen. Cooper sah ihnen scharf auf die Finger. Er liebte es, sie schuften zu sehen. Es machte ihm Vergnügen, sich mühselige Arbeiten auszudenken, und er sah sofort, wenn sie sie schlecht erledigten – denn sie begriffen rasch, daß er ihnen sinnlose Arbeiten aufbürdete. Dann bestrafte er sie durch Verlängerung der Arbeitszeit. Das lief den Bestimmungen zuwider. Sobald Mr. Warburton davon erfuhr, befahl er, ohne Rücksprache mit seinem Untergebenen, die Einhaltung der alten Arbeitszeit. Auf seinem Spaziergang sah Cooper verblüfft die Gefangenen zurück zum Gefängnis ziehen. Er hatte befohlen, daß sie nicht vor Einbruch der Dunkelheit aufhören dürften.

Als er den diensthabenden Aufseher fragte, warum sie ihre Arbeit verlassen hätten, wurde ihm gesagt, das sei auf Anordnung des Residenten geschehen. Blaß vor Wut rannte er zum Fort. Mr. Warburton, in makellos weißen Leinenhosen und mit elegantem Tropenhelm, den Spazierstock in der Hand, war im Begriff, mit seinem Hund zum Nachmittagsbummel aufzubrechen. Er hatte Cooper weggehen sehen und wußte, daß er den Weg zum Fluß eingeschlagen hatte. Cooper sprang die Treppen hoch und lief schnurstracks zum Residenten.

»Ich möchte wissen, warum zum Teufel Sie meine Befehle umstoßen. Die Sträflinge haben bis sechs zu arbeiten«, brach er aus, außer sich vor Wut.

Mr. Warburtons kalte blaue Augen weiteten sich und nahmen einen Ausdruck größter Überraschung an.

»Haben Sie den Verstand verloren? Sind Sie so ungebildet, daß Sie nicht wissen, wie Sie zu Ihrem offiziellen Vorgesetzten zu sprechen haben?«

»Fahren Sie doch zur Hölle! Die Sträflinge sind meine Sache, und Sie haben kein Recht, sich einzumischen. Scheren Sie sich um Ihren Kram und ich um meinen. Was denken Sie sich dabei, zum Teufel, einen verdammten Narren aus mir zu machen? Jeder weiß hier inzwischen, daß Sie meine Befehle umstoßen.«

Mr. Warburton blieb kühl.

»Sie hatten gar keine Befugnis, derartige Befehle zu erteilen. Ich habe sie umgestoßen, weil sie grausam und tyrannisch waren. Glauben Sie mir, ich habe nicht halb so einen verdammten Narren aus Ihnen gemacht wie Sie aus sich selbst.«

»Sie haben mich von Anfang an nicht leiden können. Vom

ersten Tag an. Weil ich nicht vor Ihnen gekrochen bin, haben Sie alles getan, um meine Stellung hier unerträglich zu machen. Sie haben mir Steine in den Weg gelegt, wo Sie nur konnten – weil ich nicht um Sie herumscharwenzelt bin.«

Cooper schnaubte vor Wut; er näherte sich einem gefährlichen Abgrund. Mr. Warburtons Augen wurden plötzlich noch kälter und durchdringender.

»Sie irren sich. Ich hielt Sie zwar für einen Proleten, aber ich war durchaus zufrieden mit der Arbeit, die Sie leisteten.«

»Sie Snob! Sie verdammter Vornehmtuer! Sie halten mich für einen Proleten, weil ich nicht in Eton war. Ha, man hat mir in Kuala Solor schon erzählt, was ich zu erwarten hätte. Ja, wissen Sie nicht, daß Sie im ganzen Land Gegenstand des Gelächters sind? Ich konnte kaum an mich halten, um nicht loszuprusten, als Sie Ihre berühmte Geschichte vom Prince of Wales zum besten gaben. Lieber Himmel, wie haben sie im Klub gebrüllt, als sie mir das erzählten. Da bin ich lieber der Prolet, für den Sie mich halten, als so ein Snob wie Sie.«

Das traf.

»Wenn Sie nicht sofort mein Haus verlassen, schlage ich zu«, schrie Mr. Warburton außer sich.

Cooper trat noch dichter heran und starrte ihm ins Gesicht.

»Rühren Sie mich an, rühren Sie mich nur an«, sagte er. »Bei Gott, das möcht ich sehen, wie Sie mich schlagen. Soll ich es noch mal sagen? Snob! Snob!«

Cooper war ein gutes Stück größer als Mr. Warburton und ein kräftiger, muskulöser junger Bursche. Mr. Warburton war beleibt und vierundfünfzig. Seine geballte Faust schoß hervor. Cooper fing den Arm ab und stieß ihn zurück.

»Machen Sie keine Dummheiten. Bedenken Sie, ich bin kein Gentleman und weiß meine Fäuste zu gebrauchen.«

Er zischte verächtlich, und über das ganze blasse, scharfe Gesicht grinsend, sprang er die Stufen der Veranda hinab. Mr. Warburton sank erschöpft in einen Stuhl. Sein Herz schlug ihm bis zum Hals. Sein Körper prickelte, als ob er Hitzblattern hätte. Einen schrecklichen Augenblick lang dachte er, er würde in Tränen ausbrechen. Aber plötzlich wurde ihm bewußt, daß der Erste Boy auf der Veranda stand, und instinktiv gewann er seine Beherrschung wieder. Der Boy trat zu ihm und schenkte ihm ein Glas Whisky Soda ein. Mr. Warburton nahm es wortlos und trank es in einem Zug.

»Wolltest du mir etwas sagen?« fragte Mr. Warburton und versuchte krampfhaft, seine verzerrten Lippen zu einem Lächeln zu zwingen.

»Tuan, der Tuan Assistent ist ein schlechter Mensch. Abas bittet wieder, ihn verlassen zu dürfen.«

»Er soll noch etwas warten. Ich werde nach Kuala Solor schreiben und bitten, daß Tuan Cooper versetzt wird.«

»Tuan Cooper ist nicht gut zu den Malaien.«

»Laß mich jetzt in Ruhe.«

Der Boy zog sich leise zurück. Mr. Warburton war mit seinen Gedanken allein gelassen. Er sah den Klub in Kuala Solor vor sich, die Männer in weißen Tenniskleidern rund um den Tisch versammelt, wenn die Nacht sie von den Golf- und Tennisplätzen hereingetrieben hatte. Er sah sie bei Whisky und Gin, lachend, wie sie sich die berühmte Geschichte von ihm und dem Prince of Wales in Marienbad erzählten. Ihm war elend vor Scham und Schmerz. Ein Snob! Sie alle hielten ihn für einen Snob, während er sie immer für anständige Kerle gehalten hatte. Er war immer Gentleman genug, um sie nicht merken zu lassen, daß sie gesellschaftlich zweiter Garnitur waren. Nun haßte er sie. Aber sein Haß gegen sie war nichts im Vergleich zu seinem Haß gegen Cooper. Wenn es zu Tätlichkeiten gekommen wäre, hätte Cooper ihn zusammengeschlagen. Tränen der Erniedrigung rannen über sein rotes, gedunsenes Gesicht. Mehrere Stunden saß er da, rauchte eine Zigarette nach der anderen und wünschte, er wäre tot.

Schließlich kam sein Boy zurück und fragte ihn, ob er sich zum Dinner umkleiden wolle. Natürlich! Er kleidete sich stets zum Dinner um. Müde erhob er sich von seinem Sessel, legte gestärktes Hemd und steifen Kragen an und begab sich zur hübsch angerichteten Tafel, wo ihn wie üblich zwei Boys bedienten, während zwei andere große Fächer schwangen. Drüben im Bungalow, zweihundert Meter entfernt, aß Cooper sein schlechtes Essen, nur mit Sarong und kurzer Jacke bekleidet. Seine Füße waren nackt, und wahrscheinlich las er während des Essens einen Kriminalroman. Nach dem Dinner setzte sich Mr. Warburton hin, um einen Brief zu schreiben. Der Sultan war nicht da, aber er schrieb privat und vertraulich an seinen Stellvertreter. Cooper verrichte seine Arbeit gut, schrieb er, doch komme er leider nicht mit ihm zu Rande. Sie gingen einander schrecklich auf die Nerven, und er würde es als großen Gefallen betrachten, wenn Cooper versetzt werden könnte.

Am nächsten Morgen sandte er den Brief per Eilkurier ab. Die Antwort kam vierzehn Tage später mit der Monatspost. Es war ein Privatbrief.

Mein lieber Warburton,
ich möchte Ihren Brief nicht offiziell beantworten und schicke Ihnen deshalb einige persönliche Zeilen. Natürlich werde ich, wenn Sie darauf bestehen, die Angelegenheit dem Sultan unterbreiten, aber ich glaube, es wäre klüger, wenn Sie es so beließen. Ich weiß, daß Cooper ein ungeschliffener Diamant ist, aber er ist tüchtig und verbrachte eine schlimme Zeit im Krieg, so daß ich meine, man sollte ihm jede Chance geben. Ich glaube, Sie sind ein wenig geneigt, der sozialen Stellung eines Menschen eine zu große Bedeutung beizumessen. Sie dürfen jedoch nicht vergessen, daß sich die Zeiten geändert haben. Natürlich ist es eine gute Sache für einen Mann, auch ein Gentleman zu sein; aber wichtiger sind jetzt fähige und tüchtige Arbeiter. Ich glaube, wenn Sie ein wenig Nachsicht üben, werden Sie gut mit Cooper auskommen.

Ihr sehr ergebener
Richard Temple

Der Brief entglitt Mr. Warburtons Hand. Es war leicht, zwischen den Zeilen zu lesen. Dick Temple, den er seit zwanzig Jahren kannte, Dick Temple, der aus einer guten alten Landadelfamilie stammte, hielt ihn für einen Snob, und deshalb hatte er kein Verständnis für seine Bitte. Mr. Warburton fühlte sich plötzlich vom Leben entmutigt. Die Welt, von der er ein Teil gewesen war, bestand nicht mehr, und die Zukunft gehörte einer Durchschnittsgeneration. Cooper repräsentierte sie, und den haßte er aus ganzem Herzen. Er streckte die Hand aus, um sein Glas zu füllen, und bei dieser Bewegung trat sein Erster Boy hinzu.

»Ich wußte nicht, daß du da bist.«

Der Junge hob den Brief auf. Aha, darum wartete er.

»Geht Tuan Cooper, Tuan?«

»Nein.«

»Es wird ein Unglück geben.«

Bei seiner Müdigkeit blieben diese Worte einen Augenblick lang ohne Sinn. Dann plötzlich richtete er sich auf und schaute seinen Diener aufmerksam an.

»Wie meinst du das?«

»Tuan Cooper behandelt Abas nicht gut.«

Mr. Warburton zuckte die Achseln. Wie konnte ein Mann wie Cooper wissen, wie man Diener behandelt? Mr. Warburton kannte den Typ: einmal plump vertraulich und dann wieder grob und rücksichtslos.

»Laß Abas zu seiner Familie zurückgehen.«

»Tuan Cooper zahlt ihm keinen Lohn, so daß er nicht fortkann. Seit drei Monaten hat er ihn nicht bezahlt. Ich riet ihm, geduldig zu sein, aber er hört auf kein Zureden. Wenn der Tuan ihn weiterhin schlecht behandelt, wird es ein Unglück geben.«

»Gut, daß du mir das gesagt hast.«

Dieser Dummkopf! Kannte er die Malaien so schlecht, daß er meinte, sie ungestraft mißhandeln zu können? Es geschähe ihm verdammt recht, eines Tages einen Kris im Rükken zu haben. Ein Kris. Mr. Warburtons Herz setzte einen Schlag lang aus. Er brauchte nur den Dingen ihren Lauf zu lassen, und eines schönen Tages würde er befreit sein von Cooper. Er lächelte leise, als dieser Gedanke in ihm aufblitzte. Jetzt schlug sein Herz schneller. Er sah den verhaßten Menschen auf einem Dschungelpfad liegen; das Gesicht zum Boden und einen Dolch im Rücken. Das verdiente Ende für den Lumpen und Tyrannen. Mr. Warburton seufzte. Es war seine Pflicht, ihn zu warnen, und natürlich mußte er das tun. Er schrieb Cooper ein paar kurze formelle Zeilen und bat ihn, sofort zum Fort zu kommen.

Zehn Minuten später stand Cooper vor ihm. Sie hatten nicht miteinander gesprochen seit dem Tag, an dem Mr. Warburton ihn beinahe geschlagen hätte. Er forderte ihn nicht auf, Platz zu nehmen.

»Sie wünschten mich zu sehen?« fragte Cooper.

Er sah unordentlich und nicht gerade sauber aus. Gesicht und Hände waren mit kleinen roten Flecken bedeckt, wo ihn Moskitos gestochen und er sich gekratzt hatte, bis das Blut kam. Sein langes dünnes Gesicht hatte einen trotzigen Ausdruck.

»Ich hörte, Sie haben erneut Schwierigkeiten mit Ihrem Personal. Abas, der Neffe meines Ersten Boys, beklagt sich, weil Sie ihm schon seit drei Monaten den Lohn vorenthalten. Ich betrachte das als ein höchst despotisches Vorgehen. Der Bursche möchte weg von Ihnen, und ich kann ihm das gewiß nicht verdenken. Ich muß darauf bestehen, daß Sie bezahlen, was Sie ihm schuldig sind.«

»Ich will nicht, daß er davonläuft, und halte seinen Lohn als Pfand für anständiges Betragen zurück.«

»Sie kennen den Charakter der Malaien nicht. Die Malaien reagieren sehr empfindlich auf Ungerechtigkeiten und Beleidigungen. Sie sind leidenschaftlich und rachsüchtig. Es ist meine Pflicht, Sie zu warnen. Wenn Sie den Jungen zum Äußersten treiben, setzen Sie sich großer Gefahr aus.«

Cooper kicherte verächtlich.

»Was, glauben Sie, wird er tun?«

»Ich glaube, er wird Sie umbringen.«

»Hätten Sie was dagegen?«

»Oh, das nicht«, antwortete Mr. Warburton mit schwachem Lächeln. »Ich würde es mit Fassung zu tragen versuchen. Aber ich halte es für meine Pflicht, Sie ausdrücklich zu warnen.«

»Glauben Sie, ich fürchte mich vor einem verdammten Nigger?«

»Das ist mir völlig gleichgültig.«

»Gut, dann lassen Sie sich sagen, daß ich schon auf mich aufpassen werde. Dieser Bursche Abas ist ein dreckiger diebischer Schuft, und wenn er irgendwelche dummen Streiche an mir versucht, bei Gott, dann dreh ich ihm seinen verfluchten Hals um.«

»Das war alles, was ich Ihnen sagen wollte«, sagte Mr. Warburton. »Guten Abend.«

Mr. Warburton nickte verabschiedend. Cooper wurde rot und wußte einen Augenblick lang nicht, was er sagen oder tun sollte, dann drehte er sich auf dem Absatz um und stolperte hinaus. Mr. Warburton beobachtete ihn mit einem eisigen Lächeln auf den Lippen. Er hatte seine Pflicht getan. Aber was hätte er wohl gedacht, wenn er gewußt hätte, wie Cooper, zu seinem Bungalow zurückgekehrt, so still und verlassen, sich auf das Bett warf und in seiner bitteren Einsamkeit plötzlich die Beherrschung verlor, wie schmerzendes Schluchzen sich seiner Brust entrang und schwere Tränen seine hageren Wangen hinabrannen?

Danach sah Mr. Warburton Cooper nur noch selten und sprach nicht mehr mit ihm. Jeden Morgen las er seine *Times*, erledigte seine Arbeit im Büro, unternahm seine gewohnten Spaziergänge, kleidete sich zum Dinner um, speiste und ging hinab zum Fluß, um seine Zigarre zu rauchen. Wenn der Zufall es wollte, daß sich ihre Wege kreuzten, schnitt er ihn. Obgleich keiner einen Augenblick die Nähe des andern vergaß, tat jeder so, als sei der andere nicht vorhanden. Die Zeit besänftigte ihren Haß. Sie beobachteten einander, und jeder wußte, was der andere tat. Mr. Warburton war in seiner Jugend ein passionierter Jäger gewesen, doch mit den Jahren faßte er eine Abneigung gegen das Töten der wilden Tiere im Dschungel. Cooper jedoch lief alle Sonn- und Feiertage mit seinem Gewehr in den Urwald. Wenn er etwas erlegte, bedeutete das einen Triumph über Mr. Warburton; wenn nicht, so zuckte Mr. Warburton die Achseln und kicherte. Diese Ladenschwengel wollen Waidmänner sein! Weihnachten war für beide eine schlimme Zeit. Sie aßen ihr Festmahl allein, jeder in seinem Haus, und betranken sich ausgiebig. Sie waren die einzigen Weißen im Umkreis von zweihundert Meilen und lebten in Rufweite voneinander. Zu Jahresbeginn befiel Cooper ein Fieber. Als Mr. Warburton ihn wieder zu Gesicht bekam, war er überrascht zu sehen, wie abgemagert Cooper war. Er sah krank und erschöpft aus. Die Einsamkeit – um so unnatürlicher, weil durch keine Notwendigkeit bedingt – zehrte an seinen Nerven. Auch Mr. Warburton war nervös und konnte oft nachts nicht schlafen. Dann lag er wach und brütete. Cooper trank viel, und zweifellos war der Punkt näher gerückt, an dem es zur Explosion kommen würde. Bei seinem Umgang mit den Eingeborenen trug er Sorge, nichts zu tun, was ihm einen Verweis seines Chefs eintragen konnte. Sie fochten einen grimmigen lautlosen Kampf aus. Es war eine Zerreißprobe. Die Monate vergingen, doch keiner zeigte Ermüdungserscheinungen. Sie waren wie Wesen, die in Regionen immerwährender Nacht weilten; ihre Seelen niedergedrückt von dem Wissen, daß für sie niemals mehr der Tag anbrechen würde. Es sah so aus, als müßten sie immer in dieser dumpfen und furchtbaren Monotonie des Hasses weiterleben.

Als endlich das Unvermeidliche eintrat, traf es Mr. Warburton mit der Wucht eines unerwarteten Schlages. Cooper beschuldigte Abas, Kleidungsstücke gestohlen zu haben. Als der Boy dies abstritt, packte Cooper ihn am Genick und stieß ihn die Stufen des Bungalows hinab. Abas verlangte seinen Lohn, doch Cooper warf ihm nur einen Schwall von Flüchen hinterher. Wenn er ihn in einer Stunde noch auf dem Hof sähe, würde er ihn der Polizei übergeben. Am nächsten Morgen, als Cooper zum Büro lief, lauerte ihm der Knabe außerhalb des Forts auf. Wieder forderte er seinen Lohn. Cooper schlug ihm die geballte Faust ins Gesicht. Abas stürzte zu Boden, Blut rann ihm aus der Nase.

Cooper erreichte das Büro und begann mit seiner Arbeit. Aber er konnte sich nicht konzentrieren. Der Hieb hatte seine Gereiztheit besänftigt, und er wußte, daß er zu weit gegangen war. Er war beunruhigt und fühlte sich krank, elend und entmutigt. Im angrenzenden Büro saß Mr. Warburton. Er hatte das Bedürfnis, zu ihm zu laufen und zu erzählen, was er getan hatte. Er machte eine Bewegung in seinem Stuhl, aber er wußte, mit welch eisiger Genugtuung Mr. Warburton sich die Geschichte anhören würde. Er sah sein gönnerhaftes, herablassendes Lächeln. Eine ängstliche Besorgnis ergriff ihn, was Abas tun würde. Warburton hatte ihn mit Recht gewarnt. Er stöhnte. Was für ein Dummkopf war er gewesen. Dann zuckte er ungeduldig die Achseln. Es war alles egal. Was für ein Hundeleben. Es war Warburtons Schuld; wenn er ihn nicht so gereizt hätte, wäre nichts dergleichen geschehen. Warburton hatte ihm von Anfang an das Leben zur Hölle gemacht. Dieser Snob. Aber so waren sie alle – nur weil er selbst aus den Kolonien stammte. Was für eine verdammte Schande, daß er im Krieg kein Offizierspatent bekommen hatte. Er war so gut wie irgendein anderer. Es gab einen Haufen dreckiger Snobs. Ein verdammter Narr wäre er, jetzt klein beizugeben. Natürlich würde Warburton erfahren, was passiert war; der alte Satan erfuhr alles. Er hatte keine Angst. Er hatte vor keinem einzigen Malaien auf Borneo Angst, und Warburton sollte sich zum Teufel scheren.

Er behielt recht in der Vermutung, daß Mr. Warburton von der Sache erfahren würde. Sein Erster Boy berichtete es ihm, als er zum Lunch kam.

»Wo ist dein Neffe jetzt?«

»Ich weiß nicht, Tuan, er ist weg.«

Mr. Warburton schwieg. Nach dem Lunch pflegte er sich etwas hinzulegen. Heute jedoch blieb er hellwach. Seine Augen suchten unwillkürlich immer den Bungalow, wo Cooper seine Mittagspause hielt. Dieser Schwachkopf. Einen Moment lang stiegen in ihm Bedenken auf. Wußte der Mann, in welcher Gefahr er schwebte? Er überlegte, daß er ihn kommen lassen sollte. Aber er hatte oft genug versucht, vernünftig mit Cooper zu reden. Und jedesmal war er beleidigt worden. Eine wilde Wut packte ihn plötzlich, seine Stirnadern schwollen an, und er ballte die Fäuste. Der Kerl hatte seine Warnung bekommen. Sollte er nun fertig werden mit dem, was er angerichtet hatte. Es war nicht seine Angelegenheit und schon gar nicht seine Schuld, wenn etwas passierte. Die in Kuala Solor wären vielleicht froh gewesen, wenn sie seinen Rat befolgt und Cooper versetzt hätten.

Er war sonderbar unruhig an diesem Abend. Nach dem Dinner schritt er die Veranda auf und ab. Als der Boy in sein Zimmer gehen wollte, fragte ihn Mr. Warburton, ob er Abas gesehen habe. »Nein, Tuan, aber ich glaube, er ist in das Dorf seines anderen Onkels gegangen.«

Mr. Warburton sah ihn scharf an, doch der Boy schaute zu Boden, und ihre Blicke trafen sich nicht. Mr. Warburton ging hinunter zum Fluß und setzte sich in die Laube. Doch Friede war ihm nicht beschieden. Der Fluß strömte unheilverkündend ruhig. Er glich einer großen Schlange, die mit trägen Bewegungen zum Meer glitt. Vom Dschungel, jenseits des Wassers, ging eine schwere, atemlose Bedrohung aus. Kein Vogel sang. Keine Brise zauste die Blätter der Kassia. Alles schien auf der Lauer zu liegen. Er durchschritt den Garten und gelangte zur Straße. Hier hatte er volle Sicht auf Coopers Bungalow. Im Wohnzimmer brannte Licht, und quer über die Straße dröhnte ein Ragtime. Cooper ließ sein Grammophon laufen. Mr. Warburton schauderte; niemals hatte er seine instinktive Abneigung gegen dieses Gerät überwinden können. Sonst wäre er jetzt hinübergegangen, um mit Cooper zu reden. Er wendete sich ab und ging in sein Haus zurück. Bis spät in der Nacht las er und schlummerte dann ein. Aber er schlief nicht lange; schreckliche Träume plagten ihn, und zuletzt schien ihm, als werde er durch einen Schrei geweckt. Natürlich war es auch ein

Traum, denn kein Schrei – vom Bungalow zum Beispiel – wäre in seinem Zimmer zu hören. Bis Tagesanbruch lag er wach. Dann hörte er eilige Schritte und Stimmen. Sein Erster Boy stürzte plötzlich in sein Zimmer, ohne Fez. Mr. Warburtons Herz stand still.

»Tuan! Tuan!«

Mr. Warburton sprang aus dem Bett.

»Ich komme sofort.«

Er schlüpfte in Pantoffeln, Sarong und Pyjamajacke und lief quer über den Hof zum Bungalow. Cooper lag im Bett, mit offenem Mund, ein Kris steckte in seinem Herzen. Er war im Schlaf ermordet worden. Mr. Warburton zuckte zusammen, nicht weil ihn dieser Anblick unvermutet traf, sondern weil er ein aufwallendes Triumphgefühl verspürte. Eine große Last war von seinen Schultern genommen.

Cooper war bereits ganz kalt. Mr. Warburton zog das Messer aus seiner Brust. Es war mit solcher Wucht hineingestoßen worden, daß er Mühe hatte, es herauszubekommen. Er sah den Kris an und erkannte ihn wieder. Es war ein Kris, der ihm vor einigen Wochen von einem Krämer angeboten wurde, und er wußte, daß Cooper ihn gekauft hatte.

»Wo ist Abas?« fragte er streng.

»Abas ist im Dorf seines Onkels.«

Der Sergeant der Eingeborenenpolizei stand am Fuß des Bettes.

»Nehmen Sie zwei Männer, laufen Sie ins Dorf und verhaften Sie ihn.«

Mr. Warburton tat, was unverzüglich notwendig war. Mit unbeweglichem Gesicht gab er seine Befehle. Seine Worte waren kurz und entschieden. Dann ging er zurück ins Fort.

Er rasierte sich, nahm ein Bad, kleidete sich an und ging ins Eßzimmer. Die *Times*, eingewickelt in Streifband, lag wartend neben dem Gedeck. Er nahm etwas Obst. Sein Boy schenkte ihm Tee ein, während ein anderer ihm Rührei servierte. Mr. Warburton aß mit gutem Appetit. Der Erste Boy wartete.

»Was gibt's?« fragte Mr. Warburton.

»Tuan, Abas, mein Neffe, war die ganze Nacht im Haus seines Onkels. Das kann nachgeprüft werden. Sein Onkel wird schwören, daß er das Dorf nicht verlassen hat.«

Mr. Warburton wandte sich ihm mit einem Stirnrunzeln zu.

»Tuan Cooper wurde von Abas getötet. Das weißt du so gut wie ich. Gerechtigkeit muß sein.«

»Tuan, wird man ihn hängen?«

Mr. Warburton zögerte einen Moment. Obwohl sein Gesicht unbeweglich streng blieb, wechselte der Ausdruck seiner Augen.

Ein Flackern, das der Malaie blitzschnell verstand. In seinen eigenen Augen leuchtete ein Begreifen.

»Es war eine starke Provokation. Abas wird zu einer Gefängnishaft von bestimmter Dauer verurteilt werden.« Es entstand eine Pause, während Mr. Warburton von der Marmelade nahm. »Wenn er einen Teil der Gefängnisstrafe abgebüßt hat, werde ich ihn als Diener aufnehmen. Du kannst ihn dann anlernen. Ich zweifle nicht, daß er in Tuan Coopers Haus schlechte Gewohnheiten angenommen hat.«

»Soll Abas sich selbst stellen, Tuan?«

»Das wäre klug von ihm.«

Der Boy verschwand. Mr. Warburton nahm seine *Times*

und schlitzte das Streifband sorgfältig auf. Er liebte es, die schweren raschelnden Seiten auszubreiten. Der Morgen war köstlich frisch und kühl, und sein Blick streifte kurz und freundlich über den Garten draußen. Eine große Last war von ihm genommen worden. Er wandte sich den Kolumnen zu, in denen die Geburten, Todesfälle und Vermählungen angezeigt waren. Diese schaute er immer zuerst an. Ein Name, den er kannte, fesselte seine besondere Aufmerksamkeit. Lady Ormskirk hatte endlich einen Sohn bekommen. Lieber Gott, wie selig die alte Dame, ihre Mutter, sein mußte! Er würde ihr mit der nächsten Post mit ein paar Zeilen gratulieren.

Abas würde sicher einen guten Boy abgeben.

Dieser Dummkopf Cooper!

Der Feigling

Die zwei Prahus glitten mit Leichtigkeit stromabwärts, das eine ein paar Meter vor dem anderen. In dem ersten saßen die beiden weißen Männer. Nach siebenwöchiger Flußfahrt waren sie froh, die kommende Nacht in einem gepflegten Haus verbringen zu können. Für Izzart, der seit dem Krieg auf Borneo war, hatten die Häuser und Feste der Dayak natürlich nichts Neues und Fremdes mehr an sich. Aber Campion, dem das Land wegen seiner Fremdartigkeit zuerst so interessant vorgekommen war, sehnte sich jetzt nach Stühlen, auf denen er sitzen, und nach einem Bett, in dem er schlafen konnte. Die Dayak waren gastfreundlich, aber Komfort gab es in ihren Häusern nicht, und die Unterhaltung, die sie einem Gast boten, war bald lästig und wirkte ermüdend. Jeden Abend, wenn die Reisenden zur Anlegestelle kamen, holten der Vorsteher und die wichtigeren Gemeindemitglieder sie ab. Der Vorsteher schwenkte eine Fahne. Sie wurden zu dem Langhaus geführt – eigentlich einem überdachten Dorf, das auf Pfählen errichtet war. Wenn man hineinwollte, mußte man einen Baumstamm hinaufklettern, in den Stufen eingehauen waren. Beim Klang von Trommeln und Gongs marschierten sie in langer Prozession durch das Haus. Zu beiden Seiten saßen dichtgedrängte Scharen brauner Menschen auf dem Boden und starrten schweigend die vorübergehenden Weißen an. Saubere Matten wurden ausgerollt, und die Gäste setzten sich. Der Dorfvorsteher holte dann ein lebendes Huhn, hielt es an den Beinen und schwenkte es langsam und feierlich dreimal über ihren Köpfen, rief die Geister laut zu Zeugen und sprach ein Bittgebet. Dann wurden Eier gebracht. Als Getränk gab es immer Arrak. Ein Mädchen, ein scheues kleines Ding mit der Anmut einer Blume, aber mit etwas feierlich Priesterlichem auf ihrem unbewegten Gesicht, hielt den Weißen einen Becher an die Lippen, der ausgetrunken werden mußte. Dann erhob sich ein großes Geschrei. Die Männer begannen zu tanzen, einer nach dem anderen, Schild und Parang in den Händen, und jeder gab seinen Schritten nach dem Klang von Trommeln und Gongs einen besonderen Rhythmus. Dies ging eine Weile so, dann wurden die Gäste von dem langen Podium, auf dem sich das Gemeinschaftsleben abspielte, in eines der kleinen seitwärts davon gelegenen Zimmer geführt, in dem das Essen für sie bereitstand. Die Mädchen fütterten sie mit chinesischen Löffeln. Dann trank sich jeder einen Rausch an. Das Geplauder und Geplapper hörte erst nach Mitternacht auf.

Aber jetzt hatten die zwei Männer ihre Reise hinter sich und waren auf dem Weg zur Küste. In der Morgendämmerung waren sie abgefahren. Da war der Fluß noch seicht und rann klar und hell über ein Kiesbett. Die Bäume wuchsen über das Wasser, so daß man nur einen schmalen Streifen blauen Himmels sehen konnte. Nun war der Fluß breit geworden, und die Dayak stießen die Boote nicht mehr mit Stangen vorwärts, sondern ruderten. Bambusstauden, wilder Sago, der aussah wie große Büschel von Straußenfedern, Bäume mit riesigen Blättern und solche mit gefiedertem

Laub wie die Akazien, die Kokos- und Arakapalmen mit ihren geraden weißen langen Stämmen – alles am Ufer wucherte in üppiger, beinahe gewaltsamer Fülle. Gelegentlich sah man das fahle Gerippe eines Baumes, der entweder vom Blitz getroffen oder aufgrund seines Alters gestorben war. Gegen das Grün ringsumher wirkte der nackte Stamm blendend weiß. Hier und da ragten die Könige des Waldes, die Riesenbäume, in edlem Wettstreit hoch über die gesamte Oberfläche des Dschungels hinaus. Dann gab es die Parasiten. In Astgabeln wucherten große Büschel saftigen Grüns oder blühender Schlingpflanzen, die das Laubwerk wie mit einem Brautschleier bedeckten. Manchmal wanden sie sich um einen dicken Stamm, umgaben ihn mit verschwenderischer Pracht und streckten ihre langen Blütenarme von Zweig zu Zweig. Die leidenschaftliche Wildheit dieses üppigen Wachstums hatte etwas Erregendes an sich.

Der Tag neigte sich dem Ende zu. Die Hitze war jetzt nicht mehr so drückend. Campion sah auf seine arg mitgenommene Armbanduhr. Es konnte nicht mehr lange dauern, bis sie ihr Ziel erreichten.

»Was für ein Mann ist dieser Hutchinson?« fragte er.

»Ich kenne ihn nicht, aber ich glaube, es läßt sich mit ihm auskommen.«

Hutchinson war der Resident, bei dem sie die Nacht verbringen wollten. Sie hatten in einem Kanu einen Dayak vorausgesandt, der sie anmelden sollte.

»Hoffentlich hat er guten Whisky. Der Arrak, den ich getrunken habe, reicht mir für mein ganzes Leben.«

Campion war Bergwerksingenieur. Er hatte in Singapur den Sultan kennengelernt, und als dieser entdeckte, daß der

Engländer ohne feste Stellung war, hatte er ihn nach Sembulu geschickt. Er sollte feststellen, ob es dort abbauwürdige Mineralvorkommen gab. Er wies Willis, den Residenten in Kuala Solor, an, ihm jede mögliche Hilfe zu gewähren, und Willis hatte ihm Izzart als Begleiter mitgegeben, weil dieser sowohl die malaiische als auch die Sprache der Dayak beherrschte. Dies war ihre dritte Reise ins Landesinnere gewesen, und nun fuhr Campion mit seinen geologischen Skizzen und Berichten zurück. Der Dampfer ›Sultan Achmed‹ sollte sie am übernächsten Tag an der Mündung des Flusses aufnehmen, wo er früh am Morgen vorbeifahren würde, und wenn sie Glück hatten, konnten sie noch am Nachmittag desselben Tages Kuala Solor erreichen. Sie freuten sich beide auf die Stadt. Dort waren alle Bequemlichkeiten der Zivilisation zu haben; man konnte Golf und Tennis spielen und im Klub Billard, außerdem verhältnismäßig gut essen. Izzart war zudem auch froh, endlich einmal wieder andere Menschen zu sehen und nicht immer nur Campion. Er beobachtete ihn von der Seite. Campion war klein, hatte einen großen kahlen Kopf und war mit seinen gut fünfzig Jahren noch immer stark und sehnig. Er hatte lebhafte leuchtendblaue Augen und einen stoppeligen grauen Schnurrbart. Man sah ihn selten ohne eine alte kurze Pfeife zwischen den schadhaften und gelb gewordenen Zähnen. Er pflegte sich nicht besonders; seine kurze Khakihose war mehrmals geflickt, seine Jacke bestand nur noch aus Fetzen, und der Tropenhelm, den er trug, war zerbeult. Von seinem achtzehnten Lebensjahr an hatte er sich in der weiten Welt herumgetrieben. Er war in Südafrika, China und Mexiko gewesen. Er war amüsant, konnte spannende Geschichten erzählen und war bereit, mit jedem, den er zufällig traf, ein Trinkgelage zu veranstalten. Sie waren gut miteinander ausgekommen, aber Izzart war nie recht warm mit ihm geworden. Sie erzählten sich Witze und lachten über sie, betranken sich zusammen, und trotzdem fühlte Izzart, daß eine wirkliche Freundschaft zwischen ihnen nicht entstehen wollte. So herzlich ihre Beziehung zu sein schien, sie blieben immer nur Bekannte. Izzart hatte ein sehr feines Empfinden für den Eindruck, den er auf andere machte, und hinter Campions jovialer Art spürte er eine gewisse Kühle. Diese leuchtendblauen Augen hatten ihn zu scharf beobachtet. Izzart fühlte ein leichtes Unbehagen, weil er glaubte, Campion habe sich eine bestimmte Meinung über ihn gebildet, und er hätte gern gewußt, welcher Art diese war. Es war ihm unangenehm, daß dieser gewöhnliche kleine Mann ihn womöglich nicht sehr hoch schätzte. Er wollte geliebt und bewundert werden, er wollte sich bei allen Menschen, denen er begegnete, beliebt machen; sie sollten eine hohe Meinung von ihm gewinnen, dann konnte er sie entweder ablehnen oder ihnen ein wenig herablassend seine Freundschaft anbieten. Er hätte gern mit allen möglichen Leuten auf vertrautem Fuß gestanden, wurde aber durch die Furcht, eine Abfuhr zu erhalten, daran gehindert, so aus sich herauszugehen, wie er es gern getan hätte, denn manchmal schon hatte er den unbehaglichen Eindruck gehabt, daß seine oft stürmischen Annäherungsversuche mehr Überraschung als Verständnis hervorriefen.

Zufälligerweise hatte er Hutchinson nie persönlich kennengelernt, obwohl er alle möglichen Einzelheiten über ihn wußte – wie auch Hutchinson über ihn. Sie hatten sicher eine Menge gemeinsamer Freunde, über die sie sich unterhalten könnten. Hutchinson war in Winchester zur Schule gegangen. Izzart freute sich, ihm erzählen zu können, daß er selbst in Harrow gewesen war…

Das Boot folgte einer Flußbiegung, und plötzlich sahen sie auf einer kleinen Erhebung den Bungalow. Nach wenigen Minuten erblickten sie auch den Landungssteg und auf ihm inmitten einer kleinen Gruppe Eingeborener eine Gestalt in weißem Anzug, die ihnen zuwinkte.

Hutchinson war ein großer, beleibter Mann mit rotem Gesicht. Sein Aussehen verführte zu der Annahme, er sei tatkräftig und selbstbewußt. Man entdeckte jedoch bald mit Überraschung, daß er schüchtern, ja beinahe scheu war. Als er seinen Gästen die Hand gab – Izzart stellte zuerst sich selbst vor und darauf Campion – und sie den schmalen Pfad zum Bungalow hinaufführte, war er zwar eifrig bemüht, höflich zu sein, aber man sah leicht, wie schwer es ihm fiel, die dazu nötigen Worte zu finden. Sie setzten sich auf die Veranda, wo Gläser, Whisky und Sodawasser für sie bereitstanden. Sie machten es sich auf Liegestühlen bequem. Izzart hatte bald heraus, daß die Gegenwart von Fremden Hutchinson verlegen machte, und war daher selbst sehr offenherzig und redselig. Er sprach von ihren gemeinsamen Bekannten in Kuala Solor, und dann machte er so ganz nebenbei die Bemerkung, er habe die Schule in Harrow besucht.

»Sie waren in Winchester, nicht wahr?«

»Ja.«

»Kennen Sie vielleicht George Parker? Er war ebenfalls in Winchester und nachher in meinem Regiment. Aber er war wohl etwas jünger als Sie.«

Izzart fühlte, daß die Erwähnung dieser Schulen eine Verbindung zwischen ihnen herstellte, von der Campion ausgeschlossen war, weil er sich des Vorzugs, so berühmte Schulen besucht zu haben, nicht rühmen konnte. Sie tranken einige Gläser Whisky zusammen, und nach einer halben Stunde nannte Izzart den Residenten bereits Hutchie. Er sprach viel von ›meinem Regiment‹, in dem er während des Krieges eine Kompanie geführt hatte. Er erwähnte einige Offiziere, deren Namen Hutchinson nicht unbekannt sein konnten. Campion dagegen konnte solchen Leuten kaum begegnet sein, und als er behauptete, mit einigen der erwähnten Personen bekannt zu sein, benützte Izzart die Gelegenheit, seinem Begleiter einen kleinen Nasenstüber zu versetzen.

»Billie Meadows? Einen Mann gleichen Namens habe ich vor vielen Jahren in Sinaloa kennengelernt«, warf Campion ein.

»Oh, das kann bestimmt nicht derselbe sein«, sagte Izzart mit nachsichtigem Lächeln. »Mein Billie gehört dem Hochadel an. Er ist der Lord Meadows, der wegen seiner Rennpferde bekannt ist.«

Der Abend kam, und nachdem sie sich gewaschen und umgezogen hatten, tranken sie ein paar Gin Pahits. Dann setzten sie sich zum Essen nieder. Hutchinson war seit fast einem Jahr nicht in Kuala Solor gewesen und hatte seit einem Vierteljahr keinen anderen Weißen mehr gesehen. Ihm lag daran, seine Gäste gut zu bewirten. Er konnte ihnen keinen Wein servieren, aber Whisky hatte er vorrätig, und nach dem Essen holte er eine kostbare Flasche Benediktiner hervor. Sie waren sehr lustig. Sie lachten und plauderten den ganzen Abend. Izzart war ganz in seinem Element. Was für ein netter Mensch doch dieser Hutchinson war! Er drängte ihn, sobald wie möglich nach Kuala Solor zu kommen. Dort wollten sie es sich richtig gutgehen lassen. Campion wurde von Izzart bei der Unterhaltung mit der boshaften Absicht übergangen, ihn auf den ihm gebührenden Platz zu verweisen, von Hutchinson aber aus Schüchternheit. Campion fing an, ausdauernd zu gähnen, und äußerte bald den Wunsch, zu Bett zu gehen. Hutchinson führte ihn zu seinem Zimmer. Als er zurückkam, sagte Izzart zu ihm:

»Wollen Sie sich etwa auch schon hinlegen?«

»Gott bewahre. Wir wollen noch ein paar Gläser trinken.«

Sie säuselten sich einen Rausch an, und Hutchinson erzählte Izzart im Vertrauen, er lebe mit einer Malaiin zusammen und habe einige Kinder von ihr. Er habe ihnen gesagt, sie sollten sich nicht blicken lassen, solange Campion da wäre.

»Ich glaube, sie schläft jetzt«, sagte Hutchinson mit einem Blick auf die Tür, die, wie Izzart bereits wußte, in sein eigenes Zimmer führte, »aber Sie können sich morgen früh mal die Kleinen ansehen.«

In diesem Augenblick hörte man ein leises Wimmern. Hutchinson ging zu der Tür und öffnete sie. »Na, so was, der kleine Teufel ist wach geworden«, sagte er. Nach einer Weile kam er mit einem Kind auf dem Arm wieder heraus. Eine Frau folgte ihm.

»Er bekommt Zähne«, sagte Hutchinson. »Darum ist er so unruhig.«

Die Frau trug einen Sarong und eine dünne weiße Jacke. Sie ging barfuß. Sie war jung, hatte schöne schwarze Augen und lächelte Izzart an, als dieser sie anredete. Sie setzte sich und zündete sich eine Zigarette an. Sie beantwortete die höflichen Fragen, die Izzart an sie richtete, ohne Verlegenheit, aber auch ohne Überschwang. Hutchinson bot ihr einen Whisky mit Soda an, doch sie lehnte ab. Als die zwei Männer wieder englisch sprachen, saß sie still in ihrem Schaukelstuhl und wiegte sich leicht hin und her, nur mit ihren eigenen Gedanken beschäftigt, die niemand erraten konnte.

»Ein sehr braves Mädchen«, sagte Hutchinson. »Sie führt mir den Haushalt und macht keine Schwierigkeiten. Wie will man sich an einem so entlegenen Ort wie diesem anders helfen?«

»Ich würde nie eine solche Verbindung eingehen«, erklärte Izzart. »Schließlich will man doch mal heiraten, und dann hat man alle möglichen Scherereien.«

»Aber wer wird denn heiraten? Die weiße Frau möchte ich sehen, die es hier aushalten würde!«

»Das ist natürlich Geschmackssache. Ich möchte für meine Kinder eine weiße Mutter haben.«

Hutchinson blickte auf das kleine dunkelhäutige Kind, das er auf dem Arm hielt. Ein schwaches Lächeln umspielte seine Lippen.

»Komisch, man gewinnt sie allmählich lieb«, sagte er. »Wenn sie einem selbst gehören, scheint es bedeutungslos zu sein, ob sie zu nahe am Teerfaß vorbeigelaufen sind.«

Die Frau sagte jetzt mit einem Blick auf das Kind, sie wolle es wieder zu Bett bringen.

»Ich denke, wir legen uns jetzt alle schlafen«, ergänzte Hutchinson. »Gott weiß, wie spät es schon sein mag.«

Izzart begab sich auf sein Zimmer und öffnete die Fensterläden, die sein Diener Hassan, der ihn auf der Reise begleitete, geschlossen hatte. Er blies die Kerze aus, um die Moskitos nicht anzuziehen, setzte sich ans Fenster und blickte in die milde Nacht hinaus. Der Whisky hatte ihn hellwach gemacht, und er hatte keine Lust, sich ins Bett zu legen. Er zog seine Hose aus, legte einen Sarong an und entzündete eine Zigarre. Seine gute Laune war verflogen. Er hatte noch immer das Bild vor Augen, wie Hutchinson das dunkelhäutige Kind so liebevoll anlächelte.

›Sie sollten keine solchen Kinder in die Welt setzen‹, dachte er. ›Halbblutkinder haben keine Aussicht auf Weiterkommen.‹

Sinnend strich er sich an seinen nackten haarigen Beinen entlang. Er hatte alles versucht, seine Waden zu entwickeln, aber seine Beine waren wie Besenstiele geblieben. Er haßte sie, immer mußte er an sie denken. Sie erinnerten an die Beine der Eingeborenen. Für lange Schaftstiefel waren sie natürlich genau richtig. In seiner Uniform hatte er sehr gut ausgesehen. Er war ein großer, kraftvoller Mann, über einen Meter achtzig hoch, hatte einen gepflegten schwarzen Schnurrbart und schöne schwarze Haare. Seine dunklen Augen blickten klug und lebhaft. Er wußte, daß er etwas hermachte, und zog sich dementsprechend an – salopp, wenn es den Umständen gemäß war, und vornehm, wenn die Gelegenheit es erforderte. Er war gern Offizier gewesen. Es war ein schwerer Schlag für ihn, als er nach dem Krieg den Dienst quittieren mußte. Sein Ehrgeiz war bescheiden. Mit zweitausend Pfund im Jahr hätte er sich begnügt, er hätte gelegentlich zu einem kleinen Dinner geladen und wäre in seiner Uniform zu gesellschaftlichen Veranstaltungen gegangen. Er hatte Sehnsucht nach London.

Dort lebte allerdings seine Mutter, die zu diesem Lebensstil nicht ganz paßte. Er hatte sich schon oft mit der Frage beschäftigt, wie er sie vorzeigen sollte, wenn er sich einmal mit einem Mädchen aus guter Familie (und mit etwas Geld) verlobte. Weil sein Vater schon lange tot und zuletzt in dem entlegensten Winkel der malaiischen Staaten stationiert gewesen war, glaubte Izzart ziemlich sicher, daß in Sembulu niemand etwas von ihr wußte; aber er lebte in ständiger Angst, daß jemand, der sie in London kannte, nach Sembulu schreiben könnte, sie sei ein Halbblut. Sie war eine sehr schöne junge Frau gewesen, als Izzarts Vater, ein Ingenieur im Dienst der Regierung, sie geheiratet hatte. Aber jetzt war sie eine dicke alte Frau mit grauen Haaren, die den ganzen Tag Zigaretten rauchte. Izzart war zwölf gewesen, als sein Vater starb. Damals konnte er besser Malaiisch als Englisch sprechen. Eine Tante ließ ihn in England studieren, und Mrs. Izzart begleitete ihren Sohn dorthin. Sie wohnte gewöhnlich in möblierten Zimmern, die sie noch mit orientalischen Stoffen und malaiischen Silberwaren dekorierte und die meistens überhitzt und muffig waren. Sie hatte dauernd mit ihren Wirtinnen Streit, weil sie überall Zigarettenstummel herumliegen ließ. Zuerst aber schloß sie dicke Freundschaft mit ihnen und biederte sich an. Nach kurzer Zeit kam dann der Krach, es folgten heftige Szenen, und das Ende vom Lied war, daß sie ausziehen mußte. Die einzige Unterhaltung bot ihr das Kino. Es verging kein Tag, an dem sie sich nicht einen Film ansah. Zu Hause trug sie einen alten schäbigen Morgenrock, aber wenn sie ausging, zog sie sich auffällig und dazu noch unordentlich an, was für ihren eleganten Sohn immer eine Qual war. Er stritt oft mit ihr; sie machte ihn nervös, und er schämte sich ihrer. Dabei empfand er eine tiefe Zärtlichkeit für sie. Es war eine fast körperliche Verbindung zwischen ihnen, die stärker war als die gewöhnlich zwischen Mutter und Sohn bestehende Zuneigung, so daß sie trotz ihrer Schwächen, die ihn ärgerten und manchmal zur Verzweiflung brachten, die einzige Person auf der Welt war, bei der er sich wirklich wohl fühlte. Dank der früheren Stellung seines Vaters und seiner Kenntnis des Malaiischen – mit seiner Mutter sprach er nur malaiisch – war es ihm nach dem Krieg, als er keine Stellung fand, gelungen, in den Dienst des Sultans von Sembulu zu treten. Er hatte sich durchgesetzt. Er war ein guter Sportsmann. Im Gästehaus von Kuala Solor standen die Pokale, die er in Harrow im Laufen und Springen erobert hatte, und inzwischen waren andere Trophäen für gute Leistungen in Golf und Tennis hinzugekommen. Mit seiner glänzenden Unterhaltungsgabe und seinem fröhlichen Wesen war er auf jeder Gesellschaft gern gesehen. Er hätte glücklich sein können und fühlte sich doch wie ein geprügelter Hund. Er wollte überall beliebt sein und hatte den Eindruck – und in diesem Augenblick besonders stark –, daß dieser Wunsch nie in Erfüllung gehen würde. Er fragte sich oft, ob seine Bekannten in Kuala Solor, die ihn mit so offenen Armen empfingen, vielleicht insgeheim argwöhnten, daß malaiisches Blut in seinen Adern floß. Wenn sie es wüßten, würden sie ihn nicht mehr lustig und nett finden; sie würden dann sagen, er biedere sich unverschämt an oder sei untüchtig und unzuverlässig, wie es Menschen mit fremdem Blut nicht anders sein könnten. Sie würden höhnisch lächeln, wenn er ihnen erzählte, er wolle eine weiße Frau heiraten. Es war alles so ungerecht. Was für einen Unterschied konnte dieser Tropfen malaiischen Bluts machen? Und doch würden sie deshalb jeden Moment erwarten, daß er im kritischen Augenblick versagte. Jeder wußte, daß man Eurasiern nicht über den Weg trauen konnte; früher oder später würden sie einen enttäuschen. Das wußte auch Izzart. Aber jetzt fragte er sich, ob sie nicht deshalb versagten, weil man nichts anderes von ihnen erwartete. Die armen Teufel erhielten nie die Gelegenheit, sich zu bewähren.

Ein Hahn krähte laut. Es mußte schon sehr spät sein, und allmählich wurde ihm kalt. Er legte sich schlafen. Als Hassan am Morgen den Tee brachte, hatte Izzart scheußliche Kopfschmerzen. Am Frühstückstisch wurde ihm beim Anblick des Porridge und der Eier mit Schinken schlecht. Auch Hutchinson fühlte sich nicht wohl.

»Man schlägt sich nicht ungestraft eine ganze Nacht um die Ohren«, sagte er lächelnd, um seine Verlegenheit zu verbergen.

»Mir geht es hundsmiserabel«, jammerte Izzart.

»Ich werde zum Frühstück nur Whisky mit Soda zu mir nehmen«, bemerkte Hutchinson.

Izzart verlangte nach nichts anderem. Campion dagegen nahm mit gesundem Appetit eine kräftige Mahlzeit ein, was die beiden mit Widerwillen betrachteten. Campion machte sich über sie lustig.

»Mein Gott, Izzart, Sie sehen wie eine Wasserleiche aus. So eine schmutzige Farbe habe ich noch nie gesehen.«

Izzart wurde rot. Er hörte ungern Anspielungen auf seine Hautfarbe, aber er zwang sich zu einem lauten Lachen.

»Da kommt meine spanische Großmutter zum Vorschein.

Wenn ich unter dem Wetter leide, wechsle ich die Farbe. In Harrow habe ich mal einen Mitschüler verprügelt, weil er mich einen Mischling nannte.«

»Sie haben tatsächlich eine sehr dunkle Hautfarbe«, sagte Hutchinson. »Haben Malaien Sie noch nie gefragt, ob Sie Eingeborenenblut in sich haben?«

»Ja, allerdings. Einige waren so unverschämt.«

Ein Diener war schon früh am Morgen mit ihrem Gepäck im Boot vorausgefahren. Er sollte vor ihnen an der Flußmündung sein und dem Kapitän der ›Sultan Achmed‹, wenn er schon da sein sollte, bestellen, sie seien auf dem Weg und würden bald eintreffen. Campion und Izzart wollten sofort nach dem Tiffin nachfolgen, um rechtzeitig den Ort zu erreichen, wo sie übernachten mußten, ehe die Flutwelle kam. Es gibt mehrere Flüsse, die infolge einer eigentümlichen Küstenbildung von solchen Flutwellen betroffen werden, und so war es auch mit diesem Strom. Hutchinson hatte schon am Abend davon gesprochen, und Campion, der noch nie eine gesehen hatte, war sogar neugierig darauf.

»Diese ist eine der schönsten, die wir hier auf Borneo haben. Sie ist wirklich sehenswert«, sagte Hutchinson.

Er erzählte ihnen, wie die Eingeborenen den richtigen Augenblick abwarteten und auf dem Kamm der Welle mit einer atemberaubenden und erschreckenden Geschwindigkeit flußaufwärts getragen wurden. Er habe das selbst einmal mitgemacht.

»Einmal und nicht wieder«, setzte er hinzu. »Ich habe noch nie in meinem Leben eine solche Angst gehabt.«

»Na, das möchte ich auch cinmal versuchen«, sagte Izzart.

»Es ist wirklich aufregend, aber auf mein Wort, unter

Sport stelle ich mir etwas anderes vor. Wenn man in einem winzigen Einbaum sitzt und weiß, daß man in das brausende, zischende Wasser geschleudert wird, wenn der Malaie den richtigen Augenblick verpaßt, und daß die Aussicht, wieder herauszukommen, beinahe gleich Null ist, erscheint einem jeder andere Sport doch interessanter.«

»Ich bin schon durch viele Stromschnellen gefahren«, sagte Campion.

»Stromschnellen sind nichts dagegen. Warten Sie nur, bis Sie die Flutwelle ankommen sehen. Allein in diesem Fluß kommt jedes Jahr mindestens ein Dutzend Eingeborener darin ums Leben.«

Sie saßen fast den ganzen Vormittag auf der Veranda. Dann zeigte ihnen Hutchinson das Gerichtsgebäude. Nach ihrer Rückkehr tranken sie einige Gin Pahits. Izzart fühlte sich nun besser, und als das Tiffin aufgetragen wurde, hatte er großen Appetit. Hutchinson hatte seinen malaiischen Curry gerühmt. Die duftenden, dampfenden Schüsseln ließen ihnen das Wasser im Munde zusammenlaufen, und alle drei langten zu, als hätten sie tagelang nichts zu essen bekommen. Hutchinson drängte sie, das Trinken nicht zu vergessen.

»Sie haben ja nichts anderes zu tun, als zu schlafen. Sie können sich also ruhig einen Rausch antrinken.«

Er hätte sie gern noch länger dabehalten. Es konnte lange dauern, bis er wieder Weiße zu Gast hatte. »Greifen Sie tüchtig zu«, sagte er. »In dem Langhaus wird es heute abend nur ein dürftiges Mahl geben. Man muß den Magen füllen, solange etwas da ist.« Campion riet ein paarmal zum Aufbruch, aber Hutchinson und auch Izzart, der sich jetzt wieder sehr glücklich und behaglich fühlte, versicherten, es sei noch Zeit genug. Hutchinson ließ wieder den kostbaren Benediktiner kommen. Sie hatten ihm am vergangenen Abend schon tüchtig zugesprochen; jetzt kam es nicht darauf an, sie konnten die Flasche, bevor sie aufbrachen, auch leer trinken.

Als sie schließlich gemeinsam zum Fluß hinuntergingen, waren alle drei sehr lustig, und keiner stand mehr fest auf den Beinen. Über die Mitte des Bootes war ein Sonnensegel gespannt, und unter dieses hatte Hutchinson eine Matratze legen lassen. Die Ruderer waren Strafgefangene; sie waren gerade aus dem Gefängnis gekommen und trugen dunkle Sarongs mit dem Gefängnisstempel. Sie saßen schon auf ihren Plätzen und hatten die Ruder in der Hand. Izzart und Campion verabschiedeten sich mit einem Händedruck von Hutchinson und streckten sich dann auf der Matratze aus. Das Boot stieß ab. Der breite, still dahinströmende Fluß glänzte in der Hitze des Nachmittags wie poliertes Messing. Vor ihnen in weiter Entfernung konnten sie den grünen Saum des anderen Ufers sehen. Sie waren schläfrig, aber Izzart wenigstens fand ein sonderbares Vergnügen daran, der Schwere, die seine Glieder lähmte, noch ein wenig zu widerstehen. Er nahm sich vor, nicht eher einzuschlafen, als bis er seine Zigarre fertiggeraucht hatte. Schließlich verbrannte ihm der Stummel die Finger, und er warf ihn ins Wasser.

»Ich werde herrlich schlafen«, sagte er.

»Und die Flutwelle?«

»Ach, um die brauchen wir uns nicht zu kümmern. Mit der werden die Malaien schon fertig.«

Er gähnte lange und laut. Seinc Glieder waren schwer wie Blei. Einen Augenblick lang war er sich noch seiner köstlichen Müdigkeit bewußt, dann fühlte er nichts mehr. Er erwachte, als Campion ihn schüttelte.

»Schauen Sie mal, was ist das?«

»Was?« sagte er gereizt, denn er war noch nicht ganz wach, aber seine Blicke folgten Campions ausgestrecktem Arm. Er hörte keinen Laut, aber weit weg sah er zwei oder drei aufeinanderfolgende schaumgekrönte Wellen. Sie sahen nicht sehr beunruhigend aus.

»Das wird wohl die berühmte Flutwelle sein.«

»Wie sollen wir uns verhalten, wenn sie kommt?« fragte Campion.

Izzart war noch immer nicht ganz wach, er lächelte über die Besorgnis, die aus Campions Stimme klang.

»Nur keine Angst! Unsere Ruderer wissen genau, was sie tun müssen. Ein bißchen naß werden wir wohl werden.«

Während sie diese paar Sätze austauschten, kam die Welle näher, sie lief sogar sehr schnell auf sie zu. Gleich darauf hörte man ein Brausen wie auf stürmischem Meer. Izzart sah, daß die Welle viel höher war, als er angenommen hatte. Die auf ihn zukommende Wassermasse gefiel ihm gar nicht. Er schnallte seinen Gürtel enger, damit ihm die Hose nicht herunterrutschte, wenn das Boot umgeworfen werden sollte. Gleich darauf war die Welle da. Eine Mauer aus Wasser. Einen Augenblick schien sie in der Bewegung zu verharren. Sie mochte zwei oder drei Meter hoch sein, aber man konnte sie nur mit dem Schrecken messen, der einen plötzlich erfaßte. Es war sofort klar, daß ein Boot ihr keinen Widerstand leisten konnte. Die erste Welle rauschte über sie hinweg, durchnäßte sie völlig und füllte das Boot halb mit Wasser. Gleich darauf rollte eine zweite heran. Die Ruderer begannen zu schreien. Der Bootsführer rief einen Befehl, die Malaien legten sich mit aller Kraft in die Riemen. Aber gegen die heranstürmende Sturzflut waren sie hilflos, und sie verloren bald jede Macht über das Boot. Die Gewalt des Wassers drehte es längsseits. Es wurde auf dem Kamm der Welle schaukelnd fortgetragen, und eine dritte große Welle brachte es zum Sinken. Izzart und Campion sprangen von der Matratze hoch, fühlten aber bald keinen Boden mehr unter den Füßen und zappelten im Wasser. Die Flut stieg und umtoste sie. Izzarts erster Gedanke war, sich vom Boot abzustoßen und schwimmend das Ufer zu erreichen. Aber sein Diener Hassan rief ihm zu, er solle sich am Boot festhalten. Alle klammerten sich nun daran fest.

»Wie geht's?« schnaubte Campion.

»Ausgezeichnet!« antwortete Izzart. »Herrliches Bad!«

Er glaubte, das Wasser würde sich, da die Woge den Fluß hinaufrauschte, nach einigen Minuten wieder glätten; er vergaß aber, daß sie auf einem Kamm mitgetragen wurden. Es wurde nicht besser, sondern immer schlimmer. Die Woge überspülte sie. Sie klammerten sich an das Dollbord und an die Latten, die das Sonnensegel getragen hatten. Dann warf eine noch höhere Welle das Boot um. Es überschlug sich und fiel dabei auf sie nieder, so daß sie ihren Halt verloren. Sie versuchten den glitschigen Boden des Fahrzeugs zu fassen, aber es drehte sich jetzt ständig um sich selbst. Einmal hatten sie den Boden unter den Händen, dann bekamen sie wieder das Dollbord zu fassen, und als dieses erneut untertauchte, schlugen sie die Hände patschend auf den Kiel, ohne einen festen Halt zu finden. Das Boot drehte sich mit schrecklicher Regelmäßigkeit. Izzart glaubte, dies geschehe, weil alle an einer Seite hingen. Er rief den Malaien zu, sie sollten an die andere Seite schwimmen und sich dort festhalten, aber in dem Getöse konnte sich niemand verständlich machen. Alle schrien durcheinander, bis sie von einer neuen Woge, die mit dumpfem Brausen herannahte, wieder unter Wasser gedrückt wurden. Es war ein unablässiger Kampf, der nicht zu Ende zu gehen schien. Izzart schnappte nach Luft, er fühlte, daß seine Kräfte ihn verließen. Lange konnte er nicht mehr durchhalten, aber er hatte keine Angst, denn er war so erschöpft, daß es ihm gleichgültig war, was mit ihm geschah. Hassan war an seiner Seite. Izzart rief mit letzter Kraft, er könne nicht mehr und wolle den Versuch machen, das Ufer zu erreichen, das nicht mehr als zwanzig Meter entfernt schien. Hassan riet ihm flehentlich ab. Wieder wurden sie von den donnernden, wuchtigen Wogen herumgewirbelt. Das Boot drehte sich jetzt schneller. Sie zappelten an seiner Außenseite und machten Bewegungen wie Eichhörnchen in einer Drehtrommel. Izzart schluckte eine Menge Wasser. Er fühlte, daß es gleich vorbei sein würde für ihn. Hassan konnte ihm nicht helfen, und doch war es ein Trost, ihn neben sich zu haben, denn Izzart wußte, daß sein Diener, von Jugend auf an Wasser gewöhnt, ein vorzüglicher Schwimmer war. Dann blieb das Boot aus einem nicht ersichtlichen Grund für einige Minuten mit dem Kiel nach unten, so daß er sich an das Dollbord klammern konnte. So hatte er wenigstens eine kleine Frist, um Atem zu schöpfen. In diesem Augenblick fuhren zwei mit Malaien bemannte Boote auf dem Kamm der Welle sehr schnell an ihnen vorbei. Sie riefen sie um Hilfe an, aber die Malaien wandten die Gesichter ab. Sie hatten die Weißen gesehen und wollten nicht in Schwierigkeiten verwickelt werden, wenn diesen etwas zustieß. Es war quälend, sie so unbarmherzig und gleichgültig in ihrer Sicherheit vorbeifahren zu sehen. Und plötzlich fing das Boot wieder an, sich langsam umzudrehen, und dies elende, erschöpfende Patschen und Krabbeln begann von neuem. Doch die kurze Frist hatte Izzart wohlgetan, er hatte wieder etwas Kraft gewonnen. Sie hielt nicht lange vor. Er war so schrecklich außer Atem, daß er glaubte, die Brust würde ihm zerspringen. Er wußte nicht, ob er genug Kraft haben würde, bis ans Ufer zu schwimmen. Plötzlich hörte er einen Schrei. »Izzart! Izzart! Hilfe, Hilfe!«

Es war Campions Stimme. Todesangst klang aus ihr. Sie fuhr durch Izzart hindurch. Campion! Was ging ihn Campion an? Eine blinde tierische Angst ergriff ihn und verlieh ihm neue Kraft. Er gab keine Antwort auf den Schrei.

»Schnell, schnell! Hilf mir!« sagte er zu Hassan.

Hassan verstand ihn sofort. Wie durch ein Wunder schwamm eines der Ruder nahe an ihnen vorbei. Hassan ergriff es, schob es unter Izzarts Arm und packte ihn unter dem anderen. So stießen sie vom Boot ab. Izzarts Herz klopfte wild, er konnte kaum nach Atem schnappen. Er fühlte sich entsetzlich schwach. Die Wellen schlugen ihm über das Gesicht. Das Ufer erschien jetzt schrecklich weit. Er gab die Hoffnung auf, es zu erreichen. Plötzlich schrie Hassan, er habe Boden unter den Füßen. Izzart ließ die Beine sinken, aber sie pendelten im Leeren. Mit letzter Kraft machte er noch ein paar Schwimmbewegungen, die Augen auf das Ufer gerichtet; er versuchte noch einmal, Fuß zu fassen, und fühlte plötzlich, daß er in dicken Schlamm einsank. Er stolperte nach vorn, das Ufer war in Reichweite seiner Hände, aber er steckte bis zu den Knien im Schlamm. Erfreut über seine Rettung und zugleich verzweifelt über dieses letzte Hindernis versuchte er, aus dem grausamen Wasser und dem Schlamm herauszukommen, was ihm schließlich gelang. Hassan und er sanken auf eine kleine Fläche, die mit hohem Gras bestanden war. Wie Tote lagen sie eine Weile ausgestreckt. Sie waren so erschöpft, daß sie keinen Finger rühren konnten. Von Kopf bis Fuß waren sie mit schwarzem Schlamm bedeckt.

Aber gleich darauf begann Izzarts Kopf zu arbeiten. Eine neue, andere Angst ergriff ihn. Campion war ertrunken. Es war scheußlich. Er wußte nicht, wie er das Unglück erklären sollte, wenn er nach Kuala Solor kam. Man würde ihm die Schuld zuschieben. Er hätte an die Flutwelle denken und dem Bootsführer sagen müssen, ans Ufer zu rudern und das Boot an Land zu befestigen, als er die Welle kommen sah. Dabei war es nicht seine Schuld. Der Steuermann hätte es wissen müssen, denn der kannte den Fluß. Warum hatte er nicht daran gedacht, sie in Sicherheit zu bringen? Wie hatte er nur glauben können, es sei möglich, diese schreckliche Sturzwelle von vorn anzugehen? Er zitterte jetzt am ganzen Leib, wenn er an die Mauer zischenden Wassers dachte, die sich auf sie zugewälzt hatte. Er mußte die Leiche finden und sie nach Kuala Solor bringen. Vielleicht waren auch einige Malaien ertrunken. Er war zu schwach, um sich zu bewegen, aber Hassan stand jetzt auf und wrang das Wasser aus seinem Sarong. Er blickte auf den Fluß und sagte dann schnell zu Izzart:

»Tuan, da kommt ein Boot.«

Wegen des hohen Grases, in dem Izzart lag, konnte er nichts sehen.

»Ruf nach ihnen«, sagte er.

Hassan kletterte auf den Ast eines Baumes, der das Wasser überragte. Er schrie aus vollem Halse und winkte mit dem Arm. Izzart hörte Stimmen. Es folgte ein schneller Wortwechsel zwischen Hassan und den Bootsinsassen, dann kam der Diener zurück.

»Sie haben uns kentern sehen«, sagte er, »und sind ausgelaufen, sobald die Flut vorüber war. Sie kommen aus einem Langhaus am anderen Ufer. Sie wollen uns Sarongs und etwas zu essen geben, wenn wir mit ihnen hinüberfahren. Wir können dort schlafen.«

Izzart war nicht danach, sich noch einmal dem verräterischen Wasser anzuvertrauen.

»Was ist mit dem anderen Tuan?« fragte er.

»Das wissen sie nicht.«

»Wenn er ertrunken ist, müssen sie seine Leiche suchen.«

»Ein anderes Boot ist stromaufwärts gefahren.«

Izzart wußte nicht, was er tun sollte. Er war wie benommen. Hassan faßte ihn um die Schulter und zog ihn hoch. Er stolperte durch das dichte Gras bis zum Ufer, und dort sah er das Boot mit zwei Dayak darin. Der Fluß war jetzt wieder glatt und zog träge dahin. Die Flutwelle war vorüber, und niemand hätte gedacht, daß die ruhige Oberfläche noch vor kurzem ein stürmisches Meer gewesen war. Die Dayak sagten ihm dasselbe, was Hassan ihm schon berichtet hatte. Izzart brachte es nicht über sich, zu sprechen. Er fürchtete, er würde bei dem ersten Wort in Tränen ausbrechen. Hassan half ihm beim Einsteigen, und die Dayak griffen zu den Rudern. Izzart sehnte sich nach einer Zigarette, aber das Päckchen und die Streichhölzer in seiner Hosentasche waren vom Wasser durchtränkt. Die Überfahrt über den Fluß erschien ihm endlos. Es wurde dunkel, und als sie das Ufer erreichten, begannen die ersten Sterne zu leuchten. Einer der Dayak führte ihn zu dem Langhaus, aber Hassan ergriff das Ruder und fuhr mit dem anderen Dayak wieder auf den Fluß hinaus. Einige Männer und Kinder kamen Izzart entgegen, und unter großem Geschnatter und Geplapper kletterte er die Leiter hinauf und wurde zu dem Teil des Hauses geführt, in dem die jungen Männer schliefen. Es wurden Rohrmatten ausgerollt, auf denen er sich niederlegen konnte. Man brachte ihm einen Krug Arrak, aus dem er einen tiefen Zug tat. Er war wie Feuer und verbrannte ihm die Kehle, aber dem Herzen tat er wohl. Izzart zog Hemd und Hose aus und einen Sarong an, den jemand ihm hinhielt. Als er emporblickte, sah er die Mondsichel wie eine Barke am Himmel, und der Anblick bereitete ihm ein fast sinnliches Vergnügen. Er stellte sich vor, daß er in diesem Augenblick ebensogut als Leiche mit der Flut stromaufwärts schwimmen könnte. Nie war ihm der Mond lieblicher, freundlicher erschienen. Er verspürte Hunger und bat um Reis. Eine Frau eilte fort, um seinen Wunsch zu erfüllen. Er hatte jetzt seine Schwäche überwunden und dachte wieder an die Erklärung, die er in Kuala Solor abgeben wollte. Niemand konnte ihm einen Vorwurf machen, weil er eingeschlafen war. Er war ja nicht betrunken gewesen. Hutchinson würde das bezeugen. Und wie konnte er ahnen, daß der Steuermann ein so gänzlich unfähiger Kerl war? Es war einfach Pech. Aber wenn er an Campion dachte, schauderte ihn. Schließlich brachte man ihm eine Schüssel Reis. Er wollte gerade zu essen anfangen, als jemand atemlos herbeigelaufen kam und rief:

»Der Tuan ist da.«

»Was für ein Tuan?«

Er sprang auf. Am Eingang des Hauses entstand ein Gedränge. Er sah Hassan aus der Dunkelheit auf sich zukommen und hörte dann eine Stimme.

»Izzart! Sind Sie da?«

Campion eilte auf ihn zu.

»Nun, da wären wir wieder. Das nennt man um Haaresbreite, was? Sie scheinen es sich ja schon gemütlich und bequem gemacht zu haben. Weiß Gott, ich könnte einen Schluck vertragen.«

Seine nasse Hose hing ihm unordentlich am Leibe; er war über und über dreckig und das Haar verfilzt. Aber er war in ausgezeichneter Laune.

»Ich wußte nicht, wohin die Fahrt ging. Ich hatte mich schon darauf gefaßt gemacht, die Nacht am Ufer zu verbringen. Ich dachte, Sie wären ertrunken.«

»Hier ist Arrak«, sagte Izzart.

Campion setzte den Krug an die Lippen, trank, spuckte und trank wieder.

»Scheußliches Zeug, aber verdammt stark.« Er grinste und zeigte dabei seine abgebröckelten gelben Zähne. »Wahrhaftig, mein Lieber, Sie sehen aus, als könnten Sie sich verschönern, wenn Sie sich waschen würden.«

»Das werde ich später besorgen.«

»Ich auch. Kann ich nicht auch einen Sarong bekommen? Wie sind Sie rausgekommen?« Er wartete nicht auf die Antwort. »Ich dachte, es wäre aus mit mir. Ich verdanke mein Leben diesen zwei Sportsleuten hier.« Er nickte anerkennend den zwei malaiischen Gefangenen zu. Izzart erkannte sie als Mitglieder der Bootsmannschaft. »Sie hingen zu beiden Seiten neben mir an diesem verdammten Boot, und irgendwie kriegten sie spitz, daß es mit mir zu Ende ging. Ich hätte keine Minute mehr aushalten können. Da forderten sie mich auf, mit ihnen zusammen ans Ufer zu schwimmen, aber ich hatte nicht mehr die Kraft dazu. Gott, in meinem ganzen Leben bin ich noch nie so jämmerlich schwach gewesen. Ich weiß nicht, wie die beiden es fertigbrachten, aber irgendwie erwischten sie die Matratze, auf der wir gelegen hatten, und wickelten sie zu einer Rolle zusammen. Richtige Sportsleute, sage ich Ihnen. Hätten sich retten können, ohne sich um mich zu kümmern. Sie schoben sie mir unter den Bauch. Als Rettungsgürtel schien sie mir keinen Pfifferling wert zu sein, aber ich erfuhr am eigenen Leibe die Wahrheit des Sprichworts, daß ein Ertrinkender nach einem Strohhalm greift. Sie nahmen mich in die Mitte und zogen mich auf diesem armseligen Ding ans Ufer.«

Die Gefahr, der er entronnen war, machte Campion aufgeregt und gesprächig. Aber Izzart hörte kaum, was er sagte. Er hörte vielmehr so deutlich, als wenn sie jetzt erst die Luft durchschnitten, Campions verzweifelte Hilferufe. Ihm wurde übel vor Entsetzen. Blinde Panik ergriff ihn. Campion erzählte immer weiter, aber sprach er nicht nur, um seine Gedanken zu verbergen? Izzart blickte in die hellblauen Augen und versuchte, den Sinn hinter den vielen Worten zu enträtseln. Hatten seine Augen nicht einen harten Ausdruck, waren seine Blicke nicht spöttisch? Wußte er, daß Izzart ihn seinem Schicksal überlassen und sich auf und davon gemacht hatte? Er schämte sich jetzt. Aber was hätte er schließlich tun können! In solchen Augenblicken mußte jeder an sich selbst denken und alles andere dem lieben Gott überlassen. Doch was würde man in Kuala Solor sagen, wenn Campion dort erzählte, daß Izzart ihm nicht zur Seite gestanden hatte? Er hätte bei ihm ausharren sollen, und er wünschte jetzt von ganzem Herzen, er hätte es getan; aber ihn hatte etwas fortgetrieben, was stärker war als er selbst. Niemand, der diese brausende und zischende Wassermasse gesehen hätte, könnte ihm einen Vorwurf machen. Oh, dieses Wasser und die Erschöpfung! Er hätte weinen mögen.

»Wenn Sie so großen Hunger haben wie ich, nehmen Sie sich tüchtig von diesem Reis«, sagte er.

Campion aß gierig, aber Izzart hatte, nachdem er ein paar Mundvoll genommen hatte, keinen Appetit mehr. Campion redete und redete. Izzart hörte ihm argwöhnisch zu. Er fühlte, er mußte auf der Hut sein, und trank so viel Arrak, daß er etwas besäuselt war.

»In Kuala Solor wird man mir Vorwürfe machen«, sagte er vorsichtig, um zu sehen, wie Campion diese Bemerkung aufnehmen würde.

»Warum? Ich sehe keinen Grund dafür.«

»Nun, ich hatte den Auftrag, auf Sie aufzupassen. Man wird es nicht gerade als Zeichen meiner Wachsamkeit ansehen, daß ich Sie beinahe habe ertrinken lassen.«

»Daran ist doch nur dieser Tölpel von einem Steuermann schuld. Aber die Hauptsache ist, wir sind gerettet. Bei Gott, ich habe geglaubt, es gehe mit mir zu Ende. Ich habe laut um Hilfe geschrien, ich weiß nicht, ob Sie mich gehört haben.«

»Nein, ich habe nichts gehört. Bei dem Getöse war das unmöglich.«

»Vielleicht waren Sie schon nicht mehr am Boot. Wann sind Sie weggeschwommen?«

Izzart faßte ihn scharf ins Auge. Kam es ihm nur so vor? Er glaubte, Argwohn in Campions Gesicht zu lesen.

»Es war ein so furchtbares Durcheinander. Ich war am Ertrinken. Mein Diener warf mir ein Ruder zu. Er gab mir zu verstehen, Sie seien ans Ufer geschwommen.«

Das Ruder! Er hätte es Campion reichen und Hassan, dem guten Schwimmer, sagen sollen, er möge seinem Begleiter helfen. Wieder kam es ihm so vor, als würde Campion ihm einen schnellen, fragenden Blick zuwerfen.

»Ich wollte, ich hätte Ihnen helfen können«, sagte Izzart.

»Sie hatten sicher genug mit sich selbst zu tun«, gab Campion zur Antwort.

Der Vorsteher brachte ihnen Becher voll Arrak, und sie tranken ziemlich viel. Izzart begann der Kopf zu schwindeln; er machte den Vorschlag, sich hinzulegen. Man hatte schon Betten für sie aufgestellt und sogar für Moskitonetze gesorgt. Sie wollten gleich bei Tagesanbruch ihre Reise flußabwärts fortsetzen. Izzart hörte Campion, dessen Bett neben dem seinen stand, nach ein paar Minuten schnarchen. Er war sofort eingeschlafen, nachdem er sich niedergelegt hatte. Die Jungmänner des Langhauses und die Gefangenen, die das Boot gerudert hatten, unterhielten sich noch bis in die Nacht hinein. Izzart hatte scheußliche Kopfschmerzen, er konnte keinen Gedanken fassen. Als Hassan ihn bei Tagesanbruch weckte, war es ihm, als habe er überhaupt kein Auge zugetan. Man hatte ihre Kleidung zwar gewaschen und getrocknet, aber sie sahen ziemlich armselig aus, als sie den Pfad zum Prahu hinuntergingen. Die Malaien ruderten gemächlich. Es war ein lieblicher Morgen, und die große Wasserfläche glänzte in der Sonne.

»Weiß Gott«, sagte Campion, »es ist ein schönes Gefühl, am Leben zu sein.«

Sein Gesicht war schmutzig und unrasiert. Er atmete in tiefen Zügen ein, und man konnte ihm ansehen, wie wohl ihm das tat. Er freute sich über den blauen Himmel, den Sonnenschein und das Grün der Bäume. Izzart haßte ihn. Es war deutlich zu sehen, daß sich sein Verhalten geändert hatte. Wenn Campion ihn verriet, war er ruiniert. Er würde nicht in Sembulu bleiben können. Sein Name würde auf Borneo und in anderen Kolonien für immer beschmutzt sein. Sollte er ihm vielleicht ein Geständnis machen? Er hatte sich wie ein Feigling benommen, aber er bereute es, und viele hätten sich bestimmt nicht anders verhalten. Durch ein Geständnis konnte er Campion vielleicht dazu bringen, den Mund zu halten. Aber wenn er es auch versprach, würde er sein Versprechen halten? Er betrachtete ihn: ein durchtriebener kleiner Bursche, dem man nicht über den Weg trauen konnte. Izzart dachte an das, was er am Abend gesagt hatte. Es war natürlich nicht die Wahrheit, aber wer konnte das beweisen? Wer konnte behaupten, er habe nicht ehrlich geglaubt, Campion sei in Sicherheit?

Was auch Campion sagen mochte, Izzarts Wort war ebenso gut wie seines; er konnte lachend die Schulter zucken und sagen, Campion habe den Kopf verloren und wisse nicht, was er rede. Aber Campion konnte Izzarts Erzählung ja auch geglaubt haben. Es war nicht sicher, ob er in dem schrecklichen Kampf ums Überleben den Vorgang beobachtet hatte. Izzart geriet in Versuchung, auf die Geschichte zurückzukommen, fürchtete aber, er könne sich dadurch nur verdächtig machen. Er mußte den Mund halten. Dies war die einzig sichere Taktik. Und wenn sie nach Kuala Solor kamen, würde er die Sache zuerst erzählen.

»Ich wäre jetzt restlos zufrieden, wenn ich etwas zu rauchen hätte«, sagte Campion.

»An Bord des Schiffes werden wir wohl irgendein Stinkkraut bekommen.«

Campion lachte.

»Menschen sind doch unvernünftige Wesen«, versetzte er. »Im ersten Augenblick war ich froh, daß ich noch lebte, und dachte an nichts anderes, aber jetzt fange ich schon an, den Verlust meiner Notizen, meiner Fotos und meines Rasierzeugs zu bedauern.«

In Izzart stieg der Gedanke hoch, der die ganze Zeit im Hintergrund seines Geistes gelauert hatte, den er aber jetzt erst in sein Bewußtsein dringen ließ: Wenn er nur ertrunken wäre, dann könnte mir niemand etwas anhaben.

»Da ist es!« rief Campion plötzlich.

Izzart blickte sich um. Sie waren an der Flußmündung angekommen, und die ›Sultan Achmed‹ wartete schon auf sie. Izzarts Herz sank. Er hatte vergessen, daß der Dampfer einen englischen Kapitän hatte, der die Geschichte ihres Abenteuers sicher gern hören würde. Was würde Campion sagen? Der Kapitän hieß Bredon, Izzart war ihm oft in Kuala Solor begegnet. Er war ein kleiner Mann mit einem schwarzen Schnurrbart und einem draufgängerischen Wesen, der kein Blatt vor den Mund nahm.

»Nun mal schnell«, rief er ihnen zu, als sie auf das Schiff zuruderten. »Seit dem frühen Morgen warte ich auf Sie.« Aber als sie an Bord kletterten, machte er ein verdutztes Gesicht. »Na, was ist denn mit Ihnen los?«

»Geben Sie uns was zu trinken, und Sie sollen alles erfahren«, sagte Campion mit verschlagenem Grinsen.

»Kommen Sie mit.«

Sie setzten sich unter das Sonnensegel, wo ein Tisch mit einer Flasche Whisky und Sodawasser stand. Der Kapitän gab einen Befehl, und gleich darauf fuhr der Dampfer unter großem Getöse los.

»Wir wurden von der Flutwelle überrascht«, berichtete Izzart.

Er hatte das Gefühl, er müßte etwas sagen. Sein Mund war trotz des Getränks völlig ausgetrocknet.

»Was! Da haben Sie Glück gehabt, daß Sie nicht ertrunken sind. Wie ist denn das geschehen?«

Er wandte sich an Izzart, weil er ihn kannte, aber Campion antwortete. Er erzählte genau den ganzen Vorgang. Izzart hörte sehr aufmerksam zu. Campion sprach in der Mehrzahl, als er den ersten Teil der Geschichte erzählte, und ging zum Singular über, als er zum Kentern des Bootes kam. Zuerst handelte es sich darum, was sie getan hatten, dann, was ihm passiert war. Von Izzart sagte er nichts mehr. Izzart wußte nicht, ob er darüber froh oder beunruhigt sein sollte. Warum erwähnte er ihn nicht? Weil er bei dem Kampf ums Leben nur an sich gedacht hatte – oder wußte er Bescheid?

»Und wie erging es Ihnen?« erkundigte sich nun der Kapitän bei Izzart.

Izzart wollte gerade antworten, als Campion weitersprach.

»Als ich am anderen Ufer war, glaubte ich, er sei ertrunken. Ich weiß nicht, wie er sich gerettet hat. Ich glaube, er weiß es selbst nicht.«

»Es ging jedenfalls hart auf hart«, sagte Izzart lachend.

Warum hatte Campion das gesagt? Er glaubte nun wirklich, einen ironischen Ausdruck in Campions Augen gesehen zu haben. Aber ganz sicher war er nicht. Er fürchtete und schämte sich. Er fragte sich, ob er jetzt oder später die Unterhaltung nicht so lenken sollte, daß er Campion unauffällig die Frage stellen konnte, ob er die Geschichte genauso in Kuala Solor erzählen werde. Das konnte keinen Verdacht erregen. Aber wenn auch sonst keiner etwas ahnte, Campion wußte, wie es gewesen war. Er hätte ihn umbringen können.

»Nun, Sie können beide von Glück sagen, daß Sie mit dem Leben davongekommen sind«, sagte der Kapitän.

Nach Kuala Solor war es nur noch eine kurze Strecke. Als sie den Sembulu-Fluß hinauffuhren, betrachtete Izzart in Gedanken versunken die Ufer. An beiden Seiten standen die Mangroven und Nipas im Wasser, und dahinter lag der dichte Dschungel. Hier und da sah er zwischen Obstbäumen malaiische Häuser auf Pfählen. Es wurde dunkel, als sie anlegten. Der Polizeihauptmann Goring kam an Bord und begrüßte sie. Während er die Pässe der Eingeborenen kontrollierte, erzählte er ihnen, er wohne jetzt mit einem anderen Mann namens Porter im Rasthaus. Sie würden sich nachher zum Essen treffen. Die Boys kümmerten sich um das Gepäck, und Campion und Izzart schlenderten hinterher. Sie nahmen ein Bad und zogen sich um, und um halb neun trafen sich die vier im Salon und tranken Gin Pahits.

»Nun bin ich aber neugierig«, sagte Goring, als er hereinkam. »Bredon hat mir erzählt, Sie wären beide beinahe ertrunken.«

Izzart fühlte, wie er rot wurde, aber bevor er antworten konnte, fing Campion an zu reden, offenbar um die Geschichte so zu erzählen, wie er es für richtig hielt. Izzart wurde heiß vor Scham. Nicht ein herabsetzendes Wort wurde über ihn gesprochen, ja er wurde nicht einmal erwähnt. Mußten Goring und Porter es nicht sonderbar finden, daß er in der Erzählung überhaupt nicht vorkam? Campion berichtete die Sache ziemlich humorvoll, er verringerte die Gefahr nicht, in der sie gewesen waren, aber er machte sich darüber lustig, so daß die beiden Zuhörer aus vollem Halse lachten.

»Eines finde ich immer noch rasend komisch«, sagte Campion. »Als ich endlich ans Ufer gelangte, war ich von Kopf bis Fuß schwarz von Schlamm. Ich hätte eigentlich wieder in den Fluß zurückspringen und mich reinwaschen sollen, aber ich hatte das Gefühl, lange genug in diesem verdammten Wasser gewesen zu sein, und sagte mir: Nein, um alles in der Welt nicht! Ich will lieber dreckig sein. Und als ich in das Langhaus kam und Izzart ebenso dreckig sah, wußte ich, daß es ihm genauso ergangen war.«

Sie lachten. Auch Izzart zwang sich dazu, mitzulachen. Campion hatte ihnen die Geschichte in genau den gleichen Worten erzählt wie dem Kapitän der ›Sultan Achmed‹. Dafür gab es nur eine Erklärung: Er wußte alles und hatte sich die Geschichte im voraus ausgedacht. Die Offenheit, mit der Campion die Tatsachen erzählte und doch alles ausließ, was für Izzart nachteilig sein konnte, war einfach teuflisch. Warum rückte er nicht mit der Wahrheit heraus? Er war doch nicht der Mann, der seine Verachtung verbarg und seine Rache zurückhielt, wenn ihn jemand im Augenblick der höchsten Gefahr im Stich gelassen hatte. Blitzartig kam Izzart die Erkenntnis, Campion hielt die Wahrheit zurück, um sie Willis, dem Residenten, zu sagen. Izzart bekam eine Gänsehaut, wenn er an das Zusammentreffen mit Willis dachte. Er konnte leugnen, aber würde ihm das etwas nützen? Willis war nicht auf den Kopf gefallen und würde Hassan verhören. Hassan konnte man in diesem Punkt nicht trauen, Hassan würde ihn verraten. Dann war er erledigt. Willis würde ihm den Rat geben, heimzufahren.

Er bekam wieder scheußliche Kopfschmerzen, und nach dem Essen ging er auf sein Zimmer. Er wollte allein sein und sich genau überlegen, wie er sich verhalten sollte. Und dann kam ihm ein Gedanke, bei dem es ihn heiß und kalt überrieselte. Er wußte auf einmal, daß das Geheimnis, das er so lange bewahrt hatte, für niemanden eines war. Er war sich ganz sicher. Warum hatte er schließlich so glänzende Augen und eine so dunkle Haut? Warum sprach er so fließend Malaiisch und hatte die Dayaksprache so schnell erlernt? Sie wußten alle, warum. Wie hatte er nur annehmen können, daß sie die Geschichte von seiner spanischen Großmutter glauben würden? Sie mußten sich ins Fäustchen gelacht haben, als er sie erzählte. Hinter seinem Rücken hatten sie ihn einen elenden Nigger genannt. Und nun kam ihm noch ein anderer quälender Gedanke. Er fragte sich, ob er seine Nerven wohl wegen dieses Tropfens fremden Blutes, den er in sich trug, verloren hatte, als er Campion um Hilfe rufen hörte. Zwar war das unsinnig, denn jeder hätte in diesem Augenblick von Panik ergriffen werden können, und warum in Gottes Namen sollte er sein Leben für einen Menschen opfern, der ihn nichts anging? Aber in Kuala Solor würde man natürlich sagen, das sei zu erwarten gewesen. Man würde keine Milderungsgründe gelten lassen.

Schließlich ging er zu Bett, aber als er nach ewigem Hin- und Herwälzen endlich einschlief, wurde er bald von einem furchtbaren Traum wieder wach. Er befand sich erneut in dem brausenden Wasser, das Boot drehte sich um und um, und vergeblich versuchte er, sich am Dollbord festzuklammern. Diese Todesangst, wenn es ihm aus den Händen glitt und das Wasser ihn überrauschte! Lange vor Tagesanbruch war er hellwach. Am besten würde er gleich zu Willis gehen und ihm die Geschichte zuerst erzählen. Er dachte sorgfältig darüber nach, was er ihm sagen würde. Er wählte sogar die einzelnen Formulierungen aus, die er benützen wollte.

Er stand früh auf und verließ das Haus ohne Frühstück, um Campion nicht zu sehen. Er ging auf der Hauptstraße auf und ab. Er wußte, wann Willis in sein Büro zu kommen pflegte, und als die Zeit so weit vorgeschritten war, ließ er sich bei ihm melden. Willis war ein kleiner, älterer Mann mit schütterem grauem Haar und einem langen, gelblich blassen Gesicht.

»Ich freue mich, Sie heil und gesund wiederzusehen«, sagte er und gab Izzart die Hand. »Ich habe gehört, Sie seien beinahe ertrunken.«

Izzart sah in seiner weißen Hose und mit dem fleckenlosen Tropenhelm stattlich aus. Sein schwarzes Haar war sorgfältig gekämmt, sein Schnurrbart gestutzt. Er hatte eine aufrechte militärische Haltung.

»Ich hielt es für besser, Ihnen sogleich Bericht zu erstatten, Sir, da Sie Campion meiner Obhut anvertraut haben.«

»Schießen Sie los!«

Izzart machte, als er die Geschichte erzählte, nicht viel Aufhebens von der Gefahr. Er gab Willis zu verstehen, daß alles nicht so schlimm gewesen sei. Das Boot wäre nicht gekentert, wenn sie früher aufgebrochen wären.

»Ich versuchte, Campion eher wegzubringen, aber er hatte einige Gläschen getrunken und war nicht zu bewegen, aufzustehen.«

»War er betrunken?«

»Das möchte ich nicht sagen«, lächelte Izzart gutmütig. »Stocknüchtern war er aber auch nicht.«

Er ließ durchblicken, Campion habe ein wenig den Kopf verloren. Für einen Mann, der nicht gut schwimmen konnte, war es natürlich keine spaßige Sache, aber er, Izzart, sei mehr um Campion als um sich selbst besorgt gewesen; er habe gewußt, daß man bei solchen Gelegenheiten in erster Linie einen kühlen Kopf bewahren muß, aber in dem Augenblick, wo das Boot umkippte, habe Campion die Nerven verloren.

»Daraus können Sie ihm keinen Vorwurf machen«, sagte der Resident.

»Natürlich habe ich alles für ihn getan, was unter den Umständen möglich war, nur konnte ich leider nicht viel tun.«

»Nun, die Hauptsache ist, daß Sie beide heil davongekommen sind. Es wäre für uns alle höchst unangenehm gewesen, wenn Campion ertrunken wäre.«

»Ich hielt es für besser, als erster mit Ihnen zu sprechen. Campion scheint mir zu Übertreibungen zu neigen. Man darf schließlich aus einer Mücke keinen Elefanten machen.«

»Im großen und ganzen stimmen Ihre beiden Berichte ziemlich überein«, sagte Willis mit schwachem Lächeln.

Izzart sah ihn verständnislos an.

»Haben Sie Campion heute morgen noch nicht gesprochen? Ich hörte von Goring, daß etwas schiefgegangen sei, und bin gestern abend auf meinem Heimweg vom Fort noch ins Hotel gegangen. Sie waren schon im Bett.«

Izzart fühlte, wie er zitterte. Mit großer Anstrengung bewahrte er seine Haltung.

»Sie sind übrigens zuerst weggeschwommen, nicht wahr?«

»Das weiß ich wirklich nicht mehr. Es war ein solches Durcheinander.«

»Das muß wohl so sein, da Sie ja eher ans Ufer gekommen sind als er.«

»Dann wird es wohl so gewesen sein.«

»Nun, ich danke Ihnen für Ihren Bericht«, sagte Willis und erhob sich. Dabei fielen einige Bücher, die an der Kante des Tisches gelegen hatten, mit dumpfem Ton zu Boden. Izzart schrak zusammen, man hörte seinen Atem schneller gehen.

»Na, Ihre Nerven sind ja in einem schönen Zustand!« sagte Willis.

Izzart konnte sein Zittern nicht verbergen.

»Verzeihung, Sir«, murmelte er.

»Sie haben einen Schock erlitten. Sie sollten sich vom Arzt etwas zur Beruhigung geben lassen und einige Tage ausspannen.«

»Ich habe in der vergangenen Nacht nicht gut geschlafen.«

Der Resident nickte, als hätte er verstanden. Als Izzart aus dem Zimmer kam, hielt ihn ein Bekannter an und gratulierte ihm zu seiner Rettung. Die Kunde hatte sich also schon überall verbreitet. Er ging zum Hotel zurück. Unterwegs wiederholte er sich alles, was er dem Residenten gesagt hatte. Hatte ihm Campion wirklich das gleiche erzählt? Er wäre nie darauf gekommen, daß Willis alles schon von Campion wußte. Wie dumm von ihm, so früh zu Bett zu gehen! Er hätte Campion nicht aus den Augen lassen sollen. Warum hatte Willis ihn angehört, ohne zu sagen, daß er bereits alles wußte? Er hätte nicht andeuten sollen, daß Campion betrunken gewesen sei und den Kopf verloren habe. Er hatte das gesagt, um ihn in Mißkredit zu bringen, aber jetzt erkannte er, wie töricht er da gehandelt hatte. Und warum hatte Willis gesagt, er sei zuerst weggeschwommen? Vielleicht hielt auch Willis mit seiner Ansicht noch zurück. Er wollte wohl Erkundigungen einziehen. Willis konnte man so leicht nichts vormachen. Aber was hatte nun Campion wirklich gesagt? Er mußte das unbedingt wissen. Ein Gedanke jagte in seinem Kopf den anderen, er mußte jedoch Ruhe bewahren. Er kam sich wie ein gejagtes Tier vor. Willis hatte keine große Vorliebe für ihn, das wußte er. Er hatte schon einige Male von ihm einen Rüffel wegen Nachlässigkeit im Dienst bekommen. Vielleicht wartete er nur, bis er alle Tatsachen zusammen hatte. Izzart war einem hysterischen Anfall nahe.

Als er ins Hotel kam, sah er Campion lang ausgestreckt auf einem Liegestuhl. Er las die Zeitungen, die während seiner Abwesenheit eingetroffen waren. Blinder Haß stieg in Izzart auf, als er den kleinen unbedeutenden Mann, der sein Schicksal in der Hand hielt, so sorglos daliegen sah.

»Hallo!« rief Campion aufblickend. »Wo haben Sie gesteckt?«

Es schien Izzart, als ob Campion ihn dabei spöttisch ansehe. Vor Wut ballte er die Hände.

»Was haben Sie Willis über mich gesagt?« fragte er außer Atem.

Campion war leicht überrascht über den Ton, in dem die Frage gestellt worden war.

»Nicht sehr viel, glaube ich. Warum?«

»Er war gestern abend hier.«

Izzart sah Campion mit zusammengezogenen Brauen so durchdringend an, als wolle er dessen Gedanken lesen.

»Ich habe ihm gesagt, Sie seien zu Bett gegangen, weil Sie Kopfweh hätten. Er wollte sich über unseren Unglücksfall unterrichten.«

»Ich war eben bei ihm.«

Izzart ging erregt auf und ab. Hier im Hause war es kühl und schattig, während draußen die Sonne trotz der frühen Morgenstunde schon heiß und blendend war. Izzart fühlte sich im Netz zappeln. Er war blind vor Wut. Er hätte Campion an die Kehle springen und ihn erwürgen mögen, aber weil er nicht wußte, wogegen er ankämpfen sollte, fühlte er sich machtlos. Er war erschöpft; er hatte die Selbstbeherrschung verloren. Plötzlich wich der Zorn von ihm, der ihm noch etwas Kraft verliehen hatte, und er verfiel in einen Zustand äußerster Niedergeschlagenheit. Es war ihm, als hätte er Wasser statt Blut in den Adern. Sein Herz wurde schwach, er schwankte. Er wußte, wenn er sich jetzt nicht zusammennahm, würde er in Tränen ausbrechen. Er tat sich selbst leid.

»Der Teufel soll Sie holen!« rief er mit kläglicher Stimme. »Wenn ich Sie nur nie gesehen hätte!«

»Was ist denn los, um Himmels willen?« fragte Campion erstaunt.

»Tun Sie nicht so! Seit zwei Tagen spielen wir miteinander

Verstecken. Ich habe das jetzt satt.« Seine Stimme wurde schrill, was bei diesem großen starken Mann sonderbar wirkte. »Ich will nicht mehr heucheln. Ja, ich habe Sie im Stich gelassen. Ich bin davongelaufen oder vielmehr -geschwommen. Sie hätten ertrinken können. Ich habe mich wie ein Feigling benommen. Ich konnte gegen meine Natur nicht an.«

Campion stand langsam auf.

»Jetzt sagen Sie mal, wovon reden Sie eigentlich?«

Sein Ton verriet eine so ehrliche Überraschung, daß Izzart ein kalter Schauer über den Rücken lief.

»Als Sie um Hilfe riefen, wurde ich von Panik ergriffen. Ich erfaßte ein Ruder und rettete mich mit Hassans Hilfe.«

»Das war das Vernünftigste, was Sie tun konnten.«

»Ich konnte Ihnen nicht helfen, ich wußte nicht, wie.«

»Natürlich nicht. Es war töricht von mir, um Hilfe zu rufen. Es war Atemverschwendung, und nichts brauchte ich notwendiger als Atem.«

»Wollen Sie damit sagen, daß Sie nichts wußten?«

»Als mir die Malaien die Matratze zuschoben, dachte ich, Sie hingen noch am Boot. Ich bin ja eher davongeschwommen als Sie, wenigstens kam mir das so vor.«

Izzart griff sich mit beiden Händen an den Kopf und rief verzweifelt mit heiserer Stimme:

»Mein Gott, was für ein Dummkopf bin ich doch!«

Die zwei Männer standen sich eine Weile schweigend gegenüber. Dieses Schweigen schien gar kein Ende mehr zu nehmen.

»Was werden Sie jetzt tun?« wollte Izzart schließlich wissen.

»Mein lieber Mann, darüber machen Sie sich nur keine Sorgen. Ich habe selbst zu oft große Angst gehabt, um jemandem einen Vorwurf zu machen, der die weiße Fahne hißt. Ich werde niemandem ein Sterbenswörtchen sagen.«

»Ja, aber Sie wissen es jetzt.«

»Ich verspreche Ihnen zu schweigen, Sie können mir vertrauen. Übrigens ist meine Arbeit hier beendet, und ich fahre heim. Ich warte jetzt auf das nächste Schiff nach Singapur.« Es entstand eine Pause, und Campion sah Izzart eine Weile nachdenklich an. »Ich möchte Sie nur um etwas bitten. Ich habe sehr viele Freunde hier, und es gibt einige Dinge, die ich sie nicht so gern wissen ließe. Sollten Sie die Geschichte unserer Flußfahrt erzählen, wäre ich Ihnen dankbar, wenn Sie nicht durchblicken ließen, daß ich mich schlecht benommen habe. Es wäre mir nicht angenehm, wenn meine Bekannten erführen, daß ich die Nerven verloren habe.«

Izzart wurde dunkelrot. Er erinnerte sich, was er zu dem Residenten gesagt hatte. Es sah fast so aus, als hätte Campion es mit angehört. Er mußte sich erst die Kehle freihusten.

»Wie können Sie das von mir annehmen!«

Campion lachte gutmütig, und seine blauen Augen funkelten amüsiert.

»So ist das eben«, sagte er, »wenn man ein Feigling ist.« Und dann grinste er über das ganze Gesicht, so daß man seine schadhaften gelben Zähne sah. »Darf ich Ihnen eine Zigarre anbieten, lieber Freund?«

Glossar

Aja – malaiische Kinderfrau

Allons, levez-vous – Los, stehen Sie auf

Amah – Hausmädchen; Kinderfrau

Baju – tunikaähnliches Hemd

Bandana – Kopftuch oder Stirnband aus bedrucktem Stoff

C'est une bien belle ville, Paris – Paris ist eine sehr schöne Stadt

Dayak – Angehörige einer Volksgruppe auf Borneo

Fustanella – weißer Faltenrock der griechischen Nationaltracht

Il est mort – Er ist tot

Il est pris – Man hat ihn gefaßt

Il n'est pas mal – Er ist nicht übel

Kajik – türkisches Segelboot aus Holz

Kampong – Eingeborenendorf

Kassia – chinesischer Zimtbaum

Kawa – leicht berauschendes Getränk aus einem Pfeffergewächs

Kopra – getrocknetes und zerkleinertes Kokosnußfleisch

Kris – Dolch mit glatter oder gewellter Klinge

Kuli – Tagelöhner in Südostasien, oft chinesischen Ursprungs

Lava-Lava – bedrucktes Stück Stoff, das als Wickelrock dient

Monsieur aime les œufs brouillés – Der Herr liebt Rührei

N'est-ce pas, Altesse? – Nicht wahr, Hoheit?

Nipa – Palmenart in sumpfigem Gebiet

Non, je ne veux pas – Nein, ich will nicht

On ne sait jamais – Man kann nie wissen

Padang – begrünter Platz

Pandanus – ein Palmengewächs

Parang – machetenähnliches Kurzschwert

Peer – Mitglied des englischen Oberhauses

Prahu – langes, schmales Flußboot

Punkah – an der Decke befestigter Palmblattwedel

Qui fleurit sa maison fleurit son cœur – Wer sein Haus mit Blumen schmückt, bringt auch sein Herz zum Blühen

Resident – Verwaltungsbeamter im britischen Kolonialreich

Sampan – Ruderkahn mit Verdeck, auch als Wohnboot verwendet

Sarong – rockähnliches Kleidungsstück der Malaien

Smerige flikkers, vervloekte ploerten! – Dreckige Mistkerle, verdammte Schweine!

Songkok – malaiische Samtkappe

Stengah – auch Stinger; Cocktail aus Cognac und weißer Crème de menthe

Stultum facit fortuna quem vult perdere – Das Schicksal macht dumm, wen es ins Verderben stürzen will

Tapa – aus geklopftem Rindenblatt hergestellter Stoff

Tarbusch – orientalische rote Filzkappe; auch Fez

Taro – stärkehaltige Knollenfrucht

tendresses – Zärtlichkeiten

Tiffin – angloindischer Ausdruck für Mittagessen

Toque – kleiner barettartiger Damenhut

Tuan – indonesisch für »Herr«

Das Diogenes Hörbuch zum Buch

W. Somerset Maugham
Regen

Fünf Meistererzählungen

Enthält:
Regen. Gelesen von Friedhelm Pstok
Der Taipan. Gelesen von Werner Rehm
Der Büchersack. Gelesen von Hans Korte
Der Brief. Gelesen von Marietta Bürger
Die Dschungelresidenz
Gelesen von Friedhelm Ptok

6 CD, Spieldauer 389 Min.

W. Somerset Maugham im Diogenes Verlag

Seit 2005 erscheint eine Neuausgabe der Romane und Erzählungen W. Somerset Maughams in revidierten Übersetzungen.

»Somerset Maugham ist noch heute ein Autor von verblüffender Modernität.« *Der Tagesspiegel, Berlin*

»Ein humaner, toleranter Fabulierer, der in der Vielfalt seines Werkes die Antwort auf die Vielfalt der Welt findet. Trotz seiner Produktivität hat Maugham nicht eine einzige langweilige Zeile geschrieben.«
Hessischer Rundfunk, Frankfurt am Main

»Ein glänzender Beobachter. Menschen und Umwelt gewinnen bei ihm höchste Präsenz.«
D. H. Lawrence

Bisher erschienen:

Gesammelte Erzählungen in zwei Bänden in Kassette

Band 1: *Ost und West*
Aus dem Englischen von Felix Gasbarra, Tina und Gerd Haffmans, Ilse Krämer, Eva Schönfeld, Wulf Teichmann, Kurt Wagenseil und Mimi Zoff

Band 2: *Der Rest der Welt*
Deutsch von Felix Gasbarra, Marta Hackel, Monique Humbert, Raymond G. May, Helene Mayer, Claudia und Wolfgang Mertz, Wulf Teichmann, Friedrich Torberg und Mimi Zoff

Die *Gesammelten Erzählungen* sind außerdem in sechs Taschenbuchausgaben lieferbar:

Honolulu

Fußspuren im Dschungel

Der Büchersack

Eine flüchtige Beziehung

Die romantische junge Dame

Die Winterkreuzfahrt

Regen
und andere Meistererzählungen. Ausgewählt von Daniel Keel und Daniel Kampa. Deutsch von Tina und Gerd Haffmans, Ilse Krämer, Irene Muehlon, Simone Stölzel, Friedrich Torberg, Kurt Wagenseil und Mimi Zoff

Auf Messers Schneide
Roman. Deutsch von N.O. Scarpi

Rosie und die Künstler
Roman. Deutsch von Hans Kauders und Claudia Schmölders

Oben in der Villa
Roman. Deutsch von William G. Frank und Ann Mottier

Liza von Lambeth
Roman. Deutsch von Irene Muehlon

Der bunte Schleier
Roman. Deutsch von Anna Kellner und Irmgard Andrae

Der schmale Winkel
Roman. Deutsch von Mimi Zoff (vormals: *Südsee-Romanze*)

Der Menschen Hörigkeit
Roman. Deutsch von Mimi Zoff und Susanne Feigl

Außerdem lieferbar:

Zehn Romane und ihre Autoren
Deutsch von Matthias Fienbork

Die halbe Wahrheit
Keine Autobiographie. Deutsch von Matthias Fienbork

Notizbuch eines Schriftstellers
Herausgegeben und mit einem Essay von Simone und Thomas Stölzel. Deutsch von Irene Muehlon und Simone Stölzel

Books and You
Eine kleine persönliche Geschichte der Weltliteratur. Deutsch von Matthias Fienbork

Denken mit W. Somerset Maugham
Über Skepsis und humorvolle Resignation, die Natur des Menschen und den Beruf des Schriftstellers. Herausgegeben und mit Essays von Thomas und Simone Stölzel

Ashenden
oder der britische Geheimagent. Erzählungen. Deutsch von Helene Mayer, Eva Schönfeld und Wulf Teichmann

Silbermond und Kupfermünze
Roman. Deutsch von Susanne Feigl

Theater
Ein Schauspieler-Roman. Deutsch von Renate Seiller und Ute Haffmans

Damals und heute
Ein Machiavelli-Roman. Deutsch von Hans Flesch und Ann Mottier

Leben und Werk
Herausgegeben und mit einem Essay von Thomas und Simone Stölzel

Diogenes Hörbücher:

Regen
und andere Meistererzählungen
Diogenes Sammler-Edition. 6 CD in Geschenk-Verpackung, gelesen von Marietta Bürger, Hans Korte, Friedhelm Ptok und Werner Rehm

Der Büchersack
Erzählung. 1 CD, gelesen von Hans Korte

W. Somerset Maugham

Der Menschen Hörigkeit

Roman. Aus dem Englischen von
Mimi Zoff und Susanne Feigl

Mit einem Klumpfuß geboren und einem Sprachfehler behaftet, verliert Philip Carey früh seine Eltern und ist ein gefundenes Fressen für die Hänseleien seiner Mitschüler, gegen die er sich mit Brillanz und Sarkasmus wehrt. Bis er zu sich selbst findet und zur Ruhe kommt, ist es ein schmerzhafter Prozeß, geprägt von der Suche nach der eigenen Berufung ebenso wie von der Sehnsucht nach erfüllter Liebe.
W. Somerset Maughams eigener, leidvoll-verschlungener Lebensweg bildet den Hintergrund für diesen stark autobiographisch gefärbten Roman, der zu den bedeutendsten Entwicklungsromanen der englischen Literatur zählt.

»*Der Menschen Hörigkeit* wird hoffentlich immer gelesen werden.« *Elke Schmitter/Die Zeit, Hamburg*

»Allein wegen dieses Buches müßte man W. Somerset Maugham ein Genie nennen.«
Twentieth Century Authors

»Sein Leben und Werk möge der Literaturgeschichte noch lange Zeit Stoff zum Nachdenken liefern.«
Alfred Andersch

W. Somerset Maugham

Auf Messers Schneide

Roman. Aus dem Englischen von
N. O. Scarpi

Maughams anspruchsvollster, ›philosophischer‹ Roman gibt ein farbiges Porträt der zwanziger Jahre – vom Swing bis zum Börsenkrach.
Ein junger Amerikaner protestiert, indem er sich entzieht; sein Trip von Chicago über Europa nach Indien zu einer neuen Lebenshaltung wird zum Protokoll einer von Arbeit, Erfolg und Amüsement gehetzten Gesellschaft – und einer verwirklichten Alternative.

»Was hoffnungsvolle junge Literaten, progressive Jugendliche und zorniger Nachwuchs als höchsteigene Erfindung patentieren möchten, brachte W. Somerset Maugham schon 1944 zu Papier: Mit feiner Ironie, abgeklärter, aber nie arroganter Überlegenheit schildert er als stiller Beobachter den Müßiggänger Larry. Larry ist antikapitalistisch, gegen Leistungszwang und Konsumhaltung. Auf seinen Trips durch Europa und Indien sucht er seinen Wissensdurst und seinen Hang zur Mystik zu befriedigen. Im Kohlenpott, auf einem Bauernhof und in einem indischen Ashram will er zu sich selbst finden.« *Basler Nachrichten*

»Maugham ist ein Schriftsteller, der Gehalt und Unterhaltsamkeit wie kaum ein anderer zu verbinden weiß – einer der besten Geschichtenerzähler des 20. Jahrhunderts.« *Mannheimer Morgen*

W. Somerset Maugham

Books and You

Eine kleine persönliche Geschichte der Weltliteratur

Aus dem Englischen von Matthias Fienbork

Mein Ziel war es, dem überforderten Leser eine Liste von Büchern an die Hand zu geben, die jedermann, der an geistigen Dingen interessiert ist, mit Vergnügen und Gewinn lesen kann. Ich habe nicht als Kritiker geschrieben, nicht einmal als berufsmäßiger Schriftsteller, sondern als gewöhnlicher Mensch, der sich für die Menschen interessiert. Das erste, was ich von einem Buch verlangt habe, bevor ich es auf meine Liste setzte, war Lesbarkeit. Ich bin sicher, daß die von mir empfohlenen Bücher im großen und ganzen den durchschnittlich interessierten Menschen ansprechen, weil sie jene Menschlichkeit besitzen, die uns allen gemeinsam ist.

Sein ganzes Leben lang hat W. Somerset Maugham nicht nur geschrieben, sondern auch »nach Lust und Laune gelesen«. *Books and You* ist seine kleine persönliche Literaturgeschichte – eine Trouvaille, in der Maugham charmant und kurzweilig Auskunft gibt über die Bücher, die jeder gelesen haben soll – nicht aus Pflicht, sondern aus purer Lust. Maugham erzählt im Plauderton über die großen Autoren der Weltliteratur – und ihre Meisterwerke –, wie Balzac, Dickens, Dostojewskij, Defoe, Swift, Emily Brontë, Cervantes, Montaigne, Goethe, Turgenjew, Tolstoi, Voltaire, Stendhal, Flaubert, Proust, Melville, Poe, Thoreau, Emerson, E.T.A. Hoffmann, Twain und viele andere.

»Ein Autor von verblüffender Modernität.«
Der Tagesspiegel, Berlin